DRA
El Páramo
ODDIN
Cordillera de Las Fauces
Los Huecos
KORKOF
JELLIN
Bosque de El Témpano
El Colmillo
Cordillera Nisgurg
MORAINN
RMHUL
Yunthor
DUNDRAN
esierto de
Tarnios
Bosque de La Madre
URTRAAK
SHAZAAK
KHORGAAK
Bosque de la Plata
T0387093

Rey de sombras

Rey de sombras

Trilogía Sangre de Plata II

Lucía G. Sobrado

Papel certificado por el Forest Stewardship Council®

Primera edición: septiembre de 2024

Travessera de Gràcia, 7-49. 08021 Barcelona

Printed in Spain – Impreso en España

ISBN: 978-84- 666-7984-8
Depósito legal: B-11.363-2024

Compuesto en Llibresimes

Impreso en Liberdúplex
Sant Llorenç d'Hortons (Barcelona)

BS 7 9 8 4 8

Para quienes sienten que no tienen un hogar
y lo encuentran en las personas más inesperadas.
Y para Nacho, por ser siempre hogar

La miel de plata apareció como una consecuencia inesperada. Aunque es más antigua que el propio tiempo, y se han conocido los influjos que la sangre de los elfos oscuros provoca en los elfos desde entonces, no fue hasta la Primera Guerra que se empleó como un arma.

Los elfos oscuros dieron con una fórmula mediante la cual, añadiendo aditivos y otros compuestos estupefacientes, se preservaba la duración de su sangre y, además, potenciaba la efectividad de esta para crear una droga no perecedera con la que comercializar y someter a nuestra población.

La introdujeron en nuestras fronteras para mermar a nuestros valerosos soldados que, enganchados a la sustancia y desprovistos de ella, perdían la noción de quiénes eran y se convertían en elfos de sangre, criaturas que solo podían pensar en ingerir algo más de aquel líquido plateado.

Su adicción es incurable e intratable. Los afectados, incluso si logran no recaer, tienen que convivir de por vida con las secuelas de la tentación, a la que sucumben en la mayoría de los casos.

Sobre el origen de la miel de plata,
Historia de las Tres Guerras, siglo XIV de la Era Solar

Prólogo

Aquella tarde, la ronda vigilando las murallas de Milindur, la ciudad minera más importante del Imperio de Yithia, estaba resultando soporífera. Después de que Ash los hubiese forzado a pujar por aquel grajo la noche anterior, la situación se había complicado más todavía. La próxima emperatriz del imperio llevaba a sus espaldas demasiados cargos que, como salieran a la luz, sentenciarían su vida. Y Cyndra Daebrin se había visto arrastrada a aquello.

No se lo reprochaba; admiraba el sentido de la justicia de la heredera. Era lo que le hacía falta a su raza, alguien dispuesta a poner la otra mejilla —en el caso de Ash, literalmente— en pos de buscar el cambio real y terminar con la Tercera Guerra, que llevaba vigente casi quinientos años. Si en tiempos de guerra Ashbree Aldair estaba demostrando tener mayor conciencia de la que su padre había tenido jamás, en tiempos de paz se convertiría en la mejor emperatriz que hubieran conocido. Solo esperaba que su estúpido plan suicida de colocar al pueblo de Yithia de parte de Ash surtiera efecto, y que ella contara con la oportunidad de liderar a su nación algún día.

Estaba deseando que su turno acabase para regresar al apartamento y poder hablar con su amiga. Ash se había quedado inquieta después de lo transcurrido la noche anterior. Cyndra no quería ni pensar en qué había pasado entre ella y el Efímero en las dos horas que habían tardado en orquestar el plan para sacarla sana y salva de la casa de variedades, convertida en taberna. Pero a juzgar por la intensa preocupación que había demostrado durante la mañana, Cyndra se esperaba lo peor.

Seredil se había encargado de sacarla de allí, reemplazándola dentro de la habitación de placer, con la intención de solicitar el traslado del preso a los calabozos antes de las seis horas que habían comprado con el dinero de la heredera. La puja había sido intensa y repugnante, y después de una semana compartiendo todo su tiempo libre con la conjuradora, Cyndra la conocía lo suficiente como para saber que sentía las manos sucias. Pero en cuanto les hubo contado quién era Ash en realidad, todo cambió.

Thabor y Seredil —además de ser esta última una ferviente devota de los dioses— se mantenían leales al imperio y, como tal, a la próxima emperatriz. Podían dar gracias por que fueran soldados con la misma ideología que ellas, de los que no justificaban las crueldades hacia sus enemigos solo por estar en bandos opuestos.

Entre Cyndra y Thabor habían conseguido sacar a Ash del local, pero en las horas siguientes, no recibieron noticias de la conjuradora, que se había quedado en la taberna. Y cuando llegó el alba, Thabor tuvo que marcharse para hacer su ronda de vigilancia en las murallas, donde esperaba encontrar a Seredil y hablar con ella. Y aunque a Cyndra le había tentado la idea de acompañarlo y ponerse al día cuanto antes, no quería dejar a Ash sola hasta que se hubiera asegurado de que no cometería ninguna estupidez. Ninguna *más*, porque llevaba una larga lista a su espalda.

Se había quedado con ella toda la mañana, intentando distraerla, pero su amiga no había pronunciado palabra. Una vez que hubo caído la tarde, Cyndra se había marchado para prepararse para su ronda de vigilancia. Tenía la esperanza de cruzarse con los conjuradores y hablar con ellos, sobre todo para pedirles que no dejaran a Ash sola. Un alivio que no sabía que necesitaba sentir la invadió cuando los encontró en las murallas, a punto de marcharse a casa. Seredil la saludó con una sonrisa cariñosa, pero sus ojos estaban enmarcados por unas profundas ojeras que denotaban que no había dormido en toda la noche.

—¿Qué tal está Ash? —le había preguntado Thabor nada más verla, cobijados bajo el alero de un tejado. La lluvia no les había dado tregua desde la tarde anterior, y parecía que Tisa, diosa de las tempestades, se había propuesto hundir Milindur.

—Ahora mismo parece una cáscara vacía. Y no lo entiendo. —Cyndra se frotó el cuello y alzó la vista al cielo, con la esperanza de ver alguna constelación entre los nubarrones de tormenta, a pesar de que aún no fuera de noche. Era algo que hacía por acto reflejo, porque el único que se le presentaba en el firmamento era Dalel, dios del destino—. ¿Qué pasó anoche?

Seredil suspiró y se recostó contra la pared del edificio, con su capa militar empapada. Se recolocó un mechón húmedo detrás de la oreja picuda y clavó la vista en la nada.

—Cuando entré... —Apartó la vista, azorada, y aquello no le gustó—. Ahí dentro olía a sexo.

Cyndra se quedó lívida y Thabor puso los ojos como platos. No podía creer que Ash hubiese sido tan inconsciente como para enrollarse con un elfo oscuro, con un Efímero, para mayor preocupación. Eso obviando que las sospechas de su amiga no fueran ciertas y no se tratase del mismísimo Rylen Valandur, Rey de los Elfos.

El enfado le invadió el cuerpo y tuvo que sacudírselo de encima como hacía con todo: apartándolo a un lado.

—No sé bien qué pasaría entre ellos —prosiguió la conjuradora—, pero creo que Ash podría haber cambiado de prioridades...

Seredil se cruzó de brazos con el rostro contraído por el pesar y Cyndra tuvo que apretar los puños. No le estaba resultando sencillo obviar la rabia.

—Estamos hablando de Ashbree Aldair —la reprendió Thabor—. ¿Dónde queda tu devoción ahora?

Su compañera lo fulminó con la mirada, quien se la sostuvo con estoicidad.

—No se ha ido a ninguna parte, Thabor. Sigue en el mismo sitio. Que la considere un regalo de la diosa no significa que comparta su decisión de tirarse a un elfo oscuro.

—¿Acaso tienen alguna enfermedad contagiosa? —prosiguió él, incansable.

—No, pero...

—¿Acostarse con ellos hace algún mal?

Cyndra los observaba de hito en hito, sorprendida por el carácter que estaba demostrando Thabor, tan sonriente por lo habitual.

Seredil suspiró y se frotó la cara con la mano.

—No, no es ninguna aberración. Pero son el enemigo.

—Y, aun así, nos ayudaste con la puja —apuntó Cyndra en tono conciliador.

Seredil la observó con los labios entreabiertos, sin saber qué decir. Cyndra también había pensado lo mismo, pero tras escuchar a Thabor, se había sentido mal al instante.

—Nunca has sido racista, Seredil. No empieces a serlo ahora.

La voz del conjurador sonó más seria y ambos compartieron una mirada larga con la que se hablaron sin pronunciar palabra.

—Tienes razón, lo siento. La falta de sueño me está alterando el juicio.

El modo en el que lo pronunció, cargado de arrepentimiento, hizo que Cyndra se calmase. Aquella fémina era buena hasta decir basta, tenía un corazón enorme y fiero, y encontrar en una situación comprometida con el enemigo a su emperatriz, a la que ella consideraba un milagro, no debía de ser fácil de gestionar.

—¿Qué pasó cuando nos fuimos? —le preguntó Cyndra para cambiar el rumbo de la conversación.

—Solicité el traslado a los calabozos, pero no me lo concedieron. Así que me quedé ahí con él toda la noche.

—¿Algo más?

La conjuradora negó con la cabeza y sus largos mechones rubios, recogidos en su coleta característica, se mecieron con el movimiento.

—Intenté sonsacarle algo. Le pregunté por Ash y por la emboscada, pero no pronunció palabra. Ni yo le hice nada ni él me lo hizo a mí. Y eso fue lo más extraño. Cuando se escapó del campamento en el camino a Milindur, yo misma lo doblegué al manejar la luz de sus grilletes de nácar... —Se tomó unos segundos para reordenar sus pensamientos y luego clavó la vista en los ojos azules de Cyndra—. Ese grajo es *muy* poderoso. Me costó manejar la luz para apartarlo de Ash entonces. No comprendo por qué no aprovechó la situación para deshacerse de mí e intentar huir.

Cyndra tragó saliva. Aunque le había asegurado a Ash que les había contado todo a Seredil y a Thabor, había omitido el detalle de que el grajo —o Ilian, según su amiga— era el Efímero que había estado a punto de terminar con todo el regimiento durante la emboscada y, de paso, secuestrar a la heredera. Cyndra seguía sin creerse la teoría de Ash de que su intención no era matarla, sino llevársela con vida. Aunque la realidad era que, de haber querido acabar con ella, podría haberlo hecho la noche anterior. Máxime si era verdad que se habían acostado juntos.

—Ya... —murmuró la tiradora en respuesta—. Sé que estaréis cansados, sobre todo tú —miró a la conjuradora—, pero ¿os importaría ir al apartamento de Ash y quedaros con ella? No... —Respiró hondo—. No me fío de lo que pueda hacer.

Los conjuradores intercambiaron un vistazo y Seredil se separó de la pared.

—Claro, sin problema —intervino Thabor—. Vamos a casa a asearnos y a comer algo y en un rato estamos con ella.

Cyndra quería gritarles que acudieran ya, al instante, pero no podía ser tan egoísta. Thabor y Seredil llevaban más de veinticuatro horas sin dormir ni pasar por casa, y había perdido la cuenta de cuándo habría sido la última vez que habían comido.

Así que se obligó a respirar hondo y a asentir, con una sonrisa agradecida. No podía dejar que la paranoia se adueñara de su cuerpo. Ash estaría bien.

El varón de amplias espaldas miró a su amiga una última vez y echó a andar en dirección a su apartamento. Seredil se acercó a Cyndra y esta se replegó bajo su propia capa, mucho más seca que la de su compañera. La conjuradora alzó una mano y le recolocó un mechón blanco azulado tras el arco picudo de la oreja.

—¿Tú estás bien? —le preguntó Seredil en un susurro que le generó un escalofrío.

Asintió en respuesta, porque era lo que estaba acostumbrada a hacer. Cyndra Daebrin nunca admitía estar mal, nunca lloraba y nunca compartía sus problemas. Era un pilar de piedra sobre el que los demás se sostenían, y no podía empezar a derrumbarse ahora.

—Gracias..., por lo que hiciste anoche —reconoció en un murmullo.

Seredil negó con la cabeza y deslizó la mano por el brazo de la tiradora. Hacía una semana habría repudiado aquel gesto. Cyndra detestaba las muestras de afecto no solicitadas, pero algo estaba empezando a cambiar gracias a aquella conjuradora, con la que había conseguido abrirse y relajarse de un modo especial.

—Es nuestro deber proteger a la próxima emperatriz.

—¿Solo lo hiciste porque era tu deber? —Cyndra se tensó, con temor a lo que pudiera responder, y Seredil dejó caer el brazo a un lado.

—Una parte de mí, la que tiene miedo a la insubordinación, me dice que sí. —Deslizó la vista hacia la calle por la que se había ido Thabor—. Pero otra me grita que es hora del cambio. —Cuando devolvió su atención a Cyndra, lo hizo con determinación—. Llevamos demasiados años en el frente, haciendo la vista gorda ante las atrocidades porque es la imagen que nuestro propio emperador da. Pero si la próxima emperatriz es tan diferente, tan *única*... —Volvió a negar con la cabeza, con los hombros un poco hundidos—. Ella puede ser la verdadera esperanza de Yithia. La apoyaremos, *te apoyaré*. Hasta el final.

El corazón se le hinchó al escucharla, aunque no se permitió abrazarse a lo que esas palabras implicaban en realidad.

En su lugar, se quedó con lo referente a Ash. Seredil solo la conocía desde hacía medio mes y había pronunciado las mismas palabras que ella y que Lorinhan, el mentor de Ash, le repetían hasta la saciedad para alentarla a sobrevivir en su vida de mierda. Quizá sí que había llegado el momento del verdadero cambio y su plan de alzar al pueblo contra el emperador no fuera tan descabellado.

Seredil se despidió de ella con un beso en la mejilla y se marchó en la misma dirección que Thabor.

De camino a las murallas para su turno de vigilancia, Cyndra solo pudo pensar en cómo iba a cambiar el transcurso de la guerra ahora que habían descubierto que Ash podía recargar los cristales de luz que quedaban vacíos, las armas más poderosas para enfrentarse a los grajos. Ese descubrimiento suponía que la contienda podría recrudecerse y, por tanto, que muriera mucha más gente, aliados y enemigos. Una solución a sus problemas que terminaría de una vez por todas con la Tercera Guerra, que el Rey de los Elfos había iniciado casi quinientos años atrás al secuestrar a Ayrin Wenlion. Pero ¿estaría Ash dispuesta a pagar ese precio? ¿Lo estaba ella misma?

Con un suspiro, Cyndra apartó esos pensamientos y se centró en la guardia que llevaba un rato haciendo. Fue entonces cuando percibió cierto ajetreo intramuros. Aunque su misión era controlar el exterior, se giró hacia dentro para ver qué sucedía. La conmoción la golpeó con tanta fuerza que temió caerse del adarve.

—¿Comandante Gandriel? —preguntó con extrañeza.

Raudo, Arathor Gandriel, comandante de la Orden de los Espadachines y amigo de Ash, alzó la cabeza hacia ella. Cyndra se tensó, no solo por verlo allí, ataviado con su impoluta armadura de bronce, cuando sabía que lo habían destinado al oeste a cubrir los terrenos de Dortrid; sino porque tuvo el pálpito de que sucedía algo grave. Y no era el primer pálpito que sentía en los últimos días.

El comandante se había acercado al superior de Cyndra y estaban conversando. Sin perder tiempo, bajó de la muralla, se acercó a ellos y el teniente Calyene se despidió con un simple cabeceo. ¿Qué significaba aquello?

—Tienes que venir conmigo —le dijo Arathor, con voz autoritaria.

—¿Qué está pasando? —preguntó en su lugar con más brusquedad de la que debería.

Desde que aquel varón había entrado en la vida de su amiga, no había habido ni un solo día en el que no lo detestara. Nunca le había caído bien, sin explicación aparente. O había sido así hasta que tuvo un encontronazo con Ash en los baños de la casa de variedades de Kridia. Y le sentaba mal haber estado en lo cierto con respecto a aquel elfo por lo que eso suponía para su amiga.

—No hay tiempo que perder, tenemos que irnos —mascullló, tenso.

—No pienso moverme de aquí hasta que me digas qué sucede. ¿Es por Ash? ¿Se encuentra bien?

El gesto serio de Arathor se relajó, aunque no lo suficiente como para que ella se calmase.

—Sí, está estupendamente. Y nos vamos ya. Puedes venir con nosotros o quedarte aquí.

Arathor echó a andar sin esperarla, y a Cyndra no le quedó más remedio que seguirlo.

—Van a casar a Ashbree con un berserker —soltó él de repente.

El rostro del comandante se había contraído por la furia; a ella se le desencajó la mandíbula. No era posible que Arcaron Aldair, sexto emperador de Yithia, hubiera vendido a su hija a un berserker, esa raza criada para la guerra con el cerebro del tamaño de un mosquito. Aunque... la había mandado al frente, que no era un destino mucho más halagüeño.

—Voy a sacarla de aquí —prosiguió con voz dura—. Puedes venir o quedarte.

El estómago de Cyndra se apretó en un nudo. Agradecía el gesto que el comandante iba a tener por Ash, pero eso no borraba los años de desconfianza. Sospechaba que detrás de sus palabras había algo más. Y, aun así, también le estaba brindando a ella la posibilidad de huir de todo. Si tomaba esa decisión, no habría marcha atrás. Escaparse de casa para acudir al frente era una cosa, pero desertar del ejército…

Iba a hacerlo. Le estaba dando vueltas en vano. Quizá fuera la oportunidad perfecta para orquestar un alzamiento desde las sombras. Aun sabiéndolo, su corazón se apretó un instante ante la perspectiva de dejar a Seredil atrás.

Se detuvieron en la puerta este, con la respiración acelerada. Desde ahí se veía a los soldados encargados de la taberna, a lo lejos, preparando el local para la juerga nocturna. Y sabía cuál sería el espectáculo de aquella noche: el mismo del anterior. Escogerían a un pobre desgraciado de entre los tres presos del calabozo y lo venderían por horas para que los soldados se desquitaran con sus enemigos de las formas más imaginativas y con total impunidad. Con la diferencia de que en aquella ocasión, Ash no estaría para salvarlos.

Miró a Arathor de soslayo, preguntándose si él se mantendría al tanto de aquellas prácticas. No le cupo ninguna duda de que sí.

—¿Qué hacemos aquí? —preguntó cuando llevaban un par de minutos sin moverse.

La noche ya había caído y empezaba a inquietarse. Si de verdad iban a fugarse, no era demasiado inteligente quedarse plantados a la vista de todos, soportando la lluvia torrencial que caía sobre sus hombros.

—Esperar a Ashbree.

—¿Qué?

Cyndra se giró para mirarlo, pero él tenía la vista clavada en la calle por la que esperaba que apareciera Ash.

—Hemos quedado aquí.

—¿Cómo que habéis quedado aquí?

—¿Acaso tienes cera en los oídos? —espetó, mordaz—. Ha ido a su apartamento a recoger sus pertenencias.

Cyndra lo observó con estupefacción.

—Mierda, Ash… —mascculló ella antes de echar a correr.

Era imposible que su amiga le hubiera dedicado un solo pensamiento a recoger los cuatro bártulos que la habían acompañado al frente. De haber estado su violín entre sus pertenencias, sí, sin duda habría regresado. Pero no era así. Cyndra sabía perfectamente dónde encontrarla, y la idea le aterraba.

Arathor la seguía a la zaga, le preguntaba qué ocurría y le ordenaba que se detuviera para darle una explicación. Pero lo único que ella podía hacer era correr y correr mientras le rezaba a Dalel, a Laros o al dios que fuera para que Ash no estuviese haciendo lo que sospechaba.

Entró a tanta velocidad que ni se dio cuenta de que los guardias que custodiaban los calabozos se hallaban en el suelo inconscientes. Y cuando se plantó en medio del pasillo de la prisión, se quedó de piedra.

Todo sucedió en cuestión de cinco segundos y, aun así, a Cyndra le pareció que transcurrían minutos enteros.

—No vais a poder huir de mí —le decía un varón alto y fornido a Ash.

Era un grajo. Un puto grajo fuera de las celdas y sin grilletes de nácar endurecido. Y la confianza que desprendía…

—¡Ash! —gritó, desesperada y con el miedo mordiéndole los nervios.

El grajo se giró de medio lado, con curiosidad, y sonrió con desdén antes de que se le agriara el rostro al ver a quien apareció tras ella.

—Rylen, hay que largarse —apuntó uno de los presos.

«¿Ilian?».

Cyndra se echó a temblar al escuchar el nombre que había pronunciado el Efímero, pero no dudó ni un segundo antes de llevar la mano al muslo y empuñar la ballesta, que siempre tenía preparada.

—Bueno, pues se acabó la fiesta —suspiró el intruso.

El virote surcó el espacio y cruzó a través de ellos; se habían desvanecido frente a sus ojos, como polvo en un haz de luz.

Ash había errado en su suposición: Ilian no era el verdadero Rey de los Elfos, pero el varón que había secuestrado a la próxima emperatriz de Yithia sí.

1

Cyndra temió que las piernas le fallaran. A su lado, un desencajado Arathor contemplaba el espacio con horror. Se habían esfumado ante sus narices. En menos de un parpadeo habían desaparecido por completo, llevándose a los presos consigo. Cyndra ni siquiera tenía conocimiento de que los Efímeros fuesen capaces de teletransportarse.

—¿Qué...? —murmuró el comandante, estupefacto.

Era complicado explicar lo que habían presenciado.

Varios soldados, que los habían visto corriendo como si la vida les fuera en ello por media ciudad, entraron en tropel y les exigieron identificarse. No habían terminado de hablar cuando se percataron de que estaban completamente solos. Acto seguido, dieron la alarma de fuga y cundió el caos.

Cyndra se dejó arrastrar a uno de los cuarteles generales, acompañada de Arathor. Fue vagamente consciente de que el comandante daba alguna explicación, pero ella estaba tan consternada con lo que habían visto que no opuso resistencia.

Se habían llevado a Ash.

Se habían llevado a su hermana de batallas.

El corazón se le estrujó en el pecho y retuvo un quejido ahogado, desprovisto de lágrimas. Ni siquiera la herida que le habían abierto en el abdomen durante la emboscada le dolió tanto como la realidad del secuestro.

Empezó a dudar de que hubiera oído bien el nombre, incluso trató de convencerse de que seguro que existían otros mil Rylen. Pero su parte más perspicaz le gritaba que no se equivocaba. Había hablado con mucha autoridad, sus ropajes eran de los más finos y pulcros que había visto, y su porte regio... Rylen Valandur, Rey de los Elfos, se había infiltrado en la ciudad y había rescatado a sus soldados con una impunidad apabullante y, por el camino, había secuestrado a la heredera.

La historia se repetía.

Sentaron a Cyndra en una silla y la ataron a ella. Fue entonces cuando recobró la noción de lo que estaba sucediendo. Un soldado, agachado junto a ella, le desataba la ballesta del muslo y el cinto con los virotes. Después, le quitó la cuerda al arco y también se lo arrebató, así como las flechas del carcaj. Las gotas que la empapaban se desprendían de sus ropajes y caían sobre el suelo de madera en un tenso clic, clic.

Cyndra apretó los labios y miró a su alrededor. Se encontraba en una especie de despacho, del todo aséptico, aunque le recordaba al de Brelian Aldadriel, la teniente de Ash.

Miró por encima del hombro cuando el joven que la había atado salió, por si averiguaba algo más. Entre el resquicio abierto vio a más elfos, pero no había ni rastro de Arathor.

Cyndra maldijo por lo bajo y, casi desquiciada, forcejeó con las ataduras con tanta violencia que se las clavó antes de soltar un grito desesperado. Qué bien le habría venido disponer de fuerza inmortal para librarse de aquella situación, pero aún era demasiado joven. Estaba siendo patéticamente impulsiva. ¿Qué pensarían de ella cuando entraran y se la encontraran tan alterada? Que tenía mucho que ocultar, sin duda. Debía ralentizar la respiración y calmar el latido frenético de su corazón.

«No te quiebras».

«No te sometes».

«No te quiebras».

Se repitió su mantra una y otra vez, con los ojos cerrados y concentrada en tranquilizarse, porque estaba al borde de la hiperventilación. Había vivido situaciones mucho peores que aquella con el monstruo que tenía como progenitor. No debía dejar que el pánico la dominara cuando ni siquiera sabía qué estaba sucediendo con exactitud.

La puerta se abrió y Arathor se plantó frente a ella, con gesto preocupado. Aunque se alegraba de ver un rostro conocido, su presencia no la tranquilizaba.

—¿Qué está pasando? —inquirió ella en un susurro.

Frustrado, se frotó el rostro y se recostó contra el borde del escritorio frente a la silla de Cyndra.

—No lo sé. Estoy tan perdido como tú.

—Y una mierda. Eres comandante, así que no me vengas con milongas.

Él endureció el rostro y dejó caer los brazos a ambos lados. Por mucho que se conocieran, Arathor seguía siendo su superior. Por encima de él solo estaban su padre, general de las Órdenes, y el emperador, y más le valía no olvidarlo. Apretó los puños sobre los reposabrazos y se centró en serenarse.

—¿Podrías soltarme? —preguntó con voz sumisa, pasados unos segundos—. Se me está cortando la circulación.

La expresión del comandante se suavizó y suspiró despacio. A fin de cuentas, Cyndra era una cría en comparación. Era lógico que estuviese nerviosa, sobre todo después de lo que acababan de presenciar. Arathor desvió la vista hacia las ataduras y negó con la cabeza.

—No puedo.

—¿Y hay algo que puedas hacer por mí?

Le repugnó formular aquella cuestión porque estaba traicionando todo lo que siempre había pensado de él. Pero podría ser su único aliado, y esperaba que el cariño que ambos sentían por Ash jugase en su favor. Quizá, si apelaba a su parte sensible, intercediera por ella. Se tragaría todos sus escrúpulos si se libraba de aquella situación.

—Lo intentaré —concedió con cierta derrota—, aunque no prometo nada.

El comandante se tensó y clavó la vista en la puerta. Cyndra lo observó durante varios segundos más. Tenía los cabellos rubios y húmedos revueltos, como si se hubiese pasado las manos por ellos demasiadas veces, y las cejas fruncidas hacían que sus rasgos angulosos resultaran más afilados todavía. Era evidente que Arathor rezumaba preocupación, y solo esperaba que estuviese más consternado por el destino de Ash que por el suyo propio, porque hasta él tendría muchas cosas que explicar.

La puerta se abrió y escuchó varios pasos. Después, el chirrido de las bisagras al cerrarse y el chasquido de la madera. La teniente Brelian Aldadriel apareció frente a ella con los brazos en jarras y mirada furibunda. Iba acompañada de Wendal Calyene, el teniente de Cyndra en Milindur. Los tres la observaban sin pronunciar palabra, con distintos grados de enfado y decepción.

Cyndra empezó a sentirse incómoda, no solo por los últimos acontecimientos, sino porque la posición en la que estaba despertaba demasiados traumas. No quería sudar, no quería que su respiración se agitase ni que le dieran palpitaciones, pero el esfuerzo que tenía que hacer para controlar todo eso era demasiado. Sobre todo bajo el atento escrutinio de tres superiores.

«No te quiebras».

«No te sometes».

—Cyndra —la llamó Brelian, atrayendo su atención—, permíteme presentarte formalmente a Calari Laurencil, teniente del segundo regimiento de la Orden de los Asesinos.

La sangre se le heló en las venas al escuchar otras pisadas, apenas perceptibles por la ligereza con la que se movía. No le hizo falta mirarla siquiera para tener la certeza de que se trataba de la asesina que había visto a Ash en los calabozos, cuando se había colado allí el primer día en Milindur, y la que había orquestado la venta de presos de la noche anterior.

La elfa se colocó frente a ella, con una sonrisa de medio lado afilada, y la estudió de arriba abajo. Cyndra se maldijo y un nudo se apretó en su estómago. Era evidente por qué estaba esa fémina allí, pero involucrarse con asesinos nunca traía nada bueno.

—Creo que tú y yo, Daebrin, vamos a mantener una conversación de lo más interesante —rezongó la asesina con altivez, saboreando el momento.

No había que ser muy perspicaz para darse cuenta de que aquella elfa era maestra en torturas, y Cyndra se planteó muy seriamente si sería capaz de soportar lo mismo que les habían hecho a los grajos en los últimos días. Ella había sufrido miles de infiernos, todos protagonizados por su progenitor, pero la tortura...

Haría todo lo posible por no perjudicar a Ash ni manchar su imagen, aunque ni ella misma tuviera del todo claro qué había pasado.

—Acabemos cuanto antes —murmuró Cyndra, con esa fiereza tan suya.

La asesina sonrió con mayor deleite y rodeó el escritorio para sentarse frente a ella, sin romper el contacto visual ni un solo segundo.

—¿Qué relación tenías con la espía Ashbree Aldair? —preguntó a bocajarro.

Cyndra ni se inmutó. Había pasado toda una vida escondiéndose detrás de una máscara, y un par de preguntas ridículas no iban a quebrar su impasibilidad.

—Ashbree Aldair no es la espía.

No entendía por qué sacaban aquel tema primero. Desde que los habían emboscado en el camino a Milindur, se había extendido el rumor de la existencia de un espía entre las tropas. Y no habían conseguido averiguar quién era. Pero había algo más importante que tratar: el secuestro de la próxima emperatriz.

—No me cabe ninguna duda de que la vas a proteger, así que no me hagas perder el t...

—Ashbree Aldair no es la espía —la interrumpió con dureza.

Algo se crispó en el rostro de la asesina, pero solo duró un instante. Cyndra sonrió de medio lado, divertida.

—Teniente Laurencil —intervino Arathor con esa voz autoritaria—, Ashbree Aldair no puede ser la espía.

—¿Estáis seguro de eso, comandante? —ronroneó Calari, sin despegar la vista de Cyndra. Algo en el modo de mirarla, como si fuera un felino enfrentándose a un ratón, le resultó familiar.

—Más que seguro. Ashbree Aldair ha crecido con contacto mínimo con el exterior. No hay forma alguna de que hubiera podido informar de la posición del regimiento ni de los movimientos tácticos.

Por no hablar de que Ash se había enterado de que la mandaban al frente apenas un par de horas antes de que partieran. Aquella acusación era ridícula.

—Creía que ya habíamos llegado a esa conclusión —apuntó Brelian, la teniente de Ash.

—Es evidente que algo se nos está escapando. —La asesina se recostó hacia atrás en su asiento y entrelazó las manos frente a sí—. ¿Por qué, si no, estaría Ashbree Aldair en los calabozos justo cuando iban a escapar?

Cyndra tragó saliva y le quedó claro que Calari Laurencil no había perdido detalle de ese gesto nimio.

—Cyndra —la llamó su teniente—, será mejor que cuentes lo que sepas. Por tu propio bien.

Reticente, deslizó la vista hacia él y arqueó una ceja.

—¿Por mi propio bien? —inquirió.

Los tres superiores intercambiaron una mirada y Cyndra observó a Arathor. El muy cabrón sabía de qué estaban hablando.

—Se presentarán cargos por traición contra ti —dijo Brelian.

No le hizo falta mirar a la asesina para saber que estaba sonriendo con satisfacción.

—¿Por... «traición»? —repitió.

Aquello era absurdo.

Wendal Calyene, su propio teniente, apretó las mandíbulas y asintió en un gesto solemne.

—Sabías de los planes de Ashbree Aldair. Por mucho que reconozcamos que ella no era la espía, es evidente que estaba relacionada con los presos de algún modo. Y que tú lo sabías. Y no informaste al respecto.

Cyndra soltó una risotada incrédula que pretendía que se creyeran.

—¿Os habéis oído? Hace apenas unos días que salí del hospital. —Un escalofrío le recorrió el cuerpo al recordar lo cerca que había estado de morir en la emboscada—. ¿De verdad me vais a acusar de traición cuando ni siquiera podría haberme dado tiempo a traicionar a nadie?

La teniente Brelian Aldadriel se cruzó de brazos.

Cyndra se había equivocado al pensar que Arathor podría ser un aliado potencial. Aquel varón le tenía el mismo desprecio que ella sentía por él, y si la había incluido en los planes de fuga, solo había sido por extensión. A juzgar por la mirada que compartieron, Arathor era muy consciente de que ella podía ponerle las cosas muy complicadas. Pero ¿le convenía realmente? ¿Qué obtendría a cambio si es que llegaban a creerla?

Tenía que poner a Brelian de su parte. La teniente la conocía desde joven. Por mucho que ella no la hubiera instruido, sí lo había hecho con Ash, y sabía que eran inseparables, uña y carne. Brelian, con los años, había terminado conociendo a Cyndra, al menos a la Cyndra divertida y dicharachera que se forzaba a ser.

—Ashbree Aldair te sacó del hospital —informó la asesina repasando unos documentos que ignoraba cómo había conseguido—. Imagino que para involucrarte en sus planes.

Rio de nuevo, y esa vez, a la teniente Laurencil le hizo menos gracia su impasibilidad.

—Vosotros sabéis por qué me sacó de allí.

Cyndra clavó la vista en Arathor y Brelian. Quizá la asesina no estaba informada de los dones de Ash, pero dos de los cuatro superiores que la observaban con distintas miradas sí.

—No lo hizo por eso —intercedió Brelian.

«Bien, está funcionando».

—¿Y por qué fue? —La voz de la asesina sonó afilada. No le gustaba que se le escaparan detalles, y menos cuando los demás los conocían.

—No tiene relevancia para este interrogatorio —añadió Arathor.

Calari apretó los dientes. Si el comandante de la Orden de los Espadachines decía que no tenía relevancia, ella no podía objetar. Al fin y al cabo, solo era teniente, estaba por debajo de él en el escalafón militar.

—Volvamos al tema de la fuga de los presos. —Cyndra y Calari se miraron con tal intensidad que podrían haber derretido hasta el gélido pico de El Colmillo, en Korkof—. ¿Cuál es tu relación con los sucesos?

—Ninguna.

—¿Y, entonces, qué hacías en los calabozos?

Cyndra hizo amago de hablar, pero calló. La asesina sonrió de nuevo. ¿No se cansaba de mostrar su deleite tan abiertamente? O quizá era una técnica amaestrada para sacar de quicio a los interrogados.

Era una pregunta complicada, porque si decía la verdad —que había ido en busca de Ash—, suscitaría más dudas, como por qué sabía que estaría allí y por qué la estaba buscando. Arathor se mostraba tenso, con los brazos cruzados ante el pecho y los labios apretados, sus inescrutables ojos verdes clavados en ella. Había sido el comandante quien la había excusado de las últimas horas de su turno hablando con su teniente. ¿Qué tenía de malo decir algo de verdad?

—Fui a buscarla.

—Ya, pero ¿por qué allí? ¿Cómo sabías dónde estaría?

—No lo sabía.

—¿Por qué allí? —La voz de la asesina se fue afilando con cada nueva insistencia.

No había forma de mentir sin que se diera cuenta, ni de seguir dando rodeos.

—Porque la heredera Aldair tiene un corazón que no le cabe en el pecho. Después de descubrir lo que se les hace a los grajos —escupió con desprecio y con mirada reprobatoria—, y a sabiendas de que nadie les iba a ofrecer curas, acudió a comprobar el estado de los presos.

Cyndra tenía la sospecha de que Ash había ido allí por un motivo muy diferente, y prefería no darle vueltas al asunto para no acabar diciendo algo que las perjudicara aún más. Sus palabras calaron en los cuatro superiores y el silencio se dilató. Estaban meditando si se creían esa excusa o no. Y parecía que el «sí» iba ganando.

—Entonces, confraternizaba con el enemigo —sentenció la asesina.

—No.

—Desobedeció órdenes de su superior.

—No había ninguna orden de que no se los curase.

—Anteriormente, se coló en los calabozos con mentiras. Poniendo palabras en boca de su teniente.

A eso no tenía objeción, porque era verdad.

—Sí, quería ver cómo se encontraban los presos. La teniente le había dado permiso en el campamento para curarlos.

—Eso no excusa que mintiera, Cyndra —apuntó Brelian—. Ni que haya dejado inconscientes a los guardias.

Para lo último no tenía respuesta, pero esperaba poder distraer la atención hablando sobre las mentiras de Ash.

—Conocéis a Ashbree, teniente. ¿Cuándo no ha usado su...? —Calló de golpe, consciente de que el poder de Ash no era de dominio público—. ¿Cuándo no ha intentado hacer lo posible por ayudar al prójimo?

—Y acudió rauda a ayudar a un Efímero.

—No.

La asesina guardó silencio y, de nuevo, en sus labios despuntó esa sonrisa suficiente.

Cyndra se dio cuenta, tarde, de que había respondido con demasiada rapidez. Lo último que ella sabía, oficialmente, era que el Efímero había muerto en el frente, a sus manos. Así se lo había comunicado a la teniente Aldadriel cuando le había preguntado al respecto en el hospital de Milindur, antes de que se enterase de todo lo que Ash había estado ocultando. Y su amiga le había contado que la teniente le había pedido que reconociera a los presos, por si alguno pudiera ser el Efímero del que Cyndra había informado —aunque hubiera asegurado haberlo matado—. Era evidente que Calari no había desechado esa opción tan fácilmente como el resto de sus superiores y había sacado el tema a colación para pillarla. Cyndra tendría que haber mostrado estupefacción, desconcierto o incomprensión. Pero estaba tan centrada en desmentir todo lo que Ash sí que había hecho que ni siquiera había pensado en lo que significaban esas palabras.

Brelian se tensó. Wendal miró a la asesina. Y Arathor clavó la vista en Cyndra, perplejo. Él parecía ser el único que ignoraba la existencia hipotética de un Efímero.

Cogió aire y se esforzó en calmarse, porque su corazón latía desbocado.

«No te quiebras, no te sometes».

Para su desgracia, se sentía demasiado inquieta. Sabía que la había cagado, y que las ataduras le hubieran dormido las manos y los pies no ayudaba a mantener la máscara de la indiferencia. Quería moverse para aliviar el hormigueo de sus extremidades, y eso solo serviría para denotar nerviosismo.

—Así que sabías que uno de ellos era un Efímero —prosiguió la asesina.

—No.

—Y que la heredera Aldair lo estaba ayudando.

—No.

—Y que ha participado en la fuga de los presos.

—¡La ha secuestrado el puto Rey de los Elfos!

Sus palabras se asentaron sobre los hombros de los presentes con la densidad del cemento endurecido. Había dos posibilidades: o bien Arathor no había informado al respecto, o el muy zopenco no había llegado a esa conclusión.

—Cuando llegamos —prosiguió—, un grajo tenía retenida a Ashbree, acorralada en el pasillo. *No* estaba confraternizando con ellos. El comandante la vio tan asustada como lo estábamos nosotros. Y uno de los presos llamó «Rylen» al intruso que se los llevó, envueltos en sombras.

—Rylen Valandur... —musitó la teniente Aldadriel.

—Sí. El mismísimo Rey de los Elfos, en carne y hueso, ha entrado en Milindur como si nada y se ha llevado a la heredera. Y estáis perdiendo el tiempo haciéndome preguntas estúpidas en lugar de poner el grito en el cielo. ¡La han secuestrado, joder!

Lo último lo pronunció con tanta rabia que se revolvió sobre la silla.

La asesina, cuya sonrisa había desaparecido por completo y se había visto reemplazada por un rictus serio, se cruzó de brazos con una leve arruga entre las cejas.

—Pues es evidente que sí que teníamos a un Efímero retenido —concluyó Calari. Cyndra apretó la mandíbula. Le daba la sensación de que no iba a poder librarse de esa suposición—. ¿Por qué iba a presentarse aquí el rey si no es para salvar a uno de los suyos?

—Hay muy pocos Efímeros... —comentó el teniente Calyene—. Tendría sentido que quisiera recuperar su poder.

Estaba jodida, muy jodida.

—Debemos informar del secuestro de la heredera —intervino Arathor, consternado por lo que eso significaba.

Estaba claro que no había sacado esa conclusión él solo. A Cyndra le sorprendía que hubiese llegado tan lejos en la escala militar con lo necio que era.

—Estoy de acuerdo —afirmó Calari. Apoyó las manos sobre la mesa y se incorporó para quedar un poco inclinada hacia delante—. Y estaréis de acuerdo conmigo en que, además de volcar todos los esfuerzos en rescatar a la heredera, hay que hacer algo más.

Los tres superiores intercambiaron una mirada que heló a Cyndra. Algo dentro de ella sabía qué iba a decir la asesina, de qué la iban a acusar.

—Cyndra Daebrin, quedas arrestada por traición al imperio y al emperador por ocultar la existencia de un Efímero. Por obstrucción de una investigación militar y por confabulación con el enemigo. Dichos cargos serán extendidos a Ashbree Aldair una vez que la rescatemos de su paradero hasta despejar cualquier duda de su involucración en los hechos.

Sin dar lugar a réplica, la asesina abandonó el despacho. Cyndra se quedó de piedra, con el corazón aporreándole el pecho y la respiración contenida.

Al menos podía dar gracias de que no la hubieran acusado de deserción, porque eso sí que habría supuesto su muerte inmediata. Ahora, al menos, disponía de los días de presidio y debate acerca de su juicio, si es que no la trasladaban a la capital para ello.

Estaba jodida.

2

Cuando habían ido a buscarla por trabajo, Calari había maldecido lo indecible. Casi le había pegado al pobre desgraciado que le había dado el aviso, pero, al parecer, había novedades con respecto al caso que estaba investigando. Y solo con oír eso se había puesto en pie de un respingo y había salido corriendo en dirección al cuartel que le había indicado el mensajero. Si había noticias frescas sobre el supuesto espía, no podía ser la última en enterarse.

Brelian y Wendal la recibieron a la entrada, acompañados del comandante Gandriel, responsable de la Orden de los Espadachines. No sabía qué hacía él allí, cuando Milindur no era su destino, pero si la situación había escalado hasta un superior con un rango como el suyo, aquello debía de ser serio.

Con diligencia, la pusieron al tanto de lo que había pasado con los grajos. Los hechos estaban un poco confusos, porque aunque el comandante lo había presenciado, no había dado demasiados detalles. Lo que le había quedado claro era que se habían esfumado envueltos en sombras. Y eso solo podía significar que, tal y como ella había sospechado, entre los presos sí que había habido un Efímero, por mucho que la teniente Aldadriel le hubiese asegurado que tenía el testimonio de la tiradora que lo abatió en combate y la confirmación de una tercera fuente.

Un Efímero era demasiado valioso como para dejarlo atrás. Y el *modus operandi* del rescate solo podía suponer recuperar un activo. Lo único que le quedaba era conseguir que el malnacido que hubiera estado colaborando con los grajos confirmara sus suposiciones y habría ganado. Lo demás no le importaba.

Y, benditos fueran los dioses, cuánto se alegró al ver quién era el interrogado. O, más bien, la interrogada.

Cyndra Daebrin le sostuvo la mirada con una fiereza que reconocía, y cada pregunta que le hizo le supo a gloria. La arrinconó hasta tenerla donde quería y, pum, había cometido un error. Había sido demasiado fácil y, aun así, le había generado un placer inmenso.

Por una vez en sus casi cien años de vida, los dioses habían sido benevolentes con ella y la habían bendecido con algo de suerte. Porque habían puesto a Cyndra Daebrin en su camino y no pensaba detenerse hasta que le hiciera pagar año a año.

3

Ashbree cayó de culo sobre un suelo mullido y sus manos se enterraron en pelaje suave. Sus ojos tardaron unos segundos en habituarse a la falta de oscuridad densa y asfixiante de las sombras, a pesar de que solo hubiera estado rodeada de esa negrura apenas un segundo. Jadeando, miró a su alrededor. Se encontraba dentro de una tienda militar sin iluminar, aunque al otro lado de las telas se intuían distintos puntos de luz que dotaban el interior de cierta claridad tenue. Por lo que distinguió, estaba bien amueblada, con una mesa amplia llena de papeles, una cama doble y un par de sillas regias, además de un sinfín de alfombras espesas que cubrían el suelo.

Y acuclillado frente a ella se encontraba el mismísimo Rey de los Elfos.

Había estado muy equivocada al pensar que Ilian podría ser el verdadero Rylen Valandur haciéndose pasar por otro para no delatarse. Había sido una necia. Aquel varón presentaba el porte regio de un verdadero rey, con los ropajes pulcros, el cabello corto y unos iris argénteos que parecían juzgarte con un simple parpadeo. Por no hablar de su belleza, con la que podría competir con los mismísimos dioses, e incluso inspirarles pavor a ellos si esbozaba esa sonrisa de suficiencia. Que iba dedicada a ella.

Ashbree se echó a temblar de forma irremediable, y aunque

quería pensar que era por el frío que la atenazaba, por culpa de sus ropajes y su capa empapados por la lluvia de Milindur, sabía que no era ese el motivo. Y ni siquiera pudo poner distancia entre ellos cuando él alzó una mano y la tomó por el mentón para girarle un poco el rostro. La luna menguante que tenía marcada en la mejilla —cortesía del sanador que la había atacado en el campamento por haber defendido a los elfos oscuros— reclamó su atención; aquella figura formaba parte del escudo del Reino de Lykos: dos lunas puntiagudas enfrentadas por la panza y rodeadas de estrellas. Le sorprendió que el contacto áspero de sus dedos contra su piel no le desagradara. Y un nuevo estremecimiento le recorrió el cuerpo.

Su luz no había dejado de vibrar desde que él había aparecido en la celda. Con Ilian, la sensación de enroscarse con sus sombras apenas duraba unos segundos, porque el Efímero no podía usar su don con los grilletes de nácar endurecido. Pero nada contenía el poder del Rey de los Elfos y su luz parecía saberlo. Ya no le quedó ninguna duda de que lo que le dijo Ilian era mortalmente cierto: «Los opuestos se atraen. Lo afín acababa encontrándose». Porque él la había encontrado.

—Espero que hayáis disfrutado del paseo en sombras, dragona. —La miró fijamente, y Ashbree podría haberse perdido en el gris de sus ojos de no ser porque sentía el miedo muy presente—. Sobre todo porque ha sido el último.

El rey se levantó con lentitud y, entonces, Ashbree se dio cuenta de la presencia de Ilian, que la observaba con los brazos cruzados ante el pecho y gesto serio, sus cabellos revueltos de cualquier modo. Estando uno al lado del otro, se percató de que ambos eran impresionantemente apuestos, más de lo que creía posible, pero en los rasgos de Ilian había algo más crudo y salvaje. El Rey de los Elfos era pura gracilidad felina, aunque su belleza era igual de fiera.

—Ahora haz tu trabajo y mátala, Ilian.

El aludido suspiró y se frotó los ojos con una mano antes de deslizar la vista hasta ella, quien se echó a temblar. Las lágrimas que Ashbree sentía al borde no caían porque ni siquiera se atrevía a parpadear. El miedo se le atoró en la garganta y tenía la sensación de que en cualquier momento vomitaría, como le pasaba siempre que los nervios tomaban el control.

—No voy a matarla, Rylen —suspiró—. ¿Sabes quién es?

El Rey de los Elfos enarcó una ceja y se metió las manos en los bolsillos en un gesto de tanta indiferencia que el miedo se vio acompañado de la rabia. A aquel varón no podría importarle menos su vida, como si estuviese frente a un insecto insignificante, en lugar de ante la próxima emperatriz de Yithia.

—Precisamente por eso te estoy diciendo que la mates.

—No voy a hacerlo.

El monarca se crispó y entre sus cejas apareció una arruga apenas perceptible. Dio gracias por que Ilian se negara, pero ¿qué motivos podría haber para que su rey la quisiera muerta y él no? ¿Tendría algo que ver con lo que habían hecho la noche anterior en la intimidad de la habitación del placer? Un nuevo estremecimiento la recorrió al recordar esas manos grandes sobre su cuerpo y alzó la vista hacia él. Era imposible que aquello guardara relación, cuando simplemente se habían desfogado.

Sin embargo, si el rey la quería muerta..., ¿por qué Ilian no había acabado con ella en la emboscada? Había pensado que era porque querían secuestrarla, porque el Rey de los Elfos —fuera él o no— quería usarla a su favor, pero aquello desmontaba su teoría de un plumazo, porque ni siquiera deseaba matarla con sus propias manos; pretendía que lo hiciera su lacayo.

—¿Y para qué te pago si no es para que mates? —preguntó con sarcasmo—. Menudo asesino estás hecho.

«¿Asesino...?».

La sangre se le heló al comprender que había confraternizado con un asesino. Y una parte de ella se arrepentía de todas las veces que había estado cerca de Ilian, porque podría haberla matado de mil formas diferentes. Por todos los dioses, se había enrollado con él. Y le había soltado la cadena que le entrelazaba las manos entre sí... Había sido una inconsciente.

Hasta hacía unas semanas, para ella el concepto de «asesino» dentro de las Órdenes había tenido otro matiz. Había creído que era el cuerpo de élite dedicado a la inteligencia, a tareas de espionaje y, en muy contadas ocasiones, a aniquilar objetivos clave. Y aunque nunca se había sentido cómoda con esa parte de su ejército, comprendía que era necesario. Pero después de haberse cruzado con aquella asesina en Milindur, y de descubrir en qué otras numerosas tareas eran maestros, el significado había cambiado. Y si a eso le sumaba lo que sabía de los elfos oscuros...

Ashbree tragó saliva por inercia, aunque en realidad no tenía nada que tragar; sentía la boca más seca que los dos desiertos de Dundran.

—Mátala tú —respondió Ilian—. Eres tan asesino como yo.

El estómago se le retorció con violencia y percibió el amargor de la bilis en el fondo de la garganta. La cabeza empezó a darle vueltas y su respiración se agitó más todavía. El Rey de los Elfos también era asesino.

—Es peligrosa —prosiguió el monarca, incansable. Ilian no mutó el gesto en lo más mínimo.

—N-no soy peligrosa... —balbuceó en un intento absurdo de garantizar su supervivencia.

El soberano la miró y ella tembló de pavor.

—Aún —siseó él en su dirección.

—Es valiosa, Rylen. No puedes matarla así porque sí y lo sabes. Por eso no lo haces tú mismo.

Los ojos del Rey de los Elfos se deslizaron por el cuerpo de Ashbree, curiosos.

—En realidad, no vale nada para su padre. No nos serviría como moneda de cambio. —El corazón se le estrujó y Ashbree jadeó ante la veracidad de sus palabras—. Creo que la quiere tan muerta como yo.

—¿Cómo...? —balbuceó la heredera. Las palabras se ahogaron en su boca en cuanto volvió a mirarla con esa autoridad de la que parecía ser dueño y señor.

—¿Que cómo lo sé? —Ella tan solo pudo asentir—. He estado en vuestra cabeza demasiadas veces como para no saber cosas de vos.

Se quedó tan consternada que los temblores que le estaban dominando el cuerpo desaparecieron. Ante su estupefacción, los labios del Rey de los Elfos se curvaron en una sonrisa, a todas luces divertida.

—¿De verdad os creíais esa patraña de que hablabais con un pedazo de mi conciencia?

—No... —mintió en un susurro.

Siempre había tenido la sensación de que había algo más detrás del órgano de piedra al que hacía frente mes tras mes, por mucho que el consejo y los expertos afirmasen que no existía magia capaz de mantener la mente enlazada con un objeto. Pero la realidad era que nadie se había enfrentado a un corazón que hablara; nadie salvo ella. Todos habían creído que, cuando Ayrin Wenlion se lo arrancó del pecho, le había arrebatado un reflejo de su ser y nada más. Jamás imaginaron que su conciencia siguiera ligada a ese trozo de piedra, ni mucho menos que él pudiese hurgar en su propia mente.

—¿Entonces? —inquirió el Rey de los Elfos, alzando las cejas con interés. Se agachó frente a ella y, esa vez sí, Ashbree se arrastró hacia atrás para alejarse.

—Rylen, ya basta. —Ilian lo agarró por el hombro—. La estás asustando de verdad.

El Rey de los Elfos se incorporó de nuevo. Todo su lenguaje corporal cambió al instante: desaparecieron la rigidez de sus músculos, la fiereza en su mirada y el gesto adusto de su rostro. Todo en él, de repente, se tornó un ápice más amable, como si acabase de quitarse una máscara.

—Es muy divertido... —rezongó con un suspiro. Ilian negó con la cabeza.

«¿Era un juego?». Por la forma en la que se miraban ahora, con Ilian más relajado también, sin esa seriedad en el rostro... «Era un puto juego».

Una rabia desconocida se apoderó de su cuerpo y la llevó a

ponerse en pie, por mucho que las piernas le siguieran temblando. Sentía su luz revuelta, deseosa de entrelazarse con él, pero ni siquiera ella se atrevía a salir a paliar el hambre. El Rey de los Elfos la observó, con una ceja enarcada y una sonrisa burlona en los labios. Ashbree apretó los puños con fuerza por la frustración.

—Sois deplorable… —musitó.

Ilian espetó una carcajada y el Rey de los Elfos alzó ambas cejas, sorprendido. Las mejillas de la heredera ardieron al instante.

—Sois un ser cruel y despiadado —prosiguió, mirándolo de arriba abajo con repulsión. Él se cruzó de brazos y su diversión mutó a seriedad, pero no la seriedad fatal previa.

—¿Habéis terminado ya?

—Debería daros vergüenza… —siseó. La garganta y los ojos le picaban de pura furia—. Sois un monstruo.

Él entrecerró los ojos con una amenaza. Ashbree se alegró de haberle golpeado en la fibra sensible; era lo mínimo que se merecía. Aquel varón era el causante de todas sus desgracias, perpetrador de masacres y responsable directo de la Tercera Guerra. ¿Era capaz de enfrentar a dos naciones en una guerra y no soportaba un par de insultos? Ashbree estuvo a punto de escupirle a la cara.

Se tragó la saliva cuando él acortó el espacio que los separaba de dos zancadas, visiblemente enfadado. El ambiente a su alrededor vibró de forma extraña y sintió que la oscuridad se acrecentaba. Ashbree reculó hasta que su espalda topó contra uno de los gruesos postes que sostenían la tienda y apoyó las manos sobre la superficie rugosa, temerosa de que el mareo que la abordó la tirara al suelo. La había acorralado, no tenía a dónde huir. Ashbree miró por encima del hombro del soberano y vio a Ilian serio, como si a él también le hubieran molestado sus palabras.

El regente se inclinó un poco hacia delante, para que sus rostros estuvieran algo más cerca, y ella alzó el mentón para salvar la distancia y mirarlo a los ojos. Aunque su cuerpo le pedía que se arrodillara y le implorara perdón, no pensaba darle la satisfacción de verla acobardada. Ella sería la séptima emperatriz de Yithia algún día, no hincaría la rodilla ante nadie. Como Cyndra le decía, ellas no se sometían. Y menos ante un ser que disfrutaba viendo el terror en los ojos de sus presas. Si decidía matarla después de su desplante, moriría con la cabeza bien alta. A fin de cuentas, no era el primer varón en su vida que intentaba doblegarla.

—Lleváis quince años tratando de aniquilarme solo porque la historia os ha dicho que yo soy el villano de este cuento —gruñó él con voz ronca. Su aliento cálido le rozó las mejillas y se le erizó la piel—. Y sí, puedo ser malo, deplorable y despiadado. —Despacio, alzó la mano para recolocarle un mechón detrás de la oreja picuda, tomándose la molestia de no rozársela. Aquel gesto iba cargado de un matiz que, después de lo que había compartido con Ilian la noche anterior, comprendía: las orejas eran una zona erógena para los elfos oscuros. Y aunque sus pieles ni se rozaron, ella tembló—. Pero, decidme, dragona, ¿quién es más monstruo?: ¿el que comete las atrocidades o quien se encargó de convertirlo en uno?

Lo último lo pronunció con una acritud que la traspasó y le arrebató la respiración. Con un movimiento ágil, se separó de ella y el aire renovado, al no tener ese cuerpo cálido sobre el suyo, la dejó con una sensación gélida.

—Llévatela de aquí, Ilian. No quiero verla. Si la matas, te lo agradeceré. —Miró por encima del hombro en dirección a Ashbree—. Si no la matas, la chica será responsabilidad tuya.

Ilian apretó los labios y respiró hondo antes de mirarla. Después, no supo si porque su terror era palpable, suavizó el gesto y le dedicó una sonrisa de medio lado, afable.

Por mucho que pareciera que el Rey de los Elfos le había perdonado la vida, Ashbree tenía la impresión de que su muerte solo se había retrasado.

4

En cuanto hubo dado dos pasos fuera de la tienda, Ashbree se dobló por la mitad y vomitó, incapaz de retenerlo más. El miedo y la tensión por enfrentarse al Rey de los Elfos tan abiertamente había terminado por revolver el parco contenido de su estómago. Ilian se crispó a su lado, pero no pudo importarle menos. A su alrededor, los murmullos de distintas conversaciones se acallaron y lo único que se escuchó fueron las toses violentas de Ashbree mientras se vaciaba por dentro.

Las lágrimas le picaban tras los párpados cerrados y la garganta le ardía como si hubiera ingerido fuego. Cuando se aseguró de que no le quedaba nada más que soltar, se irguió, todo lo digna que pudo y controlando la respiración, y se limpió la boca con el puño de la camisa.

Se encontraba rodeada por el ejército del Reino de Lykos, elfos oscuros de distintos tamaños y tonalidades marrones de piel, pelos oscuros y, sobre todo, miradas escrutadoras. Estaba en el corazón de las tropas enemigas, con infinidad de tiendas militares unas al lado de las otras.

Ashbree tragó saliva y agradeció que Ilian echara a andar por el pasillo creado por las filas de tiendas. No tuvo ni que dirigirse a ella para saber que debía seguirlo. El Efímero estaba tenso, miraba a algunos soldados con el mentón alzado y gesto serio, de superioridad absoluta. La heredera avanzó a grandes zancadas para seguir el ritmo rápido que llevaban sus piernas largas, que parecían volar sobre el suelo, con todos los ojos clavados en ella. No había ni un solo soldado que no detuviera sus tareas para verla caminar por el terreno embarrado.

Se sentía expuesta, juzgada y, sobre todo, amenazada, por mucho que ni uno solo de ellos hubiera abierto la boca. La consideraban una presencia *non grata*, y no era para menos. A pesar de lo que habían compartido, ahora ni siquiera se hallaba cómoda cerca del Efímero. Que resultaba que sí se llamaba Ilian, después de todo.

Desde que lo conocía, sus ideales hacia sus enemigos habían ido cambiando poco a poco hasta el punto de plantearse que los elfos oscuros no eran tan malos como siempre había creído. No obstante, el Rey de los Elfos la había secuestrado sin reparo alguno, e Ilian no parecía disconforme con que ella estuviera allí. Aquello fue un recordatorio doloroso de que seguían perteneciendo a bandos contrarios y que eran tan crueles como cualquier otro ser. Ella había sido amable con el Efímero, había tratado sus heridas, había evitado que el maestro de ceremonias acabara con él y había comprado las seis horas de esclavitud para que nadie le pusiera ni un dedo encima, porque las injusticias la ahogaban —o eso se decía—. Y él...

Con los labios apretados por lo mucho que le molestaba la actitud de Ilian, intentó memorizar el recorrido que estaban siguiendo, pero todo estaba demasiado oscuro y apenas si veía dónde ponía los pies. Cuando se detuvieron delante de otra tienda, más pequeña que la del rey pero de mayor tamaño que las de los soldados rasos, él apartó una de las solapas para ella y, con un gesto de la mano, la invitó a entrar. Ashbree dudó unos segundos e Ilian esperó, paciente, a pesar de que todos los soldados los estaban mirando.

A la heredera no le quedó más remedio que aceptar la invitación. Se detuvo a un lado, abrazándose la cintura. Por mucho que le hubiera plantado cara al Rey de los Elfos, seguía aterrada.

Había sido un acto inconsciente fruto de la adrenalina, y le podría haber salido muy caro.

Ilian entró con una antorcha y prendió el brasero que había en el centro de la estancia. Después, volvió a salir. Le sorprendió que la dejara allí sola, aunque fueran unos segundos. Y no supo si eso la tranquilizaba o la incomodaba más. ¿Acaso no la consideraban una amenaza? Él había visto de lo que ella era capaz. ¿Eso no significaba nada?

Cuando regresó, se acercó al brasero y colocó las manos sobre el fuego para calentarlas. Los grilletes de nácar endurecido que se cerraban en sus muñecas brillaron con un fulgor especial. Ashbree había estado tan enfadada que ni siquiera había percibido que allí hacía mucho más frío que en Milindur, y no solo por lo empapada que seguía. ¿Tan al norte se encontraban?

Aprovechó el momento para observar su entorno. En aquella tienda no había ricas alfombras de pelaje, ni la cama era tan descomunal como la del rey. Lo que sí tenían en común era la mesa que, aunque menos robusta, también estaba atestada de papeles. Y sobre la madera destacaba un cuchillo muy tentador.

Incómoda con el silencio que se había formado entre ambos, Ashbree se frotó los brazos y se decidió a hablar.

—Gracias por haber intercedido por mí.

Eso debía concedérselo.

En Yithia, muy pocos se atreverían a desobedecer los designios del emperador. Si Arcaron Aldair dictaba una condena a muerte, el ejecutor tan solo se molestaba en preguntar de qué modo debía llevarla a cabo. E Ilian se había negado. Varias veces.

—No me las des. Tú has hecho más por mí. Me curaste, por ejemplo.

Que destacara eso sobre el resto de las cosas que había hecho por él le sugería que lo demás le pesaba demasiado dada su nueva situación.

El Efímero la miró de soslayo y volvió a clavar los ojos en el bailoteo hipnótico del fuego. A la luz de las llamas, con todas esas sombras misteriosas que se creaban, su rostro destacaba mucho más atractivo. Incluso a pesar de que sus facciones estuvieran maltratadas por la paliza que había tenido que darle con su luz la noche anterior, para que la tapadera que habían formado alrededor de la venta no se desmoronase. Ella misma también sentía el cuerpo pesado y amoratado en los mismos puntos en los que su don lo había tocado. No obstante, seguía siendo peligrosamente hermoso. Y en la intimidad de la tienda, su luz se revolvió y vibró de aquel modo que solo podía sugerir que quería enroscarse con sus sombras.

Pero no podía permitirlo.

—Sí, te curé. En contra de tu voluntad —respondió Ashbree en un murmullo.

Ahora que empezaba a calmarse —solo un poco—, el frío le acarició el cuerpo y comenzó a tiritar. Sus ropajes, además de estar empapados, eran demasiado finos para el Reino de Lykos. En cuanto se cruzaban las fronteras originales que dividieron ambas naciones durante el Siglo Cero, la temperatura cambiaba drásticamente y cada nación se anclaba en dos estaciones que rotaban cada seis meses: primavera y verano para Yithia; otoño e invierno para Lykos. Y ese frío solo podía sugerir que sus sospechas eran ciertas y que se encontraban al norte de la frontera. Aquel no era un puesto limítrofe a las puertas de Milindur, a la espera de encontrar el momento perfecto para reconquistar la ciudad.

—En contra de mi voluntad —le concedió él en tono amable. Incluso le pareció distinguir una leve sonrisa en los labios—. Pero hoy también has venido a liberarme.

Seguía dando vueltas alrededor de lo que había sucedido la noche anterior. Y no le extrañaba. Ella no le había contado nada a Cyndra por temor a su reacción, y supuso que para él debía de ser peor. Por la complicidad con la que se habían tratado, intuyó que Ilian tenía una relación estrecha con el rey. ¿Cómo iba a explicarle que se había enrollado con su enemiga?

Ilian se giró hacia ella y la observó. Ashbree se encogió un poco en el sitio. No era la primera vez que compartían aire, pero ella siempre había tenido las de ganar, el espacio dominado por completo. O, al menos, habían quedado en tablas, si se tenía en cuenta la noche anterior. En aquel momento, no obstante... En aquel momento estaba a merced de sus designios. Intentó aparentar indiferencia y se encogió de hombros.

—Y resultó que no necesitabas ayuda.

—Pero tú ya estabas allí —lo pronunció con tal certeza que Ashbree tuvo que tragar saliva—. Así que gracias.

Apartó la mirada, azorada. Había acudido al calabozo con una idea bien clara. Su conciencia no le permitía abandonarlos a su suerte sabiendo que, cuando dejaran de considerarlos útiles, después de todas las atrocidades que les habían hecho, los venderían como esclavos. Y ahora resultaba que ella era la rehén.

—Anda, ven aquí. —Ashbree alzó la vista. Ilian tenía la mano extendida hacia el brasero en una invitación paciente—. Prometo que no te morderé. A menos que quieras.

La sonrisa de medio lado que esbozó, cargada de pillería, parecía sincera, e hizo que sintiera un cosquilleo al recordar los *mordiscos* de la noche anterior. Con las mejillas incandescentes, Ashbree se atrevió a recorrer el espacio que los separaba para acercarse a las llamas y entrar en calor. Agradeció la calidez que la invadió en cuanto mantuvo las manos encima del fuego y casi suspiró de placer.

—Así que asesino, ¿eh? —comentó pasado un rato, intentando recuperar la extraña complicidad que habían mantenido hasta entonces. Él se limitó a asentir, los hombros tensos de nuevo—. ¿Te avergüenza?

—¿Qué? —Ilian giró el rostro para mirarla, con gesto de incomprensión—. No, por supuesto que no. Es un trabajo como otro cualquiera.

—Tanto como otro cualquiera... —rezongó ella, sin ser capaz de mirarlo.

—Sí, como otro cualquiera. Eres consciente de que la palabra «asesino» no significa que seamos los únicos que matamos, ¿no?

—No, claro, solo que lo hacéis con mayor maestría y deleite.

—«Deleite»... —Ilian rio por la nariz—. Realmente no tienes ni idea del mundo en el que vives, ¿verdad?

Contrariada, Ashbree lo miró. Sus numerosos pendientes brillaban ante la luz del fuego, y los grilletes de nácar que le rodeaban las muñecas resplandecían con mayor intensidad.

—¿A qué te refieres?

Ilian chasqueó la lengua y, para su desgracia, intuyó el *piercing* de la lengua que tanto placer le había dado la noche anterior.

—Nada, déjalo.

Estuvo tentada de replicar, pero no le pareció demasiado inteligente. En aquel momento se encontraba caminando por la cuerda floja. Su percepción de él le decía que aquel elfo oscuro era afable, aunque bien podría haber estado fingiendo —como creyó que hacía para ocultar que era el Rey de los Elfos—. Y ese pensamiento se le enquistó en el pecho, porque se descubrió deseando que no hubiera estado fingiendo *todo el tiempo*.

—Me diste tu verdadero nombre —dijo ella con indiferencia.

Él la miró de refilón.

—¿Por qué no iba a hacerlo, *Ash*?

La elfa hizo un mohín con los labios y rehuyó su mirada.

—No me pareció inteligente. De hecho... —Calló y se mordió el labio inferior. Él giró el rostro para observarla y las nuevas sombras sobre su rostro lo dotaron de mayor salvajismo—. Creía que eras el Rey de los Elfos.

Ilian se quedó atónito un segundo antes de soltar una carcajada que la sobresaltó. Y luego la reconfortó de forma inexplicable. Se decía que era la reacción de su luz a los opuestos, porque era muy peligroso pensar otra cosa.

—Rylen Valandur solo hay uno, y puedes dar gracias por que no fuera yo —respondió en tono jocoso.

—¿Por qué? —inquirió ella con una media sonrisa ante la diversión del Efímero.

—Porque... No sé. Rylen es Rylen. Ya lo conocerás.

La sonrisa desapareció del rostro de Ashbree y la seriedad se instaló en su pecho. Ella creía conocerlo un poco, lo mínimo después de quince años de hablar con él mes a mes. Y no quería conocerlo más, con eso tenía suficiente como para desear que desapareciera de la faz de Narendra.

—¿Sabes? Yo ya sabía quién eras. No necesitaba tu nombre.

Ashbree deslizó la vista hacia él y lo observó durante unos segundos, estupefacta.

—¿Lo supiste todo el tiempo? —Él asintió—. ¿Por eso no me mataste?

El Efímero cabeceó de un lado a otro.

—No te mentí. Me sorprendió volver a ver a una Efímera de Luz con mis propios ojos. Pero ya sabía que existías.

Ashbree se quedó de piedra y dejó caer los brazos a ambos lados del cuerpo.

—¿Cómo?

—Rylen me habla de ti.

Algo se removió en su interior al escucharlo. No parecía que le estuviese mintiendo. ¿Y para qué iba a hacerlo? Él estaba en su hogar, entre los suyos; él tenía el poder absoluto sobre ella.

—Ah... —fue lo único que pudo decir.

La certeza de que el rey sí que había hurgado en su mente todo lo que había querido y más se afianzó sobre sus hombros. ¿Qué más sabría el soberano?

Se frotó los brazos de nuevo para intentar alejarse de la sensación que le gritaba que habían violado su privacidad.

—¿Te incomoda?

—No —mintió.

—Ya... —Ilian deslizó la vista hacia el fuego—. Creo que mañana debería llevarte a hablar con él.

Fue el turno de Ashbree de soltar una carcajada, aunque, en su caso, un tanto desquiciada. Ilian la contempló con incredulidad; ella calló al instante. La risa le había salido de lo más profundo, un reflejo claro del miedo que le dio solo de pensar en enfrentarse a él de nuevo.

—Rylen no es un monstruo.

—Permíteme dudarlo.

—Tu padre sí que lo es.

A Ashbree se le secó la garganta y se miraron fijamente durante unos segundos demasiado largos en los que su corazón permaneció estático en su pecho.

—¿También sabes eso?

—Sé muchas cosas de ti, Ashbree Aldair.

—Y yo no sé nada de ti, Ilian…

—Aedil. —Ashbree asintió en respuesta—. ¿No me vas a decir «Un placer conocerte»? ¿Qué clase de modales os enseñan a los elfos de luz?

—No es ningún placer conocerte, Ilian Aedil —respondió, reprimiendo una sonrisa.

Él rio entre dientes y se llevó la mano al pecho, como si se lo hubieran atravesado con una flecha. La breve diversión desapareció rauda del rostro de la heredera. No podía olvidar que él era su enemigo, que hacía dos semanas Cyndra había estado a punto de matarlo. Y él de matar a su amiga. Suficiente tenía ya habiéndolo olvidado la noche anterior.

Ilian, consciente del cambio en el ambiente, dejó caer las manos a ambos lados del cuerpo.

—No me vas a quitar los trastos estos de nácar, ¿verdad? —Ella hizo un mohín con los labios y apartó la vista. Ni loca le iba a retirar las contenciones. Aunque la noche anterior no había dudado antes de quitarle la cadena que le había apresado las muñecas entre sí, ya no se sentía del todo segura en su compañía—. Lo imaginaba.

El Efímero suspiró y se alejó de ella en dirección a la salida de la tienda. Ashbree lo observó, atenta a sus movimientos.

—Te traeré un poco de comida y agua para asearte. Descansa, la tienda es tuya. —Ashbree asintió, con un nudo en la garganta por su amabilidad. Antes de atravesar las telas, se giró de nuevo hacia ella—. Ah, y por favor, *por favor*, no intentes escaparte. Aquí estás a salvo.

Asintió una vez más, porque no tenía palabras con las que

responder, y lo observó mientras la abandonaba en la inmensidad de aquella tienda que, a todas luces, no era de un soldado raso ni de un teniente. Sin encadenarla. Sin amenazarla. Y, sobre todo, sin llevarse el cuchillo que descansaba sobre la mesa.

5

Convencer a Aldadriel y a Calyene de que él estaba donde debía estar fue más fácil de lo que esperaba. En sus planes no entraba encontrarse con ningún otro superior al margen del teniente de Cyndra, al que ya le había dicho que se hallaba allí para escoltar a la heredera a la capital. Brelian, no obstante, conocía a Arathor, y este había tenido que emplear sus dotes maestras para que no pensara que había dobles intenciones detrás de sus motivaciones para ir a buscar a Ashbree.

Sin embargo, convencerlos no lo libraba de sospechas, y menos cuando Cyndra Daebrin entraba en la ecuación. Arathor había esquivado la flecha que era la lengua viperina de la tiradora por muy poco. Si los nervios la hubieran dominado un ápice más, estaba convencido de que esa chiquilla habría dicho algo relacionado con su fuga frustrada. Y aunque no le hubiera costado ningún esfuerzo tacharla de mentirosa —puesto que tenía la misiva que informaba del traslado de la heredera hacia la capital y que Calyene ya había visto antes de que todo se torciera—, esa acusación, por insostenible que fuera, habría dejado una mancha en su expediente.

Se había considerado un completo imbécil por haber dudado de Ashbree cuando el emperador le sugirió que mentía con respecto a haberse quedado vacía después de enfrentarse al corazón de piedra, porque claramente había querido quitárselo de en medio para acordar su casamiento. Y ahora esa duda iba tomando fuerza una vez más. ¿Y si lo de la grieta en el órgano de piedra estaba relacionado de algún modo con los Efímeros?

Arathor no había querido creer lo que había visto en el calabozo. Pero en cuanto Cyndra lo había sugerido..., no había podido seguir huyendo de esa realidad. El mismísimo Rey de los Elfos se había infiltrado en el destacamento de Milindur ante las narices de cientos de soldados. ¿Cómo? Todo apuntaba a las sombras sinuosas que habían visto, a pesar de que nadie había tenido constancia, jamás, de que un Efímero pudiera viajar a través de la oscuridad. Y aquello sentaba un precedente aterrador.

Cyndra seguía negando su traición. Pero con cada nueva palabra que salía por su boca, resultaba más y más evidente que estaba mintiendo. Entre la teniente Aldadriel y el teniente Calyene desataron y esposaron a la tiradora, que se resistió, cada vez más desesperada.

Arathor, con rostro inexpresivo, apenas era consciente de lo que estaba diciendo. La conversación había desvelado tanta información que no sabía ni por dónde empezar a manejarla. No obstante, los siguió cuando los tenientes sacaron a Cyndra del cuartel. Calari los esperaba fuera, acompañada de varios asesinos más que los observaban con miradas afiladas y sonrisas mucho más puntiagudas.

No le gustaba aquella situación. Aunque no sentía aprecio por Cyndra, le resultaba inverosímil que hubiera confabulado con el enemigo. Cyndra era fiera, amaba a su nación y se había ganado una reputación bien merecida como tiradora. Era muy poco probable que hubiera cambiado de bando con semejante facilidad. Y saltaba a la legua que todos los implicados en aquella acusación opinaban igual que él, a juzgar por sus gestos adustos. Estaba claro que era un mero pretexto para desviar la atención de lo verdaderamente importante.

Unas voces que no reconoció lo alertaron y, acto seguido, ya tenía la espada derecha desenvainada. El resto de los soldados que los rodeaban respondieron de la misma manera, preparándose para un posible altercado. Cyndra se detuvo, a pesar de los empellones que Calari le propinaba para que siguiera andando rumbo a los calabozos.

—¡Cyndra!

Se trataba de una elfa esbelta y agraciada, de larga melena rubia recogida en una coleta, que observaba a la tiradora con desesperación, la capucha de la capa totalmente retirada. Apareció seguida por un robusto elfo con una sien rapada y cabello largo y casi blanco; su gesto era furibundo. Ambos estaban empapados y, a pesar de la lluvia torrencial, se detuvieron en mitad del camino. Varios soldados los interceptaron y les impidieron el paso. Cyndra se revolvió y se giró para mirar a los recién llegados.

—¡Cyndra! —seguía gritando ella.

—¡No la encontramos! —apuntó él.

—¡¿Qué está pasando?! —continuó ella.

Arathor se percató de que los ojos de la tiradora brillaban con intensidad. Se preguntó si aquel sería el día en el que, por fin, vería a la imperturbable Cyndra Daebrin llorar.

—¡La han secuestrado! —les informó.

—¡¿Qué?! —intervino el varón fornido.

—¡A Ashbree! ¡Han secuestrado a Ashbree Aldair!

—¡Cierra el pico, Daebrin!

Con la letalidad característica de los asesinos, Calari le propinó una patada en una corva y Cyndra perdió el pie. Hincó las rodillas sobre el pavimento adoquinado sin clemencia, pero no se quejó en lo más mínimo. Los recién llegados, no obstante, sí que se alteraron.

Arathor, como comandante y superior de mayor rango, tomó el control de la situación, porque su sentido de la rectitud le decía que aquello no era correcto. No importaba si no sentía ningún afecto por la tiradora, esta había supuesto un pilar importante para Ashbree. Había actuado como una amiga incondicional que no había dejado que se derrumbara cuando el emperador lo pagaba con ella. Aunque opuestos, ambos habían sido las dos caras de la moneda de la próxima emperatriz. Por eso, agarró a Cyndra por el brazo y la puso en pie, para que los asesinos no siguieran denigrándola con sus risas y burlas. Apenas pesaba y casi la empujó contra los soldados que la habían estado llevando a rastras.

—Lleváosla de aquí —ordenó con voz autoritaria.

Los soldados perdieron la diversión del rostro al escuchar su tono y se cuadraron de inmediato —obviando que su superior directa era Calari—, antes de obedecer.

—Hasta el final —murmuró la fémina, abrazando a la tiradora a pesar de todos los cuerpos que intentaban impedirlo.

Finalmente, los soldados consiguieron separarlas y tiraron de Cyndra, que seguía revolviéndose.

—Y vosotros, largaos si no queréis acabar encerrados por alteración del orden público y obstrucción a la autoridad.

La amenaza sobrevoló entre ellos y la recibieron con gestos duros. La elfa deslizó la vista hacia Cyndra, que seguía vociferando su inocencia. Por suerte, era inteligente y había dejado de pregonar la desaparición de Ashbree. Los ojos de la conjuradora se encontraron con los del comandante con tanta fiereza que la elfa podría haber desatado un incendio allí mismo.

—Tratáis de criminal a quien no debéis, comandante —aseveró ella.

Sin esperar una respuesta de su superior, la elfa se marchó por donde habían venido. El varón, por su parte, se quedó unos segundos más observando la estampa. Algo en el lenguaje corporal de esos dos lo dejó con la sensación de que, si le ponían una sola mano encima a Cyndra, conseguirían desatar el caos en Milindur.

6

Lo primero que hizo Ilian nada más abandonar la tienda fue soltar un suspiro profundo y rotar los hombros. Se notaba incómodo estando con ella, no porque le tuviera miedo o se sintiera amenazado, ni mucho menos, sino porque era Ashbree Aldair, la próxima heredera del Imperio de Yithia. Y se había enrollado con ella. Había sido un tonto sucumbiendo a aquello, pero llevaba demasiados días a los que no les veía fin siendo apaleado hasta la saciedad, sin que le demostraran ni un mínimo de benevolencia. Y cuando se le presentó la oportunidad y percibió que Ash buscaba lo mismo que él..., no pudo reprimir ese impulso.

Sabía lo que sucedía cuando Efímeros contrarios se hallaban cerca, lo había visto con sus propios ojos, pero jamás había llegado a experimentarlo. A pesar de haber estado contenidas por los grilletes, sus sombras le habían pedido que se acercara a ella a cada momento, que se entrelazara con la luz para convertirse en un todo. Y le seguía pasando. Pero no podía repetirlo. Porque de no conseguir ponerle fin a la guerra en los próximos siglos —que todo apuntaba a ello si Rylen seguía en sus trece—, ella sería el futuro de la mitad de la isla. De ella dependerían decenas de miles de vidas. Y ahora, la suya propia dependía de él.

Lo peor de todo era saber que esa elfa de luz, según Rylen,

tenía carácter. Era, en palabras del rey, «puro fuego a punto de calcinarlo todo». Y por cómo había reaccionado su cuerpo a los besos de Ash la noche anterior, podía dar fe de ello. No obstante, ahora que la situación había cambiado tanto, Ilian lo último que quería era estar cerca de la próxima emperatriz cuando estallase, porque estallaría. Y él con ella.

Había sido un necio. Todo lo que siempre había proyectado por el bien de la isla se estaba desmoronando a pasos agigantados. Había instado a Rylen hacia una vertiente y ahora..., ¿cómo iba a mirarlo a la cara y a azuzarlo a que se relacionara con Ash sabiendo que se había enrollado con ella?

Estaba tan hecho un lío que bufó y se frotó la frente. Después, alzó la vista y se encontró con demasiados ojos curiosos, atentos a lo que pudiese suceder en el interior de la tienda.

—Se acabó el espectáculo —sentenció, mordaz, antes de echar a caminar.

Los soldados obedecieron su orden indirecta y continuaron con sus tareas, que venían a ser dar buena cuenta de la cena.

Sabía que la conversación con Rylen no iba a ser agradable. Con suerte, se lo encontraría con un humor de perros y ya. Si no tenía suerte... Bueno, le tocaría aguantar rapapolvo tras rapapolvo.

Se miró las muñecas y resopló. No había forma alguna de ocultarlas sin levantar sospechas, y era evidente que por eso también le iba a caer bronca. Ashbree Aldair ahora era su responsabilidad, y eso, en palabras de su rey, significaba atarla en corto y sin que diera ni un solo problema. Y que se negara a quitarle los grilletes de nácar endurecido era, a todas luces, un problemón.

Caminó por el pasillo entre tiendas hasta que vio a Haizel sentado frente a una hoguera, con un sanador abrazándolo con fuerza. Los cabellos rojizos del conjurador destellaron ante el fuego cuando se giró a mirar a Ilian.

—Tilli, déjate de abrazos y revísale las heridas ya.

Haizel se puso en pie, con el rostro serio e imperturbable,

como siempre. Su aspecto no estaba tan demacrado como el de Ilian, pero habían tenido que soportar los mismos horrores y no había soltado prenda. Una curiosa sensación de orgullo lo invadió.

—¿Y qué hay de ti, Ilian?

—Yo estoy bien.

—Estás muy lejos de estarlo.

—Tengo que solucionar muchas cosas primero.

Haizel cabeceó y clavó sus ojos rosas en la hoguera antes de tragar saliva y volver a mirarlo.

—Gracias —le confesó.

—¿Qué? ¿Por qué?

—Por no dejar que nos viniéramos abajo.

Ilian le palmeó el hombro y le dedicó una sonrisa triste, sin atreverse a pensar en los soldados que había perdido en la emboscada. En los otros dos compañeros que habían caído en los combates ilegales.

Después, le dio un apretón y se alejó de allí, azorado y sin saber bien qué decir.

Tenía demasiados frentes abiertos, demasiadas conversaciones importantes que mantener, y recordar los horrores que habían sufrido en esas casi dos semanas de cautiverio no le haría ningún bien. Preparándose para la primera batalla que le iba a tocar librar aquella noche, cogió aire y entró en la tienda del soberano.

Se lo encontró sentado tras el escritorio, con un tobillo apoyado sobre la rodilla contraria y el codo clavado en la mesa. Se estaba frotando el mentón, pensativo, pero su rostro era inescrutable. Le dio la impresión de que parecía relativamente receptivo, aunque eso no lo tranquilizó en absoluto.

—¿En qué coño estabas pensando, Ilian? —preguntó con voz serena, sin mirarlo, nada más sentir su presencia. Porque las sombras se percibían entre sí.

«Allá vamos...».

—No podemos matarla. Ya sabes que creo que...

—No. —Alzó la vista y clavó esos ojos grises y tormentosos en él—. ¿En qué coño pensabas en el combate? Eres mi general, ¿y te venció una recién nacida?

Ilian endureció las facciones ante el comentario. Sabía que Rylen no quería insultarla, pero tenía que protegerse a sí mismo de algún modo. Y recurrir a mencionar su edad era la forma más fácil... y rastrera. No obstante, comprendía que estaba enfadado y que no pensaba bien lo que estaba diciendo.

—Esa «recién nacida» se enfrentó a mí con mucha más vitalidad de la que, según tus diatribas mensuales, debería haber demostrado.

Rylen entrecerró los ojos, molesto por la pulla, y tamborileó con los dedos sobre la mesa.

—¿Qué has querido decir con eso?

—Sabes qué he querido decir. Ash es...

—Conque «Ash», ¿eh? —Ilian se tensó, pero no dejó que él lo notara. Un segundo después, el rostro impertérrito de Rylen se había convertido en pura diversión, con una sonrisa de medio lado. Ilian puso los ojos en blanco en anticipación a lo que iba a decir—. No me digas que ha conquistado ese corazoncito tuyo.

Algo dentro de él se retorció ante aquellas palabras, pero lo desechó al instante.

—No es eso, y lo sabes. Esa elfa de luz es poderosa. Muy poderosa.

—Dime algo que no sepa.

Rylen se recostó hacia atrás en la silla y cruzó los tobillos sobre la mesa.

—Pues si tanto lo sabes, no sé de qué te extrañas.

—Me extraña tu inutilidad. —El comentario se le hundió directo entre las costillas. Rylen sonrió aún más y cruzó las manos tras la nuca—. Me extraña que el general de las tropas oscuras se haya dejado apresar por una panda de sanadores.

—No esperaba verla allí —gruñó. Las comisuras de Rylen se estiraron hasta que sus dientes, perfectos, relucieron en la penumbra. El muy cabrón estaba disfrutando con la conversación—. ¿Vamos a seguir dando vueltas sobre lo mismo? Sí, la cagué, me distraje y me llevé cinco flechazos de regalo.

Por inercia, se frotó el bíceps. Aún tenía que luchar contra el dolor que le sobrevenía en el músculo cada vez que lo usaba, y le aterraba lo que sucedería cuando empuñara un cuchillo. La expresión del rey mostró preocupación y se sentó erguido.

—¿Te encuentras bien?

Se tomó unos segundos para evaluar todas sus heridas. Ilian no creyó conveniente mencionar que las últimas lesiones eran obra de Ash. Por petición propia, sí, pero se las había hecho ella. Y no quería darle más motivos para que la rechazara directamente.

—Podría estar mejor.

—¿Necesitas que te vea un sanador? Le pediré al comandante que...

—No. Estoy bien.

Ilian se cruzó de brazos y miró hacia otro lado. Por mucho que requiriera la ayuda de un sanador, no le gustaba mostrarse débil ante su rey. Suficiente bochorno sentía por haberse dejado apresar.

—No necesito que estés «bien». —Apoyando las palmas sobre la mesa, Rylen se levantó—. Necesito que estés perfecto. Necesito tu ferocidad en el combate, sin distracciones.

—Y la tendrás.

El Rey de los Elfos rodeó el escritorio y se quedó de pie frente a él, con los brazos cruzados ante el pecho y una leve sonrisa en los labios. La seriedad se vio reemplazada por una calma que le trasladó a Ilian. Después, Rylen suspiró, acortó el espacio que los separaba, lo envolvió entre sus brazos y apretó con fuerza.

—Me alegro de verte de una pieza —le susurró, con un temblor casi imperceptible en la voz.

Ilian correspondió al abrazo y sonrió de medio lado.

—Y yo de que vinieras a buscarnos.

Rylen le dio un par de palmadas en la espalda y se separaron de nuevo, con aires renovados. Podía dar gracias por que la preocupación del rey hubiese sido más intensa que su decepción, porque de haber sido así, la conversación habría resultado muy diferente.

—No te he abandonado a tu suerte en casi quinientos años. No iba a empezar ahora.

Ilian rio por la nariz ante el comentario. Como si él no hubiese tenido que sacarle las castañas del fuego al rey en más ocasiones de las que podían contar. Rylen se recostó contra el borde de la mesa e Ilian ocupó uno de los asientos.

—¿Por qué narices has tardado tanto? —le preguntó el general con un deje de reprobación.

—Porque fuiste tan estúpido que te apresaron.

—Eso no responde a mi pregunta.

Rylen se cruzó de brazos.

—¿Sabes lo seco que me quedé después de sacar a todo nuestro ejército de Milindur para traerlo aquí?

—Lo cual fue una idiotez. —Rylen apretó los dientes y su mirada se afiló—. No me mires así, fue un suicidio estratégico. Les has regalado cristales de luz a tutiplén.

—Y lo volvería a hacer. Mil veces más —respondió con voz dura—. Necesitaba una distracción para concederos más tiempo. Me apuesto lo que sea a que eso es lo que os han preguntado en los interrogatorios, ¿o me equivoco?

Ilian hizo un mohín y su rey se relajó. Había dado en el clavo.

—¿Te has recuperado ya? —inquirió el general con cierta preocupación.

Rylen negó con la cabeza y exhaló un suspiro.

—He usado el poco poder que había recobrado en ir a por vosotros.

—Así que estás vacío.

—*Casi* vacío.

—Eso supone un problema.

—Ya. —Ambos se quedaron en silencio, Rylen del todo perdido en sus pensamientos—. Además de por lo evidente, también tardé bastante en reunir los planos de la prisión, hablar con cualquiera que pudiera haber visto lo más mínimo del edificio, porque yo no había puesto un pie dentro, y recabar toda la información posible. Y esperar a que Tinta me mostrase lo que había visto, claro. ¿Sabes lo arriesgado que fue?

—Claro que lo sé... —mascculló.

—Pues pareces olvidar que podría haberme materializado dentro de un muro y haber muerto emparedado. Así que no me vengas con que he tardado demasiado.

—Suerte que no pasó... —ironizó Ilian.

Rylen se quedó estupefacto un momento.

—Serás cabrón...

Con esa gracilidad que lo caracterizaba, le lanzó un puñetazo al hombro con una carcajada saliendo de sus labios. Ilian se rio en respuesta y se zafó del golpe, pero el movimiento brusco le arrancó un siseo. La seriedad se instauró en el rostro de su rey de nuevo y lo miró con reprobación.

—Ve a que te miren las heridas.

Rylen rodeó el escritorio y se quedó de pie, estudiando unos documentos.

—No hace fal...

—Es una orden —lo interrumpió en tono autoritario.

Ilian apretó la mandíbula y se levantó. Antes de salir de la tienda, se detuvo y lo miró por encima del hombro.

—Oye... Gracias.

El soberano alzó la vista de los papeles, lo observó un segundo y se limitó a asentir, con una sonrisa sutil en los labios.

El Rey de los Elfos no había demostrado reproche alguno por su inutilidad, por mucho que hubiera intentado picarlo, como tantas otras veces hacían, pero él sí se fustigaba por lo sucedido en aquella emboscada. Era su responsabilidad que tantos de sus varones y féminas hubieran perecido en un combate que tendría que haber resultado sencillo. Y que no debía haber culminado con todas esas muertes. Era su responsabilidad que sus compañeros se hubieran enfrentado a las torturas de esa asesina.

Tenía la culpa de demasiadas cosas, empezando por haber sugerido emboscar aquella comitiva de sanadores.

7

Ashbree se quedó en completo silencio, perpleja por lo que había pasado en las últimas horas. Aguardó en el sitio, incapaz de moverse, a la espera de que el Efímero regresara, le dijera que todo había sido una broma y comenzaran las torturas en venganza a lo que les habían hecho los suyos. No obstante, transcurrieron varios minutos sin que sucediera nada.

Armándose de valor, se acercó a la entrada y se asomó al exterior. Los soldados estaban terminando de cenar. Algunos rebañaban sus platos con ferocidad, mientras que otros limpiaban los cacharros o jugaban a las cartas. Cuando un soldado greñudo miró en su dirección, se escondió de nuevo en la tienda, con el corazón acelerado. Se tomó unos segundos para salir del estupor y entonces entró en acción.

Lo primero que hizo fue abalanzarse sobre la mesa para quedarse con el cuchillo. Se lo guardó en la cinturilla del pantalón, a la espalda, y el frío del metal contra la piel le provocó un escalofrío. Barrió el espacio con la mirada y encontró una capa espesa para reemplazar a la suya, empapada. Si salía así, lo más probable sería que pillara una hipotermia, por no hablar de que su piel era demasiado clara como para dejarla expuesta. Le quedaba condenadamente grande, incluso a pesar de que su propia talla superaba la de la media de elfas, y no le cupo duda de que era de Ilian. Cuando se la echó sobre los hombros, un calor muy agradable, entremezclado con un aroma a tierra mojada, la rodeó.

Se acercó a la mesa de nuevo y estudió los distintos documentos que había desparramados sobre la superficie. Recuentos de bajas, provisiones, destacamentos... Un mapa. Un precioso mapa de la isla que le confirmó sus sospechas: estaban más allá de la frontera original, en un asentamiento al norte de la cordillera de Milindur, en cuyo núcleo se encontraban las minas de cristales de luz. Felnor quedaba cerca, al oeste, pero hacía un año que la ciudad había pasado a manos de sus enemigos. Breros, al otro lado de la cordillera, seguía en posesión yithiana. Si conseguía llegar allí...

Relegó ese pensamiento a un segundo plano, para cuando hubiera escapado del campamento, y se centró en otro dato importante: tenía al alcance de su mano una enorme cantidad de información enemiga que podría servirle de provecho a su propio ejército. No dudó ni un segundo antes de hacerse con todos los documentos que pudo. Los dobló sin demasiado cuidado y se los guardó en los bolsillos del pantalón. Después, inspeccionó el resto de la sala.

Había un par de arcones en los que podría encontrar algo de utilidad, pero no sabía cuánto tiempo transcurriría antes de que Ilian regresara; no podía perderlo rebuscando provisiones. Ya se preocuparía de la comida y del agua si conseguía escapar del campamento militar.

Se detuvo junto a la zona trasera de la tienda y agarró los bajos de las telas. Eran pesadas y tupidas, para conferir al espacio cierto calor y protección. Aunque estaba agotada, se tiró al suelo y levantó las telas lo suficiente como para asomar el rostro. Al otro lado vio la parte trasera de más tiendas, sin pasillo entre ellas. Apenas quedaba espacio para caminar, pero tendría que apañárselas como fuera. No parecía que hubiera mucho movimiento en aquella zona, aunque tampoco podía distinguir gran cosa, porque la oscuridad de la noche era asfixiante.

Se escurrió por debajo de las telas; la capa y su ropa se empaparon de barro, pero no le importó. Con cuidado de no tropezar con los anclajes de las tiendas, avanzó de lado por el estrecho pasillo. El corazón le tronaba en los oídos y había contenido la respiración por si incluso ese sonido la delataba. El frío le lamía el cuerpo y no podía cobijarse mejor con la capa porque habría supuesto moverse demasiado. Si rozaba las tiendas, estas se agitarían en respuesta y cualquiera podría darse cuenta de que había alguien caminando por allí. Se limitó a seguir avanzando de lado, al amparo del trajín de los soldados enemigos.

Oía risas, chistes obscenos, ronquidos y otros sonidos que prefería ignorar. Parecía mentira que estuviesen en medio de una guerra. Que aquellos fueran los fieros soldados que diezmaban Yithia y los habían mantenido, durante siglos, luchando por recuperar lo que era suyo.

La rabia le trepó por la garganta y apretó los dientes para mantenerse serena.

«No te quiebras. No te sometes. Sobrevives». Se repitió el mantra de Cyndra para sentirla más cerca. Apenas si había tenido tiempo de pensar en ella; estaría preocupada por su paradero. El terror absoluto que había visto en su rostro se le quedaría grabado durante mucho tiempo. Tenía que regresar a casa como fuera. No solo por reencontrarse con sus seres queridos, aunque fueran escasos, sino porque sabía que le exigirían explicaciones a Cyndra. Y ella no tenía nada que ver en el asunto. Había sido culpa de Ashbree, y si le pasaba algo a su amiga por sus decisiones, no se lo perdonaría en la vida.

Estaba tan centrada en sus pensamientos que no vio que, unos metros más allá, había un gato negro sentado en el estrecho hueco que usaba para caminar. Azuzó las manos un par de veces para espantarlo y se acercó más a él, por si la distancia lo intimidaba, pero tuvo el efecto contrario.

El gato se irguió sobre las cuatro patas, con esos iris amarillos clavados en ella, y bufó. Ashbree puso los ojos como platos y le chistó en bajito. Estuvo a punto de pedirle que se callara, pero en su lugar hizo algunos aspavientos más para asustarlo. No había forma.

El pánico le trepó por la espalda cuando el gato se puso a maullar, un sonido grave que casi parecía más el mugido de una vaca. La heredera dio un respingo y miró a su alrededor al percibir agitación en la tienda que le quedaba en las narices. Se revolvió, intentando no rozar ninguna de las telas.

—¿Qué pasa, Tinta? —gritó un soldado.

Ashbree echó a caminar por donde había venido, pero el ajetreo en las tiendas que le quedaban de frente empezó a propagarse como una plaga. Sintió que alguien hacía amago de levantar la parte trasera de una de las tiendas que le quedaban más cerca y el pánico la dominó. Si la encontraban, estaba perdida. Qué narices, estaba perdida de igual modo, pero debía estirar esa extraña libertad todo lo que pudiera.

Sin pensárselo dos veces, se lanzó al suelo y rodó hacia el lado contrario hasta colarse por debajo de una tienda al azar.

Una vez dentro, se preparó para ponerse en pie y echar a correr. Con un poco de suerte, la consternación jugaría a su favor. No obstante, en cuanto se levantó, chocó de bruces contra una espalda robusta.

—¿Qué cojones...? —soltó el varón.

Un aroma a ámbar, a canela y a naranja la envolvió y su cuerpo se crispó.

El Rey de los Elfos se dio la vuelta, despacio, con unos papeles en las manos. Ashbree ahogó un grito y reculó. Se agachó para volver a salir por donde había entrado. El pánico había guiado sus acciones, ni siquiera se había dado cuenta de que se había colado en la tienda del monarca.

Se arrastró por debajo de la tela, pero apenas tenía la cabeza fuera cuando él la agarró por el tobillo y tiró de ella hacia atrás. Una sensación de *déjà vu* la invadió al recordar al sanador que la había atacado en el campamento. Gritó. Gritó de puro pánico. Porque estaba claro que el Rey de los Elfos no la había matado antes solo por darle ese gusto a Ilian. Ahora no solo él no estaba, sino que el soberano había sido muy claro: ella era responsabilidad del Efímero, y se había escapado. La mataría. No tenía ninguna duda.

Sintió la humedad del barro cuando la camisa se le levantó y le tiñó el abdomen y la cara por completo. Clavó las uñas en el fango y se resistió todo lo que pudo. Pataleó para zafarse de él, gritando y soltando improperios. Pero de nada le serviría, allí no acudiría nadie a salvarla.

El tacón de su bota impactó contra la rodilla del rey y escuchó un gruñido profundo. Él la soltó y Ashbree se arrastró sobre el fango, poniendo distancia entre ambos. Tenía medio cuerpo al otro lado cuando percibió que la oscuridad de la noche la engullía, aunque no llegaba a tocarla. Tan solo vibraba a su alrededor y la envolvía para que no viera más allá de su propia nariz.

Unas manos fuertes y largas la agarraron por las caderas para arrastrarla de nuevo hacia el interior de la tienda y un dedo la rozó por encima de la cinturilla del pantalón, sobre la piel expuesta. Su don explotó por sí solo con tanta violencia que las telas que la rodeaban se mecieron, movidas por un viento antes inexistente. Había sido como el estallido que le había nacido de dentro del pecho al enfrentarse al corazón de piedra, como un batir de alas vigoroso y potente, pero en aquella ocasión no le había afectado a ella.

Abrió los ojos y descubrió que la oscuridad que la rodeaba había desaparecido y que solo se enfrentaba a la verdadera noche. Los ruidos a su alrededor se habían acallado y ya no daba la sensación de que la estuvieran buscando, sino que la consternación se había extendido por las zonas colindantes.

Apenas duró unos segundos, instante que aprovechó para escurrirse como una culebrilla hasta desaparecer al otro lado de las telas. Se puso en pie, embarrada hasta las cejas, y echó a correr por donde había venido, sin importarle lo mucho que agitara las tiendas a su paso.

El dichoso gato negro empezó a maullar en cuanto salió.

Ashbree miró por encima del hombro y vio que el felino la seguía a la carrera, delatando su posición en todo momento. Si no se deshacía de él, ya podía correr todo lo que quisiera, que no serviría de nada.

Cuando volvió la vista al frente, ahogó un grito por los pelos. Delante de ella había un agujero sinuoso, un portal oscuro moteado de plata. Frenó y patinó sobre el barro. A punto estuvo de caer de culo. Antes de poder dar la vuelta y echar a correr en dirección contraria, una mano de piel tostada y de dedos alargados atravesó ese pozo vertical de negrura infinita y la agarró por el brazo. Tiró de ella con tanta fuerza que no pudo oponer resistencia. Ashbree perdió el pie y cayó al otro lado del portal, esperando abrirse la nuca contra el suelo. No fue eso lo que sucedió, sino que su espalda se encontró con un pecho duro.

El rey la tenía retenida contra su cuerpo, en un abrazo prieto y seguro que denotaba la increíble fuerza de la que ese ser hacía gala. Y no dudaba de que la velocidad inmortal era otro de sus muchos dones, dada su longevidad.

—¡Soltadme! —gritó.

Se revolvió entre sus brazos. Lanzó la cabeza hacia atrás con la intención de propinar un cabezazo en la preciosa nariz del Rey de los Elfos, pero él esquivó el golpe con gracilidad. La levantó del suelo para alejarla del borde de su tienda y fue como si ella no pesara nada. Se sintió liviana entre sus brazos. Tanto que aprovechó para lanzar las piernas adelante y atrás. Él gruñó por los movimientos bruscos y siguió avanzando, no sabía a dónde.

Varios hilos de sombras los rodearon, como cuerdas que pretendían inmovilizarla. Y su cuerpo se estremeció en respuesta.

«Ah, no».

Ella ya conocía esa táctica, y descubrió a su luz deseando salir a su encuentro, pero no permitiría que fuera de ese modo. En aquella ocasión, con un mero pensamiento, su don segó las sombras que pretendían rodearle los brazos y las piernas. Y cuando la luz interactuó con la oscuridad, ahogó un jadeo por los pelos. Aquello... Aquello había resultado extrañamente placentero.

—Ashbree... —bufó el Rey de los Elfos contra su oído, y un escalofrío le recorrió el cuerpo al escuchar su nombre.

Los músculos del soberano se apretaron alrededor de la heredera y ella gruñó en respuesta. No tenía nada que hacer en cuanto a fuerza, pero con su luz...

Como si la hubiera llamado, esta volvió a destellar con tanta intensidad que seguro que en el exterior se habrían dado cuenta. En aquella ocasión no estuvo acompañada de una oleada de poder, sino de la intensidad más cegadora. Tal y como le había hecho a Arathor en los baños de la casa de variedades, varias semanas atrás.

Él soltó un quejido cuando la claridad lo privó de la vista y trastabilló. No sirvió para que la soltara. Luz y oscuridad se enroscaban entre sí, luchando, como en un pulso tirante. Y cada vez que su don se entremezclaba con las sombras del rey, la piel de Ashbree se erizaba y la tensión en su bajo vientre crecía más y más.

—Quieta, dragona... —murmuró junto a su oído.

—¡¿Por qué coño me llamáis «dragona»?!

—¿Queréis saberlo? —Una de sus comisuras apuntó hacia arriba y le moduló la voz—. Pues estaos quieta.

No cesó en los forcejeos ni en los pataleos, arañando la carne que encontraba. Y aunque el soberano continuaba sin ver nada con lo mucho que ella brillaba, se las apañó para seguir reteniéndola y alejándola de la que había sido su improvisada vía de escape.

Ashbree sabía que no tenía nada que hacer contra él, pero lucharía con uñas y dientes, literalmente. Gritaba y lo insultaba sin demasiada coherencia cuando las piernas del monarca toparon con el borde de la cama. Ambos cayeron hacia delante y se precipitaron contra el colchón. Jadeó al sentir su peso encima de ella, por completo. Notaba todos los contornos de aquellos músculos trabajados para la guerra, y la consternación fue tal que su luz se apagó. Aunque la realidad era que el rey se había sobrepuesto y la oscuridad lo engullía todo. Ashbree echó la vista hacia atrás, pero estaba apresada por ese bastardo que respiraba con agitación, el rostro perlado de sudor. Su espalda quedaba retenida por el pecho del monarca, cuya expresión era de puro enfado. Sus ojos conectaron y entre ambos saltaron chispas.

Ashbree gruñó de frustración y se agitó bajo su agarre. La respiración se le aceleró y la ropa, empapada por la lluvia y el barro, se le revolvió. Notaba que tenía partes de piel expuestas, pero a él no parecía importarle. La retuvo con una maestría que le arrebató el aliento. Sentía las mejillas incandescentes por tener los cuerpos tan pegados, casi frotándose entre sí por sus movimientos bruscos.

Él encontró las muñecas de la heredera y le movió los brazos por encima de la cabeza, donde los retuvo. Ashbree giró la cara hacia el colchón y gritó de pura rabia. Y el Rey de los Elfos tuvo los cojones de reírse. Ella lanzó una pierna hacia atrás en respuesta y él apartó las caderas de su trasero para esquivar el golpe, lo que le concedió un glorioso segundo de aire. Acto seguido, volvió a sentir el cuerpo del rey aplastándola.

—¿Qué coño...? —murmuró él, quedándose muy quieto—. Es imposible que estéis contenta de verme, Ashbree.

La heredera se detuvo, sin comprender a qué se refería. Y entonces la lucidez se abrió paso a través del estupor y comenzó a revolverse de nuevo. No podía usar los brazos, porque, con una sola mano, el Rey de los Elfos conseguía mantenerla cautiva. Aun así, se retorció y escuchó cómo él siseaba antes de proferir un gruñido muy bajo.

—Si seguís frotándoos así, vais a conseguir que yo *sí* que me alegre de veros —le susurró tan cerca del oído que le erizó la piel.

Con la mano libre, el rey revolvió entre las ropas, apartó la capa y le levantó la camisa empapada por la espalda. Ashbree apretó los ojos por la vergüenza, por mucho que los palmeos toscos del soberano no fueran cargados de lujuria, sino de precisión militar. Y con esa precisión le arrebató el cuchillo. Después, se dejó caer de nuevo sobre ella y plantó el arma frente a su rostro.

—¿Sabéis que podríais haberos hecho daño? —le preguntó con dureza.

Y tenía razón, era todo un milagro que no se lo hubiera clavado a sí misma con la violencia con la que se había movido.

—Pretendía hacéroslo a vos —mascullό, la voz ahogada por la posición, con media cara apretada contra el colchón.

—¿Ah, sí? ¿Y dónde pretendíais clavármelo?

—En la p...

Él le chistó con reprobación.

—Creo que tenéis la lengua demasiado sucia. Voy a tener que limpiárosla —ronroneó, y la piel de la heredera se erizó en respuesta.

Con un movimiento vigoroso, el Rey de los Elfos clavó el cuchillo en el colchón a un par de centímetros de sus ojos. Ella dio un respingo y ahogó un grito.

—¿Y qué más escondéis? ¿Mmm?

Él retomó el cacheo con la mano libre, apartando la ropa empapada pegada a la piel. Ashbree se retorció y su cuerpo reaccionó por sí solo: los músculos de su bajo vientre se tensaron ante las caricias bruscas del rey. Volvió a forcejear y él rio en respuesta, un sonido que reverberó en la espalda de la heredera. Seguía sin haber segundas intenciones en sus cacheos; eran las manos de un guerrero buscando más armas que pudieran provocar una desgracia. Y, aun así, un calor sofocante invadió sus mejillas y hasta la curva de sus orejas picudas.

La mano del Rey de los Elfos entró en su bolsillo y Ashbree sintió la lenta caricia de esos dedos largos sobre su muslo, separados por una tela demasiado fina para el norte. El contacto duró tan poco que el corazón le dio un vuelco, antes de que cesara al ver los papeles que había encontrado en sus pantalones. Estaba bien jodida.

Hizo lo mismo con el bolsillo del otro lado, cambiando el agarre que le retenía las muñecas con una maestría casi ensayada. La caricia fue lenta y tortuosa. En aquella ocasión no escuchó risa alguna, pero la sintió en su propio cuerpo. Y se maldijo por ello.

Él dejó los documentos en el mismo montón, bien a la vista de la rehén, y la vergüenza le aceleró la respiración más todavía. Después, sintió su aliento cálido en la oreja, respirando junto a ella, antes de susurrar:

—¿Lleváis algo más encima? —La mano libre del rey se encontró con su cadera húmeda, expuesta por lo mucho que se había revuelto bajo su cuerpo. Ashbree dio un respingo y él bufó con intensidad cuando su trasero encajó contra su cadera sin querer—. ¿Voy a tener que cachearos más a fondo?

Perezosa, la palma subió por su cintura y él rio por lo bajo —un sonido inconvenientemente pecaminoso— cuando la piel de la heredera reaccionó ante esa caricia de manos ásperas, curtidas por la guerra. Fue como un estallido estático, una chispa que iluminó el espacio y que desapareció tan rápido como había llegado. Ella se limitó a negar con la cabeza, abochornada y sin comprender qué le estaba pasando, y él volvió a reír con esa condescendencia de quienes tienen dominada una situación. Los dedos de los pies de Ashbree se retorcieron dentro de las botas con ese sonido, casi un ronroneo placentero. Lo odiaba, lo odiaba con todas sus fuerzas.

—¿Eso es un no, dragona?

Su aliento le acarició la oreja, la mejilla, y Ashbree se sintió al borde de la combustión. No supo decir si había sido eso o qué, pero, de repente, volvió a respirar sin opresiones en la espalda y sus manos quedaron libres. El soberano se había quitado de encima.

Tras parpadear un par de veces, atónita, lanzó el brazo hacia el cuchillo clavado a unos centímetros de su cara, pero el soberano fue muchísimo más rápido que ella y se lo arrebató. Ashbree ahogó un jadeo ante semejante agilidad. Ni siquiera había visto una velocidad como aquella en su propio padre.

El Rey de los Elfos chasqueó la lengua otra vez, en ese gesto que tan claramente se les dedicaba a los infantes para regañarlos. Ashbree se giró sobre la cama y se sentó, con las mejillas encendidas y la respiración retomando un ritmo normal. Deslizó la vista por el cuerpo del monarca, tan alto y espigado como era, quien en ese momento se estaba examinando a sí mismo, con los labios apretados y una sutil pátina de sudor sobre la frente.

—Mirad cómo me habéis puesto... —se quejó.

Se pasó las manos por la ropa para estirarla y deshacerse de parte del barro que a ella la bañaba por completo. Cuando alzó la cabeza y sus ojos conectaron, algo estalló entre los dos. Esos ojos de mercurio la escrutaron con deleite y una sonrisa perniciosa tiró de una de las comisuras del soberano.

—Vamos a tener que ponerle remedio a toda esta suciedad.

Él los señaló a ambos con la punta del cuchillo y su sonrisa se trasladó también a la otra comisura cuando vio a Ashbree retener el aire y apretar los puños con fuerza. En cuanto tuviera la ocasión, lo mataría. Lo tenía clarísimo. No había nada que la heredera deseara más en aquel momento que arrancarle esa sonrisa pícara de un puñetazo y hacerle trizas el corazón.

En ese instante, alguien entró en tropel en la tienda, con la respiración acelerada y el pelo alborotado. Ilian se tomó dos segundos para comprender qué estaba pasando. Deslizó la vista del rey a Ashbree y viceversa.

—Mierda, Ash... —masculló el Efímero mientras se frotaba el brazo con hastío.

—Sí, «mierda, *Ash*» —dijo el soberano con los ojos fijos en los de ella.

8

Ilian se quedó plantado en la entrada. Había aparecido con el pelo húmedo y la fina camisa pegándose a su cuerpo por las gotas que aún le cubrían la piel. A juzgar por la expresión de su rostro, Ashbree lo había puesto en un aprieto. Y no le importaba, o eso se decía. La realidad era que una parte de ella se sentía mal por haberle causado problemas cuando él, hasta el momento, se había mostrado amable. Lo que sí la desconcertó fue el alivio que sintió al verlo con las heridas del rostro tratadas por un sanador, limpias y con ungüentos.

—¿Me explicas cómo ha acabado colándose en mi tienda? —inquirió el rey con autoridad.

Cualquier rastro del divertimento que había expresado estando a solas desapareció y se vio reemplazado por una fiereza pétrea. Ilian se tensó y respiró hondo.

—Le pedí que no saliera de la mía.

—¡Ah! Se lo *pediste* —repitió con voz impostada. Ilian asintió, sin mucho que decir—. ¿Y también le *pediste* que no cogiera el cuchillo?

Lo levantó frente a sí y luego, con una velocidad sin igual, lo clavó en la mesa. El arma osciló durante unos segundos en los que solo se escuchó la vibración del metal.

—Y, por supuesto, también le *pedirías* que no se llevase información clasificada.

Señaló los papeles sobre la cama con violencia, y ella se encogió un poco en el sitio.

—La próxima vez —prosiguió, incansable—, hazme el favor de *pedirle* ¡que por lo menos se bañe antes de restregarse contra mí!

Ashbree se tensó y la vergüenza volvió a sus mejillas. Sentía las lágrimas de frustración contenidas a duras penas y la ira le bullía en la sangre. Su luz se revolvía, hambrienta. Pero si la dejaba libre, sabía que no tendría nada que hacer contra el Rey de los Elfos. La vencería de nuevo y volvería a constatar su inutilidad.

—No voy a atarle una pierna a la pata de la mesa. No es una rehén.

—¿Qué? —soltaron Ashbree y el rey al unísono. Se miraron de forma fugaz y ambos apartaron la vista.

—Yo no secuestro, Rylen. —Ilian se cruzó de brazos.

El soberano dio una palmada tan sonora que Ashbree se sobresaltó.

—Oh, no, claro que no. Esa es *mi* especialidad.

Miró a la heredera con desdén y repulsión a partes iguales antes de darse la vuelta y quedar de espaldas a ella. Después, se llevó las manos al cuello de la antes pulcra camisa y tiró con violencia para deshacerse de ella. La lanzó a la cama, sobre la heredera, y le dio de pleno en la cara. Lo había hecho a propósito, no le cabía duda. Cabreada, Ashbree agarró la tela y se la quitó de la cabeza de un tirón. Abrió la boca para soltarle una colorida maldición, pero las palabras murieron en sus labios.

El Rey de los Elfos se presentaba descamisado ante ella, con sus músculos perfectos contoneándose con los movimientos de rebuscar otra prenda en el arcón. Su piel tostada relucía en la penumbra, sin una sola marca a la vista. Hasta que se fijó en su pecho, donde una cicatriz fea, como de unas garras atravesando carne, realzaba el punto justo sobre su corazón. Pero lo que la descolocó no fue su torso, más estrecho en la cintura que en la espalda y que invitaba a ser probado, sino que no había ni un solo rastro de tinta sobre su cuerpo.

—Vos no... —balbuceó.

—Qué —espetó, mordaz.

El Rey de los Elfos se detuvo y le lanzó una mirada afilada.

—Vuestro cuerpo...

—Podéis seguir admirando las vistas, si es lo que queréis.

Devolvió su atención al arcón hasta que encontró la prenda que andaba buscando y se la puso. Frustrada, Ashbree hizo un gurruño con la ropa y se la lanzó con fuerza al rey. Él, ágil como un felino, la atrapó al vuelo, pero la tela estaba tan llena de barro que varias gotitas se desprendieron y acabaron impactando en la camisa limpia. Despacio, el soberano alzó la vista hacia la heredera, con las aletas de la nariz hinchadas y los labios apretados. La mirada gélida que le lanzó podría haber congelado cualquiera de los dos desiertos de Dundran.

—Estáis jugando con fuego —la amenazó.

—Rylen... —intervino Ilian. Ambos intercambiaron un vistazo rápido que ella no supo descifrar.

Ashbree sintió cada palabra reverberando en sus huesos y el temor hizo que le temblaran las rodillas. Podía dar gracias a los dioses por estar sentada. Sabía que se estaba pasando, que estaba tentando a la suerte y jugando con los hilos del destino de Dalel, pero no podía evitarlo. Era superior a ella. En su presencia, una rabia emponzoñada la dominaba. Cada vez que lo miraba, recordaba la cantidad de muertos que llevaba a sus espaldas y lo mucho que estaría sufriendo Kara, su hermana pequeña, al haber perdido un ojo por su culpa.

El rey se deshizo de la nueva camisa y, muy inteligentemente, tiró ambas al suelo para que no volviera a atacarlo con ellas. La siguiente que sacó era negra por completo y la deslizó sobre su cuerpo torneado con movimientos rápidos.

—¿Qué querías decir, Ash? —la invitó a hablar Ilian.

Ella dudó unos segundos antes de aclararse la garganta y de obligarse a dejar de mirar al rey.

—Él no tiene marcas como las tuyas —dijo por fin, con un nudo en el estómago.

Omitió que ella tenía un tatuaje muy similar en el antebrazo, aunque Ilian debía de haberlo visto la noche anterior...

El rey intercambió una mirada significativa con él y se quedaron en silencio.

—Llévatela y haz que se bañe —le ordenó, cambiando de tema. Ilian se le acercó y la agarró por el brazo. Estaba claro que no se iba a separar de ella—. Y más te vale que no vuelva a colarse en mi tienda. Ni en ninguna otra.

Ilian asintió, con la tensión dominando cada uno de sus músculos, y tiró de ella para conducirla al exterior. Esa vez, el camino hasta la tienda del Efímero fue mucho más bochornoso, no solo por su aspecto deplorable, sino porque los soldados habían sido conscientes de sus actos. La observaban con deleite, diversión, reprobación... Todo un abanico de emociones únicamente dedicado a ella. Incluso le pareció reconocer a uno de los presos de Milindur, el de los ojos rosas, que le lanzó una sonrisa chulesca.

Ilian, tan educado como siempre, le abrió las solapas de la tienda para que entrara. No tenía ningún motivo para ser cortés con ella, lo había puesto en ridículo delante de su rey y del ejército, y aun así lo era. Aquel varón no se merecía lo que Ashbree había hecho.

En el interior ahora había una palangana bien alta llena de agua y una bandeja con comida en el escritorio.

—Es probable que el agua se haya quedado fría. Mandé que la trajeran cuando te dejé a solas.

Ashbree asintió y se rascó el antebrazo, justo por encima de las marcas blanquecinas que tatuaban su piel.

Un tanto derrotado, Ilian apoyó las palmas sobre el escritorio y suspiró.

—Desnúdate y báñate.

—¡¿Qué?!

Él se deshizo en un nuevo suspiro y se dio la vuelta para mirarla, despacio.

—No pienso dejarte sola mientras te bañas.

—Ni yo pienso bañarme contigo observándome.

—Pues tienes un problema, porque no voy a moverme de aquí. Te di un voto de confianza, que pensaba extender durante toda tu estancia con nosotros, en deferencia por tu amabilidad conmigo. Y ahora ya no puedo.

—Así que soy tu rehén —concluyó Ashbree en un hililllo de voz.

—No, yo no secuestro. Lo he dicho antes.

—Pero él sí. —Apuntó hacia la entrada de la tienda con la cabeza, en referencia al secuestro de Ayrin Wenlion por parte del Rey de los Elfos. Ilian apretó los labios y una arruga apareció entre sus cejas.

—Eres su invitada —continuó, y ella bufó en respuesta—. ¿Por qué tanto reparo? Ni que fuera la primera vez que te viera desnuda.

Se calló de golpe, como si no se hubiera dado cuenta de lo que estaba diciendo, y Ashbree enrojeció al instante. Se miraron durante unos segundos en los que a ambos se les empezó a acelerar la respiración. Aquellas palabras sobrevolaron entre ambos peligrosamente y su luz vibró con intensidad. Ashbree tragó saliva y deslizó la vista por el cuerpo musculado de aquel varón. Con la humedad que perlaba su cuerpo, no hacía falta intuir los contornos marcados de su abdomen, porque los distinguía incluso en la penumbra que los rodeaba. Así como también intuía el *piercing* del pezón.

Ilian cogió aire con fuerza, como luchando contra la turbación, y separó los labios, con el ceño fruncido:

—Báñate o te juro por lo más divino que le diré a Rylen que no quiero hacerme cargo de ti. Y si se encarga él en persona, créeme que te bañará a la fuerza.

Una imagen pecaminosa del Rey de los Elfos limpiándole la piel sucia cruzó su mente y se deshizo de ella tan rápido como pudo, pero la vergüenza le tiñó hasta la punta de las orejas.

Ashbree se abrazó a sí misma, con las ganas de llorar contenidas al límite, un nudo en la garganta y el estómago revuelto. Ilian jugueteó con el aro del labio y suspiró. Pasó por su lado y ella se crispó con cierto temor a que le arrebatara las prendas a la fuerza. Él recibió ese gesto como si le hubieran dado una puñalada en el estómago y todo su rostro se tensó. No obstante, siguió andando y abrió las solapas de la tienda.

—¡Elwen! —gritó a la nada.

Le lanzó un vistazo para comprobar que no había vuelto a escapar, aunque ambos supieran que era imposible, y aguardó con la mirada fija al otro lado.

—¿Sí, mi general?

«¿General?». Ashbree se atragantó con su propia saliva y puso los ojos como platos. Había estado tratando todo ese tiempo con el general de las tropas oscuras. Con el elfo oscuro de mayor autoridad sobre las tropas después del mismísimo rey. Él, el guerrero más letal de aquel ejército, que además era asesino, la había tratado con amabilidad y cortesía. Y ella había pisoteado todas sus buenas intenciones.

El nudo del estómago se retorció más aún.

—Pasa, necesito que hagas algo por mí.

—Claro.

La fémina entró con soltura y dio un respingo en cuanto reparó en la presencia de Ashbree. O era de las pocas que no se había enterado de que había una elfa en su campamento o no había esperado encontrarla en la tienda de su general. Tenía la piel aceitunada y profundos ojos morados, con la melena cobriza, larga y rizada, suelta. Sus curvas eran sinuosas y potentes, y sobre su pecho brillaba la insignia de los espadachines.

—Me voy a sentar aquí —le indicó Ilian a Ashbree. Ella dirigió la vista en su dirección y lo vio recolocando una silla— y voy a darte la espalda mientras te bañas. Pero no pienses, ni por un solo segundo, que te dejaré sin vigilancia. Así que Elwen...

—Hola —murmuró la elfa oscura por lo bajito.

—... se encargará de ello mientras tanto. Y si no estás conforme con mi decisión, ya sabes lo que haré.

Ashbree tragó saliva y le dedicó un asentimiento trémulo. Ilian se lo replanteó una vez más y terminó por suspirar antes de sentarse de espaldas a ella y cruzarse de brazos, farfullando algo.

Cuando la heredera volvió a mirar a la fémina, descubrió que esta le estaba dedicando una sonrisa. Y entonces se dio cuenta de que tenía el rostro maltratado y que sus muñecas estaban adornadas por dos grilletes de nácar endurecido. Era la elfa oscura del campamento, a la que también había curado. Ashbree se forzó a devolverle la sonrisa y se deshizo de la ropa, teniendo especial cuidado de mantener oculto el tatuaje.

Se sintió expuesta al quedarse desnuda delante de una desconocida, pero era mejor que hacerlo frente a Ilian, al que no le quitaba ojo. La noche anterior no le importó lo más mínimo que la viera, sabía que se habría arrancado la ropa ella misma con tal de que sus pieles se rozaran. En aquel momento, no obstante, la situación era demasiado diferente.

Se metió en la tinaja de agua y sí, para su desgracia, se había quedado helada. Y no era de extrañar, dada la baja temperatura que hacía allí y que no se debía solo a la tensión que sobrevolaba el espacio. Apretando los dientes, Ashbree se sumergió y apareció de nuevo con los cabellos empapados. Se frotó los brazos, el abdomen, la cara. Todo con fuerza y rapidez para salir de allí cuanto antes. Los dientes le empezaron a castañetear y siguió frotando y frotando, porque tenía roña hasta en las nalgas.

—Esto... gracias —comentó Elwen, que se había sentado en el borde de la cama y la vigilaba con cierta discreción.

Ashbree la miró de reojo y devolvió su atención a rasparse la suciedad bajo las uñas.

—No hables con ella —soltó Ilian, cortante.

—¿No se suponía que soy vuestra invitada?

Él hizo amago de darse la vuelta para responderle algo igual de cortante que el cuchillo que le había robado y Ashbree se escondió más en la tinaja. No obstante, el Efímero se dio cuenta a tiempo y volvió la vista al frente, refunfuñando.

Cuando ella deslizó la mirada hacia Elwen, la descubrió con una sonrisa de oreja a oreja.

—No le hagáis caso. Se pone de mal humor cuando las cosas no salen como él quiere.

—Elwen... —le advirtió.

—Soy Elwen Aedil.

La elfa oscura extendió la mano hacia ella y Ashbree la contempló un segundo de más antes de estrechársela. Entonces cayó en un detalle.

—Aedil, como...

Miró la nuca de Ilian, que masculló un «joder...» y se frotó la cara.

—Como mi hermano, sí.

La sonrisa de Elwen se ensanchó y la heredera los miró de hito en hito. Lo único que compartían era el tono similar de los iris. En lo demás, no se parecían en nada.

—Mismo padre, distinta madre. Les pasa a todos —le explicó ella, como si le hubiese leído el pensamiento.

—¡Elwen! Ya de paso dile dónde guardas tus ahorros.

—Tranquilo, hermanito, si quisiera hacernos algún mal, no nos habría curado. ¿A que sí?

Elwen la miró a los ojos y Ashbree se perdió un poco en el morado de su mirada. ¿O quizá fuera en sus palabras?

—Se acabó el baño.

Ilian se levantó y Ashbree se encogió bajo el agua. Elwen, por su parte, soltó una risita antes de tenderle la toalla que había sobre la cama. Salió de la tinaja y recogió la prenda para cubrirse con ella. Se alegró de que el suelo, aunque no fuera tan tupido como el de la tienda del rey, estuviera cubierto por algunas alfombras gustosas. Sus pies agradecieron la suavidad de las telas. Ilian se dio la vuelta y Ashbree terminó de envolverse en la toalla.

—¿Y ahora me tengo que poner esa ropa de nuevo? Dudo mucho que *Su Majestad* esté conforme con mi suciedad.

Ilian apretó los puños y miró a su hermana, que se levantó al instante.

—Os traeré algo de ropa. Puede que os quede un poco justa, pero no demasiado.

—Mejor eso que nada... —suspiró Ashbree.

—Y, de paso, me llevo la bandeja para calentaros la comida.

Elwen le dedicó otra sonrisa y salió de la tienda. Ambos se quedaron en silencio, mirándose. La fémina regresó unos minutos más tarde y le tendió unos pantalones negros y una camisa verde botella.

—He traído ropa interior también, pero no sé si querréis ponérosla. —Elwen esbozó un gesto de disculpa y se encogió de hombros—. Os prometo que está limpia.

Ashbree sonrió de medio lado y aceptó las prendas. Ilian se dio la vuelta de nuevo, los brazos cruzados, y ella se vistió ante la laxa vigilancia de su hermana, que parecía más pendiente de no derramar el guiso al depositarlo en el escritorio.

—Ya está —lo informó Elwen.

Ilian le lanzó un vistazo de ceño fruncido y la fémina se despidió de Ashbree con la mano antes de abandonar la tienda. Él le señaló la cama y la heredera se la quedó contemplando como si le hubiera pedido que se sumergiera en un cubo lleno de gusanos.

—Métete. Te sentará bien.

—No pienso compartir la cama contigo.

Ilian relajó las facciones y alzó ambas cejas, con una sonrisa de medio lado en los labios. Era evidente que estaba a punto de hacer algún comentario relacionado con lo que había pasado entre ellos; no obstante, cambió de parecer y dijo:

—Ni yo pienso pegar ojo en toda la noche. Cualquiera se fía de ti.

Ashbree reprimió una sonrisita divertida y se arrastró por encima de la cama antes de enterrarse entre las densas y espesas mantas de lana que la cubrían. Estaba tiritando y congelada hasta la médula. Había opuesto una ligera resistencia con la esperanza de que él se negara a compartir lecho, pero necesitaba entrar en calor con todas sus fuerzas.

Con movimientos lentos, como si temiera asustarla, Ilian le acercó la bandeja que había en el escritorio y se la colocó sobre el regazo. Ashbree observó el cuenco, lleno hasta arriba de un estofado que olía de rechupete. Durante unos segundos se planteó la posibilidad de que la comida pudiera estar emponzoñada.

—Si no te lo comes tú, me lo como yo —la amenazó Ilian.

Ella se mordió el labio por dentro, reticente. No tenían ningún motivo para envenenarla después de todo lo que había sucedido desde que se la habían llevado de Milindur, y aun así no podía apartar la desconfianza.

—Por todos los dioses —farfulló el Efímero.

Sin miramientos, le arrebató el cuenco y se lo llevó a los labios. Ashbree no perdió detalle de cómo subía y baja su nuez mientras probaba la comida frente a ella, para asegurarle de que no estaba envenenada. Y que pudiera leerla tan bien la agitaba y calmaba a partes iguales.

—¿Contenta?

Ella asintió con la cabeza y se atrevió a probarlo. Aunque se notaba a la legua que era comida del frente, alejada de los lujos de palacio, sabía mucho mejor que las insulsas gachas, la cecina o las tortas de maíz a las que se había ido acostumbrando las últimas semanas. Aquel estofado caliente le templó las entrañas y se deshizo del castañeteo de sus dientes. Poco a poco, su cuerpo se fue atemperando, perezoso, y el sueño comenzó a invadirla.

Mientras Ashbree sorbía el estofado, sin cubiertos a su disposición, Ilian le dio la vuelta a la silla, colocó la otra delante y se sentó, con las piernas extendidas y jugueteando con una daga que no le había visto coger. ¿Sería él tan rápido como el Rey de los Elfos?

Se mantuvieron en un silencio amenizado por los sorbidos de Ashbree hasta que terminó y dejó la bandeja en el suelo, junto a ella. No quería abandonar la fortificación de las mantas espesas, pero tampoco quería dormirse y bajar la guardia. Envueltos por los sonidos nocturnos del campamento militar, Ashbree forcejeó con sus propios párpados.

—Duerme... —la instó él.

Ashbree valoró sus posibilidades. Llevaba demasiados días sin descansar por culpa de las pesadillas, y a eso tenía que sumarle que la noche anterior se la había pasado en vela por temor a lo que pudiera sucederle a Ilian en la casa de variedades.

—No te pasará nada, te doy mi palabra. Yo te protegeré —le aseguró al ver sus reticencias.

Algo desconocido se contrajo en el interior de Ashbree y su luz se revolvió emocionada. Se reprendió a sí misma por esas emociones que no estaba sabiendo gestionar y se arriesgó a creerlo, aunque solo fuera porque pensaba que Ilian le debía su protección así como ella se la había brindado a él.

Se resignó a apoyar la cabeza en la almohada, que olía a tierra mojada, y resopló mientras se recolocaba la manga de la camisa, que le quedaba tan estrecha como incómoda para dormir.

—En la corte te buscaremos mejores ropas.

—¿En la corte?

—Sí. En algún momento volveremos al palacio.

Ashbree se quedó de piedra al escucharlo.

Tarde o temprano, iban a llevársela a Glósvalar, capital del Reino de Lykos. Sería lo más lejos que hubiese estado en su vida y sabía, con una certeza absoluta, que de allí sí que no iba a tener escapatoria. Así que debía librarse de sus captores antes de que eso sucediera.

9

Ash se había resistido al sueño todo lo que había podido y más. Era evidente que no se fiaba de él, al menos no del todo, y que no se sentía segura. Ilian comprendía ese sentimiento de no poder cerrar los ojos. Había perdido la cuenta de los días que había pasado sin apenas dormir, ya no solo por el dolor de su cuerpo, que no tenía tiempo de recuperarse entre palizas, sino porque cuando cerraba los párpados, lo embargaba una sensación de asfixia indescriptible. Y aunque lo que más le hubiese gustado en ese momento habría sido dormir —sobre todo en una cama—, se mantuvo alerta durante las largas horas de vigilia.

Rylen lo encontró sentado en el extremo opuesto de la tienda, con un libro entre las manos. Su rey había aparecido con esa gracilidad felina carente de sonidos que lo caracterizaba. Tenía los hombros relajados, llevaba las manos en los bolsillos y porte derrotado.

—Deberías descansar —susurró Ilian. Rylen se limitó a asentir, con la vista fija en la cama—. Tranquilo, está dormida.

El rey deslizó la vista de ella hacia él con cierto esfuerzo y una ceja arqueada, como diciendo «¿Estás seguro?». Esa vez fue Ilian el que cabeceó en señal de asentimiento. Rylen suspiró de forma inaudible y se acercó a él, tomó la silla que el Efímero estaba usando como reposapiés y, sin hacer el menor ruido, la apartó para colocarla junto a la suya y sentarse.

—Nuestro encontronazo de antes me ha drenado más aún —reconoció en un hilo de voz.

Ilian se tensó a su lado. Aquello no era malo, sino terrible. Que el Rey de los Elfos, el Señor de Sombras, se quedase prácticamente vacío podría suponer un grave revés, sobre todo si sus enemigos se enteraban. Él era el encargado de rellenar los pozos de sombras, los recipientes que sus conjuradores utilizaban en el combate para manejar la oscuridad a su antojo y usarla en la batalla, igual que hacían los elfos de luz con sus cristales.

—¿Qué vamos a hacer? —se atrevió a preguntar el general.

—Irnos. —Ilian lo miró con expectación—. Si descubren que estoy aquí, atacarán con violencia, y no podré protegerlos. Lo mejor es que me retire a casa. Además, el consejo está que echa humo, y me he cansado de recibir cuervos a diario pidiéndome que regrese.

El general ya había supuesto que tarde o temprano viajarían a la capital. Llevaban varios meses en el frente, asistiendo a su ejército para mantener Milindur en su poder, pero su propia nación dependía del mandato de su rey, y ya había desatendido sus obligaciones para con su pueblo durante demasiado tiempo.

—Necesito que hagas algo por mí. —Él devolvió la atención a su rey, que observaba el subir y bajar de la respiración de Ash, atento por si la cadencia cambiaba—. Regresa a Milindur. Averigua cuáles serán las consecuencias de mi... «secuestro» —pronunció con desdén—, sobre todo las consecuencias para ella.

Cabeceó hacia delante y apretó la mandíbula.

—¿Crees que la acusarán de traición?

—Es más que probable que esa idea ronde por sus mentes.

—¿Y te preocupa? —Ilian había hecho una pregunta peligrosa. Ambos lo sabían.

—La prefiero a ella como emperatriz antes que a su padre.

—Y yo preferiría que su cargo fuera otro.

Sus miradas se encontraron. Las aletas de la nariz del rey se hincharon y apretó más los labios, con una pizca de rabia en esos iris grises. Nada a lo que no se hubiera enfrentado en un millar de ocasiones. Y, aun así, aquel comentario le retorció el estómago por estar ocultándole lo que habían hecho.

—No permitiré que la historia se repita —sentenció con voz dura.

—Claro...

—Ilian —le advirtió con deje autoritario.

Ambos observaron a Ash, que se giró entre las mantas con un gemido angustiado. Se mantuvieron callados unos segundos e Ilian tuvo la sensación de que el sueño de Ash no estaba siendo placentero. Después, volvieron a mirarse.

—¿Y si su vida no peligra porque no la vayan a acusar de nada? Entonces ¿qué?

Rylen apretó los labios y se tomó unos instantes para pensar. Aquella era la pregunta del millón, y la respuesta que diera podía cambiar el futuro.

—Si su vida deja de correr peligro dentro de su propia casa, la llevaremos a Yithia.

Había elegido las palabras muy sabiamente. Aquello no significaba que la liberarían si no había ninguna acusación de traición hacia la heredera. Y ambos eran conscientes de ello. Ilian asintió y le hizo una nueva pregunta.

—¿Y qué pasará con ella mientras tanto?

—Yo me encargo.

Las comisuras del general se curvaron hacia arriba. Un elfo de luz no habría percibido ese cambio en su gesto gracias a la oscuridad, pero a Rylen no le pasó desapercibido. Le había dicho que Ash era su responsabilidad, y ahora lo mandaba a Milindur a que indagase. Era evidente que no quería tener nada que ver con la heredera, y no lo culpaba, pero no había mucho que pudiera hacer para evitarlo.

—No le va a gustar lo más mínimo.

—Créeme que lo sé —murmuró el rey, con la vista fija en la próxima emperatriz.

10

Ashbree se despertó con las primeras luces del alba. Había pretendido descansar para recuperar fuerzas y enfrentarse a lo que estuviera por venir; no obstante, ni siquiera al abrigo del calor había conseguido huir de las pesadillas.

—Buenos días.

Ilian estaba en la misma silla en la que se había sentado al acostarse, con otra junto a él y un libro cerrado en las manos. En algún punto de la noche, o de la madrugada, había cambiado los cómodos ropajes de calle por una armadura negra, idéntica a la que había llevado en el campo de batalla. Además, tal y como había supuesto, los ungüentos del sanador que lo hubiera atendido, entremezclados con su curación inmortal, habían hecho que casi no quedara rastro de la paliza que le había dado con su luz.

Ajeno a su escrutinio, Ilian esbozó una sonrisa cordial a la que ella no correspondió.

—¿Has dormido bien? —El gruñido a modo de respuesta hizo que la sonrisa del Efímero se tornara un poco más sincera—. Pues espero que hayas cogido fuerzas, porque vamos a desayunar con el rey.

Ashbree se crispó y el sopor desapareció de su cuerpo de repente, como si la hubieran arrojado a la tinaja de agua gélida que aún permanecía en la estancia.

—No pienso desayunar con él —rezongó con voz pastosa por el sueño y cruzada de brazos.

Ilian se levantó con un suspiro y dejó el libro sobre la mesa antes de acercarse a ella. A pesar de que nada en su porte resultaba amenazador, Ashbree se sintió acorralada y se escudó un poco bajo las mantas. Como si esos trozos de tela fueran a protegerla.

—No es algo que esté abierto a debate. Anda, vamos.

Le hizo un gesto con la cabeza y Ashbree apretó los dientes. Sabía que detrás de esa amabilidad había un «si no quieres que te obligue» tácito. A regañadientes, apartó las mantas con violencia y salió de la cama. Se enfundó las botas con movimientos vigorosos y aceptó la gruesa capa que Ilian le tendía, que le quedaba mejor que la de la noche anterior. Ambos salieron y caminaron en dirección a la tienda del rey. Ashbree se percató de que, aunque las heridas de su rostro habían sanado bastante, se frotaba el brazo de forma insistente. ¿Estaría relacionado con el flechazo de Cyndra? ¿O sería consecuencia de las múltiples palizas a las que lo habían sometido?

No pudo pensar mucho más en eso, porque el aroma de diferentes desayunos cocinándose la recibió con los brazos abiertos. Inhaló hondo, y aunque habría esperado distinguir los desagradables matices del frente, no encontró nada de eso. Olía de rechupete.

Cuando se detuvieron frente a la tienda del rey, Ashbree, nerviosa por el encuentro, clavó la vista en sus pies y una sonrisa triunfante se instaló en sus labios al percatarse de algo. Entró al calor de la tienda sin perder esa alegría, la cabeza bien alta y pisadas más que firmes. Con movimientos lánguidos, se desató la capa del cuello y la lanzó sobre la cama del monarca, pulcramente hecha, como si estuviera en su casa.

—Buenos días, *majestad* —lo saludó con inquina. Los hombros del soberano se tensaron al oír el desprecio en esa palabra y Ashbree lo sintió como una victoria.

—Buenos días —respondió con la boca pequeña.

El Rey de los Elfos los esperaba de pie tras su escritorio, estudiando unos papeles, con ropajes mortalmente elegantes e impolutos. Las telas se moldeaban a sus férreos contornos como si estuviesen hechas a medida. En las caderas llevaba un cinto con una espada de empuñadura tallada en algún material negro y varios cuchillos y dagas. No cabía duda de que, tal y como había dicho Ilian, él también era asesino.

Sus miradas se encontraron de soslayo y Ashbree sintió un retortijón en su luz, que vibraba como a punto de estallar. La sonrisa le tembló en los labios, pero se esforzó en mantenerla. El monarca fue muy consciente de que ese gesto solo podía suponer que tramaba algo y deslizó la vista por su cuerpo.

—Espero que no la hayas traído armad...

Calló en cuanto vio sus botas embarradas por los revolcones de la noche anterior, que habían dejado un rastro de huellas en la pulcritud de su estancia. Aunque los zapatos de Ilian también estuvieran sucios por las caminatas, no habían manchado, ni de lejos, tanto como los de ella, que se había esforzado en que el barro se desprendiera de sus suelas en el interior de la tienda.

Un músculo se crispó en la mandíbula del soberano y Ashbree se deleitó con ello y con el modo tan especial con el que hinchó las aletas de la nariz. No debería regocijarse con sus enfados, mucho menos provocarlos; era estúpido e inconsciente. Pero había madurado en un hogar en el que los golpes sustituían a las caricias, y, tal y como decía su padre, su lengua no sería lo único que la terminaría condenando. Después de diez años así, no iba a dejar a un lado su osadía.

Cuando sus ojos volvieron a encontrarse, lo hicieron con una fiereza que cargó el ambiente de una estática antinatural. Ilian se percató de la tensión y siguió el recorrido de la mirada de su rey antes de chasquear la lengua y suspirar.

—¿Desayunamos? —sugirió para atraer la atención y evitar una catástrofe.

—Por favor... —farfulló el monarca, señalando una mesita redonda.

Ashbree observó la disposición de las tres sillas y tragó saliva, la diversión por haberle fastidiado con la suciedad desaparecida. Hiciera lo que hiciera, iba a acabar sentada entre los dos. Y no le apetecía lo más mínimo.

Ambos tomaron asiento, miraron el hueco que quedaba libre y luego a la heredera. Ashbree apretó los puños para mentalizarse y arrastró la silla antes de sentarse. El Rey de los Elfos, con una gracilidad que ya reconocía como suya, extendió la mano sobre la campana metálica que contenía el desayuno y la apartó. Los platos exuberantes que descubrió hicieron que las tripas de Ashbree rugieran y que la boca le salivara en respuesta. La parca cena de la noche anterior no tenía nada que ver con aquellos manjares, dignos del Rey de los Elfos, por supuesto.

Con delicadeza, él cogió el platito de Ashbree y le sirvió un poco de todo. Perpleja por esa amabilidad, la heredera alzó la vista de la comida hasta las facciones del soberano, que le resultaron más apuestas que cuando se escudaba tras la pétrea máscara de la indiferencia. En cuanto hubo terminado, colocó el plato frente a ella y se sirvió lo mismo para sí. Ilian se mantuvo al margen y optó por llenarse la taza con té, que se llevó de inmediato a los labios, sin importarle que aún humeara.

—Decidme, Ashbree... —Había algo pecaminoso en la forma en la que el rey pronunciaba su nombre. Pinchó una salchicha con el tenedor y la alzó frente a sí antes de añadir—: ¿Habéis disfrutado de la cama de Ilian? Espero que os haya mantenido caliente.

El aludido se atragantó con el té y el rey le dio un bocado malintencionado a la salchicha sin apartar esa mirada pícara de ella. Ashbree sintió el rubor pellizcándole las mejillas y se maldijo por ello. ¿Acaso sabría que se habían enrollado? Por cómo Ilian evitó mirarla descaradamente supuso que no. Desvió su atención al soberano, que la observaba con deleite. No conocía bien a aquel varón, pero después de las numerosas conversaciones con el corazón y los pocos cara a cara, le había quedado más que claro que le encantaban los juegos y los dobles sentidos. Ilian tosió un par de veces más y se frotó el esternón, incómodo.

Ashbree cogió la servilleta y la extendió sobre su regazo con movimientos calculados y la vista perdida en la comida antes de, despacio, deslizarla de nuevo a los ojos del rey, con premeditación absoluta.

—Sí, *majestad*. Aunque habría preferido disfrutar de su calor antes que del de las mantas —comentó en un tono travieso.

Ilian puso los ojos como platos y la miró con la mandíbula desencajada. Pero los labios de Ashbree solo se estiraron en una sonrisa satisfecha cuando al Rey de los Elfos se le escurrió el diminuto tenedor de entre los dedos y cayó al suelo. Ninguno había esperado una respuesta como aquella. Para su desgracia, Ashbree se percató de que sus palabras encerraban parte de verdad.

Si lo que el Rey de los Elfos quería era jugar, iba a convertirse en la dueña del tablero sin reparo alguno. En el breve rato que había tenido para bañarse había llegado a la conclusión de que solo había un modo de librarse de aquello: fugarse. Ahora, no obstante, Ilian le había presentado en bandeja de plata otra posibilidad: ganarse la confianza de Rylen Valandur.

Ya apenas albergaba dudas de que lo afín acababa encontrándose ni de que los opuestos se atraían; y aunque seguía sin entender bien la magnitud de lo que el Efímero le había revelado, no perdía nada por explorarlo. Porque mientras daba con el modo de huir de allí, usaría ese pretexto para acercarse al rey todo lo posible y luego destrozarlo por completo. Si lo que el soberano buscaba eran palabras malintencionadas y miradas lascivas, se las daría todas para camelárselo. Porque Cyndra y ella, con el paso de los años, habían aprendido a sobrevivir, a adaptarse al medio para ganarse un día más. Y no iba a seguir amedrentándose mientras la vapuleaban con palabras.

Los labios del Rey de los Elfos se estiraron de medio lado con cierta picardía y le robó el tenedor a Ilian antes de seguir comiendo. Tras cerciorarse de que la mano no le iba a temblar,

Ashbree cogió su propio cubierto para probar el desayuno. La boca se le inundó con el denso sabor de la carne cocinada, de los huevos revueltos, que sabían a gloria, y del pan caliente.

Aquella comida sabía mucho mejor que la yithiana, y sin poder remediarlo, cerró los ojos con deleite y placer. Cuando volvió a abrirlos, había reclamado la atención de ambos varones.

—Imagino que si tan bien os cae Ilian —dijo el rey, mirándolo de soslayo; el aludido hizo un mohín con los labios—, estaréis encantada de quitarle los grilletes.

—No pienso hacer tal cosa —respondió con fingida indiferencia mientras jugueteaba con la comida.

Que fuera a buscar el modo de ganarse su confianza no implicaba ceder a la primera de cambio.

El rey rio por la nariz y atrajo su atención. Ahí estaba de nuevo, la máscara del varón duro, cruel y despiadado. No le cabía duda de que la amabilidad que había demostrado con ella solo había sido una patraña para que bajara la guardia. Justo como pretendía hacer ella con él.

—Os lo estoy pidiendo por mera cortesía.

—¿Y si me niego? ¿Me vais a obligar, *majestad*? —Ashbree le lanzó el desafío sin clemencia alguna y él lo recibió apretando los labios.

—Si es necesario... —repuso en tono mortífero.

—Claro, porque nada os gustaría más que doblegarme —concluyó ella, con voz impostada.

—¿Acaso queréis descubrir cuánto me complacería teneros de rodillas frente a mí?

—Jamás me arrodillaré ante vos —escupió con mordacidad.

—Ya lo veremos.

Ambos se sostuvieron la mirada con tanta intensidad que el ambiente vibró de nuevo, como cargado de estática. Y sospechó que no era únicamente por influencia del soberano, porque algo dentro de ella se retorció con violencia.

—Quitadle los grilletes —sentenció con ira, sin dejar de mirarse.

—¿O qué?

El rey colocó las palmas sobre la mesa y usó su apoyo para levantarse e inclinarse hacia ella, como un depredador sobre su presa. Los platos y tazas tintinearon con el movimiento vigoroso. A Ashbree se le secó la garganta cuando una sombra, hasta el momento inexistente, se alzó por encima de él y se revolvió, como fuego bailando a su alrededor.

—U os juro que os arrastraré hasta mi palacio y os lanzaré al agujero más inmundo que encuentre.

Ashbree lo veía capaz de hacerlo, pero el brillo en su mirada le sugirió que sus palabras ocultaban mucho más. Con los labios apretados, sopesó la petición. ¿Se habría resistido lo suficiente como para que resultara creíble? No le hacía gracia liberar a un Efímero sabiendo el poder que tenía, pero era inútil negarse; tarde o temprano la forzarían a ello. Y detrás de Ilian vendrían Elwen y el otro soldado que había sobrevivido a Milindur. Pero si el rey había estado en su cabeza, significaba que la conocía: sabría que tenía carácter, que muchos de los golpes se los había ganado por no morderse la lengua. Y no podía mostrarse sumisa de repente para ganarse su favor. Contuvo la sonrisa de satisfacción a duras penas cuando Ilian añadió con amabilidad:

—Por favor...

Aunque estaba fingiendo, algo dentro de ella se reblandeció con su intervención; sucedió lo mismo con el monarca, que volvió a tomar asiento.

—¿Por qué? —inquirió ella.

—¿Qué? —El rey alzó una ceja.

—¿Por qué queréis que lo libere?

—¿No es evidente? —repuso con hastío.

Él pinchó otra salchicha y se la llevó a la boca de mala gana. Por algún extraño motivo, Ashbree no pudo apartar la mirada de sus labios.

—Si fuera solo por recuperar su poder, me lo habríais ordenado anoche. Así que decidme por qué. ¿Qué queréis que haga? ¿A dónde queréis mandarlo? *Majestad.*

Con cada nuevo «majestad» que pronunciaba como un insulto, el rostro del rey se agriaba más. Y Ashbree sintió un placer retorcido.

Ilian y él intercambiaron un vistazo cargado de palabras no dichas.

—Voy a Milindur a recabar información —le explicó el Efímero.

Ashbree alzó el mentón, interesada por sus palabras.

—¿Qué clase de información?

—Estratégica —prosiguió.

A juzgar por la rigidez de sus hombros y de su voz, le costaba hablar de ello con su enemiga, pero estaba concediéndole eso. Ella había pedido una aclaración a cambio de plantearse liberarlo y se la habían otorgado. Quizá pudiera aprovecharse de ellos un poco más.

—¿Qué más?

Estaba jugando con fuego, y estaba más que dispuesta a quemarse.

—Necesitamos saber qué impacto ha causado nuestra fuga.

—Ya veo... —Ashbree pinchó un trozo de salchicha y se lo llevó a los labios. Cuando mordió con fuerza, se preocupó de que los ojos del rey estuvieran fijos en ella—. Soltaré los grilletes si también recabas información *para mí.*

Ilian arqueó la ceja del pendiente y le lanzó un vistazo a su soberano, como para pedirle su aprobación, quien asintió con sutileza.

—¿Qué quieres saber?

—Necesito que averigües todo lo que puedas de Cyndra Daebrin.

—¿La que nos vio salir de allí? —inquirió el rey.

Ashbree lo miró de reojo y devolvió su atención al Efímero.

—Quiero saber si se encuentra bien.

Ilian apretó los labios y sopesó su propuesta.

—Dalo por hecho.

—Muy bien.

Extendió las palmas en dirección a él y aguardó. El Efímero mostró cierto recelo antes de alargar los brazos hacia ella. Ashbree le envolvió los grilletes, que brillaron ante su contacto, con las manos. Después, respiró hondo, cerró los ojos y reclamó la luz que albergaba el nácar endurecido en su interior. Se sintió un ápice más poderosa, como llena después de una comilona, al notar esa luz colándose en su cuerpo y sonrió para sí misma. Cuando volvió a abrir los párpados, los grilletes se abrieron con un chasquido y se los quitó.

—Pero esto —los alzó frente a ellos— me lo quedo yo.

El rey sonrió de medio lado, un gesto apenas perceptible. Ilian respiró hondo y la mesa vibró con violencia, traqueteando la porcelana. Cuando lo miró, su sonrisa sí que era perceptible. Las sombras escaparon de su cuerpo y lo envolvieron en volutas fantasmagóricas. El miedo se asentó en el estómago de Ashbree, pero se obligó a mostrarse impasible. Sobre todo porque el hambre voraz despertó con tanta fuerza que se enroscó en su bajo vientre y tuvo que aferrarse a los reposabrazos de la silla para mantenerse estática.

Las sombras regresaron al interior del cuerpo de Ilian y se levantó con un vigor que no le había visto antes, como si ahora estuviera más vivo. Con la armadura de combate negra, el rostro sin apenas indicios de las torturas y el cabello pulcramente peinado, con ambas sienes más cortas, aquel varón sí que parecía el general de las tropas oscuras, un asesino en toda regla.

—Me voy.

—Te veré en casa —se despidió el rey de él.

Acto seguido, desapareció envuelto en una capa de sombras moteadas de violeta que lo engulló e hizo que se desmaterializara frente a sus ojos. Verlo, en lugar de vivirlo, era una experiencia muy diferente, majestuosa y bella. Ashbree se quedó perpleja, con la mandíbula desencajada, y luego miró al Rey de los Elfos. Él parecía estar divirtiéndose con su estupor, pero Ashbree no le prestó atención.

—¿Yo también puedo hacer eso? —preguntó sin pensar.

El rostro del soberano volvió a ser frío y apartó la vista.
—Terminad de desayunar. Tenemos que irnos.
—¿A dónde?
—A la capital.

11

Cuando Ilian había mencionado que tarde o temprano volverían a Glósvalar, Ashbree había esperado que fuese más bien tarde, en lugar de temprano. Porque no había tenido tiempo de urdir un segundo plan de fuga que tuviese éxito. Y eso le generó un nuevo temor.

Se marcharían al norte, al otro lado de lo que se conocía como las montañas Calamidad, donde Glósvalar se resguardaba de ataques enemigos como un poderoso gigante. En todos los años tras la escisión de la isla, después del revuelo del Siglo Cero, se habían dado numerosos intentos de atacar la capital enemiga por su valía geográfica. Era una ciudad fortificada por montañas; no necesitaban de murallas que los protegieran porque la propia naturaleza parecía estar a su favor.

Desde que Ashsbree nació, Kridia no había sufrido intentos de asedio, o así había sido hasta el cumpleaños de su hermana. Apretó los labios al pensar en la bella Kara, con un parche broncíneo en el ojo. Lo había perdido cuando los elfos oscuros atacaron el palacio con la intención de, después de casi quinientos años, recuperar el duro corazón de piedra del varón que ahora la tenía secuestrada. No sabía qué los había motivado a atacar, aunque imaginaba que era la amenaza de haber resquebrajado el órgano, pero esperaba que no hubiera habido más intentos desde entonces.

No obstante, aunque los ataques a Kridia se habían reducido a uno en los últimos años, durante la Primera y la Segunda Guerra sí que había sido objetivo de asedios. Era un enclave mucho más desprotegido que la capital enemiga. Y ahora se la llevaban a Glósvalar, a encerrarla entre esas montañas milenarias. Sentía que jamás podría regresar a su hogar, por mucho que este estuviera conformado por personas.

Cuando el rey la sacó de su tienda, manteniendo toda la distancia que pudo con ella, había dos soldados esperando en el exterior. Reconoció a Elwen al instante, quien le regaló una sonrisa afable.

—Liberadlos —ordenó él con voz monocorde y rostro desprovisto de cualquier emoción.

Ashbree lo miró, casi una cabeza por encima de ella, y luego a los dos soldados. La garganta se le cerró al estar tan cerca de más enemigos y le fastidió reconocer que así debía de haberse sentido Ilian estando apresado. Con la salvedad de que a él lo trataban como a un preso de guerra y a ella, por el momento, no.

Estuvo a punto de negarse y montar un espectáculo, pero la combinación del gesto afilado del soberano y la sutil negación que le dedicó Elwen la disuadió y obedeció. No tenía sentido mantener los poderes de dos soldados rasos retenidos cuando estaba rodeada por cientos de ellos. Solo esperaba que no apareciera ningún otro Efímero de debajo de una piedra.

Además de a Elwen, reconoció al otro soldado, el huraño que ni siquiera había querido aceptar sus tratamientos y comida cuando se los había ofrecido. Y él parecía tan reticente como ella misma, pero bastó una mirada furibunda de su rey para que se acercara y extendiera los brazos frente a sí. Ahora que lo veía a la luz del sol, sin toda la roña y sangre del combate, con los cabellos cobrizos bien cuidados y los ojos de un rosa pálido único, se percató de que tenía una belleza sutil.

Una vez que hubo acabado, con la mente puesta en cuál iba a ser su próxima cárcel, Elwen le entregó una bandolera con algo de ropa, donde guardó los grilletes de nácar endurecido de Ilian. Los únicos que le habían dejado quedarse. Después, siguió al Rey de los Elfos por el camino entre tiendas en un estado de sonambulismo. Sus piernas se movían, sí, pero no era consciente de cómo avanzaban ni de a dónde se dirigían. Tan solo podía pensar en el miedo que la invadía con cada nueva zancada, que la alejaba un poco más de su amada Yithia. Fijó la vista en la amplia espalda del soberano, quien caminaba por delante de ella con las manos en los bolsillos, ajeno a la tormenta que se estaba gestando en su interior.

¿Y si estallaba? ¿Y si explotaba con todo el don que tenía dentro y se llevaba al Rey de los Elfos por delante? En cualquier otro momento, a aquellas alturas no habría recuperado su potencial después de estar encadenando drenaje de poder tras drenaje. Pero haber visitado las minas de Milindur la había recargado.

Ashbree descubrió que no le importaría morir si con ello conseguía erradicar a su mayor enemigo. Le estaría haciendo un favor a su pueblo, que de seguro se impondría sobre los elfos oscuros al no tener a su regente. Había mostrado reticencias tras descubrir que podía recargar los cristales de luz con solo tocarlos, porque no quería convertirse en un arma ni quería doblegar a los elfos oscuros. Ahora se arrepentía de no haber aprovechado aquel último día para reabastecer a sus tropas y que pudieran haber exprimido esa breve ventaja.

La idea de procurar ganarse su simpatía para que bajara la guardia y escaparse, o para poder infiltrarse de lleno en su corte y destrozarlo, era inteligente, lo sabía. Pero Ashbree Aldair solía ser impulsiva y le tentaba atajar el problema de raíz. No obstante, si intentaba acabar con él en aquel preciso momento y fallaba, su oportunidad de ganarse su favor desaparecería de un plumazo. ¿Estaba dispuesta a correr el riesgo?

Se mordió el labio inferior y abrió las palmas, que le picaban. Los dedos le cosquillearon y los movió, juguetones. Su luz se revolvió, preparada, como una amiga que la animaba a dar el golpe maestro. Sabía que no tendría fuerza suficiente para vencerlo, pero si no lo mataba, creía poder dejarlo para el arrastre, pues con solo acercar el corazón de piedra a su propio pecho lo había agrietado.

Ashbree cogió aire y lo retuvo en los pulmones, porque el nudo en la garganta casi ni le dejaba respirar. Cerró los ojos un segundo y...

—Yo que vos no lo haría —comentó él con hastío. Ashbree se desinfló y lo miró con el ceño fruncido. ¿Cómo era posible que hubiera adivinado sus intenciones? ¿Acaso tenía ojos en la nuca?—. Lo único que conseguiríais sería haceros daño.

«Te matará», le había advertido él en el bosque después de agrietar el corazón.

La rabia le trepó por la garganta, y en lugar de dejar salir su frustración en forma de gruñido, echó el brazo atrás con una bola de luz en la mano, lista para lanzársela a la cabeza. Justo cuando iba a hacerlo, el Rey de los Elfos, con esa velocidad inmortal, se dio la vuelta y la detuvo. Sus dedos cálidos le envolvieron la muñeca, piel con piel, y Ashbree dio un respingo. La luz se extinguió en su mano como un fuego enfrentándose al agua y se quedó perpleja. Él la miró con una autoridad que habría hecho que cualquier soldado experimentado se echara a temblar. Y ella no fue menos, aunque lo disimuló lo mejor que pudo.

El rey miró a sus tropas de soslayo, al elfo oscuro de ojos rosas que no había perdido detalle de su patético intento de regicidio. En cuanto el monarca apartó la vista de ella, sus soldados reanudaron las tareas con las que estaban, ignorando por completo su presencia. Aquel varón no necesitaba abrir la boca para que los suyos lo obedecieran. No se imponía sobre sus súbditos con amenazas ni malas palabras. Y eso dejó a Ashbree conmocionada por lo diferente que era su poder comparado con el de su padre. En Yithia nadie se atrevía a importunar al emperador por temor absoluto. Allí... Allí parecía que fuera por respeto.

El Rey de los Elfos dio un paso hacia ella, sin romper el contacto entre sus pieles, y acortó el espacio que los separaba. Ashbree sintió la calidez que emanaba de su cuerpo, que la envolvió como una segunda capa.

—En la intimidad de mi tienda, o del palacio, toleraré vuestros desplantes y vuestra falta de respeto —siseó para que solo ella lo oyera, tan cerca de su rostro que su aliento le acarició la nariz—. Lo comprendo, sois la heredera y tenéis que demostrar vuestra valía. —Ashbree estuvo a punto de rebatirle; él la interrumpió—: Pero no delante de mi ejército. Eso jamás lo toleraré. Consideradlo una advertencia, una amenaza o como mejor os plazca, me da igual. ¿He sido claro?

Ashbree se mordió el labio por dentro y asintió, porque no le quedaba más remedio. La soltó con un movimiento violento mientras ella se zafaba de un tirón. Ambos se quedaron perplejos por haber actuado al mismo tiempo, como si lo hubiesen ensayado, y luego él volvió a darle la espalda.

Se echó a un lado y Ashbree vio a un imponente purasangre negro, de pelaje reluciente y ojos atentos, que agradeció la caricia que el rey le ofreció en el morro.

—Buen chico... —le susurró al oído.

—¿Es que todo lo relacionado con vos tiene que ser negro? ¿Lo hacéis a propósito?

—Sí, para que vaya a juego con mi corazón.

El Rey de los Elfos le dedicó una mirada afilada y Ashbree se cruzó de brazos.

—¿Y mi caballo?

—Es este.

Él se colocó junto a la silla para comprobar que los cintos estuviesen bien cerrados. Después, repasó el contenido de las alforjas y se cercioró de que un bulto enrollado, que parecía una tienda de campaña, estuviera asegurado.

—Había supuesto que era el vuestro.

—Y lo es.

La miró de refilón, con ese asomo de sonrisa socarrona, y entonces lo comprendió.

—Ah, no. Ni hablar. No pienso montar con vos.

—Tenéis dos opciones, dragona...

—Dejad de llamarme así.

Esa sonrisa leve se trasladó a la comisura contraria. Estaba convencida de que la llamaba de ese modo porque la sacaba de sus casillas, una clara alusión a su temperamento.

—Tenéis dos opciones —repitió—: O bien montáis conmigo, u os traigo un caballo —los ojos de Ashbree se iluminaron— y os llevo encadenada al mío.

La heredera apretó los dientes, frustrada por la falta de elección, porque era evidente qué iba a preferir. Si accedía a que la encadenara, existían muchas probabilidades de que no la soltase cuando hiciesen un alto en el camino, ya fuese por vaguería o por deleitarse con el control. Y si accedía a montar con él... Si accedía a montar juntos irían insultantemente pegados: espalda contra pecho, cadera contra cadera.

No obstante, eso podría facilitarle mucho las cosas si de verdad quería ganarse su confianza, porque la idea de volatilizarlo con su luz quedaba descartada cuando él podía incluso preverlo. Aun así, a pesar de saber que era un movimiento inteligente, la sangre le ardía ante la posibilidad de estar tan cerca de él. Su parte lógica, la emperatriz táctica en la que algún día se convertiría, le decía que aprovechase cada oportunidad, por nimia que fuera. Pero la parte que había crecido escuchando aquella voz en su cabeza, mes tras mes, con desdén y chulería, la llevaba a odiarlo con todas sus fuerzas. Acababa de empezar y ya estaba cansada de luchar entre lo que debía hacer y lo que quería hacer.

Airada, se acercó al caballo y montó con maestría. El Rey de los Elfos rio por la nariz, victorioso, y con esa gracilidad suya, subió detrás de ella.

Todo él la envolvió al instante: sus brazos fuertes, que tomaron las riendas por delante de su propio cuerpo; su aroma tan característico; su imponente altura y, sobre todo, su delicioso calor. Porque a pesar de los ropajes más gruesos y de la espesa capa que le había dado Ilian, seguía sintiendo el frío dentro de los huesos.

O así había sido hasta que el Rey de los Elfos la «abrazó».

12

Apenas habían intercambiado palabra en toda la mañana. Él le había explicado que viajarían solos para no levantar sospechas y, acto seguido, le había echado la caperuza sobre la cabeza para ocultar su piel pálida. Después, él también ocultó sus rasgos y partieron al trote. Eso había sido poco después del alba, y no se habían detenido desde entonces.

Aferrada al pomo de la montura, Ashbree se deleitó con el paisaje cambiante, de árboles que no había visto nunca, de una gama de colores otoñales desconocida para ella, y con las imponentes montañas cada vez más cerca. Por inercia, procuraba que su espalda estuviera erguida para no rozar el pecho del monarca, porque estaba sucumbiendo a la parte de ella que le gritaba que lo odiaba. Pero si quería acabar con una guerra demasiado larga y nefasta, tenía que dejar su odio a un lado.

Por eso, cuando el sol anunciaba que era mediodía, se permitió relajarse y que se aliviara la rigidez de sus músculos, agarrotados por el intenso frío que se iba volviendo más inclemente según avanzaban hacia el norte. Su espalda rozó el pecho del monarca y se estremeció; su luz se agitó, complacida por el contacto, pero a ella le asqueó esa emoción. Y no fue el único incómodo con aquel contacto, porque el rey se tensó y sus manos enguantadas se cerraron con fuerza alrededor de las riendas.

Tenía que buscar un modo de acercarse a él. Debía encontrar un tema de conversación cómodo que le permitiera recabar información potencialmente valiosa y sin levantar sospechas. Así que optó por hablar de lo único que ambos tenían en común.

—¿Cuánto tiempo estará Ilian fuera? —preguntó con indiferencia, la vista perdida en los frondosos árboles de copas rojas.

Ashbree sintió la vibración de una risilla sutil contra su espalda y apretó el pomo de la montura en respuesta. Aquel extraño ronroneo le había gustado, y no debería gustarle nada que proviniera de él. Se decía que era porque tenía tanto frío que su cuerpo agradecía el menor contacto extra que pudiera conseguir, pero no estaba segura de si sería por eso o porque el rey tenía un encanto peligroso. Los afines terminaban encontrándose, y Ashbree empezaba a temerle a aquella posibilidad; a la verdadera atracción de los opuestos.

—¿Ya lo echáis de menos, dragona?

Los dientes le rechinaron ante el odioso apelativo, pero forzó una sonrisa, aunque él no fuera a verla. Si quería importunarla, le pagaría con la misma moneda, porque sospechaba que a aquel varón le encantaban los combates verbales.

—He de reconocer que disfruto de su compañía más que de la vuestra, *majestad*.

Al pronunciarlo en voz alta, se sorprendió de lo cierto que sonaba. Había pretendido decir algo que pudiera herirlo en su ego de varón, y que no fuera del todo mentira le dio un poco de miedo.

—Auch.

Con teatralidad, el rey se llevó una mano al pecho, como si sus palabras le hubieran atravesado un corazón que no tenía. Después, rio entre dientes y volvió a bajar la mano. En su camino hasta las riendas, la rozó en el brazo y Ashbree tuvo que esforzarse por no apartarse de un respingo.

—¿Y bien? —inquirió ella pasados unos segundos.

Él chasqueó la lengua y suspiró.

—Debería estar en Glósvalar para cuando nosotros lleguemos.

—¿Que será...?

—En un par de días, tres si el clima no nos acompaña.

Al mismo tiempo, ambos alzaron la cabeza hacia el cielo, encapotado por un manto de nubes plomizas que no auguraban nada bueno. Si tenía que enfrentarse de nuevo a las lluvias torrenciales de los últimos días en Milindur, pillaría un berrinche que ni los de Elros o Cadia, sus hermanos pequeños. No obstante, prefirió centrarse en la información valiosa: el campamento militar estaba a dos días a caballo de los límites de Glósvalar. Almacenó los datos a buen recaudo, para exponérselos a los comandantes de las Órdenes cuando regresara a casa. A *Arathor*.

Inspiró hondo al recordar todo lo que había pasado entre ambos. Que solo hubiera ido a Milindur a buscarla al enterarse de que su padre quería casarla con un berserker le dolía más de lo que estaba dispuesta a admitir. Porque no solo se había quebrado esa relación carnal que compartían, sino que sentía que su amigo le había fallado.

En lugar de pensar en él, se centró en intentar sonsacarle información más precisa al rey.

—Y si apretáramos el paso..., ¿no llegaríamos antes?

—¿Tantas ganas tenéis de llegar a Glósvalar, dragona?

—¡Ja! Ni hablar. Cuanto más tardemos, más probabilidad tendrá mi gente de encontrarme.

—¿Qué os hace pensar que vuestro padre os estará buscando?

No lo había preguntado con desdén ni con inquina, sino con una seriedad absoluta. Aun así, a Ashbree le dolió, porque estaba en lo cierto. No había garantía alguna de que su padre fuera a dedicar esfuerzos en recuperarla. Quería pensar que sí, que no dejaría en manos del enemigo un arma potencial, pero la odiaba tanto...

Sin poder remediarlo, su mente viajó hasta la amable Celina Aldair, hasta su muerte durante el parto prematuro de sus hermanos menores. Apenas había pasado medio mes desde que su padre le confesara que la odiaba porque la responsabilizaba del fallecimiento de la emperatriz consorte y ya sabía que jamás conseguiría despojarse de esa culpa. Una culpa que se veía acompañada por la de no haber protegido a Kara.

Su humor se agrió y el soberano debió de notarlo, porque dijo:

—Volviendo a vuestra pregunta... Podríamos llegar antes, pero no quiero forzar más a Omen, suficiente tiene con aguantar el peso de ambos.

El rey se inclinó hacia delante para acariciar el cuello del caballo, y con el movimiento la obligó a imitarlo. Espalda y pecho quedaron pegados y Ashbree se sintió aprisionada por su cuerpo. Un rubor extraño le trepó a las mejillas y agradeció que él no pudiera verle la cara cuando volvieron a erguirse sobre la montura.

Ignorando la alegría enfermiza de su luz, repasó la nueva información: si podían apretar la marcha, significaba que no iban a cruzar el paso de las Calamidad. Era imposible correr por aquel estrecho tortuoso de suelos escarchados, caminos inclinados y empedrados. Tenía que haber otro modo de atravesar las montañas si cabía la posibilidad de ir al trote. Y su ejército podría aprovecharse de esa ventaja.

—¿Y...? ¿Cómo es Glósvalar? Siendo tan inexpugnable, seguro que es aséptica y lúgubre.

El rey se inclinó de nuevo hacia delante, hasta que su pecho estuvo pegado contra su espalda, pero Ashbree se mantuvo quieta, con el corazón en un puño, a la espera. Entonces, él acercó la boca a su oído y le habló bajito:

—No creáis que no sé qué estáis haciendo. —Su aliento cálido le acarició el arco picudo de la oreja y su cuerpo se estremeció en respuesta, complacido por aquella calidez.

Ashbree se mordió el labio por dentro y se agarró al pomo con fuerza. ¿Qué creía saber él realmente? ¿Sus intenciones de ganarse su confianza? ¿O su búsqueda de información? La respiración se le aceleró ante la sensación de peligro que creció a su alrededor. No podía olvidar que estaba acompañada del ser más mortífero de la isla, un varón cuyo afán de conquista los había hostigado durante casi quinientos años. Aquella mente era inteligente y rápida, y ella tenía que estar a su altura.

—N-no sé a qué os referís, solo pretendo ser cordial y mantener una conversación con vos.

—¿Desde cuándo os importan el protocolo y la cordialidad?

—Me gustaría que mi secuestro fuera placentero. —Él se crispó y el cuero de sus guantes crujió con la fuerza con la que apretó las riendas—. ¿O seguís pensando mandarme a un agujero inmundo en cuanto lleguemos a Glósvalar, *majestad*?

Se giró para mirarlo a la cara, con los ojos entrecerrados. Los apuestos rasgos del soberano estaban contraídos por la seriedad, los labios apretados y la mirada perdida en el camino. Entonces, respiró hondo y su pecho volvió a rozarla, solo que en aquella ocasión le incomodó un poquito menos. Cuando, despacio, sus ojos grises se clavaron en los de ella, estos albergaban la promesa de una tormenta a duras penas contenida.

—En Glósvalar no hay ningún agujero lo suficientemente profundo como para acallar vuestra verborrea, dragona.

Ashbree inspiró con intensidad, las aletas de la nariz se le hincharon tanto como las del propio caballo, y la dureza desapareció del rostro del soberano para verse reemplazada por un asomo de diversión.

Malhumorada, se giró de nuevo hacia el frente, controlando el enfado.

—Mi capital no es un bastión inexpugnable —comentó él pasados unos segundos de silencio—. No es una fortaleza que recluya a sus habitantes ni un lugar de pesadilla, como seguro os habrán contado. —Ashbree se negó a responder—. Es una ciudad pintoresca, de casitas apiñadas para aprovechar cada hueco entre las montañas, con vías bien empedradas y rebosante de vida durante el día. Creo que os gustaría, sobre todo después de una nevada.

No comprendía por qué le contaba aquello si acababa de

afirmar conocer sus intenciones. ¿Acaso se creía tan intocable? No obstante, no fue eso lo que respondió.

—No tenéis ni idea de lo que me gustaría o no —farfulló, rendida al odio que la corroía y olvidada su labor como próxima emperatriz.

—Tenéis razón, pero a todo el mundo le gusta Glósvalar. Y no creo que vos seáis la excepción.

—Lo mismo os lleváis una sorpresa... —masculló con una irritación que a él le divirtió.

—Nada me gustaría más, dragona, porque a estas alturas poco me sorprende. Y, adelantándome a vuestra siguiente pregunta: no, no me preocupa contaros nada porque sois una invitada en Glósvalar. Y cuando vuestra estancia en mi reino termine, haréis lo que sea para protegerlo, no para conquistarlo.

13

Kara llevaba sin abandonar sus aposentos desde que su vida se había torcido. Se levantaba de la cama solo para ir al baño cuando sentía que la vejiga le iba a reventar y cuando ya no soportaba su propio olor. Su padre había intentado animarla como fuera: le había encargado distintos parches para el ojo, de colores, texturas y manufacturas variadas; le había comprado vestidos que en otra época le habrían arrebatado el aliento; había llenado sus dependencias de flores; había contratado entretenimiento —una fémina delicada que todas las mañanas pasaba por allí a leerle— y le había pedido a Galame Gandriel, la flautista más afamada del Imperio de Yithia y hermana de Arathor, que le diera conciertos privados, con lo que eso costaba. Hasta había usado la carta de sus hermanos.

Mebrin pasaba largas horas con ella, sin pronunciar palabra, sentado en la cama a su lado con un libro entre las manos en estricto silencio. Kara reconocía que su presencia la tranquilizaba, porque aunque ella quisiera aislarse del mundo, Mebrin siempre traía su propio mundo de calma con él. No la atosigaba ni intentaba que recuperara su vida, sino que se quedaba junto a ella como una presencia latente por si la necesitaba.

Con los mellizos todo le había costado mucho más. Odió un

poco a su padre por usar esa baza tan rastrera, porque los niños, con diez años, aún no comprendían algunos estados por los que pasaba la mente. No entendían por qué, si físicamente sus lesiones se estaban curando, no salía a la calle y volvía a ser la fémina jovial y cargada de vida. La alegría del palacio.

Y ella no tenía fuerzas para explicarles que no había habido ni un solo día en el que no sufriera de jaquecas, en el que no se quedara dormida llorando; en el que no tuviera pesadillas con lo que encontraría al apartar el parche que le cubría el ojo izquierdo, porque aún no se había atrevido a mirar.

A todo eso tenía que sumarle la culpabilidad, que palpitaba en el fondo de su mente. Porque sospechaba que la ausencia de Ashbree guardaba relación directa con lo que le había pasado a ella. Sabía que su padre era muy estricto con su hermana mayor, aunque desconocía los motivos, y si bien la decisión la había tomado él, sentía que si a ella no le hubiera pasado nada, las cosas serían distintas.

La echaba de menos. Aunque Ashbree siempre hubiera sido un poco distante, comparada con lo cariñosa que era la propia Kara, entendía por qué. Su hermana se había criado en un entorno muy diferente al suyo. Había tenido que soportar la muerte de su madre de forma mucho más consciente, y le tocó asumir un papel que le quedaba grande. Y aun así lo hizo de forma excepcional. Kara admiraba a Ashbree por encima de todo, y ahora ni siquiera sabía si regresaría del frente.

Cuando llamaron a la puerta de sus aposentos, se tapó con la sábana, como si así fuese a protegerse del mundo. Esperó escuchar el frufrú de los ropajes de los sirvientes arrastrándose por la alfombra, limpiando a su alrededor como si ella no estuviese allí, ventilando la habitación y trayéndole más comida que casi nunca tocaba. No soportaba cómo la miraban, con los ojos cargados de lástima y compasión. La hacían verse más pequeña de lo que se sentía por dentro, como si cada vez que le dedicaban un vistazo todos pensaran en la belleza que había perdido. Y aunque Kara no era vanidosa, estaba convencida de que en su cuerpo residía su mayor virtud, porque flaqueaba mucho en inteligencia comparada con su hermana.

Había intentado aprender de ella, que se le pegara parte de su arrojo y perspicacia, de su resistencia y entereza, pero Kara no estaba hecha para ser dura. Se dejaba arrastrar por las corrientes, y lo sabía a la perfección. Como segunda en la línea de sucesión, siempre había esperado un matrimonio concertado cercano a su mayoría de edad. Y aunque a sus veinte años aún no había llegado, fantaseaba con ese momento, con formar su propia familia y enorgullecer a su padre con un enlace beneficioso para el imperio, colmado de vástagos que fortalecieran el linaje Aldair. Porque Kara, aunque idealista, siempre había sabido que nunca se casaría por amor.

Y su cuerpo, dada su falta de agilidad mental, era la única baza que le habría permitido optar a un casamiento con un varón atractivo, a la par que poderoso. Porque los elfos de la corte eran así de vanidosos: alababan la belleza y la delgadez por encima del intelecto. Y por eso a Ashbree siempre se lo habían puesto tan difícil, porque se salía de sus estúpidos cánones, con los que no estaba de acuerdo pero en los que se alegraba de encajar, porque eso le facilitaba la vida.

Los golpes en la puerta se repitieron y Kara frunció el ceño. Nadie se tomaba la molestia de aguardar a que ella les concediera permiso, sino que simplemente entraban por orden del emperador o porque eran sus hermanos y tenían esa confianza. No obstante, se negó a salir del refugio de las sábanas, a la espera de que quien fuera se cansase y la ignorara, como quería que hiciera el resto del mundo.

Y llamaron por tercera vez.

Kara se giró sobre la cama, sentada y apoyada sobre el colchón con una mano, el ceño tan marcado que le dolía la zona colindante al ojo izquierdo.

—¿Quién es? —preguntó.

Se extrañó del modo en el que sonó su voz, como si no le

perteneciera. Había perdido toda la vida y la alegría que modulaba su timbre agudo y había sonado como cuero ajado.

—Soy Lorinhan, alteza.

Kara ladeó la cabeza, como si así pudiese ver a través de la puerta cerrada y entre la oscuridad por las cortinas cerradas. Aunque no tenían una relación demasiado estrecha, el tutor de su hermana siempre se había comportado con Ashbree como debería haberlo hecho su padre. Y eso era todo lo que los unía, por eso le extrañaba que estuviera allí.

Se mordió el labio inferior, pensativa. Era la primera vez que aquel varón hacía intención de verla y la curiosidad pesó un poco más que su decisión de aislarse de todos. Así que alargó la mano a los pies de la cama y se colocó el batín mientras pronunciaba un tenso «adelante».

La puerta se abrió con un chasquido lento y asomó el rostro afable de Lorinhan, con sus largos cabellos rubios claros y esos penetrantes ojos dorados tan poco comunes. Le dedicó una sonrisa sincera y no mostró indicio alguno de que el olor de aquella estancia, cerrado porque aún no habían ventilado en aquel día, le molestara.

Con las manos tras la espalda, Lorinhan se acercó a la cama y se quedó de pie, mirándola. Sin pena. Sin compasión. Solo comprensión. Viendo a un igual, no a una bestia herida.

—Podéis sentaros si queréis —le indicó Kara, señalando las dos butaquitas que había en la esquina junto al balcón. Lorinhan asintió con un cabeceo y tomó asiento donde le había indicado.

Resignada a mantener una conversación con alguien después de tantos días, se levantó de la cama. Las rodillas le crujieron y los músculos de su cuerpo se estiraron y tensaron. Rotó los hombros con disimulo, lanzándole un vistazo de soslayo a Lorinhan, que parecía entretenido con las figuritas que había en el faldón de la chimenea —y que Ashbree había hecho para ella hacía tantos años— y se puso en pie, con el bastón junto a su cama ya en la mano.

Inhaló hondo cuando el latigazo de dolor por la tibia y el

peroné fracturados en el ataque le recorrió la pierna. Podía dar gracias de que los sanadores de palacio fueran excepcionales; incluso sin el influjo de la luz curativa de su hermana, habían conseguido que en un periodo de veintitrés días consiguiera mantenerse de pie, con la ayuda de su bastón color bronce. Como todo en su vida.

Aun así, un incipiente mareo por la falta de profundidad visual la abordó y tuvo que tomarse unos segundos para estabilizarse. Odiaba aquella sensación. Cada vez que iba al baño lo mismo: inestabilidad, falta de confianza y, sobre todo, los golpes con las esquinas por calcular mal los espacios, además de la cojera de los últimos dos días. Porque hasta entonces, incluso llevada en brazos de algún sanador, no se deshacía de ese mareo. Se sentía torpe y estúpida por tener las caderas y los brazos llenos de moratones provocados en las pocas ocasiones en las que se había levantado de la cama por sí misma.

Se acercó a la balconada para descorrer las cortinas, cojeando. Sabía que si hubiera permitido que los sanadores trabajaran con ella, aquella cojera desaparecería antes, pero no tenía sentido. ¿Qué más daba una cojera teniendo el rostro demacrado?

Ignorando esos pensamientos, observó el paisaje veraniego de Kridia, con la lengua fina de mar asomando a lo lejos, y se sorprendió del punto bajo del sol, porque creía que era por la mañana, en lugar de última hora de la tarde. Tomó asiento junto a Lorinhan y su protocolo le dijo que debería ofrecerle un refrigerio, pero ¿qué importaba realmente? Lo único que quería era que le dijera lo que fuese y se marchase para dejarla en paz.

—¿Cómo os encontráis? —le preguntó el varón con voz dulce.

Kara suspiró y clavó los ojos —*el* ojo, más bien— en él.

—No es una pregunta tan absurda, alteza. No espero que me digáis «bien», porque nadie lo estaría en vuestra situación. Y algo me dice que todos esperan que lo estéis.

Sus palabras hicieron que inspirara hondo, porque era el primer atisbo de comprensión que recibía. Su padre quería que saliera de allí cuanto antes, que volviera a ser la hija perfecta que era, y sus hermanos la echaban de menos. Nadie, salvo Mebrin, le estaba concediendo el tiempo que necesitaba para sanar por dentro porque preferían hacer como si no hubiese perdido un ojo.

—¿Qué os han dicho los sanadores? —quiso saber pasados unos segundos de silencio.

—Que es imposible recuperar la visión de ese ojo.

—¿Ni siquiera en un porcentaje menor?

Ella negó, los labios apretados en una tensa línea, y se percató de que Lorinhan cerraba los puños sobre las rodillas apenas un instante fugaz, antes de recuperar la máscara de calma que se había desprendido por la crispación momentánea.

—Lo lamento —murmuró con voz tensa.

—Gracias.

El silencio volvió a extenderse entre ambos y Kara empezó a sentirse incómoda. En otro tiempo, habría rellenado esos huecos con cháchara incesante, aprendida por años de tutelaje con una institutriz, pero había perdido las fuerzas para enfrentarse al protocolo.

—¿Qué queréis, Lorinhan? No pretendo ofenderos, pero sé que no estáis aquí por mí.

Él esbozó una sonrisa sombría y asintió con la cabeza una única vez, despacio.

—Venía a ver si sabíais algo de vuestra hermana.

Kara agrandó el ojo por la sorpresa y ladeó la cabeza antes de fruncir el ceño por la incomprensión.

—No. Padre no me ha hablado de ella en todos estos días. —Él chasqueó la lengua y deslizó la vista a la balconada, pensativo—. ¿Vos tampoco sabéis nada?

Negó sutilmente antes de volver a mirarla.

—Me ha vetado de todas esas conversaciones. Antes me mantenía al tanto por su tutelaje, pero ahora que ya no está... —Suspiró, resignado—. Ni siquiera la teniente Aldadriel responde a mis misivas, y creo que es porque tiene orden de no hacerlo.

Aquello era extraño. La teniente Brelian Aldadriel y Lorinhan Mebel eran bastante cercanos, sobre todo porque entre ambos se encargaban de la educación de su hermana. En todas las fiestas celebradas en palacio, cuando coincidían, siempre los veía juntos. Y que la teniente no le respondiera solo podía indicar que Lorinhan estaba en lo cierto y que lo habían blindado de todo.

—¿Estáis preocupado por ella?

—Estoy preocupado por todo, en realidad. Pero sí, en especial por ella.

—¿Creéis que le ha pasado algo? —preguntó con temor.

—No lo sé. Espero que no, pero la situación en palacio es tensa. Con los berserkers aquí, esperando a que....

—¿Cómo decís? —Kara se quedó tan estupefacta que no le importó interrumpir, aunque fuera maleducada.

—¿No lo sabéis? —Ella negó con la cabeza—. Vuestro padre abrió las fronteras poco después de la marcha de Ashbree y ha cerrado negociaciones con berserkers, enanos... y a saber con cuántos vaettir más. Ha concertado el matrimonio de la heredera con el *jarl* de Korkof y están a la espera de que regrese de Milindur para celebrar las nupcias.

Kara se tensó tanto que creyó que su columna, pequeña y maltratada por la falta de movimiento, se partiría en dos. Cuando ella misma había dejado caer que quizá podrían casar a Ashbree con alguien, en lugar de mantenerla encerrada de por vida —parecía que hacía una eternidad de eso—, no había esperado que su padre tuviera en consideración sus palabras. Y ahora se sentía incluso peor por lo que le había hecho a su hermana.

—¿Creéis...? —Kara devolvió la atención al tutor ante su titubeo—. ¿Creéis que podríais recabar información sobre ella? Preguntar. Sois muy sutil, se os da bien hablar con la gente y ganaros la confianza de los demás. Y me gustaría... —Se mordió el labio con cierto nerviosismo y miró por la balconada de nuevo—. Necesito saber cómo está vuestra hermana.

Lorinhan, más preocupado por Ashbree que su propio padre, le estaba pidiendo que descubriera qué estaba pasando y que le informase al respecto. Que trasgrediese la orden del emperador de no informarle de nada para quedarse más tranquilo. Por un momento fugaz, la imagen de su padre se enturbió, porque con ella nunca se había mostrado cruel. Pero con el paso de los años había ido siendo más consciente de lo que sucedía a su alrededor, aunque se negara a ver lo que los demás veían.

Y por mucho que Lorinhan le estuviera pidiendo que actuara a espaldas de su padre, era de su hermana de quien se trataba. De la fémina que se había comportado como una segunda madre con ella cuando ambas perdieron a la de verdad. De la fémina que había sacrificado su vida y su libertad en pos del Imperio de Yithia.

La determinación le inundó el cuerpo y Kara se descubrió asintiendo. No había abandonado aquella estancia en veintitrés días, pero ya iba siendo hora de que asumiera responsabilidades. Porque Ashbree merecía que su familia empezara a cuidar de ella, incluso en la distancia.

14

Después de aquella breve conversación que casi la había sacado de quicio, Ashbree se mantuvo con la boca bien cerrada, aunque cerca de él para compartir su calor. A medida que iba avanzando el día, la temperatura caía más y más, en lugar de aumentar, como sucedía en Yithia, y para cuando llegó la tarde, le costaba evitar que los dientes le castañetearan.

No se habían detenido en ningún momento, soportando una marcha constante sin que el caballo tuviera un solo segundo de descanso. Ashbree se compadecía del pobre animal y maldecía al soberano por su crueldad.

Habían sido largas y tortuosas horas de fijar la vista al frente, pensando en la poca información recabada. Y aunque había abandonado la rigidez inicial que la mantenía todo lo alejada que podía del soberano, sentía los músculos agarrotados. Por muy acostumbrada que estuviera a cabalgar, gracias a su entrenamiento militar y a los caballos que tenían en palacio, no lo había hecho en aquellas condiciones climáticas nunca. Tenía el cuerpo tan entumecido que dudaba de que pudiera volver a moverlo a su antojo. Por no hablar de lo incómoda que estaba porque la ropa interior le iba tan estrecha como la camisa y los pantalones, y hacía horas que la prenda se le incrustaba entre las nalgas. Necesitaba, desesperadamente, bajar para que las bragas dejaran de cortarle la circulación. Pero, por supuesto, no iba a decir ni una palabra.

Contaba los minutos aferrándose a que, según lo que había dicho el monarca, llegarían a la capital para la noche siguiente. Y aunque esa idea no la complacía, una parte de ella agradecería dormir en una cama y darse un baño caliente, porque esperaba que fuera cierto que en Glósvalar no había agujeros inmundos a los que lanzarla.

Se mantuvo atenta a todo lo que veía: al cambio del paisaje, de árboles gruesos con hojas naranjas, marrones y rojas, a árboles más espigados de copas desnudas, campos desprovistos de vida y, después, un terreno más complicado a causa de la cercanía con las montañas. Pero ni siquiera la curiosidad por lo nuevo y desconocido servía para aplacar el nerviosismo.

No comprendía qué había pretendido decir el rey con que querría proteger Glósvalar. Aquella ciudad ya podría ser la morada de los mismísimos dioses que le daría igual. Pensaba destruirla y arrasar con ella del mismo modo que los elfos oscuros habían atacado sus tierras. Y no había nada que pudiera hacerla cambiar de opinión.

Cuando a su alrededor la noche se volvió densa por un cielo desprovisto de luna o estrellas gracias a las nubes tormentosas, el Rey de los Elfos condujo al caballo fuera del camino, en busca de un lugar en el que montar un campamento. A Ashbree le pesaban los párpados, le dolía la cabeza y cada músculo de su cuerpo le gritaba por descanso. Por no hablar de que hacía rato que no sentía ni los dedos ni la nariz. Y cuando la montura se detuvo y él bajó, como si no hubiesen pasado más de dieciocho horas de cabalgada incansable, casi lloró de alegría.

Le sorprendió la soltura con la que el rey se movía por el espacio, como si no estuvieran envueltos en la penumbra más absoluta. ¿Acaso los elfos oscuros veían mejor en la oscuridad, como le pasaba a ella con la luz, que no le molestaba? Guio al animal de las riendas hasta que estuvieron cobijados debajo de un enorme árbol calvo y le quitó las bridas para que descansara.

Ashbree alzó la vista al cielo y apretó los labios al comprobar que la tormenta que había arreciado sobre Milindur durante dos días les estaba pisando los talones.

—¿Bajáis o qué?

Lo distinguió con un puño apoyado en la cadera, observándola con cierto cansancio. Ashbree hizo amago de desmontar y las piernas no le respondieron. Quiso soltar el pomo de la silla para golpearse los muslos y tampoco pudo. Sus dedos se habían quedado agarrotados por la gelidez, como dormidos. La angustia se hizo con su rostro y contuvo la respiración, tan solo oyendo el martilleo de su corazón contra las costillas. Consternada, tragó saliva y deslizó la vista hacia el rey. Él respiró hondo y se acercó a ella, hastiado, pero en cuanto encontró lo que la inquietaba, adoptó un gesto de preocupación.

Con cuidado, acercó las manos enguantadas a las de la heredera, que seguía sin poder moverlas, y se las envolvió sin presionar demasiado. Ashbree siseó ante el calor, que en otra situación la habría reconfortado y en aquel momento le quemaba. Apretó los ojos y se mordió la lengua para no demostrar dolor, aunque por dentro sintiera que le estaban arrancando la piel a tiras.

Su mente de sanadora se puso a trabajar a toda velocidad; en vano, porque la realidad era que ella no estaba entrenada para congelaciones ni hipotermias. Estaba convencida de que los soldados más experimentados de su orden sí que dispondrían de esos conocimientos, por si los mandaban al frente en territorio de Lykos, pero su formación no había concluido. Le faltaban diez años para terminar la especialización, y luchar contra la congelación no era prioritario cuando la mayoría de las escaramuzas se daban en territorios cálidos. Por no hablar de que ella ni siquiera tendría que haber ido al frente siendo la próxima emperatriz.

El Rey de los Elfos apretó un poco más y a ella se le escapó un quejido apenas audible que atrajo su atención al instante.

—¿Podéis bajar? —le preguntó en un murmullo.

Ashbree hizo amago de moverse, pero las piernas no le respondían, aunque sabía que era por la posición y las horas de cabalgada, no porque también estuvieran al borde de la congelación. Abochornada por su debilidad, miró a Rylen a los ojos. Él respiró hondo de nuevo, la agarró por la cintura con delicadeza y, sin esfuerzo, la bajó. Ashbree se quejó cuando sus manos se vieron forzadas a separarse del pomo, pero no tuvo tiempo de pensar en ello, porque en cuanto sus botas tocaron el suelo, las piernas se le doblaron. Ahogó una exclamación en anticipación a la caída, pero el rey la sujetó con más firmeza y la mantuvo en pie, cerca de él. Ashbree sostuvo las manos acartonadas alzadas entre ambos, incapaz de agarrarse a nada, mientras él la soltaba de la cintura para envolverle las manos con las suyas una vez más.

Tenía dedos largos, gráciles, perfectos para tocar ciertos instrumentos. Despacio, ella alzó la vista y se encontró con que esos iris grises, del color de un rayo de luna, la observaban de un modo indescifrable.

Por mucho que hubieran pasado el día entero con los cuerpos pegados, y que la noche anterior se hubieran revolcado en su cama durante su refriega, aquella nueva cercanía era diferente. Se miraban cara a cara, con las fuertes manos del soberano sobre las suyas y sin apartar los ojos el uno del otro. Algo se cerró en la garganta de Ashbree y sintió el estómago pesado. Su luz vibró con tanta fuerza que le arrebató el aliento y tuvo que luchar contra ella para que no escapara de su piel. Rylen entreabrió los labios y a ella le dio un vuelco el corazón.

—Voy a soltaros... —susurró, y su voz le supo a caricia cálida— y a calentaros las manos piel con piel. Los guantes están fríos en comparación. ¿Os parece bien?

—Maravilloso —murmuró, turbada.

No comprendía qué le sucedía en su presencia. Lo odiaba con todas sus fuerzas; cada vez que lo miraba se acordaba del daño y del temor que aquel varón había causado a lo largo de los siglos. Recordaba cómo había roto la Segunda Tregua, que podría haber sido la definitiva, al secuestrar a Ayrin Wenlion. Y le había hecho lo mismo a ella. No obstante, aquel no parecía ser el soberano duro y terco, de mirada afilada y palabras incendiarias. Aquel varón, que tan solo había visto durante el desayuno, se mostraba completamente diferente. Como si él mismo se olvidara de quién era.

Rylen apartó solo una mano, mirándola de arriba abajo como si temiera que fuera a caerse en cualquier momento. Acercó la palma al rostro, mordió la punta de un dedo y tiró. Aquel movimiento estuvo cargado de una sensualidad inintencionada que le removió algo por dentro. Y cuando la piel desnuda de sus manos entró en contacto con la gélida de Ashbree, ella suspiró de gozo y cerró los ojos, con la cabeza echada hacia atrás. Había pocas sensaciones en el mundo más placenteras que aquella. Sin querer, un gemidito escapó de su garganta cuando él apretó más fuerte, frotándole la piel de las manos con sumo cuidado.

La preocupación fue desapareciendo. Si no estaba muriéndose de dolor era que sus dedos no estaban tan mal como había pensado en un primer momento.

—¿Mejor? —Su voz, tan baja, le recorrió la columna y Ashbree tragó saliva.

Asintió, disfrutando del calor agradable de su cuerpo envolviéndola, sin importarle lo más mínimo quiénes eran. Perder los dedos era lo suficientemente importante como para dejar sus diferencias a un lado durante unos minutos. Entonces Rylen alejó una mano y Ashbree abrió los ojos, contrariada, para encontrar la palma justo frente a su rostro. Se quedó perpleja un segundo, hasta que sintió calidez sobre la nariz y casi ronroneó de placer, cerrando los párpados de nuevo.

—Tenéis la nariz amoratada —le explicó, aunque no hiciera falta. En cuanto la había tocado, había comprendido qué pretendía— y es demasiado bonita como para que la perdáis.

Abrió los ojos y se sostuvieron la mirada con cierta intensidad, por mucho que la situación fuese algo ridícula. El remolino que formó su don dentro de ella en aquella ocasión fue diferente, más lánguido, como hilachas de agua que se escapan de un cuenco conformado por las manos. Se sentía maleable ante aquel contacto, y algo le decía que no era la única. Era como si su don respondiera al de él y quisiera salir a buscarlo, solo que no para matarlo. Ilian había tenido razón: hacerle caso a aquel anhelo era peligroso.

Ashbree carraspeó y dio un paso atrás para poner distancia entre ambos, con las piernas temblorosas por la rigidez de montar tantas horas.

—Ya estoy mejor, gracias —dijo con voz trémula mientras metía las manos bajo las axilas.

Se maldijo al instante, porque había actuado por impulso y aquella cercanía le habría ido bien a su plan de ganarse su confianza. Pero su decisión había tenido demasiado poco que ver con el odio y más con el miedo a la atracción de los opuestos. A la necesidad de los afines.

El soberano la miró un segundo más antes de chasquear la lengua y apartar la vista. Ashbree sintió un pellizco en el pecho cuando él también retrocedió.

—Quedáoslos vos, os harán más falta.

Le entregó los guantes que hasta hacía unos minutos había llevado él y Ashbree los aceptó, inquieta. Se los puso mientras él se acercaba al petate del caballo y se encargaba de sacar las escasas provisiones. La prenda le quedaba grande, pero aún conservaba la calidez de sus dedos y olía un poco a él. Con diligencia, el Rey de los Elfos recogió algunas ramas e hizo un montoncito con ellas. En un visto y no visto, preparó una hoguera, que obedecía a su experiencia, y se sentó al calor de las llamas.

—Venid aquí a calentaros.

Con la nueva claridad alumbrando, se atrevió a dar un par de pasos y a sentarse en el lado más alejado que pudo. Él resopló, con intención de añadir algún comentario mordaz, pero calló. Ashbree se abrazó las piernas, entumecidas, y apoyó la barbilla sobre las rodillas con las palmas extendidas hacia el fuego. Ahora que se había despegado del calor del soberano, por mucho que el fuego sirviera de consuelo, sentía el frío incrustado en sus huesos de nuevo.

Con un suspiro largo, el rey se puso en pie y se le acercó. Ella se encogió sobre sí misma, porque no se fiaba de él, y lo vio sentarse a su lado. Estaban lo suficientemente cerca como para percibir su calor, pero no tanto como para que sus cuerpos llegaran a rozarse. Después, extendió el brazo hacia ella y le ofreció un pedazo de pan y algo de queso.

—Si lo dejáis un rato junto al fuego, se ablandará. Se ha quedado duro por el frío.

Observó sus movimientos mientras extendía el trozo de tela cerca de la hoguera y colocaba su queso para que se templara. Ashbree no quería tener que agradecerle nada más después de lo que había hecho por ella, ni siquiera ese gesto nimio. Igualmente, dejó su porción al lado de la del rey y ambos se quedaron callados un rato.

—¿Puedo preguntaros algo? —murmuró ella, con la voz ahogada por tener la barbilla sobre las rodillas. Él asintió en respuesta, como si no necesitase llenar el silencio con palabras—. ¿Por qué no nos habéis llevado hasta vuestro palacio con vuestras sombras? Como hicisteis para secuestrarme.

El rey apretó los labios y se quedó unos segundos contemplando el chisporroteo hipnótico del fuego, sin parpadear. Bajo la intimidad de aquella luz, Ashbree se percató de que parecía más mortal y menos una divinidad. Sus facciones seguían siendo igual de apuestas, pero resultaban más accesibles, perecederas y joviales. Como si hubiese dejado de ser el Rey de los Elfos y tan solo fuera Rylen Valandur.

—Porque estoy... cansado.

A Ashbree le sorprendió que reconociera esa debilidad, porque no cuadraba con la imagen que tenía de él, así que se atrevió a preguntar:

—¿A vos también os pasa?

Giró la cabeza hacia ella y la miró a la espera de una explicación.

—Cuando uso mi don... —Aunque ya lo hubiera visto, se sentía extraña hablando de aquello con él—. Cuando uso demasiado mi luz, me quedo vacía durante un tiempo.

—Yo nunca me vacío —sentenció con cierta mordacidad. Ahí estaba esa máscara pétrea de nuevo, tan altivo y chulesco como se lo había imaginado y como había demostrado ser—. Si lo hago..., moriría.

Ashbree se había equivocado. La primera parte de su respuesta no había sido un reflejo de ego herido, sino el principio de una confesión. En aquella ocasión fue ella la que deslizó los ojos hacia él, sin comprender a qué se estaba refiriendo. El rey no fue capaz de sostenerle la mirada y se fijó en el fuego de nuevo.

—No tengo corazón, ¿recordáis? —Lo pronunció con una leve sonrisa incrédula con la que pretendía restarle importancia a sus palabras, pero Ashbree no se lo tragó.

—¿Y cómo...? —La voz se le quebró.

Aquella conversación había terminado siendo mucho más íntima de lo que había pretendido. Se sentía un poco culpable, aunque no tuviera la culpa de nada. No, de nada no, se recordó, porque llevaba quince años enfrentándose a él. Ese pensamiento se afianzó denso en el fondo de su garganta y tuvo que tragar saliva para empezar a digerirlo.

Ashbree se repetía hasta la saciedad que él era el monstruo de aquella historia, pero si se tomaban en consideración los actos aislados que el uno le había hecho al otro, ella era la que había crecido entrenándose para acabar con su existencia. Y él, a pesar de ser plenamente consciente de ello, solo había hecho intención de vengarse una vez. Y ni siquiera estaba segura de eso, porque no habían matado a nadie en el asalto al palacio; los daños, mal que le pesaran, habían sido colaterales. Y aunque le había pedido a Ilian que la matara, había descubierto que tan solo había sido un juego para asustar y, quizá, devolverle parte del miedo que él debería de haber sentido cada mes.

—Mis sombras se encargan de las funciones de mi corazón

—le explicó, sacándola de sus pensamientos—. Si me dreno, no habría sombras que ejercieran de órgano.

¿Significaría eso que romper su corazón no habría servido para nada? Si sus sombras lo mantenían vivo, ¿qué papel jugaba aquel trozo de piedra? No obstante, no podía pensar en eso, porque el Rey de los Elfos había sugerido algo peligroso.

—Así que..., ¿ahora no podéis usar vuestro poder? —tanteó.

Ashbree se tensó en anticipación, los nervios cubriéndole la piel, pero él no respondió. Si no disponía de sus sombras, ¿qué la retenía? ¿Qué le impedía enfrentarse a él y huir? Clavó la vista en el fuego, perdida en las distintas posibilidades. Él era asesino, lo que significaba que, además de tener más experiencia en combate, conocería cientos de formas de matar. Pero no tenía sombras.

De reojo, miró por encima del hombro en dirección al purasangre, que pastaba de las hierbas altas. Podría probar a cegar al rey y aprovechar su desconcierto para huir a caballo, aunque este no tuviera las bridas puestas. Contempló de nuevo las llamas. También podría utilizar sus luces para asfixiarlo o quemarlo vivo. Perezosa, deslizó un dedo sobre su antebrazo cubierto por la ropa gruesa, bajo la que se ocultaba el tatuaje. Se notaba cansada, pero su don, aletargado por los usos de la noche anterior y el frío, aún seguía ahí. Respondería a su llamada. O eso esperaba, porque si decidía enfrentarse a él y su poder no acudía... Entonces estaría perdida.

Aunque las diferentes opciones le tentaban de igual modo, no parecían inteligentes. Él era un guerrero experto, curtido a base de una guerra que él mismo había iniciado. Le ganaba en fuerza y en velocidad. Su única opción sería vencerlo en inteligencia. Así que apretó los dientes y decidió esperar. Tarde o temprano se irían a dormir, entonces aprovecharía su oportunidad, porque él también tendría que descansar. La noche anterior apenas habían dormido unas horas, entre el secuestro, las discusiones y los intentos de fuga fallidos. El sueño acabaría reclamándolo y ella actuaría en consecuencia.

—¿Creéis que el caballo aguantará otra jornada como la de hoy? —preguntó, para obtener más información.

Ashbree alargó la mano hacia su pedazo de queso y masticó despacio, saboreando cada bocado y siendo muy consciente de lo que ingería, porque si su plan resultaba ser un éxito, no sabía cuándo volvería a comer. Él miró en dirección al caballo, detrás de Ashbree, y ella se encogió sobre sí misma. Por mucho que el corazón no estuviera presente, tenía la sensación de que aquel varón podría leer todos sus pensamientos si se lo propusiese.

—¿Tenéis frío? —dijo en su lugar, malinterpretando su gesto.

Y eso la alivió. Se limitó a asentir, para no arriesgarse a que la voz le temblara por los nervios.

El Rey de los Elfos terminó su cena de un último bocado y se frotó las manos para limpiarse las migajas del pan. Después, se levantó, hizo lo mismo con los pantalones y se acercó al caballo. Ashbree no perdió de vista ni uno solo de sus movimientos. ¿Y si, de algún modo, había descubierto sus intenciones? Él alargó las manos hacia el petate y desempaquetó lo que debía de ser la tienda de campaña. Sin mediar palabra, se dedicó a montarla.

Ashbree jamás imaginó contemplar a un monarca con la rodilla hincada en la hierba escarchada armando un refugio. Verlo atareado con algo tan mundano era… curioso. Y a juzgar por la eficiencia con la que se enfrentaba a las telas, cuerdas y anclajes, lo había hecho en infinidad de ocasiones.

—No habéis respondido a mi pregunta —insistió, porque necesitaba saber si el caballo le serviría para la huida.

—Omen no es un caballo normal, es un regalo de las huldras. Por eso avanzamos tan rápido.

Ashbree alzó la vista, interesada por sus palabras. Las huldras eran las moradoras del archipiélago de Urdú, el conjunto de islas que había entre el continente y su tierra. Era un paraje neutro, que nunca se inmiscuía en las políticas extranjeras ni participaba en guerras. Aquellas féminas de extraordinaria belleza y apéndices de animales se contentaban con comerciar con el mejor postor y cuidar de su tierra. Habían dejado atrás la sed de caos que las había caracterizado cuando aún reinaban al sur del continente, cuando las llamaban hadas, y se habían convertido en cultivadoras de vida y protectoras de la naturaleza, con un conocimiento, poder mágico y longevidad sin parangón.

Que los elfos oscuros disfrutaran de los favores de las huldras no le gustaba, porque se suponía que ellas eran neutrales. ¿Sería aquella otra de las tantas mentiras que le habían contado?

—Dejad de poner esa cara —la reprendió, sacándola de sus pensamientos—. No están de nuestra parte, si es lo que creéis. Solo comerciamos con ellas. Y no somos los únicos. —Lo último lo pronunció como un reproche y retomó la tarea con la que estaba.

Ashbree se quedó unos segundos mirándole la espalda, cuyos músculos fuertes se intuían por debajo de las capas de tela que lo cubrían. ¿Qué había querido decir con eso? La lucidez se abrió paso por su mente y entonces cayó en la cuenta. Aunque los elfos ya no negociaran con ellas, sí que habían intercambiado conocimiento en el pasado. O al menos Ayrin Wenlion sí lo había logrado, porque el hechizo que mantenía el sauce milenario cerrado, donde tenían cautivo el corazón de piedra, era cosecha de las huldras. Era imposible que aquel caballo, por muy especial y místico que fuera, si realmente era obra de las huldras, tuviera quinientos años, lo que significaba que estas no le habían retirado su favor al rey. ¿Por qué los elfos no habían vuelto a saber nada de ellas? ¿Sería por culpa del emperador y su política de blindarse a las relaciones internacionales?

Aunque, si lo que le había dicho Arathor era cierto, eso había cambiado, porque su padre pretendía casarla con un berserker. Se abrazó a sí misma con más fuerza, la vista perdida en el fuego, y no se percató de que el Rey de los Elfos la estudiaba con interés.

—Esto ya está.

Ashbree devolvió la atención a él, que se limpiaba las manos como podía. La aversión que demostraba por la suciedad debía de tener origen en alguna parte, y se sorprendió queriendo saber cuál era.

—Venga, vamos a dormir.

—¿«Vamos»?

Su corazón aleteó con fuerza y se arrepintió de haber demostrado tanta emoción. Ese plural tenía que significar que sí que iba a tener oportunidad de escapar. Solo esperaba que no tardase demasiado en dormirse, porque con cada minuto que pasaba fingiendo que no tenía otros planes en mente, más cerca estaba de actuar de forma sospechosa y que él la atase de pies y manos.

—¿A qué viene esa emoción, dragona? —El Rey de los Elfos se cruzó de brazos—. ¿Tan deseosa estáis de compartir lecho conmigo?

Sus labios se curvaron en una sonrisa pecaminosa que hizo que las orejas de Ashbree enrojecieran. No se había parado a pensar en las implicaciones reales que tenía ese «vamos», sumado al hecho de que solo hubiera una tienda de campaña.

—¡¿Qué?! ¡No!

La voz le salió estrangulada y se puso en pie con ímpetu. Se había prometido seguirle el juego para camelárselo, pero la había pillado con la guardia baja y la cabeza en su plan de huida. El rey se rio ante su gallo y un escalofrío le atravesó el cuerpo. Malhumorada, recorrió el espacio que los separaba de varias zancadas rápidas —ante las que sus piernas se quejaron por la rigidez de la cabalgada— y se plantó frente a él.

—¿Entonces? ¿Os preocupa que os oiga roncar? —siguió pinchándola.

Él la estudiaba desde arriba, con su diferencia de altura por sacarle casi una cabeza y esa altivez tan pícara a la que le gustaba recurrir.

—Yo no ronco.

Él le dedicó un vistazo de arriba abajo, como si con ese escrutinio pudiese discernir si mentía o no.

—Eso espero.

—¿Por qué? ¿Me estrangularéis hasta hacerme callar si interrumpo vuestro sueño real, *majestad*?

—Ah, no. —Se miró las uñas con indiferencia, comprobando que no hubiese suciedad—. Conozco otros métodos para conseguir que alguien haga ruidos menos molestos... —deslizó la vista hacia ella, despacio— cuyos efectos son totalmente opuestos a la muerte.

Aquellas palabras tenían un doble sentido que despertó un aleteo extraño en Ashbree, en su bajo vientre, concretamente. Se sostuvieron la mirada durante varios segundos, sin que la chispa de diversión abandonara los ojos del monarca.

—Buenas noches, *majestad*.

—Que descanséis, dragona.

Sin permitirse que su mente divagara de forma demasiado imaginativa hacia las últimas palabras del rey, Ashbree entró en la tienda, que era demasiado estrecha para su gusto, y se tumbó de lado para fingir que dormía mientras aguardaba a que el soberano entrara.

Solo que las horas fueron pasando y no apareció. Y Ashbree, aunque luchó contra ello, terminó rindiéndose al cansancio de sus músculos agarrotados, de la espalda dolorida y del gélido frío que la rodeaba.

15

En el exterior, el viento rugía y mecía la tienda con cierta violencia. Ashbree estaba tiritando por el helor, incapaz de paliarlo ni con el grosor de la capa que le habían cedido. Ella no estaba hecha para el norte, no estaba acostumbrada a ninguna temperatura que no fuera primaveral o veraniega, y por mucho que se apretara contra sí misma, tumbada de lado hecha un ovillo, no conseguía huir de él.

El Rey de los Elfos había entrado sin hacer el menor ruido, como un felino moviéndose por su entorno, y se había tumbado en el estrecho espacio que quedaba libre. Ashbree no se había atrevido a moverse, porque eso habría supuesto abandonar la calidez del suelo sobre el que dormía para enfrentarse a un espacio frío. Así que a él no le quedó más remedio que colocarse de costado, mirando hacia ella, para caber.

Ashbree fue muy consciente de cada respiración del rey, a la espera de que su ritmo se ralentizase por el sueño. Y cuando por fin lo hizo, se permitió mirarlo por encima del hombro. Sus pestañas, tupidas y largas, acariciaban sus pómulos. No había rigidez en su rostro, tan solo una paz muy profunda que le confirmaba que se había dormido.

Se giró para ponerse boca arriba y salir, con cuidado de no tocarlo, pero la tienda era para una persona del tamaño del soberano, así que fue imposible que su hombro no rozara el pecho del rey. Ashbree siguió el movimiento de la capa con los ojos desorbitados, porque la prenda se deslizó de su hombro un poco hacia abajo y dejó a la vista el escultural pecho de aquel varón.

«¿Quién diantres duerme descamisado con este frío?», se preguntó, consternada. Para su desgracia, la respiración se le había agitado y temió que él percibiera ese cambio. Alzó la vista hacia el espacio por encima de su cabeza y descubrió la gruesa camisa negra del rey, pulcramente doblada y colocada en el hueco que a Ashbree le sobraba por la diferencia de estatura. «Alguien que no soporta la suciedad ni, por lo visto, las arrugas».

Cogió aire para moverse con todo el sigilo que pudiera y sus fosas nasales se inundaron con el característico aroma embriagador de aquel varón. La respiración le tembló al soltarlo y sus ojos viajaron hasta el trozo de pecho maltratado descubierto, hasta el hombro torneado que asomaba por la capa caída, al cuello fuerte y, más arriba, a aquellas orejas picudas que, de repente, le apeteció acariciar. Había comprobado el efecto que ese gesto tenía entre los elfos oscuros, y aunque supiera que no podía ir por ahí tocándole las orejas a cualquiera, sentía la tentación en su bajo vientre.

Sabía que debía alejarse de él, no solo porque era lo correcto, sino porque ya se había acostado con un Efímero y conocía los peligros que podría acarrear. Con Ilian, su luz se había sentido plena cuando ni siquiera había entrado en contacto con sus sombras, que era lo que quería. Pero con el rey..., aunque el rey estuviera casi vacío, *casi* no era lo mismo que estarlo. Lo que significaba que tenía sombras dentro de él. Su luz vibró con hambre y escapó de su cuerpo por sí sola. Los rodeó en un haz lumínico tenue y sensual, lo suficiente como para percibir los rasgos del soberano con claridad.

Sin lugar a dudas, aquel varón tenía que ser el tormento de muchos solo por su belleza. Y su lengua, tan afilada como un cuchillo, contribuía a que su atractivo aumentara. Se descubrió pensando en si tendría un pendiente o no y, al instante, la lengua de Ilian entre sus piernas se materializó en su mente. Ashbree jadeó y volvió a recostarse de lado cuando el rey se removió al oírla.

Se quedó muy quieta, con el corazón martilleándole el pecho. Él se recolocó en el espacio y se aplastó contra su espalda antes de pasar el brazo por su cintura. Ella se tensó, pero su luz se quedó más laxa, complacida con el roce. Eran sensaciones enfrentadas que la mantenían con la respiración contenida.

—Si tanto frío tenías… —ronroneó contra su oreja, y Ashbree se estremeció—, solo tenías que decírmelo, no quitarme la capa.

La estrechó más contra sí y Ashbree fue consciente de todos los contornos del varón que la envolvía con un brazo. Sus ojos se desviaron hacia esa mano de dedos espigados, que seguro que eran expertos en demasiados cuidados. Intentó hablar, pero tuvo que tragar saliva primero para cerciorarse de que no le temblaría la voz.

—No tengo frío.

Los dientes le castañearon para delatarla y él rio por la nariz. Contra su oreja. Ashbree había estudiado música, le encantaba tocar el violín y había acudido a un sinfín de recitales. Pero aquel sonido fue el más hermoso que hubiera oído jamás. Verdadera música.

—Tu cuerpo dice lo contrario.

Perezoso, arrastró la mano por encima de ella hasta colocarla sobre su cuello expuesto. Ella siseó con el contraste entre sus pieles, la suya cálida en comparación con la de ella, y gimió ante el calor que la invadió con el roce de sus dedos sobre el mentón.

—¿Te importaría apagar la luz? —le murmuró a la oreja. El rey se había recostado sobre un brazo y se asomaba por encima de su cuerpo para verle la cara—. Disfruto más haciendo esto a oscuras.

No se había dado cuenta de que su luz seguía flotando alrededor de ellos y la claridad aumentó al escucharlo, azorada por su sugerencia.

—¿Haciendo qué?

Con una valentía que no sabía de dónde salía, miró hacia atrás y se encontró con aquellos ojos grises como la plata.

—Esto.

Los labios del rey rozaron los de Ashbree y ella contuvo el aliento en cuanto su luz desapareció de repente, doblegada por completo por los deseos de aquel varón. Él presionó los labios con más fuerza, como si quisiera saborearla bien, y la agarró de la mejilla. El contacto cálido de su piel la reconfortó y, por fin, cerró los ojos y se dejó arrastrar por la sensualidad con la que la besaba.

Sus lenguas se encontraron segundos después y juguetearon entre sí. Una pizca de decepción por que no tuviera *piercing* se le clavó en el pecho, pero desapareció al comprobar la eficiencia con la que besaba aquel varón. Nunca la habían besado con semejante intensidad como para que, solo con los labios y la lengua, la ropa interior se le empapara. Aquella boca hacía magia contra la suya, e hizo más que eso cuando abandonó sus labios y se encontró con su mentón, con la piel sensible bajo el lóbulo.

Siguió descendiendo hasta el cuello abierto de su camisa y se detuvo ahí, plantando un beso tras otro en el nacimiento de sus pechos, en el esternón, distrayéndola mientras una mano se colaba por debajo de la camisa y le encerraba un pecho a traición. Ashbree gimió y se arqueó contra el cuerpo del soberano, que respondió con una risa profunda y complacida. Su pulgar jugó con su pezón con movimientos circulares, dándole justo lo que le gustaba sin haber llegado a decirle lo que quería y, después, le subió la camisa hasta el cuello para dejarla expuesta para él.

El frío le acarició la dureza de sus pechos y el rey se deleitó con la imagen que se le presentaba antes de descender la cabeza y soplar sobre la piel sensible. Ashbree se retorció y suspiró con fuerza cuando le lamió los pechos y luego los mordió. Parecía que no podía estarse quieto, porque la mano que no sostenía su peso se coló en sus pantalones sin piedad alguna. Sus dedos presionaron sobre la humedad entre sus piernas, por encima de la ropa interior, y Ashbree abrió las piernas para él con fuerza, deseosa de que explorara aquel terreno, tan empapada como estaba.

—Dioses, si queréis que me vaya, solo tenéis que decirlo. No tenéis que darme una coz, que no sois un caballo.

Ashbree abrió los ojos, sobresaltada y con la respiración acelerada. Miró hacia abajo y descubrió, para su horror, que estaba en la misma postura con la que había soñado, boca arriba y con las rodillas flexionadas, abiertas a cada lado. Una sobre el rey, que la miraba con una expresión de diversión en el rostro.

Avergonzada por el rodillazo que le había dado, se giró para quedar de espaldas a él, con el corazón tan agitado que seguro que él podría oírlo.

Había sido un sueño. Se había quedado dormida y había soñado con el mismísimo Rey de los Elfos. Jugando entre sus piernas. Ashbree se maldijo mentalmente con tanta insistencia que hasta él podría haberla oído.

—No me digáis que estabais soñando conmigo —ronroneó junto a su oreja, quedando por encima de ella apoyado en un brazo. Tal y como había hecho en el sueño—. Porque ese olor...

La vergüenza le tiñó las orejas al oírlo olfatear y lo miró de soslayo. A aquella sonrisa que podría ser la perdición de cualquiera.

—No —masculló.

La sorpresa le golpeó el rostro y su sonrisa se ensanchó. Durante el desayuno, había tenido sospechas de que el rey disfrutaba de aquellos juegos; ahora no le quedaban dudas.

—¿Entonces? ¿Era Ilian?

—Sí —mintió con firmeza. Para su desgracia, imaginarse al Efímero le generaba la misma reacción que pensar en el rey entre sus piernas.

Esperaba que aquel comentario le doliera, que le hiriera en su orgullo de varón y cortara la conversación de raíz.

—La próxima vez, procurad soñar conmigo también. No me gusta quedarme al margen.

Ashbree se giró con violencia, perpleja por la respuesta, con los labios entreabiertos y el corazón tronándole en el pecho. El rey se rio y se recostó de nuevo. Aquella risa sincera le sonó deliciosamente bien. Tan musical como la del sueño. Deslizó la vista por el cuerpo del soberano, de espaldas a ella. Iba vestido, túnica incluida, y sintió una ligera decepción en el pecho.

—Dormid y seguid soñando con cosas bonitas. —Sus labios se estiraron con socarronería—. Pero, por favor, no más rodillazos.

Había desaprovechado la que de seguro sería la única ocasión de huir que iba a tener. Y se maldecía por ello. Aunque podría haber probado a escapar después de despertarse dándole el rodillazo al rey, en ningún momento tuvo la sensación de que durmiera profundamente. E intentarlo con él alerta habría sido un suicidio.

En cuanto amaneció, el monarca se levantó, asegurándose de que, si estaba dormida, Ashbree se despertase, y comenzó a empaquetarlo todo para proseguir con la marcha.

Cuando ella salió, se lo encontró plantado al otro lado del pequeño claro, con la hoguera extinta y preparando al purasangre. Se fijó en su espalda estrecha, donde la túnica se amoldaba a los movimientos de esos brazos que había imaginado abrazándola horas antes. El corazón se le comprimió en el pecho al verlo tan natural, sin la coraza de rey. No le entraba en la cabeza cómo un ser que desprendía tanta tranquilidad podía ser el responsable de siglos de masacres. Las apariencias engañaban.

—Buenos días —murmuró, y ella dio un respingo.

Apenas había hecho ruido y aun así la había oído. ¿Cómo había podido pensar siquiera en que sería capaz de escapar de él? Era Rylen Valandur, el Efímero más poderoso del que había constancia, el Señor de Sombras. El que había quebrantado la Segunda Tregua. Sus ansias de poder y control traspasaban cualquier frontera. Y con ella no era menos, porque lo único que había hecho hasta el momento era controlarla.

—¿Nos vamos ya? —preguntó Ashbree en lugar de devolverle el saludo.

—¿Tantas ganas tenéis de llegar a Glósvalar?

Él se dio la vuelta despacio, con un brazo apoyado en la montura y una ceja arqueada.

—No, pero imagino que allí os perderé de vista. ¿O vais a ser mi carcelero?

El soberano apretó los dientes y luego relajó su enfado.

—Ni por asomo.

Ashbree no supo si se refería a que no se verían o a que él no la vigilaría, pero no le importó demasiado. Después del sueño que había tenido, necesitaba alejarse de él, aunque supusiera acabar en una cárcel tan grande como su propio palacio. Y eso, para su desgracia, entraba en conflicto con su plan de intentar ganarse su confianza. A aquellas alturas, Ashbree era un conglomerado de sensaciones encontradas que no sabía gestionar.

—Pues andando.

El Rey de los Elfos asintió sin demasiada convicción, lanzando miradas furtivas al cielo y preocupado por el momento en el que tuvieran que enfrentarse a la climatología. El día se presentaba con un aspecto blanco níveo, con el cielo al completo cubierto por unas densas nubes que auguraban tormenta. Tenía tanta prisa por partir que ni siquiera se detuvieron a desayunar y montaron sobre Omen en cuanto hubieron recogido todo.

—¿Qué? ¿Os molestaría un poco de lluvia? —le preguntó Ashbree cuando llevaban varias horas de cabalgada, con un trozo de la galleta que le había dado para desayunar en la boca. Dilataba las comidas todo lo que podía por si se le presentaba una nueva opción de huir.

—No se habla con la boca llena —la reprendió. Y el comentario le sonó demasiado obsceno—. Pero respondiendo a vuestra pregunta, no, no me molesta la lluvia. El problema es que esas nubes son de nieve.

—¡¿Nieve?! —jadeó con sorpresa, y se giró hacia atrás para verle el rostro.

En cuanto sus ojos ilusionados se cruzaron con los de él, se arrepintió. Había bajado la guardia y había mostrado emoción. El rey sonrió de medio lado, con amabilidad, no con la picardía característica, y Ashbree sintió un aleteo extraño en el estómago.

—¿Nunca habéis visto nevar? —Ashbree volvió a clavar la vista en el frente y negó con la cabeza. En Yithia solo existían la primavera y el verano, mientras que en Lykos disfrutaban del otoño y el invierno, por lo que nunca había presenciado nada parecido. Aquella era una de las tantas consecuencias de que elfos y elfos oscuros se separaran durante el Siglo Cero—. Pues me temo que vais a tener la mala suerte de verlo.

—Lo decís como si fuera algo malo, *majestad* —él rio por la nariz—, cuando en los libros lo pintan como un fenómeno maravilloso.

—Sí, es maravilloso contemplar cómo nieva estando en la seguridad de una casa, con una chimenea calentándoos el cuerpo. —Ante la mención del calor, Ashbree recordó el sueño de la noche anterior y se ruborizó—. Pero dejará de pareceros tan maravilloso cuando se os congelen los dedos por el frío, esta vez de verdad —Ashbree miró los guantes que calentaban su piel—, o nos quedemos atrapados en medio de la tormenta.

—¿Atrapados? —Tuvo la sensación de sonar demasiado emocionada ante la perspectiva.

—Sí… —respondió, receloso—. No sé cómo pintarán una tormenta de nieve en los libros, pero no es para que os emocionéis tanto. Porque si empieza a nevar, tendremos que desviarnos para buscar cobijo y pasaremos otra noche a la intemperie.

—No, claro… —murmuró, controlando el timbre.

Con disimulo, Ashbree lanzó una mirada al cielo. Aunque los dioses estuviesen dormidos durante el día, les rogó para que cayera una nevada que le concediera una nueva ocasión de escapar.

16

El camino había estado tranquilo, tan solo se habían cruzado con un par de comerciantes que los habían saludado con diligencia y un carromato resguardado a cal y canto. Según le explicó el rey, era una vía transitada, pero el frío se estaba adelantando y la gente salía menos de las ciudades, preocupados por quedarse atrapados con las borrascas inesperadas.

A primera hora de la tarde, después de una larga mañana de cabalgada en la que solo se habían detenido para almorzar, Ashbree contempló los primeros copos de nieve caer. Su corazón empezó a aletear y abrió mucho los ojos para no perder detalle del espectáculo de la naturaleza que tenía lugar frente a ella. La suave brisa mecía los copos y Ashbree, emocionada, alzó una mano para atrapar una de esas porciones de nieve únicas. Su patrón era majestuoso, pero duró poco al contacto con el calor de los guantes que le había prestado el rey.

Se inclinó hacia delante sobre la montura y extendió el brazo más lejos para pescar un copo nuevo y después deslizó la vista al cielo, encapotado por una densa masa blanca. Cuando se reincorporó, con una sonrisa complacida en los labios, se recostó contra el pecho del soberano sin darse cuenta. Ashbree dio un respingo y lo escuchó reír.

—Perdonad —masculló ella a regañadientes.

—No pasa nada —murmuró él.

A pesar de la distancia que separaba su espalda del pecho del rey, percibió el retumbar de su voz melosa dentro de su caja torácica. Aunque no estuviera conforme con esa cercanía, podía ser beneficioso para su plan, así que se relajó, se recostó contra él y se puso cómoda. Él se tensó al principio, pero luego se recolocó contra ella y la rigidez de sus manos apretando las riendas se alivió.

Ashbree sonrió con satisfacción por aquella pequeña victoria. Seguía sin comprender bien al rey, no sabía cómo enfrentarse a su personalidad para ganárselo. Le encantaba jugar con palabras y con susurros de voz profunda, y también parecía que le gustaba ponerla nerviosa, pero cuando era ella la que tomaba la iniciativa, su lenguaje corporal cambiaba. Como si no hubiera estado preparado o mentalizado para ello y le costase ceder a los encantos de la heredera.

—Me temo que vamos a tener que desviarnos.

—¿Tan peligroso sería continuar? —preguntó para fingir inocencia, aunque por dentro bullía de emoción ante la nueva perspectiva de escapar. Los dioses la habían escuchado.

—Para mí quizá no tanto, pero para vos sí.

Se giró para mirarlo a la cara; él tenía los ojos clavados en el cielo, ambos del mismo color plomizo, y Ashbree pudo observar la delicada línea de su mentón en todo su esplendor. Cuando descendió la vista hasta ella, un cosquilleo le recorrió el cuerpo. Y no estuvo segura de poder achacarlo al frío.

—¿Por qué? —prosiguió después de tragar saliva.

—Porque no estáis acostumbrada a estas temperaturas. No quiero arriesgarme a que sufráis una hipotermia.

Era imposible que al Rey de los Elfos le importase lo más mínimo su bienestar. No obstante, la noche anterior ya se lo había demostrado, y eso la hizo sentir incómoda. Se volvió hacia delante de nuevo, para contemplar cómo los copos iban cayendo delicadamente sobre la hierba del norte.

—Claro, porque dejaría de ser una rehén útil. Me necesitáis viva, ¿me equivoco?

Él bufó y se tomó unos segundos para pensar una respuesta.

—La verdad es que sí, para qué negarlo. Me interesa que sigáis viva.

Aquellas palabras hicieron que un nudo se apretara en su estómago. Estaba determinada a no creerse nada de lo que saliera por aquellos preciosos labios, pero cada frase sonaba más real que la anterior e iba cargada de cierto matiz que no conseguía identificar. Como de segundas intenciones, porque todo lo que decía él siempre tenía una doble lectura.

—¿Qué vais a pedir a cambio? ¿Dinero? ¿Armamento? ¿La rendición del Imperio de Yithia? —Acompañó sus retóricas con una risa sarcástica, sin dejar de admirar aquel espectáculo de la naturaleza—. Siento deciros que mi padre no se dobla ante los extorsionadores.

—A lo mejor os pido a vos en matrimonio.

La respiración se le atascó en el pecho ante la perspectiva. Para su consternación, se descubrió pensando en que la complacería mucho más casarse con el berserker con el que su padre la había comprometido.

—¿Y yo no tendría nada que opinar al respecto? —preguntó, no obstante, dispuesta a seguirle el juego. A pesar de que las mejillas se le hubieran ruborizado.

—Por supuesto, os pediría vuestra opinión, dragona —pronunció lo último con una sonrisilla, aunque no le dio tiempo a repetirle que dejara de llamarla así—, pero estoy convencido de que vuestra única respuesta solo podría ser un «sí».

—Me temo que tenéis el ego demasiado inflado, *majestad.*

—Y vos no tenéis ni idea de cuán encantador puedo llegar a ser.

Ashbree soltó una carcajada sincera ante la que el monarca se tensó.

—Por hermosa que sea la telaraña, quien la crea jamás será encantadora.

—¿Me estáis comparando con un insecto, dragona? —inquirió con un deje de orgullo herido. Y aquel timbre le supo a gloria.

—Las arañas no son insectos, *majestad*.

La tarde siguió avanzando y Ashbree no se atrevió a abrir la boca de nuevo, porque cada vez que lo hacía, el rey le respondía con tanta elocuencia que le costaba horrores que él no ganara. Estaba siguiéndole el juego, intentaba mantenerse a la altura, pero eso suponía concentrarse de más en su conversación, en lugar de pensar en cómo plantear la huida nocturna.

Tal y como había predicho, la nieve no remitió y con el paso de las horas se volvió más y más molesta. El terreno se fue cubriendo de una capa blanquecina que hacía un curioso sonido cuando Omen la atravesaba con sus cascos, fuera del camino real. Y aunque el espectáculo seguía siendo igual de maravilloso de observar, el soberano había estado en lo cierto y Ashbree empezaba a sentir los músculos más entumecidos de lo normal.

El frío le había calado en el cuerpo y tiritaba a cada rato. A pesar de que el rey seguía pegado a ella y la había cobijado bajo su propia capa, ni siquiera con su calor envolviéndola conseguía mantener la gelidez a raya. Soltó una de las manos de las riendas y le rodeó la cintura, para compartir más calor con ella. Ashbree cerró los ojos y tragó saliva ante el nuevo contacto, reviviendo, para su desgracia, el sueño de la noche anterior. Odiaba reaccionar de aquel modo a su presencia, lo odiaba con todas sus fuerzas, pero su don le enturbiaba el juicio.

—Ya estamos llegando —le aseguró junto al oído.

—¿A dónde, exactamente?

—A una cueva que hay cerca del camino real. Casi nadie la conoce, pero es el lugar perfecto para pasar una noche gélida y entrar en calor.

Su cuerpo respondió a la calidez de su aliento por sí solo, y luego al movimiento de su mano sobre su vientre, que trazaba círculos perezosos, distraído. Estuvo a punto de pedirle que parara, pero aquel gesto suponía estar más cerca de él. Y aunque su animadversión le gritara que se apartara, si quería ganarse su confianza tendría que empezar a acercarse más. Acercarse *de verdad*. Así que se recostó contra él para observar el espectáculo del cielo. Sentía la respiración del rey, los movimientos pesados de su pecho, pero a través de la espalda no percibía latido alguno, y eso la inquietó.

Con el paso del tiempo estando en su presencia, su luz interna se iba calmando y ya no vibraba como si estuviese a punto de estallar. No obstante, el hambre había crecido desde que él la había envuelto con su brazo. Percibía la rigidez en los músculos del monarca, la tirantez de su postura, y aun así se mantuvo cumpliendo con su propósito de calentarla durante todo el trayecto.

Aunque Ilian le había sugerido que sí, se preguntó si el rey se sentiría igual estando cerca de ella o si estaría imaginándose las reacciones de una luz que ni siquiera terminaba de comprender. Quizá ser el Señor de Sombras le confería un poder que se le escapaba al Efímero. Quizá él no tuviera problema en mantener su poder todo lo alejado posible de ella, porque no daba indicio alguno de estar sucumbiendo.

En cuanto cayó la noche, se detuvieron frente a una gruta oscura que se internaba en la profundidad de la tierra. Había una pequeña explanada en la entrada, en la que el rey detuvo a Omen antes de desmontar. En cuanto dejó de tener el calor del monarca envolviéndola, Ashbree comenzó a tiritar.

—¿Necesitáis ayuda?

Él extendió los brazos hacia Ashbree y ella asintió en respuesta, apartando a un lado su cabezonería porque se veía incapaz de bajar con el frío que le agarrotaba los músculos. Esperaba no tener que seguir siendo tan orgullosa a partir del día siguiente.

Ashbree contempló el exterior con gesto serio. Había considerado la nevada como una posibilidad de escapar, pero aquella idea se iba tornando más peligrosa con el paso de las horas. Nunca se había enfrentado a la nieve. Aunque hubiera leído acerca de ella, no sabría cuánto podría durar una ventisca como aquella ni cuáles serían las consecuencias sobre el terreno. Estaba convencida de que los dioses no le darían una tercera oportunidad, así que no importaba el peligro que pudiera correr.

—¿Pensando en fugaros, dragona? —le preguntó mientras terminaba de quitarle los bártulos a Omen.

—¿Os habéis vuelto loco, *majestad*? —Señaló el exterior mientras se quitaba los guantes húmedos—. No duraría ni una hora ahí fuera con esta tormenta.

Él sonrió de medio lado y cabeceó hacia el interior de la cueva, que se convertía en un túnel cavernoso que se adentraba en la tierra en una peligrosa inclinación descendente.

—Vamos.

—¿A dónde? —inquirió ella con recelo.

—Abajo se está mejor, creedme.

—¿Por qué iba a creeros?

—Porque soy el encargado de vuestro bienestar. —Ella arqueó una ceja—. Y porque yo no miento.

Ashbree entrecerró los ojos, no del todo complacida con adentrarse en las entrañas de la tierra. La última vez que lo había hecho había sido en la mina de Milindur, para ayudar a los enanos en sus tareas de extracción de cristales como castigo por haberle roto los huesos de la mano al maestro de ceremonias que había estado haciéndole daño a Ilian. Y aquella experiencia no había sido especialmente grata, teniendo en cuenta lo amenazantes que habían resultado ser los enanos para su corta estatura.

Con un suspiro lánguido, siguió al soberano cuesta abajo, despacio y con cuidado de no tropezar con los salientes del suelo ni de resbalar con la humedad, que según descendían iba siendo más asfixiante. En cuanto la oscuridad se hizo tan profunda que Ashbree no veía por delante de su nariz, se detuvo, inquieta.

—¿Qué ocurre? —preguntó él, un metro por delante.

—Que no veo nada —murmuró a regañadientes.

—Pues usad vuestro don —comentó como si fuera lo más obvio del mundo.

Ashbree se avergonzó de no haber caído en la cuenta. Llevaba compartiendo cuerpo con aquel poder durante los últimos quince años, pero nunca habían llegado a entenderse. No, al menos, hasta que había estallado al enfrentarse al corazón de piedra por última vez. *Su* corazón de piedra. Desde entonces, era como si hubiera adquirido conciencia propia y su don parecía más dispuesto a ayudarla cuando lo necesitaba, pero aún no se acostumbraba al hecho de que le resultara realmente útil. Que sirviera para algo más que dañar, sanar o recargar cristales.

Se concentró en respirar hondo y extendió la palma. La garganta se le constriñó al ser consciente de que él la estaría viendo y constataría lo inútil que era su poder, que no era su rival.

—No pens...

—¡Ah!

Ashbree gritó y dio un respingo ante la cercanía del soberano, tan agitada que resbaló sobre la piedra mojada y se precipitó hacia el suelo. O habría caído si él no la hubiera sostenido por el brazo con fuerza.

—Siento haberos asustado.

—No os he oído acercaros.

Se llevó una mano al pecho, como si así fuera a calmar el latido frenético de su corazón, y respiró hondo. Se había acercado haciendo gala de esa velocidad inmortal propia de los más longevos. Era una estúpida si creía que iba a poder escapar de él.

—Os decía que no penséis. Si lo pensáis, no saldrá. Vuestro don tiene que ser una extensión de vos misma, no una fuerza que doblegar a vuestro antojo.

—Es fácil decirlo cuando habéis tenido quinientos años para practicar.

—En realidad, es fácil decirlo cuando te han permitido descubrir qué hace tu poder, en lugar de exprimirte como arma.

Ella se crispó y una rabia profunda bulló en su sangre. Fue muy consciente de que él aún no la había soltado, y aquel contacto encendía más lo mucho que lo odiaba, por algún extraño motivo. Sin haberse dado cuenta, una esfera de luz brilló en su palma y, después de mirarla fascinada, descubrió que el soberano le estaba sonriendo.

—¿Veis? Si os dejáis fluir, funciona.

—La verdad es que estaba pensando en lo mucho que os odio. Pero imagino que sí, que mi don ha sabido que necesitaba estamparos esto en la cara.

Él se rio, con una carcajada profunda y sincera que reverberó contra las paredes de la cueva y en las costillas de Ashbree.

—Venga. —Cabeceó de nuevo hasta el interior y ella dudó—. No queda mucho. Y os prometo que merecerá la pena.

Siguieron avanzando sin que el Rey de los Elfos la soltara. A ella se le atascó el aire en la garganta ante aquella perspectiva, pero se centró en que lo hacía por su propia seguridad y que le venía de perlas para su plan de acercarse. Si él quería tocarla, si quería sentir sus cuerpos pegados, ella se lo serviría en bandeja, lazo incluido si hacía falta.

Un poco más adelante empezó a distinguir claridad y él la soltó. El corazón le dio un brinco ante el contacto roto. ¿O había sido su luz la que se había desilusionado? Sea como fuere, dejó de pensar en ello en cuanto llegaron a una oquedad en cuyo centro había una extensa laguna subterránea de aguas cálidas, a juzgar por los vapores que emanaba y el intenso aroma a azufre. Ashbree se quedó quieta, porque a pesar de la belleza del escenario, aquella majestuosidad estaba provocada por las tenues luces que rodeaban el entorno.

—¿S-son...? —Señaló al frente.

—¿Cristales de luz? Sí.

El monarca se acercó a una gruesa piedra, tan alta como una columna, de aspecto medio transparente que titilaba con una tenue luz blanquecina. Y como esa había otras cuatro más. En cuanto él colocó la palma sobre la piedra, la claridad parpadeó unos segundos antes de asentarse de nuevo. Ashbree caminó hasta él y apoyó la palma a su lado. En respuesta, la luz se volvió mucho más fuerte e intensa. Sobresaltada, apartó la mano. Con una sonrisa afable en los labios y delicadeza, él la agarró por la muñeca y volvió a colocarle la palma en el mismo punto.

A pesar de que la luz aumentó de intensidad de nuevo ante su contacto, ella no pudo observarlo, puesto que tan solo tenía ojos para el monarca, que había reaccionado como si supiera que aquello iba a pasar. Ashbree se sintió poderosa, como recargada de nuevo. Y solo podía pensar en que sus cuerpos estaban tan cerca que casi compartían calor, en que él no le había soltado la muñeca, donde sus dedos largos estarían percibiendo su pulso acelerado.

Confundida por la intimidad de aquello, carraspeó y se separó. En consecuencia, la columna perdió parte de su luminosidad, aunque brillaba con algo más de fuerza que cuando habían entrado. Maravillada por aquel espectáculo de luces y sombras, observó el entorno en penumbra. Ahora comprendía la humedad de la piedra y la sensación de asfixia según descendían. Aquellas aguas cálidas hacían que la diferencia de temperatura con el exterior fuera abrumadora. Sin embargo, su ropa seguía fría y húmeda por la nieve y de vez en cuando le sobrevenía algún temblor.

Sin pronunciar palabra, el rey montó la tienda y dejó los macutos de ambos, que había cogido de Omen. Aquel varón distaba mucho de la imagen que tenía del conquistador fiero que dejaba aldeas enteras vacías. Parecía tan normal...

—¿Vais a seguir mirándome así cuando termine de desnudarme?

—¿Q-qué...? —preguntó, consternada.

No se había dado cuenta ni de que lo observaba con intensidad ni de que él se había quitado la capa y la túnica y estaba desatando el nudo de su camisa.

—No me malinterpretéis, podéis admirar las vistas todo lo que queráis. —Tiró del borde de la prenda y se deshizo de ella con soltura—. Pero si seguís devorándome con los ojos, quizá yo también quiera ver algo más que esa cara de deleite.

Ashbree se ruborizó y apartó la mirada en cuanto sus manos descendieron hasta el cierre de su pantalón. Le costó horrores no mirar, por culpa de la necesidad de su luz, hasta que escuchó las aguas revolviéndose. Entonces alzó la vista y se quedó sin aliento.

En aquella penumbra, el cuerpo del soberano era más espectacular que cuando lo había visto cambiarse de camisa en el campamento. El agua aún le quedaba un poco baja y le marcaba una cintura más estrecha que la espalda, el tipo de cuerpo que invitaba a ser recorrido con las yemas. Las sombras se adherían a su piel, realzando cada músculo moldeado por siglos de ejercicio. Se descubrió teniendo sed de repente, una sensación muy diferente al hambre voraz de su luz. Aquello no tenía nada que ver con su don. Y cuando se metió bajo el agua y emergió con los cabellos negros empapados, la garganta se le cerró del todo. Él se retiró el pelo corto hacia atrás con las manos y, después, clavó los ojos en ella.

—No os quedéis ahí. Está muy buena. —La forma en la que habló, apenas un susurro que su oído desarrollado captó a la perfección, le sonó más sugerente de lo que debería—. Me daré la vuelta y no miraré, lo juro. Pero os vendrá bien entrar en calor y quitaros esas prendas frías.

¿Por qué la idea de que se diera la vuelta le retorcía el estómago? Ashbree tembló de nuevo y supo que tenía que entrar en calor, porque haber permanecido tantas horas a la intemperie podría pasarle factura. Y no quería que se le volvieran a congelar los dedos ni la nariz. Miró atrás, hacia la tienda, y se cercioró de que su macuto siguiera ahí, recordando las prendas que Elwen le había dado a su partida.

Cogiendo aire para mentalizarse, se soltó la capa. Una de las comisuras del soberano se curvó hacia arriba. Aquello era lo más inteligente, si se paraba a pensarlo, porque compartir aquel momento íntimo bien podría significar obtener respuestas y acercarse más a él. La noche anterior lo había pillado con la guardia baja y le había confesado que estaba casi drenado de sombras. Quizá pudiera averiguar algo nuevo que la ayudara con la fuga.

Con cierto temblor, se anudó el cabello en un moño con una cinta de cuero, agarró la camisa por el borde y la alzó sobre su cuerpo. Solo que se detuvo cuando tenía medio abdomen al descubierto. Él suspiró ante la mirada inquisitiva que le lanzó y se dio la vuelta.

—Confiaba en que os olvidarais de esa parte —rezongó.

Para su desgracia, Ashbree sonrió.

Terminó de desnudarse y la inquietud se acrecentó con cada pisada sobre la piedra templada bajo sus pies. El nudo en su bajo vientre se apretó por la expectativa de bañarse desnuda con el Rey de los Elfos. Y aunque sabía que bajo aquellas aguas oscuras no vería nada, no podía librarse de la sensación de sentirse expuesta. Jamás se había bañado con nadie desnuda, ni siquiera con Arathor. Pensar en él le dejó un regusto amargo en el fondo de la garganta, el empujón que necesitaba para meterse de lleno en el lago.

El agua le templaba el cuerpo según se iba adentrando. Cuando esta le llegó por la cintura, se inclinó hacia delante y se sumergió completamente para nadar en dirección al centro y que cuando se quedara de pie, sus pechos no estuvieran al descubierto.

—¿A que sienta bien? —preguntó al verla aparecer a su lado.

Su voz se había tornado más grave. Tuvo la sensación de que la oscuridad se movía alrededor de él, pero no eran los hilos de sombras que ya había visto en los Efímeros, sino que la noche real reaccionaba a su presencia.

No estaba dispuesta a darle la razón, tan orgullosa como era, así que optó por cambiar de tema.

—Antes dijisteis que no muchos conocen este lugar. —Él asintió con una sonrisa sutil en los labios. Sin saber por qué, fue muy consciente de que estaban solos *solos*. Durante el viaje a caballo, se habían cruzado con gente de vez en cuando, pero si aquel lugar no era muy concurrido... Se sumergió hasta el cuello, azorada—. ¿Cómo es posible? —prosiguió, con un nudo en la garganta—. Quiero decir, esto es... majestuoso. Un lugar como este sería de dominio público en Yithia, porque aunque quisieran mantenerlo oculto, acabaría corriéndose la voz.

—Estamos muy cerca de la zona este. Aquí las montañas son más abruptas y hay menos habitantes. Estas tierras solo las frecuentan los comerciantes, y no es que sean propensos a perder el tiempo desviándose para disfrutar de unas termas. Así que digamos que este es mi refugio secreto.

La sonrisa del soberano se ensanchó con cierta chispa de ilusión que la turbó por lo bonita que le resultó. Apartó la vista y se fijó en las amplias columnas luminiscentes que adornaban el espacio en penumbra.

—¿Cómo es que aquí hay cristales de luz?

El Rey de los Elfos rio entre dientes, con la vista clavada en un punto indeterminado entre ambos. Aunque Ashbree sintió el impulso de cubrirse el cuerpo, se dio cuenta de que él estaba concentrado jugueteando con el agua entre sus dedos.

—Los cristales de luz abundan en toda la isla, dragona. Solo que en el sur es más común encontrar yacimientos.

—¿Y no los usáis para nada? —Paseó la vista por el espacio, deteniéndose en los principales focos de luz tenue.

—¿Como qué? —Alzó las manos llenas de agua y dejó que cayera de nuevo.

—No sé..., ¿iluminaros sin necesidad de usar el fuego?

—No necesitamos fuego para iluminarnos, aunque sí para calentarnos.

—¿Entonces? ¿Tan desarrollado es vuestro sentido de la vista que vivís en la más profunda oscuridad?

—Es verdad que es más desarrollado... —Sus labios se curvaron de nuevo y, esa vez sí, estudió su cuerpo, manteniéndose recatadamente lejos de lo que ocultaba el agua—. Pero nuestros ingenieros son mejores que los vuestros y tenemos otros recursos.

—¿A qué os referís?

—Paciencia, dragona...

Ashbree inspiró hondo y la sonrisa del rey se ensanchó en consecuencia. ¿Es que nunca dejaba de sonreír? Para su desgracia, un pensamiento fugaz le gritó que no quería que dejara de hacerlo.

—¿Qué manía tenéis los elfos oscuros con usar apelativos al hablarme?

Rylen detuvo el jugueteo con el agua y la observó con curiosidad.

—¿A qué os referís?

—A que Ilian me llamaba «reina» y vos, «dragona». ¿Es la única forma de ligar que conocéis?

Él rio nuevamente y chasqueó la lengua.

—Me alegra saber que Ilian ha estado ligando con vos.

—¿Qué? Yo no... —El rubor en sus mejillas se intensificó con el calor de las aguas y se trasladó a sus orejas. Si quería ganarse su confianza, aquello podría surtir el efecto contrario, y se maldijo por ello.

—Es lógico que hayáis sucumbido a sus encantos. Es un varón bastante atractivo. Hasta a mí me ha encandilado más de una vez.

Ashbree pensó que sería imposible enrojecer más, pero se equivocó.

—Es un zalamero... —prosiguió, con una sonrisa maliciosa en el rostro, retomando el jugueteo con el agua—. Pero, decidme una cosa, ¿sigue llamándoos así?

Ella abrió la boca para responder, pero la cerró al instante. No habían hablado mucho antes del secuestro, pero en todas esas ocasiones siempre la había llamado «reina» en algún momento de la conversación. No obstante, desde que se enrollaron en la casa de variedades...

Un nudo se apretó en su pecho y alzó la vista despacio, temerosa de repente y sin comprender bien por qué.

—Ya, me lo imaginaba. —Hubo un segundo de silencio en el que ella no supo qué decir—. Respondiendo a vuestra pregunta: no, conocemos más modos de ligar. Y cuando Ilian o yo —le guiñó el ojo— liguemos con vos, creedme que os daréis cuenta.

Había sabido perfectamente cuándo Ilian había ligado con ella de verdad. Y no le habían hecho falta palabras aduladoras para terminar besándose.

—Aunque en mi caso es complicado —resolvió con aire divertido—: siempre estoy ligando.

Ashbree respiró hondo para intentar deshacer el nudo de inquietud y se movió un poco. Aquella conversación no le haría ningún bien, necesitaba cambiar de tema. Suficiente tenía ya con la presencia del rey a la hora de dormir como para encima tener la mente atribulada por los recuerdos de lo que había hecho con Ilian.

—Si os hiciera una pregunta —articuló Ashbree en voz baja, para que le temblara menos—, ¿la responderíais con sinceridad?

—¿Responderíais vos con la misma sinceridad a cambio?

Se tomó unos segundos para sopesar la pregunta, pero no tenía otra alternativa más que asentir. Ambos tendrían que confiar en que decían la verdad, aunque no hubiera nada que lo garantizara.

—Preguntad, pues.

Rylen braceó hacia delante, para acercarse un poco más a ella, dada la intimidad de la conversación que iban a compartir. La pregunta burbujeó en el fondo de la garganta de Ashbree antes de conseguir pronunciarla, pero no le quedaba más remedio que arrancarse la espina de cuajo.

—¿Cómo supisteis que íbamos de camino a Milindur?

Él ladeó la cabeza, como si se esperase cualquier pregunta salvo aquella. Ashbree llevaba demasiado tiempo arrastrando el peso de que su padre la odiaba tanto como para condenar a un regimiento entero solo por matarla. Necesitaba confirmar sus sospechas, aunque una parte de ella se aferrara a la posibilidad de que no fuera así. No quería que le ratificara que no era nada para su padre. Por mucho que ahora supiera que sus verdaderas intenciones habían sido distraerla para concertar su matrimonio, algo le seguía sugiriendo que Arcaron era muy capaz de llevar a cabo dos planes en paralelo y que, al enterarse de su supervivencia en la emboscada, hubiera tejido los hilos de su matrimonio.

—Era el paso más evidente después del ataque a la capital.

—¿No...? —La voz se le quebró por la impresión—. ¿No os avisó nadie?

Rylen la miró con cierta incomprensión y luego negó con la cabeza.

—No. Ilian propuso vigilar los caminos a la capital, porque era lo más lógico. No es ningún secreto que vais escasos de cristales y que querríais recuperar Milindur después de nuestra escaramuza. Y así fue.

—¿F-fue cosa de Ilian?

Él asintió y un peso extraño, denso, se asentó en el estómago de Ashbree, tanto que incluso se hundió un poco más bajo el agua. Debería haber sentido alivio al descubrir que no era obra de su padre, que había sido un movimiento táctico majestuoso por parte de las fuerzas enemigas, pero saber que Ilian lo había ideado la dejó con un regusto amargo.

—Me toca. ¿Qué hacíais vos en el frente? Ya no es solo que os falten diez años para terminar la especialización —la certeza con la que hablaba le molestó. Aquel varón lo sabía todo de ella—, sino que sois la heredera del Imperio de Yithia.

Ashbree entrelazó los dedos debajo del agua, nerviosa de repente, y jugueteó con ellos. Aquella pregunta era demasiado íntima. Pero había accedido a intercambiar respuestas.

—Porque mi padre quería quitarme de en medio —soltó a bocajarro.

—¿Por qué?

—Esa es otra pregunta, *majestad*.

Aunque ella hubiera encadenado dos preguntas seguidas, en el sentido estricto de aquel extraño acuerdo, no iba a desnudarse así ante él. Ya se había quitado la ropa, no abriría su mente de nuevo.

Rylen apretó los labios y asintió con un movimiento corto antes de alzar la mano, como concediéndole el turno.

—¿Por qué atacasteis la capital después de quinientos años?

—Porque, por primera vez en varios siglos, sentí miedo.

Ashbree no había esperado aquella sinceridad y se quedó muda unos segundos.

—¿Por lo que os...?

—Sí, por lo que me hicisteis. Dolió, ¿sabéis?

Él esbozó una sonrisa de medio lado con la que pretendía restarle importancia, pero no lo consiguió.

—Me lo puedo imaginar —mascullo ella, frotándose el pecho.

Acercar el corazón de piedra al suyo propio había desencadenado un estallido tan potente que la había lanzado por los aires y había terminado a varios metros de distancia del sauce milenario.

—¿Y por eso os entraron prisas por recuperarlo? —Él asintió—. ¿Por qué sentisteis miedo de mí y nunca lo sentisteis de Ayrin?

Todo el cuerpo del soberano se tensó, dejó de juguetear con el agua y apretó la mandíbula.

—Es mi turno, dragona. —Intentó sonar divertido con el apelativo, pero la seriedad en su voz apartó cualquier matiz amable—. ¿Por qué quería deshacerse de vos vuestro padre?

Ella apretó los puños y apartó la vista, clavándola en las altas columnas de luz tenue.

—No pienso responder a esa pregunta.

—Ah, ah —la reprendió y lo fulminó con la mirada—. Habéis empezado vos, me debéis una respuesta. ¿Por qué os mandó al frente realmente?

Ashbree creyó distinguir cierta necesidad en la forma de preguntar aquello, pero los sucesos de las últimas semanas cayeron en tromba sobre ella y no pudo dedicarle más de un pensamiento. Todo había sido una reacción en cadena que había empezado con el fallecimiento de su madre. Su padre la culpaba de ello, porque cuando se había puesto de parto de los mellizos, ella estaba fuera celebrando su mayoría de edad con Cyndra. Ashbree era la única elfa capaz de crear una luz que sana, y su madre murió desangrada porque ella no estuvo presente para detener la hemorragia. Desde entonces su odio no había hecho más que crecer, poco a poco, hasta que había estallado y se la había quitado de en medio.

—Porque no pude proteger a mi hermana durante el ataque al palacio —respondió con mordacidad.

El odio le hirvió en las venas y sintió su don tan revuelto que no pudo contenerlo cuando empezó a brillarle la piel. Aquel varón, que tan elocuentemente hablaba con ella, era el responsable directo de todas sus desgracias. Y lo olvidaba con demasiada facilidad. Había bajado la guardia tanto como él había querido que lo hiciera, y se sentía una necia.

No fue consciente de cómo le cambió el rostro al soberano, arrasado por aquellas palabras, ni de cómo aquel sentimiento duró menos de un segundo antes de recuperar la máscara de la impasibilidad. Lo único en lo que podía pensar era en cuánto lo odiaba.

Ashbree le sostuvo la mirada durante unos instantes y, en vista de que no iba a añadir nada más, echó a nadar hasta la orilla. Cuando pasó a su lado, él la sostuvo por el brazo. Ella se dio la vuelta con violencia, sin importarle si sus pechos quedaban expuestos o no. El calor asfixiante del agua no hacía más que incrementar su ira. Y cuando clavó los ojos en los de él, deseó derretirle la piel. El rey siseó, porque probablemente su contacto le estuviera quemando, pero no apartó la mano.

—Lo siento... —murmuró el soberano con un deje de rendición.

Aunque aquella disculpa pretendiera apaciguar los ánimos, los caldeó mucho más. Ashbree se zafó de su agarre de un tirón vigoroso y lo fulminó con la mirada.

—No tenéis disculpas suficientes para enmendar el horror al que sometisteis a la isla entera, *majestad*.

Sin esperar respuesta alguna, salió del agua. Le importó bien poco que él pudiera verla desnuda. Lo único que quería hacer era desaparecer, refugiarse en la tienda y esperar a que el glorioso momento de huir y no volver a verlo llegase por fin.

17

Cyndra había pasado los últimos dos días repasando todo lo que la había llevado a estar encerrada en los calabozos de Milindur. Desde que la teniente Calari Laurencil la había metido allí, no había hablado con nadie, y ningún superior se había acercado a informarle de su situación, ni siquiera Arathor. Y eso solo podía significar que estaban debatiendo acerca de su destino.

Sentía el cuerpo entumecido por la incomodidad del calabozo, que no disponía ni de un triste camastro en el que estirarse. Aun así, se movía por el espacio de acá para allá constantemente, porque si su estancia se dilataba demasiado, sus músculos se atrofiarían y no podía permitirlo. No obstante, todo ese movimiento suponía enfrentarse al cansancio y a la extenuación, porque tan solo le habían llevado una comida diaria.

Nerviosa, no dejaba de darle vueltas a en qué narices habría estado pensando Ash para ir a los calabozos. Algo dentro de ella le decía que, ante la perspectiva de fugarse con Arathor, había decidido liberar a los grajos. Pero ¿de verdad habría sido capaz?

Oyó el chasquido de la puerta de los calabozos y se tensó. Rauda, se agarró a los barrotes y pegó la cara a ellos para ver qué sucedía. Escuchó pisadas resonando sobre la piedra y, después, una elfa apuesta de larga cabellera rubia apareció en su visión. El corazón se le estrujó al reconocer a Seredil.

—Cyndra... —suspiró al verla.

La conjuradora se acercó a la celda con premura y entrelazaron las manos.

—¿Qué hacéis aquí? —les preguntó, lanzándole un vistazo a Thabor.

Apenas se conocían; pese a haber pasado una semana memorable con Seredil, no eran amigos, no se debían nada. Pero, en realidad, Cyndra no sabía mucho sobre la amistad más allá de la profunda y única que tenía con Ash. Quizá la guerra y el horror hacían que las relaciones corrieran; que cada segundo contase como el último. Y, aun así, a pesar de ese tiempo tan corto para ella, no habían dudado en apoyarlas en la subasta ni en todo lo que viniera después. Su presencia allí la reconfortó lo indecible. Aunque no lo hizo tanto que aparecieran seguidos de Calari Laurencil, quien le dedicó una mirada suspicaz.

—Venimos de visita —le informó Thabor.

—Y a ponerte al día. Pero antes, dinos, ¿te han hecho algo?

Seredil miró por encima del hombro hacia la asesina, que se cruzó de brazos con deleite.

—No, no me han tocado.

—Bien.

La conjuradora devolvió la atención a Cyndra y esbozó una sonrisa trémula.

—Ya han tomado una decisión con respecto a tu acusación —le explicó Thabor con calma.

—¿Se ha celebrado un juicio? —inquirió con temor.

El corazón le latía a tanta velocidad que creía que se le saldría del pecho. Era imposible que hubiera tenido lugar sin su presencia ni sin que le dieran opción a defenderse, pero estaban hablando de una vulnerabilidad flagrante en sus defensas, de una acusación de traición nada desdeñable por haber omitido lo del Efímero y del consecuente secuestro de la heredera. Iban a buscar un chivo expiatorio para justificar su necedad, y Cyndra había aparecido como un milagro de los dioses. Estaba convencida de que la culparían de más responsabilidades de las que le correspondían. Así que no habría sido de extrañar que hubieran celebrado un juicio rápido para quitársela de en medio y desviar la atención sobre el verdadero problema.

—No —respondió Seredil para tranquilizarla.

—¿Entonces?

Los conjuradores intercambiaron un vistazo cómplice y se centraron de nuevo en ella.

—Te llevan a Kridia. Será el propio emperador quien te juzgue.

Se quedó lívida al oírlo. Que el emperador intercediera... nunca significaba nada bueno. Y eso, además, suponía estar un poco más cerca de las garras de su progenitor, que de seguro habría envenenado la mente de Arcaron Aldair.

Cyndra Daebrin supo, en ese preciso momento, que su vida había llegado a su fin, por mucho que aún le quedaran varias jornadas de viaje hasta la capital. La iban a responsabilizar del secuestro de Ash, no le cabía la menor duda.

Las piernas estuvieron a punto de fallarle cuando fue consciente de que no había servido de nada soportar toda una vida de desgracias. Siempre había conseguido sobrevivir una jornada más aferrándose al sueño de que un día sería libre, tomaría sus propias decisiones y no permitiría que nadie intercediera en ellas. Y no podría haber estado más equivocada.

El tapiz que Dalel tejía con los hilos de su vida no iba a ser tan extenso.

«No te quiebras. No te sometes. Sobrevives, a pesar de todo», se repitió para empezar a creérselo de nuevo.

—¿Cuándo? —se atrevió a preguntar, con la voz constreñida.

—Ya —dijo la asesina.

Cyndra se crispó y se alejó de los barrotes cuando Calari se acercó a ella, con un juego de llaves en la mano. La teniente abrió la celda y se los quedó mirando.

—Podéis despediros.

Seredil se lanzó a sus brazos y se estrecharon con intensidad. Cyndra detestaba las muestras de afecto, pero en aquel momento necesitaba el contacto físico con todas sus fuerzas. Estaba aterrada, por mucho que se esmerase en no demostrarlo. Thabor le apretó el brazo con firmeza, para mostrarle su apoyo, y Cyndra lo miró por encima del hombro de Seredil. Aquel elfo robusto, de facciones toscas aunque atractivas, tenía los ojos anegados de lágrimas. Él, que no la conocía prácticamente de nada y frente al que ella se había mostrado recelosa. Notó el hombro húmedo y no le cupo duda de que la conjuradora estaba llorando.

Cyndra se ahogaba entre tantos sentimientos. Se había pasado toda una vida blindada a ellos, sin permitirse sentir nada por temor a desbordarse, y se había zambullido de lleno en un remolino de emociones. Los ojos le picaban, tenía la garganta oprimida y el estómago le pesaba. Cerró los ojos con fuerza, porque no quería llorar. Cyndra Daebrin no lloraba. No lo había hecho durante veinte años de maltrato, y no iba a empezar en aquel momento.

Y aunque se lo repitió hasta la saciedad, no consiguió contener la catarata solo con sus manos.

Cyndra se derrumbó y lloró sobre el hombro de Seredil, apretándola tanto que sintió sus huesos clavados en la carne. Su vida había llegado a su fin, por mucho que ella hubiera luchado con uñas y dientes para garantizar su supervivencia. Había hecho todo lo posible, había sufrido lo indecible, y no había servido de nada. Seredil le acarició la corta cabellera blanco azulada con cariño; le hablaba al oído, algo de que encontrarían la solución, pero ella no conseguía oír nada por encima de sus sollozos, aquel sonido extraño que estaba escuchando desde dentro por primera vez.

—Gracias por estos días —murmuró Cyndra contra su oído.

No se refería al amor, pues tan solo habían sido unos polvos fugaces de los que ambas habían disfrutado. Pero Seredil, en unas pocas jornadas, le había aportado más de lo que mucha gente había logrado en todos aquellos años. Con ella se había sentido segura, por muy desconocida que pudiera ser, y la había ayudado a traspasar algunas fronteras. Cyndra había creído que estaba cambiando; que de verdad, por primera vez y tras muchos esfuerzos, estaba consiguiendo sanar sus propias heridas, en lugar de esconderse de ellas e ignorarlas mientras se desangraba gota a gota.

—Y por... todo.

Se abstuvo de comentar nada que pudiera levantar las sospechas de la asesina, pero ambos comprendieron que se refería a la ayuda prestada desde que descubrieron que Ash tenía el don de los dioses, según Seredil, y, después, que era la heredera.

—No estarás sola, ¿me oyes? —le susurró Seredil al oído, apretándola con más fuerza.

Cyndra puso los ojos como platos y vio el gesto amable, aunque triste, en el rostro de Thabor. Inquieta, se separó de la conjuradora y esta le limpió las lágrimas con una delicadeza que le arrancó un último sollozo. No podía creerse que hubiera llorado. Y aunque había esperado sentirse débil, la realidad era que se sentía... mejor. Como liberada. Su destino seguía siendo el mismo, pero el nudo en su pecho se había aflojado.

—¿Qué quieres decir? —balbució.

Calari se acercó a ellas y las separó con rudeza para engrillarle las muñecas y sacarla de allí. Mientras recorrían el pasillo entre celdas, Cyndra miró hacia atrás, donde Thabor y Seredil se habían quedado plantados, viéndola marchar una última vez.

—Te seguiremos —leyó en los labios de él.

—Hasta el final —leyó en los de ella.

Cyndra tuvo que mirar al frente cuando Calari le dio un empellón para que siguiera andando. El exterior de los calabozos estaba en penumbra por culpa de las densas nubes que cubrían el firmamento nocturno. Alzó la vista al cielo con la esperanza de ver el vaticinio de algún dios, de que las deidades le concedieran un solo favor y la consolaran.

Pero para ella solo brillaba Dalel, y con la tormenta aún alejándose de Milindur, no se veía nada. La única compañía de la que disponía era la de un cuervo, que cruzó el espacio para posarse sobre una farola a observar su detención, único testigo real al margen de los soldados que la juzgaban con la mirada. Porque la falta de gente a su alrededor solo podía sugerir que habían mantenido el asunto bajo sumario y que el resto del ejército ni siquiera era consciente de que habían secuestrado a Ashbree Aldair frente a sus narices. Mucho menos eran conscientes de que culparían de ello a Cyndra Daebrin, la gran promesa que no había tenido tiempo de demostrar su destreza como tiradora.

18

Umbra observaba atento cada uno de los movimientos que tenían lugar más allá, bajo el escrutinio de Ilian. El Efímero estudiaba la escena oculto en unas sombras que no eran nada naturales. Su oscuridad revoloteaba a su alrededor, inquieta. Ash le había pedido que investigara a una tal Cyndra Daebrin, y le había costado demasiado averiguar quién era.

El aire no había portado ni un solo rumor, había un silencio absoluto alrededor de aquel nombre. Había tardado casi dos días completos en encontrar a alguien que hiciera la más mínima alusión a aquella elfa de luz, viajando siempre entre sus sombras. Y durante el día le había resultado extenuante mimetizarse con el entorno y que no lo descubrieran. Se sentía al borde del vacío, y sabía que no le quedaba demasiado tiempo para recabar la información que necesitaba. Entonces había visto a dos conjuradores con cara de pocos amigos corriendo en dirección a los calabozos.

Reconoció a la atractiva elfa de cabellos largos que le había hecho compañía durante la noche de la subasta. Y no le cupo duda de que estaría relacionada con ello.

Los siguió sin levantar sospechas, y cuando vio a la fémina que lo había atravesado con cinco proyectiles con una maestría propia de los inmortales, se quedó de piedra. La arrastraban fuera de la cárcel, hacia un carromato cochambroso tirado por un único caballo. Tras ella iba la asesina que tanto se había deleitado en torturarlo a él, a su hermana y a su gente. La sangre le hirvió y jugueteó con una daga, inquieto. Umbra sobrevoló el espacio para tener una mejor perspectiva e Ilian no perdió detalle de los aleteos emplumados de su *Fjel*.

Le tentaba salir de su escondrijo y darles muerte, sobre todo a la asesina, que lo contemplaba todo como si ella reinase en el mundo, con esa altivez propia de los descerebrados. Seguro que sería un combate interesante. No tendría problema en deshacerse de los otros cuatro asesinos que las acompañaban, por mucho que le quedase poco poder. Ilian jugueteó con el aro del labio y sus sombras se enroscaron densas a su alrededor. También le tentaba poner fin a la vida de Cyndra Daebrin, aquella tiradora que había tergiversado todos sus planes y que había complicado *demasiado* las cosas.

Pero Ash le había pedido que recabara información sobre ella, lo que significaba que le importaba su supervivencia. Ilian no era despiadado, por mucho que la rabia lo consumiera en aquellos momentos. Podría dejar vivir a la tiradora en deferencia a todo lo que Ash había hecho por él. Podía concederle eso y arriesgarse a salir de su posición para acabar con los asesinos que la rodeaban y nada más.

No obstante, la petición de su rey había sido muy clara: debía averiguar las consecuencias de que Ash hubiera desaparecido sin que cundiera el caos; sin dejarse ver. Y no solo tenía lo suficiente como para reportar un informe extenso acerca de las implicaciones de su fuga, sino que había descubierto los planes de boda de Arcaron Aldair.

Las ganas de partirle la cara a esa asesina le picaban en las yemas. Aun así, Ilian Aedil se limitó a enfundar su daga curva predilecta, la que Rylen le había regalado al nombrarlo general y que, por suerte, no se había llevado a la emboscada del camino a Milindur. Después, extendió el brazo y esperó a que Umbra abandonara su posición oteadora para acudir a su llamada muda.

Su *Fjel* se convirtió en una masa de sombras y plumas y el pájaro se mimetizó con su propio poder. En cuanto se fundieron en uno solo, Ilian se sintió más poderoso y sintetizó todo lo que el cuervo había oído y visto por él. Tras eso, convocó el agujero de sombras y desapareció de Milindur con la intención de no volver jamás.

19

Las puertas de sus aposentos se abrieron con una violenta sacudida y rebotaron contra las paredes. El estruendo fue tal que la joven se despertó de golpe, con el corazón desbocado y al borde de la hiperventilación. Cuando miró a la izquierda, su padre, desencajado, la observaba con terror. Sus ojos estaban desprovistos de vida; su tez, de color. Y sus cabellos, de un rubio platino, estaban revueltos, algo que se alejaba por completo de la pulcra imagen que se esforzaba en aparentar.

La joven se levantó al instante y corrió tras su padre sin importarle que el frío del cuarzo le mordiera las plantas de los pies. La condujo hasta los aposentos imperiales, y lo que vieron sus ojos la dejó de piedra: su madre yacía sobre una cama, dos bebés berreaban sin descanso y todas las atenciones estaban puestas en los recién nacidos prematuros. Faltaban dos meses para que saliera de cuentas, pero Dalel no había propiciado que ese fuera su destino.

Su padre le gritaba encolerizado, pero ella solo pudo quedarse plantada en el umbral de aquellos aposentos en los que tantas veces se había refugiado, al amparo de su madre, a la que se parecía tanto. Su camisón blanco estaba empapado de sudor. Se le adhería al cuerpo de una forma retorcida, como una serpiente al mudar la piel. No obstante, lo único que veía, en realidad, era la mácula granate que le nacía de entre las piernas.

Su padre la arrastró por el brazo y la lanzó a los pies de la cama. Ella lo miró desde el suelo, con lágrimas en los ojos. Señalaba el cuerpo de su madre y volvía a gritarle. Su saliva le impactó en las mejillas y ella deslizó la vista hacia la sangre, que seguía manando incansable. La volvió a agarrar del brazo, sus largos dedos incrustados en su piel y la arrojó sobre la cama. La joven detuvo la caída con las manos por delante, que se empaparon con la sangre de su madre. Horrorizada, las contempló. Le temblaban tanto que le costaba enfocar la vista. La joven miró a su padre, suplicante, balbuceó algo que no supo comprender y él la abofeteó con tanta fuerza que cayó sobre el cuerpo inerte, sobre su sangre. Estaba bañada en la vida de su madre y supo que jamás conseguiría limpiarse.

Ella imploraba perdón, pedía ayuda, pero no para sí, sino para la fémina que le había dado la vida, y nadie parecía tener oídos para sus súplicas. Su padre la agarró por la nuca y la obligó a observar los últimos coletazos de la existencia de su madre.

Horrorizada, los ojos de la joven viajaron del cuerpo desangrándose a sus manos, teñidas de rojo. Las alzó por delante, con un nudo en el estómago y bilis en la boca. Se concentró con todas sus fuerzas, pero había demasiados ruidos, había demasiada gente y, sobre todo, había demasiadas esperanzas puestas sobre ella. Y cuando intentó reclamar su don, como tantas veces le habían repetido que debía hacer, este no respondió.

La moribunda abrió los ojos un resquicio y dedicó su último esfuerzo a pronunciar unas palabras y a regalarle una sonrisa maternal a su hija, testigo de semejante horror. Cuando su madre murió, su padre la soltó con repudio. Ella se encogió paralizada bajo aquel escrutinio emponzoñado.

Antes de que pudiera darse cuenta, lo tenía encima, las manos enroscadas en su cuello para privarla del aire que necesitaba para sobrevivir. Luchó contra él, se resistió y forcejeó. Los ojos le empezaron a quemar cuando su cuerpo reaccionó a la falta de oxígeno, los pulmones se le constreñían y se dejó las uñas tratando de aliviar la presión de los dedos de su padre, que la miraba con el rostro desencajado. Y la única respuesta que ella tenía para el dolor del emperador era llorar y llorar mientras se moría bajo sus manos.

Pidió auxilio en un quejido silencioso, intentó mover la cabeza y solo pudo ver un rostro grácil, hermoso hasta decir basta, cubierto a medias de sangre chorreante. Kara, con un agujero donde antes había habido un mar de esmeralda y oro, había reemplazado a su padre. Le gritaba que era lo que se merecía, que ella era responsable de los horrores que estaban viviendo.

Sentía el camisón pegajoso por la sangre en la que su familia la estaba revolcando, el pelo se le adhería a la cara y en su mirada se colaban hilachas de rojo. Empezó a ver arañas negras en la periferia, y mientras iba cayendo hacia el pozo de la inconsciencia, su mente se aferraba al discurso de odio de su padre, que le gritaba: «Si hubieras estado aquí, tu madre no habría muerto», entremezclado con el de su hermana, que le decía: «Podrías haberme protegido y no lo hiciste».

De repente, una densa capa negra se instauró frente a sus ojos y la oscuridad la engulló. Era como un firmamento estrellado, moteado por puntitos plateados, que la envolvía en un abrazo prieto. En lugar de temer por estar rodeada de sombras, se sintió reconfortada.

Como en casa.

Y no hubo miedo cuando se dejó caer a esa oscuridad.

Ashbree abrió los ojos sobresaltada por sus propios sollozos. Frenética, miró a su alrededor. No sabía dónde se encontraba, no entendía qué había pasado. Un segundo antes había estado cubierta por la sangre de su madre y después... Alzó las manos frente a su rostro, igual de temblorosas que en lo último que recordaba. Estaban impolutas. Pero las sombras seguían ahí, en torno a ella. La oscuridad flotaba en el ambiente, igual que en ese pozo que había visto instantes antes.

Con un temor extraño en el pecho, levantó la cabeza lo mínimo para seguir observando a su alrededor, y lo que vio fue un cuello tostado, cuya nuez se movía como si estuviera hablando. Rylen tenía el mentón apoyado sobre la coronilla de Ashbree y la abrazaba con fuerza, susurrándole que era una pesadilla.

A pesar de que la comprensión se abrió paso por su mente y reconoció qué estaba sucediendo, se dio cuenta de que no podía dejar de llorar. Llevaba demasiado tiempo arrastrando la culpabilidad a la espalda, soportando penurias y viviendo con incertidumbres. Llevaba demasiados días siguiendo adelante sin pensar en todo lo que la había arrastrado hasta allí y había terminado estallando frente al peor ser posible.

Se sintió rota por completo. Su enemigo jurado, aquel al que llevaba quince años intentando destrozar, la abrazaba mientras le acariciaba el cabello revuelto, buscando consolarla. Ashbree tenía la cara apoyada contra su pecho, en cuyo interior no latía ningún corazón. Era una caja vacía que, en cualquier caso, la reconfortó, aunque no debiera. Sobre todo porque la noche anterior Rylen le había dicho que no le quedaban sombras dentro, que lo poco que le restaba lo necesitaba para su propia supervivencia y, aun así, le había regalado una noche estrellada. Porque, además de sus brazos fuertes y cálidos, sus sombras también la rodeaban con esas motas plateadas conformando galaxias de las cuales Ashbree era la única testigo.

La razón se impuso sobre el estupor y apoyó las manos en el pecho del rey para apartarse de él. Aquello no estaba bien; era ridículo. Se estaba dejando consolar por su enemigo, por el responsable de la última guerra y todas las desgracias que habían sucedido después. Por un varón que había destrozado a familias enteras y que arrasaba aldeas con violencia. Y aunque supiera que le convenía ganarse su confianza, se hallaba demasiado rota como para enfrentarse a las mentiras y pretender que todo estaba bien cuando por dentro se desmoronaba. No podía sobreponerse a eso y fingir indiferencia cuando su mundo entero se tambaleaba.

Él separó el mentón de su cabeza y la miró con intensidad,

sin un ápice de la dureza que habría cabido esperar dada su última conversación.

—Esto no cambia nada —escupió Ashbree con rabia en cuanto sus cuerpos se separaron.

El rey recibió las palabras endureciendo el rostro y con un único asentimiento. Acto seguido, algo se crispó en su mandíbula y las sombras desaparecieron. El frío se le clavó en la piel en cuanto dejó de sentir ese otro abrazo, el de la oscuridad como terciopelo acariciándole el cuerpo para reconfortarla. Su corazón se contrajo cuando ya no quedaron galaxias que contemplar y tuvo que enfrentarse al gris tormentoso de los ojos del soberano. Él desvió la vista a sus mejillas, donde dos nuevas lágrimas iniciaban su descenso hacia el precipicio, y volvió a mirarla a los ojos.

—Absolutamente nada —murmuró él con voz muerta.

Antes de que se diera la vuelta para tumbarse de espaldas a ella, Ashbree distinguió, incluso en la penumbra de aquella cueva, que la piel del monarca estaba perlada de sudor, que su respiración era demasiado agitada y que ella, además de la suya, estaba envuelta con la capa del soberano.

Ashbree se preguntó si no se habría extralimitado en cuanto a sus sombras se refería para tranquilizarla. Era una idea ridícula, y de ser cierta, la única explicación que le veía a que él se hubiese expuesto así era que era una rehén valiosa. Porque si no, ¿por qué iba el Rey de los Elfos a preocuparse por el bienestar de su enemiga?

La ansiedad creció y creció ante aquellos pensamientos; las inseguridades que había sentido en Milindur, y que había enterrado tras el secuestro, empezaban a tomar voz y a susurrarle en lo más hondo de su conciencia. Había dudado de la bondad de los elfos; había empezado a pensar que su imperio estaba más emponzoñado de lo que creía, y todo había vuelto a su rumbo cuando el rey la había sacado de la ciudad minera. Pero después de verlo tan preocupado por ella, después de que él se hubiese molestado en protegerla del frío, en calmar sus pesadillas... Era demasiado.

Asfixiándose con el calor que él irradiaba, entremezclado con la terma y su agobio interno, abandonó la seguridad de la tienda. Se calzó las botas de mala gana, con la respiración acelerada, la frente perlada de sudor y una sensación de opresión en el pecho que se trasladaba, poco a poco, hacia los brazos. La cabeza le palpitaba con insistencia y sentía un mareo incipiente que se acrecentó cuando se puso en pie tras calzarse. Tenía que salir de allí, tenía que escapar de aquello como fuera. No para regresar a Kridia, cuya imagen había cambiado demasiado, sino para huir de su propia existencia.

El soberano se asomó por las solapas, arrodillado en el interior de la tienda, pero ella solo le dedicó un vistazo fugaz antes de echar a andar a paso raudo.

—¿A dónde vais? —Su voz le llegó rebotada gracias al eco de aquella estancia y un estremecimiento le recorrió el cuerpo.

—Necesito tomar el aire —respondió, apresurada.

Esperó escuchar movimiento tras ella, pasos que la siguieran y la mantuvieran cautiva, pero tan solo la acompañaba el golpeteo incesante de su corazón. Corrió cuesta arriba, resbalando sobre la piedra mojada. Según iba ascendiendo, el rugido del viento empezó a competir con el de su mente, que a aquellas alturas era un hervidero.

Tiró de la camisa para intentar paliar el calor sofocante, pero no sirvió de nada. Ni el frío de aquella noche tormentosa servía para atemperarla. En su carrera frenética, resbaló y cayó al suelo, con las palmas por delante, pero se puso en pie rápido y siguió ascendiendo de las profundidades. Como si esa escalada supusiese escapar del pozo de su propia mente.

Cuando llegó a la entrada, donde Omen se resguardaba del frío en una esquina alejada, refugiado con una manta, no se sintió mejor por que el viento le acariciara las mejillas. Se quedó ahí plantada, con la respiración agitada y las lágrimas cayendo sin cesar en un llanto silencioso. Se giró hacia la oscuridad a su espalda y no vio nada, ni un solo movimiento que sugiriera que la hubiera seguido. Y aquello la destrozó un poco más. ¿Acaso no era lo suficientemente importante como para tenerla vigilada? ¿O es que él era tan amable que le estaba concediendo su espacio?

Ninguna de las dos opciones la relajaban, sino todo lo contrario.

El agobio creció y no le dedicó más de un pensamiento a lo que supondría realmente salir de la cueva con la borrasca antes de poner un pie en el exterior.

20

Rylen se quedó sentado en la entrada de la tienda de campaña, con los brazos apoyados en las rodillas y la mirada clavada en la cuesta de la salida. Se sentía inquieto. Había despertado sobresaltado por los gritos de Ashbree, que lo habían puesto en alerta, y casi había saltado para matar a quien fuera. Había tardado un angustioso segundo en descubrir que ella estaba sufriendo una pesadilla y que estaban a salvo. Pero eso no lo calmó, porque aunque la había llamado un par de veces, ella no se despertaba. A juzgar por lo poco que entendió de sus balbuceos, había estado soñando con su padre, y eso le hizo apretar los labios.

La había agarrado por los hombros y zarandeado con cuidado, aunque tampoco sirvió de mucho. Y entonces había empezado a forcejear con él, lanzando las manos al aire como si tratase de librarse de algo. O de alguien. El terror en su rostro dormido le había hecho abrazarla con fuerza y convocar sus sombras para calmarla. Y cuando se había despertado, se había enfadado más todavía. Con todo el derecho del mundo.

Y ahora Rylen estaba ahí, contando los segundos que transcurrían, tamborileando con los dedos sobre las rodillas. Entendía los efectos que una pesadilla vívida podía tener sobre el cuerpo y los estragos que causaba un ataque de ansiedad; por desgracia fue algo que experimentó a menudo durante un tiempo, así que le dejó espacio.

Pero cuando los cinco minutos se convirtieron en quince, la inquietud le hizo ponerse en pie para dar vueltas de un lado a otro, nervioso. En cuanto los quince se convirtieron en media hora, sacó la capa de la tienda y cogió la de Ashbree por si acaso, antes de correr pendiente arriba. Se decía que podría estar calmándose mientras acariciaba a Omen, porque los animales eran terapéuticos, aunque sabía que era un consuelo estúpido. En cuestión de un par de segundos, ya había llegado a la entrada de la cueva, gracias a su velocidad inmortal. Y la heredera no estaba ahí; Omen sí.

Habría preferido mil veces que lo abandonara a su suerte y se llevara al caballo, que decidiera intentar fugarse y dejarlo tirado. Aquello le habría reconfortado más que el hecho de saber que se había sentido tan superada que había salido a la intemperie sin contemplar otras posibilidades. Con una maldición contenida a duras penas, Rylen dejó la seguridad de la cueva y se enfrentó a las rachas de viento que auguraban un invierno complicado.

Era uno de los motivos por los que había huido de Glósvalar y se había refugiado en el frente, porque el consejo —y lord Tharin, sobre todo— lo atosigaba con los problemas que estaban teniendo con las cosechas por culpa del frío, que se había adelantado unos meses. Solo era la punta del iceberg de una larga lista de complicaciones. Y ahora tenía que enfrentarse a otra.

Alzó el brazo por encima del rostro para paliar las ráfagas violentas y la llamó a gritos, pero el rugido de la tormenta se tragaba su voz. Se sentía extenuado por haber usado unas sombras que se estaban recuperando, pero respiró hondo y las volvió a convocar para que lo envolvieran como un escudo y lo protegieran de las inclemencias del bosque. En cuanto estuvo cubierto por la pantalla negra que lo resguardaba de la ventisca, pudo fijarse mejor en lo que había más allá: un rastro de huellas que el viento arrastraba y borraba a marchas forzadas. Corrió tras ellas todo lo rápido que el cansancio le permitió y, después de unos angustiosos minutos en los que las sombras que emulaban su corazón se retorcían más y más, la encontró.

Se hallaba tendida en medio del bosque, con una capa de nieve empezando a enterrarla. Su piel estaba amoratada y la ropa, rígida. Soltó otra maldición que sus sombras se tragaron y se agachó junto a ella para cubrirla con la capa extra y levantarla del suelo. La llamó en un susurro, tan desprovisto de fuerzas como estaba. Recolocó a la heredera entre sus brazos y lanzó un vistazo fugaz hacia el camino de regreso. Si tenía que recorrer toda aquella distancia conformando una barrera con sus sombras para protegerlos del viento y del frío, se drenaría por completo. Pero la otra opción era teletransportarse, que podría tener el mismo resultado.

Apretando los dientes, atravesó el agujero negro que formó frente a él y apareció en la cálida seguridad de la cueva. Sus piernas fallaron y cayó de rodillas sobre la piedra templada. Gruñó con fuerza cuando los huesos le vibraron con el impacto, pero no permitió que Ashbree se escapara de sus brazos y se golpeara contra el suelo. Resollando, casi con su último aliento, se puso en pie, hablándole a la heredera, aunque no era muy consciente de lo que le decía.

Lo único en lo que conseguía pensar era en que no podía permitir que Ashbree Aldair muriera bajo su cuidado. Ahora comprendía un poco mejor lo mal que se había sentido Ilian cuando ella se había escapado de su tienda, solo que lo de Rylen era mucho peor. Había sido un estúpido al concederle tiempo. Tendría que haber ido tras ella y haberla arrastrado dentro de la tienda.

Dejó caer ambas capas a un lado y se metió en el lago despacio, porque apenas le quedaban fuerzas para medir dónde pisaba. Ashbree tenía los labios morados, las pestañas escarchadas, y algo se contrajo en el interior del rey, solo que no podía ser su corazón. Cuando estuvieron al amparo de las aguas calientes, le tapó la nariz y la sumergió por completo para templarle todo el cuerpo. Le frotó los brazos, con ella colocada sobre su regazo, la apretó contra sí todo lo que pudo, intentando compartir parte de su calor. Pero la realidad era que Rylen también sentía frío. Los elfos oscuros tenían una constitución más cálida, para soportar mejor los duros meses de invierno, y aquello era casi nuevo para él. Solo recordaba otra ocasión en la que el frío le hubiera hecho mella, pero no podía pensar en eso en aquel momento.

Se concentró en escuchar el latido lento del corazón de la heredera, aletargado por la baja temperatura a la que había tenido que enfrentarse. Los elfos de luz no habían evolucionado por el mismo camino que ellos, sino que habían aprendido a sobrevivir en temperaturas altas y asfixiantes. Era todo lo opuesto a lo que ella estaba acostumbrada. Y la posibilidad de que la hubiera encontrado muy tarde lo aterraba. Porque Ashbree Aldair era demasiado importante como para que desapareciera. La necesitaba para llevar a cabo sus planes.

Entonces la heredera entreabrió ligeramente los párpados y se fijó en él. Lo primero que hizo Rylen fue sonreírle con cariño y acariciarle la mejilla marcada por inercia. No supo por qué, pero tampoco le dio importancia. Tan solo quería que ella despertara y volviera a meterse con él, que volviera a buscar las preguntas exactas para recabar información de su enemigo. Que volviera a mostrarse fiera, con el carácter incendiario que tanto la caracterizaba.

—Eso es, dragona, abre los ojos —la alentó en un arrullo.

Ella gimió cuando intentó revolverse entre sus brazos, pero él la sostuvo con una fuerza que no sabía ni de dónde salía. Por mucha constitución inmortal que pudiera tener, cualquier cuerpo, independientemente de su condición de Efímero, iba perdiendo esos atributos con el desgaste. Él había rozado cualquier límite, inmortal y de sombras, y tenía a Celes respirándole en la nuca. Y, para su consternación, no sentía miedo, como sí lo había hecho cuando Ashbree había resquebrajado su corazón.

—Tengo... Tengo sueño —balbuceó.

Hablaba con esfuerzo, arrastrando las palabras y sin conseguir mantener los ojos abiertos. Rylen la estrechó contra su pecho, rogándole a los dioses que no se la llevaran, porque no se lo perdonaría jamás. Sentía resquemor por que al despertarla de la pesadilla ella lo hubiera tratado con condescendencia, pero era lo más lógico con la imagen que tenía de él. Y aunque sabía que lo odiaría por lo que iba a hacer, la sacó del agua con sus últimas fuerzas.

Aun con ella entre los brazos, recogió el macuto de Ashbree e hizo que ambos se cobijaran en la tienda. Su cuerpo había entrado en calor y ahora necesitaba descansar. No creía que fuese a sufrir hipotermia, esperaba haberla encontrado a tiempo, y solo era cuestión de que su organismo se sobrepusiese al *shock*.

En la oscuridad de la tienda, Rylen se sentó y recostó a la heredera contra su cuerpo. Ella balbuceaba cosas sin sentido acerca de que era la responsable de todo, de que tenía la culpa. Y fuera lo que fuese, no quería escucharlo por lo que suponía para sí mismo. Así que él le habló.

Se deshizo de su propia camisa empapada y la lanzó lejos, para no mojarla más después, y con la espalda de Ashbree apoyada sobre su pecho, le contó cómo era el invierno en Glósvalar, con los tejados plagados de nieve y chimeneas humeantes, un millar de ventanas encendidas compitiendo con las estrellas y las calles llenas de vida infantil. Mientras tanto, desenfundó una de las dagas que llevaba al muslo y rajó la camisa mojada de Ashbree por delante antes de quitarle la prenda. Se preocupó de no mirarla más de lo estrictamente necesario, porque a pesar de la oscuridad, intuía más de su cuerpo de lo que lo habría hecho un elfo de luz. Pero no podía acostarla empapada.

Tiró de la ropa mientras le contaba cómo era celebrar Yule, las calles adornadas de lucecitas y banderines estivales, de abalorios relucientes y los árboles decorados con guirnaldas y bolas de cristal. Ella emitió un gruñido al sentir la piel expuesta, pero tampoco se tapó, desprovista de fuerzas o sin ser consciente de lo que sucedía, no lo sabía.

Cuando Rylen volvió a recostar a Ashbree contra su pecho, piel con piel, tuvo que cerrar los ojos con fuerza. Aquello lo estaba superando a marchas forzadas. Sus sombras le gritaban que las liberara, pero no podía traspasar esa frontera porque moriría en el camino. Tragó saliva, apartando los fantasmas del pasado, y respiró hondo para serenarse. Sacó de la bandolera la camisa que Elwen le había dado y la arrastró sobre la piel húmeda de la heredera, que agradeció el contacto con un quejido lastimero. Y entonces él le habló de una de las celebraciones de Yule que recordaba con más cariño, cuando había nombrado a Ilian general de sus tropas y le había regalado una exquisita daga curva y de hoja negra, con empuñadura y guardas de cuervo. Y de cuando Elwen se había unido al ejército y lo habían festejado con fuegos artificiales.

Ashbree se fue relajando al sentir las ropas cálidas sobre la piel y Rylen la tumbó con cuidado para desabrocharle los pantalones. Respiró hondo de nuevo, para serenarse, pero le estaba costando demasiado esfuerzo. Mordiéndose el labio, tiró de las perneras, que se adherían a su piel pálida. A Rylen se le secó la garganta y, raudo, alzó la vista hacia el rostro de la heredera, que no sabía si se habría dormido ya o no. Lanzó los pantalones fuera de la tienda, que chasquearon al impactar sobre la piedra, y dudó un segundo antes de sacar la prenda seca y colocársela con esfuerzo. Tendría que dormir con la ropa interior mojada, y esperaba que eso no empeorara su condición.

Cuando le hubo puesto la ropa seca, le habló de lo que Ilian le había regalado a él un año: una figurita de un gato lamiéndose la pata que le recordaba mucho a Tinta, un tesoro que el rey usaba como pisapapeles desde entonces. Eran nimiedades, y ni siquiera sabía por qué estaba compartiendo una parte íntima de su vida con ella, pero quería que su mente somnolienta no se viera atormentada por más pesadillas. Así que habló en un arrullo mientras se deshacía de sus propios pantalones y se colocaba unos secos antes de tumbarse junto a ella y acariciarle el brazo arriba y abajo hasta que se cercioró de que, por fin, se había quedado dormida.

21

Ashbree despertó después de unas horas sin pesadillas. Sentía el cuerpo agarrotado y pesado, y no lo comprendía, cuando debería haber descansado tras una noche completa de sueño reparador. Abrió los ojos de golpe, con el corazón tronándole en el pecho, y se incorporó de repente. Todo acudió en tropel a su mente, como un mal sueño, y se llevó la mano al pecho para tratar de calmar sus latidos.

Había tenido pesadillas con su padre y con su hermana, y él la había consolado. *Él.* La había abrazado. El Rey de los Elfos la había tranquilizado con un abrazo y ella se había sentido a salvo de la paliza de su padre. ¿Tanto miedo le tenía al emperador que un monstruo como el rey la calmaba?

Aquello había sido demasiado, y había huido, pero no con la intención de librarse del rey, sino de sí misma. Había salido al bosque para bajar la temperatura de su cuerpo, que hervía y a punto había estado de derretirse. Y después… Después no recordaba gran cosa.

Levantó las capas que le cubrían el cuerpo y se percató de que no llevaba la misma ropa que la noche anterior. Inspiró con fuerza y notó que su propio cuerpo olía a él. La ansiedad le hizo un nudo en la garganta y los ojos le quemaron por las lágrimas contenidas. ¿Qué había pasado exactamente? ¿Qué le había hecho mientras estaba inconsciente?

El miedo le trepó por la espalda y una parte de ella se odió por pensar en lo que pensó: en Arathor. En cómo su amigo, al que conocía desde hacía diez años, le había robado unos besos que podrían parecer inocentes, pero que no lo eran. En cómo la había tratado por no corresponder sus sentimientos; en cómo había ignorado su malestar. Alguien en quien confiaba, a quien le contaba todos sus secretos y con el que había compartido lecho, había estado dispuesto a traspasar ciertas fronteras en contra de su voluntad. Si él había podido, ¿qué no le habría hecho el Rey de los Elfos?

Con la respiración agitada, salió de la tienda a trompicones. Lo encontró en la orilla del lago, cerrándose los pantalones con los cordones. La humedad sobre su cuerpo destellaba bajo la extraña luminosidad de las columnas de luz, que recibían una ligerísima ayuda de la claridad del exterior. Su don vibró y el hambre se le retorció con fuerza en el estómago. No obstante, por primera vez, sintió repudio por aquella necesidad de su luz.

—Buenos días —la saludó con voz monocorde.

—Buenos días —respondió con un tembloroso hilillo de voz.

Él ladeó la cabeza y se tomó varios segundos para mirarla. La inquietud creció y ella apretó los puños con fuerza. No tenía recuerdo alguno después de haber salido al bosque, y eso le hacía sentir un miedo muy diferente. Porque había dejado de ser dueña de su propio cuerpo.

—¿Cómo os encontráis? —Ashbree se tensó cuando él se acercó a grandes zancadas, descalzo, y aquella altura imponente de la que hacía gala.

—B-bien.

Tragó saliva y se fijó en las gotitas que le perlaban la piel tostada del pecho, cómo se arremolinaban en la carne cicatrizada, antes de obligarse a alzar la vista para mirarlo a los ojos. Armándose de valor, inspiró hondo y se atrevió a formular la pregunta que la estaba atormentando:

—¿Qué pasó anoche? —Él entrecerró los ojos y se frotó la

nuca, incómodo, y aquello disparó todas sus alarmas—. Qué me hicisteis —soltó con la voz teñida de rabia. Sentía las lágrimas al borde, pero se las tragó todas.

El rostro del soberano mutó de la incomprensión a la seriedad en cuestión de un parpadeo. Cuadró los hombros y los músculos de su abdomen se tensaron, como quien se prepara para una batalla. Y Ashbree sintió la amenaza en su propia piel, chisporroteando con luz blanca.

—¿Qué? —preguntó él con calma tensa.

—Mi ropa huele a vos. —Él apretó los labios; ella, los dientes—. Y no recuerdo nada.

—¿Así que habéis supuesto que abusé de vos? ¿Y que, además, me tomé la molestia de cambiaros de ropa?

Con aquella última pregunta se sintió idiota. Se abrazó la cintura para controlar los temblores de las manos y se sostuvieron la mirada con intensidad. Entonces el rey respiró hondo y en sus ojos relució una rabia dolorosa.

—Salisteis al puto bosque. —El improperio la sobresaltó—. En mitad de una ventisca de nieve. —Su voz se endureció—. Y no volvíais, así que fui a buscaros. Os encontré tirada en medio de ninguna parte, enterrada en nieve y al borde de la hipotermia. —Sus palabras sonaban atropelladas, como si estuviera alterado—. Hice lo que tenía que hacer: os metí en el agua para que entrarais en calor rápido y luego os llevé a la tienda para que descansarais. Sí, os cambié de ropa porque estabais empapada, y procuré no ver más de lo estrictamente necesario, no digamos tocar. —La fulminó con la mirada mientras pasaba junto a ella y se acuclillaba para rebuscar en su morral—. Y sí, oléis a mí porque os abracé hasta que dejasteis de tiritar. Nada más.

Se incorporó de nuevo y se peleó un poco con la camisa negra antes de ponérsela y volver a rebuscar en el macuto. Ashbree se abrazó con más fuerza, mordiéndose el labio inferior y con la vista clavada en el suelo de piedra. Se sentía mal por haber tenido ese pensamiento siquiera, cuando él se había molestado en calmarla al despertar de la pesadilla. Pero había pasado por tantas cosas... que se esperaba que su vida siguiera empeorando a cada respiración.

De mala gana, el rey le tendió una galleta y la cantimplora. Respiraba de forma agitada, y su frente estaba perlada por una fina capa húmeda que no creía que fuera agua, puesto que tenía el pelo seco. ¿Habría usado su poder para ayudarla y por eso parecía tan cansado? Sin querer darle vueltas a ese pensamiento, que podía ser peligroso, se limitó a aceptar lo que le ofrecía, con un mohín en los labios.

—¿Y vos? —le preguntó al darse cuenta de que no sacaba nada para él.

—No tengo hambre —respondió con voz monocorde, mientras se calzaba las botas.

Sonaba molesto, y aunque una parte de ella se complacía de ser la causante de aquel mal, otra mucho más grande no se sentía cómoda. Había sido muy tonta, demasiado desconfiada. Pero ¿cómo no hacerlo con el padre que había tenido?, ¿con las cosas que él mismo había hecho?, ¿con lo que el propio padre de Cyndra le había hecho a su hija? ¿Con que Arathor solo hubiera reaccionado cuando su padre la comprometió con otro?

Era consciente de que tenía que pedirle disculpas por haber pensado mal, pero seguía siendo el Rey de los Elfos. Haber malinterpretado lo que había sucedido no lo libraba del resto de culpas. También sabía que cada perdón debía ir de la mano de un error, y no acumularlos hasta que el recuento se le fuera de las manos.

Aun así, se mantuvo callada mientras él terminaba de calzarse. Suspirando, se sentó sobre una piedra más alta y le dio pequeños bocados a la galleta, que empezaba a estar rancia. Cuando el Rey de los Elfos terminó, se quedó sentado donde estaba, con las rodillas flexionadas y los brazos apoyados sobre ellas. Aunque intentaba adoptar esa pose de indiferencia que Ashbree ya reconocía como suya, su cuerpo seguía en tensión, sus iris ardían de resquemor. Era un mar embravecido contenido en una botella.

La heredera suspiró cuando tragó el último bocado y se limpió las manos en los pantalones. Sabía que estaba retrasando algo que debía hacer. No solo porque era lo más justo, algo a lo que ella siempre se había aferrado, sino porque dudaba mucho de que fuera a tener otra oportunidad de huir sin que su vida peligrase. Y aunque su plan de ganarse su confianza dependiera de las buenas formas, no fue eso lo que la llevó a decir lo correcto:

—Lamento haber pensado así de vos.

El rey deslizó la vista hacia ella con curiosidad, sin que la rigidez de sus facciones desapareciera. La miró durante varios segundos de silencio tenso en los que la heredera se removió en su asiento y luego él respiró hondo y asintió despacio.

—No pasa nada. Lo... Lo comprendo. —Ashbree no supo por qué aquel reconocimiento le dolió, pero lo hizo. Incómoda, clavó la vista en el suelo y sus dedos juguetearon entre sí—. Y yo siento... —añadió antes de tragar saliva—. Siento lo que os pasó.

Lo miró con incomprensión. No sabía a qué se refería, por más que repasaba los últimos acontecimientos. El monarca tenía muchas cosas por las que disculparse, por secuestrarla, sin ir más lejos, pero no parecía que se estuviera refiriendo a eso.

—¿Qué...?

—La noche en la que agrietasteis mi corazón. —Ambos se frotaron el pecho por inercia y Rylen sonrió de medio lado al darse cuenta de esa extraña complicidad—. Llegasteis alterada y me mostrasteis... —Él cerró los ojos y apretó los labios, las manos convertidas en puños, antes de inspirar hondo—. Sé lo que os pasó antes de que vinierais a por mí.

Ashbree se estremeció al escucharlo y parpadeó varias veces. Había olvidado que él sabía incluso aquello, que había bajado cualquier barrera de su mente, alterada por lo que había pasado con Arathor, y a él, al igual que a Cyndra, no le había gustado nada.

«¿Quién te ha hecho tanto daño?», le había gritado en su cabeza. ¿Cómo había podido pensar que el rey le haría algo remotamente parecido con lo mal que había reaccionado entonces?

—No tiene importancia... —musitó, avergonzada. Pero ¿por qué sentía vergüenza cuando ella no había hecho nada malo?

—Sí que la tiene —atajó con voz firme—. He tardado en comprender por qué podríais haber pensado eso de mí y me siento estúpido por haberme enfadado.

El rey procuró mantener la vista al frente, como si no se atreviera a mirarla, y Ashbree lo agradeció, porque no sabía si estaba preparada para enfrentarse a lo que sus ojos pudieran reflejar.

—Así que lo lamento.

—No tenéis por qué disculparos, vos no hicisteis nada. Soy yo la que ha actuado de forma desproporcionada.

Ashbree se repetía una y otra vez que lo que estaba diciendo era solo por tender un puente hacia él, uno que pretendía cruzar para devolverle el daño que le había provocado a los suyos, pero la realidad era que había parte de sinceridad en lo que dijo.

—Habéis actuado como otros os han enseñado que debéis hacerlo.

Ashbree se quedó callada, porque no sabía qué responder. Era cierto, la desconfianza había ido acomodándose en su interior y había escapado por sí sola. Y no había sabido cuán arraigado estaba ese trauma hasta que lo había visto reflejado en su propia actitud.

—¿Lo conocíais? —le preguntó Rylen pasado un rato. Ella asintió en respuesta—. Era el soldado que entró en los calabozos cuando nos íbamos, ¿verdad? Creo que no podré olvidar su rostro nunca.

El miedo le rodeó el corazón y, casi temblorosa, alzó la vista hacia él. Sabía que Arathor había hecho mal, no solo entonces, sino al ir a buscarla a Milindur por un arrebato de celos. No obstante, aquel varón era el Rey de los Elfos, y tampoco quería que le colocara una diana en la espalda a Arathor.

—Agradezco vuestra preocupación —reconoció con voz tensa—, pero no es un tema agradable del que hablar con vos, *majestad*.

El rey comprendió qué había detrás de aquellas palabras y asintió.

En aquel momento, Ashbree fue consciente de que, si seguía así, jamás conseguiría ganarse su confianza. No se veía capaz de derribar sus propias barreras. Y si no tumbaba esas murallas, si no dejaba a un lado el resquemor que llevaba años arrastrando, no conseguiría fingir lo suficientemente bien como para cumplir con su deber.

Apretando los labios, se recordó que lo único que importaba era salvar al Imperio de Yithia. Y si para ello tenía que olvidar quién era, lo haría.

22

No pudieron abandonar la cueva hasta entrada la tarde, cuando la nieve empezó a dar algo de tregua y el soberano decidió que debían arriesgarse a salir y no demorar más su llegada a la capital.

Habían pasado las horas en una tensa quietud en la que él había recorrido el camino hacia la salida varias veces a lo largo del día, sin pronunciar palabra, y ella se había mantenido sentada junto a la tienda, con las rodillas apretadas contra el pecho, repasando lo sucedido.

Tenía el vago recuerdo de estar entre los brazos del rey, de sombras aterciopeladas que le acariciaban la piel. Pero nada de eso podía ser real. Una cosa era fingir y esforzarse por olvidar momentáneamente su pasado juntos; otra muy distinta era echarlo todo por tierra y sentirse a salvo con él. Su captor. Y sin embargo, ese regusto cálido no la abandonaba cada vez que lo miraba de reojo, sin atreverse a decirle nada.

Cuando llegó el momento de partir, Ashbree se acercó al caballo para observar al rey guardar el saco y los morrales. Con los labios apretados, estudió sus movimientos por si, de repente, cambiaba de opinión y, con esa velocidad imposible, intentaba matarla y acabar con todo de una vez. Pero se dio cuenta de que se obligaba a sí misma a considerarlo como una posibilidad, que no era una idea subyacente y latente.

—Decidme una cosa. —Su voz, después de tantas horas de quietud, la sobresaltó. Habló en tono monocorde, sin mirarla siquiera, y consideró el silencio de Ashbree como una invitación a seguir hablando—. Si os pidiera que regresarais a vuestro hogar para devolverme el corazón, ¿lo haríais?

Ashbree parpadeó varias veces, sopesando la cuestión.

—Por supuesto, *majestad* —respondió con una sonrisa falsa en los labios.

Él chasqueó la lengua y terminó de asegurar la tienda de campaña. Después, se giró hacia ella con un brazo apoyado en el animal y una ceja arqueada.

—¿Sabéis que está muy mal mentir?

—¿Y vos?

Se sostuvieron la mirada durante un largo rato, sin pronunciar palabra y sin romper el contacto ni parpadeando. El rey inspiró hondo y le hizo un gesto con la cabeza para que montara. Ella obedeció, con más gracilidad que la vez anterior, y segundos después lo notó tras de sí, envolviéndola con sus brazos y su capa. Ashbree se dejó hacer, porque no quería volver a sentir el frío de la noche anterior, ignoradas sus propias reticencias.

El soberano guio al caballo por la espesura del bosque, hacia el camino principal. Y antes de que hubieran llegado, se inclinó sobre ella hasta que su aliento cálido le rozó el arco picudo de las orejas y le susurró:

—Deberíais empezar a recordar que yo no miento, dragona.

Aquel «dragona», lejos de enfurecerla, como era habitual, la alivió. El Rey de los Elfos había recuperado su máscara. Quizá no estuviera todo perdido.

En cuanto llegaron a la falda de la montaña, el monarca se tensó en la montura. Estaban a punto de cruzar la cordillera que comúnmente se conocía como montañas Calamidad por lo complicado del paso. Para atravesarlas, según decían, había que recorrer un largo desfiladero, estrecho, y soportando las inclemencias de un tiempo tormentoso que, por desgracia, ya había vivido en sus propias carnes. Pero no había nada claro al respecto, porque solo los elfos oscuros sabían cómo abordarlo y salir con vida.

Ashbree dedicó la tediosa tarde de silencio a recoger algunos copos con la mano enguantada y a observar el sinfín de patrones que percibía con su vista desarrollada. Le maravillaba que no hubiera ningún copo igual a otro, que todos fuesen formas perfectas y únicas en sí mismas.

—Siento deciros que voy a tener que cortaros la diversión.

Contrariada, se giró un poco hacia atrás, para mirarlo a la cara por primera vez desde que habían partido aquella tarde. Había rigidez en sus labios, aunque tenía las cejas relajadas mientras mantenía la vista al frente, claramente obviando su escrutinio. O así había sido hasta que, despacio, deslizó los ojos hacia los de Ashbree. Ella tragó saliva al enfrentarse a la belleza de aquellos iris grises, que por una vez no le resultaron tormentosos, sino que encerraban la luz de una luna que aquella noche tampoco parecía que fuera a aparecer.

—¿Y eso por qué?

Él respiró hondo y ella se movió en respuesta, recostada contra él como estaba. Ashbree se tensó y percibió diversión en el rey.

—Porque vamos a cruzar el paso de las Montañas Brinthor. —Que el monarca se refiriera a aquella cordillera por su nombre real le hizo pensar si lo de «Calamidad» sería un sobrenombre que solo usaban entre los elfos—. Y ningún elfo de luz puede conocer su ubicación o el modo de cruzarlo.

—¿Y qué vais a hacer, *majestad*? ¿Darme un golpe en la cabeza para dejarme inconsciente?

Un asomo de sonrisa se hizo con los labios del soberano, pero apenas duró un instante.

—No, dragona. Con vendaros los ojos bastará.

Ashbree hizo un mohín con los labios y se giró de nuevo, la vista fija en el frente, para deleitarse con aquel espectáculo de la naturaleza un poco más. Alzó la cabeza y un copo se detuvo en su nariz, frío hasta que se convirtió en una gota minúscula que se deslizó sobre su piel.

El suelo estaba cubierto por una densa capa blanquecina y Ashbree se arrebujó más en su capa. Los árboles, esbeltos, quedaban cada vez más espaciados y, durante la noche, se habían teñido de blanco. Siempre había creído que no vería nada más hermoso que el Mar de Esmeralda, cuyas vistas tenía grabadas en la memoria por contemplarlas cada día durante veinticinco años. Pero aquella estampa estaba dotada de una belleza sin parangón. Poseía un encanto frío muy diferente a lo que estaba acostumbrada, y por eso, quizá, la entristecía tanto no poder seguir disfrutando de las vistas.

El caballo se detuvo a un tirón suave de riendas del Rey de los Elfos y Ashbree respiró hondo. La idea de que la privara de la vista no le agradaba, pero había perdido unas oportunidades de oro las últimas dos noches. Y ahora solo le quedaba afrontar las consecuencias de sus fracasos.

El Rey de los Elfos alzó los brazos y se quedó quieto.

—Voy a vendaros los ojos, ¿de acuerdo?

Hubo algo en ese «¿de acuerdo?» que le hizo tragar saliva. Él no se movió, a la espera de su respuesta. Ashbree apretó los dientes, frustrada por sentirse tan a merced de los demás, pero terminó asintiendo con resignación.

Una suave cinta de terciopelo le envolvió los ojos y le privó de la vista. Tuvo una extraña sensación de *déjà vu* con aquella caricia y se estremeció. Con delicadeza, el rey le anudó el trozo de tela y bajó las manos. Sintió los dedos del soberano rozándole los muslos de camino a las riendas. Y cuando azuzó a Omen para que retomara el camino, Ashbree no estaba aún preparada y volvió a curvar la espalda, inclinándose del todo hacia atrás. No disponer del sentido de la vista la alteraba. Se sentía expuesta a cualquier elemento, y el peor de todos era el varón que iba sentado tras ella.

En aquella ocasión, no se enderezó porque se notaba embotada. Le daba la sensación de que si se movía muy rápido, se caería del caballo. Se consolaba con seguir percibiendo las gotitas frías que impactaban en sus mejillas incandescentes.

Omen continuó avanzando, a un paso más lento que el que habían llevado, y con cada nueva zancada, la percepción de inestabilidad de Ashbree aumentaba.

—Siento que tengáis que viajar así, dragona —comentó en tono afable. El traqueteo incesante de su corazón se calmó un ápice al escuchar su voz, porque ahora captaba todos los matices que modulaban su timbre melódico y sensual—. Imagino que no será cómodo. Sobre todo, si no estáis acostumbrada a vivir en la oscuridad.

Él tenía razón. Era la primera vez que Ashbree se enfrentaba a la experiencia sensorial de vivir desprovista de ese sentido. Y aunque se dio cuenta de que eso la agobiaba, que el soberano hablara tenía un curioso efecto calmante.

—No me incomoda —mintió. No le daría el gusto de que supiera que le angustiaba aquella sensación.

El Rey de los Elfos rio por la nariz.

—Claro que no. Era solo una suposición.

El ambiente a su alrededor cambió y dejó de percibir la caricia de los copos cayendo sobre su rostro. Habían entrado en un espacio cerrado y que olía a humedad. A juzgar por cómo rebotaba el sonido de los cascos, debían de estar en el interior de una cueva. No obstante, el eco duró muy poco porque, de repente, cualquier ruido quedó amortiguado. No se oía el caminar de Omen, y, sin embargo, percibía cómo se movía entre sus piernas. El verse privada de la vista y del oído le provocó una nueva sensación de inestabilidad. Su respiración se aceleró y buscó el pomo de la montura para aferrarse a algo, sin importarle tocar al Rey de los Elfos.

Él le agarró la mano y, diligentemente, la condujo hasta el pomo, donde se cercioró de que se agarrara bien. Después, colocó la palma sobre el abdomen de la fémina, para conferirle mayor estabilidad, y el corazón de Ashbree dio un vuelco.

—No tardaremos mucho. En cuanto crucemos, os quitaré la venda —susurró contra su oído.

Estaba tan sumergida en la burbuja de silencio que la rodeaba que se sobresaltó al escuchar su voz. Ashbree asintió y se concentró en sus propios latidos, porque necesitaba, con desesperación, escuchar algo.

—Mierda —masculló el rey.

Aunque un «mierda» no era lo que había tenido en mente.

El Rey de los Elfos hizo cambiar la ruta de Omen rápidamente y se detuvieron.

—¿Qué ocurre? —susurró Ashbree, con la tensión clavada en el cuerpo.

—Traficantes.

La voz del monarca sonó seria, como una promesa de muerte, aunque agitada. Pero no sintió que se alejara de ella ni que se moviera. Ambos se mantuvieron muy quietos, Ashbree con la respiración contenida.

—¿Es que no vais a hacer nada?

Esperó que la mandara callar, pero hizo todo lo contrario.

—No puedo. Son diez, y yo soy solo uno.

—Sois el rey.

—Eso no me hace invencible.

Permanecieron en silencio unos segundos en los que ella no oyó nada, pero percibía la tensión que se había hecho con el cuerpo del soberano. Ashbree se llevó la mano a la cara para deshacerse de la venda, porque necesitaba ver qué estaba sucediendo; él se lo impidió.

—Por favor —le pidió.

Se quedó de piedra. Un rey nunca pedía nada «por favor». Ordenaba y se aseguraba de que sus peticiones se cumplieran. Y, aun así, Ilian se había negado a la orden de matarla.

El Rey de los Elfos acercó la boca a la oreja de Ashbree y le explicó lo que estaba viendo.

—Estamos rodeados por lo que queda de mis sombras, por eso no oyes nada. Ni ellos a nosotros.

Aun así, el rey susurraba contra su oído. Sintió sus palabras como una caricia en el arco picudo de su oreja y su sangre se fue caldeando.

—¿Y vuestras sombras? Os vais a drenar.

La pregunta le sonó sincera incluso a ella misma, como si se preocupara por él. Pero eso era imposible.

—Estoy bien, puedo aguantar un poco más. —A pesar de su firmeza, su respiración se agitaba con cada segundo que pasaba—. Son diez varones, desaliñados. Conducen una carreta cargada de bienes por el paso. Van hablando, ajenos a que estemos aquí.

—¿Cómo sabéis que son traficantes?

—A estas horas de la noche no se permite el paso para el comercio, porque es peligroso moverse por esta zona. Hay un sinfín de túneles dentro de las montañas y es muy fácil perderse. Ni siquiera hemos conseguido explorarlos por completo. Y eso me sugiere que no disponen de ningún permiso para cruzar. Además, no tienen aspecto de comerciantes. Por no hablar de que todo va cubierto por sábanas. Solo espero que sea alcohol ilegal o setas.

El timbre del rey se endureció con esa última suposición.

—¿Y si es miel de plata?

La boca de Ashbree salivó en cuanto pensó en el estupefaciente y recordó lo cerca que había estado de probar la sangre de Ilian. El soberano emitió un gruñido disconforme y se mantuvo callado. Se removió un poco, como girándose para seguir con la mirada el rumbo de los traficantes, y, después de un minuto, Omen retomó la marcha.

—Deberíais haber hecho algo —le recriminó ella cuando ya se habían alejado.

El crujido de las riendas le sugirió que el rey había apretado el agarre, contrariado por sus palabras.

—Llevo años intentando tumbar el negocio de la droga, pero no es fácil, Ashbree. Mueve mucho dinero.

—Y a vos os beneficia, claro.

Se sintió hipócrita con aquel ataque, porque su propio padre hacía la vista gorda ante las drogas.

—Ni mucho menos. Pero hay mucha gente a la que sí, y cada vez que desmantelamos un laboratorio, salen cuatro más. Necesitamos encontrar al cabecilla del tráfico, y eso es más complicado.

—La miel de plata destroza la vida de los elfos —comentó con rabia.

—Creedme que sé bien el alcance de esa droga. Y no solo destruye las vidas de los elfos *de luz*. No existen bancos de donación para sintetizar la miel de plata. Secuestran a mi gente y les extraen hasta la última gota de sangre. —Ashbree se quedó lívida. Nunca se había parado a pensar en cómo se fabricaba aquella droga que partía de la base de la sangre de los elfos oscuros—. No basta con desear erradicar algo para que desaparezca.

La heredera rio por la nariz por lo ridículo del comentario, porque ella se había pasado quince años deseando que el corazón estallara en mil pedazos y no solo no lo había conseguido, sino que ahora iba acompañada de su dueño. No, desear algo no hacía que se cumpliera.

Cuando fue a responder, la tela de terciopelo resbaló sobre su piel y abrió los ojos. El Rey de los Elfos le había retirado la venda y lo que vio la dejó sin aliento.

En la distancia, dos majestuosas construcciones de obsidiana pulida se alzaban imponentes sobre la falda de la montaña nevada, conectadas entre sí por una pasarela traslúcida expuesta a las inclemencias del tiempo y teñida de blanco níveo. El viento mecía los copos con más fuerza y el suelo de la ladera estaba cubierto de un manto esponjoso. El contraste entre el negro profundo del palacio y el blanco impoluto de la nieve era magnificente. Y la ciudad que se extendía a sus pies, con los tejados a dos aguas colmados de pinceladas de nieve y las ventanas encendidas, dotaba a la estampa de un aire pintoresco y afable. Volutas de humo escapaban por el sinfín de chimeneas a lo lejos, que sugerían que los hogares se protegían del frío del exterior. Y las montañas, imponentes, se le asemejaban a los brazos de un gigante que abrazaban toda la población para protegerla del exterior.

Había esperado que Glósvalar le generara desazón, que fuese una urbe fría y aséptica, casi dura, y resultó ser todo lo contrario. En su relieve encontró más amabilidad que en el de su propia capital. Tal y como él le había dicho en una ocasión, porque el rey no mentía.

Deslizó la vista más arriba, hacia el camino de escaleras nevadas por el que estaban subiendo y que los conduciría directamente a las puertas negras del palacio doble, en el que se fijó mejor. Cada cuerpo estaba rodeado por varios torreones espigados, terminados en punta, como si tratasen de arañar el firmamento desprovisto de estrellas.

—Cerrad la boca, dragona, u os entrarán moscas.

Un tanto abochornada, Ashbree cerró los labios, le dedicó un vistazo al rey —quien se divertía con su admirado escrutinio—, y aprovechó para fijarse mejor en el camino. Tras ellos no había nada, solo la piedra maciza que conformaba la falda de las montañas, lo que significaba que alguna clase de magia cerraba aquel camino.

Cuando Ashbree devolvió la vista al frente, lo hizo con una sonrisa en el rostro.

23

Un sirviente acudió a la entrada del palacio a recibirlos ya caída la noche. Sin pronunciar palabra, el rey bajó de la montura y le ofreció la mano para ayudarla a desmontar. Ashbree no iba a aceptar el gesto, no ante la atenta mirada del otro elfo oscuro. Ya no estaban en la intimidad del camino; era una rehén en territorio enemigo y debía demostrar fuerza. Por eso, hizo acopio de toda la voluntad que le quedaba y reprimió un gruñido cuando sintió los músculos de los muslos rígidos. Alzó la pierna por encima del caballo y bajó al otro lado. Su cuerpo se quejó por el movimiento, pero mantuvo la cabeza bien alta.

Cuando se giró hacia el monarca, esperó verlo con una sonrisa de suficiencia en los labios, pero se encontró con la máscara seria del rey. Él echó a andar por las imponentes escaleras de obsidiana, cubiertas de nieve, hacia la entrada. El mayordomo, guiando a Omen por las riendas, se lo llevó hacia la parte trasera. Las compuertas dobles, tan altas que desafiaban las leyes de la gravedad y con intrincados grabados, se abrieron por sí solas en cuanto el Rey de los Elfos se acercó a ellas.

Se adentraron en las profundidades del palacio en silencio, sus pisadas rebotando contra las paredes. El interior estaba decorado con la pulcritud característica del soberano: la estancia era alta y sobria, desprovista de interrupciones más allá de dos filas de columnas pulidas a cada lado de la sala, que resultó ser el salón del trono. En la pared del fondo, el asiento regio trabajado en el mismo material negro descansaba a ras del suelo. A diferencia del trono imperial, no había escalinata alguna que colocase a su morador por encima de quienes acudieran en audiencia. Tan solo parecía un simple asiento en el que descansar durante las largas horas de atender peticiones del pueblo.

Y justo delante de él los esperaba Ilian, con los brazos cruzados ante el pecho y gesto reprobatorio. Llevaba el pelo anudado en la coronilla, con los laterales cortos bien visibles. Su expresión era seria cuando ambos se detuvieron frente a él, pero se relajó en cuanto sus ojos se cruzaron con los de Ashbree. En respuesta, su luz vibró de nuevo. Para su desgracia, empezaba a percibir que su don reaccionaba diferente en presencia de cada uno. Con Ilian era una vibración emocionada y jovial; con el rey era una vibración puramente necesitada y voraz. ¿Estaría relacionado con el poder que ostentaba cada uno?

—Os habéis retrasado. —Miró a uno y a otro y arqueó la ceja del pendiente al ver la seriedad que los envolvía.

—Nos pilló la tormenta —respondió el soberano escuetamente.

—¿Algún incidente?

—Contrabandistas, traficantes... —El Rey de los Elfos suspiró—. Lo de siempre.

—¿Algún indicio de con qué traficaban? —El monarca miró a Ashbree de soslayo y no necesitó decir más para que el Efímero lo comprendiera—. ¿Quieres que, en cuanto pueda, vaya a buscar a Haizel para que se ponga a ello?

El rey inspiró hondo antes de asentir con la cabeza una única vez.

—Trae también a tu hermana. La quiero aquí.

—Hecho.

—¿Has averiguado lo que te pedí?

—Sí.

Ilian miró a Ashbree de refilón, pero se abstuvo de decir nada en su presencia.

—Bien.

—El consejo te espera reunido. Se enteraron de que yo había regresado y no les hizo ninguna gracia que apareciera solo. Llevan esperándote varias horas.

—¿Cómo lo han sabido siquiera?

—No tengo ni idea, pero supongo que correría la voz de que te marchaste del frente.

El soberano resopló y se frotó la cara.

—¿No has podido deshacerte de ellos?

—Ya sabes cómo son. Ninguno de tus consejeros acepta un «no» por respuesta a no ser que venga de ti.

—Está bien. Te espero luego en mi despacho.

El monarca miró a Ashbree una última vez antes de alejarse hacia la derecha y cruzar una puerta, sin intercambiar palabras. Ilian echó a andar en dirección contraria, y ella entendió que debía seguirlo.

—¿Vuelvo a ser responsabilidad tuya? —inquirió con un deje de burla.

El Efímero se encogió de hombros y la miró.

—Eso parece.

Le tentaba decirle que se alegraba de verlo, porque era cierto. La preocupación que había sentido por él los últimos días en Milindur se había transformado en una extraña complicidad culminada por la lujuria desatada. Y le agradaba ver un rostro amigable después de lo que había vivido con el soberano. No obstante, el Efímero era tan enemigo como el rey, y no podía olvidarlo.

Avanzaron por pasillos sobrios y altos trabajados en la obsidiana, negros como sus sombras, con detalles de plata aquí y allá. Era aséptico de un modo tan majestuoso que no creía que fuera posible.

—¿Has averiguado algo de interés?

—¿Sobre la tiradora que casi me mató? —Ilian la miró de

reojo y Ashbree hizo una mueca. Era evidente que, tarde o temprano, descubriría quién era, solo esperaba que no le hubiera molestado demasiado—. Me tentó la idea de matarla, ¿sabes?

En aquella ocasión, fue Ashbree la que lo observó, con los ojos como platos y el corazón en un puño.

—Tranquila, no lo hice. Suficiente tenía ya la pobre.

—¿A qué te refieres?

Ashbree se detuvo e Ilian hizo lo mismo un par de pasos más allá. Se observaron durante unos segundos y luego él cogió aire.

—La han acusado de traición y se la llevan a Kridia para juzgarla.

—¡¿Qué?! ¡Eso es ridículo! —Ashbree alzó la voz y sus palabras rebotaron contra las paredes—. Ella no estuvo involucrada con vosotros.

—Yo lo sé. Y tú lo sabes. Tus superiores no.

—¿Y no se lo ha dicho?

Ilian enarcó la ceja del pendiente, escéptico.

—¿Tú qué crees?

Ashbree sentía el pulso desbocado. No era posible. Cyndra no podía enfrentarse a una acusación de semejante calibre, y menos que fuera a juicio del emperador. Ella era inocente.

—Necesito que me lleves con ella.

—No puedo, Ash. Ni aunque quisiera.

—¡¿Por qué?! ¡¿No se supone que no soy una rehén?!

Ilian apretó los dientes y continuó caminando. Ashbree se vio obligada a seguirlo a paso raudo, escaleras arriba.

—Tenemos nuestros motivos para no dejarte marchar.

—Claro, porque soy un simple peón en este juego.

El Efímero se detuvo y la heredera chocó de bruces contra él.

—No eres un simple peón, en todo caso eres la maldita reina, Ash. —El estómago se le retorció al recordar un fragmento de su conversación con el monarca—. Y nada de lo que suceda debería hacerte olvidar tu posición. —Se quedó sin palabras por la intensidad con la que lo había pronunciado—. Pero por mucho que quiera, no hay nada que pueda hacer por ti. Estoy casi vacío, ¿entiendes lo que eso significa?

—S-sí.

Aunque él no fuera a morir por drenarse, porque a ella le había pasado también, podía comprender esa sensación de vacuidad difícil de llenar, lo inseguro que podría sentirse sin tener esa parte de sí mismo viva. Así que apretó los dientes y los puños y se limitó a seguirlo, pensando en qué podía hacer.

Se detuvieron frente a unas puertas austeras, Ashbree con la respiración acelerada por la cantidad de escalones que habían subido.

—Lo siento mucho por tu amiga, de verdad. Y aunque no comprendas por qué, esto es lo mejor.

—Lo mejor para vosotros.

Ilian acusó el golpe cerrando los ojos y respirando hondo. Si le dolía la mordacidad con la que Ashbree le hablaba, que se aguantara.

—Cree lo que quieras, Ash. Mientras tanto —abrió la puerta—, estas serán tus dependencias.

El Efímero señaló los aposentos, más lujosos incluso que los de su palacio. Sus «dependencias», como él las había llamado, estaban compuestas por una salita con una pequeña biblioteca, dos butacones y una amplia chimenea; un recibidor con moqueta espesa y un amplio jarrón con flores que no supo identificar, y una sala de juegos. Más adentro se distinguía un dormitorio con unos amplios ventanales donde se intuía la profundidad de la noche.

Ilian alzó la mano y, con un dedo, accionó un mecanismo que dotó al recibidor de luz. Ashbree jadeó por la impresión y miró a su alrededor, consternada. Unos segundos antes, todo había estado en penumbra, el único punto de luz había sido la chimenea del dormitorio, encendida aguardando su llegada. Y ahora era como si en el interior se hubiese hecho el día, como si las lámparas estuviesen equipadas de cristales de luz, pero... Se acercó a una de ellas y la observó con curiosidad, sin que la claridad y la cercanía le molestaran a sus ojos adaptados. Aquello no era un cristal, sino una esfera bulbosa con unos filamentos en el interior.

—¿Qué es...?

—Electricidad.

Recordó las palabras del rey en el lago, cuando le dijo que no necesitaban cristales de luz para iluminarse. Aquello estaba demasiado cerca de la magia o de la alquimia, y le fascinó tanto que casi se olvidó de que estaba en casa de su enemigo.

—Nuestros ingenieros son los mejores —comentó él con cierto orgullo.

Ashbree avanzó dentro las dependencias, maravillada por la opulencia y pulcritud que lo caracterizaba todo, por la luz que inundaba las estancias, y se detuvo en el centro del recibidor. La ventana que había al otro lado de la puerta frente a sí daba directamente a la ciudad, plagada de lucecitas que hacían frente a la densa noche que ella habría caracterizado de invernal, pero que por la época del año en la que estaban era otoñal. ¿Ellos también tendrían electricidad en sus casas?

—¿Y todo esto es para mí? —preguntó con cierta admiración que le desagradaba.

Se adentró en el dormitorio, equipado con una cama de cuatro postes en la que podrían dormir tres personas sin rozarse y un armario alto y oscuro junto a un espejo. A la derecha, otra puerta se abría a un majestuoso baño que nada tenía que envidiarle al *spa* de su propio palacio.

—Todo. Y si necesitas cualquier cosa, solo tienes que pedirla.

Despacio, abrazándose a sí misma, se dio la vuelta para encarar al Efímero.

—Necesito volver a casa.

La voz se le quebró al final, y se maldijo por ello. Ilian suspiró, algo abatido, y cogió aire de nuevo para adoptar esa fachada de general.

—Espero que algún día las cosas sean diferentes, Ash. Descansa, vendré a buscarte para la cena.

Ashbree se abrazó con más fuerza y se quedó mirando la puerta durante varios minutos. Después, giró la cabeza hacia los amplios ventanales que daban a un balcón semicircular.

Por mucho que Ilian fuera a buscarla para la cena, ella ya no estaría allí para entonces.

24

Había desaprovechado dos oportunidades de huir. Dos oportunidades demasiado preciadas. Y frente a sí se le presentaba una tercera. Y después de haber descubierto que se llevaban a Cyndra a Kridia, no iba a desperdiciarla. Solo esperaba no llegar a la capital demasiado tarde.

«A la mierda con lo de ganarme su confianza».

Con un estremecimiento, miró a su alrededor. Lo de salir por la puerta quedaba descartado. Aunque hubiera comprobado que estaba abierta, y que no había vigilancia al otro lado, sería muy fácil perderse entre los numerosos pasillos, por no hablar de que cualquiera podría verla e informar de su paseo por el palacio. Así que su única opción para salir de allí era el balcón.

Abrió las puertas y se asomó por encima de la baranda. La caída era de unos siete pisos de altura. El suelo quedaba extremadamente lejos para saltar y sobrevivir. Miró a ambos lados, por si hubiera vegetación que trepara por las paredes, como pasaba en su palacio, pero no tuvo esa suerte, y tampoco le extrañaba teniendo en cuenta el frío que hacía en otoño.

Agitada, regresó a sus aposentos y se enfrentó al dormitorio. Allí debería haber algo que le sirviera para escapar. Se abalanzó sobre el armario y lo abrió de par en par. Estaba colmado de ropas ricas y de buena manufactura, sobre todo de pantalones de distintos tipos de telas, camisas refinadas y túnicas exquisitas. Revolvió entre los ropajes, apartando las perchas a un lado y a otro. Y encontró lo que buscaba al fondo: varios juegos de sábanas y mantas.

Con premura, los lanzó todos al suelo y luego desnudó la cama. Después, empezó a anudar las esquinas entre sí para conformar una cuerda improvisada que, esperaba, aguantara su peso, aunque no las tenía todas consigo. Enfrentarse a una altura como aquella no la atemorizaba, le encantaba colgarse del techo de su dormitorio en sus telas aéreas y conformar diferentes formas y figuras, sintiéndose liviana. Por no hablar de que se había escapado de su propio hogar en más de una ocasión utilizando un recurso similar.

Dedicó demasiados minutos a asegurarse de que los nudos no fueran a ceder y, cuando se hubo cerciorado de ello, enrolló la improvisada cuerda alrededor de uno de los postes de la baranda de obsidiana y afianzó el agarre tirando de él. Luego, lanzó las telas al vacío y las observó caer. Llegaban hasta el segundo piso, más o menos. Esperaba sobrevivir a esa altura si se soltaba. Estaba sudando a mares y no había hecho sino empezar. Con premura, regresó al cobijo de la estancia y rebuscó entre las distintas pertenencias hasta que dio con una bandolera —no podía disponer del macuto, que se había quedado con Omen—, en la que metió varias prendas más abrigadas y alguna muda. Fue al salir al balcón cuando pasó por delante del espejo.

Se había olvidado de la luna marcada en su mejilla, un regalo por haber ayudado a los elfos oscuros en el campamento de camino a Milindur. Conmocionada, se pasó las yemas por la piel cicatricial. En aquel momento, había decidido no curarla como recordatorio de que los elfos podían ser tan malvados como los elfos oscuros. Y aunque no se arrepentía de ello, sobre todo porque sabía que podría deshacerse de la cicatriz en cualquier instante, su percepción había vuelto a cambiar.

Se sentía demasiado confundida como para pensar en ello, así que lo relegó a un segundo plano y se fijó en su apariencia.

Iba hecha un adefesio, con la ropa prestada aprisionando sus curvas, y la trenza deshecha casi por completo. Respiró hondo un instante y regresó frente al armario. Seleccionó unos pantalones medianamente elásticos, y que por dentro iban forrados de vellón, una túnica gruesa y una camisa ligera que usar como prenda interior. Se cambió y dejó los ropajes que le había dado Elwen tirados a un lado. Después, se echó la capa a los hombros antes de enfrentarse al frío de la noche que la esperaba en el exterior.

Su padre nunca había comprendido el gusto que le veía a aquella afición de colgarse del techo, nada propio de una dama de la corte, pero tampoco había presentado reparos. Por una vez, Ashbree agradecía que el emperador se hubiera desentendido de ella. No obstante, se dio cuenta de que el balcón de su palacio estaba más bajo que aquel, en un quinto piso. Y dos alturas de diferencia podían no parecer muchas, pero sí que lo eran. Desde un séptimo, si uno solo de sus músculos fallaba, quedaría hecha puré contra el pavimento.

Alzó la vista al firmamento, con la esperanza de que esos dioses a los que se había negado a escuchar durante toda su vida le hicieran caso, pero el cielo estaba demasiado nublado para ofrecerle un vaticinio.

Respiró hondo una vez más para armarse de fuerzas y cruzó la baranda. En cuanto estuvo asomada al otro lado, el viento le agitó los cabellos. Se agarró con fuerza a la obsidiana, con temor a caerse cuando ni siquiera había empezado. Lo que iba a hacer era un completo suicidio, lo sabía, sobre todo con el cansancio que llevaba a cuestas. Pero no se le presentaría una oportunidad como aquella otra vez. Ya había tentado demasiado a la suerte. Ahora la vida de Cyndra estaba en juego; si conseguía llegar a Kridia y explicar lo que había sucedido, quizá retiraran los cargos y las repercusiones recaerían únicamente sobre ella.

Haría lo que fuera por su amiga, se lo debía, por todas esas veces en las que su hermana de batallas le había cubierto las espaldas.

Sin pensárselo dos veces, se agachó y enroscó los brazos alrededor de las telas. Después, se inclinó hacia atrás y enrolló una pierna en la improvisada cuerda. Tenía medio cuerpo expuesto al vacío. En cuanto moviese el otro pie, dependería por completo de sus facultades escalando. Se centró en su respiración y, sin mirar atrás, se dejó caer del balcón y afianzó el otro pie más abajo.

Solo se había encaramado a las sábanas y el sudor ya le corría por las sienes. Iba a matarse, lo tenía clarísimo, y su instinto de supervivencia le gritaba que dejara de hacer estupideces y volviera a los aposentos. Pero su afán por regresar junto a su amiga era mucho mayor.

Sopesó la idea de ir despacio, para asegurarse de no abrirse la crisma contra el suelo, pero Ilian había dicho que iría a buscarla para la cena, y sospechaba que eso sería en cuestión de media hora, una hora a lo sumo. Así que no le quedó más remedio que ir a mayor velocidad.

Siguió descendiendo, enroscando y desenroscando manos y pies en cada nuevo trecho, para que los músculos de los brazos y de las piernas no sufrieran tanto. Apenas le quedaba un tercio por recorrer antes de enfrentarse a la caída del segundo piso. Ya tenía el final cerca. Y un descenso brusco le subió el estómago a la boca. Temerosa, alzó la vista. Aquello no había sido un tirón, no había nadie recogiendo las sábanas para ponerla a salvo, sino todo lo contrario. Su altura había descendido sin moverse del sitio. Porque la tela no estaba soportando su peso tan bien como había deseado y se estaba rasgando.

—No, no... —masculló al aire.

No le iba a dar tiempo a trepar para quedar por encima del rasgón. Su única opción era descender el cuádruple de rápido y llegar al final para saltar. Se atrevió a mirar al suelo de nuevo y prosiguió su camino, dejando que la tela se escurriera entre sus manos enguantadas, porque su vida dependía de ello.

No obstante, en cuestión de dos segundos la sábana terminó de romperse y Ashbree se precipitó al vacío. El grito de horror se le atascó en la garganta por la conmoción. Sintió las vísceras subiendo dentro de su abdomen, el viento revolviéndole el pelo, que le azotaba el rostro con violencia. Pataleó y lanzó los brazos por delante de sí, en busca de cualquier saliente al que agarrarse, pero solo encontró vacío.

Ashbree cerró los ojos. Aquel era su fin.

Y entonces su luz respondió por sí sola y la envolvió en una burbuja, suave como la seda, que la engulló por completo. Fue como dejarse caer a un pozo profundo, y cuando salió de él, lo hizo sobre el suelo. La pilló tan desprevenida que al aparecer al otro lado de su propio portal, cayó de bruces contra la piedra, las manos por delante y arrastrando nieve a su paso. Aunque había frenado la caída por puro instinto, su barbilla impactó contra el pavimento y la cabeza entera se le sacudió con el golpe.

Ashbree se deslizó por el suelo un par de metros gracias a la inercia y se quedó ahí tirada, incapaz de mover ni un solo músculo. Estaba llorando, se dio cuenta. Sentía las mejillas empapadas, enfriándose bajo aquella gélida noche otoñal. Con cuidado, rotó el cuello. Había caído desde algo más arriba de un segundo piso, tendría que haberse matado, y moverse podría significar agravar sus lesiones.

Echó un vistazo a su propio cuerpo, esperando encontrarse la pierna desencajada, un codo salido o sangre por doquier. Pero no vio nada. Estaba intacta. Se sentó sobre el suelo y se llevó la mano a la barbilla, que le palpitaba con un dolor atroz. *Casi* intacta. Se había abierto la barbilla y nada más. ¿Cómo era posible habiendo caído desde tan alto?

Comprobó su posición y luego se fijó en el punto donde habían acabado las telas al rasgarse. Estaba demasiado lejos de ellas. Y entonces se dio cuenta de lo que había pasado realmente: su luz la había trasladado. Su luz la había envuelto y la había puesto a salvo un poco más allá, en el sitio justo que había contemplado al mirar abajo una última vez.

Ashbree se había teletransportado.

La euforia la invadió y alzó la vista al balcón, del que aún pendían varias sábanas entrelazadas, agitándose al viento. Se arrastró sobre sí misma al ponerse en pie con la adrenalina bulléndole en las venas y echó a correr. Pensó en ir a la parte trasera, a unas caballerizas que no sabía dónde estaban, pero eso podría suponer encontrarse con el sirviente que se había llevado a Omen. Optó por enfrentarse a la ciudad.

Se dejó caer por una pendiente resbaladiza, ignorando las escaleras que los habían conducido allí hacía un rato. Por mucho que ese fuera el camino de acceso a la falda de la montaña, donde se encontraba la entrada mágica, estaba demasiado expuesto y a la vista de todos. Si corría por ahí y alguien se asomaba a cualquier ventana, podría verla. Así que se dirigió hacia las sombras, que le servirían de cobijo.

Su mejor opción era refugiarse entre los edificios de la ciudad y dar un rodeo. Siguió corriendo pendiente abajo y, cuando llegó al primer edificio, se estampó de cara contra él por la inercia de la carrera. Ashbree reprimió el quejido que le nació en lo más profundo de su ser y se tomó unos segundos para recobrar el aliento y valorar si se había roto algo. Respiró hondo para comprobar las costillas, porque no se atrevía a palparlas, y sintió un pinchazo, pero era solo flato.

Se asomó por el borde del edificio de tres plantas, en cuyos bajos parecía haber alguna clase de local cerrado por las horas. Daba a una calle amplia, bien iluminada, pero casi desierta. Confiaba en el amparo de la capucha de su capa y de la noche para que no se distinguieran sus rasgos pálidos, pero, aun así, era arriesgado ir por las vías principales, donde demasiadas ventanas podrían ocultar miradas indiscretas.

Giró sobre los talones, dio media vuelta para adentrarse en los callejones de la periferia de Glósvalar y siguió caminando por las sombras, con el corazón apretado en un puño. Tenía que esforzarse en controlar su respiración desbocada para que no la oyeran mientras se enfrentaba a las subidas y bajadas de la ciudad montañosa, casi carente de vida.

Se parapetaba contra algunas paredes para observar en las

esquinas y comprobar que no la siguiera nadie y continuó hasta que llegó a un callejón sin salida. Ashbree se maldijo y se quedó plantada mirando al fondo. Hasta que alguien le tapó la nariz y la boca con un trapo empapado en algún líquido que, aunque forcejeó, terminó haciéndole perder la consciencia.

25

Las voces sonaban embotadas en su mente. Sentía los músculos lánguidos, como si no le pertenecieran. Apenas era consciente de su propio cuerpo. Se esforzó en abrir los párpados, en despegar los labios para gritar, y no lo consiguió. Quiso bufar por la frustración, pero ni la garganta ni las cuerdas vocales respondieron. Era toda una suerte que pudiera respirar por su propia voluntad.

Varias voces seguían discutiendo, aunque no distinguía las palabras. Le pesaba la mente. Luchó contra el sueño y consiguió abrir los ojos un resquicio. Estaba en una gruta amplia, en completa penumbra y sobre algo mojado, tirada de cualquier forma. Deslizó los ojos un poco más allá, apenas un metro, y vio dos pares de botas, de pie. Dos elfos oscuros, supuso. Creía que hablaban de ella, pero volvió a cerrar los ojos y no supo que pasó a continuación.

—¿De verdad sois tan inútiles que no sabéis distinguir a un elfo de luz de un elfo oscuro? —inquirió un varón con desdén.

Ashbree trató de separar los párpados de nuevo. Parecía que los tuviera pegados, y por más que lo intentaba, no era capaz. Oía movimiento a su alrededor, ecos de pisadas. ¿Alguien se había agachado frente a ella?

La cogieron por el mentón y le alzaron la cara, la luz cambió sobre sus ojos, pero seguía sin poder ver nada. Todo pesaba demasiado. Quien la sostenía suspiró y su aliento le impactó contra las mejillas.

—No sabíamos qué hacer con ella —explicó otro varón, de voz aguda y desagradable, como enjuta.

Le movieron la cabeza a un lado y a otro y notó sus cabellos resbalando por encima de sus orejas. Se detuvieron para examinarle la luna de la mejilla, no le cupo duda. Luchó contra la inconsciencia, que volvía a reclamarla, y se mantuvo al borde del precipicio. Sus párpados temblaron cuando quiso abrirlos, y consiguió separarlos un resquicio. Lo suficiente como para ver al varón acuclillado frente a ella.

Era apuesto, de largos cabellos cobrizos resbalando sobre sus hombros, piel bronceada y penetrantes ojos marrones. Sus labios, afilados, se torcieron en una sonrisa de medio lado cuando se percató de que estaba despierta.

—Qué ojos tan bonitos tienes, encanto.

El pulgar del varón le rozó la boca. Su impulso fue zafarse de él, apartar la cabeza y escupirle, pero no pudo hacer nada. Su cuerpo se quedó ahí, contemplando cómo se lamía los labios, con los ojos fijos en las facciones de Ashbree. Aquel elfo oscuro presentaba una elegancia especial. Iba vestido con ropajes pulcros e impolutos, y la fragancia que despedía era limpia y especiada.

Él la soltó de cualquier modo y su cabeza rebotó contra la dura piedra del suelo. Ashbree escuchó un pitido muy agudo y gruñó, un sonido propio de un animal apaleado. Intentó girar la cabeza y consiguió moverla unos centímetros. El varón se había puesto de pie y se llevó la mano al cinto, de donde pendía un puñal.

—¿Alguna vez habéis visto a un elfo de luz colocado?

Otros dos varones, de pie a su lado y de aspecto desaliñado, rieron en respuesta, emocionados y expectantes.

El elegante la miró de soslayo, con una sonrisa perniciosa en los labios, y Ashbree se habría estremecido de haber tenido algún control sobre su cuerpo. A pesar de que sentía el somnífero diluyéndose en su sangre, iba demasiado lento. Buscó la luz en su interior y no encontró nada. Estaba completamente sola. Y eso la aterró, porque era una sensación muy diferente a sentirse vacía. Sabía que su don estaba ahí, pero sufría lo mismo que ella.

Despacio, el que parecía el líder se pasó el puñal por la muñeca y un hilo de sangre plateada se deslizó sobre su piel hasta el suelo. No emitió sonido alguno al sentir el filo atravesándole la carne; de hecho, se estaba deleitando con el momento. Algo se estrujó dentro de Ashbree al mismo tiempo que se relajaba. El olor dulce de su sangre le penetró en las fosas nasales y le hizo salivar. Quiso luchar contra el tirón que sentía hacia ese aroma, y al mismo tiempo arrastrarse hacia él.

Consiguió mover la cabeza un poco más allá, con los ojos anegados de unas lágrimas que se precipitaban sobre sus mejillas. Distinguió una abertura en la pared de piedra, como un túnel, y luchó contra los somníferos para alzar la mano en esa dirección. Debió de conseguirlo, porque los tres varones se rieron.

—No irás a ninguna parte, encanto.

El elfo oscuro se colocó frente a ella y la agarró de los hombros. Sintió sus dedos hundidos en la carne mientras la recolocaba sobre su regazo como si no pesara nada. Su mente embotada recopiló la información, porque aquella soltura era propia de una fuerza inmortal. El varón acercó la muñeca a su boca y Ashbree se negó lo máximo que pudo, pero en cuanto sus ojos ubicaron el incesante goteo plateado, no pudo revolverse más. Despacio, él colocó la herida sobre sus labios sellados con fuerza. Pensó en Ilian, en cómo él había evitado que la probara la primera vez, en cómo la había *salvado*, y las lágrimas cayeron con más fuerza. No había despegado los labios y ya sabía que estaba condenada, que nadie acudiría a socorrerla en aquella ocasión.

Ashbree apretó los párpados, incapaz de ver lo que le estaban haciendo, y su cuerpo respondió por sí solo al estupefaciente que la reclamaba.

Sus labios se entreabrieron en busca de aquel manjar que tan bien olía, que tan bien prometían que sabía. Era tentación líquida, y ella no pudo resistirla. Su lengua se empapó del sabor dulce y denso de aquel líquido de plata y el calor le colmó las venas. El fuego se fue extendiendo en oleadas por todo su cuerpo, enroscándose sobre sí mismo hasta conformar un nudo agradable.

Ashbree se retorció, incapaz de soportar lo bien que se sentía probando aquella sangre prohibida. Era como si el frío no existiese para ella, como si lo único que importara fuera el cosquilleo placentero que le recorría la piel como en una caricia lenta que le iba erizando el vello. Y succionó con más fuerza.

El pecho del varón reverberó cuando se rio de su necesidad, cuando Ashbree consiguió alzar la mano y apretar la muñeca de aquel elfo oscuro contra su boca, usando los dientes. Él siseó, un sonido profundo que despertó más placer en su cuerpo, porque, a juzgar por los sonidos ahogados que escapaban de su garganta, él también estaba disfrutando de aquello.

No había probado nada tan exquisito en su vida; nada la había saciado tanto como aquel dulce. Jamás había comido de verdad. Jamás había bebido de verdad. Todo había sido una ilusión en comparación con probar la sangre. Y se planteó si los elfos oscuros no serían dioses en sí mismos, porque era imposible que semejante exquisitez habitara en un cuerpo mortal.

Y entonces cambió.

El placer que la recorría se concentró en su bajo vientre y empezó a calentarla. Sentía las mejillas encendidas, las orejas le quemaban y apretó los ojos con más fuerza cuando la oleada de placer la embargó. Sus músculos se tensaron y el varón rio de nuevo al oír su gemido y verla contonearse, buscando deleite entre sus piernas. Estaba a punto del orgasmo de lo bien que sabía aquello que la embriagaba. Su cuerpo solo pudo rendirse al estallido lujurioso que le recorrió la piel cuando se deshizo de placer.

Los tres varones se rieron de ella y una nueva tanda de lágrimas escapó de sus párpados cerrados. Pero si se reían era que se lo pasaban bien, y si los contentaba, le darían más de aquel cóctel de sensaciones. Su mente drogada le decía que aquello estaba bien. Se sentía llena, pletórica. Hasta entonces había estado dormida y ahora empezaba a despertar.

Se atrevió a abrir los párpados del todo cuando el varón la dejó de nuevo en el suelo, llevándose consigo aquel maná de plata. Las paredes tenían mayor definición ahora, lo veía todo mucho más nítido. Estaba en una cueva, con paredes oscuras adornadas con grilletes y cadenas. «¡Las montañas tienen venas!», recordó que le dijo una enana una vez, solo que no sabía cuándo. En el suelo había manchas de un color plateado y seco que le apenó reconocer. Gotas y gotas de aquel manjar de los dioses desperdiciadas. Estuvo a punto de llorar de nuevo.

El líquido sobre el que había estado tirada parecía agua sucia, como estancada. Y su olfato, mucho más sensible de repente, se lo confirmó. Su visión se había afilado e incluso desde la distancia distinguía las hebras que componían las prendas andrajosas de los dos varones que se relamían observándola.

—Es toda vuestra —dijo el varón elegante. Le dedicó un último vistazo mientras se vendaba la muñeca con un pañuelo bordado—. Cuando os canséis de ella, quemadla con los demás. Que nadie os vea.

Aquellas palabras deberían haberla horrorizado, pero Ashbree tan solo tenía pensamientos para el estallido de placer que la había recorrido. No le importaba qué le pudieran hacer mientras le dieran más sangre. Era lo único que necesitaba para vivir.

Alzó las manos y se las pasó por el cuerpo de forma sugerente. Deseaba sentir el placer recorriéndola de nuevo, necesitaba notar el hormigueo previo a deshacerse por completo. Y no solo porque la lujuria fuera un sentimiento mucho más llevadero que cualquier otro, sino porque desde que había probado la sangre plateada, todos sus males habían desaparecido. No existían guerras, padres maltratadores, amigos que traicionaban su confianza, amigas que rescatar.

Tan solo existía la sangre plateada. Y aquello... Aquello era lo mejor que había sentido nunca. Se arrastraría, se arrodillaría y suplicaría. Haría todo lo que fuera y más con tal de que le dieran a probar una sola gota que acallara las voces de su cabeza.

Los dos varones andrajosos esperaron hasta que el tercero se hubo perdido en las sombras de aquel túnel antes de acercarse a ella. Entonces, la agarraron de los brazos para arrastrarla hasta la pared. Ashbree gimió cuando le rozaron la piel; se notaba sensible después del placer experimentado. Ellos rieron en respuesta e intercambiaron una mirada.

El duro impacto de su espalda contra la pared debería de haberle dolido, pero le gustó tanto que se mordió el labio inferior. La miel de plata era poderosa, pero la sangre pura, sin diluir ni adulterar, resultaba mil veces mejor. Era capaz de transformar cualquier dolor físico o mental en puro placer. Quería más de aquello. Quería no volver a experimentar sufrimiento alguno. Jamás volvería a rendirse al dolor. Y se sintió poderosa con ese pensamiento.

Le levantaron una mano por encima de la cabeza y el mordisco del grillete alrededor de su muñeca le hizo ronronear. Se sentía lánguida, como aletargada pero muy consciente de cada fibra de su ser. Y a pesar de que las piernas le pedían doblarse, el grillete que la encadenaba a la pared la mantenía de pie.

Deslizó la vista hacia uno de ellos, de rasgos afilados y nada atractivos. A simple vista, la piel de los elfos, independientemente de su color, no parecía tener poros. Pero en aquel momento se los vio todos.

—Quieres más, ¿eh?

El de la derecha sacó una daga con un movimiento amenazante que le provocó una risilla a Ashbree. Un escalofrío le recorrió la columna.

—Gánatela.

Se la iba a ganar con creces. Haría lo que fuera.

Ashbree alzó la mano libre hacia la cintura del varón y él rio complacido. Sus dedos se enroscaron en su cinturón y juguetearon con la hebilla. Le lanzó varias miraditas entre las pestañas, con las que él se deleitó, y ella se lamió el labio inferior. Le desabrochó los pantalones y tiró de ellos hacia abajo hasta descubrir su miembro, flácido y pequeño.

Su compañero soltó una carcajada que hizo que el de la derecha se tensara y volviera a subirse los pantalones, avergonzado por completo.

—¡¿Y tú de qué te ríes?! —le espetó con violencia.

El de la izquierda no podía dejar de reír y Ashbree sonrió con sensualidad mientras contoneaba las caderas con sugerencia. Se había dado cuenta de que aquel elfo oscuro no perdía detalle de sus movimientos y había entendido que a él le gustaba mirar. Siguió meneándose mientras se mordía el labio inferior, y ambos se quedaron muy quietos.

—¿Os gusta esto? —ronroneó.

Algo se retorció dentro de ella y sintió como si un rayo de lucidez le atravesara la mente. Aturdida, sacudió la cabeza y una nueva sonrisa se hizo con sus labios.

—Vamos a jugar... —comentó el de la derecha, pasándose la mano por los labios para limpiarse el exceso de saliva—. ¿Qué serías capaz de hacer por una sola gota?

—¿Qué tal esto?

Ashbree deslizó los dedos por la botonadura que cerraba su túnica al frente y, uno a uno, fue desabrochándolos. Atentos, los dos varones observaban su mano juguetona. Se apartó la tela del torso y la fina camisa interior quedó expuesta, a través de la cual se intuían los contornos de sus pechos grandes, su cintura y su ombligo.

Ambos la miraron de arriba abajo y se deleitaron con las vistas. Incluso sintió placer con el escrutinio lascivo que le dedicaron. De nuevo apareció ese retortijón potente que le hizo apretar los dientes. «¿Qué está pasando?», se preguntó, aterrada. Pero el de la derecha se había pinchado en un dedo y una voluminosa gota plateada se concentraba sobre su yema, atrayendo su atención.

—Abre la boca, preciosa.

Ashbree separó los labios y sacó la lengua, vibrando en anticipación al placer que le iba a recorrer el cuerpo. Vio la gota precipitarse desde el dedo y la sintió jugosa en su lengua cuando cayó donde debía. Cerró los ojos, extasiada, y jadeó mientras se retorcía contra la pared. Aquello era lo más parecido a la vida eterna que había experimentado jamás.

—Más... —ronroneó.

—¿Más? —inquirió el de la izquierda, con un deje pecaminoso en la voz. Ambos rieron y el de la derecha se cruzó de brazos.

—Gánatela —volvió a retarla.

Y ella aceptaría aquel reto con gusto.

Se llevó la mano a los pantalones y deshizo el cierre que anclaba la tela sobre sus caderas, despacio, deleitándose con el placer que ella misma se estaba provocando al pasar los dedos sobre su piel hipersensible. Bailó con sensualidad en una pieza en la que no había música y solo existían ella y la sangre plateada. Y entonces la prenda se deslizó sobre sus piernas hasta caer al suelo. No se sintió expuesta, sino poderosa y dominante, aunque la realidad fuera que no tenía control alguno.

—Muy bien... ¿Y si hago esto?

El de la izquierda se abrió un corte en la palma y Ashbree contuvo el aliento al ver el líquido plateado manando de su carne. Se retorció y gimoteó, ellos se deleitaron con su necesidad y jugaron con su expectación. La tentaron y le alejaron la sangre un par de veces y Ashbree lloriqueó de impotencia. Y cuando creía que su voluntad se iba a quebrar, el de la izquierda terminó de acercarle la mano al rostro y, en aquella ocasión, sí le permitió lamer el líquido plateado que goteaba por su palma.

Ashbree gruñó, un sonido animal, cuando las papilas gustativas se vieron sobrepasadas por aquel dulzor indescriptible. Siguió succionando, ajena a todo. Lo único que existía era aquel manjar pecaminoso que despertaba tanto placer en su cuerpo. ¿Cómo podía estar aquello prohibido con lo bien que la hacía sentir? Ashbree tragó y tragó, la mano tapándole la boca por completo. Se estaba derritiendo, sentía la piel deshaciéndose de su cuerpo, fruto de una ilusión, y no podría gustarle más.

Una boca le acarició el cuello por la derecha, la lucidez le dijo que repudiaba aquello, pero apenas eran instantes fugaces que no duraban, porque Ashbree estalló de placer por segunda vez. Y la mano no se apartó, como había hecho el varón elegante. Ella se dejó arrastrar por las sensaciones y siguieron regalándole aquel líquido de plata. El de la izquierda se frotó contra ella y sintió su miembro duro en la pierna.

Estaba a punto de la combustión por tercera vez, su piel hipersensible respondía a la más mínima brisa, inexistente allí abajo. El suelo temblaba bajo sus pies, la oscuridad se hacía más y más grande, y ella solo podía pensar en lo cerca que estaba del borde del éxtasis.

Le arrebataron la sangre de un tirón. La heredera lloró en respuesta y abrió los ojos. La oscuridad sí que había aumentado y el suelo sí que había temblado. Los varones reaccionaron con gestos de horror cuando dos dagas curvas degollaron a uno con una brutalidad implacable. La sangre manó a chorros del cuello y bañó a Ashbree, que abrió la boca en busca de más. El cuerpo sin vida giró un poco sobre sus talones y también manchó al propio atacante. Cuando el captor cayó al suelo, se encontró con unos ojos grises que la observaban con pavor absoluto.

El segundo varón opuso algo más de resistencia, pero ella solo podía mirar aquellos iris, del mismo color de la sangre. Quiso tocarlos, bebérselos. Deslizó la vista por las facciones apuestas de su dueño, duras y surcadas por la preocupación. El tiempo parecía haber perdido consistencia, porque tuvo la sensación de que se contemplaron durante horas, cuando en realidad no llegó ni a un segundo.

—Ashbree... —jadeó el Rey de los Elfos.

Rylen se abalanzó sobre ella, mientras Ilian se encargaba del segundo traficante, y le encerró el rostro entre las manos para mirarla a los ojos con una intensidad indescriptible.

—¿Solo están ellos? ¿Hay alguien más? —Ella asintió sutilmente; el rey no apartó la vista de ella mientras su gesto se endurecía—. ¿Un cabecilla? —Asintió de nuevo—. ¿Ha sido él? ¿Él ha orquestado esto? —gruñó con furia desmedida—. ¿Quién ha sido?

En otra situación, Ashbree se habría achantado ante la dureza de su voz, pero en aquel instante solo la encendió más y su respuesta fue una sonrisa lasciva. No le importaba quién fuera el responsable de aquello, porque la había conducido a la mismísima morada de los dioses. Y, de hecho, se encontraba encadenada frente a uno.

La heredera deslizó la vista sobre el cuerpo de Rylen. Tenía la piel empapada en sudor y con gotitas de sangre del varón al que le había arrebatado la vida. Ashbree alzó la mano y acarició el pecho de Rylen para recoger el reguero plateado que lo manchaba. Se llevó los dedos a la boca y él la detuvo agarrándola por la muñeca con fuerza. Una fuerza que hizo que se retorciera de placer y que cerrara los ojos mientras se mordía el labio inferior.

Rylen arrancó el grillete de la pared con tanta violencia que Ashbree perdió el pie y venció sobre su cuerpo, pero él no tuvo fuerza para sostenerla y ambos cayeron de rodillas. Sangre contra sangre sobre sus ropas, tanta droga desperdiciada... Ashbree gimoteó de frustración y se pasó las manos por el cuerpo para empaparlas en aquel líquido plateado y llevárselas a la boca. Rylen se lo impidió de nuevo y ella lloró con más intensidad.

—Ayúdame.

El rey le llevó las manos a la espalda y la retuvo hasta que Ilian ocupó su lugar. Ambos la observaban con preocupación, pero lo único que lamentaba ella era toda aquella sangre desperdiciada. Rylen la inclinó hacia delante, arrodillada sobre el frío suelo de piedra, que le lanzaba escalofríos placenteros. La agarró de la nuca, sosteniéndole el pelo, y le echó la cabeza hacia delante.

—Lo siento —le susurró al oído. Era la tercera vez que se disculpaba con ella en dos días.

El Rey de los Elfos le metió los dedos entre los labios y la obligó a abrir la boca. Ashbree se retorció, porque intuía qué iba a hacerle y no quería. Lloró con más fuerza, impotente por el férreo apriete de Ilian, que la retenía entre gruñidos de esfuerzo.

—Lo siento, lo siento —le repetía una y otra vez mientras le metía los dedos en la garganta hasta el fondo.

La arcada fue instantánea y vomitó en respuesta. Ilian perdió el agarre y Ashbree se apoyó en el suelo mientras vomitaba, sin poder dejar de llorar. Cerró la boca en cuanto cesaron las toses y apretó los puños por la frustración. No quería que le arrebataran aquella sensación.

Con delicadeza, volvieron a sostenerla por las muñecas. Ella forcejeó y gritó, pero Ilian era fuerte. No podían arrebatarle lo único que le había hecho sentir verdaderamente bien en los últimos quince años. No podían quitárselo. Era suyo.

Rylen le encerró la cara entre las palmas cálidas y le alzó la cabeza para que lo mirara entre las lágrimas que le emborronaban la visión.

—Ódiame todo lo que quieras —murmuró a un palmo de su rostro—. Concentra ese odio y aférrate a él, porque esto no ha hecho más que empezar.

Ashbree trató de zafarse y no pudo, aunque estuvo a punto. Los ojos del rey brillaban, sus labios apretados en una delgada línea. Implacable, Rylen le volvió a meter los dedos en la boca y el reflejo de una nueva arcada acudió a su llamada. La heredera se dobló hacia delante y vomitó por segunda vez.

La garganta le ardía, los ojos le escocían y el dolor empezaba a abrirse paso a través de sus terminaciones nerviosas. El estómago se le quejaba con cada nueva sacudida violenta con la que pretendía vaciarse. Y ella seguía sin querer.

—No... No... Por favor... —balbuceó sollozando mientras se retorcía entre las manos de Ilian, que la mantenía arrodillada frente al charco de vómito que se iba acumulando.

Rylen volvió a sostenerle el rostro e hizo que lo mirara. Se quedó impactada al ver la expresión de derrota que moldeaba sus facciones, lo mucho que le brillaban los ojos y lo revuelto que tenía el pelo. Estaba sudando casi más que ella y su respiración era mucho más agitada. Ashbree, la de verdad, conectó con esas emociones y respiró hondo.

«¿Qué me han hecho?».

Un nuevo mar de lágrimas, muy diferente y muy consciente de lo que había pasado, le inundó las mejillas. Sollozó sosteniéndole la mirada al rey, que parecía al borde del llanto. Él le acarició los pómulos, le apartó un mechón sudoroso de la frente, y se empapó de sus facciones con necesidad, sin que la arruga entre sus cejas oscuras desapareciera.

—Una vez más —le susurró con cariño.

Ella negó con la cabeza, aún un poco dominada por la necesidad de aferrarse a aquel líquido. Su parte extasiada luchaba contra la razón y se sentía perdida, como un barco a la deriva. Entonces él le alzó la cabeza de nuevo, apartándole más mechones sudorosos, y Ashbree encontró el faro que eran aquellos dos iris plateados.

—Por favor... —le imploró—. Por favor, Ashbree. Una vez más.

Ella entreabrió los labios, consternada, y lanzó un vistazo fugaz al Efímero, acuclillado tras ella. El rostro de Ilian estaba descompuesto por el dolor, sus pupilas estaban contraídas y respiraba con agitación. La miraba a ella, pero como si no la viera. La ferocidad de sus facciones, adornadas por tanto metal, había perdido intensidad. Y su piel estaba perlada de sudor. Sintió su luz revuelta en su interior al ser consciente del dolor que supuraba por cada uno de sus rasgos. El pulgar del rey le acarició la mejilla o le enjugó nuevas lágrimas, no estuvo segura. No supo si fue la necesidad con la que le había hablado o la súplica que leía en los ojos de ambos, pero asintió una vez con un movimiento trémulo.

Ashbree abrió la boca para él y sintió sus dedos entrando. Con la tercera arcada se dobló hacia delante con mucha más violencia, liberándose del agarre de Ilian. Era muy consciente de lo que le pasaba a su cuerpo y lloró con rabia cuando el último rastro de vómito le rasgó la garganta. Rylen le frotó la espalda con calidez y la caricia la reconfortó.

Cuando hubo terminado, tosió con violencia, pero no salió nada. Su cuerpo se estremeció varias veces y tardó en darse cuenta de que estaba temblando. Notaba los labios cuarteados, no se veía capaz de pronunciar palabra tras vomitar tantas veces y se sentía sucia hasta lo más profundo.

Rylen la abrazó y la estrechó contra la calidez de su cuerpo, como había hecho la noche anterior, en la seguridad de la tienda de campaña. Ashbree se dejó hacer, porque lo único en lo que podía pensar era en lo mal que se sentía por haber vomitado la sangre. No quería sentirse violada, no quería sentir el dolor de estómago ni el de garganta, no quería sentirse abochornada. Y la sangre plateada le quitaría todo eso.

—Llévanos a casa —le pidió el rey a su general.

Antes de que pudiera retorcerse para acudir a los charcos de sangre de los elfos oscuros muertos, las sombras de Ilian los envolvieron y la sacaron de aquella nueva pesadilla.

26

Ilian los transportó al dormitorio de Ash, lanzó un vistazo al balcón, donde las sábanas aún estaban enroscadas a modo de cuerda, y apretó los dientes. Se sentía al borde de la extenuación, y aunque su vida no dependiera de ello, como sí lo hacía la del rey, no le gustaba quedarse vacío porque si sucedía alguna otra desgracia, como había pasado, no estaría preparado para afrontarla.

Rylen caminó hasta la cama con Ash en brazos y la dejó sobre el colchón, solo que ella no le soltó la camisa. Ilian no sabía cómo el monarca había conseguido alzarla del suelo, estando tan cerca de la muerte como lo sentía. La conexión entre los Efímeros era especial, no solo con los de luz, sino que Ilian y Rylen podían percibir matices en las sombras del otro, porque lo afín acababa encontrándose en todos los sentidos. Y en aquel momento él no sentía nada dentro de su rey. Era un milagro que siguiese en pie y respirando. Y se había arriesgado por ella.

Rylen y él compartieron un vistazo largo y, luego, el rey se tumbó a su lado a acariciarle el pelo. El rostro del soberano estaba contraído por el dolor, la furia y la preocupación. Y el único motivo por el que no había estallado aún y había reducido a escombros la montaña más cercana era porque no tenía más sombras que emplear.

—Trae mantas y agua —le ordenó con voz firme.

—Rylen, yo... —A él, no obstante, le tembló al hablar.

El Rey de los Elfos lo fulminó con la mirada y él se crispó. Se limitó a asentir y a abandonar la estancia con los puños, teñidos de plata, apretados.

Se sentía un completo inútil. Casi quinientos años de soldado mortífero y había encadenado dos cagadas seguidas. Rylen había puesto a Ash a su cuidado porque confiaba en él. Y, como un imbécil, había permitido que se fugara dos veces.

No había querido atarla en corto, porque él no era así. Y en aquel momento se maldecía por ello. ¿Cómo no iba a intentar escapar, si lo último que le había dicho era que iban a juzgar a su amiga por traición y que no podían hacer nada por ella? Pero él mismo había estado agotado; había pasado demasiados días enfrentándose a torturas, a combates clandestinos y a los juegos de sombras. Necesitaba un descanso. Necesitaba dejar a Ash sola unos minutos para hablar con Rylen e informarle de la situación en Milindur antes de poder darse un baño caliente.

Para cuando llegó al despacho del soberano, el consejo se había marchado y Rylen estaba intercambiando unas últimas palabras con lord Tharin. Su rey estaba de un humor de perros. La reunión había durado un suspiro, y eso nunca significaba nada bueno. Ilian ni siquiera se acordaba de lo que habían hablado después. Sabía que le había informado sobre la posible acusación de traición que se extendería a Ash si la encontraban y que había intenciones de casarla con un berserker; también recordaba que habían discutido al respecto durante más de media hora, pero poco más.

Fue entonces cuando apareció Orsha. Rylen le había encargado a ella el cuidado de las dependencias de la heredera y tanto el rey como el general supieron que algo iba mal. Había llegado agitada, con la piel azul brillando por una pátina de sudor, y cuando les dijo lo que había visto al ir a prepararle el baño a la invitada, ambos se quedaron gélidos.

Salieron corriendo en dirección a los aposentos de Ash, sin querer malgastar sombras en teletransportarse, y se quedaron pasmados al ver el montón de telas en el suelo, pero ni rastro de la heredera. Aunque eso debería haber supuesto un alivio, porque no se había abierto la crisma contra el pavimento, los inquietó aún más.

Glósvalar llevaba casi un año sufriendo por la plaga que era la miel de plata. Cada vez secuestraban a más niños del lecho, porque decían que su sangre sabía mejor; las calles eran menos seguras y el negocio de la droga no hacía más que crecer. Cuando encontraban un laboratorio, siempre llegaban demasiado tarde. Por eso se había decretado un toque de queda. Las calles estaban prácticamente vacías, y quienes deambulaban por la ciudad a altas horas de la noche lo hacían a la vista de todos y por causa de fuerza mayor. Mal que les pesara, la capital de Lykos no era un lugar seguro.

Y menos para ella.

A pesar de que su sangre no sirviera para sintetizar la droga, Ash era un reclamo andante. Solo con un vistazo se la ubicaba como elfa de luz, y aún había gente demasiado envenenada. Aunque los elfos oscuros estuvieran dominando la guerra, ambas partes sufrían por igual y muchos sentían un odio visceral hacia sus oponentes. Por eso existían las colonias.

Sus peores pesadillas se habían cumplido. Daba gracias por que Umbra pudiera sobrevolar la ciudad con velocidad, por que pudiera atravesar casas y paredes; de no haber sido por su *Fjel* no la habrían encontrado. Y, aun así, había sido demasiado tarde. Ash había estado más de tres horas desaparecida, y para cuando ellos habían llegado, el daño ya estaba hecho.

Encontró a Orsha, que había regresado para ayudar, y le pidió lo que el soberano había solicitado con voz muerta y arrastrada. La hembra observó con horror sus manos y su ropa, teñidos de sangre plateada, y se alejó rauda.

Habían matado a dos de los suyos a sangre fría, sin juicio de por medio y sin acusaciones. Habían visto cómo tocaban a Ash, cómo le daban de probar su sangre, y ambos habían estallado en cólera.

Rylen había sido mortíferamente letal, la extensión de la guadaña de Celes. Sabía que el soberano se sentiría mal por no haberles dado opción a un juicio justo, por no haberles aplicado todo el peso de la ley, pero a veces hasta él flaqueaba. Ilian, por el contrario, se había deleitado haciendo sufrir a su adversario. Se había convertido en el asesino del que tantos años le había costado desligarse. Y le había tentado usar su última brizna de sombras para matarlo con su don y sentir ese poder fluyendo a través de él, para que apareciera una nueva marca oscura en su piel, pero se había contenido y lo había apuñalado en cuanto Rylen le había pedido ayuda.

Estaba tan furioso que cuando el rey le había encomendado que sujetara a la heredera, temió partirle las muñecas. Tuvo que concentrar al milímetro su fuerza inmortal, y cada vez que Ash se retorcía y se revolvía para que no le sacaran la droga del organismo, se tensaba y apretaba más los dientes. Aquello era responsabilidad suya y de nadie más, era culpa suya que Ash hubiera acabado así. Era culpa suya que le esperaran semanas de desintoxicación. Era culpa suya que, a partir de entonces, siempre fuera a sentir cierta debilidad por la miel de plata y la sangre. Y, por lo tanto, era culpa suya que su carrera como sanadora peligrase.

Orsha regresó con los brazos colmados de mantas y un cubo enorme lleno de agua. Ilian lo tomó todo y rehízo el camino hasta los aposentos.

Una de las cosas que habían hablado por encima en su reunión era que Ash tendría que permanecer al margen del consejo, puesto que no sabían cómo iban a reaccionar a que una elfa de luz, la heredera del Imperio de Yithia, deambulara por los pasillos de su rey. Pero ahora el problema era mucho mayor, puesto que cualquier elfo oscuro podría ser un recordatorio de la posible adicción que dominaría sus decisiones.

Cuando entró en el dormitorio, los encontró a los dos tumbados en la cama desprovista de sábanas. Rylen la envolvía entre sus brazos, con la cabeza de Ash sobre el pecho. El resquicio de sombras que le quedaba dentro se retorció con violencia al verla así y la furia trepó por su espalda de nuevo. Aunque Ash había parado de llorar y parecía estar durmiendo, las lágrimas seguían rodando por sus mejillas. Dejó el cubo en el suelo y las mantas en una esquina de la cama.

Rylen lo miró con una furia contenida a duras penas e Ilian se preparó para el golpe, pero se quedó ahí quieto, observándolo, impasible. Y cuando el Rey de los Elfos no tenía nada que decir...

Ilian tragó saliva para intentar deshacer el nudo de decepción ponzoñosa. Rylen Valandur siempre tenía palabras para todo el mundo, y cuanto mayor fuera su enfado, más desdén rezumaba. Solía moverse en la tensa línea entre la calma sobria y el estallido furibundo. No obstante, cuando la calma era furibunda no había nada que hacer. Ilian supo que había perdido parte de la confianza de su amigo y le quedó más claro aún cuando apartó la vista y murmuró:

—Vete.

—Puedo encargarme de...

—No.

Ni siquiera lo miró, pronunció el monosílabo con la vista clavada en la cabeza de Ash, que acariciaba despacio.

—Lo siento... —farfulló con la voz constreñida.

—Lo sé.

Ilian giró sobre los talones y abandonó la estancia con el corazón en un puño. No era la primera vez que Rylen y él se enfadaban o discutían, y siempre se habían sobrepuesto a los baches. Pero en aquella ocasión ni siquiera habían intercambiado opiniones opuestas y acaloradas. Él había fallado, y Rylen había acusado su lacra como buenamente había podido.

El general de las tropas oscuras recorrió los pasillos del palacio de obsidiana temiendo que aquella pudiera ser la circunstancia que rompiera casi cinco siglos de amistad.

27

Rylen había acariciado a Ashbree hasta que se había quedado dormida. Sólo cuando su respiración se ralentizó, se permitió inspirar hondo. Sentía los músculos agarrotados y los hombros rígidos, y no había dejado de sudar y temblar.

Había tenido que pedirle a su *Fjel*, Tinta, que saliera a buscar a Ashbree en cuanto se habían enterado de su desaparición, y eso había supuesto dejarlo más vacío de lo que lo había estado nunca. Se sentía débil, febril y apenas quedaba nada donde debía estar su corazón, pero lo volvería a hacer con los ojos cerrados.

El gato también había estado débil, porque ambos se nutrían mutuamente, pero necesitaba de sus dotes felinas para peinar la ciudad. Y cuando Tinta regresó para informar de lo último que había visto Umbra, él mismo había estado tentado de transportarse a la cueva en la que la tenían presa, aunque eso hubiera supuesto morir después. Podía dar gracias a que Ilian no se hubiera separado de él, porque lo conocía muy bien y sabía lo que estaría dispuesto a hacer. De no haber sido así, no sería él quien consolase a la heredera.

Rylen no había mentido cuando, en su campamento, había dicho que Ashbree no suponía ningún valor para su padre. Aquel emperador estaba corrompido hasta la médula y, para su desgracia, había visto lo que le hacía a su hija. Pero la heredera sí era importante para el Rey de los Elfos. Después de siglos de una guerra interminable contra los Wenlion y los Aldair, por fin había nacido alguien que le había devuelto la fe en la posible paz.

Conocedor de los dones de Ashbree, no había podido hacer nada por ella en todos esos años, aunque la sangre le hirviera en las venas cada vez que hablaban a través de su corazón de piedra. Él se escudaba tras su personalidad arrolladora, la picaba y pinchaba para distraerla de los tormentos de su mente, pero no podía interferir en el porvenir de su imperio, no, al menos, si quería que Lykos y Yithia se convirtieran en una única nación. La necesitaba de su lado. Necesitaba que Ashbree se diera cuenta de todo lo que la rodeaba por sí sola, porque si él decía una sola palabra para intentar camelársela, se habría cerrado en banda más todavía y no lo habría creído. Se había esforzado al máximo en que lo odiara, porque ese odio podía convertirla en una emperatriz digna de la nación. Por eso había pasado años y años llevándola al límite con la esperanza de que algún día despertara.

Y ahora que parecía empezar a despertar, temió que nunca volviera a abrir los ojos.

Cuando la había encontrado semidesnuda, con la mano de uno de los traficantes sobre su boca y con el otro sobándola... Solo de pensarlo las leves sombras que flotaban dentro de su pecho se agitaban con una fuerza rubicunda. La había visto con la boca empapada de sangre, con surcos plateados cayendo de cada comisura. Y a juzgar por cómo había disfrutado de todo lo que le hacían, Ashbree había estado al borde de la sobredosis.

Las cantidades con las que se traficaba con la miel de plata eran bajísimas, apenas cinco o seis gotas, diluidas con otras sustancias para exprimir su potencial. Unas pocas gotas bastaban para arruinarle la vida a cualquiera. Y lo que le habían hecho a ella...

Rylen se estremeció sobre la cama y la estrechó contra sí mismo con más fuerza. Se juró que encontraría al desgraciado que le había ocasionado tanto daño y le haría pagar por sus actos, porque no era tan tonto como para pensar que aquellos dos traficantes habían perpetrado la jugada. Cualquiera que hubiera visto a una elfa de luz en la impenetrable capital sin ser día festivo habría huido de ella, la habría apaleado hasta la muerte o habría informado de su presencia, no se habría deleitado drogándola. Lo que sugería que aquello lo había ordenado alguien mucho más inteligente y que disfrutaba con el poder.

Y aunque sabía que había un cabecilla detrás de aquello, porque Ashbree también lo había insinuado, se sentía el responsable. No tendría que haberse desentendido de ella nada más llegar a casa. Pero había pasado tres días pegado a la heredera, había dormido abrazado a ella y había velado por su seguridad; él mismo necesitaba desintoxicarse. No era la primera vez que le pasaba; estar en compañía de un Efímero de Luz era peligroso. Sus dones se complementaban demasiado bien y se veía atraído por ella constantemente. Y no cometería el mismo error dos veces.

Aun así, se sentía obligado a cuidar de la heredera, porque si él no se la hubiera llevado de Milindur, nada de aquello habría sucedido. Lo había hecho con la intención de ponerla a salvo, porque era evidente que presentarían cargos contra ella, e Ilian se lo había confirmado, pero solo había empeorado la situación.

Así que intentaría enmendar sus errores vigilándola en todo momento, hasta que superara el mono por completo. Se pasó las siguientes dos horas en una duermevela constante, y cuando Ashbree se revolvió sobre su cuerpo, supo que lo peor estaba a punto de comenzar.

28

Ashbree se había quedado dormida llorando y en cuanto despertó, sintió una sed implacable, como si en su vida hubiera probado gota. Tenía la cabeza recostada contra una superficie dura y cálida, las manos extendidas sobre aquella firmeza. Percibió un runrún curioso, muy diferente al palpitar de un corazón.

Despacio, alzó la vista y se encontró con las atractivas facciones del Rey de los Elfos, que la contemplaba desde la profundidad de aquellos ojos grises con una sonrisa ladeada en los labios.

—Buenos días, dragona —susurró.

Su aliento le acarició las mejillas y ella se relamió los labios. Con lentitud, deslizó la mirada por el cuerpo sobre el que estaba recostada, sin importarle la cercanía ni la intimidad que compartían.

Sus pulcros ropajes característicos estaban arrugados y manchados de... sangre plateada.

Abrió mucho los ojos y encerró la tela en sus puños. El Rey de los Elfos soltó una maldición al tiempo que Ashbree lo empujaba de los hombros para recostarlo sobre la cama. Tenía a su alcance la mismísima fuente de la droga y no iba a desaprovechar la oportunidad, sin importarle quién fuera él o lo que tuviera que hacer para conseguirla.

Ashbree se sentó a horcajadas sobre Rylen y él bufó en respuesta, lo que generó que ella sonriera con malicia. Se inclinó hacia delante, sus cabellos revueltos cayeron como una cascada dorada a ambos lados, y contempló los labios entreabiertos del rey. Parecía turbado con su osadía y ella se deleitó con la estupefacción de su rostro.

Perezosa, paseó las manos por el pecho del soberano y disfrutó con los contornos musculados de su piel bajo la tela. Acercó el rostro al suyo, con la atención fija en sus labios. Estaba convencida de que si le daba placer, al igual que había sucedido en la cueva, él la invitaría a probar su manjar vital. Sus alientos se entremezclaron cuando los labios de Ashbree sobrevolaron sobre los de Rylen, pero él la detuvo sosteniéndole el rostro con las manos para obligarla a mirarlo a los ojos.

Un haz de luz cruzó su mente, porque hacía escasas horas también la había agarrado así. Cuando le había provocado el vómito en contra de su voluntad y había dejado de experimentar la magnífica sensación de la droga en su organismo.

—Esta no eres tú, Ashbree. —Ella resopló con sorna y se centró en desatar los cordones de la camisa del rey. Él la cogió por las muñecas y la retuvo—. No eres tú —repitió con amabilidad.

—¿Y vos qué sabréis? —espetó, mordaz.

Un músculo se crispó en la mandíbula de Rylen y respiró hondo para armarse de paciencia.

—Te mueve tu necesidad de más droga. —Ella rio y tiró de nuevo de las manos, solo que él se lo impidió con un gruñido de esfuerzo—. Soy Rylen Valandur, Rey de los Elfos y señor de Lykos —pronunció con voz dura.

Ashbree se quedó quieta, los labios entreabiertos. Él era Rylen Valandur, Rey de los Elfos y señor de Lykos. Él era su mayor enemigo, el germen que pudría la isla. Él era el caos hecho carne. Y, aun así, le besaría los pies si con ello conseguía un poco más de sangre que eliminase los dolores de cabeza, los remordimientos y los tormentos. No quería sentir nada, necesitaba extasiarse y sumergirse en aquel embotamiento. Le picaron los ojos de rabia y frustración y parpadeó varias veces para contener las lágrimas.

Intentó soltarse de nuevo y el resultado fue el mismo. Entonces recurrió a otra táctica. Se había sentado a horcajadas sobre su abdomen y, con una sonrisa pícara, se deslizó un poco más abajo, hasta caer sobre la entrepierna del Rey de los Elfos. Él gruñó y cerró los párpados, Ashbree se frotó contra él y se inclinó hacia su boca. Entonces el monarca abrió los ojos y los clavó en ella. La sonrisa de Ashbree se estiró aún más, perdida en la profundidad de aquellos iris que tanto le recordaban a lo que ansiaba.

El soberano flaqueó y el agarre alrededor de sus muñecas cedió lo suficiente como para que, con un movimiento rápido, Ashbree se zafara de él y sacara la daga curva que aún llevaba al muslo, esa con la que había segado la vida de uno de los traficantes. Colocó la hoja bajo su barbilla y ejerció la presión suficiente como para ordenarle que alzara las manos despacio.

El rey obedeció, con los labios apretados y las facciones endurecidas. No apartaba la vista de sus ojos, como tratando de atravesarla con ellos, pero no le importaba. Siguió contoneándose sobre el miembro del soberano y él tragó saliva en respuesta, lo que hizo que la punta de la daga atravesara la fina capa de piel y una gota descendiera por el cuello tostado del monarca. Ashbree se quedó congelada, la respiración se le aceleró y la boca le salivó al instante. Se abalanzó sobre él y, aunque forcejeó con ella, consiguió pasar la lengua por la piel del Rey de los Elfos y reclamar esa gota plateada.

Ashbree gimió de placer y se apretó contra la erección de Rylen, que no había podido resistirse más a sus movimientos pélvicos. Una simple gota suya le supo mil veces mejor que toda la sangre ingerida de aquellos traficantes. Fue como saborear una tarde cálida y veraniega en las playas del sur; como beberse el astro rey sin que quemase; como recibir la caricia de mil rayos de sol después de un invierno gélido. Y eso la hizo estallar al instante. Antes de darse cuenta de lo que estaba pasando, los músculos de su bajo vientre se apretaron y se soltaron con un orgasmo que la dejó tan lánguida que Rylen pudo manejarla a su antojo.

En cuestión de un parpadeo habían pasado de estar ella encima a que la recostara contra la cama y él se cerniera sobre su cuerpo, aprisionándola entre sus piernas. Ashbree sonrió con malicia, los sentidos abotargados de nuevo. Se sentía completa. No necesitaba nada más.

En realidad, sí necesitaba más. Necesitaba más de él.

Ashbree alzó la cara para reclamar sus labios y él apartó la cabeza, con el ceño fruncido por el autocontrol. La volvió a apresar por las muñecas y ella se dejó hacer, porque la excitación mantenía vivo el influjo de la droga en su organismo. Y estaba claro que estaba disfrutando con la forma en la que la retenía sobre la cama, con las manos por encima de la cabeza.

La heredera apretó los muslos y se retorció bajo él con tanta sugerencia que Rylen notó que los pantalones le apretaban demasiado. Después, ella le dedicó un seductor aleteo de pestañas mientras se mordía el labio inferior con sugerencia. Él apartó la vista resoplando, porque iba a perder la cabeza. Y sus ojos fueron a parar a la camisa entreabierta de Ashbree, a través de la cual se intuía la silueta de sus pechos voluminosos.

Siguió descendiendo la vista y la paseó por sus gruesos muslos expuestos, aún en ropa interior. Ashbree había llorado tanto, se había cerrado en sí misma con tanta fuerza, que cuando cayó dormida, Rylen no se había atrevido a moverse para ponerle pantalones ni cambiarse sus propios ropajes. Y en aquel momento se maldecía por ello.

—Soy toda vuestra si me dais lo que quiero, *majestad*.

Aquel «majestad» lo despertó y volvió a mirarla a esos ojos dorados tan familiares. La propuesta sobrevoló entre ellos y se quedaron muy quietos, ella observándolo con una lujuria que lo atravesaba. La idea le tentó demasiado. Solo de recordar lo dura que se le había puesto al sentir su lengua sobre su cuello reclamando aquella única gota hacía que todos sus esquemas se desmoronaran. Porque para ellos también era una especie de afrodisiaco, por eso muchos se ofrecían como bolsas de sangre de la que extraer el líquido con el que se sintetizaba la droga.

Los elfos de luz estaban enganchados a la miel de plata, pero muchos elfos oscuros estaban enganchados a dar su sangre libremente a cambio de una paga. O así había sido hasta que las prohibiciones al respecto se habían endurecido en cuanto él ascendió al trono.

Rylen nunca había dado de probar su propia sangre, y jamás pensó que llegaría a hacerlo. Y, sin embargo, la idea ahora le tentaba demasiado, porque una sola gota derramada sobre la lengua de Ashbree le había hecho sentir jodidamente bien. Pero estaba mal. Aquello estaba mal.

Acercó su rostro al de la heredera y ella se quedó muy quieta en anticipación, saboreando la victoria, expectante.

—Cuando te haga mía, será porque de verdad lo desees, no porque la abstinencia te lo pida —murmuró por encima de sus labios.

Puso distancia entre sus rostros y Ashbree gimoteó, pero la muy malnacida enroscó las piernas alrededor del cuerpo de Rylen y lo apretó contra sí misma. El Rey de los Elfos bufó y lanzó la cabeza hacia atrás con placer.

—Os deseo... —susurró ella.

Los dioses le estaban poniendo muy complicado seguir siendo el varón decente que se había esforzado en ser, en lugar de rendirse al rey despiadado que todos creían que era. ¿Qué tendría de malo? Así, al menos, Ashbree lo insultaría con motivos. Lo había llamado «monstruo» en su primer encuentro, y ahora le tentaba demostrarle cuán monstruoso podía llegar a ser.

Rylen acercó la cara al cuello de Ashbree y aspiró con fuerza, embriagándose de su aroma a limón y a azahar. Se había rendido por completo a sus encantos. La sostuvo con una única mano, tal y como había hecho en su tienda militar cuando la había pillado intentando fugarse, y con la otra buscó la daga curva, que había caído sobre la cama. Se abriría un corte él mismo y le daría de beber todo lo que quisiera y más mientras se hundía entre sus piernas.

—Eso es, *majestad*... —jadeó Ashbree, apretándose contra su erección.

La heredera pronunciaba aquel sustantivo de una forma especial, sugerente y denigrante al mismo tiempo. Y eso hizo que el enfado se abriera paso por su mente. Si había un adjetivo que definiera bien al Rey de los Elfos era «volátil», porque se olvidaba con demasiada facilidad de quién era él. De *qué* era él. Y de lo que había vivido.

La lucidez le atravesó la mente y recordó la conversación que habían mantenido aquella misma mañana, lo denigrado que se había sentido cuando Ashbree había insinuado que había abusado de ella. Y si traspasaba la frontera en aquel momento, a pesar de que él también estuviese embotado por las consecuencias de aquel juego de sangre, estaría abusando de ella, por mucho que le estuviera rogando. Ashbree no estaba en condiciones de consentir nada, sin importar que de sus labios saliera un «sí» tras otro, así que la retuvo de las muñecas con ambas manos, el arma olvidada a un lado.

—No pienso ser el responsable de que te conviertas en una elfa de sangre —siseó contra su rostro.

La rabia se hizo con el cuerpo de Ashbree y, con una fuerza inmortal, la heredera se revolvió y lo sostuvo contra la cama, intercambiando los papeles. Rylen jadeó por la impresión de aquel estallido. Ya había conseguido dominarlo en fuerza y en velocidad antes, al amenazarlo con la daga, y había pensado que era porque estaba demasiado cansado y casi vacío. Se sentía torpe y lento y lo había pillado por sorpresa. Pero aquello era diferente.

Rylen maldijo entre dientes cuando la fuerza de Ashbree lo superó con creces y lo retuvo con una única mano contra su pecho. Con la otra, buscó la daga, que había quedado a la altura del pie del rey. Ágil, él le dio una patada y mandó el arma a la otra punta de la estancia, donde se clavó sobre la puerta del armario. No, definitivamente no había perdido su fuerza, sino que ella tenía mucha más.

Ashbree resopló y saltó de la cama para ir en busca del arma. Era condenadamente veloz, pero no estaba acostumbrada a esas nuevas habilidades. Rylen reaccionó con la suficiente rapidez como para adelantarla y arrancar la daga de la madera. Después, se dio la vuelta y la escondió tras la espalda. Ashbree lo embistió con tanta fuerza que atravesaron las puertas cerradas del armario. La madera estalló a su alrededor y Rylen gruñó de dolor. Ambos acabaron tirados dentro del armario, con ropajes encima.

El rey respiraba con agitación, y no porque Ashbree volviera a estar encima de él, tirada de cualquier forma y con menos ropa de la que debería. Era evidente que ni ella misma había esperado atravesar el armario y romperlo a su paso. Cuando ella alzó la cabeza, vio la turbación en su rostro y Rylen sonrió con diversión. Eso la enfureció aún más. Forcejearon, se convirtieron en un revoltijo de brazos y piernas que intentaban arrebatarse la daga mutuamente. Sería un milagro que ninguno acabara apuñalado sin querer.

Con la brusquedad de sus movimientos, Ashbree atravesó una de las paredes del armario con una pierna. Se quedó atorada y Rylen aprovechó para escapar de debajo de ella, entre risas. Era insultante lo mucho que le divertía pelear con ella, sobre todo porque estaba demostrando ser una contrincante más que digna. El único que había conseguido ofrecerle resistencia en todos esos años había sido Ilian.

Rylen se dobló sobre sí mismo, con las manos apoyadas sobre las rodillas y la daga en la mano, para recobrar el aliento, con una sonrisa en los labios. Ashbree sacó la pierna de la pared del armario con torpeza y se hizo un corte en el camino. Ella siseó, pero apenas le prestó atención a la nueva herida antes de arrastrarse fuera del armario en dirección a él.

El Rey de los Elfos enmudeció al ver la sangre. Se dio cuenta, demasiado tarde, de que aquello no era ningún juego. No era un reto que superar. Era una elfa de luz perdida por completo bajo los efectos de la droga. Era Ashbree Aldair, próxima emperatriz del Imperio de Yithia, a punto de convertirse en una elfa de sangre.

Se maldijo mentalmente y aferró la daga con fuerza, para que no se la arrebatara. La heredera se abalanzó sobre él de nuevo y Rylen le envolvió el cuerpo con los brazos para acusar la acometida y que ella no se hiciera daño. Trastabilló hacia atrás, volcó el cubo de agua con el que tendría que haberla lavado y derramó el contenido. Resbaló, su espalda impactó contra el duro suelo de obsidiana y gruñó entre dientes. Intentó inmovilizarla con todas sus fuerzas, pero le costaba, porque su mente estaba anclada en los recuerdos. En lo mucho que la camisa mojada en la espalda, por culpa del agua, le recordaba a la sensación pegajosa de la sangre empapando la piel de su propio pecho tantos siglos atrás. En lo mucho que le alteraba tener a otra elfa de luz a horcajadas sobre su cuerpo, intentando acabar con su existencia.

Respiró hondo cuando la daga quedó entre ambos cuerpos apuntando hacia su pecho, la mandíbula apretada y gesto serio, y Ashbree ejerció presión hacia abajo. Ahora la que sonreía con diversión era ella, sobre todo porque su luz empezó a escapar de su interior, en volutas fantasmagóricas.

Rylen se quedó de piedra, pero no perdió espacio. Si Ashbree se daba cuenta de lo que estaba haciendo, no dudaría en emplear su don contra él. Y ahí sí que no tendría nada que hacer, porque no se había recuperado ni un ápice. Fue como enfrentarse a la visión de la mismísima Merin caída de los cielos, rodeada de un poderoso halo blanco moteado de dorado que hizo vibrar el ambiente. El Rey de los Elfos sintió miedo real por segunda vez en su vida y tragó saliva en consecuencia. En la cueva, le había dicho que el temor que había experimentado le había impulsado a atacar el palacio, pero ahora se daba cuenta de que aquello solo había sido preocupación. Él siempre había sabido cuán poderosa era la heredera, no en vano había conseguido agrietar su duro corazón de piedra. Pero bajo los efectos de la droga, que en ella se manifestaba de una forma sin igual, sería imparable.

La puerta se abrió con estrépito y ambos miraron en esa dirección. Ilian había irrumpido en los aposentos ante el estruendo. Su gesto se endureció al ver a su soberano apresado entre las piernas de Ashbree, con la daga curva apuntándole al pecho.

Y su general de sombras actuó en consecuencia.

—¡No! —gritó Rylen cuando Ilian lanzó un puñal directo a Ashbree.

Sabía que había apuntado a una zona no vital, pero no quería que sufriera más. No obstante, para la consternación de ambos, Ilian falló, y jamás lo había visto fallar. En realidad no había errado el tiro, sino que ella se había doblado hacia atrás para esquivarlo con una maestría mítica, tan ágil que le arrebató el aliento al Rey de los Elfos. Era imposible que se moviera a semejante velocidad. E Ilian se quedó igual de perplejo.

El rey se escurrió de debajo del cuerpo de Ashbree, que había centrado su atención en el intruso, ya que se le presentaba una nueva oportunidad de conseguir sangre. Ella se había quedado con la daga, así que Rylen puso distancia entre ambos y se preparó para la batalla que estaba a punto de tener lugar.

Salvo si podía evitarla...

—¡Sal de aquí! —le gritó al general.

Ilian dudó un segundo, instante que Ashbree aprovechó para correr hacia él. Se movió tan rápido que el general solo pudo recurrir a desaparecer y reaparecer al otro lado de la puerta para cerrársela en las narices; un salto corto pero seguro.

Ashbree se estampó contra ella, pero había frenado en el último segundo, por lo que esa vez no atravesó la madera. Aun así, le dio un par de golpes que hicieron que los goznes temblaran. Después, se giró con violencia hacia él. Estaba desatada y, para su desgracia, presentaba una belleza fiera sin parangón. Rylen supo que sería el próximo objetivo y, con el último resquicio de sus sombras, se transportó al balcón y cerró las puertas con ímpetu.

Ella se apostó al otro lado y golpeó con violencia. Rylen sostuvo las manijas, jadeando, sudando a mares y con un nudo en la garganta. Aunque estaba a punto de desfallecer, lo que más le dolía era verla así. Aquello era culpa suya. Y solo suya, aunque supiera que Ilian se achacaría la responsabilidad.

La heredera palmeó el cristal y este tembló, pero no cedió. Por suerte, las puertas y ventanas del palacio de obsidiana estaban equipadas con cristales reforzados que resistían los potentes vientos del invierno. No había material capaz de atravesarlas, y esperaba que ella no fuera la excepción.

Rendida, Ashbree se quedó plantada al otro lado, con las palmas apoyadas contra el cristal. Se miraron con intensidad y algo se constriñó en el pecho del soberano. Era imposible que fuera su corazón, y aun así tuvo dudas.

Ashbree se derrumbó y se dejó caer al suelo, llorando de nuevo; la lucidez se había impuesto sobre la abstinencia. Palmeó el cristal una vez más con un grito de rabia, nacido de la frustración profunda, que le arañó el alma. Rylen se dejó caer al suelo para quedar a su misma altura, con la periferia de su visión plagada de estrellas negras. Se había arriesgado demasiado con aquel último teletransporte. Notaba las sombras de su pecho vibrar inquietas, como advirtiéndole de que no lo repitiera o sería su verdadero fin. La inconsciencia lo reclamaba, y si no calmaba la respiración, acabaría arrastrado por ella. Y no podía permitírselo.

Con esfuerzo, levantó la mano y la colocó sobre la de la heredera al otro lado. Ella fue consciente de su gesto y alzó la vista hasta que sus ojos se encontraron.

—¿Qué me está pasando? —sollozó.

Rylen tuvo que tragar saliva para que el timbre no le temblara al hablar.

—Es la droga, Ash.

Ella abrió un poco más los ojos al escuchar cómo la había

llamado y él se sorprendió en respuesta. Le había salido tan natural que ni se había dado cuenta.

—No quiero convertirme en una elfa de sangre —confesó con la voz rota.

Él tragó saliva de nuevo. Se sentía más turbado de lo que le gustaría, la congoja de Ashbree lo traspasaba de un modo penetrante.

—No lo permitiré —atajó con una confianza que no sabía de dónde salía—. Te pondrás bien.

—¿Me lo prometéis?

Nuevos lagrimones se precipitaron de esos ojos melosos y le impactaron sobre las piernas desnudas. Rylen estaba a punto de hiperventilar. No quería aquello, fuera como fuera. No había nada a lo que le temiera más. Y se veía arrastrado de nuevo a la misma historia.

No obstante, respiró hondo y apartó cualquier pensamiento de la mente. La situación no giraba en torno a él, sino a ella. Alguien tenía que enmendar aquel error y asumir las consecuencias. Y ese alguien debía ser él.

—Te lo prometo —susurró.

Ashbree asintió una única vez y posó la frente en el cristal, no supo si en señal de rendición o porque necesitaba sentir el frío de la superficie. Y Rylen ni siquiera dudó antes de apoyar su propia frente en el mismo punto, en aquel gesto tan íntimo, único entre los elfos de luz, que implicaba una cercanía profunda.

Por mucho que la abatida fuera ella, quien se había rendido era él. Porque le daría lo que fuera con tal de enmendar su error. Le entregaría el Reino de Lykos si con ello evitaba que Ashbree Aldair se convirtiera en una elfa de sangre.

29

Rylen se negó a apartarse de la puerta del balcón en lo que restó de noche y parte de la mañana. Ash se había quedado ahí dormida tirada en el suelo, con la palma en el cristal. Y él se había tumbado de lado y no había despegado la mano de la de ella, observándola respirar.

Ilian le había llevado ropa limpia, una toalla para secarse y algo de comida poco después, y cuando se teletransportó de nuevo al balcón, cerca del mediodía y tras haber descansado unas horas, lo vio todo intacto. Rylen ni siquiera se había molestado en cambiarse de ropa, que seguía teñida del plateado de la sangre de los traficantes. Y que ignorase la suciedad era, cuando menos, preocupante.

Se acuclilló junto al rey y este se incorporó, apoyando la espalda contra la puerta de cristal.

—Tienes muy mal aspecto, Rylen —comentó con voz seria.

—Lo sé.

—Déjame llevarte a tus aposentos para que descanses. Yo me quedo con ella.

Rylen respiró hondo, sin despegar la vista de él, y negó con la cabeza. Ilian lo sintió como un fracaso. Su rey no se fiaba de él para dejarla a su cargo, y no podía culparlo. Se lo había ganado con creces. Y si el Rey de los Elfos iba a quedarse tirado en el suelo todo el tiempo, él haría lo mismo.

Se sentó frente a él, con las piernas cruzadas, bajo su atenta mirada.

—¿Qué haces, Ilian? —suspiró.

—¿Qué haces tú?

—Vigilarla.

—Pues yo también.

Un atisbo de sonrisa asomó a los labios del rey, pero se desvaneció demasiado rápido.

—Te necesito activo —dijo mirando de soslayo a Ash.

—Y Lykos necesita a su rey.

Despacio, deslizó la vista hasta él.

—Llevo meses fuera, Lykos aguantará un par de semanas más sin mí.

—Los terratenientes no opinan igual. El consejo no opina igual.

—No me vengas con lo mismo que lord Tharin. —Rylen se frotó la cara con hastío—. Los secuestros por la sangre me parecen mucho más preocupantes que las cosechas congeladas o el impago de los arrendatarios. Estamos en guerra, por todos los dioses. Es normal que no tengan ni una moneda de más.

—Pero sin recaudaciones, el reino no se sostiene. Les ofrecemos protección a cambio de que contribuyan en las arcas.

—¡¿Y qué clase de protección les estoy ofreciendo?! ¡Dime! —No se sorprendió de que Rylen estallara. Aquel tema le frustraba demasiado—. ¿Acaso los protejo de la guerra? ¿Los protejo de las consecuencias del narcotráfico? ¡No! Y no puedo asfixiar más a mi gente.

—Lo comprendo, pero no podemos...

—Ahora no, Ilian.

El general cogió aire con fuerza.

—El problema va a seguir ahí, Rylen. Por mucho que te esfuerces en ignorarlo. Sabes cuál es la solución.

—No voy a arrasar con la isla.

—Pues si no quieres usar la violencia, preséntate en el consejo y busca la paz. Deja de esconderte en el fragor de las batallas, porque eso solo supondrá retrasar lo inevitable.

—Podemos aguantar hasta que...

—¿Hasta que qué? ¿Eh? —Rylen enmudeció ante la brusquedad de su respuesta, por lo que suavizó el tono—: No podemos esperar doscientos años más hasta que los elfos de luz destituyan a Arcaron Aldair y pongan a Ash en su lugar. —Ambos la miraron a través del cristal y se quedaron callados—. Y, además, estás dando por sentado que ella se pondrá de tu parte —añadió en un murmullo.

Rylen respiró hondo y apoyó la cabeza contra la puerta, con la vista perdida en el cielo otoñal, moteado de esponjosas nubes blancas. No quedaba ni rastro de la tormenta.

—No doy nada por sentado. Por eso mismo estoy aquí, porque aunque crea que se va a recuperar, no puedo fiarme. Ya la viste anoche, estaba desatada.

Ilian resopló y asintió con la cabeza, la mirada clavada en la profundidad del suelo de obsidiana. Se había quedado apostado en el pasillo de sus aposentos, haciendo guardia, caminando arriba y abajo porque no quería dejar a su rey solo por si lo necesitaba. Y cuando había oído el estruendo, había acudido para comprobar que todo estuviera en orden.

Ver a su rey dominado por Ash lo había dejado perplejo. Rylen Valandur era el elfo oscuro más poderoso que conocía, no solo por su control de sombras, que no tenía parangón, sino porque, que ellos supieran, quedaban muy pocos elfos oscuros vivos que tuvieran una edad similar a la del soberano. Ilian era uno de ellos. Y, para su desgracia, lord Tharin era otro.

—¿Cómo pudo vencerte? —se atrevió a preguntar.

Rylen chasqueó la lengua.

—Esa es la pregunta del millón, porque «fuerza inmortal» no es uno de los síntomas de la drogadicción. Al menos que yo sepa.

—¿Quieres que vaya a informarme a algún centro de desintoxicación?

—Sí, pero sé sutil y no levantes sospechas. No me gustaría que sembraras el caos, sabes que en las colonias son muy susceptibles.

—¿Cuándo lo he hecho?

Ambos sonrieron y se quedaron callados una vez más. Una idea rondaba por la mente del rey, Ilian lo sabía por cómo miraba a la nada, pero sentía que habían perdido parte de esa complicidad. ¿Qué derecho tenía a preguntar sobre los pensamientos de su soberano, cuando le había fallado estrepitosamente? Si el Rey de los Elfos no quería compartirlo con él, tendría sus motivos.

—Hay algo que me preocupa... —comentó con aire distraído. Ilian alzó la vista hacia el monarca y aguardó, expectante. Quizá se había equivocado y aún confiaba en él. Despacio, Rylen giró el rostro hacia su general—. ¿Y si tiene algo que ver con su condición?

—¿Con que sea una Efímera? —El rey asintió e Ilian lo meditó—. ¿Con Ayrin tú...?

—No —lo interrumpió, tajante. Los Wenlion eran un tema tabú—. Es la primera vez que veo a un Efímero de Luz probar nuestra sangre.

—Pero no demostró tanta fuerza cuando la encontramos en la cueva.

—¿La retuviste sin problemas?

Ilian fue a responder que sí, pero las palabras murieron en su boca. Ahora que lo pensaba, se dio cuenta de que no: le costó algo de esfuerzo retenerla e incluso se le escaparon sus muñecas varias veces. Con todo lo que había pasado, no se había parado a pensar en lo que significaba aquello.

—Me costó —reconoció.

—Lo que suponía... —No había reproche en su voz, pero el general lo imaginó igualmente—. Me pasó lo mismo en la cama. —Intercambiaron un vistazo con el que Ilian comprendió que la situación entre ellos se había calentado antes de que llegara—. Incluso habiéndole hecho vomitar y habiendo pasado varias horas, consiguió retenerme contra el colchón. Luego probó mi sangre y fue...

—¡¿Qué?! —Lo gritó tan fuerte que Ash se revolvió al otro lado de las puertas y se ganó una mirada reprobatoria de su rey.

—Me hizo sangre y consiguió probarla. Fue... —Bufó y cerró los ojos con esfuerzo, como rememorando el momento placentero—. Ilian, te juro que nunca he sentido nada igual.

El general se tensó. Aquellas palabras tenían demasiadas connotaciones.

—¿Alguna vez han bebido de tu sangre? —añadió Rylen.

—No, que yo sepa. Tampoco me he juntado con muchos elfos de luz en los últimos siglos.

—En cuanto sentí su lengua atrapando una única gota, me empalmé. Y mira que antes estuvo frotándose contra mí y me mantuve sereno.

Ilian alzó ambas cejas y Rylen sonrió de medio lado. Que recordara, aquella era la conversación más decente sobre sexo que hubieran tenido en el último siglo. Lo que le sorprendió fue que no hubiera tenido aguante. El Rey de los Elfos tenía un temple descomunal, lo había visto soportar toqueteos en distintas fiestas a lo largo de los años sin inmutarse, porque era lo que se esperaba de él: seriedad, dureza, inmutabilidad. Que hubiera perdido el control con un único lametón era preocupante.

—Sentí una ola de placer y un embotamiento en los que creí que me perdería. Y estuve a punto —reconoció en un murmullo.

—Ash es atractiva —comentó con tensión.

Decir que era atractiva era quedarse corto, pero no le había contado que se habían enrollado por temor a que sus propios planes se vinieran abajo. Había pasado años intentando convencer a Rylen de lo que era mejor para el Reino de Lykos y una única noche podría arruinarlo todo, así que midió muy bien sus palabras a la hora de describir a la heredera, aunque «atractiva» fuera la más vaga.

Ambos la miraron de soslayo y luego el rey suspiró.

—No fue eso, sino darle mi sangre.

—Bueno, ya sabemos que es un afrodisiaco.

—Sí, pero no imaginaba cuánto. Ni mucho menos imaginaba que *mi* sangre le fuera a dar fuerza inmortal.

—Eso son palabras mayores.

—Ilian, estoy cansado, sí. Pero no estoy tan débil. Cuando me apuntó con la daga creo que me pilló desprevenido, pero después de eso, no tuve nada que hacer contra ella. Me manejó a su antojo y yo solo pude resistirme. Dominó el encuentro por completo. Y creo que no habría podido con ella ni con la ayuda de mis sombras.

—Imposible.

—Hablo en serio. Su luz... me intimidó. Fue como ver a la mismísima Merin caída del firmamento.

—No digas tonterías, Rylen. No fue para tanto, yo me enfrenté a su fuerza en la cueva.

—¡A eso me refiero! —Se incorporó con vigorosidad y se separó de la puerta—. Yo también la retuve allí dentro y, aunque me costó, no supuso mayor problema. Pero después de que probara mi sangre...

—No estarás sugiriendo que fue por tu sangre en concreto, ¿verdad?

—No sé si la mía o si pasaría lo mismo con cualquier Efímero.

—No pienso ofrecerme para comprobarlo. —Ilian apretó los labios al recordar cómo la disuadió de que probara su sangre después de que lo curara.

—Y jamás te lo pediría.

El general se frotó la cara. Era demasiada información para una única conversación, y hacía tiempo que no se enfrentaban a lo desconocido.

—¿Quieres descifrar el enigma? —le preguntó con voz trémula, por todas las implicaciones que tenía aquella cuestión y que Rylen sobreentendió.

Miró a Ash de reojo y volvió a recostarse contra la puerta de cristal.

—Sí. —Ilian había imaginado que aquella sería la contestación de su rey, porque el conocimiento era poder—. Pero no me corresponde a mí tomar esa decisión. Cuando se haya recuperado, le preguntaremos. Seguro que ella también quiere averiguar qué está pasando.

—Sabes que buscará más respuestas.

Rylen chasqueó la lengua y suspiró.

—Y le daré todas las que estén en mi mano. Pero, mientras tanto, necesito que tú las encuentres para mí.

Ilian se puso en pie con un asentimiento.

—Iré a algún centro de desintoxicación a informarme de qué podemos hacer para ayudarla. Haizel ha estado investigando sobre el ataque, le pediré que me eche una mano. Él sabe más que yo.

Rylen también se puso en pie.

—Gracias, Ilian.

—No me las des, es lo mínimo que puedo hacer —comentó con voz dura.

—Sabes que el responsable de esto soy yo, ¿verdad? —Ilian hizo un mohín—. Yo me la llevé a nuestro campamento. Podría haberla dejado allí a su suerte.

—Hiciste lo correcto.

—No se lo digas a ella. —Señaló hacia la ventana sonriendo de medio lado—. Lo digo en serio, Ilian. No te machaques. Aunque la pusiera a tu cuidado, nada de esto habría pasado de no ser por mí.

—Eso no significa que no haya fallado.

—No has fallado. —Lo agarró por los hombros y lo miró con intensidad—. El día que me falles, te daré la patada. Y sigues aquí, ¿no?

Sonrió de nuevo, con ese carisma tan único que poseía, e Ilian se relajó y se frotó la nuca.

—De momento.

Rylen le dio un apretón en los hombros y, sin preverlo, lo abrazó con fuerza.

—Saldremos de esta —le susurró el rey al oído—. Como hemos salido de todas.

Ilian asintió, no del todo convencido, y se separaron. Se acercó a la barandilla y se subió de un salto. Le apetecía notar el subidón de la adrenalina por la caída al vacío antes de desvanecerse en sus sombras; sentir que volaba.

—Necesito que hagas algo más.

Ilian se giró para observarlo. A esa distancia, se dio cuenta de que el rey presentaba un aspecto más derrotado de lo que había pensado en un primer momento. Aquello lo había trastocado de verdad, y solo recordaba otro suceso que le hubiera afectado de aquel modo.

—Tú dirás.

—Necesito que busques a Elwen.

—No vas a pedirle una predicción. —Lo pronunció con tanta convicción que fue como si hubieran intercambiado los roles y se hubiera convertido en el rey. Pero a Rylen no le importó.

—No estoy tan desesperado. Aún. —Intentó bromear, pero Ilian percibió la realidad detrás de esa palabra.

—¿Entonces?

—Quiero que distraiga a lord Tharin, para que se tranquilice.

Ilian sonrió con malicia.

—Elwen se va a llevar una alegría.

—Lo sé. —El rey sonrió de medio lado y volvió a sentarse—. Buena suerte. Estaré aquí esperándote.

A Ilian no le cupo ninguna duda de que cuando regresara, en un día o dos, se encontraría al Rey de los Elfos en la misma posición.

30

A Cyndra le dolía el cuerpo entero. Sabía que el trayecto entre Kridia y Milindur se hacía en cinco días, un par más si el clima no acompañaba o si surgían imprevistos, pero no estaba siendo el caso. Y a pesar de llevar solo tres días de trayecto, sentía que había pasado una vida en aquel cubículo.

El Imperio de Yithia era implacable en cuanto a acusaciones se refería. No toleraba la insubordinación de ningún tipo ni el quebrantamiento de la ley —a pesar de lo mucho que hacían la vista gorda con respecto a las drogas y, al parecer, la esclavitud—. Sin necesidad de juicio mediante, el trato era el propio que recibiría un culpable. Y si la sentencia declaraba la inocencia, ni siquiera pedían disculpas por el trato recibido. Era la lección que se debía aprender: un comportamiento intachable libraba de situaciones denigrantes.

Como tal, existían dos tipos de carromatos dedicados al traslado de presos: los grandes, pensados para albergar a decenas de reclusos, hacinados unos encima de otros en condiciones precarias, y los pequeños. Y, para su desgracia, no había habido ningún cautivo más que trasladar a Kridia.

Cyndra casi no se podía mover, puesto que cada lado de su cuerpo rozaba con una de las paredes de madera de aquel carromato vertical. Tenía el espacio suficiente para rotar los hombros de vez en cuando, y podía hacerlo gracias a su corta estatura, porque cualquier prisionero más alto o ancho que ella se vería asfixiado por las paredes. El espacio era tan reducido que ni siquiera podía doblar las rodillas para sentarse y obtener algo de descanso. Se pasaba las jornadas de pie, apoyándose en las paredes para aliviar la tensión de las piernas e intentar dormir un poco de vez en cuando, aunque resultaba imposible.

El escaso aire fresco que conseguía respirar era durante una hora, en medio de la noche, cuando la sacaban a rastras para darle un trozo de pan duro y permitirle que aliviara sus necesidades, si no lo había hecho en el cubículo antes. El hedor era nauseabundo. El olor de su propio sudor se entremezclaba con el de sus fluidos. Con una única parada de una hora a lo largo del día, a veces no conseguía aguantar y se orinaba encima. Daba gracias a que la comida fuera escasa y estuviera estreñida, porque aquello habría sido horrible. No obstante, a la orina también había que sumarle el vómito por la ansiedad, que le mordía el estómago cuando sus inquietudes la dominaban.

Porque lo peor de todo, sin duda, era la oscuridad. La negrura que la envolvía era asfixiante. Sin un solo resquicio de luz en aquel cubículo hermético, su mente viajaba demasiado lejos y se quedaba anclada en los horrores que había sufrido.

Cyndra tenía claustrofobia y pánico a la oscuridad. «Terapia de choque», decía cada vez que Ash le sugería que dejara el ejército después de alguna crisis. Porque enfrentarse a los elfos oscuros, maestros de la noche, era poco inteligente cuando se albergaba un temor como aquel. Pero Cyndra no se rendía al miedo, lo doblegaba y lo retorcía. Y aunque ese pánico estaba arraigado bien dentro, por culpa de uno de los muchos castigos de su progenitor, en su etapa adulta había conseguido mantenerlo a raya.

Hasta ese momento.

No conseguía alejar la voz de Elegor Daebrin de su mente, amenazándola con dejarla encerrada en ese escobero para siempre. Por no haber tenido la espalda erguida en una recepción de palacio; por haber reído más fuerte de lo debido; por haberse hecho un raspón en la rodilla. Ese varón siempre encontraba los motivos más nimios para quebrar su voluntad e intentar someterla y convertirla así en la digna heredera de los Daebrin, en lugar de permitir que su hija albergara cualquier atisbo de vida.

Dentro de aquel escobero, Cyndra siempre perdía la noción del tiempo. Era imposible saber cuántos días habían pasado, cuánto había suplicado por que la sacara de allí; implorándole un perdón a un padre que nunca la iba a escuchar y prometiéndole que no lo iba a repetir. Y, al principio, Cyndra no mentía. A la tierna edad de ocho años, ella se esforzaba por ser lo que Elegor quería de ella. Por ser ejemplar, no dar problemas y obedecer. Pero sus habilidades para la Orden de los Asesinos y la Orden de los Tiradores siempre habían estado ahí, y cuando llamó la atención del general de las Órdenes, del mismísimo padre de Arathor, Elegor Daebrin pudo hacer poco por impedir que su hija entrara en el ejército.

Con once años, Cyndra había creído que la milicia sería su liberación, que su progenitor empezaría a estar orgulloso de ella y que los golpes y los «correctivos» se acabarían. Se topó con la realidad nada más regresar a casa después de cumplimentar el alistamiento, cuando su progenitor le grabó el escudo del Consejero de la Moneda en el abdomen, a fuego, para que nunca olvidara a quién pertenecía.

Y dentro del carromato del presidio, Cyndra no tenía lugar al que huir. Las paredes la constreñían, le apretaban los pulmones y la privaban de oxígeno. Eso hacía que hiperventilara y que el aire a su alrededor se viciara más. Y cuando sucedía, su mente se embotaba y se quedaba al borde de la inconsciencia constante, único consuelo que encontraba para no revivir toda su infancia.

Por mucho que en los escasos tres días de viaje no le hubieran puesto una mano encima, aquello suponía una tortura en sí misma. Y lo peor era que siempre había sabido de la existencia de esa forma de traslado, pero jamás imaginó que aquel carromato pudiera sumarse a su larga lista de pesadillas.

Su único alivio, lo único que evitaba que perdiera cualquier esperanza, era la hora de descanso diario durante la noche. Porque cuando salía al aire renovado y contemplaba las estrellas, Cyndra volvía a convertirse en la balsa de agua calmada que tantos años se había esforzado en ser.

Durante esa hora, se dedicaba a comer todo lo despacio que podía, masticando hasta deshacer cualquier migaja en su boca y luchando contra las ganas de llorar. Aquello era injusto, le estaban dando un trato despiadado. Pero no cabía duda de que quienes la vigilaban eran extremistas y la consideraban una grajo en sí misma. No se había demostrado su implicación real con los sucesos, pero ya habían emitido sentencia. Ella era el enemigo. Ella había confabulado con la lacra de la isla. Ella valía menos que la escoria. Y así se lo estaban haciendo ver.

La comitiva que la acompañaba era escasa, apenas cinco asesinos, entre los que se encontraba la teniente Laurencil. Cada vez que salía de su «carruaje», Calari le dedicaba una sonrisa afilada. Estaba disfrutando con aquello, y Cyndra desconocía por qué. Se rumoreaba que los asesinos estaban majaras por todo lo que tenían que soportar, pero aquella fémina había perdido cualquier indicio de cordura.

La puerta se abrió con ímpetu y el aire renovado le acarició la piel sudada. Cyndra inspiró hondo y la agarraron por el brazo para sacarla del cajón. Con cada nueva inspiración, la quemazón en los pulmones se iba calmando. Mientras estaba en esa hora de tregua, dejaban que se moviera por el espacio libremente, bajo la atenta mirada del soldado de guardia, porque con la cadena entre los grilletes de las manos y los de los pies no podría ir muy lejos. La tiradora miró hacia el grupito, a la espera de que le dieran de comer.

Aunque intentó atrapar el trozo de pan que le lanzaron al vuelo, las ataduras no le permitían mucho margen de movimiento, por lo que le impactó en el hombro y su comida cayó al suelo, rodando por la tierra. Cyndra apretó los dientes cuando los cinco asesinos se rieron de ella, pero se resignó a desearles la muerte mentalmente y a agacharse para recoger su desayuno-comida-cena.

«No te quiebras. No te sometes».

Las rodillas le crujieron en cuanto las dobló y se inclinó para alcanzar el trozo de pan. Pero no llegó ni a rozarlo: le propinaron tal patada en el trasero que venció con fuerza hacia delante.

Impactó de lleno con la mejilla, porque la longitud de la cadena no le permitía poner las manos por delante. Gruñó por el dolor no solo de rasparse la cara contra la tierra, sino por el mordisco de los grilletes alrededor de una piel hipersensible por el roce.

—Ya está, solucionado —se mofó el asesino más estúpido de todos—. Ahora ya eres una grajo al cien por cien.

Aquel comentario tan sumamente racista, en alusión a lo negra que tendría la cara por haberse embarrado, la encendió más aún.

Cyndra no les dio el placer de alimentar las carcajadas. En su lugar, rodó sobre sí misma y se quedó contemplando el firmamento. Para su desgracia, la rueca de Dalel le devolvió la mirada. Aquel era su destino y no podría eludirlo.

—Gracias —dijo en su lugar. El asesino frunció el ceño y la diversión le desapareció del rostro. Una victoria para la tiradora—. Me has ahorrado gastar energías en sentarme.

Cyndra sonrió con socarronería y lo repasó con la mirada. En plenas facultades, por muy asesino que pudiera ser, aquel varón no tendría nada que hacer contra ella. Pero olvidaba, con demasiada facilidad, que no estaba en plenas facultades, porque añadió:

—Así me quedarán fuerzas cuando me canse y decida arrancarte la lengua y metértela por el culo.

El soldado estalló y se abalanzó sobre ella. Cyndra rodó de nuevo y, con una gracilidad apabullante, le hizo una llave al soldado y consiguió enredarle el cuello con las cadenas. Después de tres días soportando aquel trato vejatorio, se había hartado. Y, total, puesta a morir por decisión del emperador, prefería que fuera por unos actos que *sí* había cometido.

—¿Quién se ríe ahora? ¿Eh, capullo?

El soldado forcejeó y Cyndra sonrió aún más. Ella, que con solo once años había estado a punto de ingresar en la Orden de los Asesinos, era mejor asesina que aquel pelele. Los otros tres soldados se acercaron a la carrera y lo liberaron de su agarre. El asesino se dobló sobre sí mismo para toser y escupir, con el rostro enrojecido por la falta de aire y los ojos rezumando un odio profundo. Dio un par de pasos hacia ella, con gesto amenazador, y Cyndra lo saludó con la mano, destilando soberbia. No obstante, no llegó a ningún lado, porque la teniente Laurencil lo interceptó.

—Quieto ahí, valiente. No podemos tocarla.

No era la primera vez que comentaba algo similar, y la tiradora no comprendía por qué disfrutaba de esa especie de inmunidad. Porque se negaba a pensar que fuera por influencia de su progenitor; se negaba a pensar que le debía esa tregua.

—Conténtate con haberla rebozado por el barro. Mira cómo le has dejado la cara.

Señaló hacia ella con indiferencia. A pesar de que estaba amonestando al soldado, Calari parecía disfrutar con aquel teatrillo.

—Pero, teniente, no podemos...

—Tranquilo, tendrá su escarmiento.

Se giró hacia atrás con esa sonrisa maliciosa en los labios y Cyndra endureció las facciones. No le gustaba que la mirara así, como a un caramelo que podría destrozar con los dientes. Con pasos raudos, acortó la distancia entre ambas y la agarró por el brazo. Después, la arrastró hacia el carromato.

—Hoy te quedas sin tu hora de libertad, Daebrin.

—¡¿Qué?! ¡No!

Aquello eran palabras mayores. Cyndra no creía que pudiese aguantar sin esa hora de respiro. Se resistió, pero la teniente

Laurencil la condujo hasta el cubículo sin inmutarse. Abrió la puerta y la arrojó dentro. Cyndra rebotó contra la pared y el cajón se meció con violencia; hasta el caballo se asustó y soltó un relincho.

Se dio la vuelta y observó a la asesina con horror.

—Espero que estés disfrutando de tus últimas horas de «libre albedrío», Daebrin —comentó con un deje de burla—, porque cuando lleguemos a Kridia, se te acabará el chollo. Ni siquiera tu *papaíto* podrá librarte de la ira del emperador.

Cyndra frunció el ceño por la forma en la que había escupido el «papaíto».

—En cuanto su majestad imperial descubra que estás relacionada con el secuestro de su hija...

Calari hizo un ruidito desagradable con la boca, se pasó el pulgar por el cuello y sacó la lengua, emulando a un muerto.

—No tienes ni puta idea, Laurencil —murmuró Cyndra con rabia.

—¿Y tú sí? —La teniente enarcó una ceja—. Venga, termina de condenarte. Cuéntame cuáles fueron tus planes malévolos. Cómo has confabulado con el enemigo para obtener un rescate con el que librarte del «yugo de tu padre». —Lo último lo dijo con voz grandilocuente y se cruzó de brazos.

Sus palabras rezumaban sarcasmo a la legua, y en ellas distinguió la insinuación de que su vida había sido fácil solo por ser hija de un consejero. Cyndra respiró hondo para calmarse. No lo consiguió, y lo único que se le ocurrió en respuesta fue escupirle en la cara.

Calari recibió el escupitajo quedándose muy quieta, con los ojos cerrados. Lentamente, los abrió y se pasó el puño de la camisa por la mejilla para limpiarse el lamparón.

—Cuánto voy a disfrutar con tu ejecución —siseó contra su rostro antes de encerrarla de un portazo y sumirla en el pozo de las torturas.

Cyndra reprimió un quejido angustiado cuando la ansiedad se le instaló en la espalda, como una mochila. Y a partir de entonces, lo único que pudo hacer fue llenar la mente con su mantra para no permitirse pensar en nada más.

«No te quiebras».

«No te someten».

«No te quiebras».

«Sobrevives».

Y eso haría. Sobrevivir.

31

Kara llevaba los últimos cinco días pasando más tiempo fuera de sus aposentos que dentro. En un primer momento, en sus paseos había estado acompañada de Lorinhan, quien se había ofrecido a guiarla por el palacio hasta que se acostumbrara a la nueva dimensión que había adquirido todo. Pero poco después, llegó a la conclusión de que yendo con él no iba a conseguir averiguar nada.

Así que había hecho de tripas corazón y había empezado a deambular por los pasillos del palacio por sí sola. Al principio le daba miedo, pues la construcción estaba plagada de escaleras que se convertían en precipicios por la cojera y la falta de profundidad. Esa sensación no la abordaba siempre, gracias a los dioses, pero sí cuando se despistaba y dejaba de concentrarse en que el mundo, a su ojo, ahora era diferente.

Con el transcurso de los días, esa percepción extraña y más plana de su hogar se fue difuminando, así como los mareos que la atacaban de repente y los dolores de cabeza por permanecer en el mismo sitio cerrado todo el tiempo.

Para su suerte o su desgracia, Kara empezaba a acostumbrarse a la vida menos tridimensional que le confería su único ojo esmeralda. Así que aquella tarde se atrevió a salir a los jardines de los que tanto disfrutó su madre en el pasado. Su padre los había mandado construir para ella, al poco de contraer nupcias, y la emperatriz consorte se encargó siempre de su supervisión y cuidado. Y pese a que todo estaba un poco carente de vida desde que Celina Aldair había muerto hacía diez años, seguía siendo un espacio majestuoso, cargado de olores frescos y florales, en el que a Kara le gustaba refugiarse.

O así había sido.

No se había dado cuenta de que la explosión de la muralla hubiera sido en una sección tan cercana a los jardines, ni tampoco había sido consciente de hacia dónde la conducían sus pies. Y aunque la muralla ya estaba prácticamente reconstruida y reforzada, el terreno, el césped y algunos arbustos frutales y florales seguían teniendo marcadas las consecuencias del ataque. El suelo presentaba socavones en determinados puntos, que habían intentado rellenar con tierra y plantando césped nuevo, pero aún no había crecido del todo. Había arbustos calvos en algunas partes, que habían tratado de podar de forma disimulada, pero ella era capaz de percibir aquel horror. No en vano, lo había sufrido en sus propias carnes.

Abrazándose a sí misma, se mentalizó para continuar por el camino de arenilla que se adentraba en los jardines, con sus altos arcos de enredaderas, los arbustos de buganvillas y los naranjos colmados de frutos casi maduros. Sintió un retortijón en las tripas al rememorar la sensación de ingravidez cuando voló por la onda expansiva de la explosión. Desde entonces, no se había atrevido a acercarse a aquella zona por los horrores que acarreaba.

—Creo que no tengo el gusto de conoceros —dijo una voz grave a su izquierda, con acento marcado.

Asustada, se dio la vuelta hacia la procedencia de la voz. Aquel no era el primer sobresalto, ni sería el último, porque Kara ahora vivía con el flanco izquierdo expuesto por la falta de visibilidad. Cuando giró sobre los talones, tensa, tuvo que alzar mucho la vista para enfrentarse al rostro de su interlocutor.

Se quedó de piedra al descubrir que, quien le hablaba, era un berserker. El hombre le sacaba una cabeza y media, y llevaba la larga melena rojiza, que brillaba como fuego bajo la última luz del atardecer, apartada del rostro y adornada con abalorios metálicos. Su cuerpo era fuerte y poderoso, salvaje, creado para la guerra, con brazos más musculados que los de cualquier espadachín y piernas potentes.

Sus ropajes eran muy diferentes de los de Kridia, vaporosos y delicados. En su lugar, llevaba pantalones de lino y pelajes para cubrirse parte del torso. Su piel brillaba con una fina capa de sudor que hacía que su tono claro reluciera como un diamante. Kara se tomó unos segundos de más para estudiar lo imponente de ese cuerpo tatuado con runas antes de deslizar la vista hacia el rostro enmarcado por una barba cuidada y de atractivo extraño que, con dos ojos como zafiros, la observaba con un asomo de sonrisa.

Tras él, dos mujeres igual de altas, rubias y ataviadas con ropajes de guerra, vigilaban el entorno con las manos sobre las empuñaduras de sus armas. Si le sorprendió ver a un berserker tan de cerca, porque hasta entonces solo los había visto de lejos, recelosa como se sentía, más lo hizo ser consciente de que frente a ella se encontraban dos valquirias.

Kara pasó junto al berserker, emocionada por verlas. Ashbree y ella habían leído mucho sobre las valquirias de pequeñas, aquellas mujeres de élite que se dedicaban a la guerra, que destacaban por encima de los hombres y que consagraban su vida al combate y al espectáculo violento. Eran casi diosas caídas de los cielos, invencibles y letales. El cuerpo de élite de unos vaettir que, ya de por sí, vivían por y para el conflicto dentro de sus propias tierras. Un caos ordenado, lo llamaba su padre.

—¿Sois valquirias? —preguntó como una estúpida.

El hombre tras ella rio entre dientes, un sonido profundo y tosco, y Kara le dedicó un vistazo, molesta. Tuvo que alzar la cabeza de nuevo, tan poco acostumbrada a esa diferencia de altura, que a ella, con su metro setenta y seis, le parecía monstruosa.

—Son valquirias, sí —le confirmó con esa voz ruda y cargada de acento—. Pero no hablan vuestro idioma. Llevan días paseando por aquí, ¿no las habíais visto?

Kara negó con la cabeza y se esforzó en no quedarse absorta en aquellos portentos de mujeres imposibles, que le resultaban más fieras incluso que el hombre enteramente tatuado.

—Me temo que no había tenido el gusto. —El hombre comenzó a caminar y a Kara no le quedó más remedio que seguirlo, con el traqueteo del bastón sobre los adoquines—. He estado un poco ausente.

—No hace falta que lo juréis. —Kara lo miró con incomprensión. Él tenía la vista clavada en el frente, con las manos cerradas a la espalda y todas las armas que portaba encima arrancándoles destellos a las últimas luces del día—. De no haber estado tan ausente, me acordaría de vos.

Azorada, apartó la vista y se fijó en los setos pulcramente podados que iban dejando atrás. No pudo evitar pensar que se acordaría de ella por el horror que tenía en la cara, cubierto por el parche escueto que le entregaron los sanadores el primer día; que eso era lo único llamativo en ella a esas alturas. Un recuerdo de lo que fue o pudo ser y que jamás recuperaría: su belleza prístina y grácil.

Y a aquellas alturas, tenía tan enquistada su condición, que no le quedaban filtros para contener la lengua, porque dijo:

—Sé que soy difícil de mirar, pero tengo cualidades mucho más llamativas por las que recordarme.

Él se detuvo y ladeó la cabeza; un mechón cobrizo y largo resbaló por su hombro cubierto por pelaje. Resignada, Kara resopló y se detuvo delante del berserker antes de enfrentarse a su mirada de incomprensión, que se clavó en el parche broncíneo con el sol llameante grabado en él.

—No os conozco, lady...

—Kara. Y no soy lady —masculló, malhumorada.

Él esbozó una media sonrisa que no pegaba en absoluto con lo rudo de sus rasgos y que se perdió un poco bajo la barba, a la que no podía quitarle el ojo de encima. Nunca había visto un rasgo facial como ese, siendo que los elfos no presentaban vello corporal, y se sorprendió pensando que resultaba una característica atractiva. Al menos, en aquel berserker.

—No os conozco, Kara, pero eso que parecéis detestar —le señaló el parche— cuenta una historia. Una con la que los míos se vanagloriarían. Una que habla de resistencia, fuerza y superación. Una como la mía.

Con un movimiento fluido, se levantó la pernera del pantalón y un destello metálico la cegó un instante. El berserker descubrió para ella una prótesis metálica, maltratada, un poco oxidada y descuidada que, tal y como él decía, contaba una historia. Kara se obligó a cerrar la mandíbula, desencajada por inercia, y a tragar saliva. Jamás había visto nada parecido y pensó en que debía de ser doloroso moverse con ese artilugio que le reemplazaba la pierna de rodilla hacia abajo.

—Lo siento —musitó, cohibida.

—Ah, no lo sintáis. Quien me hizo esto acabó mucho peor que yo, creedme.

Sus labios gruesos, el superior surcado por una pequeña cicatriz que se perdía bajo la barba, se estiraron en una sonrisa sincera que caldeó el pecho de Kara.

—En Korkof, muchas mujeres envidiarían una lesión como la vuestra, lad... Kara.

Ella sonrió con timidez, en parte por cómo sonaba su nombre pronunciado por ese acento fuerte y foráneo.

—Ha sido un placer conversar con vos. —El hombre le cogió la mano y Kara dio un respingo ante la aspereza de esos dedos grandes. Después, sin dejar de mirarla a *los ojos*, no solo al parche, como ya era costumbre con los demás, le dio un beso en los nudillos—. Espero veros menos ausente a partir de ahora.

Kara se limitó a asentir, azorada por que un varón, o un hombre, en este caso, la hubiera tocado, aunque fuera en la mano. Era hija del emperador y, como tal, muy pocos se atrevían a traspasar ciertas fronteras que, ante ojos escrutadores, podrían resultar indecorosas.

El hombre se alejó con paso firme, sin indicio alguno de que le faltara una pierna, y algo se removió dentro de ella: un sentimiento de superación y de fuerza que la traspasó.

—¡Esperad! —dijo en el último momento, dando un paso cojeante hacia él.

El hombre se detuvo, con sus valquirias custodias detrás, y la miró por encima del hombro, paciente.

—N-no me habéis dicho cómo os llamáis.

Sus labios se curvaron en una media luna.

—Halldan Ruud. Un placer, Kara Aldair.

Cabeceó una vez más en dirección a ella y Halldan Ruud, embajador de Korkof y representante de su *jarl*, se alejó de ella.

Y después de días intentando averiguar algo sobre su hermana sin éxito, Kara pensó que quizá el plan acababa de tomar un nuevo rumbo. Uno que no le importaba explorar.

32

Cyndra perdía la noción del tiempo en la cárcel portátil. Caía en la inconsciencia y regresaba tantas veces que había dejado de contarlas. No sabía si dormía o si su cuerpo estaba al borde de desfallecer. Comprendía que no alimentaran bien a los presos para que la extenuación impidiera que intentaran escaparse, pero hacía dos días que tenía la sensación de que su estómago se estaba comiendo a sí mismo.

Sus músculos, que tantos años le había costado tornear, se estaban quedando sin fuerzas; sus huesos se quejaban en cuanto ponía un pie fuera de aquel espacio. Y, para colmo, tenía la sensación de que el raspón de la mejilla se le había infectado con el barro que no le habían dejado limpiarse, porque le picaba constantemente.

«No te quiebras», se repetía sin cesar. Su único consuelo para mantenerse anclada a la realidad.

Se pasaba las horas tiritando y muriéndose de calor, vomitando bilis cuando la ansiedad y el pánico la engullían y mordiéndose la lengua para no gritar y suplicar que la sacaran de allí. Porque aunque estuvieran rompiendo su cuerpo poco a poco, hacía falta más para quebrar su espíritu.

«No te sometes».

Aún se colaba cierta claridad por la estrechísima rendija de la puerta cuando el carromato se detuvo. Aunque, en honor a la verdad, allí dentro no había luz alguna, solo que su mente la imaginaba para no rememorar traumas infantiles.

Cyndra se enderezó, con un quejido atascado en la garganta y las lágrimas al borde solo por mover unos músculos más que entumecidos. Estaba sumida en su dolor cuando algo le llamó la atención: el completo silencio en el exterior. Siempre que se detenían, el carromato se veía rodeado por el parloteo de los soldados, que charlaban animadamente para desquiciarla. Pero en aquella ocasión no se oían ni siquiera los relinchos de un caballo extenuado.

Abrió los ojos, como si así fuese a ver algo, y pegó la oreja a la madera. Se mordió el labio inferior por el temor a lo desconocido y empezó a sangrarle, tan resecos como los tenía por la deshidratación. Si aquello formaba parte de alguno de sus estúpidos jueguecitos para minarla más moralmente...

Un par de susurros en el exterior, armas desenvainándose y entonces estalló el caos. El carromato se sacudió con violencia. Cyndra rebotó contra las paredes y profirió un gruñido cuando cada milímetro de su cuerpo gritó por el dolor. Y por encima de sus propios gemidos escuchó gritos de guerra. *Demasiados* gritos de guerra.

Cyndra aporreó las paredes pidiendo auxilio, porque quizá aquello formara parte de un estúpido plan de rescate de Seredil y Thabor. La esperanza se hizo con un hueco en su corazón y golpeó la madera con más fuerza.

De repente, el carromato se bamboleó con tanta brutalidad que cayó de lado. Cyndra acabó estampada contra las paredes, tumbada no sabía si en el techo o en el suelo. En la intensa negrura había perdido la noción de qué era arriba y qué era abajo.

Tosió cuando las costillas se le quejaron por el impacto y al olor de sus fluidos se le unió el de la sangre fresca. Musitó un quejido cuando consiguió incorporarse sobre las palmas de las manos. Al alzar la vista, la oscuridad había desaparecido: la cerradura se había roto con la sacudida y dejaba entrar un resquicio de la claridad de la luna. La esperanza creció más y más, pero no tuvo tiempo a procesarla siquiera cuando la puerta se abrió de un tirón. Al otro lado apareció un varón desgreñado de ojos verdes que se cubría el rostro con un pañuelo roído.

Forajidos.

El corazón se le apretó en un puño cuando el elfo hizo amago de agarrar su cadena para sacarla de ahí. Ella lanzó las piernas todo lo fuerte que pudo, pero no fue suficiente. Se maldijo por ello, aunque no fuera culpa suya no tener fuerzas. El forajido tiró de la cadena de sus tobillos y Cyndra siseó por el dolor del metal mordiéndole la piel. La sacó del cubículo a rastras.

Era noche cerrada en el exterior, las únicas fuentes de luz procedían de los cristales que estallaban a su alrededor. El elfo gruñó algo que Cyndra no comprendió y forcejeó con ella para echársela al hombro.

—Y una mierda —farfulló ella.

Clavó las uñas en los brazos del varón tan fuerte que sintió cómo se rompían, maltratadas por arañar las paredes del carromato. Él siseó y aflojó el agarre. Cyndra se revolvió sobre el suelo embarrado en dirección contraria, intentando ponerse en pie, pero las cadenas que le anclaban las extremidades entre sí le dificultaban la tarea.

Consiguió levantarse y fue consciente de lo que sucedía a su alrededor. Los cinco asesinos luchaban contra un grupo de más de treinta forajidos, varones y féminas, que habían atacado el carromato. Resistían a duras penas, pero no podría importarle menos. Por ella, como si los mataban a todos. Los caballos que los habían acompañado en la comitiva habían desaparecido, supuso que huyeron despavoridos en cuanto los asesinos bajaron al suelo, porque aquella orden no era la más diestra en la monta. Como sí lo eran los tiradores.

No llegó demasiado lejos cuando un cuerpo la embistió. Rodó lo suficiente como para que no la apresara de cara al suelo y pudiera ejercer una mínima resistencia contra su atacante. Era el mismo varón, al que se le había caído el pañuelo y tenía una fea cicatriz en el mentón. Incluso en la más absoluta oscuridad, distinguió el brillo frenético de la muerte en sus ojos verdes.

El primer puñetazo impactó de lleno en el rostro de Cyndra. Su cabeza se agitó con violencia y el mundo entero se tambaleó. Tenía el pelo, sucio y embarrado, pegado a la cara, pero cuando fue a darle el segundo golpe, Cyndra se impulsó hacia delante y le propinó un cabezazo con todas las fuerzas que le quedaban. El varón se llevó las manos a la nariz, que sangraba profusamente, el líquido caliente cayendo sobre el cuerpo de la tiradora. El instinto de supervivencia y la adrenalina le confirieron una violencia inexplicable y, haciendo impulso con las caderas, lo desestabilizó lo suficiente como para quitárselo de encima.

Cyndra había aprendido la lección. Huir no le serviría de nada, así que se revolvió, arañando tierra a su paso, y se colocó sobre el varón. Enroscó la cadena en el cuello de su atacante y tiró con todas sus fuerzas. De haber sido otras las circunstancias, aquel forajido habría muerto en cuestión de segundos, pero el momento se dilató y la agonía se trasladó a su propio cuerpo. Con cada instante que transcurría, la ansiedad por la realidad de lo que estaba haciendo la mordía más profundamente. Aquello no era algo rápido como en la emboscada. Estaba viendo cómo la vida del varón se extinguía entre sus manos. Y cuando por fin dejó de forcejear y él cerró los ojos, Cyndra se levantó trastabillando.

El forajido llevaba un arma al cinto. No entendía por qué no la había usado, pero le arrebató la daga y corrió como pudo hasta el caballo, que intentaba levantarse del suelo torpemente. El carromato también lo había volcado a él y, asustado, coceaba sin cesar. Cyndra se colocó a su lado, lanzando miradas furtivas al combate que tenía lugar más allá, y se sirvió del filo para cortar las ataduras del corcel.

Lo agarró de las riendas todo lo fuerte que pudo, murmurándole palabras de aliento que poco sentido tenían. Sin importarle que el caballo no tuviera silla, se agarró a sus crines para impulsarse y saltó a su grupa, tumbada sobre el abdomen, puesto que las cadenas entre sus tobillos no le permitían separar las piernas. No transcurrió ni un segundo antes de que el caballo echara a correr, rápido como el viento.

Cyndra Daebrin se alejó sin dejar de mirar al combate, hasta que este quedó oculto por la espesura del Mar de Esmeralda, y entre las copas frondosas distinguió un destello de Dalel brillando para ella.

Aquel era su destino, ineludible entre el millar de hilos que conformaban su vida. Y solo le quedaba rezarle a ese mismo dios para que su libertad durara todo lo posible.

33

El combate había sido una carnicería. Calari aún no sabía cómo habían sobrevivido a aquello, aunque no todos lo habían hecho. Deambuló por el claro arrastrando la pierna, con una maldición contenida a duras penas. Sentía el cuerpo extenuado, los músculos pesados y la piel empapada de sangre ajena y propia. Se había equipado la máscara de combate por si el enfrentamiento hubiera sido contra grajos, y eso impedía que respirara todo lo profundo que necesitaba. Se la arrancó del rostro con un quejido, el cabello blanco tornado rojo.

Escupió al suelo y se maldijo mientras seguía caminando por el espacio, comprobando si había supervivientes. Habría dado lo que fuera por estar en lo cierto y que el enemigo hubiera aparecido para rescatar a Cyndra Daebrin, lo que le habría conferido la excusa perfecta para matarla en el momento. Para su desgracia, el ataque había estado perpetrado por un grupo de forajidos, tan pálidos como ella. Nada de pieles ni cabelleras oscuras, todo oro bañado en sangre roja.

—Durlin ha encontrado a uno, teniente.

Calari sorbió por la nariz, pero no sirvió de nada, tan taponada por la sangre como la tenía. Estaba para el arrastre. Un combate treinta contra cinco era una matanza asegurada. Y no le cabía duda de que habían dedicado tantos efectivos por ese mismo motivo. No habían esperado encontrarse con cinco asesinos experimentados que habían terminado sobreponiéndose. Aunque no todos. Filiun, el más bocazas de todos y quien había embarrado a Cyndra, había caído. Y se lo tenía bien merecido, porque Calari tenía sospechas de los motivos que habían provocado el ataque.

Llegó hasta Durlin y Nergala, la que la había avisado, quienes retenían al superviviente, laxo entre sus brazos. Tenía la nariz amoratada y un chorro de sangre le había teñido los dientes, por no hablar de las marcas negruzcas que le envolvían el cuello. No había ni rastro de Daebrin —se había molestado en comprobarlo por sí misma—, y no le cupo la menor duda de que esos moratones eran de unas cadenas estrangulando.

—Más te vale empezar a hablar, escoria.

No esperaba que el forajido tuviera fuerzas, pero aun así se las ingenió para escupir a los pies de Calari. Al menos, había tenido la inteligencia de no hacerlo a la cara. No obstante, eso no lo libró de una bofetada que casi hizo eco en el inmenso bosque que conformaba el Mar de Esmeralda.

—¿Qué coño buscabais atacando al ejército del emperador?

Una daga se apretó sobre el cuello del preso y un fino hilo de sangre manchó su piel sudada. Los ojos del forajido viajaron por la explanada y brillaron con decepción.

—¿Dónde está la grajo? —masculló.

Sus sospechas habían sido ciertas. Los malditos forajidos habían confundido a Cyndra con una elfa oscura porque estaba embadurnada de barro, mugre y roña hasta las cejas. Solo salía una hora al día y durante la noche, cuando todos los gatos eran pardos. Aun así, necesitaba una confesión por su parte.

—Más vale que empieces a cantar.

El forajido se desinfló, toda su determinación desaparecida, y miró a su alrededor, comprobando los horrores de la escaramuza.

—Hablaré si mediáis por mí en mi condena.

—Claro. Y, ya puestos, te soltamos cuando hayas acabado

—comentó la teniente con sorna. Sus subordinados le rieron la gracia—. Si hablas, te garantizo llegar vivo a la cárcel.

—N-no puedes matarme, la ley...

—La ley, la ley. ¿Hablas de esa ley que vosotros mismos habéis quebrado? ¡No me vengas con chorradas! —Una nueva bofetada—. Habla ahora y dejaré la parte más preciada de tu anatomía pegada a ti.

Descendió la daga hasta su entrepierna y apretó lo suficiente como para que sintiera la punta a través del pantalón.

El forajido la observó con horror y empalideció.

—Buscamos grajos para extraerles la sangre —confesó en un hilo de voz—. Así no dependemos tanto de la red de Lykos y movemos nuestro propio producto.

—Menos intermediarios, mayores beneficios. —Calari chasqueó la lengua y se cruzó de brazos—. ¿Y qué hay de los presos que el imperio os vende? ¿Es que acaso no os basta?

El varón emitió un gruñido a modo de respuesta y ella supo que no iba a decir más.

—Esposadlo —ordenó con voz tajante.

Con la rabia burbujeando en su estómago, Calari volvió a enfrentarse a la masacre. No tenían caballos, estaban heridos y habían perdido a un compañero, además de haber hecho un preso. Estaban a unas siete horas a caballo de la capital, lo que bien podría ser el doble a pie. El triple si tenía en consideración sus lesiones.

Estudió el terreno, el carromato volcado, las ataduras del corcel cortadas. Siguió las huellas de los cascos con la vista y más allá, a la espesura del Mar de Esmeralda, donde el claro desaparecía. Cyndra Daebrin había escapado, y Calari era bien consciente de que no estaban en condiciones de ir tras ella. Pero también sabía qué había en la dirección que había tomado la tiradora. Y esperaba que eso les concediera el tiempo suficiente como para informar de su fuga en la capital y que una partida de búsqueda saliera a darle caza.

Eso si el lugar al que se dirigía no la mataba antes.

34

El caballo siguió corriendo durante tanto rato que Cyndra perdió la noción del tiempo. El firmamento seguía oscuro, pero empezaba a teñirse con el tono plomizo de las primeras luces del día. Le dolía todo el cuerpo por el trajín del animal y por la mala postura que llevaba sobre él, encaramada de cualquier modo como si fuera un fardo de patatas y con la cadena incrustada. Pero soportaría una vida entera de aquel modo si con eso se alejaba de sus captores.

El caballo aminoró en cuanto se aproximaron a las inmediaciones de una aldea antigua y tiempo atrás abandonada. Cyndra, alargando los brazos como pudo, consiguió asir las riendas y tirar de ellas para que el animal terminase de calmarse y pudiera bajar de aquel potro de torturas.

Plantó los pies sobre el suelo mal adoquinado y el estómago se le revolvió por la falta de presión sobre él. Regalándole palabras de agradecimiento, Cyndra se acercó al morro del caballo y lo acarició lánguidamente, con los ojos cerrados y la frente apoyada contra su cabeza. El animal, casi con certeza, le había salvado la vida. Al menos de momento.

No se permitió pensar en ello y se separó de él, sin soltar las riendas, para respirar hondo. Para respirar de verdad por primera vez en cinco días. Sin la presión de la hora de libertad descontando minutos. Sin tener que estar pendiente de cada sonido por si, de buenas a primeras, la tomaban con ella. El ambiente olía a húmedo, a tierra batida y a polvo. Del interior de la aldea no salía ni un solo murmullo. No había vida alguna deambulando por la calle, por muy de madrugada que fuera. Era una aldea fantasma esperando a su primera invitada.

Se sentó en el suelo, observando el cuchillo que aún conservaba y los grilletes. El ojo de la cerradura era estrecho y afilado, como la punta, pero dudaba de que fuera a servirle para algo. Aun así, sin perder la esperanza, dedicó incontables minutos a hurgar en la cerradura, de pies y manos por igual, con el sudor cayéndole en gotas desquiciantes por las sienes. Tenía los labios en carne viva de tanto morderlos por la concentración, y ni siquiera los años que había pasado forzando cerraduras para huir de lo que tendría que haber sido su hogar impidió que la hoja del cuchillo se quebrara.

—¡Joder! —estalló, lanzando la empuñadura todo lo lejos que pudo.

Solo con esos movimientos tenía la respiración agitada, y los forcejeos de unas horas antes empezaban a hacerle mella. Sentía el cuerpo amoratado y pesado, y apenas emitió el chillido, supo que tenía la mandíbula bien fastidiada por el puñetazo.

Cyndra se quedó observando la nada, maldiciendo su suerte y su mismísima estampa, la de los dioses que se habían empeñado en odiarla y la del mundo entero por ponerse tanto en su contra. Y después de regodearse en su sufrimiento durante unos instantes, inspiró hondo y se levantó. Porque siempre se levantaría.

Recuperó las riendas del caballo, que amablemente había decidido esperarla, y se adentraron en la aldea, con edificios unifamiliares de tejados de paja, contraventanas de madera podrida y cristales rotos. Hubo un tiempo en el que ese poblado habría resultado pintoresco, pero el abandono lo había dotado de un aura funesta que le susurraba al oído. Le cantaba que se marchara, que allí no era bien recibida, pero Cyndra no tenía otro lugar al que ir.

Era consciente de que mandarían una partida de búsqueda a

por ella, si los asesinos sobrevivían a ese ataque furtivo. Esperaba que no. Lo deseaba con todas sus fuerzas. Pero sabía que no tendría tanta suerte.

Necesitaba encontrar una fuente de agua y algo de comer antes de decidir qué hacer a continuación. Las piernas se le quejaban con cada paso engrillado que daba, acompañada de un molesto sonido metálico que delataba su posición allá donde fuera. No supo decir cuánto tiempo más estuvo dando vueltas, asomándose a las ventanas de algunas casas, sin atreverse a entrar por temor a lo que pudiera haber al otro lado.

En otras circunstancias, el miedo no habría dominado a Cyndra, pero en aquel momento estaba al borde del desfallecimiento; cualquier decisión poco meditada podría suponer que acabara en una situación mucho peor.

Por eso se lo pensó tanto antes de entrar en el establecimiento de un herrero. Estaba en un alto grado de expolio, sin ningún metal abandonado ni piezas de valor remanentes. Mordiéndose el interior de la mejilla, Cyndra registró la propiedad hasta que encontró unas tenazas con las que intentó cortar los eslabones de las cadenas. Pero sus brazos habían perdido cualquier atisbo de fuerza después de siete días de encarcelamiento, desde que Ash había sido secuestrada. Necesitaba dar con otro modo de soltarse.

Debajo de un mueble volcado encontró un martillo y una especie de palanca. Probó primero con la herramienta alargada, buscando un punto de apoyo con el que ejercer presión para deformar los eslabones; e incluso intentó, a costa de su propio bienestar, forzar los grilletes alrededor de los tobillos maltratados. Y lo único que logró con eso fue abrirse la piel.

Desesperada por sentirse libre, agarró el martillo y comenzó a aporrear la cadena entre sus pies con todas sus escasas fuerzas. Se dejó dominar por la rabia y la desesperación, y con cada golpe que propinaba al metal, se sentía más y más abandonada, más muerta. No podía ser cierto. No podía ser real todo lo que le había tocado vivir.

Cyndra siempre había sido fría y serena, había conseguido vivir en un estado de semiinconsciencia en el que todos los sucesos atroces de su vida le importaban bien poco. Pero todas esas murallas, todas las corazas tras las que se escondía para sobreponerse a su día a día, se venían abajo con cada nuevo golpe desesperado del martillo.

Se estaba quebrando. Se estaba sometiendo. Porque ya no le quedaba nada de lo que tirar para seguir sobreviviendo.

Era suficiente.

Había llegado a su límite.

Y cuando lanzó el martillo a cualquier parte, con los músculos de los brazos ardiéndole del esfuerzo, se dio cuenta de que tenía las mejillas empapadas por la frustración. No había llorado en veinte años, y en los últimos siete días lo había hecho siete veces.

Se estaba volviendo débil.

La estaban volviendo débil.

Y jamás había permitido que nadie quebrase su entereza.

Enfadada consigo misma, se limpió el rostro con la manga de la camisa mugrienta, dejando un rastro de barro. No sabía qué estaría más sucio, si su ropa o su rostro, pero no pudo importarle menos.

Se levantó con un quejido atragantado cuando su instinto le dijo que mirara más allá. No había oído nada, estaba ella sola con sus pensamientos, y, aun así, todo su cuerpo se erizó con una anticipación premonitoria que no sabía de dónde salía. Y entonces el caballo relinchó profusamente, coces sobre el adoquinado, movimiento de arrastre: el animal estaba tirando de las ataduras. Cristal roto. Cristal roto en la herrería. Una puerta que se abría.

Cyndra corrió a por el martillo, el arma más contundente que encontró a su disposición, y se ocultó tras la puerta abierta. La respiración contenida. El corazón martillándole en el pecho con mayor fuerza de la que ella había ejercido sobre la herramienta.

En una plegaria muda, imploró a los dioses que le dieran una tregua; que, por favor, no fueran los asesinos. Que no la encontraran tan pronto.

«Por favor, por favor, por favor».

La puerta se abrió un poco más, acompañada de un graznido oxidado, y ella se aplastó contra la pared, el martillo sostenido entre sus manos temblorosas. Jamás había temblado antes de luchar contra la adversidad, y en aquel momento sentía que las rodillas la delatarían con su traqueteo. No era la Cyndra que se había esforzado en ser. Pero si sobrevivía a aquello, se juró que volvería a serlo.

Una elfa andrajosa entró en el taller del herrero, mirando a su alrededor, con pisadas arrastradas y porte derrumbado. Su cuerpo esquelético sobresalía en puntos preocupantes, y las ropas quedaban en su sitio por esos ángulos antinaturales, que las sostenían a duras penas. Se detuvo en el centro, el pelo maltratado y oscurecido por la suciedad y el descuido. Era más alta que Cyndra, pero no era una asesina, ni mucho menos.

Un nuevo miedo por lo desconocido le rodeó el pecho y se obligó a tragar saliva muy despacio.

La elfa olfateó a su alrededor y Cyndra supo que la iba a encontrar. Ningún elfo en buen estado de salud presentaba semejante aspecto, y algo en su fuero interno empezaba a sugerirle que sabía muy bien a qué se iba a enfrentar.

Y cuando la fémina se giró con rapidez para encontrarla en el hueco tras la puerta, lo confirmó. Sus ojos, inyectados en sangre, la estudiaron apenas un segundo antes de abalanzarse sobre ella, con las manos por delante. Cyndra se tragó el grito de desesperación y se agachó, lanzándose al suelo justo a tiempo de evitar la embestida. Tardó más de lo que le habría gustado en levantarse por culpa de las estúpidas cadenas, y cuando se incorporó, la elfa ya estaba encaramada a su espalda, gritando. Un sonido agudo y animal que le sugirió que a la fémina apenas le quedaban unos días de vida.

Porque aquello era lo que pasaba con los elfos de sangre.

Cuando se sobrepasaba cierto punto de drogadicción, cuando tu vida pendía de un hilo, te repudiaban de la ciudad para que murieras y te pudrieras sin enturbiar la imagen de los demás.

Cyndra forcejeó con ella, buscando quitársela de encima. Lanzó el brazo hacia atrás, martillo en ristre, para intentar abrirle la cabeza, pero las piernas le fallaron cuando la mujer le asió del pelo con violencia, exponiendo su cuello al completo, y clavó los dientes en el hueco con su hombro.

Gritó de dolor, impactó contra el suelo y el martillo resbaló de sus manos. La fémina no se soltaba, enganchada a su cuello como una garrapata, tirando de su pelo con tanta fuerza que creyó que le arrancaría el cuero cabelludo. No importaba que su sangre no supiera como la de los grajos, que no tuviera el mismo color; aquella drogadicta estaba tan perdida que la mataría sin darse cuenta siquiera de que no había saciado su sed.

Cyndra alargó el brazo, con el sonido de las cadenas arrastrando contra el pavimento, un clic clic que se clavaba en sus tímpanos y creaba una sinfonía macabra al entremezclarse con los sonidos guturales de la fémina sorbiendo de su sangre.

Cyndra apretó los dientes, contuvo las lágrimas y bloqueó cualquier dolor.

«Sobrevives».

«Sobrevives».

«Sobrevives».

Y entonces sus dedos se encontraron con la palanca. Flexionó el brazo hacia atrás con todas las fuerzas que le quedaban, con la herramienta silbando junto a su oído cuando lo clavó en el cráneo de la adicta. El chasquido, el sonido hueco acompasado por el carnoso del cerebro atravesado, hizo que la bilis le trepara a la garganta tan rápido que vomitó ahí mismo, tirada en el suelo con el cuerpo de su atacante aún enganchado a su cuello.

A su alrededor se estaba formando un charco de sangre. *Su* sangre. El mareo amenazó con mandarla a la inconsciencia, pero se aferró a su cuerpo con uñas y dientes. Aquello no había terminado, porque en el exterior se oía jaleo. No era su último combate. No había llegado a su fin.

«No te sometes».

Apoyó las palmas sobre el suelo y empujó, el cuerpo exangüe despegándose de su espalda como caramelo derretido sobre carne fresca. Se mordió el labio inferior con más fuerza para no gritar de dolor cuando esos dientes se separaron de su piel y se llevó la mano al punto para intentar contener la hemorragia. Se puso en pie y sacó la palanca del cráneo de la elfa de sangre. Aquella arma era mejor que el martillo, más corto en comparación. Pero con las muñecas engrilladas entre sí y ancladas a los tobillos, tenía que elegir entre taponarse la herida o asir la palanca con fuerza.

En cuanto escuchó la puerta principal abriéndose de nuevo, la situación eligió por ella: sería la palanca, pues.

—¡Cyndra!

El corazón se le detuvo en el pecho. La palanca se deslizó entre sus dedos empapados en su propia sangre y la dejó caer al suelo. Las piernas se le doblaron y se encontraron con la dureza del suelo. Las lágrimas, un río terroso sobre sus mejillas.

Seredil, vestida de ropa de calle, apareció en el umbral.

—Cyndra... —jadeó.

Thabor, tras la conjuradora, reaccionó primero y se dejó caer junto a Cyndra, apretándole la herida. Seredil, antaño aceptada como asesina, se quedó de piedra al verla. Tan de piedra como Cyndra, que había dejado de respirar y terminó perdiendo la consciencia en brazos del varón.

35

Arathor había llegado a palacio la noche anterior, pues al no tener que depender de una comitiva ni de un carromato, se había adelantado. Lo esperaban a primera hora de la mañana en la sala del consejo, y tenía la impresión de que la conversación no iba a ser sencilla.

Aunque había informado de lo sucedido en Milindur, no había entrado en demasiados detalles por si la misiva era interceptada por alguien no deseado. La acusación sobre Cyndra no se iba a sostener, lo que significaba que seguía existiendo la posibilidad de que hubiera un espía entre las tropas, en el palacio..., en cualquier parte.

El comandante llegó al pasillo de la sala del consejo justo cuando se abrían las puertas. Al parecer, se había celebrado una reunión previa a su llegada. El emperador se detuvo en el umbral y le estrechó la mano a un hombre que le heló la sangre. No cabía duda de que era un berserker. Sus ropajes eran toscos, cargados de imponentes pelajes a pesar de que el clima de Yithia fuera cálido; su pelo, de un tono rojizo profundo —a juego con su barba— y con mechones trenzados adornados con abalorios plateados, caía alborotado sobre su ancha espalda. Además, la piel al descubierto estaba plagada de tatuajes rúnicos. Su tamaño era descomunal. Superaba los dos metros de altura y era el triple de ancho que el emperador. Sus brazos estaban más musculados de lo que creía posible y su porte era amenazador, por mucho que le estuviera dedicando una sonrisa cortés a Arcaron.

Aquel debía de ser el embajador de Korkof, del que ya había oído hablar, un berserker seleccionado personalmente por su *jarl*. Arathor se preguntó cómo sería su líder si su representante era tan enorme. Los berserkers basaban toda su cultura en la fuerza y el poder, y cuando un *jarl* moría, no era su vástago quien ostentaba el título, como sí hacían entre los elfos, sino que se disputaban combates para ganarse el puesto. Y solía quedárselo el berserker más fiero.

El hombre miró a Arathor de soslayo, con una soberbia que lo irritó. Fue como si se encontrara en presencia de un insecto al que pudiera aplastar entre los dedos. No obstante, no dijo nada y se marchó por un pasillo adyacente.

La máscara de afabilidad del emperador cayó en cuanto su invitado desapareció de su vista y dejó la puerta abierta para que Arathor entrara. En el interior ya se encontraban todos los consejeros y consejeras, además de su padre, el general de las Órdenes, ataviado con su armadura de bronce. El asunto que iban a tratar era de vital importancia.

La Consejera de Comercio asintió a modo de saludo, su propio padre desvió la mirada y el Consejero de la Moneda le susurró algo al oído al emperador, quien acababa de tomar asiento en su posición de honor. Arathor se fijó unos segundos de más en su padre, que apenas le prestó atención, tan esquivo como siempre. No sabía qué opinaría él al respecto, si todo lo que estaba sucediendo y en lo que se había visto envuelto jugaría a su favor o en su contra de cara a ganarse su orgullo.

Estudió el resto de la sala y ubicó al Consejero de Políticas Exteriores, que estaba concentrado en unos documentos, y a la Consejera de Agricultura, que daba buena cuenta del desayuno que les habían preparado. La de Justicia, con ese gesto rubicundo tan característico, le dedicó un vistazo sagaz mientras Arathor se movía por el espacio para tomar asiento en el único sitio libre.

No cabía duda de que acababa de entrar en una casa de fieras, y solo podía esperar salir ileso de esa.

—Acabemos con esto cuanto antes —rezongó el emperador—. Cuéntanos lo que sepas, comandante Gandriel.

Arathor suspiró y les relató, con todo lujo de detalles, lo sucedido. Les dijo que había ido a Milindur a escoltar a la heredera hasta la capital, puesto que su papel era de vital importancia para el transcurso de la guerra. Su padre entrecerró los ojos con inquina, no muy convencido con su versión. No obstante, la reacción que llamó su atención fue la del emperador: por el modo en el que curvó una de las comisuras, Arathor supuso que no se lo había tragado. Después, les contó que se había encontrado con Cyndra mientras buscaba a Ashbree —una nueva mentira— y que la tiradora sospechaba dónde se podría encontrar la heredera. Se ciñó a la declaración de Cyndra y alegó que la hija del emperador se había estado encargando de la salud de los presos, ya que creía que eran importantes para las negociaciones con el bando enemigo. El Consejero de Políticas Exteriores hizo un mohín ante la ternura demostrada por la próxima emperatriz, y esperaba que aquello jugara a su favor.

Se esforzó en no opinar al respecto de la implicación de Daebrin, porque no era lo que se tenía que tratar en aquella reunión, y prosiguió explicando cómo había visto a Rylen Valandur secuestrando a Ashbree.

—Es innegable que tenemos que intensificar nuestros ataques y rescatar a la heredera —comentó el Consejero de Políticas Exteriores, no demasiado convencido de sus palabras.

—Eso supondría un recrudecimiento de la situación para nuestra gente —le rebatió la Consejera de Agricultura—. Ya vamos justos en cuanto a cosechas; atacar con más violencia requeriría un mayor uso de provisiones.

—Las arcas lo soportarán —intervino el padre de Cyndra, que no parecía nada alterado por que su hija fuese de camino a los calabozos—. El imperio sufragará esos gastos, y seguro que nuestros nuevos aliados proveerán. ¿Qué opináis, Tassiria?

La Consejera de Comercio se frotó el mentón y miró a Roslion Durwen, Consejero de Políticas Extranjeras, con quien trabajaba codo con codo en las cuestiones de comercio internacional.

—Podríamos llegar a buenos pactos —repuso Tassiria—. Pero la escasez de cristales de luz es demasiado acuciante aún.

—¿Cómo van las excavaciones en Milindur? —le preguntó el emperador a Roslion.

—Favorables. Según el último informe de los enanos, han encontrado una buena veta. En cuestión de unos días tendremos suministros suficientes para asestar un buen golpe, y después podríamos trasladar a otro equipo a las montañas de Breros. Aunque son pequeñas, cualquier cristal nos vendrá bien. No obstante, después del descubrimiento de la teniente Aldadriel..., recuperar a la heredera sería crucial para ganar esta guerra.

Era obvio que Roslion aludía a la capacidad de Ashbree de activar o recargar todos los cristales descartados, y del poder que le habían arrebatado al imperio con el secuestro de la próxima emperatriz.

—¿Cuánto tiempo más seguirán trabajando para nosotros los enanos? —quiso saber la Consejera de Agricultura.

El Consejero de Políticas Exteriores intercambió un vistazo fugaz con el emperador, quien asintió débilmente.

—Mientras sigan pudiendo quedarse con todo el oro que encuentren, mantendrán el pacto. Por el momento, están cumpliendo con las cotas de extracción de cristales. Pero en cuanto bajen el ritmo, les daremos la patada. Ellos tienen tanto o más que perder que nosotros.

La fémina asintió, llevándose un pedazo de bollito glaseado a los labios.

—¿Siguen sin retomar la relación con los grajos? —inquirió la Consejera de Justicia, con hastío.

—Por lo que sabemos —intervino Tarissia, Consejera de Comercio—, se les acabó el contrato de importación de cobre a Lykos y de momento no han restablecido relaciones.

—¿Y si lo hacen? ¿Y si se posicionan de su lado?

La pregunta de la Consejera de Agricultura cayó como un peso muerto.

—No lo harán —apuntó el Consejero de la Moneda—. Nuestro trato es demasiado suculento como para perderlo.

—Pero ¿cuánto tiempo soportarán las arcas el expolio de oro? No es sostenible.

Ahí estaba de nuevo la Consejera de Justicia, implacable.

—Ninguna guerra es sostenible —se atrevió a apuntar el general de las Órdenes.

El emperador tamborileó sobre la mesa, en completo silencio, midiendo las palabras de sus consejeros.

—No creo que debamos enfrentarnos a los grajos abiertamente. Si fallamos, quedaremos como un aliado débil frente a los berserkers.

—¿Qué sugerís entonces, Su Majestad Imperial? —intervino la Consejera de Justicia.

—¿Qué hay de tu bastarda? —le preguntó Arcaron al Consejero de la Moneda, ignorando la pregunta.

Elegor Daebrin suspiró. ¿Acababa de insultar a Cyndra abiertamente delante de toda su cámara? Que se refiriese a la tiradora con semejante desprecio solo podía significar que ya la había sentenciado, antes incluso de que se celebrara el juicio. El odio de Arcaron Aldair era frío y calculador, y aunque no se molestaba en ocultarlo casi nunca, le sorprendió que fuera tan mordaz, sobre todo teniendo en cuenta que Elegor era de los miembros de la corte más cercanos al emperador.

—Llegará en unas horas, creo que tuvieron un retraso por el camino —respondió con hastío.

—Bien. General —el aludido se tensó—, en cuanto lleguen, reúne al cuerpo de élite de los asesinos y a algunos de los mejores miembros de otras Órdenes. Que partan en misión de espionaje. Quiero que se infiltren en la red de narcotráfico y que lleguen hasta la mismísima raíz.

Elegor Daebrin se crispó, un gesto apenas perceptible que escapó a ojos de los demás, pero no a los de Arathor.

—No sé si servirá de algo —respondió su padre en tono monocorde, ese que tantas veces le había oído emplear con él—. Los traficantes son muy crípticos con sus fuentes. Ya lo hemos intentado otras veces y no hemos conseguido descubrir cómo cruzar el paso de las Calamidad.

—Por eso quiero al cuerpo de élite involucrado en esto. Si no lo logran, que no regresen. Esos grajos llevan demasiados siglos protegidos detrás de sus montañas. Me da igual lo que nuestros soldados les ofrezcan a esos traficantes a cambio de cruzar esa fortificación natural.

Era un movimiento ambicioso, pensó Arathor. Tal y como había dicho su padre, no era la primera vez que se colocaba aquella baza sobre la mesa, pero siempre la habían descartado por lo peligroso que sería que alguien los descubriese. Además, prescindir de los mejores asesinos del ejército durante a saber cuánto tiempo podría suponer un suicidio estratégico.

Ahora, no obstante, tenían algo por lo que arriesgarse. Si habían prometido a Ashbree con un berserker, nadie podía enterarse de que había desaparecido o el castillo de naipes construido para granjearse la victoria se vendría abajo.

—¿Y si la muchacha no sigue viva? —se atrevió a preguntar la Consejera de Justicia—. ¿Y si no consiguen rescatarla o no la encuentran?

El emperador apretó los labios y respiró hondo, como si aquella pregunta le hubiera golpeado en el estómago. Desconocían cuáles eran las intenciones del Rey de los Elfos para con la heredera, si habría planificado matarla para debilitar al imperio. Arathor y todos los allí reunidos sabían que la importancia de Ashbree había sido de boquilla hasta que habían descubierto su potencial alrededor de los cristales de luz. Si el emperador no la hubiera comprometido con el líder de los berserkers, no le habría importado nada venderla a su suerte. Y seguro que ahora se arrepentía de haber pactado su matrimonio con tanta rapidez, porque eso supondría que, si regresaba, tendría que explotar su don rápidamente antes de que partiera a Korkof.

—En ese caso —respondió Arcaron—, mi hija Kara ocupará el puesto de Ashbree como emperatriz y se casará con nuestros aliados.

Arathor clavó la vista en el mapa tallado en la mesa de reuniones, sobre la ciudad de Glósvalar. El tiempo corría en su contra.

36

La reunión se extendió más de lo que le habría gustado. Desde que se había enterado de que habían secuestrado a Ashbree, había estado de un humor de perros.

Rylen Valandur, después de casi cinco siglos de movimientos estratégicos y precavidos, aunque victoriosos en su mayoría, había asestado un golpe maestro al fin. Y nadie podría haberlo previsto. O, al menos, eso prefería pensar, porque si descubría que esa chiquilla había confabulado con el enemigo, ni siquiera el exilio la libraría de su ira. Y, aun así, si Ashbree regresaba, tendría que enfrentarse a los cargos que ahora pendían sobre la cabeza de Cyndra Daebrin. Y si la declaraban culpable, aquello le serviría de pretexto perfecto para mandarla lejos para siempre y nadie se cuestionaría que no quisiera volver a verla. Demostraría benevolencia con ella perdonándole su traición si accedía a no regresar jamás a la isla y a vivir toda su longeva vida en el continente. Eso sí, habiéndola drenado hasta la última gota para que recargara todos los cristales de luz posibles primero y desligándola de la dinastía Aldair.

No le había costado demasiado concertar el enlace matrimonial entre Ashbree y el *jarl* de los berserkers, que estaba deseando contraer nupcias. Arcaron Aldair había jugado con la estupidez de aquellos vaettir, cuyo único interés eran las guerras.

Todo lo que tenían de músculo, les faltaba de cerebro. Ashbree se casaría con su *jarl* a cambio de que, una vez que Arcaron abdicara, el consorte se convirtiera en el emperador de la isla. Pero, primero, ofrecerían su ejército para conquistar el Reino de Lykos y anexionarlo a su territorio.

Había sido una jugada maestra que había dependido de la estupidez de aquella raza, porque ningún berserker de los que ahora negociaba con él y con su consejo seguiría vivo para cuando Arcaron tuviera que dejar el cargo tras dos siglos más de mandato. Aunque los berserkers vivían más de lo que lo habían hecho los patéticos humanos, los más longevos rozaban los doscientos años. Y para cuando llegaban a esas edades, ninguno estaba en condiciones de conservar el poder. Había jugado con sus mentes, y había sido tan sencillo como arrebatarle un caramelo a un niño.

No obstante, ahora no tenía la carta de Ashbree con la que jugar. No le importaba mandar al continente a esa chiquilla, a que viviera allí esos hipotéticos doscientos años. Y si en algún momento descubrían sus planes, le traía sin cuidado que tomaran represalias contra ella. Ashbree era un mero peón, del todo prescindible, porque si ella terminaba muriendo —algo que no lamentaría—, habría colocado a Kara como emperatriz. Ella sí era una fémina digna del título.

Pero Arcaron Aldair había cerrado un trato, y si Ashbree no aparecía, Kara tendría que asumir el rol de heredera exiliada en el continente. Y si se percataban de sus intenciones, la matarían y Mebrin tendría que asumir el papel de emperador. Por mucho que quisiera a su hijo mediano, era demasiado peculiar, y aquello sí que sería el declive del portentoso Imperio de Yithia. El fin de una dinastía que le había arrebatado el poder a los todopoderosos Wenlion.

Lo peor era que Halldan Ruud se había reunido con él para informarle de que su *jarl*, que esperaba en el continente para no dejar su nación desprotegida, empezaba a impacientarse. Y, además, le había dejado caer que, por fin, había conocido a su hija.

Arcaron había pasado las últimas semanas deseando que Kara regresara a la vida, pero esperaba haber podido mantenerla al margen de aquellas bestias con poco cerebro. Ni mucho menos quería que se cruzara en el camino de aquel hombre que parecía incendiarlo todo con la mirada. Y ahora había llamado la atención del berserker. Por la escueta conversación que habían mantenido antes de la reunión, Arcaron había intuido que si Ashbree no regresaba pronto, Kara ocuparía su lugar o no tendría a las legiones del *jarl* de su parte.

El emperador se debatía entre su imperio y su hija, y ninguno de los sacrificios le agradaba en lo más mínimo. Lo único que podía hacer era confiar en que el cuerpo de élite actuara a tiempo y que dieran con Ashbree para usarla a ella en lugar de a Kara, tal y como había planeado en un principio. Para eso, tendría que distraer a los emisarios berserkers, para que se vieran tan atosigados por estímulos que su corto cerebro no les diera para pensar en nada más.

Y mientras tanto, solo le quedaba esperar que el Rey de los Elfos fuese lo suficientemente inteligente como para negociar con la vida de Ashbree, en lugar de matarla sin más. Esa chiquilla podía pasar de ser un peón a ser una pieza crucial sobre el tablero, y más valía que, a partir de aquel momento, el emperador pensara muy bien cada jugada antes de ejecutarla, porque no solo el Imperio de Yithia dependía de ello, sino también su familia.

37

Sabían que lo que estaban haciendo era una estupidez, y, aun así, ambos estuvieron de acuerdo en que era lo correcto. En cuanto se la habían llevado de Milindur, Thabor, como recién nombrado alférez, se reunió con el nuevo teniente de la Orden de los Conjuradores para alegar que Seredil y él, después de lo sufrido en la emboscada y lo traumático de la experiencia, necesitaban un descanso.

No le costó demasiado convencerlo de que su servicio en Milindur no sería necesario, teniendo en cuenta que habían llegado refuerzos mucho más descansados y menos estresados que ellos. Así que el teniente ordenó su traslado de regreso a Kridia, donde tendrían que presentarse para ser reubicados en sus tareas.

Lo que nadie sabía era que aquello resultó ser un mero pretexto para partir cuanto antes y ayudar a Cyndra como fuera. Thabor no estaba muy de acuerdo con el plan rápido que habían ideado, pero sí coincidía con Seredil en que tenían que hacer algo. Habían descubierto que Ash era la próxima emperatriz del Imperio de Yithia y, además, había sido secuestrada. Y la única que parecía preocupada por ello era la elfa a la que iban a enjuiciar por confabular con el enemigo. Tenían que librarla de aquello como fuera. Sobre todo teniendo en cuenta que, además de próxima emperatriz, Ashbree Aldair era una dotada superior.

No había habido nadie como ella en los últimos quinientos años, ningún ser lo suficientemente poderoso como para invocar el don de Merin. Y eso, para alguien tan devota como Seredil, eran palabras mayores. No podía dejar a su emperatriz olvidada, en manos del enemigo. Era la verdadera esperanza de Yithia, la luz al final del túnel que podría poner fin a siglos de tormentos.

Seredil agarró a Cyndra con más fuerza, con el brazo rodeándole la cintura, para estrecharla contra sí misma. Compartían caballo, con el cuerpo menudo de la tiradora frente a ella, su cabeza, laxa, apoyada contra su hombro. Thabor, cabalgando a su lado, le lanzaba miradas furtivas un tanto reprobatorias, porque no habían esperado que la situación se torciese tanto, y era culpa suya.

Cyndra había corrido un peligro atroz, había estado al borde de la muerte y era toda una suerte que hubieran podido contener la hemorragia de la mordedura del cuello. Aquello no era lo que habían planeado, y cuando Seredil había visto a Cyndra arrodillada, demacrada, con un aspecto deplorable y empapada en sangre, se había quedado de piedra.

No sabía qué había entre ellas, no habían puesto en palabras qué rumbo llevaría su relación, si es que había relación alguna de la que hablar, pero no podía negar que sentía una conexión especial con Cyndra. Habían compartido una semana de ensueño, de esas que te hacían olvidar que el mundo estaba en guerra. Y la había visto sobreponerse a la adversidad con una entereza que había hecho que eso que sentía por ella, fuera lo que fuese, creciera aún más.

No era la primera vez que le pasaba. Seredil sabía que en el frente las relaciones se estrechaban mucho más rápido, porque la vida de cada uno dependía de quienes los rodeaban. Se forjaban amistades en cuestión de días y la pasión, con la muerte respirándoles en la nuca, estaba a la orden del día. Pero lo que había compartido con Cyndra se le había grabado en la piel. Verla así... Dioses, ni siquiera cuando luchaba por su propia vida había sentido semejante consternación, porque Cyndra se había mostrado como la viva imagen de la desesperación y de la supervivencia. Encomendada a darlo todo por resistir unos minutos más.

De eso hacía cinco horas, y Cyndra aún no había despertado. Thabor la había atendido en el momento, mientras ella se encargaba del resto de los elfos de sangre que acudieron ante el estruendo. Los atacaban sin pensar siquiera, ignorando que no fueran elfos oscuros y que no pudieran conseguir aquello que tanto ansiaban. Habían perdido la cabeza por completo, y darles muerte casi era un acto de misericordia. Eso se decía Seredil para mantener la conciencia tranquila.

Era la primera vez que se enfrentaba a los suyos tan abiertamente. Ni Thabor ni ella habían ejercido nunca como miembros de la guardia imperial, por lo que no se encargaban de la patrulla de las ciudades. Tenían contacto mínimo con los problemas del día a día dentro de su facción, sus adversarios siempre habían sido del enemigo. Y enfrentarse a elfos como ellos... Se consolaba rezando internamente, asegurándoles a los dioses que haría todo lo que estuviese en su mano por conseguir liberar a la próxima emperatriz, si acaso seguía viva. Les había prometido incluso morir en el intento para que perdonaran la monstruosidad que se había visto obligada a hacer.

Y, aun así, supo que jamás olvidaría los rostros de los siete elfos de sangre, de los siete elfos, en realidad, a los que había tenido que matar.

Por Cyndra.

Apretó las riendas del caballo e inspiró hondo para serenarse, mandándole plegarias a Wenir, diosa de la vida, para que la perdonara por lo que había hecho. Fue entonces cuando Cyndra se despertó, dando un respingo y forcejeando con ella para bajar del caballo.

—Cyndra, Cyndra. Soy yo. Estás a salvo.

La aludida se giró hacia atrás todo lo que pudo, los ojos desorbitados y la respiración acelerada.

—Estás a salvo —le repitió con calma mientras detenía al caballo.

—¿S-Seredil?

La voz le tembló y a Seredil se le constriñó el corazón. Con delicadeza, alzó la mano para recolocarle un mechón embarrado y apartarlo del rostro. Estaba manchada hasta las cejas, cubierta de tierra, barro y sangre por doquier. No le extrañaba que hubieran podido convencer a los forajidos de que estaban transportando a un elfo oscuro, porque desde la distancia, toda su piel al descubierto se veía mucho más oscura.

—Sí —musitó, con una sonrisa dulce.

Sin preverlo, Cyndra se lanzó a por su rostro y encontró su boca en un beso desesperado que le supo amargo, pero necesitado. Fue la mera presión de unos labios sobre otros, en repetidas ocasiones, besos automáticos. Y, aun así, fueron lo que Seredil necesitaba para que el nudo en su interior empezara a deshacerse poco a poco. Después, Cyndra se apretó contra ella y Seredil la envolvió entre sus brazos como pudo, puesto que la postura no facilitaba la tarea.

Era la primera vez que Cyndra le mostraba un ápice de cariño sin buscar pasión ni lujuria, y Seredil no supo qué hacer o qué decir más que abrazarla. No podía ni imaginar cómo debía de haberse sentido durante los cinco días que llevaba de traslado, atrapada en aquel cubículo de apenas medio metro cuadrado, sin ventilación, sin luz, sin salir.

Se le formó un nudo en la garganta y tuvo que tragar varias veces para poder hablar.

—Ya está, ya ha pasado.

Cyndra temblaba entre sus brazos, pero no lloraba. Eran los espasmos propios del temor más profundo, del alivio después de una experiencia traumática, y Seredil la apretó con más fuerza mientras le chistaba un arrullo y le acariciaba la cabeza. Le lanzó un vistazo fugaz a Thabor, que estaba parado sobre su caballo un par de metros más allá, con las lágrimas retenidas al borde de los párpados y gesto severo. No le hacía falta pronunciar palabra para saber en qué estaba pensando: aquello no se podía repetir, se acabó servir al actual imperio.

Lucharían por uno nuevo.

38

Despertó sobresaltada, con los últimos recuerdos vívidos y grabados en la mente. No esperaba encontrarse montada en un caballo, menos con una presencia tras ella. Lo primero en lo que pensó fue en que la habían encontrado y, sin cubículo en el que transportarla, se la llevaban inconsciente a Kridia.

Y entonces escuchó su voz.

Esa melodía dulce y serena que tantas confidencias le había susurrado al oído durante la semana anterior, que tantas vivencias había compartido con ella en los ratos que pasaban en vela después de acostarse juntas. En las charlas en la taberna y las conversaciones fugaces cuando coincidían en el adarve.

Seredil.

El pecho se le hinchó con fuerza y no pudo reprimir el impulso que le nació de dentro. Jamás había sentido la necesidad de demostrar gratitud con su cuerpo, con sus labios, y aun así no pudo evitarlo. Le había salvado la vida. Ella y Thabor le habían salvado la vida. No sabía cómo, pero la habían encontrado y la habían rescatado.

Seredil le había asegurado, al despedirse en la cárcel, que no estaría sola, y Cyndra no había querido aferrarse a esa posibilidad real por temor a hacerse daño a sí misma. Porque la única genuinamente buena que había conocido era Ash, y prefería pensar que se olvidarían de ella a la primera de cambio.

Cuán equivocada había estado.

Cuando se encontró con fuerzas para separarse del abrazo de Seredil, retorcido por la postura incómoda que tenía que adoptar, la miró a esos iris que brillaban como el oro.

—Gracias —musitó. Se giró hacia el lado contrario a contemplar al varón que aguardaba junto a ellas—. Gracias, de verdad.

—No las des. Esto acaba de empezar —bromeó Thabor encogiéndose de un hombro.

—Qué agorero... —le reprochó Seredil.

Cyndra no pudo reprimir una sonrisa sincera y sintió los ojos anegados de lágrimas de pura gratitud. Algo que no había experimentado jamás.

—¿Cómo...? ¿Qué...?

Con un movimiento de riendas, retomaron la marcha y Cyndra clavó la vista en el frente, en el campo soleado y lleno de vida.

—Sentimos haber llegado tan tarde —dijo Seredil en su lugar, con tono amargo.

—¿Qué? Llegasteis cuando más os necesitaba.

A la única que había necesitado hasta entonces había sido a Ash, y se sorprendió con la realidad que evidenciaba aquello. Nunca había nadie en los peores momentos, en los crudos de verdad; era un tormento que le tocaba afrontar en la más absoluta soledad. Y por mucho que luego contase con el hombro de Ash para desahogarse, el horror ya había pasado. Pero en aquella ocasión, llegaron justo cuando la desesperación había estado a punto de quebrarla. Cuando iba a dar la última parte de sí que le quedaba; un todo o nada en el más estricto sentido de las palabras.

—No, Cyndra —intervino Thabor—. Seredil tiene razón: llegamos tarde.

—No lo entiendo...

Seredil suspiró a su espalda y se aferró a las riendas con más fuerza. Cyndra la miró por encima del hombro y se percató de los vendajes enrojecidos y sucios que le cubrían el punto en el que le habían mordido. La piel se le erizó y se obligó a desviar la vista hasta la conjuradora para no pensar en lo que había vivido. Porque habían intentado comérsela viva, literalmente.

—La ruta que siguieron los asesinos es la más corta: en lugar de los cinco o seis días habituales sin descanso, se tarda unas horas menos. Es más rápida, pero más peligrosa porque atraviesa el Mar de Esmeralda cerca de una zona de difícil acceso.

—Sí, eso lo sé, pero...

—Es territorio de forajidos —apuntó Thabor, interrumpiéndola. Se estaba descolgando una bota de agua. Antes de entregársela añadió—: Nosotros lo sabíamos, como cualquier otro veterano. Es una ruta desértica que en los últimos veinte años apenas se ha empleado, sobre todo en la movilización de las tropas. El camino principal está más despejado, más luminoso y transitado por rutas comerciales protegidas. El camino que eligieron es más directo, pero menos seguro.

—No entiendo a dónde queréis llegar.

Aceptó la bota de agua y fue entonces cuando se dio cuenta de que ya no había grilletes en sus manos ni en sus pies. Unos feos moretones le servían como recordatorio de lo que había vivido, pero no había metal que le mordiera la piel ni restringiera sus movimientos.

—Que sabíamos perfectamente por dónde iban a pasar antes de que llegaran siquiera —comentó Seredil con resignación—. Siendo solo dos, y sin carromato del que preocuparnos, conseguimos adelantaros por una vía secundaria y llegar a una de las muchas colonias de forajidos de la zona, maleantes que se dedican al tráfico.

—Espera, ¿me estás diciendo que eso es información del imperio y les da igual?

Cyndra le devolvió el odre a Thabor y este asintió, los labios apretados en una fina línea.

—Como en muchos otros aspectos —continuó el varón—: si mueve dinero, no se interviene salvo que altere el orden público.

—Sí es cierto que los forajidos se enfrentan a más problemas y que van rotando sus asentamientos nómadas, pero siempre suelen rondar por las mismas zonas.

—¿Qué zonas?

—Las que están relacionadas con la venta de elfos oscuros.

Las tripas se le revolvieron y tuvo que respirar hondo. Sabía que estaban a punto de arrancarle otra de las muchas vendas que impedía que viera su mundo tal y como era, pero eso no hacía que fuera más fácil enfrentarse a ello.

El silencio sirvió como aliciente para que siguieran hablando.

—El imperio vende a muchos de sus presos políticos a la red de narcotráfico para evitar el costo de las tasas entre fronteras —sentenció Thabor, puesto que parecía que Seredil se había quedado sin habla—. Pero, a veces, si se enteran de algún traslado, los forajidos prefieren atacar los convoyes para no pagar los impuestos pertinentes. Mayor riesgo, sí, pero también obtienen más beneficios.

—Les dimos el chivatazo de tu traslado —prosiguió Seredil— y no perdieron tiempo en informar a otro asentamiento más cercano a la ruta, sobre todo teniendo en cuenta lo poco que pedimos a cambio del soplo. No esperábamos que avisaran por halcón, sino que partieran ellos mismos a la emboscada. Y cuando llegamos, con el tiempo que perdimos al desviarnos, era tarde. Vimos el carromato volcado, la falta de caballo y seguimos el rastro hasta Morial. Nos dimos toda la prisa que pudimos, porque sabíamos que en esa aldea abandonada es donde tiran a los pobres despojos que ensucian las calles de Kridia para mantener la imagen. Pero...

Cyndra envolvió las manos en las de la conjuradora, cerradas sobre las riendas por delante de ella, y le dio un apretón cómplice.

—Llegasteis, que es lo que importa.

Giró el rostro para dedicarles una sonrisa tensa al recordar los chillidos de la fémina, el peso de su cuerpo sobre ella, las uñas clavadas en la piel al tirarle del pelo, sus dientes hincados en la carne...

Sacudió la cabeza y se sumieron en un silencio tenso, en el que claramente todos estaban reviviendo los últimos sucesos, condenando el mundo en el que vivían.

Cyndra creía que el imperio no podía sorprenderla más, pero se equivocaba. Habían atacado su carromato con la esperanza de que en aquel cubículo estuvieran trasladando a un elfo oscuro para desangrarlo y crear más de aquel producto que subyugaba a parte de los suyos. ¿Cómo había podido estar tan ciega? Se odió por hallarse demasiado sumida en su propio dolor durante los últimos años, por haberse blindado a todo lo que sucedía a su alrededor para no alargar la tremenda lista de horrores a los que se enfrentaba.

Su odio hacia el emperador, y hacia su progenitor, que apoyaba aquello, no hacía sino crecer con cada día que pasaba. Y eso solo la convencía más de que no podían seguir viviendo así; de que el Imperio de Yithia tenía que cambiar de una vez por todas.

Aunque fuera con acero y sangre.

—Os agradezco que me hayáis ayudado —empezó a decir con voz tensa—, pero en cuanto lleguemos a Kridia, no podréis volver a saber nada de mí.

—¿Qué?

—¿Por qué?

Cogió aire para ordenar sus pensamientos y desvió la vista al cielo, pero frente a la claridad del día no había guía que buscar, por mucho que solo Dalel fuera a responder.

—Todo esto va más allá. Mucho más allá. Y no puedo arrastraros conmigo. Ash estaba ayudando a los presos cuando la secuestraron, y creo que era para liberarlos.

El silencio a su alrededor fue tan denso que empezó a asfixiarla. No tenía sentido seguir ocultándoles nada, no cuando habían arriesgado tanto por salvarla. Así que se lo contó todo, empezando por la emboscada, el Efímero encubierto, la aparición de Arathor para sacar a Ash de allí y su secuestro. Ambos escucharon atentamente, expectantes y casi con la respiración contenida. Era mucha información que procesar al mismo tiempo, y entendía su estupefacción.

Cuando terminó, Thabor y Seredil intercambiaron un vistazo mudo, uno de tantos con los que se hablaban sin pronunciar palabra.

—Te ayudaremos en todo, Cyndra.

—Hasta el final —apuntó Seredil.

—Pero lo que Ash hizo…

—Si Ash fue a ayudarlos es porque vio algo que nosotros no terminamos de entender —la interrumpió la fémina con voz solemne—. Es la próxima emperatriz de Yithia. La hemos visto peleándose con sus propios soldados en pos de lo que es justo, Cyndra. Dejándose literalmente la piel. Tienes todo nuestro apoyo para rescatarla.

—Si es que sigue viva —añadió Thabor.

—Sigue viva. Lo sé. —Cyndra lo pronunció con seguridad, porque algo en su interior, a lo que no sabía ponerle nombre, le decía que así era. Su hermana de batallas aún no había expirado su último aliento, y no iba a hacerlo en las próximas semanas. Tenía esa certeza grabada a fuego en su interior—. Pero esto… Lo que pretendo hacer… —Resopló y se pasó la mano por el rostro, rememorando los planes suicidas que ella misma le había propuesto a Ash—. Estaríais cometiendo traición al imperio, al emperador actual. Si nos descubren…

—Todas las decisiones tomadas en los últimos días han sido en contra de nuestro imperio y de nuestro emperador —atajó Seredil—. *Todas.* Empezando por pujar por el Efímero. Si lo descubren, podemos enfrentarnos a cargos de alta traición solo por eso. Ya no hay vuelta atrás que valga. Si Dalel tiene estimado que nuestra vida acabe con esta empresa, que así sea.

Cyndra miró a Thabor, que mantenía la vista en el frente con rostro sereno, la larga cabellera brillando pálida bajo los rayos del sol.

—¿Tú opinas lo mismo, Thabor?

—Siempre me he preguntado por qué yo soy dotado medio.

—Desenganchó un cristal de luz de debajo de la camisa de calle y lo estudió—. Por qué nadie de mi familia puede influir en la luz y yo sí. Quizá esta sea la respuesta. Quizá este fuera mi propósito todo el tiempo. Los últimos casi cincuenta años he estado dispuesto a morir por un imperio que no consideraba digno. ¿Por qué no hacerlo por una emperatriz que sí lo merezca?

39

La sala del consejo estaba atestada. Además de las seis sillas habituales, reservadas para los cinco consejeros y el rey, también estaban presentes Ilian, Elwen y Haizel, para abordar la situación del Reino de Lykos tal y como su nación se merecía.

Había eludido sus responsabilidades todo lo posible, pero ya sabían que estaba en palacio, así que Rylen no había podido retrasar más aquella reunión oficial. Los últimos seis días los había pasado pegado a Ashbree, a pesar del esfuerzo que le suponía, no solo por la culpabilidad de su estado actual. Estar con ella en su palacio traía demasiados recuerdos, unos en los que ni siquiera había llegado a pensar cuando se la llevó de Milindur, pero que ahora, con cada día que pasaba, lo asfixiaban más.

Haizel se había quedado al mando en el campamento base cuando Ilian y él habían partido, así que su general lo había traído de vuelta, junto con Elwen, para decidir cuál sería el siguiente movimiento táctico y encargarse del *otro* problema, ese que siempre estaba latente. Pero lo único en lo que Rylen podía pensar era en cómo abordar el tema de que tenían a la heredera del Imperio de Yithia como invitada bajo su techo.

Lo había hablado con Ilian la noche anterior, mientras velaban por la seguridad de Ashbree en sus aposentos. Desde que su general había regresado con la información que le había pedido, ambos se habían afincado allí y solían turnarse para no dejarla sola en ningún momento, por mucho que estar con ella para Rylen fuese… complicado.

Silvari, la sanadora al cargo de los cuidados de la heredera, había sugerido que, a pesar de que ellos pudieran suponer una tentación constante, era mejor que no estuviera sola; que no olvidara dónde se encontraba y no se encerrara en una burbuja de la que luego, quizá, no quisiera salir. Además de afirmar que era una suerte que siguiera viva, dada la alta cantidad de sangre que había ingerido, le sorprendía la velocidad a la que su cuerpo se estaba sobreponiendo. Lo que en cualquier elfo de luz tardaría semanas, en Ashbree se estaba desarrollando en días. Y aunque eso le aliviara, también le preocupaba.

Pero estar con ella les resultaba duro. Veían en su cuerpo los horrores de la abstinencia. Estaba perdiendo peso a marchas forzadas, incapaz de comer o beber casi nada, ni de retenerlo en el cuerpo durante mucho tiempo. Su carácter indómito había empeorado, y cuando no les gritaba, lloraba sin cesar. Los únicos momentos en los que Ashbree conseguía descansar era cuando el cansancio tiraba tanto de ella que casi caía en la inconsciencia. Y ni siquiera entonces la dejaban sola. Ilian era el que más rato pasaba a su lado, después de su viaje exprés a Yithia, y Rylen se quedaba con ella siempre que estuviese preparado mentalmente para ello. El resto de los ratos muertos se los repartían entre Silvari y Orsha.

Rylen dudaba de que haber puesto a Ashbree al cuidado de Orsha fuese lo más inteligente, por mucho que sirviera para mostrarle cuál era la realidad en la que vivía. Tenía demasiados frentes abiertos, y aunque se preocupara por el estado de la heredera, tampoco podía olvidar que se la había llevado de Milindur con un propósito, que ahora debería retrasar.

Por eso, lo más inteligente era informar a su consejo de la situación real de la nación, porque no quería hacer ningún movimiento hasta que Ashbree hubiera mejorado y tuviese la certeza de que iba a sobreponerse a aquello. Y si no les daba un motivo a sus consejeros, no iban a aceptar la pausa, sobre todo después de haber perdido el control de Milindur y de que los elfos de luz estuviesen explotando la mina.

Haizel informaba de la situación en el campamento con firmeza y el consejo escuchaba. Aquel elfo oscuro podría haber sido general si Ilian no hubiera despuntado tantísimo. Era un varón recto, siempre serio, y con los pies sobre la tierra. Lo había elegido para acompañar a Ilian en la emboscada a los sanadores, y se alegraba de que hubiera sobrevivido. Él ya sabía que Ashbree estaba con ellos, y esperaba que mediara a su favor cuando se lo explicara al consejo. No obstante, Haizel tenía muchos prejuicios hacia los elfos de luz —y no lo culpaba—, así que tampoco las tenía todas consigo.

Los cinco consejeros lo escuchaban con atención, al igual que Ilian, mientras que Elwen, un poco distraída, le lanzaba miraditas a lord Tharin Bellion. Habían pasado varios meses sin verse por estar Elwen en el frente, y no le extrañaba que la espadachina demostrara más interés en aprovechar su vuelta a casa al máximo, aunque preferiría que se centrase en su propio don. Lord Cordal Borovalar, Consejero de Políticas Exteriores, intervino para que Haizel matizara algunos aspectos. Aunque no fuera su campo, aquel varón disfrutaba de tener toda la información a su disposición. Era un elfo oscuro ávido de poder que siempre exprimía cualquier oportunidad para sacar el mayor beneficio. Competía muy de cerca con lady Galania Dildil, Consejera de Comercio, cuyas cuentas milimétricas los habían salvado de la escasez en más de una ocasión.

El consejo de Rylen Valandur estaba conformado por los mejores elfos y elfas oscuros, los más poderosos y pudientes, los más hábiles mentalmente. Y algunos, como lord Tharin, también físicamente, porque él era el conjurador más poderoso del que había constancia; su manejo de las sombras se asemejaba al de un Efímero, y lo único que le faltaba era crearlas por sí mismo.

Cuando Haizel hubo terminado, Rylen tragó saliva y se dio

la vuelta para dejar de contemplar la lluvia caer al otro lado del ventanal y enfrentarse, por fin, a las miradas reprobatorias de su consejo.

—Ahora que hemos recuperado los activos —dijo Lindari Nenrond, Consejera de Justicia—, deberíamos concentrar nuestros esfuerzos en atacar Milindur y reclamarla de nuevo. Con cada día que pasa, los elfos de luz consiguen más armas que usar contra nuestras tropas. Y si su escasez de cristales de luz desaparece, no tengo ninguna duda de que Arcaron Aldair intentará marchar hacia nuestra capital.

Ilian se crispó y apretó la mandíbula, gesto que solo percibió Rylen. Le había pedido que se quedara al margen hasta sacar el tema verdaderamente importante, y sabía que le costaba esfuerzo mantener la boca cerrada cuando hablaban del ejército que él comandaba.

—No vamos a hacer nada —anunció el rey con voz seria y autoritaria.

Entre sus consejeros se alzaron varios murmullos de descontento, solo lord Tharin se mantuvo callado, con mirada afilada, expectante. Elwen, a su lado, por fin se centró en la conversación que iba a tener lugar, con los ojos velados. Por su expresión, Rylen supo que estaban en una encrucijada del destino. Cómo abordara el tema los guiaría hacia un hilo u otro, y el futuro de todo Lykos dependía de ello.

Rylen aguardó pacientemente, las manos entrelazadas a la espalda, a que sus consejeros dejaran de protestar, con el rostro inmutable.

—Comprendo vuestra consternación, pero hay un tema más importante que tratar. —Alargó el silencio que le prosiguió no porque pretendiera generar expectación, sino porque sentía la presión de sus decisiones sobre los hombros, empujando hacia abajo. Inspirando, se enderezó y proclamó con voz firme—: Ashbree Aldair se encuentra en Glósvalar.

El revuelo se hizo con la sala. Haizel resopló; Elwen se mantuvo estática; Cordal soltó un exabrupto; Galania se lanzó a una diatriba de lo peligroso que era eso; Lindari se puso en pie e intentó mediar con voz calmada; Tharin masculló algo que no llegó a sus oídos. Pero la reacción que más atrajo su atención fue la de lord Saeros Thordani, Consejero de la Moneda. Aquel varón de pulcros modales y rostro afable se mantuvo impertérrito, a la espera de una explicación, aunque su mandíbula estaba crispada.

De entre los consejeros, era el que más en desacuerdo estaba con las políticas del Rey de los Elfos; siempre chocaban y abogaba por recrudecimientos extremos. Su odio por los elfos de luz era exagerado, y ni siquiera tenía motivos más allá del racismo intrínseco de su familia.

—Propongo que la matemos en venganza. Animará a nuestras tropas —intervino Saeros, implacable, atusándose los cabellos cobrizos.

Ilian gruñó por lo bajo y Elwen le lanzó una mirada reprobatoria a su hermano. Rylen, por su parte, apretó los labios y fulminó al Consejero de la Moneda con la mirada.

—No sería un movimiento inteligente, Saeros —medió Lindari, Consejera de Justicia.

—Pues entonces negociemos con su vida —prosiguió él, incansable. Ilian se tensó tanto que parecía que fuera a saltar de su asiento en cualquier momento. Rylen estudió a su amigo con curiosidad. Quería contar con su ayuda para la reunión, pero empezaba a temer que tuviera el efecto contrario, e intuía por qué—. En casi quinientos años de guerra, no se nos ha presentado una oportunidad mejor que esta de ponerle fin a todo.

—Estoy de acuerdo —intervino Galania, Consejera de Comercio.

Como estratega mercante, no le sorprendía que considerara a Ashbree moneda de cambio. Aquellos dos eran tal para cual.

—La heredera de Yithia es nuestra invitada, no nuestra rehén —les informó el soberano con voz monocorde.

—¿Ha venido por voluntad propia? —quiso saber Lindari. Con los labios apretados, Rylen negó—. Entonces, lamento deciros, majestad, que no es una invitada. Si Arcaron Aldair se entera, habrá represalias.

Rylen se mantuvo callado para que la situación no empeorara, porque si descubrían que el emperador *ya* lo sabía, no habría forma de convencerlos.

—¿Y encima pretendéis que nos quedemos quietos sabiendo que están armándose con cristales de luz? —intervino el Consejero de Políticas Exteriores, Cordal Borovalar—. Concentrarán todos sus esfuerzos en recuperarla. ¿Quién sabe si no están urdiendo un plan para ello en este preciso momento?

—Cuento con que la heredera se ponga de nuestra parte cuando...

—¡¿Que contáis con ello?! —lo interrumpió Saeros—. ¡Ja!

Ilian se puso en pie con violencia, derribando la silla con el movimiento, y lo señaló con la daga negra desde el otro lado de la mesa. Su rostro, una máscara de odio desmedido.

—No olvides con quién estás hablando, consejero —siseó, con las sombras revoloteando a su alrededor como lenguas de fuego.

Un silencio denso se instauró en la sala. Los rostros de los presentes perdieron color. Haizel también se había tensado, sus fuertes brazos cruzados sobre el pecho y sin perder detalle de un solo movimiento.

—Y tú no olvides de dónde vienes —gruñó el consejero en respuesta.

—¡Basta! —rugió el soberano.

La noche se comió a la tarde tormentosa dentro de aquellas paredes y la negrura envolvió a cada cuerpo allí presente, amenazadora. Los cuadros sobre las paredes temblaron cuando el poder de Rylen creció y creció. Él mantuvo la respiración agitada a raya, porque apenas había empezado a recuperarse de los últimos usos. Pero no iba a permitir que nadie hablara así en su presencia. Los consejeros olvidaban con demasiada facilidad que mientras que el rey no tuviera descendencia, y por mucho que a ninguno le gustara, Ilian era el segundo en la línea de sucesión, gracias a su título de Efímero. Y así como Ilian jamás toleraría un desplante a su rey, Rylen Valandur aplastaría a cualquiera que se metiera con él o con Elwen, su única familia a pesar de que el parentesco de sangre fuese tan alejado que casi ni existía.

Lord Tharin Bellion carraspeó para llamar la atención. Jugueteaba con la copa de la que había estado tomando vino hasta hacía unos segundos, con mirada aburrida.

—¿Qué tal si dejáis de medírosla y atajamos el problema de una vez? Lord Saeros, disculpaos con el muchacho —ordenó con hastío.

El aludido apretó la mandíbula de rabia y casi se escuchó el rechinar de sus dientes. Lord Tharin enarcó una de sus cejas pelirrojas y lo miró con seriedad. Por lo general, el resto de los miembros de la cámara hacían de menos al Consejero de Agricultura, pero aquel varón ostentaba casi más poder que los otros cuatro juntos.

Lord Tharin Bellion, heredero de un sinfín de tierras, era el responsable de los diezmos de los terratenientes y el encargado del abastecimiento de la mayor parte de Lykos. De él dependían los cultivos y la ganadería, y no solo eso, sino que era el elfo oscuro más poderoso después de los dos Efímeros. El tercero en la línea de sucesión por poderes. Con su aspecto afable, muchos olvidaban que aquel varón ya tenía un siglo de vida cuando Rylen ascendió al trono.

—Lo lamento —reconoció Saeros a regañadientes, incapaz de mirar a Ilian.

Haizel recolocó la silla del Efímero, engullida por la negrura que aún los rodeaba, pero él era conjurador, se sentía más que cómodo entre sombras que podría controlar también en caso de necesidad. Ilian gruñó como respuesta y tomó asiento, sin perder de vista al consejero. Siempre había habido un odio velado entre ambos varones, y no era de extrañar, teniendo en cuenta que Ilian era el recordatorio constante de que la madre de Saeros había engañado al antiguo lord Thordani y el Efímero era el resultado del adulterio. Y, por encima de todo, ostentaba más poder del que él pudiera soñar jamás.

—Bien, ¿todos amigos? —Lord Tharin sonrió y dejó la copa sobre la mesa, dedicándole una sonrisa burlona a Ilian.

El rey reclamó sus sombras y el día plomizo regresó a la sala del consejo. Casi al mismo tiempo, los miembros de la cámara volvieron a respirar.

—¿Cuáles son vuestros planes para la heredera? —preguntó lady Lindari, siendo la voz de la justicia.

—Quiero mediar. Llevo quince años hablando con ella, mes tras mes, y me gustaría encontrar un modo de acabar con todo.

—¿Creéis que nos entregará Yithia? —intervino lord Cordal Borovalar. Casi se podían ver los engranajes de la mente del Consejero de Políticas Extranjeras trabajando a toda velocidad.

Rylen apretó los labios de nuevo. Era una pregunta peligrosa, puesto que no todos los miembros de su consejo estaban de acuerdo con su modo de llevar la guerra y no quería que hubiera otra disputa.

—Creo que conseguiremos llegar a un acuerdo, y la isla lo agradecerá.

—¿Y podemos hablar con ella? —quiso saber lord Tharin, con ese aire aburrido que lo caracterizaba tanto.

—¿Para qué? —atajó Ilian con voz grave.

Lord Tharin arqueó una ceja y luego entrecerró los ojos, sin que le agradara que le cuestionasen nada.

—Para ver cuáles son sus ideas. Para ver si merece la pena perder el tiempo con esto. Para ver en qué estado la habéis secuestrado.

La mesa crujió cuando Rylen se agarró a ella y sintió las sombras tan revueltas que le costó trabajo mantenerlas dentro.

—No podéis verla —dijo Elwen con voz dura y la vista clavada en la nada, con los ojos empañados.

Era la primera vez que intervenía en aquel concilio, por lo que atrajo todas las miradas. Si Elwen hablaba, su palabra era ley, por encima de la de Rylen.

Lord Tharin la observó durante varios segundos hasta que ella salió de su estupor y le dedicó una sonrisa tensa.

—Propongo fijar un plazo para negociar con la heredera. —Al mismo tiempo, todas las cabezas giraron en dirección a la Consejera de Justicia—. Si para Veturnaetur no la habéis puesto de vuestra parte, tendremos que tomar cartas en el asunto, majestad. ¿Votos a favor?

Lindari, Cordal, Galania y Tharin alzaron la mano. El único que se abstuvo fue lord Saeros. Con un mohín en los labios, y suspirando, el rey asintió con la cabeza y se dio la vuelta hacia el ventanal, con las manos entrelazadas a la espalda. Tenía un mes hasta la fecha fijada; un mes para hacer que el mundo de Ashbree al completo se desmoronara.

—Doy por concluida la sesión.

Su sentencia estuvo seguida por chirridos de sillas al ser arrastradas y murmullos que repasaban lo que se había hablado en aquella cámara y, sobre todo, lo que *no* se había hablado. Sintió unos pasos acercándose y no le hizo falta mirar para saber que era Ilian.

—Irá bien, ya lo verás —le dijo mientras le daba un apretón en el hombro.

—¿Tú crees?

—Conoces a Ash.

—Después del viaje juntos hasta Glósvalar tengo mis dudas. Y con lo que le ha pasado... —Rylen suspiró y negó con la cabeza. Cuando se dio la vuelta, se percató de que lord Saeros se había detenido en el umbral y hablaba con lord Tharin. Elwen no perdía detalle de ellos. Después, se marcharon—. Temo que todos los esfuerzos hayan sido en vano.

—No lo han sido. Está viva.

—Ya, pero ¿a qué coste? Le arruiné la vida cuando decidí llevármela de Milindur.

—Aún es pronto para...

—No —lo interrumpió. Se sostuvieron la mirada durante unos segundos antes de que Ilian dejara caer el brazo.

—Es fuerte, confía en ella.

—Sé que es fuerte, pero después de lo que nuestra gente le ha hecho...

—¿Crees que se negará a colaborar?

—No lo sé...

—Pues yo creo que no.

—Tú no la conoces tanto como yo.

—La conozco, Rylen. —Ilian apretó los labios y el rey entrecerró los ojos—. Al menos lo suficiente. —El general dio un paso hacia atrás y puso distancia entre ambos.

—Esperemos que nos dé tiempo a convencerla antes de Veturnaetur.

Elwen se puso en pie y el chirrido de su silla sobre el suelo atrajo la atención de ambos varones.

—Lo bueno es que las festividades siempre unen —apuntó la espadachina. Rylen agrió el rostro y resopló, fijando la vista de nuevo en la lluvia que golpeaba contra el ventanal—. Quizá sería una buena ocasión para revivir viejas tradiciones, Rylen.

—¿Es una sugerencia? ¿O una *sugerencia*?

Elwen rio entre dientes y caminó hacia la puerta.

—Si no lo celebras, nunca lo averiguarás.

Ilian y él se quedaron en silencio mientras su hermana salía.

—¿Crees que es una predicción? —se atrevió a preguntar el rey.

El general se encogió de hombros, jugando con el aro del labio.

—Supongo que tiene razón y no lo sabremos hasta que llegue. Es hora de que entierres a tus demonios de una vez por todas, Rylen. Celebremos Veturnaetur. Quizá haya llegado el momento de empezar una nueva vida.

El enfado creció en el pecho hueco del soberano, pero se lo tragó y no dijo nada mientras Ilian abandonaba la estancia.

—Veturnaetur pues… —murmuró al aire mientras el cielo se partía en dos por culpa de la tormenta.

Solo le quedaba esperar que aquello no fuera una señal funesta de Dalel.

40

Ilian había tenido el tiempo justo de informar a Rylen antes de que se celebrase el consejo. Acababa de volver de Yithia en un viaje relámpago y extraoficial que, para su suerte, había acabado brindándole información oficial.

Entre las calles de la capital empezaba a correr el rumor de que una dotada superior había salvado a las valerosas tropas yithianas de una emboscada. Ilian desconocía cómo esa información había terminado siendo de dominio público, pero con cada susurro que llegaba hasta sus oídos se sentía más complacido.

Mercaderes, pescaderos, panaderos..., la plaza central de Kridia había bullido con el rumor de lo que la Hija de la Luz había logrado en el frente, de cómo con su luz había arrasado con el ejército enemigo; de cómo había salvado un orfanato del derrumbe; de cómo había resucitado a un soldado que, con coraje, se interpuso entre una espada y ella para salvarla. Cada nuevo cotilleo que llegó a sus oídos resultó más absurdo y grandilocuente que el anterior, lo que había supuesto que el templo a Merin estuviese hasta los topes. El pueblo se estaba volcando en esa idea desconocida de que los dioses, de que su diosa, no los habían abandonado.

No le cabía ninguna duda de que esos rumores hacían referencia a la heredera, y fuera quien fuese quien estuviera tras ello, era un maestro táctico. Estaban endiosando a Ash, y tenía la certeza de que el próximo movimiento sería hilar esos rumores con que la dotada superior era la próxima emperatriz del Imperio de Yithia.

Rylen estaba de acuerdo con él. Opinaba que aquella información era valiosa, pero había decidido que era mejor no presentarla en el consejo hasta que hubiera adquirido más fuerza y las habladurías se extendieran por el resto de las ciudades de Yithia, cuando, de seguro, otros miembros de su consejo se enterarían por su propia red de informadores.

Con una sonrisa velada en los labios, llamó a la puerta de los aposentos de Ash y entró, a sabiendas de que no necesitaba que le concedieran permiso. La realidad de que la heredera no podría granjeárselo le retorció el estómago y la sonrisa murió al instante. El burbujeo inquieto de sus sombras se apaciguó en cuanto estuvo en presencia de Ash, que dormía tumbada de lado, con la larga cabellera ondulada revuelta a su alrededor, empapada en sudor.

Apenas se había ausentado un día, un solo día sin verla, y ya sentía la necesidad de estar junto a ella. Había comprobado que ignorar el anhelo de la atracción entre los Efímeros era complicado, pero, para su desgracia, si ese anhelo se alimentaba, se volvía cada vez más palpable. Había estado cinco días con ella, casi a sol y sombra, velando por su seguridad, leyéndole aunque ella solo le gritara, desquiciada, calmándola cuando el llanto la embargaba y, sobre todo, acariciándole el pelo en los pocos ratos de sueño. Y con cada minuto que había pasado en su presencia, ese anhelo crecía más y más, alimentado por la cercanía.

Entendía por qué Rylen le había dicho que ese día no podría quedarse con ella, porque se estaba intoxicando y aún tenía demasiados fantasmas contra los que luchar. Y eso suponía que Ilian pasara más horas con Ash. No le importaba, ya se había rendido a esa condición y simplemente se dejaba arrastrar por la corriente, pero empezaba a temer de verdad por lo que eso pudiera suponer.

—Ah, Ilian, querido —suspiró Orsha con ese deje maternal cuando lo vio aparecer, con los ojos entrecerrados para paliar la falta de visión.

Estaba sentada en la butaca junto a la ventana, haciendo punto sobre el regazo y con los anteojos diminutos colocados en la punta de su nariz afilada. La hembra se incorporó, con un quejido atragantado, e Ilian se acercó a ella.

—No es necesario que te levantes, nana.

La aludida esbozó una sonrisa cariñosa y asintió levemente mientras se quitaba los anteojos, útiles para mejorar su visión de cerca. Después, se descolgó el otro par que llevaba colgado del cuello de la camisa y se puso las lentes de lejos, que hicieron que sus ojos rasgados, de por sí grandes en comparación con los de los elfos, menguaran hasta convertirse en canicas.

—¿Qué tal se encuentra? —le preguntó Ilian, la vista fija en Ash.

Orsha suspiró y su rostro, cuarteado por los años, se ensombreció.

—Va remontando, pero aún le queda mucho camino por delante.

Ilian apretó los labios y tragó saliva, la consternación trasladada a su propia garganta. No sabía cuánto tiempo llevaría la heredera desatada, pero le aliviaba verla suelta, en lugar de con los cintos acolchados que la anclaban a la cama para evitar que se hiciera daño.

—¿Y tú? ¿Qué tal tu excursioncita por Yithia? —Ilian se giró hacia ella, con la sorpresa alzando sus cejas y una sonrisa de medio lado—. A esta vieja anciana no se le escapa nada, muchacho. Parece mentira que no me conozcas.

—Solo Rylen lo sabía.

Ella se encogió de hombros con la diversión plasmada en los labios, gesto que hizo que rejuveneciera un par de cientos de años.

—¿Qué esperabas, con estas orejas?

Se señaló las orejas, que se separaban varios centímetros del perímetro de la cabeza dada su longitud, con ese pico arqueado cayendo un poco hacia atrás, e Ilian le sonrió.

—En Yithia, bien —respondió tras unos segundos, mientras se sentaba en el borde de la cama de Ash—. He averiguado lo que quería.

—Me alegro, mi niño.

Orsha se levantó, con su trabajo de punto bajo esos largos brazos propios de los trolls, y se acercó a él. Le dio un apretón en el hombro, cómplice, y le regaló otra de sus infinitas sonrisas.

—¿Te quedas tú con ella? —Él asintió sin pronunciar palabra—. Se recuperará, ya lo verás.

—Lo sé.

Los labios de Orsha se estiraron todo lo que sus colmillos sobresalientes, como de jabalí, le permitieron.

—Doy gracias a los dioses por que tú seas más positivo que Rylen.

—Todos podemos dar gracias por ello —bromeó Ilian.

Con otro apretón en el hombro, Orsha abandonó las dependencias. El silencio lo engulló y se quedó ahí, quieto, observando el subir y bajar del costado de Ash, que dormía plácidamente. Eran pocas las horas que conseguía conciliar el sueño, pero cuando lo hacía, solo la despertaban las pesadillas. Sin dudarlo ni un instante, se deshizo del peto de la armadura y de las botas, quedando en camisa y pantalón, y se sentó junto a ella.

No se atrevía a envolverla entre sus brazos porque aquello sí podría despertarla, y porque no estaba en condiciones de consentir ningún acercamiento, por muy abrazo nimio que fuera. Así que se limitó a recostarse de lado, con el peso apoyado sobre un codo y la cabeza reposando en la mano para recolocarle los cabellos, adheridos a la sien y al cuello. Después, tiró un poco de la sábana para taparla hasta medio brazo. Con las pesadillas y el síndrome de abstinencia, solía revolverse mucho en la cama y acababa destapada, pero los sudores fríos iban a hacer que enfermara.

Con un nudo en la garganta, le susurró lo que había ido a contarle, a pesar de no saber si Ash recordaría cualquiera de sus numerosas conversaciones.

—He estado fuera un día, Ash. Seguro que te has dado cuenta, porque mi presencia se hace notar —bromeó en un tono cómplice, como si ella fuera a responder aun a sabiendas de que no—. Fui a buscar a Cyndra, porque te lo debía. Te lo debo —confesó en un hilillo de voz—. Y descubrí que no llegó al presidio de Kridia, que hubo un altercado por el camino.

Le recolocó otro mechón, esta vez tras la oreja y con cuidado de no rozar el arco picudo.

—Cyndra consiguió escapar, Ash. No está detenida ni la han juzgado. Es libre.

A pesar de que aquella fémina fuera la responsable directa de su cautiverio, y de todos los horrores que eso conllevó, se había alegrado de descubrirlo, porque sabía que la tiradora era amiga de Ash. Que, probablemente, su intento de fuga nefasto había estado ocasionado por esa necesidad de volver con ella. Así que le alivió descubrir que Cyndra había escapado de las garras del emperador de Yithia.

—En cuanto te recuperes, te prometo que saldré a buscarla. Y te llevaré conmigo si es lo que quieres —murmuró con cariño.

No podía ir antes, no podía hacerlo ya porque Ilian apenas conocía Kridia. Para infiltrarse y averiguar algo sobre ella, había tenido que transportarse al palacio, lo único que ya había explorado por la incursión de hacía varias semanas. Y desde ahí, le había tocado deambular por la ciudad, dando palos de ciego envuelto en sus sombras para volverse invisible.

Necesitaba que ella lo guiara, que le diera alguna noción de por dónde empezar a buscar, porque meterse él solo de lleno en territorio enemigo había sido una estupidez y no podía repetirlo a la ligera. Por eso había sido algo extraoficial, porque Rylen no lo aprobaba e incluso habían mantenido una conversación acalorada en la que había terminado venciendo el remordimiento que ambos sentían por la situación de la heredera.

—Le servirá de consuelo, Rylen —le había dicho Ilian, casi suplicante. Y había sido lo que había terminado de convencerlo.

Ash se removió, inquieta, e Ilian se tensó, preparándose para el combate que iba a tener que mantener contra la dependencia de la droga. Lanzó un vistazo fugaz a los cintos acolchados, a los que esperaba no tener que recurrir, cuando Ash se giró hacia él. Se quedó estático, expectante y temeroso a partes iguales, pero Ash mantuvo los ojos cerrados, la respiración pausada. Aun así, su mano se movió por el colchón hasta encontrar los dedos callosos de Ilian y entrelazarlos con los suyos.

La respiración se le atascó en el pecho y el corazón se le estrujó al ser consciente de que, incluso en sueños, Ash había conseguido encontrarlo y cogerlo de la mano. Que esa atracción entre Efímeros, opuestos o iguales, había hecho que lo buscara incluso en sueños. Los ojos se le anegaron de lágrimas de repente por la mezcolanza de sentimientos que lo abordaron, todos en tropel, y carraspeó antes de seguir hablando con ella. Antes de pintar en esa mente atormentada el precioso lienzo que era la ciudad de Kridia para que Ash, aunque en sueños, pudiera regresar a casa.

41

Los días se entremezclaban en su mente. Aunque intentaba pasarlos durmiendo, dormir fue casi lo único que no pudo hacer al principio. Desde que despertó junto a la puerta de cristal, Ashbree no había conseguido descansar por culpa del insomnio.

Aquel primer día, había levantado la cabeza, con el cuello rígido y la piel perlada de sudor, y había visto al Rey de los Elfos al otro lado, tirado en el suelo, durmiendo y con la palma pegada al cristal. Ashbree se mordió el labio inferior, inquieta y con el corazón bombeándole con fuerza en el pecho. Recordaba retazos de lo que había sucedido en las horas previas, pero lo veía como si hubiera estado fuera de su propio cuerpo, como si no hubiese tomado ninguna decisión desde que se había escapado del palacio. Aquellas acciones no le pertenecían y, sin embargo, sentía las consecuencias palpitando en su torrente sanguíneo.

Se quedó observando al rey más tiempo del precavido. Era vagamente consciente de haber llorado frente a él; jamás se le olvidaría cómo le había metido los dedos en la garganta y la había obligado a vomitar con una autoridad pétrea. Pero también tenía la sensación de que sus percepciones estaban desvirtuadas. Lo odiaba por lo que le había hecho, por haber doblegado su cuerpo a su antojo. Y, aun así, había una pátina densa de agradecimiento que le recubría la garganta, entremezclada con el ardor por vomitar, gritar y llorar.

Entonces se había percatado de que los ropajes del soberano estaban empapados de sangre reseca y había comenzado la caída hacia el pozo de la abstinencia. Fueron días de estrés físico y mental. Tenía el cuerpo agarrotado constantemente, tiritaba a rachas, le daban palpitaciones y espasmos que la doblaban por la mitad y su cuerpo se deshacía entre náuseas, vómitos e incontinencias de todo tipo. Pero lo peor era el estrés mental: las alucinaciones con una troll anciana cuidándola, sentir la ansiedad en las venas, no conseguir parar quieta, suplicar por un poco más de sangre y, al no obtenerla, romper muebles, jarrones y amenazar con autolesionarse.

Cuando llegó esa amenaza, tras solo dos días sin consumir la droga, el Rey de los Elfos ordenó que la ataran a la cama e Ilian no titubeó al ejecutar la orden, a pesar de que su mirada iba cargada de disculpas y de dolor.

Antes de aquello detestaba a los elfos oscuros, pero por su mente empezaba a rondar la palabra «grajos», con odio y desprecio, cada vez que pensaba en ellos. Eran la escoria que la había secuestrado y le estaban haciendo vivir un infierno.

El soberano intentaba hablar con ella, le explicaba todo lo que estaba viviendo y le decía que el síndrome de abstinencia pasaría. Y ella solo podía responder con insultos y malas palabras, entre lágrimas que la asfixiaban.

Cuando era Ilian el que velaba por ella, su humor se reblandecía, aunque no lo suficiente. Con él, todo dolía diez veces más. Lo miraba y recordaba cómo había disfrutado de sus caricias, de su cuerpo caliente contra el de ella; recordaba sus palabras de aliento y el cariño que había destilado cuando ella había tenido que usar su luz para hacerle daño y mantener la tapadera de que lo había comprado en la casa de variedades. Y eso se entremezclaba con el odio, porque él también era responsable de su situación; estaba a favor de su rey, un lacayo leal.

Al tercer día de desesperación, apareció una fémina de orejas picudas y piel... ¿clara? Era imposible que hubiera una elfa en Glósvalar. Nadie cruzaba las montañas Calamidad y supo que estaba alucinando. La fémina le dijo que había sido sanadora y que intentaría ayudarla a pasar el mal trago. Le administró una dosis muy pequeña de *gloria de la mañana*, otro estupefaciente de bajo impacto, y, tras tres días de insomnio, por fin consiguió dormir un poco.

La ansiedad se redujo, la deshidratación se alivió y dejó de sudar con cada respiración, al menos durante unas horas. Tenía los labios en carne viva por la sed, a pesar de que le daban de beber cada pocos minutos, y por mordérselos, inquieta.

Y según iban pasando los días, la lucidez regresaba a su cuerpo, lentamente, como la lava escapando del volcán. Y lo único en lo que pudo pensar desde entonces fue en lo que le habían hecho en la cueva. Habían abusado de su mente más que de su propio cuerpo y, aun así, se sentía igual de violada.

Con tal de conseguir un poco más de aquella droga pura, Ashbree había hecho cosas que no se atrevía ni a rememorar por temor a venirse abajo. Y cuando pensaba en la sangre plateada, la sed la abordaba de nuevo, le constreñía la garganta y le retorcía el estómago. Seguía necesitándola tanto como respirar, pero al menos empezaba a no visualizar al soberano y a Ilian como bolsas de sangre cuando pasaban por allí a verla. Que era más a menudo de lo que ella recordaría.

Después de una tarde en la que soñó con que Ilian le decía que Cyndra había conseguido escapar —una terrible pesadilla que nunca tendría lugar—, llegó a la conclusión de que no quería volver a hablar con ellos. Eran el recordatorio de lo que había perdido: la habían secuestrado, la habían retenido en contra de su voluntad y, en consecuencia, estaba al borde de convertirse en una elfa de sangre. Ashbree lo notaba; percibía la sed constante, las ganas de probar un poco más a cualquier coste. A veces, lo único en lo que podía pensar era en el estallido de placer al probar la droga, y temió no volver a sentir nada del mismo modo. Temió no ser capaz de disfrutar de la vida con esa intensidad. Todo le sabría a cenizas a partir de entonces.

Aunque el proceso era lento, día tras día se iba sintiendo más fuerte. Cuando llegó el quinto, percibió la luz en su interior y se abrazó a ella con fuerzas. El rey accedió a que le soltaran las ataduras incluso estando despierta —algo que solo hacían cuando dormía— al pedírselo sin gritarle ni insultarlo. Aun así, Ashbree se quedó todo el día en la cama, hecha un ovillo, con los ojos cerrados con fuerza y sintiendo su don acariciándola desde dentro.

A pesar de que en los últimos días se había negado a dirigirle la palabra a nadie, más allá de lo estrictamente necesario, habló con su luz largo y tendido. Le recordó a la época en la que aún no conocía a Cyndra y no tenía hermanos; cuando aún no había infantes en palacio y se consolaba con jugar con Inara, su amiga imaginaria. Hasta que un día su figura se vio reemplazada por otra más real y desapareció de su conciencia. Igual que había pasado con Inara entonces, su poder se convirtió en su única amiga, la única capaz de comprender lo que estaba pasando. Porque su luz también había sufrido lo mismo que ella. La notaba aletargada, como despertando de un sueño profundo que la había dejado embotada. Pero estaba ahí, muy viva y casi con más fuerzas que antaño.

Se quedaba acostada de espaldas a quien la vigilara, abrazada sobre sí misma, repasando los contornos de la marca sobre el antebrazo. Dibujaba los trazos blancos tatuados sobre su piel y se calmaba con aquella caricia. Así fue como se quedó dormida la octava noche.

Ashbree se despertó desorientada, con un grito de terror atragantado, una pátina de sudor sobre el cuerpo y el camisón empapado, cuando aún estaba todo oscuro. Las sábanas estaban revueltas y las tiras que días atrás la habían atado a los cuatro postes del dosel caían desde el colchón al suelo.

No recordaba cuándo la habían bañado, ni cuándo había cambiado la camisa roñosa y empapada de sangre por un camisón de seda rosa. La prenda la incomodaba, sus muslos anchos quedaban al descubierto, las finas tiras de los hombros no le favorecían a su cuerpo y el escote era demasiado pronunciado para su pecho. Y a pesar de detestarlo, agradecía que le hubieran puesto aquello, porque si con la escasa tela que cubría su cuerpo estaba empapada en sudor, a pesar del frescor otoñal, no quería ni imaginar cómo estaría con un conjunto de dos piezas.

El cabello le cayó sobre la espalda al incorporarse. Aunque estaba enredado por haberse revuelto en sueños, se escapó entre sus dedos al acariciarlo. Estaba más suave de lo que había estado nunca. Quienquiera que se hubiera encargado de ella, lo había hecho con mimo y delicadeza.

Miró a su alrededor y descubrió una jarra de agua con un vaso en la mesita. Dolorida, se acercó al borde de la cama y se sentó. El frío que sintió al colocar las plantas desnudas sobre el suelo la reconfortó. Bebió un poco, a sorbos pequeños, porque recordaba que una sanadora se lo había dicho, y paseó la vista por la estancia.

El caos que había generado en aquellos días encerrada en la habitación era difícil de explicar. Le dolía ser consciente de que ella había provocado aquello. En algún momento, habían reemplazado el armario por uno nuevo, aunque no recordaba cuándo ni exactamente por qué. Tenía la sensación de haberse peleado con el rey y de casi haber vencido, pero aquello era imposible. Jamás conseguiría ganar en fuerza al soberano. También se percató de que le habían vendado la pierna y, al tocarse la barbilla, percibió una cicatriz que en cuestión de un par de semanas ya no estaría ahí. Se descubrió la pantorrilla y vio que el corte rosado había curado bien. Cerró los ojos, respiró hondo, y cuando volvió a abrirlos estaba como nueva, no quedaban heridas físicas sobre su cuerpo salvo la de la mejilla.

Estaba aprendiendo cómo funcionaba su don. Cuanto más lo empleaba en contra de su propia voluntad, peor lo llevaba. Pero si se limitaba a pedirle un favor, su poder respondía para ella. Era tal y como le había dicho el monarca en la cueva: si pensaba, todo costaba más.

Miró hacia el balcón y el estómago se le contrajo al recordar la primera noche, tirada sobre el suelo con el soberano tumbado al otro lado. En el exterior se había gestado una tormenta. La lluvia arreciaba, aunque el retumbar de los truenos quedaba un poco amortiguado por los gruesos cristales. Aun así, toda la construcción temblaba con la sacudida que sucedía a los relámpagos que iluminaban el cielo y su habitación.

Paseó la vista por la parte de la estancia que le quedaba a la espalda y se le cortó la respiración.

En un mueblecito al lado del enorme espejo, que ella misma había roto con intención de cortarse, había un precioso violín. Con el corazón acelerado, Ashbree se levantó, se puso el batín de seda que habían dejado a los pies de su cama y recorrió la distancia que la separaba del instrumento siendo muy consciente de cada paso que daba. En una silla junto a la mesita, el macuto que había llevado desde el campamento militar hasta Glósvalar la esperaba. Quería estudiar el violín, pero también quería comprobar otra cosa.

Con cuidado, abrió la solapa de la bandolera. Todo estaba tal cual lo había dejado: la ropa interior extra que le había dado Elwen —porque la ropa se la puso el rey—, su cantimplora —que vaciaron primero— y... los grilletes de nácar endurecido de Ilian. No supo por qué, pero tuvo la sensación de que el general los había mantenido ahí por ella. Los recordaba alrededor de sus muñecas y, por inercia, los apretó con fuerza y se los llevó al pecho. Le habían permitido quedarse con algo que podría emplear como arma contra ellos. ¿Sería porque no la consideraban una amenaza? No quería enfrentarse a esa desconfianza, no tenía fuerzas para ello, así que volvió a guardarlos donde estaban, un poco más tranquila teniendo esa falsa seguridad a la que aferrarse, y se enfrentó al instrumento.

Deslizó los dedos por la madera trabajada, por las cuerdas tirantes y la voluta. El barniz era de un negro profundo que le resultó hermoso y que contrastaba con el blanco vibrante de las cuerdas, las clavijas y la barbada. Recorrió la longitud del diapasón y suspiró al sentir la vibración en las yemas. A su lado, un arco delicado aguardaba para ser utilizado. Tuvo que tragar saliva para contener la emoción, pues se encontraba ante una de las piezas más exquisitas que había visto jamás.

Aquel violín no había estado en sus aposentos la noche en que llegó. Lo habría visto. Y tampoco lo recordaba de los pocos momentos de lucidez que había experimentado en los últimos nueve días. Era nuevo.

Sacó la nota que asomaba por debajo del violín y la sostuvo entre los dedos. La visión se le empañó al leer el mensaje:

Para cuando quieras sentirte viva de nuevo.

R.

Ashbree tragó saliva y su cuerpo le pidió que arrojara el violín por la ventana. ¿Acaso quería comprarla? ¿Acaso trataba de resarcirse por el daño que le había hecho con un instrumento, por muy caro que fuera? La sangre le bulló en las venas y agarró el violín por el diapasón con fuerza. Cuando sintió el peso de la pieza, algo en su cuerpo se relajó. Observó el instrumento de nuevo, con sus efes delicadas y los contornos redondos y picudos.

Sin pensar en nada en concreto, se irguió —aunque los hombros y la espalda se quejaran—, colocó el violín entre su cuello y su hombro y reposó la barbilla sobre él. Después de tanto tiempo sin tocar, sintió la piel del cuello sensible, desacostumbrado a la dureza del instrumento. Sabía que, si retomaba la afición, le volvería a salir la característica marca de los violinistas, generada por el roce. Y se descubrió deseosa de recuperar algo de su vida, aunque fuera un triste cardenal.

Sus dedos se apoyaron sobre unas cuerdas por sí solos y cuando acercó el arco al instrumento, se dio cuenta de que estaba temblando. Hacía demasiado que no se fundía con la música; demasiado que no encontraba esa chispa de vida que necesitaba para dejarse fluir, para deshacerse en sentimientos cargados de notas y matices. Porque en casa la situación no hacía más que recrudecerse y el bloqueo musical la había golpeado con fuerza. Cada vez que había intentado tocar, había sentido que no estaba preparada, que no se merecía experimentar la felicidad que le transmitía el sonido del violín. Ella era un fracaso como elfa, sanadora y heredera, y disfrutar de la música era una recompensa que no se había ganado.

Exhaló una profunda bocanada de aire y cerró los ojos.

—Solo una nota —se dijo a sí misma.

Respiró hondo de nuevo y lo soltó acompañado de un sol sostenido que sonó discordante, dudoso y tembloroso. Como ella misma.

Durante años, el violín había sido una escapatoria, esa afición a la que recurrir cuando todo la sobrepasaba. Había probado infinidad de pasatiempos en su infancia y adolescencia, pero la música la cautivó desde aquel día en el que sus padres la llevaron a la inauguración de un hospital. En cuanto su madre le regaló su primer violín y probó a pasar las cerdas sobre las cuerdas, aún sin práctica ni conocimiento, aquel instrumento se convirtió en su lugar seguro. Y cuando tocaba en presencia del emperador —acompañada de Kara al arpa y de Mebrin al piano—, era el único momento en el que él dejaba su rol a un lado y conseguía ver al padre que fue para ella.

Suspiró y bajó el instrumento, rendida. Entonces, escuchó una melodía llegar por el pasillo. Comenzó justo en el momento en el que un trueno sacudió el edificio y las notas se perdieron en el estruendo, pero a ella no se le escaparon. Era una canción triste, lenta y cargada de melancolía. El piano lloraba para su músico y, aun así, la belleza que exudaba la dejó sin aliento. Había estado en presencia de buenos pianistas en palacio; su hermano Mebrin, sin ir más lejos, era excepcional, pero aquello... Aquello era puro arte.

La melodía siguió resonando y Ashbree salió de sus aposentos. Al entrar en la antecámara, dudó, pero la música seguía invitándola a moverse, así que se acercó a la puerta, apoyó una palma y la frente contra ella y aguzó el oído. Era de una belleza sin igual, los ojos le picaron de la emoción y el corazón le palpitó fuerte en el pecho.

Quería empaparse de aquella canción funesta que tanto la conmovía, porque reconocía la pieza a la perfección —*Cataclismo*—, pues ella misma la había tocado al violín infinidad de veces. Se había compuesto durante el Siglo Cero y contaba la historia de cómo elfos y elfos oscuros se separaron en aquellos años convulsos, cómo una misma especie se dividió y comenzó el caos al enfurecer a los dioses.

Abrió la puerta un resquicio y miró al otro lado. El pasillo estaba en penumbra, la única luz procedía de los relámpagos que iluminaban el corredor cada pocos segundos. Y cuando los truenos estallaban, la música quedaba eclipsada. Pero Ashbree necesitaba oírla bien. Se asomó un poco más y terminó escabulléndose fuera, con la vista fija en el pasillo por el que la melodía se arrastraba hasta ella.

Caminó sobre el suelo de ónice, descalza, empapándose del frío del mineral, que la relajaba. Toda ella era calor y sudor, porque su cuerpo necesitaba algo de lo que la estaban privando, así que se centró en la mordida gélida contra las plantas de los pies y siguió avanzando.

La música aumentaba de volumen según se acercaba y cerró los ojos en pos de aquel lamento que se entremezclaba con el temporal sobre sus cabezas. El soplar de la tormenta, amortiguado por las ventanas, parecía el instrumento de viento perfecto para acompañar a aquella tonada.

Se detuvo al otro lado de la estancia en cuyo interior se estaba tocando la pieza, con la puerta entreabierta. Un resquicio de luz titilante se escapaba del interior y se derramaba sobre el suelo de obsidiana frente a ella. Con el corazón en un puño por la intensidad que estaba adquiriendo la obra, cargada de graves y notas ágiles, abrió un poco más para asomarse a su interior.

Se quedó de piedra al descubrir al músico que le arrancaba aquel lamento a un impresionante piano de cola. Esperó a sentir el odio y la rabia, esperó a que la ira la consumiera. Esperó, incluso, a que la sed la abofeteara. Pero se había quedado sin aliento al ver la majestuosidad con la que el Rey de los Elfos se fundía con el instrumento. Sus dedos, largos y delicados, volaban ágiles sobre los blancos y negros, con los ojos cerrados y todo su corazón, aquel que no tenía, volcado en la melodía.

Ashbree abrió la puerta del todo y él no se percató de su presencia. Estaba tan dentro de la pieza que supo que no podría salir de ella hasta que la terminase. Los ojos se le anegaron de lágrimas cuando la canción se acercó al *crescendo*, su parte favorita y la que más le había costado tocar siempre por lo mucho que la conmovía.

Deslizó la vista hacia abajo y comprobó que llevaba el violín y el arco en una mano. Volvió a dejar la mente en blanco y respiró hondo cuando colocó el instrumento en su sitio; al apoyar la barbilla en su lugar, se le erizó la piel. Se dijo que era por la anticipación de sumarse a la pieza, pero la realidad era que Rylen tocaba con una belleza sin parangón.

Abrió los ojos y se fijó en él, en cómo su cuerpo se movía por la intensidad de la melodía, en cómo sus brazos fuertes, expuestos en parte por la camisa remangada, se moldeaban según sus manos viajaban de un lado a otro. Y, sin más, inspiró profundamente y pasó las cerdas sobre las cuerdas justo cuando su parte favorita daba comienzo.

Vio al rey tensarse sobre su asiento, pero ninguno se detuvo. Con el rostro endurecido, abrió los párpados y miró en su dirección. Y cuando sus ojos se encontraron, Ashbree sintió que el mundo entero se sacudía, y ningún trueno era el culpable de ello. Su corazón se aceleró cuando la intensidad de su mirada le abrasó las mejillas. Ambos prosiguieron tocando, sus melodías entremezcladas y encontrándose en el inmenso espacio que los separaba. Le quemaba. La distancia le quemaba.

Con piernas temblorosas, Ashbree caminó hacia él, meciéndose, como si el sonido del piano la estuviera arrastrando hacia el interior de la sala de música. La heredera deslizaba el arco con maestría, como si no llevase meses sin tocar; sus yemas se quejaban al presionar las cuerdas, pero lo ignoró. No había nada que importara más que la pieza que estaban componiendo entre ambos, porque aquella música era nueva y única. No había palabras para describir cómo se sintió Ashbree cuando el llanto de su violín se entremezcló con el lamento del piano y la estancia se empapó de melancolía.

Las lágrimas se acumulaban en sus ojos y estaba a un parpadeo de distancia antes de que se derramaran. El rostro de Rylen se relajó en cuanto la vio a la luz de la chimenea, la única iluminación de la estancia aparte de los relámpagos. Y cuando él esbozó una sonrisa de medio lado, cargada de emociones, la respiración de Ashbree se aceleró. Jamás había visto nada más hermoso que aquel varón, de aspecto natural, en lugar del regio habitual, deshaciéndose entre notas, recortado por la claridad de los relámpagos y con el rostro plagado de las sombras que la chimenea generaba en el espacio. Sus ojos destellaban de un gris plateado, vibrante, que le recordaba a la sangre. Y, aun así, no sintió la sed, aunque la esperó.

Ambos se volcaron en la pieza con una armonía casi ensayada. Dos instrumentos perfectos pensados para encajar aunque Ashbree se sintiera oxidada. No importaba si su música temblaba; no importaba si Rylen se saltaba alguna nota por estar bebiéndose con la mirada. Lo único que importaba era que los dos se estaban diciendo demasiado sin articular palabra. Porque aquella canción estaba plagada de desdichas y desgracias, pero cuando culminaba, lo hacía cargada de disculpas jamás pronunciadas.

Ambos terminaron la pieza a la vez, con las respiraciones aceleradas, los ojos iluminados y sendas sonrisas en los rostros. Ashbree se empapó de la belleza que destilaba Rylen y él la observó con una admiración y una intensidad que le hinchó el pecho.

Se quedaron envueltos en la magia del recuerdo de las notas durante unos instantes más, hasta que un trueno quebró el silencio y Ashbree se dio cuenta de lo que había hecho.

La sonrisa murió en sus labios lentamente y se contagió al rostro del Rey de los Elfos, que recuperó la máscara con una maestría ensayada.

Él era su enemigo, él era el responsable de las desgracias que asolaban la isla y, desde hacía once días, de las suyas propias. Él era un ser despiadado y despreciable que debía odiar con todas sus fuerzas, y aunque lo odiaba, se dio cuenta de que empezaba a no ser con todas sus fuerzas.

—Siento haberos despertado. Pensé que, con la tormenta, no se oiría el piano.

Ella negó con la cabeza, incapaz de pronunciar palabra. ¿Sería cierto que se había tomado la molestia de esperar a que el caos se desatara sobre sus cabezas antes de tocar solo para no molestarla? Era imposible que aquel varón pudiera tenerla en consideración para nada. No le había importado su opinión al secuestrarla, ¿por qué debía importarle si la despertaba? Y, sin embargo, había salido en medio de una ventisca de nieve a buscarla. A ponerla a salvo exprimiendo las sombras que lo mantenían con vida.

El soberano la miró de arriba abajo y ella se sintió expuesta. Había demasiada piel al descubierto, demasiadas curvas que él podía ver incluso en la oscuridad que los rodeaba. Y, aun así, no la miró con lascivia ni deleite, sino que estaba evaluando su estado. En cuanto sus ojos se fijaron en su pierna intacta, el rey soltó el aire que había estado conteniendo.

Ashbree respiró hondo cuando el amargor se hizo con el fondo de su garganta y las ganas de llorar aumentaron. ¿Qué estaba haciendo? ¿Qué le estaba pasando? Se había sobrepuesto a meses de un bloqueo musical con él, *por él*, por lo hermoso de su música y lo mucho que le había hecho sentir la maestría de sus dedos. Había una tormenta gestándose en su interior, y poco tendría que envidiarle a la que partía el cielo en dos.

Él suspiró y se levantó; el chirrido de la banqueta sobre el suelo le erizó la piel y se tensó en respuesta, agarrando el violín con fuerza. Recordaba los dedos del rey entrando en su boca y obligándola a vomitar, pero también recordaba sus palabras de aliento al otro lado del balcón. Tenía la vaga sensación de que la había consolado y le había acariciado el pelo, aunque fuera imposible. Sí recordaba su promesa. «Te pondrás bien», le había asegurado. Pero ella sabía que jamás volvería a ser la que era, que nunca estaría *bien*.

—¿Cómo os encontráis?

Ashbree tragó saliva ante el tono ronco con el que formuló la pregunta, que casi sonó a confidencia. El rey deslizó las manos en los bolsillos y aguardó, paciente. Ella lo observó al detalle: el pelo negro un poco revuelto, como si se hubiera pasado las manos por él varias veces; la piel tostada oscurecida bajo los ojos; las mangas dobladas con pulcritud sobre sus antebrazos fuertes, la camisa entreabierta, que dejaba ver parte de aquel torso fibroso y desprovisto de manchas. Aquel varón parecía muy diferente al Rey de los Elfos perfecto y elegante que había visto.

—Bien —respondió, no obstante, con un hilillo de voz.

Ninguno se creyó aquella mentira. Aun así, él asintió y no la presionó para que le dijera la verdad. Respetó su desconfianza y la aceptó.

—Me alegro —respondió en un murmullo. Y no supo bien por qué, pero Ashbree se lo creyó.

Era consciente de que el rey había pasado días y noches enteros en sus aposentos, vigilándola. Pero tampoco estaba segura de si había sido real o una alucinación por el síndrome de abstinencia, como lo de la troll anciana. Aquello no le pegaba con la imagen que tenía de él. Y, aun así, le había regalado el violín más excepcional que hubieran tocado sus manos.

—Ashbree, yo... —El soberano dio un paso hacia delante y ella empequeñeció en respuesta, porque no estaba segura de poder estar cerca de él. Sentía la sed arañándole la garganta y no quería perder el control. El monarca cerró los ojos y una arruga apareció entre sus cejas un instante, como si la rigidez en su cuerpo hubiera supuesto un golpe para él. Después, respiró hondo y volvió a mirarla, aún con las manos en los bolsillos—. No os pediré que me perdonéis por lo que os he hecho y lo que os ha hecho mi gente, porque no sería justo para vos —el corazón le bombeó con fuerza al oírlo—, pero quiero que sepáis que lo siento muchísimo. Y haré lo que sea para compensároslo.

A Ashbree se le anegaron los ojos de lágrimas de nuevo y las retuvo a duras penas. Había sinceridad en sus palabras, había una culpa y un arrepentimiento palpables. Su disculpa lo contenía todo. El Rey de los Elfos era el responsable, él lo sabía, y algo le sugería que le dolía. Pero era imposible. Aquel varón no tenía corazón, era despiadado por ese mismo motivo y estaba corrompido hasta la médula.

Su respiración se aceleró y Ashbree sintió que se ahogaba; quería odiarlo y no conseguía hacerlo con la rabia que necesitaba. Porque le habían cambiado la vida por completo y no había podido hacer nada. Porque le habían arrancado una parte de sí misma y jamás la recuperaría. Porque había dejado de ser Ashbree Aldair para ser una burda caricatura de ella. Y solo le quedaba esperar no perderse del todo.

—Os acompaño a vuestros aposentos —murmuró con la voz arrastrada.

Ashbree se sintió violenta y se abrazó a sí misma, con el violín aún en la mano. Ni el tacto suave del batín de seda la reconfortó.

—¿Para qué? ¿Para que volváis a encerrarme con llave? —escupió con dolor.

El Rey de los Elfos acusó el golpe como pudo y respiró hondo una vez más, los ojos clavados en ella y vibrando. Sintió hilachas de sombras desprenderse de sus dedos y Ashbree se abrazó con más fuerza. Aquella pregunta le había herido tanto que su poder había salido a defenderlo, pensando que el golpe había sido físico, y ella se estremeció en respuesta.

No podía no odiarlo.

—Sois libre de ir a donde os plazca —susurró. Tragó saliva y cogió aire de nuevo—. Lo fuisteis desde el primer día. Solo teníais que pedirlo.

—Y, aun así, no soy libre de volver a mi hogar.

—¿Llamaríais a ese palacio «hogar»?

Ella apartó la mirada, azorada.

—No deberíais haber hurgado en mi mente —murmuró. Los ojos no eran lo único que le picaban ya, sino también la garganta.

—Y no lo hice, ni una sola vez.

Ashbree alzó la cabeza y lo estudió con incomprensión. Aquello... Aquello había sonado cierto, pero él sabía cosas de ella que jamás había verbalizado en su presencia.

—Mentís.

—Os dije que yo no miento, dragona.

Aquel volvía a ser el rey indescifrable que la había sacado de Milindur. Altivo y con una confianza desbordante. Pasó junto a ella para abandonar la estancia y Ashbree se sintió fría; su odio se enfrió, en realidad. Se detuvo en el umbral y se giró para mirarla, aún con las manos en los bolsillos y el rostro impenetrable, porque se negaba a creer que aquello pudiera ser tristeza.

—Jamás violaría vuestra privacidad. Ni la vuestra ni la de nadie.

—¿Entonces?

Su pregunta sonó a súplica y el Rey de los Elfos se tomó unos segundos para responder.

—Veníais a mí con todos vuestros demonios a cuestas, Ashbree. Mes tras mes durante los últimos quince años. Era imposible no ver lo que os atormentaba cuando me lo lanzabais a la cara. De haber hurgado en vuestra mente, ¿no creéis que me habría molestado en averiguar dónde encerráis mi corazón para recuperarlo en el ataque al palacio?

Sin esperar una respuesta, el rey se dio la vuelta y se perdió entre las sombras del pasillo.

Aquella pregunta dejó a Ashbree de piedra, porque desde que había descubierto que él había sido consciente de todas las conversaciones que habían mantenido a lo largo de los años, se había sentido diseccionada en su presencia. Y la realidad era que él solo sabía lo que ella, inconscientemente, le había gritado.

El Rey de los Elfos había tenido el poder y el conocimiento a su alcance y, aun así, aun sabiendo qué podría pasarle a su corazón en cualquier momento, la había respetado desde la primera conversación.

42

Ashbree se quedó un tiempo indeterminado más en la sala de música, empapándose de la violencia de la tormenta del exterior y de la de su interior. Podía ir a donde quisiera, le habían dado permiso para ello, aunque le repugnara lo que eso implicaba. Y, aun así, no supo a dónde ir.

Todavía abrazada a sí misma, se acercó al piano que el Rey de los Elfos había dominado instantes antes. Pasó las yemas por los blancos y negros, fríos, y se estremeció. La banqueta seguía albergando el calor de su cuerpo y aquello la hizo sentir extraña. Miró por encima del hombro y clavó la vista en la puerta entreabierta, por donde él se había marchado.

Lo que habían compartido había sido demasiado intenso para su propio bien. Aún le vibraba la piel con los movimientos vigorosos de su arco contra las cuerdas del violín, sentía la caricia de la música del rey envolviéndole el cuerpo. Lo sentía todo. Y ella que había creído que jamás volvería a sentir nada con tanta intensidad..., no después de haber disfrutado de la experiencia de vivir que le confería la droga. ¿Significaba eso que no todo estaba perdido?

Sin saber a dónde más ir, rehízo el camino por el pasillo, que le resultó mucho más lúgubre ahora que no iba acompañada de la música del soberano. El retumbar del cielo le taladraba los músculos y con cada relámpago, se sobresaltaba. La luz nunca la había asustado, ¿por qué, entonces, se sentía ahora más cómoda entre las sombras?

Llegó a sus aposentos justo cuando alguien salía de dentro. Se chocó contra un pecho duro y alzó la vista para encontrarse con unos ojos violetas que se relajaron en cuanto la vieron. Ashbree no separó la mano del pecho de Ilian y deslizó la mirada hasta él. A través de la palma notaba el repiqueteo frenético de su corazón y se le secó la garganta. Aquel era el órgano que bombeaba la sangre por el cuerpo del varón frente a ella. Era el responsable de que el líquido recorriera cada vena de su organismo. Y aunque sentía la sed hurgando en su cerebro con uñas afiladas, lo que la dejó anclada en el sitio fue el vago recuerdo de haber estado recostada sobre el pecho de alguien sin escuchar ningún latido al otro lado.

—¿Necesitas algo? —le preguntó él en un susurro.

Ashbree alzó la cabeza para mirarlo a la cara y los ojos se le anegaron de lágrimas de nuevo. Se sentía débil, no solo a nivel físico, sino mental. Si bien ella no era como Cyndra, que jamás lloraba, no le gustaba que sus sentimientos se le reflejaran en los ojos con tanta facilidad. No se reconocía a sí misma. Había vivido su propio infierno en casa y solía aguantar con mayor o menor estoicidad, pero en la última semana el pozo de su corazón no hacía más que desbordarse sin medida.

—Volver a casa —musitó con un sollozo.

La mandíbula de Ilian se crispó y respiró hondo. Colocó una mano sobre la de Ashbree y la envolvió con su calidez antes de darle un apretón cómplice que la reconfortó.

—Volverás a casa. —El corazón de Ashbree latió con fuerza al escucharlo—. Haré lo que sea para que regreses a casa. Te lo prometo.

El miedo se le atragantó y un nudo se retorció en su estómago. Aquellas palabras eran peligrosas, y a juzgar por cómo la miraba, él también lo sabía. Ilian abrió la boca, como queriendo añadir algo más, pero la volvió a cerrar.

—¿Cuándo? —se atrevió a preguntar ella.

Una lágrima rebelde le recorrió la mejilla de la luna y él se la limpió con delicadeza.

—En cuanto pueda.

—¿Por qué no ya?

Perdida, se sentía perdida.

Como una niña pequeña que no comprendía la situación.

Ilian cogió aire, lo retuvo en el pecho y lo soltó despacio. Ashbree se perdió un poco en la luz que encerraban sus ojos, en ese color mágico que únicamente les pertenecía a los elfos oscuros.

—No es seguro —respondió con esfuerzo.

—¿Por qué? ¿Porque queréis utilizarme y aún es pronto?

—Creía que habíamos llegado a la conclusión de que eres una invitada.

Su voz bajó tanto que aquellas palabras sonaron a confesión, dotadas de una intimidad amenizada por el repicar de la lluvia contra los numerosos cristales del palacio.

—Una invitación se puede revocar en cualquier momento, pero yo no puedo marcharme. —La voz se le estranguló por el llanto y se tomó unos segundos para recomponerse—. Así que no, no soy una invitada. Dime la verdad.

—No me corresponde a mí compartir esa información, Ash. Habla con Rylen.

Ante la mención del Rey de los Elfos, Ashbree dio un paso atrás, hasta que su aroma a tierra mojada dejó de envolverla, e intentó apartar la mano de su pecho. Pero él se lo impidió, reacio a romper el contacto.

—No hay nada que quiera hablar con él —murmuró en tono cortante, con la vista fija en sus manos entrelazadas.

Aunque ya había tenido esas manos sobre su cuerpo, se dio cuenta de lo grandes que eran, más toscas que las gráciles del rey.

Ilian ladeó la cabeza y la estudió con interés. A pesar de la cantidad de piel expuesta de su cuerpo, de nuevo no se sintió juzgada. Y aquello le dejó un regusto amargo en el fondo de la garganta, porque en su hogar, cuando la obligaban a ponerse esos vestidos que dejaban menos a la imaginación que aquel camisón, siempre se sentía observada con lascivia. En Yithia era la heredera, una presa alrededor de la que todos querían orbitar para obtener poder. En el palacio de obsidiana, no obstante, parecía ser una fémina más. Y eso la reconfortó.

—Él tiene todas las respuestas que buscas.

—Ni siquiera sé si tengo preguntas.

—¿Estás segura?

Con delicadeza, Ilian la agarró por la muñeca izquierda, en la que sostenía el violín, y la alzó entre ambos dejando el antebrazo cara arriba. El batín de seda era de medias mangas, por lo que las marcas blanquecinas quedaban expuestas. Ambos contemplaron su piel tatuada y, después, sus ojos volvieron a conectar.

—¿Por qué iba a tener él estas respuestas? No vi ninguna marca en su cuerpo. Pero sí en el tuyo.

Ilian apretó los labios y la soltó. Sintió frío cuando sus dedos se despegaron de su piel.

—Habla con él.

Y así, sin más, pasó junto a ella y la dejó sola.

A pesar de que Ashbree se metió en la cama y se arrebujó bajo las mantas, no consiguió paliar la sensación de frío que se hizo con su cuerpo después de aquellas dos conversaciones. Porque por mucho que no le dejaran regresar a su palacio, la estaban tratando con más amabilidad que en los últimos diez años viviendo en su propia casa.

43

—¡Hay que cortar esos rumores de raíz! —bramó el emperador, golpeando la mesa del consejo.

Kara se sobresaltó, tan poco acostumbrada a esos estallidos. Los había presenciado antes, sí, pero desde la lejanía. Ahora, con un puesto como espectadora, todo adquiría un nuevo cariz.

Se encontraban reunidos con los miembros del consejo, elfos y elfas leales al mandato de su padre que intentaban, a toda costa, erradicar la plaga que se estaba extendiendo por la población yithiana.

Hacía un par de días que había llegado a oídos del emperador y su séquito, pero de seguro que se habría iniciado antes, porque les estaba resultando imposible detener el alud de esperanza.

El templo a Merin, según lo que le había contado Lorinhan, estaba atestado a todas horas. Había feligreses de las ciudades colindantes a Kridia que viajaban hasta la capital para presentar sus respetos a la diosa mayor en el templo principal en su honor. Los miembros del sacerdocio, apoyados por algunos astrólogos, se encargaban del aforo, de escuchar las plegarias y de aceptar los más que generosos donativos. Y a pesar de que esos donativos también enriquecieran las arcas del imperio, la esperanza era un sentimiento demasiado poderoso como para permitir que arraigara libremente.

Había concilios públicos en las plazas de las ciudades de más al sur, donde el rumor había llegado primero, alabando las hazañas de la Hija de la Luz, la Taumaturga, la Venida de los Cielos. Esa fémina poseía ya más títulos que el mismísimo emperador, y ni siquiera había transcurrido una semana. Porque en tiempos de guerra, cuando no había alimento que llevarse a la boca, las lenguas se entretenían chismorreando; las mentes se ocupaban con cualquier conversación con tal de huir de la realidad del frente, por mucho que estuvieran en una especie de tregua no pactada.

—Hacemos todo lo que podemos para contener a los fieles, Su Majestad —le informó el general de las Órdenes con un tono de resignación.

Por mucho que él no fuera el responsable de la guardia imperial, sino que era competencia del capitán, el emperador había precisado de sus servicios como medida desesperada para acabar con las habladurías. Aunque Kara también sospechaba que esa decisión podría estar relacionada con los rumores que decían que todo había nacido en el templo en honor a Wenir en Tiroon, gestionado por una de sus hijas.

Asimismo, intuía que su padre estaba a un paso de sacar al ejército a las calles; todos los allí reunidos eran muy conscientes de que esas habladurías no tardarían en ponerle un nombre a su «Hija de la Luz»: Ashbree Aldair.

Cuando Kara había escuchado el rumor, de labios de Halldan, que parecía enterarse de todo antes que nadie, corrió hasta el despacho de su padre para informarle, con los ojos colmados de lágrimas de regocijo.

Ashbree seguía viva. Aunque hubiera sido secuestrada, seguía viva si el pueblo sabía de los milagros que estaba concediendo. Se había librado del yugo de su captor, como hizo quinientos años atrás Ayrin Wenlion. Era la esperanza que necesitaban.

Y Arcaron Aldair se encargó de echar todo eso por tierra.

—Tu hermana no ha hecho nada de lo que dicen esas habladurías —le había espetado con voz cortante, ante lo que Kara se sorprendió y su padre relajó el rostro—. Ashbree está retenida en el norte. ¿Cómo explicas, si no, que no haya vuelto aquí? ¿A casa? ¿Contigo?

Kara había apretado los labios y los puños para contener las lágrimas. Aunque le habían permitido integrarse de nuevo en la sociedad cortesana y, en vistas de la desaparición de Ashbree, hasta le concedían acceso al consejo, seguía siendo una ingenua que se dejaba llevar por sus sentimientos.

Después de aquella conversación, su padre la había reconfortado con palabras de aliento y le había asegurado que no era más que un rumor insustancial que se perdería con el viento, porque nadie creería que una dotada superior, adulta, había escapado al conocimiento de su amado emperador.

Y nada de eso había sucedido. Todo lo contrario.

De la noche a la mañana, se había vuelto la comidilla de Tiroon, y de ahí había ido viajando más y más allá. Era imposible conocer el alcance de aquel rumor que, según su padre, había extendido una mente demasiado perversa.

Kara, en su fuero interno, esperaba que Cyndra hubiera tenido algo que ver. Se había horrorizado al enterarse del ataque de los forajidos durante el traslado, pero después se alegró. La amiga de su hermana se había dado a la fuga y estaba en busca y captura, lo que suponía que existía una posibilidad de que ella estuviera detrás de todo aquello. Por eso mismo, Elegor Daebrin se mantenía tan callado y ausente, porque aunque no se hubiera hablado —al menos no en las reuniones en las que ella había participado—, todos suponían lo mismo que ella. Y, aun así, nadie había visto u oído nada acerca de Cyndra Daebrin.

—Creo que es el momento de aumentar las patrullas —masculló Arcaron, con el ceño fruncido y tamborileando sobre la mesa con el mapa de la isla tallado.

La dulce Kara tuvo que tragar saliva para ahogar un quejido de sorpresa; no había esperado que estuviese *tan* cerca de proponerlo.

Los consejeros intercambiaron varios vistazos, con distintos grados de recelo; ninguno se atrevía a llevarle la contraria al emperador. Pero era necesario que alguien lo hiciera.

—¿Creéis que el pueblo reaccionará bien a la presencia de mayor guardia, padre? —inquirió Kara con un tono sumiso y cargado de respeto—. ¿Ver al ejército en sus calles no será un recordatorio constante de que nuestras tropas no están combatiendo en el frente?, ¿que no están más cerca de librarnos del yugo del Reino de Lykos?

El silencio que se formó a su alrededor fue tenso, todos los ojos clavados en ella, y, por una vez, habría deseado que fuera por el parche. Arcaron, rígido como si sus ropajes estuvieran formados de cemento seco, se giró hacia ella y Kara se achantó. Ella cerró las manos en puños, sobre las rodillas, y luego relajó las palmas y acarició sutilmente la suavidad de su vestido. Tenía que denotar entereza. Tenía que parecerse un mínimo a Ashbree. Si por designios de Dalel su hermana no regresaba, ella podría ser emperatriz algún día. No lo quería. Detestaba ese puesto y estaba trabajando a contramarea para alejarse de él todo lo posible, pero no podía seguir siendo la joven patética y aplastable.

Y mucho de eso se lo debía a las palabras de coraje que Halldan le dedicaba en sus paseos diarios por los jardines imperiales.

—Vuestra hija tiene razón, majestad —intervino la Consejera de Justicia. Por lo general, se mostraba como una mala pécora que disfrutaba con el sufrimiento ajeno, por lo que Kara se sorprendió de que intercediera a su favor—. No podemos sembrar el caos entre nuestra gente. E incluso podríamos aprovechar este extraño parón para golpear nosotros a Lykos, en lugar de sobreponernos a sus ataques. Es una ocasión única que estamos desperdiciando. Si dedicamos efectivos a la patrulla de las calles para contener las habladurías, estaremos colocando a nuestras tropas en diferentes puntos muy dispersos y no podremos usarlas en caso de una acometida repentina por parte de Valandur.

El emperador miró a Kara durante unos segundos más y luego desvió su atención hacia la consejera.

—Decretaremos un toque de queda. Por las noches es fácil

que, quien esté divulgando esa información con nuevas mentiras, pase desapercibido. —Miró a Elegor de soslayo y este apartó la vista, con profundas ojeras demacrándole el rostro—. En cuanto caiga el sol, queda prohibido abandonar las viviendas sin permiso expreso. General, redacta el edicto y hazlo público. Extensible a toda Yithia, no solo a Kridia. Roslion, manda halcones informativos. Será efectivo a partir de esta misma noche.

—Majestad, no... —comenzó a decir el aludido. Pero calló al instante cuando el emperador lo fulminó con la mirada—. Como vos deseéis.

—Doy por concluida la sesión.

El chirrido de sillas no tardó en aparecer, y en menos de tres segundos, todos los consejeros habían abandonado la estancia, temerosos de que la ira de Arcaron Aldair recayera sobre ellos.

—¿A qué estás jugando, Kara? —le preguntó con voz tensa cuando la fémina se levantó de la silla, aún acompañada por su bastón.

—¿A qué os referís, padre?

—Nunca te has interesado por el consejo, aunque siempre ha sido mi intención acercarte a las obligaciones de la heredera. ¿Y ahora tienes gusto por la política?

Kara inspiró hondo para armarse de un valor que nunca había poseído y se acercó a su padre. Se había apoyado sobre la mesa, las palmas extendidas y los brazos tensos. Su cabellera platino, algo más clara que la de Kara, caía a ambos lados, lacia, ocultando cualquier atisbo de su expresión. Aun así, a pesar de no saber qué pasaba por la cabeza del emperador, Kara se colocó junto a él, renqueando, y se molestó en que su brazo rozara el de su padre.

—Si Ashbree no... Si no regresa, alguien tendrá que encargarse del imperio en su lugar cuando vuestro mandato termine, padre. Me ha costado, pero por fin he entendido lo que supone en realidad. He... He madurado —añadió con un deje triste. Su padre se incorporó y la miró al ojo, con pena irradiando de esos iris fríos—. A la fuerza, pero he terminado madurando.

Se encogió de un hombro y esbozó una sonrisa cariñosa que esperaba que se creyera. Y lo hizo. Arcaron suspiró y le acarició el brazo a Kara, como tantísimas otras veces había hecho, en un gesto que pretendía ser reconfortante. Solo que ya no lo era. Kara no había fingido al decir que había aprendido a la fuerza, pero había aprendido más cosas de las que había esperado.

—Lo siento. Es toda esta situación, que me tiene de los nervios. No pretendía hablarte así. Perdóname, hija.

Su padre la cogió de las manos y se las llevó a los labios para darle sendos besos colmados de cariño. Kara tuvo que hacer un esfuerzo exagerado para retener las lágrimas que la abordaron de repente. Estaba jugando con él, con el varón que le había dado la vida, que la había criado y cuidado, que la había colmado de cariños y se había preocupado por que jamás le faltara de nada. Que nunca le había dedicado una palabra de desprecio. Justo lo opuesto de lo que había sido para su hermana. Tragó saliva y le dedicó un asentimiento quedo.

—No hay nada que perdonar.

Ella se tomó la licencia de acortar la distancia entre ambos y abrazarlo con fuerza, con los restos del amor que sentía por él dominando sus movimientos. Porque, a pesar de todo, no podía evitar querer a su padre.

44

A pesar del calor propio de los últimos meses del verano, Cyndra se ocultaba de miradas indiscretas gracias a una capa oscura, cuya capucha mantenía sus rasgos en penumbra. Se movió por la periferia de la ciudad en completo silencio, ágil como un felino, rápida como un ave. Sabía dónde colocar los pies, pues había transitado por aquellas calles de mala muerte en más ocasiones de las que podría recordar. No necesitaba alzar la vista lo más mínimo para orientarse; solo con la forma de los adoquines era capaz de guiarse. Así lo había estado haciendo los últimos cuatro días. Y así seguiría haciéndolo todo el tiempo que fuera necesario.

La revolución estaba a punto de gestarse, lo percibía en su fuero interno. Los rumores de que existía una dotada superior, la Hija de la Luz, ya habían infectado cada hogar de Yithia. Y ahora era cuando empezaba la segunda parte del plan: reconducir esas habladurías hacia una figura muy real que muchos conocían y que otros pocos veneraban.

El sol se estaba poniendo sobre el horizonte, el momento perfecto para su trabajo. Con la caída del astro rey, muchos trabajadores, en lugar de volver a casa, alargaban su libertad ahogándose en los fondos de las jarras de las tabernas, jugando a las cartas o echándose unas risas con sus amigos. Era entonces cuando, siendo un día laborable, más gente había en los establecimientos de ocio, como despedida de un día demasiado largo.

Primero había falsificado decenas de misivas que había mandado hasta Tiroon, interceptando distintos halcones para que nadie pudiera ir a una oficina de mensajería a hacer preguntas molestas. Había sido una jugada arriesgada, pero no podían perder tiempo viajando hasta la ciudad sacra para iniciar el plan. Elegor Daebrin tenía una segunda residencia en Tiroon, y los viajes esporádicos en los que Cyndra lo había acompañado le habían permitido conocer a Daeni, una de las hermanas mayores de Arathor, que era tan devota como bobalicona. Había llegado a sacerdotisa mayor del templo en honor a Wenir, diosa de la vida, por lo demencial que se volvía alrededor de la astrología. Estudiaba a los dioses más que cualquier otro al que hubiera conocido. Y sabía que picaría el anzuelo.

¿Cómo ignorar esas misivas que llegaban sin remitente, ensalzando la labor de una Hija de la Luz que podría ser la solución a todos los problemas? ¡Era un mensaje divino! Con un poco de insistencia y palabras grandilocuentes, había terminado difundiendo la noticia. Y la senda comercial imperial había ido haciendo el resto, hasta que el rumor había llegado a Kridia.

No podían arriesgarse a difundir la información directamente desde la capital por el peligro que aquello suponía para ella misma. Cuanto más lejos creyera el emperador que estaba, menos esfuerzos destinaría a buscarla en la ciudad. Seredil no había estado de acuerdo con que Cyndra saliese a la calle, sobre todo después de descubrir que había una orden de búsqueda y captura en su nombre y que se había ofrecido una recompensa para quien la entregase viva.

Y había conseguido meterse en las mentes de los yithianos.

A pesar de las reticencias de Seredil, Cyndra llevaba toda su existencia quedándose al margen. Viendo, impasible, lo que los demás decidían sobre su vida, sin luchar contra lo que su progenitor le hacía. Una condena aceptada por temor a que el rechazo le granjeara un futuro peor. Pero eso se había terminado.

Cyndra se había cansado de ser una mera espectadora. No iba a quedarse de brazos cruzados mientras el Rey de los Elfos tenía cautiva a su hermana de batallas, mientras el emperador de Yithia, quien debería mover cielo y tierra por su hija, no hacía nada por rescatarla. Bien podría ser Cyndra la única esperanza de Ash. Y Ash era la del pueblo. Así que no, no se quedó encerrada ni un solo segundo. En cuanto Thabor consiguió útiles médicos y, entre él y su compañera, le limpiaron y cosieron la herida, Cyndra se echó a las calles de la mano de Seredil.

Habían convertido uno de los muchos muelles de lord Gonner, padre de Seredil y líder de la flota mercante de Yithia, en su sede clandestina. Según la fémina, hacía décadas que aquel almacén no se utilizaba por el estado precario en el que se encontraba, con desperfectos cuyas reparaciones salían más costosas que dejar que se derrumbara y adquirir otra propiedad. Así que se habían instalado ahí, sobre todo Cyndra. Seredil y Thabor tenían que presentarse en el cuartel y hacían rondas diurnas para cumplir con su servicio, puesto que no se les requería en el frente. Y mientras, Cyndra planeaba y maquinaba. Qué susurrar. Qué expandir. Cómo hacerlo y dónde.

La primera noche, Seredil había vuelto con un saco con cosméticos y tinte para el cabello, tal y como Cyndra le había pedido. Se había criado en la ciudad, había deambulado por doquier y cualquiera podía reconocer su rostro. Pero también había pasado demasiadas horas maquillándose y sabía cómo alterar sus facciones para que las miradas fugaces mientras caminaba, o las mentes borrachas, no la identificaran.

Lo primero que hizo fue teñirse el cabello del tono de rubio más común entre su facción y cortarse el pelo. Se deshizo de las puntas azules, maltratadas por las semanas en el frente y descoloridas, para que, al teñirse de rubio, no adquirieran un tono verduzco llamativo.

No recordaba haber llevado el pelo tan corto nunca. Y eso, sumado al nuevo tono de su cabello, hizo que Cyndra se sintiera un poco perdida cuando se miró en el espejo aquella primera vez. Era el vivo reflejo de su madre. Siempre había creído que se parecía más a su progenitor, puesto que compartían tono de cabello y de ojos, pero verla con el mismo color que Esil fue más doloroso de lo que estaba dispuesta a admitir.

Hacía veinte años que Cyndra se había quedado sin madre, dos años antes de que comenzaran sus propias pesadillas. Lo último que recordaba de su madre era verla arrodillada frente a su cama, con las mejillas empapadas en lágrimas acariciándole el rostro a su hija.

—No voy a poder soportarlo... —le había confesado con la voz quebrada. Aquella Cyndra de seis años no supo a qué se refería, y la de veintiséis seguía sin saberlo.

—Llévame contigo —había sollozado Cyndra, agarrándose a las manos de su madre.

Ella negó con la cabeza, sin conseguir reprimir el llanto, y volvió a clavar sus ojos verdes en ella.

—Ojalá pudiera, pajarillo. Ojalá pudiera, pero Dalel tiene planes para ti. Grandes planes.

Después se levantó, le dio un beso sentido en la frente y la abandonó a su suerte. Y su suerte se truncó al poco tiempo. Cyndra nunca había tenido un recuerdo agradable de su progenitor, pero sí tenía muy marcado lo mucho que lo destrozó el abandono de su madre. Empezó a desatenderla y dejarla con las criadas, y cuando regresaba a casa a altas horas de la madrugada, con la mirada viciada y enrojecida, con sonrisas torcidas y de pesadilla, la sacaba a rastras de la cama para ensañarse con ella. Por parecerse a su madre. Para advertirle de lo que pasaría si ella también lo abandonaba. Los años consecuentes a la marcha de su madre eran un borrón extraño en su mente pueril, marcado por las sensaciones más que por los recuerdos vívidos: las ausencias, las compañías dudosas, los excesos. Pero con apenas seis años, ni siquiera estaba segura de que aquello hubiera pasado. Su progenitor procuraba cambiar de personal de servicio con asiduidad, ella pensaba que para que nadie viera los cardenales en su piel, las marcas del cinturón en la espalda y muchos otros horrores. Y eso significaba exponerla aún más a la soledad, porque ni siquiera contaba con testigos ausentes que pudieran corroborar lo desquiciado que recordaba a su progenitor entonces.

Con los años, Cyndra había llegado a la conclusión de que su madre no se la había llevado consigo porque su progenitor la habría buscado hasta la saciedad. Sabía que Elegor y Esil habían tardado casi un siglo en engendrar descendencia y que él la veía como el milagro de los dioses. Cyndra era demasiado preciada para aquel varón, la consideraba de su posesión antes incluso de que llegaran los golpes. Desconocía cómo, si era cosa de Dalel o casualidad, pero su madre había conseguido escapar antes de que el horror comenzara. Y ella no.

Por mucho que hubiera querido a Esil, aquella fémina había sido una cobarde. Ese era uno de los motivos por los que Cyndra nunca se escondía de la adversidad. No escapaba, no la sometían y jamás la quebraban. A pesar de todo.

No supo decir por qué, pero se preguntó qué podrían haber ocultado las palabras de su madre, a qué se habría referido con que Dalel tenía grandes planes para ella. ¿Podría tener algo que ver con lo que estaba haciendo en aquellos momentos? ¿Con esa instigación? Era imposible, pero después de haber pasado cinco días encerrada en un cubículo de medio metro cuadrado a oscuras y a solas consigo misma, le daba más vueltas a todo lo que rondaba por su mente.

Sin poder remediarlo, Cyndra se atrevió a alzar la vista y clavarla en el cielo que se iba ensombreciendo con la llegada de la noche. Aún no encontraría estrellas que velaran por ella, pero Dalel estaría ahí. Siempre estaba ahí. No obstante, antes siquiera de terminar de levantar la cabeza, un gorrioncillo blanco níveo llamó su atención. Gorjeaba en uno de los pocos naranjos que había en esa zona, que, con su dulce fragancia a azahar, eclipsaba el hedor de los suburbios. Era más grande que cualquier gorrión que hubiera visto, e incluso los ojos, que debían haber sido dos perlitas negras, destellaban en blanco.

Frunció el ceño con extrañeza, sin detener su camino. Fue

así como chocó de bruces con alguien, tan ensimismada como había estado. Se crispó y se dio la vuelta rápidamente, ocultando sus rasgos con la capucha y mascullando unas disculpas escuetas, con el corazón en la garganta y la mano sobrevolando la daga que llevaba al cinto. Era el arma que Thabor le había podido conseguir, puesto que requisar arcos y ballestas siendo conjurador era más complicado.

—¿A dónde te crees que vas? —le cuestionó un varón agarrándola del brazo—. ¿Es que no te has enterado del toque de queda?

«¿Toque de queda?». Con aquella pregunta no le quedó duda de que era un guardia imperial quien la había agarrado, por lo que su única solución era salir de allí por la fuerza. Ellos tendrían muy en mente la orden de búsqueda y captura, como cualquiera que trabajara al servicio del emperador. A esa distancia, ningún maquillaje evitaría que la reconocieran. Inspiró hondo, con la mano escondida dentro de la capa para coger la daga, y empezó a girarse, despacio y sumisa, para contar con la ventaja del factor sorpresa.

—¿Tú no eres...? —empezó a decir la fémina de la guardia imperial.

—¡Hija! Por fin te encuentro.

Cyndra se tensó un instante, porque aquellas palabras vinieron acompañadas por un brazo que le rodeó los hombros con fuerza y la pegó a su cuerpo. La tensión se diluyó al segundo, el tiempo que su cerebro tardó en reconocer que aquella no era la voz de Elegor.

Sino la de Lorinhan.

—Justo he salido para avisarte de que no es seguro permanecer en la calle, pero no te encontraba —prosiguió en un tono tan afable que, cuando alzó la vista, una sonrisa le surcaba el rostro.

Los dos guardias, varón y fémina, tenían la mirada clavada en la interrupción, quien había conseguido que la soltaran.

—Disculpad a mi pequeña, lleva todo el día trabajando en

los muelles y no ha tenido ocasión de leer el decreto. Os ruego que la perdonéis y nos permitáis marcharnos.

Cyndra intentaba mantenerse oculta con la capucha, sin soltar la empuñadura de la daga, sin permitir que su respiración se agitase ni un ápice, atenta y dispuesta a saltar a la yugular de quien fuera en cualquier momento. Sobre todo, porque la fémina tenía la vista clavada en ella, sin apenas parpadear.

Una arruga apenas perceptible empezó a nacer en su entrecejo y Cyndra se preparó para matar. Había sobrevivido en el frente, no arruinarían su existencia dos guardias imperiales cualesquiera.

—¿Hay algún problema? —inquirió Lorinhan con la voz un ápice más dura, y eso hizo que Cyndra se tensara más y no tenía nada que ver con la presencia de su impostado progenitor.

Lorinhan era afable, risueño, siempre regalando sonrisas a los demás. En los quince años que hacía que lo conocía, jamás lo había escuchado hablar con semejante timbre, uno que no admitía discusión alguna.

—No, es que... —mascullló la guardia. Su compañero la miró con incomprensión y ella sacudió la cabeza—. Nada, solo que se parece a una fugitiva que estamos buscando.

El corazón se le estrujó en el pecho y la garganta se le secó por la impresión. ¿Cómo que «se parecía»? Cyndra pertenecía a la clase noble, había retratos de ella en la zona reservada para el Consejero de la Moneda del palacio. No dependían de que ningún artista representara su imagen mediante descripciones vagas arrancadas de la memoria, no. Tenían un sinfín de lienzos suyos, con distintas etapas de su crecimiento. Y si bien no había permitido que la retrataran desde su mayoría de edad, tampoco había cambiado tanto desde entonces. Era imposible que no la reconocieran.

—Vamos, circulen —atajó su compañero—. Vuelvan a casa y no salgan hasta que amanezca o acabarán en prisión.

—Sí, sí, por supuesto, muchísimas gracias por su comprensión.

Lorinhan se deshizo en agradecimientos, recuperada su personalidad jovial, y la estrechó contra sí con más fuerza una última vez antes de hacer que ambos se dieran la vuelta.

Aquello a Cyndra no le gustaba, no le gustaba ni un pelo. Siempre había confiado en Lorinhan, porque había sido el único bueno con Ash desde que Celina había muerto. Y mucho antes de eso, en realidad. Pero eso no hacía que la sospecha desapareciera por arte de magia. ¿Cómo la había encontrado? ¿Cómo sabía que estaba relacionada con los muelles? ¿Por qué los guardias no la habían reconocido? ¿Por qué *él sí* la había reconocido, con lo precavida que era? Entendía que hubiera atraído la atención de los dos guardias, puesto que había chocado con uno, pero en aquella calle no había habido nadie más, solo aquel extraño gorrión.

En cuanto estuvieron lo suficientemente alejados, al amparo de la oscuridad de la noche recién llegada, Cyndra se zafó de su agarre y ejecutó una llave que mandó a Lorinhan de bruces contra la pared, el rostro apretado contra la piedra maltratada y un brazo retorcido a la espalda.

Lorinhan siseó, pero se preocupó de no emitir ningún otro sonido, pues la daga de Cyndra ya estaba bajo su gaznate. Sí, se había especializado como tiradora porque su puntería y vista eran infalibles, pero ella misma había procurado convertirse en el arma afilada que podría haber sido de haber entrado en la Orden de los Asesinos.

—Más vale que empieces a hablar, Lorinhan —le gruñó contra el oído.

—Te lo puedo explicar. Todo. Pero tienes que soltarme.

Su voz sonó tranquila, calculada, e incluso apretado contra la pared la buscaba con los ojos, dos pozos dorados que rezumaban sinceridad.

Cyndra lo soltó, quizá siendo más brusca de lo que debería, pero después de lo que había sufrido, después de la paranoia del espía, de los complots para hacer creer a toda la población que los elfos eran seres de luz —en el más estricto sentido de la palabra—, no se fiaba ni de su sombra. Solo había tres personas que se habían ganado su confianza: dos la habían salvado de la muerte, la tercera estaba retenida en Glósvalar. Y por mucho que Lorinhan hubiera sido un apoyo para Ash, había aprendido por las malas que, por insignificante que pudiera parecer, incluso el peón podía amenazar con hacerle jaque al rey.

¿Qué pieza sería Lorinhan entonces?

Caminaron sin pronunciar palabra, recorriendo a paso raudo las mismas calles que la habían conducido a aquel embrollo. A pesar de repudiar el contacto físico no buscado, Cyndra llevaba a Lorinhan agarrado del brazo, con la daga escondida entre los pliegues de su capa pero lista para ser usada.

Lorinhan avanzaba a su ritmo rápido sin quejarse, sin que su respiración se enturbiara y sin molestarse por la amenaza de Cyndra. No iba a llevarlo a los muelles, ni mucho menos, aunque ya la hubiera delatado, sino que buscó el callejón sin salida más inmundo que conocía y lo empujó dentro. Allí no había nada que la fragancia a azahar y a salitre, propia de Kridia, pudiera hacer contra el hedor de los fluidos corporales.

—Tienes un minuto para convencerme de que no te mate.

El tutor parpadeó varias veces, sorprendido por su frialdad y su rudeza. No quedaba ni rastro de la Cyndra que había pasado largas horas con él en la biblioteca, buscando información útil para que Ash terminara de romper el corazón. Esa Cyndra iba muriendo a pasos agigantados.

—¿Qué te ha pasado? —preguntó Lorinhan con cierta derrota.

—¿Es que no lo sabes? —gruñó ella, molesta.

—Claro que lo sé, pero no… —Suspiró y se frotó el rostro, derrotado.

—¿Cómo sabías dónde me escondo?

—¿Qué?

—Los muelles. Les has dicho que vengo de los muelles. ¿Cómo lo sabes?

Él negó varias veces con la cabeza.

—N-no lo sabía. He dicho lo primero que me ha pasado por la mente.

Cyndra dio un paso hacia delante, un gesto amenazador, y Lorinhan alzó las palmas en señal de paz.

—Te digo la verdad. Los pescadores regresan al muelle al caer el sol, después de pasar el día en alta mar. Era la excusa perfecta para desconocer lo del edicto. No sabía que te escondías allí.

—¿Y cómo me has encontrado?

—Llevo días enteros recorriendo la ciudad con la esperanza de encontrarte. —Rehuyó su mirada; estaba mintiendo. Cyndra apretó más fuerte la empuñadura de la daga para que el sudor frío no hiciera que se le resbalara—. Cuando me enteré de tu fuga, pensé que regresarías para encontrar el modo de llegar hasta Ashbree. Y yo tengo una idea para recuperarla, pero no puedo llevarla a cabo solo.

—¿Qué idea?

Lorinhan miró tras ella, a algún punto indeterminado en la calle, y negó con la cabeza.

—Aquí no, no es seguro.

Cyndra apretó los labios. Si tenía una idea para salvar a Ash de las garras del Rey de los Elfos, no era inteligente tratarla en medio de la calle, eso lo sabía. Pero no le agradaba la idea.

—¿Qué has hecho para que no me reconocieran?

—¿Qué?

—Has sido tú. —Desconocía qué truco de conjurador habría usado, pero la fémina había estado a punto de reconocerla justo antes de que él apareciera, y no podía ser coincidencia. Su instinto, esa guía extraña que la movía últimamente, le decía que no era casualidad—. Lorinhan...

Él inspiró hondo y soltó todo el aire antes de llevar la mano al bolsillo y sacar un cristal de luz.

—He modificado el influjo de la luz sobre tus rasgos para cambiar tu apariencia. —Cyndra se quedó perpleja, los ojos fijos en el trozo de piedra lumínica—. Altero el modo en el que tu cuerpo refleja la luz para cambiar sutilezas, lo suficiente como para que no te reconozcan.

—¿Los conjuradores podéis hacer eso?

Él hizo un mohín con los labios y se encogió de hombros.

—Supongo que los que llevamos quince años aprendiendo sobre la luz para guiar a la heredera podemos hacer algunas cosas más que los conjuradores medios. Pero requiere de mucha concentración y energía. Un cristal como este solo habría aguantado un par de minutos más. —Se quedaron en silencio unos segundos, mientras Cyndra asimilaba la magnitud de lo que significaba aquello—. Deberíamos ir a un sitio seguro para hablar.

Resignada, guardó la daga y le indicó que la siguiera. Teniendo en cuenta que él no había sabido que se refugiaba en los muelles, quizá había desconfiado a la ligera. Aquel varón había aparecido como un milagro para socorrerla en una situación que habría complicado su existencia. Tal vez fuera designio de Dalel que sus caminos se cruzaran para rescatar a la esperanza de Yithia.

45

Después de que se diera por finalizado el consejo, Kara se reunió con Halldan en su cita habitual para pasear por los jardines imperiales hasta la hora de la cena. Desde aquella primera tarde en la que el berserker le había asegurado que su historia merecía ser contada, no había habido ni un minuto compartido con él que no le supiera a gloria.

Conversaban de un modo que nunca se había permitido hacer por decoro, pero con él se sentía más libre. No se enfrentaba a la pátina de la pena, que tanto la asfixiaba, sino al calor del reconocimiento, a la mirada intensa con la que pretendía decirle «eres válida, con cicatrices y todo». Eso era a lo que Kara siempre había aspirado.

Aun a sabiendas de que un día se casaría por conveniencia, había esperado encontrar un amor de novela, que su vida se llenara de páginas que poder relatar a sus hijos. Y aunque jamás hubiera imaginado que fuera con alguien de otra raza, no le desagradaba la idea. Era pronto para hablar de amor; incluso ella, tan crédula como reconocía que era, lo sabía. Pero Ashbree no había sido la única criada en una burbuja cerrada. Kara Aldair tampoco había disfrutado de los lujos de quienes viven ajenos a la nobleza, que conocen gente incluso yendo a comprar el pan y forjan amistades en las situaciones más inesperadas.

Conocía a muchas de las damas de la corte, pero no le gustaba jugar a sus juegos de inquina y cuchicheos, de risas maliciosas y sonrisas falsas. Se amoldaba a ello, porque había visto en su hermana qué suponía sufrir el rechazo de los nobles, pero en su vida no había nadie en quien poder confiar, con quien compartir confidencias. Ella no tenía ninguna Cyndra Daebrin. Quizá Halldan solo le estuviera dando todo lo que le había negado su condición de Aldair, pero, aun así, le agradaba.

Y él parecía disfrutar de su compañía en la misma manera.

Aunque iba a todos lados acompañado por un par de valquirias que velaban por la seguridad del embajador, Kara se sentía como si estuvieran solos en el mundo. Él, con su acento fiero y rudo, le explicaba aspectos de la sociedad korkofita, las festividades y cómo un *jarl* sucedía a otro con unos cruentos desafíos a muerte. Dicho ascenso se homenajeaba anualmente en una festividad que duraba semanas, en las que los mejores combatientes, algunas valquirias retiradas incluidas, se batían en duelos y en juegos para honrar la fortaleza de su *jarl*.

Siempre había creído que los berserkers eran unos bárbaros, su visión emponzoñada por prejuicios aprendidos, pero cuanto más hablaba con Halldan, más se percataba de que era un hombre inteligente, astuto y hábil con las palabras.

—Algo os inquieta —comentó Halldan.

Kara se había sumido en sus pensamientos y ni siquiera se había dado cuenta, una falta de respeto en toda regla.

—Disculpadme, mi mente ha volado demasiado lejos —se lamentó con una sonrisa triste.

—¿Hay algo en lo que os pueda ayudar?

Kara lo miró durante un instante, mientras avanzaban por el camino de albero que conducía a la zona de los rosales, renqueando y aferrándose con fuerza al bastón. Como le pasaba a menudo, su ojo viajó a aquella pierna protésica que se escondía bajo el pantalón y la bota. Cómo no cojeaba él, Kara no lo sabía, pero lo admiraba y esperaba poder librarse del bastón algún día.

—Me temo que no —suspiró, negando con la cabeza.

—A veces, lo único que necesitamos es poner en palabras aquello que nos *atormena*.

—Atormenta —lo corrigió Kara de forma automática.

Halldan ya le había expresado su deseo de aprender élfico, y agradecía las lecciones improvisadas que la joven le brindaba. Ella, por su parte, cada vez sentía más curiosidad por aquellas consonantes rudas y fuertes, por aquellos sonidos rasgados y guturales, y ya había empezado a aprender palabras sueltas. La primera fue *klokke*, campanillas, sonido que Halldan asoció con la risa de Kara en el tercer paseo. Y nunca la olvidaría.

La joven suspiró ante sus palabras y hundió un poco los hombros, abatida. Sabía que tenía razón, pero no encontraba la forma de empezar a desenredar los nudos de su mente. Así que soltó lo primero que se le ocurrió:

—No quiero ser emperatriz.

Los gruesos labios de Halldan, el superior adornado por una cicatriz, conformaron una «o» perfecta. Luego, se mantuvieron cerrados unos segundos, hasta que le señaló uno de los múltiples bancos de cuarzo para que tomaran asiento.

—No me extraña que tengáis la mente en otro lado. Es un tema... —Se frotó la barba, aquella noche adornada con abalorios plateados—. Importante.

Conformó una mueca con los labios, y Kara no supo si era porque no estaba convencido de la palabra o de la sentencia de su rechazo a ser emperatriz. Esperaba que fuera lo primero.

—¿Por qué os preocupa? Ese es el papel de vuestra hermana.

—Lo sé... —suspiró, y se mordió el labio inferior.

Ignoraba hasta qué punto Halldan tenía conocimiento de la realidad, porque era un tema al que nunca se acercaban para que no informara a su *jarl* en Korkof, pero aquel hombre era astuto y siempre se enteraba de todo antes que los demás. Quizá la solución fuera contarle la verdad.

—Ashbree se encuentra en una situación comprometida, Halldan.

—¿A qué os referís? ¿A su secuestro? —Kara abrió mucho el ojo, sorprendida, y los labios del berserker se estiraron en una sonrisa divertida—. Hace días que dejamos de creernos las excusas de vuestro padre. Primero, su marcha al frente voluntaria. Después, una complicación que la retuvo ahí. Y ahora, silencio al respecto y los rumores de la Hija de la Luz. Algo me dice que hay relación entre todo.

—No se os escapa nada, embajador...

Él rio, un sonido profundo y retumbante que le recordaba al rumor de una cascada. Así percibía Kara aquella risa, como agua poderosa golpeando piedra, un torrente indomable.

—No se llega tan lejos dejándose embaucar, Kara.

—¿Y se lo habéis comunicado a vuestro *jarl*? —preguntó con cierto temor.

Él hizo un mohín y deslizó la vista hacia las dos valquirias que aguardaban unos metros más allá, firmes como árboles y siempre listas para defender a su embajador. Agda y Jonna, le había dicho que se llamaban; quién era cuál, no lo sabía.

—Sí, está al tanto de la situación —comentó sin mirarla.

—¿Y qué...? ¿Qué opina él?

—Confía en mí para solucionar el acuerdo. Se le dieron ciertas garantías que, me temo, se cumplirán de un modo u otro.

Kara apretó las manos sobre el regazo y clavó la vista en el polvillo del suelo.

—Si Ashbree Aldair no regresa en un plazo aceptable, sabéis que vos tendréis que asumir su rol, ¿verdad? —Kara asintió con pesar, las lágrimas subiendo raudas a sus ojos—. Pero ¿por qué no queréis ese papel?

—Yo no estoy hecha para gobernar. No tengo el arrojo ni la inteligencia suficientes para comandar una nación en guerra.

—Pero no estaríais en guerra. Para eso es todo esto, ese enlace. Para contar con nuestra ayuda y poner fin a estos cinco siglos de combates.

Kara desvió la vista hacia él, porque no lo había visto de ese modo hasta entonces.

—Si teméis que vuestro pueblo muera en una guerra interminable, no será una realidad a la que tengáis que hacerle frente. Así que despejad ese temor. ¿Qué más os inquieta?

Ella tragó saliva para deshacer el nudo de su garganta e inspiró hondo.

—Siempre he soñado con enamorarme. Y no sé... —Suspiró hasta desinflarse—. De convertirme en la próxima heredera, no sé si podría enamorarme de un hombre como el *jarl*.

—¿Por qué?

Kara fue a responder, pero se dio cuenta de que solo tenía prejuicios para ellos. Sin embargo, ya no había marcha atrás; esperaba que él entendiera a qué se refería.

—Vivís para la lucha. Sois fuertes, rudos y fieros. No le teméis a la muerte y la enfrentáis con estoicismo y valentía. Y yo no soy nada de eso. Mi padre me mandaría a Korkof, lejos de mis hermanos, de lo que conozco, de mi vida, y con un hombre al que ni siquiera veré antes de mi partida... No sé... No quiero sonar vanidosa, pero me da miedo ese desconocimiento.

—No creo que la vanidad sea lo que domine vuestros miedos. Al *jarl* también le inquietaba la idea de que la heredera no fuera lo suficiente para sentarse junto a él.

—¿Entonces?

Halldan suspiró y miró el firmamento. Se preguntó si él vería a sus dioses en las estrellas, si recurriría a la fe en los momentos de duda.

—Esta alianza es más política que otra cosa, Kara. Los berserkers en parte somos como os han dicho los libros, pero además de todo eso, asumimos que nuestros retrasos tecnológicos cada vez son más acuciantes. Los enanos intentan robarnos territorio cada par de décadas y nos cuesta más conservar lo que es nuestro. Los elfos sois menos belicosos, no conseguís ponerle fin a una guerra que a nosotros nos habría durado un par de años como mucho. Pero sois inteligentes y hábiles, tenéis sistemas de regadío que nosotros no conseguimos ni emular, no dependéis del fuego para iluminaros ni de los pozos para abasteceros de agua. —Kara no entendió del todo a qué se refería con lo de la luz, pero no pudo prestarle atención—. Vuestras ciudades tienen cañerías que nosotros no sabemos cómo instalar. Es un intercambio de inteligencia por fuerza que el *jarl* está dispuesto a asumir.

Kara se había quedado embelesada con la vitalidad con la que había hablado y no supo qué decir.

—¿Vos queréis casaros, Halldan?

Él la miró de reojo, con expresión indescifrable a la par que tranquila.

—Sí, me gustaría casarme algún día y formar una familia. —El corazón se le estrujó al escucharlo. Tan diferentes y compartían el mismo sueño—. Y me gustaría que fuera con una mujer con vuestra bondad y entereza, por mucho que creáis no tener arrojo.

Kara esbozó una sonrisa triste. Halldan quería a una mujer, no a una fémina. Buscaba el reflejo opuesto de lo que era él, con esas piernas grandes, la altura imposible y mirada ruda. No quería la fragilidad de unos brazos delgaduchos y un cuerpo minúsculo y espigado. Había albergado unas esperanzas estúpidas, había buscado cualquier modo de escapar de la posibilidad de convertirse en emperatriz y lo había perdido en cuestión de un parpadeo.

—¿Cuál es el término que empleáis vosotros? —le preguntó, arrancándola de esa espiral tortuosa.

—¿Qué?

Lo miró con incomprensión y se encontró con el rostro relajado y embelesado, ese modo que tenía siempre de observarla.

—Sí. La palabra en élfico. —Kara frunció el ceño y aguardó—. No sois... mujer. No recuerdo el término.

—¿Fémina?

—Fémina, eso. También me valdría.

Sonrió con paciencia y se miraron durante unos segundos largos en los que el silencio de la noche los engulló y lo dijo todo.

¿Estaba Halldan sugiriendo que no le importaría casarse con ella?

46

Ashbree apenas consiguió pegar ojo la noche de la música. La tormenta la ponía nerviosa, o eso se decía. Seguía sudando a mares por culpa de la abstinencia y el poco tiempo que conseguía dormir, tenía pesadillas que prefería no recordar.

Pasó la siguiente jornada sola. Sin visita más allá de la comida que le dejaban y apenas si tocaba. Y esa ausencia de compañía hizo que esa nueva noche apenas conciliara el sueño. Había compartido un momento mágico con el rey, por mucho que no supiera de dónde salía y se odiara por ello. Y luego había podido hablar con Ilian. Creía haber reblandecido la coraza que rodeaba su corazón, y cuán equivocada había estado, porque hasta sus captores la habían abandonado.

La nueva mañana la encontró hecha un ovillo entre las sábanas, porque cuando el sudor por la abstinencia se enfriaba, se quedaba gélida. Fue vagamente consciente de que una sirvienta le dejó el desayuno en la mesita de noche, pero ni siquiera se giró hacia ella. No quería saber nada de nadie, ni tampoco de la comida. En aquellos once días de luchar contra la necesidad de más droga, casi no había probado bocado, porque lo único que podía acallar el agujero de su estómago era la sangre o la miel de plata. Además, las ocasiones en las que había intentado comer habían sido una decepción, ya que todo le sabía a cenizas.

Se quedó en la cama viendo las horas pasar, intentando controlar los temblores que la dominaban de repente, sin mucho éxito. Sería cerca del mediodía —aunque resultaba difícil discernirlo con la luz cetrina que se colaba por los ventanales—, cuando su puerta se abrió con estruendo. Le importaba tan poco todo que ni se molestó en girarse a ver qué sucedía. No, al menos, hasta que un tirón le arrebató las sábanas con fuerza.

—Arriba, dormilona.

Lanzó la mano atrás para volver a taparse y él tiró de la sábana hasta dejarla en el suelo. Ashbree resopló, malhumorada.

—Déjame en paz, Ilian.

—¿Ya no tienes tantas ganas de escapar?

Furiosa, la heredera se giró sobre la cama y lo fulminó con la mirada. Ilian vestía su armadura de combate negra y varios cuchillos y dagas en el cinto. No obstante, su arma más afilada era esa sonrisa de medio lado, adornada con el aro del labio.

—Vete a la mierda —escupió sin tapujos.

El Efímero arqueó la ceja del pendiente y sonrió aún más. La rabia le trepó por la garganta y le lanzó una almohada con la intención de borrarle el gesto de la cara, pero él la cazó al vuelo.

—Veo que vuelves a ser la debilucha de siempre.

Ella gruñó y le dio la espalda. Lo escuchó reír por la nariz y, luego, el colchón se hundió con su peso. Ashbree se tensó y el rostro de Ilian se asomó por encima de su cuerpo. Un mechón rebelde se le había soltado del moño anudado en la coronilla.

Ella lanzó la palma hacia arriba para asestarle un manotazo en la cara y quitárselo de encima, pero Ilian la esquivó con gracilidad y volvió a reír.

—Necesitas entrenamiento —le dijo, asomándose por encima de ella otra vez, con esa sonrisa burlona.

Ashbree cerró los ojos, porque no soportaba verlo. Mirarlo era un recordatorio constante de lo que corría por sus venas. Se abrazó a la almohada y controló su respiración.

—Llevo quince años entrenando —murmuró con la cara hundida en el relleno.

—Y, dime, ¿de qué te ha servido?

Ashbree se incorporó con ímpetu, molesta por aquel insulto tan gratuito, y le propinó un cabezazo involuntario en el proceso. Ella se llevó las manos a la frente y siseó, de nuevo tumbada sobre el colchón; el Efímero soltó un gruñido y se sentó en el borde de la cama, pero después prorrumpió en una carcajada.

—Retiro lo dicho, no estás tan debilucha. Seguro que me sale un chichón.

Ella tuvo que luchar contra su propia boca para no esbozar una sonrisa divertida y, resignada, terminó sentándose con un suspiro lánguido. Ilian la observó unos segundos, sin perder la afabilidad del rostro.

—¿Qué quieres, Ilian? —rezongó.

—Que entrenes. Si sigues así, te vas a quedar en los huesos.

—No sabes qué alegría se llevaría mi padre... —murmuró con la boca pequeña.

Él agrió el rostro, molesto con el comentario, y se puso en pie, los brazos cruzados ante el pecho.

—Déjate de estupideces y levántate.

Ashbree puso los ojos en blanco y resopló con teatralidad.

—¿Os habéis empeñado en convertir mi vida en un infierno? ¿No os bastaba con secuestrarme?

El gesto del Efímero se endureció aún más y la taladró con la mirada, pero Ashbree se la sostuvo con estoicidad.

—No, no nos bastaba —respondió con desdén—. Pero te complacerá saber que, si entrenas lo suficiente, podrás patearnos el trasero tú solita y largarte de aquí.

Cambió el peso de una pierna a otra y aguardó, expectante. Ashbree se maldijo por el modo en el que su corazón aleteó, porque no le cabía ninguna duda de que estaba jugando con ella.

Y, sin embargo, distinguió algo de verdad en su forma de pronunciarlo.

La heredera se abrazó a sí misma, porque las manos le habían empezado a temblar, y apartó la vista. Era doloroso mirarlo.

—No juegues conmigo, Ilian.

—No es un juego, Ash. He... —Se frotó la nuca, incómodo, y volvió a sentarse en el borde de la cama, su lenguaje corporal más sumiso—. Verás, hay algo... Hay algo que tienes que saber, Ash.

La seriedad con la que lo pronunció la hizo ponerse en alerta, todos sus músculos rígidos de repente, pero no se atrevió a pronunciar palabra.

—Fui... Fui a Kridia a averiguar cuál había sido la sentencia de Cyndra.

El estómago se le contrajo y le entraron ganas de vomitar; lo habría hecho de tener algo en el estómago.

—Dilo ya. La han ejecutado —mascullo, la voz atormentada por la congoja.

—No. Se fugó.

El corazón le dio un vuelco y Ashbree se recolocó sobre la cama, sentada sobre las rodillas y los ojos vidriosos por la emoción.

—Estuve allí todo un día y no hubo ni un solo indicio de que estuvieran cerca de encontrarla, aunque sí han emitido una orden de búsqueda y captura. Además, alguien está difundiendo rumores por toda Yithia, unos que empiezan a llegar hasta nuestras fronteras. Al parecer, existe una Hija de la Luz.

Las lágrimas rodaron sobre sus mejillas, incontenibles, y Ashbree sintió que podía respirar de nuevo. Cyndra. Libre. Ganándose al pueblo. Se había librado de la sentencia y había volcado sus esfuerzos en aquel plan suicida que ni siquiera habían podido perfilar. Su hermana de batallas, incansable, inquebrantable, indoblegable. Superviviente.

Ilian se inclinó hacia ella, con los ojos fijos en los suyos, y capturó una de esas lágrimas rebeldes. El tacto cálido de su palma callosa la reconfortó a un nivel indescriptible que hizo que su luz vibrara nerviosa, más despierta de lo que lo había estado en días.

El anhelo empezaba a despabilarse, pero también había algo más, un agradecimiento profundo que no sabría verbalizar ni aunque lo intentara.

—Llévame a casa. Llévame con ella. Por favor, Ilian.

La voz se le rompió con la súplica y él tragó saliva antes de jugar con el pendiente del labio apenas un instante.

—No puedo.

—¡¿Por qué?! —Se alzó sobre las rodillas e hizo aspavientos con los brazos—. ¿Es esto lo que queréis? ¿Que me pudra aquí y me consuma lentamente? ¿Eh? —Ilian acusó el golpe endureciendo el rostro—. Dejad de usarme para vuestros propósitos. Mi vida está allí, necesito volver.

Lo último lo pronunció con un sollozo que la hizo sentirse débil.

—No es por eso, Ash —comentó con paciencia, las cejas fruncidas por la pena—. Tu padre pretende casarte con un berserker.

Ashbree entrecerró los ojos, sin comprender demasiado bien qué tendría que ver una cosa con la otra.

—Dime algo que no sepa.

Ella se cruzó de brazos y observó cómo el Efímero entreabría los labios, fruto de la sorpresa.

—¿Lo sabías?

—Sí, ¿por qué crees que fui al calabozo? Porque me iban a sacar de la ciudad, para ponerme a salvo, y no podía dejaros ahí encerrados sabiendo lo que os hacían. Y Su Majestad Real lo fastidió todo. —Ilian parpadeó varias veces, consternado por que ella lo supiera—. ¿Por eso no me permitís volver? ¿Por algún estúpido plan por el que no os conviene que me case con un berserker?

—Eres la primera a la que no le conviene casarse con un berserker.

—Eso ya lo sé. Pero no tengo cinco años, no necesito niñera.

—Y, aun así, iban a sacarte de la ciudad. No ibas a cuidar de ti misma, sino que otros lo harían por ti. —Fue el turno de Ilian de cruzarse de brazos, a la espera de una respuesta. Pero la realidad era que Ashbree no tenía mucho que decir al respecto—. Eso es lo que queremos, que puedas protegerte sola antes de marcharte. Con lo que has vivido..., con lo que te queda por vivir, apenas aguantarás un par de horas en pie. Ayer pasé todo el día hablando con Rylen y hemos acordado que, si entrenas lo suficiente mientras no sepamos nada más de Cyndra, podrás volver a casa.

Ella agrió el rostro, molesta con que señalase sus flaquezas más que evidentes. Aunque algo se reblandeció en su interior al percatarse de que su ausencia el día anterior no se había debido a desinterés en ella, sino todo lo contrario. Ilian estaba buscando el modo de facilitarle la existencia. Y aquella propuesta le brindaba una posibilidad de regresar a Kridia, por ínfima que fuera. Porque él tenía razón: podría intentar fugarse si quisiera, y de conseguirlo, no lograría aguantar ni media hora montada a caballo. Resignada, prefirió seguir escuchando a su enfado:

—¿A qué viene semejante interés en mi bienestar? Soy vuestra enemiga.

Ilian apretó los labios, molesto por el comentario, y chasqueó la lengua. El *piercing* relució dentro de su boca.

—No tendría por qué ser así.

—¡Ja! —Ashbree escupió la carcajada y casi se atragantó con ella a causa de la sequedad de la garganta—. No me vengas ahora con el cuento de que podríamos ser aliados, porque ni tú mismo te lo crees.

Ashbree percibió la tensión en el cuerpo del Efímero y le agradó.

—Hay demasiadas cosas que no sabes.

—¡Pues contádmelas y dejadme en paz!

—No me corresponde a mí.

—Otra vez con esas... Si el rey quiere hablar conmigo, que venga él en persona.

—Ahí está la clave, Ash. —Ilian se dirigió hacia el umbral y se detuvo junto a la puerta para mirarla una última vez—: Él cree que no le conviene hablar contigo.

—¿Y qué narices significa eso?

Ilian sonrió de medio lado y abrió la puerta.

—Si tanto deseas saberlo, pregúntale a él.

—No tiene sentido que me mandes a hablar con él cuando es evidente que *no quiere.*

—Lo que quiere y lo que necesita son dos cosas muy diferentes, Ash. —Ella cogió aire con fuerza, pero antes de que pudiera replicar, añadió—: Te espero en los jardines entre los dos palacios. No me obligues a sacarte a rastras.

La sonrisa de Ilian desapareció tras la puerta cuando cerró con agilidad para evitar que otra almohada le impactara en la cara.

47

Ashbree tenía demasiadas preguntas y ninguna gana de juntarse con más elfos oscuros, por ridículo que pudiera parecer. Había pasado de odiarlos sin conocerlos, a conocerlos y dudar de su odio y a odiarlos con conocimiento de causa. Ya no sabía ni qué pensar de nadie, y su opinión cambiaba según con quién hablara. Y aunque estaba en el punto de odiarlos con todas sus fuerzas, su curiosidad era demasiado grande como para ignorarla.

Cyndra seguía con vida. Se había librado del yugo del emperador. Las lágrimas acudieron con más fuerza a sus ojos y lloró de alivio, de desesperación, de frustración y de agradecimiento. Era una mezcolanza de sentimientos que no sabía gestionar.

Y a todo eso se le sumaban las incógnitas que nadie parecía dispuesto a revelar. Estaba acostumbrada a que le ocultasen información, puesto que el emperador lo hacía a todas horas; no obstante, para su sorpresa, Ilian le había ofrecido la oportunidad de enterarse de algunas cosas. Algo que jamás habría imaginado. Eran enemigos, por mucho que el Efímero hubiera sugerido que podrían llegar a ser aliados, y compartir según qué información con ella podría suponer un suicidio táctico. ¿Por qué estaban tan desesperados los elfos oscuros, si llevaban cinco siglos ganando la guerra?

Ashbree se había tomado aquel secuestro como un cautiverio, y no había errado demasiado, pero le habían dado libre albedrío, lo que significaba que podía seguir ayudando a su gente. Cyndra estaba creando la imagen de la Hija de la Luz. Estaba arriesgando su propia seguridad en pos de lo que creía correcto y necesario. Y ella no podía quedarse cruzada de brazos mientras tanto. Si recababa información valiosa, podría usarla en su favor. Pensaba derrumbar los cimientos del Reino de Lykos y arrastrar al rey por el camino. Les devolvería el daño que le habían hecho multiplicado por cien y se erigiría sobre sus cenizas.

Con resolución, se levantó de la cama e inspeccionó el nuevo armario, que era de una manufactura exquisita. Ignoró el violín de ébano a propósito y enterró la cara entre los diferentes conjuntos colgados en el interior. Cuando se vistió con unas calzas cómodas, una camisa holgada y unas botas de caña alta, se plantó frente a un ventanal para trenzarse el pelo, porque no habían reemplazado el espejo que había roto, y se quedó de piedra. Apenas si se reconocía en el tenue reflejo que el cristal le devolvía. Bajo sus ojos había unas profundas ojeras, y su piel se había apagado. Además, sí que se veía más delgada. Y aunque toda su vida había perseguido tener menor talla para contentar a su padre, la imagen le desagradó.

Ashbree se asomó al otro lado de la puerta de sus aposentos con cierto recelo. Salió con paso trémulo y cerró tras de sí. Llevaba once días encerrada entre aquellas paredes y ya se había desacostumbrado a lo que era el mundo exterior. Deambuló por los pasillos de obsidiana, colmados de la luz cenicienta del mediodía, empapándose de la estampa al otro lado de los amplios ventanales que recorrían la construcción entera. La cara sur daba a la ciudad, las mismas vistas que tenía ella desde sus aposentos. Era pintoresco y, a pesar del recelo que sentía al quedarse contemplando el paisaje, se dio cuenta de que no podía odiar una ciudad tan bella como Glósvalar. Las calles estaban abarrotadas de vida, se intuía un mercado en la vía principal y la plaza lucía adornada con banderines azules decorados con las dos lunas afiladas enfrentadas por la panza y rodeadas de estrellas diminutas que conformaban el escudo de Lykos.

Por inercia, se llevó una mano a la mejilla marcada y suspiró.

Siguió avanzando por el pasillo circular que bordeaba toda la construcción, y en la cara norte descubrió que tan solo se podía ver el otro palacio, conectados entre sí por un puente negro con remates voluptuosos cuyas puertas estaban cerradas. Era un desafío claro a la gravedad.

—¡Anda! ¡Hola!

Ashbree se sobresaltó y se colocó la mano en el pecho antes de deslizar la vista para comprobar quién la había abordado.

Elwen la observaba con una sonrisa en los labios, con su larga cabellera rizada y cobriza cayendo sobre un hombro al descubierto y un precioso vestido verde de cuello de barca, más propio de Kridia que de Lykos. Pero lo que la dejó atónita fue ver a una troll junto a ella. Su piel azulada emitía destellos embelesadores bajo la luz diurna; su figura enjuta, aunque alta, contrastaba con el cuerpo lleno de vida de Elwen. Sus rasgos ajados por el tiempo se veían más endurecidos por los colmillos prominentes que escapaban de ambas mandíbulas y sobresalían por encima de sus labios, más grandes que los de un jabalí; por la nariz picuda y aguileña que se curvaba hacia dentro, y por esas orejas puntiagudas que parecían querer escapar de su cuerpo de lo largas que eran.

A pesar del escrutinio estupefacto, con el corazón detenido y la sangre evaporada de las venas, la troll contempló a Ashbree con paciencia, comprendiendo su consternación.

Elwen las miró de hito en hito y luego esbozó una sonrisa.

—Te presento a Orsha. Es tu doncella.

—Es... Es... —tartamudeó Ashbree.

Jamás había visto a ninguno de aquellos vaettir, como tampoco a huldras ni berserkers, pero estos últimos y los enanos eran más parecidos a los elfos, compartían un tono de piel y unos rasgos anatómicos similares. Los trolls, junto con las huldras en su archipiélago, parecían seres de leyenda, anclados en un tiempo viejo en el que todos los vaettir del norte del continente convivían en el sur con los humanos.

—Soy troll, sí —apuntó la hembra con un cabeceo. Los anteojos que llevaba resbalaron por su nariz afilada y se los recolocó con una mano de dedos espigados—. Me alegra veros fuera de vuestras dependencias, alteza.

Se inclinó y le dedicó una reverencia escueta que hizo que Ashbree volviera a su ser. Era la heredera del Imperio de Yithia, no podía reaccionar así ante lo desconocido: si llegaba al trono, algún día ella misma negociaría con huldras, berserkers, enanos y trolls indistintamente, porque no pensaba mantener las fronteras cerradas.

—Orsha ha estado cuidando de ti cuando Rylen y mi hermano no podían.

Sintió un nudo en el estómago al constatar que sus vagos recuerdos eran ciertos.

—¿Hay...? —Carraspeó para aclararse la garganta—. ¿Hay más trolls en Glósvalar? ¿Otros vaettir?

Elwen y Orsha intercambiaron un vistazo fugaz y la espadachina asintió.

—Creo que será mejor que habléis las dos a solas. Ha sido un placer veros consciente, alteza.

Le hizo otra reverencia y la vergüenza corrió tan rauda por su cuerpo que solo respondió con un cabeceo cortés, incapaz de despedirse de ningún modo o de agradecerle sus cuidados con palabras.

—Contestando a tu pregunta... —empezó diciendo Elwen cuando Orsha desapareció por la curva del pasillo—: sí, nuestras fronteras están abiertas. Hay gente que viene por turismo, sobre todo a Urial, en la costa norte de la isla, más protegida de la guerra. Y también establecemos relaciones comerciales con el continente. Otros, como Orsha, son refugiados de guerra. Las tribus trolls son bastante violentas y, bueno, algunos huyen a otras naciones.

Hizo un mohín con los labios y Ashbree tuvo la sensación

de que se estaba perdiendo parte de la historia. Una historia que debería conocer como próxima emperatriz.

—Los enanos... —masculló, cambiando de tema—. Sé que los enanos antes trabajaban para vosotros, pero ya no.

—Bueno, eso de que «ya no» es relativo. —Elwen se encogió de hombros—. Acabaron su servicio y supongo que buscaron otro negocio fructífero. Pero eso no significa que Rylen no vaya a seguir negociando con ellos.

—¿Qué servicio?

—Ellos nos proveen de cobre para garantizar el suministro eléctrico a las grandes ciudades de Lykos. Rylen está trabajando en que llegue a todas partes, pero quinientos años de guerra hacen que todo vaya algo más lento —comentó en tono jocoso, intentando restarle tensión a la conversación.

—¿Su majestad estaría de acuerdo con que me contaras todo esto? —preguntó su boca por ella.

Sabía que aquella cuestión podía suponer obtener menos información de la que le convenía, pero le había salido natural.

—¿Por qué no? Eres su invitada.

—Soy su enemiga.

—Ya, bueno —comentó riendo entre dientes—. Eso está por ver.

Elwen se acercó a la heredera con zancadas alegres y se detuvo frente a ella, con las manos entrelazadas tras la espalda en una pose jovial. A la luz del día, la belleza de Elwen no tenía nada que envidiarle a la de su hermano. Sus labios, voluminosos y maquillados con carmín rojo, se estiraron más cuando la fémina se percató del escrutinio.

—Me alegra ver que ya estás bien —se sinceró.

Ashbree respondió con otro cabeceo, porque no tenía mucho sentido decirle que no se encontraba nada bien. En cuanto Elwen se colocó a su altura, se tensó y tuvo que tragar saliva. Al tenerla tan cerca percibía su fragancia a lavanda y le hacía pensar en cómo sabría su sangre.

Sin esperar una invitación por su parte, Elwen entrelazó el brazo con el suyo y echó a caminar, por lo que no le quedó más remedio que seguirla. Ashbree sentía la tibieza de la piel de la elfa oscura contra la suya propia, a pesar de que ella sí que llevaba mangas largas. Incluso imaginó que escuchaba el latido de su corazón.

—Supongo que mi hermano te estará esperando.

Volvió a asentir con la cabeza. La garganta se le había apretado en un nudo y tan solo podía pensar en la cantidad de piel expuesta de la fémina, desde donde podría brotar la sangre plateada en cualquier momento.

—Vas a disfrutar de lo lindo.

Ella la miró y Ashbree apartó la vista, azorada. La espadachina colocó la mano sobre la suya y se resignó a dedicarle un vistazo. La forma en la que curvó las comisuras le recordó mucho a la de Ilian.

—Sabía que te pondrías bien.

—Es lo que se suele decir en estos casos —rezongó.

Elwen no le había dado ningún motivo para responderle con semejante dureza, pero estaba tensa por la cercanía y no podía pensar ni en cómo hablar.

La fémina le dio un par de palmaditas en la mano y suspiró.

—Ya, la diferencia es que yo *lo sabía*.

Ashbree giró la cabeza hacia ella, rauda, y se quedó plantada en mitad del pasillo, justo delante de unas escaleras traslúcidas hacia las que la elfa oscura la estaba conduciendo. Su compañera de paseo se detuvo con la mano en la barandilla y la miró con gesto curioso.

—¿Qué has querido decir?

El terror se hizo con un hueco en su pecho. ¿Significaba aquello que ella había estado relacionada con el ataque?, ¿que estaba involucrada en el narcotráfico? ¿Le habría mentido el Rey de los Elfos cuando habían hablado de la plaga que era la miel de plata incluso para los suyos?

Ashbree empezó a sudar y su don se revolvió tanto que, acto seguido, una capa de luz le perló la piel. Elwen la miró de arriba abajo y su sonrisa tembló.

—¿Es que en Kridia no tenéis *nornas*?

Ashbree negó con la cabeza, sin conseguir relajarse, y Elwen acortó la distancia entre ambas para volver a entrelazar sus brazos y conducirla escaleras abajo.

—No tienes por qué temerme, así que relájate un poco, que te va a dar un tirón en el cuello. —Ashbree rotó las articulaciones un par de veces para disimular, porque la tensión se le había anudado en el estómago—. Hay *nornas* por todo el continente: mujeres, hembras, féminas con una sensibilidad especial hacia los dioses y los futuros. Aquí, en la isla, las *nornas* somos féminas con una sensibilidad especial con Dalel. Cuando alzamos la vista al cielo, siempre vemos su constelación velando por nosotras. Y a través de ciertos rituales o de meditación, Dalel es capaz de mostrarnos retazos del destino de aquellos por quienes preguntamos.

El corazón le dio un vuelco y, al instante, el rostro de Cyndra se materializó en su mente. ¿Sería su amiga una *norna*? ¿Sería ese el motivo por el que el único dios que le devolvía la mirada era Dalel? Tenía demasiadas preguntas, pero no era con Elwen con quien necesitaba tratarlas, sino con Cyndra. Quería volver a casa, regresar junto a ella y descubrir lo que fuera juntas. Salvarse juntas. Sobre todo ahora que sabía que estaba en libertad.

Una nueva tristeza se le asentó en los hombros, como un pájaro funesto, y se obligó a tragar saliva para que la voz no le temblara cuando, con cierto temor, preguntó:

—¿Conoces mi destino?

—Sé muchas cosas. De todos y de todo. Pero nunca hay demasiado que pueda compartir, porque a veces son retazos confusos. Y en raras ocasiones, alguien consigue cambiar su destino.

Elwen la miró de soslayo y volvió a regalarle una sonrisa.

—Eso no responde a mi pregunta.

—Sé qué te depara el futuro, Ashbree Aldair.

Se detuvieron en la planta baja y Ashbree se dio cuenta de que ese simple paseo la tenía con la respiración agitada por el esfuerzo. Sí que le quedaba un largo camino por delante.

Elwen se colocó frente a ella para entrelazar sus manos. Para su desgracia, percibió el pulso en su muñeca y sus entrañas se retorcieron, la respiración se le aceleró y empezó a sentir palpitaciones.

—Como heredera, te aguardan grandes cosas, aunque eso ya lo supondrás. —Ashbree apretó los labios con fuerza y le dedicó un asentimiento—. Pero no estás destinada a ser solo la heredera.

No es que fuera una predicción muy reveladora, y tampoco sabía si la quería.

Sus manos se soltaron y Ashbree se sintió fría. Necesitaba más de aquel calor. Se mordió el labio inferior, nerviosa, y le sostuvo la mirada como pudo.

—Sabías lo que me iba a pasar y aun así no interviniste —espetó con rabia mal contenida.

Elwen suspiró y negó con la cabeza.

—No. Le pregunté a mi dios cuando supe lo que te había pasado. Y me dijo que en todos tus futuros, te recuperarías. Y así es. Yo no lo sé todo, y lo que sé, no puedo contarlo ni cambiarlo.

—¿Por qué no intervenir? Tienes al alcance de tu mano el mejor poder del universo. Podrías acabar con todos los males.

—Tal vez. O mis actos podrían desembocar en futuros peores aún. El destino es incierto; está conformado por un sinfín de hilos que se entretejen. Y, a veces, interpretar esos nudos es complicado. La vida da demasiadas vueltas, y yo solo veo lo que Dalel quiere mostrar. El dios del destino teje sus tapices con sabiduría. Y aunque creamos que nuestra vida está plagada de nudos, son necesarios para conformar nuestra propia historia.

Se despidió de ella con un gesto de la mano y se adentró en los pasillos del palacio sin aguardar una respuesta. Lo que Elwen le había dicho no tenía mucho sentido, y aun así la dejó con un miedo extraño en el interior. Ashbree no había creído demasiado en la astrología; sin embargo, las últimas vivencias le estaban haciendo cambiar de opinión. Siempre había pensado que los dioses no existían, pero Merin y Celes habían velado por su futuro desde el cielo. Y ahora Elwen decía tener conexión directa con uno de ellos, ¿o se habría vuelto majara? No, porque Cyndra llevaba toda una vida quejándose de que solo veía a Dalel. Era imposible que aquella fémina supiera eso y estuviera aprovechándolo en su favor de algún modo.

Un escalofrío gélido le trepó por la espalda porque... los dioses existían. Eran reales. Alzó la vista y solo se encontró con techo negro. Aun así, tuvo la sensación esotérica de que algo más grande que ella la vigilaba.

—Ah, estás aquí. Me alegra ver que has sabido llegar. —Ashbree se dio la vuelta hacia Ilian, aún pensando en las palabras de la *norna*—. ¿Ocurre algo?

Sin darse cuenta, Ilian ya estaba a su lado, preocupado y mirando tras ella. La mano del Efímero se había instalado en el codo de Ashbree en un gesto reconfortante que ella no supo cómo interpretar.

—Sí, es solo que... He estado hablando con tu hermana.

Ilian relajó el rostro y miró hacia el amplio jardín que se extendía entre ambos palacios.

—No te habrá hecho una predicción agorera, ¿verdad?

—Espero que no. ¿Qué hace aquí? Pensaba que estaba en el frente.

Ilian echó a andar y Ashbree lo siguió. Se abrazó a sí misma cuando abandonó la calidez del palacio y los dientes le empezaron a castañear. Si aquello era el otoño, no quería ni imaginarse cómo sería el invierno, cuando llegase en cuestión de un par de meses. Aunque esperaba no seguir allí para entonces.

—Rylen la necesitaba aquí.

—¿Para usar su don a su favor?

—Por los dioses, no. Nadie usa el poder de las *nornas* más que ellas. Es demasiado peligroso.

—¿Entonces?

—Digamos que se halla enfrascada en misiones diplomáticas.

Se detuvieron en mitad del jardín, en una explanada de césped. Le sorprendió que aquella zona fuese tan verde y frondosa, dadas las temperaturas de Lykos. El espacio estaba rodeado de arbustos florales, de setos que acotaban la zona y de discretos bancos negros que, a la tenue luz del sol, relucían como galaxias suspendidas en el aire.

Ashbree asintió ante su respuesta vaga. Aunque le interesase saber más de todos los que habitaban en el palacio, sobre todo después de haber conocido a Orsha, debía priorizar y hacer las preguntas adecuadas en el momento justo para no levantar sospechas.

—Bueno, ya estoy aquí. ¿Ahora qué?

—Ahora vamos a entrenar.

Ashbree lo miró de arriba abajo. Él iba armado hasta los dientes; si entrenaba con él, codo con codo, podría robarle una de las dagas y hacerle sangre.

Ilian le ordenó que empezara paseando con él por los extensos jardines, sobre el camino de tierra que lo circundaba. No le pareció el entrenamiento más duro al que hubiera hecho frente, ni mucho menos, puesto que cuando lo hacía con Cyndra, acababan moliéndose a palos la una a la otra. Y, aun así, después de media hora en la que él no se había callado ni un solo momento, para distraerla como fuera, Ashbree tenía el estómago revuelto, la piel perlada de sudor y las extremidades temblorosas.

Cuando llegaron a la altura de las puertas que la habían conducido hasta allí, se dejó caer en uno de los bancos, gélidos en comparación con el calor de su piel, y recobró el aliento. Se cubrió del influjo del sol con la mano y contempló el cielo, surcado por unas nubes esponjosas que se mecían lentamente. Los dioses dormían ahí arriba, conscientes de todo lo que pasaba a sus pies, y de repente se sintió diminuta. Una mera hormiga en un terreno demasiado grande. Siguió una de esas nubes con la vista y sus ojos llegaron hasta los numerosos balcones con los que contaba el palacio.

La respiración se le atascó al descubrir al Rey de los Elfos con las manos apoyadas en la barandilla de uno de ellos. La miraba con gesto indescifrable, y había recuperado sus ropajes finos. Era la primera vez que lo veía desde que habían tocado juntos, y el recuerdo previo que tenía era de aquel varón metiéndole los dedos en la garganta para obligarla a vomitar.

Ashbree no supo gestionar ese sentimiento, a medio camino entre la vergüenza, la derrota y el agradecimiento. Cuando el soberano se percató de que lo estaba mirando, se dio la vuelta y desapareció en la estancia.

Todo era culpa de él, y ni siquiera se molestaba en entrenarla. Pero ¿por qué le irritaba que no estuviera ahí abajo con ella?

Enfadada consigo misma, Ashbree se levantó, sin importarle que las piernas le temblaran.

—Sigamos un rato más —le ordenó al Efímero.

Y él asintió, complacido.

48

Con la capital llena de emisarios berserker y su cohorte de valquirias, el emperador había decretado que varios de los altos cargos del ejército se quedaran en Kridia para garantizar la seguridad de los invitados. Desde el ataque al palacio, no se había dado ningún altercado, y ahora que tenían a Ashbree en su poder, Arathor no creía que los grajos fueran tan tontos de intentarlo de nuevo. Tenían una baza más potente con la que jugar, en lugar de poner en peligro a sus propios soldados. Y, aun así, no replicó cuando le encomendaron quedarse en la capital.

Saber que quizá Ashbree nunca regresaría era duro, pero no había mucho que él pudiera hacer al respecto. Arcaron Aldair había organizado al cuerpo de élite de los asesinos, y a algunos soldados de otras Órdenes prescindibles, en una misión suicida por intentar traerla de vuelta, aunque todos sabían que era muy improbable. Habían tenido que demorar su partida por el retraso de Calari, que había llegado un día después de lo previsto.

El emperador y su consejo valoraron la posibilidad de mandar al cuerpo de élite sin ella, pero en ese equipo ya quedaban muy pocos miembros; no podían prescindir de otro a la ligera si querían que su misión no fuese un fracaso, como siempre. Así que habían estimado esperar un tiempo prudencial a que se recuperara —ya que no contaba con curación inmortal— y, finalmente, partirían a la mañana siguiente.

Que se hubieran encontrado con forajidos narcotraficantes mientras trasladaban a Cyndra hasta Kridia había supuesto un golpe de suerte. Hasta el momento, en los anteriores intentos por infiltrarse en Glósvalar, no habían podido contar con nadie de dentro, nadie que tuviera mucho que ganar, y ahora... Aunque albergaba la esperanza de que aquella nueva baza repercutiera de forma favorable, tampoco podía aferrarse a ella. Resultaba doloroso pensar que, aunque consiguieran penetrar en Glósvalar, nada garantizaba que Ashbree siguiera con vida. Los halcones mensajeros habían viajado constantemente a la capital enemiga solicitando negociaciones, que no habían obtenido respuesta. Al comandante le había extrañado esa jugada, puesto que el emperador no se doblegaba ante nadie, pero tenía la sensación de que tan solo pretendía ganar tiempo con ello.

Y con la vida de Ashbree en juego, se desvanecían sus planes de aspirar a ser emperador algún día y demostrarle a su padre que era digno de su orgullo. Arcaron Aldair había asegurado que si la heredera no regresaba de una pieza, colocaría a su segundogénita en su lugar y la casaría con el *jarl* de los berserker. Pero quizá existía la posibilidad de truncar los planes del emperador. Estaba convencido de que si se inmiscuía, pondría a Yithia en una posición complicada, pero confiaba en su imperio y sabía que se sobrepondría a la amenaza de romper una alianza berserker.

Había pasado la última semana y media buscando la compañía de Kara. Aunque no había denotado preocupación por ella después del ataque al palacio —un error flagrante—, Arathor había acudido a visitarla cada vez que se le había presentado la ocasión desde su regreso de Milindur. Se habían escudado en el dolor por perder a Ashbree y habían estado compartiendo tiempo juntos. Aunque no tanto como le habría gustado, porque Kara siempre hacía lo posible por reunirse con Halldan Ruud, embajador de Korkof.

Arathor disfrutaba de la compañía de Kara. Era una fémina agradable, de modales refinados y atractiva. Era dulce y cortés, se reía de todos sus chistes y agradecía cada palabra amable que él le dedicaba. Por eso no le había costado ningún esfuerzo que accediera a asistir a la ópera con él. Por las recepciones que se celebraban en palacio, sabía que la joven amaba la música clásica. Era un prodigio con el arpa, quizá no tan buena como Ashbree con el violín, ni mucho menos tan prodigiosa como su propia hermana a la flauta travesera, pero seguía teniendo un don para aquel arte. Y su cara se había iluminado por completo cuando se lo había propuesto; hasta el único ojo que le quedaba, de un verde esmeralda moteado de oro, había brillado con la pátina de las lágrimas.

Era toda una pena que su belleza se viera marcada por el parche que debía llevar para ocultar la falta de un ojo y por esa cojera, de la que esperaba que pudiera librarse.

Con cada día que pasaba, la imagen de Ashbree, su falta, se diluía un poco más y quedaba eclipsada por lo mucho que resplandecía Kara. Así que, como buen galán que era Arathor, había salido a comprarle un ramo de flores. No podía desperdiciar una ocasión como aquella para agasajar a la fémina. A lo sumo, tendría unas semanas de tregua antes de que Arcaron Aldair, o los berserkers, se cansaran de esperar. Así que confiaba en que aquella fuera la noche en la que la besara por primera vez. Sabía que con ella no podría traspasar la barrera del sexo, porque parecía una joven mucho más recatada que su hermana mayor, pero tampoco le importaba si con eso le demostraba absoluto deleite y sumaba puntos para conquistarla.

Unas semanas era muy poco tiempo para ganarse el corazón de nadie, pero Kara Aldair había crecido mucho más mimada que la verdadera heredera. Ashbree había luchado con uñas y dientes toda su vida, y Kara solo había estado envuelta en paños de seda. Era ingenua y bobalicona, y, por lo que sabía, apenas había tenido contacto con varones. Él había conseguido acercarse por el cariño que ambos tenían hacia Ashbree, y más le valía que eso le abriera puertas, si bien no funcionara para abrirle las piernas.

Las vías principales bullían atestadas de gente. Era día de mercado y, además, habían llegado varios barcos pesqueros al puerto, con mercancía fresca que vender, por no hablar de que la ciudad se estaba preparando para los juegos que el emperador había organizado en honor a los berserkers. Por eso, optó por desviarse hacia las calles secundarias, más frescas al hallarse cobijadas por las sombras de los edificios de tejados broncíneos y casi desprovistas de gente. Eran las zonas en las que los mendigos y drogadictos se refugiaban, porque las patrullas no solían transitar por allí. O así había sido antes del toque de queda. Ahora había más guardias imperiales en todas partes, incluso durante el día.

Aunque Arathor no conocía a aquellos guardias, ellos sí lo conocían a él y le dedicaban inclinaciones de cabeza en señal de respeto cuando pasaba junto a ellos. O, al menos, todos los que no estaban enfrascados en una conversación intensa. Eran una pareja, fémina y varón, que hablaban en susurros, ella con el ceño fruncido y la vista fija en la calle que conducía al muelle. Al pasar, percibió retazos de su conversación: él le decía que estaba alucinando, que nadie cambiaba de cara en cuestión de un segundo. La respuesta de ella no la oyó.

Era evidente que el calor sofocante les pasaba factura a todos, hasta el punto de alcanzar delirios. Quizá debiera hablar con su padre para que él le comentara la situación al capitán de la guardia imperial y mediara por sus patrulleros, que no tenían descanso y trabajaban más al sol que a la sombra. A pesar de que los seis meses de primavera estuvieran cada vez más cerca y, en consecuencia, el ambiente resultara menos pegajoso y asfixiante que en pleno verano, aún seguía haciendo mucho calor, y eso podía suponer que no gozaran de plenas facultades.

Con esa idea en mente, caminó a paso raudo: quería acabar con la compra de flores cuanto antes y regresar a palacio. Debía complacer a su padre de todas las formas posibles, solo por si el plan de engatusar a Kara fallaba, y cada minuto contaba. Porque si avisaba a tiempo del malestar de la guardia imperial, se ganaría una medalla, por pequeña que fuera.

Estaba tan centrado en cómo proceder que no se dio cuenta de que se iba a cruzar en el camino de alguien.

—Perdonadme —dijo el comandante tras chocar con él.

Era un varón fornido, de espalda amplia y brazos anchos refugiado bajo la capa y la capucha reglamentaria del ejército. Llevaba una bandolera cruzándole el pecho y se aferraba a ella con gran recelo. El elfo le dedicó un escueto gruñido con el que quiso restarle importancia y se alejó de él a zancadas rápidas, en dirección sur, hacia la línea de la costa.

Aquel elfo le sonaba de algo. Habría aventurado que era un espadachín, por su complexión, pero los conocía a todos. La sospecha se instauró en su mente, y aunque sabía que no era su problema, que él no era un simple guardia imperial, su formación profesional le decía que siguiera a aquel varón de aspecto familiar y sospechoso.

—¡Comandante Gandriel! —lo llamó alguien justo cuando iba a seguirlo.

Con un suspiro atragantado, se giró para ver de quién se trataba. La sorpresa transformó su rostro al reconocerlo.

—¿Lorinhan? ¿Qué hacéis vos aquí? Estas calles no son seguras ni con la guardia extra.

—Ah, ya... —Arathor se percató de que el varón sudaba y sus mejillas estaban arreboladas. Con un disimulo que no escapó al ojo experto del comandante, miró por encima de su hombro. Aunque luego siguió con el escrutinio del entorno—. Es que es día de mercado y con los preparativos de los juegos... —comentó con una sonrisa—. Estamos en horas de calor, y no me apetecía embutirme entre tanta gente.

Se frotó la nuca con una sonrisa afable en los labios y Arathor lo estudió con mayor interés.

—¿A dónde os dirigíais, Lorinhan?

—Oh. —El mentor mutó el gesto al de sorpresa—. ¿Ocurre algo, comandante?

—Contestad.

Había algo en el comportamiento de Lorinhan que no le daba buena impresión. Por lo general, era un varón tranquilo, y que estuviera sudando tanto al frescor de aquellas calles sombrías...

—Iba a la floristería, comandante —le explicó con seriedad—. Todos los meses voy... voy al panteón a dejarle flores a la emperatriz consorte.

Arathor asintió. Era de dominio público que Lorinhan Mebel y Celina Aldair habían sido íntimos amigos; tanto que la propia emperatriz consorte había designado a aquel elfo como encargado del tutelaje de la heredera.

—¿Y las flores de palacio? —inquirió Arathor.

Otra de las ventajas de ser el amante de Ashbree era que conocía más cosas que cualquier otro. Ella compartía mucha información con él, y sabía que Lorinhan siempre recogía peonías del jardín, las favoritas de Celina.

Lorinhan frunció el ceño, como si no esperase que él supiera eso, pero se recompuso y echó a caminar en la dirección que Arathor había estado siguiendo previamente. El comandante miró una última vez por encima del hombro, por donde se había ido el fortachón, pero ya no había rastro de él. Apretó los dientes y se resignó a continuar tras los pasos del mentor hacia la floristería.

—Las favoritas de la emperatriz consorte quedaron arrasadas con el ataque al palacio. Así que pensé en comprarle unas en la floristería. —Arathor lo miró de reojo y devolvió la atención al frente—. ¿Y vos, comandante? ¿Qué os trae por aquí, si no es mucho preguntar?

Lorinhan destilaba amabilidad con cada palabra que pronunciaba, y aunque él había sido brusco con el mentor, no parecía tenérselo en cuenta. A pesar de la sombra de las calles, hasta él mismo empezaba a tener calor y sentía que la espalda le sudaba. Quizá había desconfiado demasiado rápido de él, pero desde el ataque a la capital, se sentía un poco paranoico; tal vez motivado por intuir que el poder del imperio se le escapaba de entre las manos, cuando había estado relativamente cerca de conseguirlo.

—También voy a la floristería —le aseguró.

—¡Anda! ¡Qué casualidad! ¿Y quién es el afortunado o la afortunada que recibirá vuestro presente?

Llegaron hasta la floristería, adentrándose en la vía principal, y el bullicio creció a su alrededor. Gritos de venta, regateos, risas, martilleos... Kridia estaba llena de vida a pesar de las desgracias que había sufrido.

—Kara —respondió por inercia.

—¿Y qué pasa con Ashbree? —Arathor devolvió la atención al varón, molesto—. No sois el único que os enteráis de muchas cosas, comandante. Y me atrevería a aventurar que toda esa información proviene de la misma fuente —comentó con una sonrisa.

—Ashbree... —suspiró Arathor después de unos segundos—. La echo demasiado de menos, y estar con su hermana me recuerda a ella.

No era mentira. Quería a Ashbree, pero eso no iba a interferir en los planes que tenía para sí mismo. No necesitaba enamorarse de Kara, solo que ella lo hiciera de él. Además, se trataba de un plan B, porque si Ashbree volvía a casa, la prefería a ella como esposa y como emperatriz.

—Os entiendo. Pero no la deis por muerta. Cuando la heredera regrese, necesitará que la gente no se haya olvidado de ella.

El florista se acercó a ellos, plantados frente a la puerta del local, y les ofreció ayuda para elegir las flores. Arathor se quedó pensando en lo último que le había dicho el mentor.

La gente no se iba a olvidar de ella, sobre todo en cuanto los rumores de la Hija de la Luz empezasen a relacionarse con la heredera secuestrada.

Y aquel simple comentario hizo que todos sus recelos volvieran a tomar fuerza.

49

Era la primera vez que Kara elegía vestirse con tanta elegancia desde que había perdido el ojo. Hasta entonces, había recurrido a los vestidos sencillos y de diario, priorizando la comodidad antes que la belleza. Pero aquella era una noche especial.

Aún no tenía muy claro por qué se había dejado convencer para aceptar, si había sido la insistencia de Lorinhan o algo más, pero lo había hecho y no había marcha atrás.

—Lo pasaréis bien —le había asegurado el tutor de su hermana, cuando le confesó la propuesta que había recibido la tarde anterior.

Desde que habían decidido trabajar juntos en favor de su hermana secuestrada, había crecido una complicidad especial entre ellos dos. No eran amigos, sino aliados, una relación que contaba con un tipo de fuerza muy diferente. Porque ambos perseguían la misma motivación.

—No sé qué tal llevaré que se me queden mirando —había reconocido, acariciándose el parche con la mano sin bastón.

—Estoy convencido de que vuestro interés estará puesto en otra parte.

Kara había esbozado una sonrisa tímida, ruborizada, mientras reanudaba su paseo por los jardines. Iba a salir del palacio por primera vez en tantas semanas que no recordaba cuántas.

Y eso la dejaba con un borboteo de nervios en el estómago, sobre todo por lo que estaba decidida a hacer.

—Ya está todo en marcha —había reconocido Lorinhan en un murmullo cómplice, en la parte más escondida de los jardines. Kara se había crispado y mirado a su alrededor, haciendo especial hincapié en su flanco izquierdo, que siempre quedaba más desprotegido—. La entrega se hará mañana.

—¿Estáis seguro de que es lo correcto? —había preguntado en el mismo tono íntimo.

Cualquiera que los viera, con esa cercanía y los susurros compartidos, habría pensado que eran amantes, pero a Kara no le había importado. No cuando había tantísimo en juego.

—Es lo que debe hacerse —había contestado él, con la vista fija en el cielo salmón del atardecer, como buscando a los dioses.

Desde hacía días —más concretamente desde que habían encontrado a Cyndra—, Kara no se había despojado de la sensación de que Lorinhan no estaba siendo del todo sincero con ella. Pero estaba acostumbrada a que los mayores se guardaran información y la desvelaran en el momento adecuado. Además, sabía que en una misión como aquella, cada palabra podría suponer un peligro para la integridad de cualquiera. Cuanto menos supiera ella, menos probabilidades habría de que metiera la pata. Porque se veía muy capaz.

Unos golpes en la puerta la arrancaron de los recuerdos y las preocupaciones.

—Adelante —dijo, sentada frente al tocador.

Maquillarse solo un ojo, por primera vez, le había costado más de lo que estaba dispuesta a admitir, pero al menos los temblores por los nervios no habían arruinado su labor. Una doncella de rostro sumiso se asomó al interior de sus aposentos, con las manos entrelazadas frente al cuerpo.

—Lord Gandriel os espera, alteza.

—Ya mismo voy.

Tras un asentimiento de cabeza y una reverencia, la doncella se retiró. Kara se miró al espejo una vez más. Lucía un vestido de Sereca Gandriel, la modista más destacada del panorama, y tenía que admitir que era una delicia. El profundo escote en V casi enseñaba su ombligo, algo a lo que estaba acostumbrada y que le gustaba, pero lo que le había llamado la atención de aquel vestido era la fina gasa transparente recubierta de bordados de flores en colores pastel. El tono de azul empolvado era el perfecto para ella, y la cintura ceñida acentuaba sus pocas curvas. Le sentaba como un guante, y por primera vez desde hacía semanas volvía a sentirse ella misma.

En aquella ocasión, dejó el bastón atrás. Halldan le había aconsejado que empezase, poco a poco, a salir sin ese apoyo, para que la pierna fuese adquiriendo fuerza y que no forzara tanto la cadera. Le había hablado del curandero que los acompañaba —quien, incluso tantos años después, ayudaba a Halldan con algunos ejercicios de rehabilitación—, y le había ofrecido sus servicios. Pero Kara los había declinado. Mientras fuera un elfo quien la asistiera, no habría problema, pero ¿qué pensaría su padre si se dejaba toquetear por un hombre berserker? No era un lujo del que pudiera disponer, no cuando su futuro seguía siendo incierto.

Bajó las escaleras aferrada a la baranda, mordiéndose el labio inferior con cada nuevo escalón. La pierna le ardía, y la falta de profundidad se hizo más acuciante por los nervios, pero cuando llegó abajo del todo, se sintió tan realizada que no importó nada más.

Arathor la esperaba ataviado con ropajes de gala y un exuberante ramo de rosas rosas. En cuanto la vio, sus ojos verdes se deslizaron por toda la piel que quedaba al descubierto y le dedicó una sonrisa complacida. Kara agradeció el gesto y el ramo con palabras escuetas y se agarró a su brazo. El comandante se quedó mirando al sirviente que se llevó las flores para ponerlas en remojo, con el rostro serio, pero rápidamente Kara inició una conversación:

—Estoy muy emocionada por el espectáculo de esta noche. Muchas gracias por invitarme, comandante.

—Arathor, te he dicho varias veces que me llames Arathor —respondió en tono jocoso.

Salieron del palacio acompañados por ocho guardias imperiales, todos con las manos sobre las armas, preparados para protegerla. Habían optado por dar un paseo hasta la ópera, ya que quedaba cerca del palacio de cuarzo, y disfrutar de la cálida brisa veraniega antes de que terminara de desaparecer. Cuando Kara lanzó un vistazo al firmamento estrellado, el cáliz de Wenir, diosa de la vida, relució para ella y lo sintió como un buen presagio.

—¿Cómo conseguiste las entradas?

—Tengo mis contactos —alardeó satisfecho.

Kara rio ante su comentario y se apretó más a él, fingiendo un agrado que estaba lejos de sentir. Sabía cuáles eran las intenciones de aquel varón. Por muy bobalicona que pudiera ser, la habían criado consciente de lo que su cuerpo y su belleza avivaba en los demás, varones y féminas por igual. La habían educado para entender la lujuria en los ojos ajenos, la codicia en las sonrisas largas. Arathor quería conquistarla, y no se creía ni una sola palabra cuando se lamentaba de la falta de Ashbree. Porque un varón enamorado no cortejaría a la hermana de su amada cuando su vida pendía de un hilo. Ese no era el amor del que Kara había leído y que tanto ansiaba. Y, aun así, permitió que se acercara a ella. Porque necesitaban tenerlo controlado.

Kara intentaba rodearse del mayor número de miembros de la corte posible, siempre atenta, con sonrisas encantadas para que bajaran la guardia en su presencia. Era la hermana tonta, y así caía un comentario, luego otro. Y, poco a poco, iban tejiendo su tapiz. Tener al comandante de la Orden de los Espadachines comiendo de la palma de su mano era un movimiento inteligente, aunque no le agradara. Pero se decía que lo hacía por su hermana, por el plan que habían acordado.

—Dime la verdad —comentó la joven mientras paseaban por las calles principales, bien adoquinadas. Los últimos trabajadores de la tarde se los quedaban mirando y Kara tuvo el impulso de acariciarse el parche—. Ha sido cosa de tu hermana Galame. Seguro que ella es tu contacto.

Ante la mención de la flautista, el lenguaje corporal de Arathor cambió y Kara temió haber metido la pata. Por eso, fingió trastabillar con el adoquinado y volcó parte de su peso en el comandante.

—¿Estás bien? —le preguntó él, genuinamente preocupado.

—Sí, es esta estúpida pierna —respondió quitándole importancia.

Se frotó la pierna derecha con disimulo, porque había terminado haciéndose daño de verdad.

—Deberías seguir llevando el bastón —la reprendió—, es muy pronto para que te deshagas de él. Agárrate bien a mí.

Kara le agradeció el gesto, con los dientes apretados por el malestar. Qué distinto era el comandante de Halldan, que la alentaba a ir más allá. Mientras que Arathor la animaba a depender de él.

Durante los siguientes diez minutos, Kara lo entretuvo con una charla alegre en la que habló de la climatología, de los paseos por los jardines —omitiendo quién era su compañero—, de los pastelitos de naranja de temporada y de minucias aprendidas en las cháchara de palacio. Arathor respondía cortés, aunque resultaba evidente que no era el tipo de conversación que le gustaba. Fue entonces cuando llegaron a la puerta de la ópera.

El edificio parecía un palacio de cuarzo en miniatura, aunque con una única bóveda bulbosa que recordaba al cuerpo central del palacio, amplios ventanales y remates picudos. En la fachada blanca, varias columnas talladas con pasajes de las comedias y tragedias más famosas de la elfendad. Incluso reconoció parte de la batalla de *Cataclismo*, la sinfonía favorita de su hermana.

—¿Qué hace él aquí? —soltó Arathor de repente.

El corazón de Kara dio un vuelco y desvió la atención hacia su izquierda, a un punto que había quedado oculto por su parche.

—Lo he invitado yo —reconoció, girándose hacia la presencia de Halldan.

A diferencia de Arathor, él no se deleitó con su cuerpo, sino que se fijó en su rostro, en el intrincado semirrecogido que, adornado con mariposas, le caía sobre los hombros; al maquillaje en el que había volcado tanto esfuerzo. Las mariposas de sus peinetas se trasladaron a su estómago y revolotearon inquietas.

—Nunca ha ido a una ópera, y padre quiere que lo mantengamos distraído —le explicó al comandante mientras se acercaban a Halldan, custodiado por Jonna y Agda.

—Qué divertido... —mascullló Arathor por lo bajo, pero Kara no le prestó atención, pues solo tenía ojos para Halldan.

Estaba guapo. Esa era la mejor palabra para describirlo, con esa pronunciación con la que se le llenaba la boca. Se había trenzado la barba y peinado los cabellos cobrizos, y cuando llegaron junto a ellos, percibió su fragancia limpia y masculina. Llevaba ropajes oscuros, como era habitual en él, que lo hacían parecer más grande, y esos pelajes fieros que siempre lo acompañaban.

—Comandante Gandriel —lo saludó a él primero, e intentó no sentirse mal.

—Embajador Ruud.

Ambos se estrecharon la mano en un apretón con el que pretendieron partirse los dedos, por lo mucho que duró el contacto.

Entonces sí, Halldan centró toda su atención en ella y le tendió la mano. Kara aceptó y acogió complacida el beso que él depositó en sus nudillos, sin romper el contacto de sus miradas, y que convirtió sus rodillas en gelatina.

—Disculpadme —comentó Arathor, incómodo, mientras se alejaba de ambos por su izquierda.

Fue vagamente consciente de que se reunía con dos guardias imperiales que no los habían acompañado hasta allí, un varón y una fémina. Jonna comentó algo detrás de Halldan y Agda se rio, pero Kara no entendía ni una palabra de bersker. Tampoco le importó, no con el contacto cálido de los labios de Halldan sobre su piel, con la llamarada que provocó en sus venas por el agarre firme y delicado, con el fuego que brillaba en esos iris de hielo.

Kara estuvo a punto de entrar en combustión espontánea, y ni siquiera sabía de dónde surgía ese calor, una reacción desconocida para ella. Aprovechando que el comandante se había alejado, Halldan la soltó —Kara ignoró el frío de su mano, abriendo y cerrando el puño para paliar el cosquilleo de la ausencia de su caricia— y se acercó a su oído.

—Sois tal y como imaginaba que sería la primavera. Y ahora, más que nunca, estoy deseando conocerla.

Kara enrojeció y contuvo el aire en los pulmones. Temerosa, alzó la vista para encontrarse con sus iris y algo encajó en su interior, una fuerza inexplicable que dotaba al mundo de un sentido que no sabía que había estado buscando.

—¿Entramos? —preguntó Arathor con voz dura.

Roto el momento, Halldan dio un paso atrás y la nueva distancia la quemó. Intentando recobrar la compostura, Kara se agarró al brazo de Arathor y, sin conseguir apartar la atención de aquel berserker de cuerpo imponente y corazón amable, masculló un trémulo «sí». Daba igual lo esplendorosa que fuera la ópera de aquella noche, porque para Kara ya había sido perfecta.

50

El plan estaba en marcha y no había vuelta atrás. Aunque apenas habían contado con unos días para orquestarlo, por la premura de la partida, esperaba que todo siguiera su curso, porque tenían muchísimo que perder, pero la recompensa sería mayor.

Seredil había marchado hacia Breros por la mañana. Thabor se había reunido con Lorinhan y había recuperado la mercancía, y a la mañana siguiente partiría hacia el norte, junto al cuerpo de élite.

A ella le habían pedido que mantuviera un perfil bajo, al menos hasta que Seredil regresara y decidieran qué más hacer. Lorinhan y ella se quedarían en la capital, para controlar los movimientos del emperador ahora que los juegos que se iban a celebrar en honor a los berserkers se acercaban. Tenían la sospecha de que era un pretexto para distraer y, mientras tanto, aprovechar la extraña tregua para atacar al Reino de Lykos. Y si era así, necesitaban estar al tanto para que los nuevos rumores fueran en sintonía con lo que había sucedido. Porque aunque la verdad llegara menos lejos que las mentiras, lo hacía con más fuerza. Con una base que resultase sostenible para cuando Ashbree regresara a Kridia.

Cyndra suspiró y alzó la vista al cielo nocturno. Con la llegada de la siguiente aurora, su destino y el de la nueva gente que había entrado en su vida estaría sellado. Lo sabía. Algo en su interior le decía que aquella noche supondría un antes y un después. Sobre todo en la vida de Thabor, sentado junto a ella, los dos en un silencio expectante.

Los pies de ambos colgaban del bordillo de la azotea del amplio almacén abandonado que una vez había pertenecido a la flota mercante del padre de Seredil.

Seredil.

Cerró los ojos con fuerza e inspiró hondo. Cyndra le debía la vida, a ella y a Thabor, pero la carga que la fémina llevaba sobre sus hombros era mayor. Porque también era la responsable de que el blindaje que protegía su corazón fuera cediendo poco a poco.

Su relación, si es que se le podía llamar así, había avanzado a pasos agigantados. Apenas hacía tres semanas que se conocían, pero habían sido las tres semanas más intensas de su vida.

Desde Milindur, donde habían exprimido su tiempo libre juntas al máximo, hasta esta última semana, su conexión se había fortalecido. Ambas se preocupaban por la otra en todo momento, necesitaban saber dónde estaban y, cuando Cyndra había regresado tarde la noche que Lorinhan la había ayudado, Seredil se había mostrado casi desquiciada.

Aquella noche, volvieron a compartir cama, después de un tiempo que se les antojó eterno. No hicieron otra cosa que comerse a besos, buscar el placer y el cariño que sus manos se regalaban, entre las piernas, sobre los pechos. En sus almas.

Despedirse de Seredil había sido más doloroso de lo que estaba dispuesta a admitir. Entendía que tuvieran que separarse, pero Cyndra tenía un pálpito. Cuando miró a Seredil a los ojos antes de partir, tuvo la sensación de que sería la última vez que los viera en más tiempo del que tomaba ir hasta Breros y regresar. Y aunque una vocecilla necesitada de cariño, después de toda una vida cerrada a ello, le gritaba que la retuviera a la fuerza, Cyndra sabía que lo más inteligente era que marchara hacia aquella ciudad.

No hacía ni un día que se había ido y ya la echaba de menos.

—Estará bien, ya lo verás —comentó Thabor, leyendo sus pensamientos. O la melancolía que brillaba en sus ojos.

Cyndra apartó la vista de la constelación de Dalel, que parecía palpitar aquella noche, y se fijó en el conjurador. Todo en sus rasgos gritaba amenaza, pero tenía un corazón que no le cabía en el pecho. Ella lanzó una mirada a la bandolera que Thabor acariciaba distraídamente y él siguió el recorrido de sus ojos.

—No me separaré de ella, lo prometo.

—Lo sé. Es solo que no estoy hecha para estar parada. Me mata tener que quedarme aquí mientras Seredil y tú lo hacéis todo.

—Eso no es cierto, Cyndra. Permanecerás aquí, con Lorinhan. Sois el plan de contingencia. Os necesitamos atentos a todo lo que pudiera pasar. Seredil y yo estaremos incomunicados, no sabremos qué ocurre a nuestro alrededor. Ella podrá ponerse en contacto contigo en Breros, pero yo... Lo próximo que sabré supongo que lo descubriré en Glósvalar.

—Ya, lo sé...

Aun así, aunque lo tuviera claro, no podía quitarse de encima el pesimismo que le insistía en que nada iría bien. Se decía que era culpa de una vida de tormentos, de no poder confiar ni en su propio progenitor, que hacía que fuera esquiva y pensara mal de todo el mundo. Era lo contrario de Ash, quien siempre veía bondad en los demás y había albergado, hasta el último momento, la esperanza de que el emperador, en el fondo, la quisiera. Cuán equivocada había estado.

Con un suspiro en los labios, Cyndra alzó el rostro al cielo nocturno y cerró los ojos. La brisa salada del puerto le acariciaba la piel y le mecía los cabellos rubios, ahora mucho más cortos. Inspiró hondo para serenarse, porque su corazón se aceleraba cada vez que pensaba en lo que estaba por venir, y dejó la mente en blanco, sintiendo el tacto de la luna y las estrellas sobre las mejillas. El roce de Dalel en la nuca.

Su negatividad creció como la espuma de mar que golpeaba

la costa del muelle. El estómago se le revolvió y los ojos se le inundaron de lágrimas. Abrió los párpados, consternada, y la constelación de Dalel palpitó con fuerza, sus estrellas vibrando en el firmamento. Apenas fue consciente de que Thabor le hablaba, su voz grave convertida en un murmullo embotado. Sus oídos no funcionaban y, para su horror, sus ojos tampoco. Porque aunque tenía la vista fija en el cielo estrellado, frente a ella se dibujaba una estampa muy diferente a la que debería estar viendo: Thabor, apresado y sentenciado a muerte, en aquellos mismos muelles. Encontrado.

Su plan, evaporado.

Parpadeó con fuerza, las lágrimas convirtiendo sus ojos gélidos en hielo vidrioso, y se puso en pie.

—Thabor, tienes que irte. Tienes que irte ya.

No sabía qué le estaba pasando, pero tenía la certeza de que si Thabor seguía allí un segundo más, su vida acabaría aquella misma noche.

Cyndra se levantó con ímpetu y miró más allá, a las calles desiertas de vida. Desiertas incluso de las patrullas que garantizaban el cumplimiento del toque de queda. Algo no iba bien.

«No te sometes, no te sometes, no te sometes», se repetía para impedir que el miedo extraño y sin sentido tomara el control de sus decisiones.

No le importó agarrar a Thabor del brazo y tirar de él para levantarlo y arrastrarlo fuera del almacén, de cualquier forma. Tenía que sacarlo de allí, aunque no supiera por qué. Necesitaba hacerlo. Porque su instinto nunca, jamás, fallaba.

En cuanto los dos estuvieron en pie, lo escucharon: el estruendo de pisadas entrando en tropel en el almacén, varias plantas por debajo; el entrechocar de las placas metálicas al moverse con premura; cajas volcadas y destruidas.

Los habían encontrado.

51

Arathor estaba de un humor de perros.

Lo que había pensado que sería una velada agradable para acercarse más a Kara había terminado convirtiéndose en una noche soporífera con él de sujetavelas. Dada la barrera lingüística entre el embajador y los elfos, Kara —sentada entre Arathor y el berserker— había estado toda la gala explicándole de qué iba la ópera, qué significaban algunos términos y demás sandeces que lo habían enfurecido.

Todo lo que había planeado al traste.

Con cada día que pasaba, por mucho que lo intentara, sentía al imperio más lejos de su posesión. Y viendo que Kara solo tenía ojos para ese hombre, su plan B se había ido al traste. Qué bien que apenas unos minutos antes de entrar a la ópera hubiera encontrado un hilo que podría conducirlo a un plan C.

No había dudado ni un instante antes de acercarse a los dos guardias imperiales e interrogarlos acerca de lo que había creído escuchar esa mañana. Si los habían apostado en la ronda nocturna del barrio alto de Kridia, justo cuando él iba a pasar por ahí, significaba que Dalel estaba de su parte y que quería que siguiera por aquella senda.

La fémina le había dicho que creía haber visto a una joven menuda cambiando sus rasgos faciales cuando apareció un varón que decía ser su padre. Y que ambos no guardaban parecido entre ellos. Tal vez eso no fuera alarmante, pero la transfiguración del rostro era otro tema. El compañero de la guardia imperial no la creía; Arathor sí. Porque al escucharlo en su mente se formó una imagen clara: Ashbree. Ella nunca había hecho algo parecido, pero hubo una vez en la que fue capaz de dar forma a su luz.

Habían pasado ocho años desde entonces, en pleno festejo de Ostaria, cuando en Yithia celebraban el inicio de las cosechas. Ashbree tendría que haber acudido a Trihold con el emperador, en un viaje diplomático, pero coincidió con luna llena y su fracaso por romper el corazón hizo que se quedara en casa. Sus hermanos, bebés de apenas dos años, se habían desvelado por el cambio de rutina a causa de los festejos, y la institutriz estaba desquiciada, sin conseguir sosegarlos. Arathor y Ashbree acababan de regresar de comer pastelitos de naranja, su tradición siempre que él volvía del frente, y se encontró con aquella situación. Quiso encargarse ella, con ese instinto maternal que le nacía con sus hermanos, y después de dos horas en las que ninguno de los dos consiguió calmarlos, su luz, tal vez desesperada, acudió en su ayuda. Tomó forma de diminutas criaturas aladas que sobrevolaron por encima de las cabecitas de Cadia y Elros, casi hipnotizándolos, hasta dejarlos completamente relajados.

No, Ashbree nunca había modificado sus rasgos que él supiera, pero sí había dado forma a su don. ¿Y si aquel suceso estaba relacionado con ella? ¿Y si estaban convencidos de que la heredera seguía en Glósvalar y, en realidad, se hallaba frente a sus narices, orquestando una rebelión? Nadie había esperado que Ashbree pudiera recargar los cristales de luz; tal vez aquel fuera un nuevo poder que acababa de descubrir.

Era algo que no podía ni quería dejar estar.

—Ha sido una noche agradable —les dijo a Kara y a Halldan.

Se estaban riendo de algo, aunque no sabía de qué, tampoco le importaba en aquel momento.

—¿Ya os vais, comandante? —le preguntó el embajador, ante lo que Arathor apretó los puños.

Se resistía a abandonar el plan de Kara, y no lo haría, solo que expandiría fronteras. Cuantos más frentes conquistara, mejor.

—Sí, tengo unos asuntos que atajar.

—¿Nos vemos mañana? —propuso Kara, con cierta estupefacción.

Arathor dulcificó el rostro y asintió, dando un paso hacia la joven.

—Espero que lo hayas pasado bien.

—S-sí. —Recelosa, miró a su alrededor—. ¿Me dejas sola?

—Estoy convencido de que el embajador velará por tu seguridad.

Halldan apretó los labios y se acercó a Kara.

—Con mi vida.

El comandante compartió un asentimiento cómplice con él y se despidió.

Porque conocía a la persona adecuada para despejar las dudas que le habían surgido. Una cuya marcha llegaría con el alba.

52

Aunque para la misión especial fuesen a contar con la ayuda de otros soldados experimentados —como personal de apoyo para dominar la luz—, el cuerpo de élite realmente estaba compuesto por los cuatro tenientes de la Orden de los Asesinos y su comandante, y ninguno de ellos era buena persona precisamente. La última incorporación había sido Calari Laurencil hacía casi diez años. La teniente, sin embargo, no estaba cómoda con esa posición. Había aceptado porque en el ejército no se admitían negativas, pero era un suicidio pertenecer a aquel grupo.

Desde que la habían asignado a ese equipo, tan solo había tenido que participar en un encargo y casi le había costado la vida. De hecho, aquella misión fue la que redujo el número de miembros a cinco, cuando hasta entonces habían sido diez. Y se había considerado un éxito que solo hubieran perdido a la mitad de la plantilla, incluso a pesar de no haber llevado la misión a término.

Rylen Valandur era conocido por muchos motivos. El primero, y el más evidente, por romper la Segunda Tregua al secuestrar a Ayrin Wenlion. Pero más allá del origen de la Tercera Guerra, también era conocido por participar de forma activa en sus batallas. Nadie sabía nunca en cuáles iba a aparecer, era uno de los mayores secretos. Y aunque Arcaron Aldair siempre intentaba adelantarse, la realidad era que jamás lo conseguía. O fue así hasta aquella primera y única misión en la que participó como miembro del cuerpo de élite.

Los mandaron a Felnor, a la ciudad fronteriza que habían perdido hacía un año, más al norte de Milindur, porque había rumores de que él aparecería en aquel ataque. Y habían encargado al cuerpo de élite aniquilarlo. Su única misión no sería asistir en el combate, no; debían permanecer al margen y dedicar todos sus esfuerzos en acabar con su vida sin importar cuántos de sus compañeros murieran en el camino. Lo habían intentado, y habían estado cerca de llegar hasta él, pero habían fracasado.

Aquel fue otro de los motivos por los que le molestó tanto que el mismísimo Rey de los Elfos se hubiera colado en Milindur, frente a sus narices, para liberar a los suyos: porque sentía que tenía una cuenta pendiente con él. Las sombras de uno de esos dos Efímeros —y estaba convencida de que había sido él— mataron a cinco de sus compañeros y dejaron a los otros cinco para el arrastre. Calari se llevó la mano al cuello al recordarlo, donde una leve cicatriz de lado a lado le recordaba cuán cerca había estado de morir por culpa de las sombras.

Intentar infiltrarse en Glósvalar suponía volver a estar en el lugar más peligroso imaginable. Nadie había conseguido cruzar el paso de las montañas Calamidad, aunque muchos lo habían intentado y no habían regresado para contarlo.

Le alegraba que el emperador hubiera sopesado su propuesta de utilizar al narcotraficante como guía, porque encontrar a alguien a quien extorsionar y torturar para que los ayudara iba a requerir de un tiempo que no tenían. Pero parecía que Dalel se había puesto de su parte y, aunque habían sobrevivido al ataque al carromato con sudor y sangre y Cyndra se había fugado, habían sacado algo a cambio. Solo quedaba rezar para que aquel malnacido les mostrara el modo de cruzarlas, porque dudaba mucho que los grajos se adentraran en terreno de Yithia para comerciar. Seguro que había un punto intermedio que podría llevarlos hasta las puertas de la red que emplearan.

Sin embargo, aunque la idea hubiera sido suya y quizá les facilitara la tarea, detestaba aquella lacra de su sociedad, una a la que pertenecía su propio padre, consumidor asiduo de miel de plata. Era deleznable que el emperador permitiese que semejante epidemia azotase Yithia. Cada vez había más drogadictos tirados por las calles, sobre todo en las aldeas y pueblos pequeños, donde la gente vivía al día y recurría a las drogas como evasión a su sufrimiento. Y a pesar de no comprenderlo, si el emperador le dijera que traficara con las drogas, ella asentiría y pondría un precio.

Pero aquel no era el único motivo por el que le molestaba partir en busca de una vía de entrada a Glósvalar. También estaba el hecho de no encontrar a Cyndra Daebrin. Se había pasado los días de traslado hasta Kridia fantaseando con el deleite que sentiría al oír la sentencia al exilio o, si la suerte estaba de su parte, a muerte, porque aquellas eran las penas asociadas a los cargos de traición. No obstante, todo se había torcido.

Había estado reposando los primeros días desde su regreso porque sabía que la requerían para una misión de alto impacto. Se sentía frustrada, encerrada en su propio cuerpo por no poder hacer nada más. Y entonces la suerte se había puesto de su parte y se le había presentado una nueva oportunidad de desfogar su frustración con un último golpe antes de partir hacia Glósvalar a la mañana siguiente.

Calari había salido esa tarde a buscar a su madre para despedirse de ella, pero no la había encontrado. Esvalar Laurencil era una mujer muy solicitada, según ella misma, lo que venía a significar que siempre tenía a alguien entre las piernas. Y ganarse unas monedas era más importante que despedirse de su única hija, que tal vez no regresara nunca. Aun así, Calari no la culpaba. Su madre había aprendido a sobrevivir por las malas, y aunque ahora no necesitaba ganarse la vida con su cuerpo, puesto que la teniente podía mantenerla, se negaba a que su hija le pagara los excesos de los que quería disfrutar. Era lo malo de haber sido la amante de un consejero, que se había aficionado a los lujos y, con los años, se los terminaron arrebatando. Pero ella se había acostumbrado a un estatus que no pensaba soltar.

El no haber localizado a su madre hizo que su frustración creciera. Fue entonces cuando se encontró con el comandante Gandriel, ya entrada la noche. Caminaba hacia el muelle, con ropas engalanadas y gesto serio. Calari se mantuvo al margen, pero él la ubicó y se acercó a ella con premura.

—Necesito que hagas algo por mí —le soltó, sin siquiera saludarla.

Calari escuchó atentamente. Al parecer, Arathor Gandriel tenía la sospecha de que algo pasaba en los muelles.

Dalel estaba de su parte, no cabía duda, porque Arathor sospechaba que esa joven podría estar relacionada con el secuestro de la heredera. Y si era así, a Calari no le cabía duda de que Cyndra estaría envuelta en aquello. El comandante le había pedido que peinara los muelles a fondo, que no se dejaran ni un tugurio por registrar, que volcaran todos sus esfuerzos. Tendría que ser con su gente más leal, porque no disponían de permiso para entrar en las propiedades privadas de lord Gonner.

El emperador no lo sabía, pero a Calari no le importó.

53

Cyndra se mordió el labio inferior, perdiendo unos segundos demasiado valiosos, mientras consideraba las opciones. Usar la puerta principal quedaba descartado: la calle estaba patrullada por guardias o soldados de paisano. La única opción era saltar por las azoteas hasta llegar a un edificio seguro y salir a la calle. Pero eso iba a hacer que fueran muy lentos, podrían seguirlos con la vista e ir corriendo tras ellos. No iba a conseguir darles esquinazo.

No, a menos que hubiera una distracción que llamara su atención.

—Tienes que irte, ya.

Empujó a Thabor hacia el centro de la azotea, para que pudiera coger carrerilla.

—No me iré sin ti.

—No llegaremos lejos si vamos juntos. Ve tú por ahí. —Señaló las azoteas a la vista—. Eres muy grande para moverte entre las sombras. Yo iré por otro camino. Si nos separamos, hay más probabilidades de que nos libremos.

Omitió que el único que importaba realmente era Thabor, porque llevaba encima una carga demasiado preciada. Vio la duda en los ojos del conjurador, pero el ruido iba ascendiendo por las cinco plantas del almacén. Estaban cerca.

—Vete —casi le imploró.

Cyndra echó a correr en dirección contraria, por si eso le infundía ánimos para huir también. Que pensase que lo dejaba a su suerte, no le importaba. Ella tenía otra idea en mente.

Hizo algo de ruido al encaramarse a un canal de desagüe, para que creyera que estaba descendiendo por ahí, y se escondió detrás de un saliente para verlo correr en dirección a la azotea colindante. Thabor se movió como el viento, agarrándose a la bandolera, y saltó. Voló sobre el vacío entre los dos edificios y cayó al otro lado rodando por el suelo.

Cyndra había estado en lo cierto: Thabor no tenía la formación ni el cuerpo necesarios para mimetizarse con la noche y escabullirse. Fue entonces cuando salió de donde se mantenía oculta y corrió hacia la puerta de las escaleras que conducían hacia las plantas inferiores.

La abrió con sigilo y entró de nuevo en el edificio. Los guardias estaban en la cuarta planta. Alzó la vista hacia arriba, esperando ver a Dalel, su guía, pero encontró ladrillo y cemento. La suerte estaba echada.

Cyndra saltó por encima de la barandilla hasta caer en el tramo de escaleras inferior, donde había varios soldados subiendo. Cayó justo delante de ellos y no perdió tiempo en propinarle una patada en el pecho al primero. El efecto dominó hizo el resto. Se convirtieron en una masa de brazos y piernas, de gemidos y golpes estruendosos, mientras rodaban hasta el siguiente rellano y se estampaban contra la pared.

No perdió el tiempo y echó a correr, más y más adentro del edificio. Volcaba cajas a su paso, las lanzaba por los aires y hacía estallar la madera en mil pedazos. Luego, empezó a gritar delatando su posición. Era la distracción que Thabor necesitaba para escapar de allí, para seguir con el plan. Esa era la misión de Cyndra, se dio cuenta.

Apretó los dientes mientras seguía con la carrera, cada vez más cerca de una ventana abierta, el sudor corriendo por sus sienes. Saltó sin pensar siquiera, se encaramó al alféizar y se descolgó hasta el de abajo, ágil como un felino.

Pero la suerte no estaba de su parte y la ventana inferior estaba cerrada. Los pies de Cyndra, pequeños, intentaron estabilizarla en el estrecho hueco del alféizar, pegándose al cristal como una lapa.

Resollando, miró hacia abajo. No había nadie en aquella parte, podía saltar desde el tercer piso, rezar para no matarse y correr por las calles que tan bien conocía. Pero apenas habían transcurrido unos tres minutos, no le había comprado tiempo suficiente a Thabor.

Con el corazón en un puño, Cyndra Daebrin supo que no iba a salir de aquella.

—No te quiebras. No te sometes —masculló mientras llevaba la mano a la daga, su única arma—. No te quiebras. No te sometes.

Rompió el cristal con el pomo. Introdujo la mano por el agujero, procurando no cortarse, y activó el mecanismo para abrir la ventana y colarse en el interior. El estruendo arriba era más que evidente, pero en esos dos minutos que habían transcurrido desde que se había colgado de la ventana, los guardias llegaron a la conclusión de que era mejor dividirse.

Los gritos de «No huyas» o «¡Está aquí!» alertaban a los demás.

Cyndra se abrazó a la temeridad que la había caracterizado siempre y corrió de nuevo hacia las escaleras, daga en mano. Con la inercia, impactó contra la barandilla y alzó la vista hacia arriba, donde varios guardias se acercaban a ella.

—¿Me queréis? ¡Venid a por mí, capullos! —los retó.

Volvió a entrar en el ala del almacén, con el corazón latiéndole tan rápido que temió que le estallara dentro del pecho. Examinó el entorno y valoró las posibilidades. No huiría, no tan pronto, y lo único que podría servirle como escudo eran las cajas roídas y precarias apiladas por doquier. Se parapetó detrás de uno de esos montones de madera, agachada y encogida sobre sí misma para convertirse en un punto pequeño. Los esperó, rezándole a Dalel por su ayuda, por que aquella fuera la solución para evitar la captura de Thabor que había visto en su mente.

—No te quiebras. No te sometes. —Los pasos llegaron hasta su planta. Cerró los ojos para serenarse—. No te quiebran. No te someten. —Los abrió—. Sobrevives.

Y entró en acción. Lanzó una de las cajas que tenía a mano, que impactó contra el primer guardia que ya estaba entrando en la sala. Este trastabilló y cayó sobre la fémina que entraba tras él, pero la tercera fintó y escapó de esa especie de trampa.

Calari Laurencil.

—Hola, Daebrin —ronroneó.

De los labios de Cyndra escapó un gruñido disconforme. Había estado dispuesta a esto, a sacrificarse por el bien de Thabor, de la misión, de Ash y de todo por lo que creía que era justo luchar. Pero darle la satisfacción a Calari de que la apresara o la matara... A eso no estaba tan dispuesta.

Salió corriendo, olvidado todo lo demás, de regreso a la ventana por la que había entrado. Sintió, más que vio, que un cristal de luz volaba en su dirección, para cortarle el paso. Bloquearon la ventana con un muro de luz que no estuvo segura de poder atravesar, y tampoco podía arriesgarse a comprobarlo. Escuchó el silbido del metal cruzando el espacio y saltó hacia un lateral, rodando por el suelo para huir de la daga arrojadiza.

—¡Es mía! —rugió Calari.

Cyndra se dio la vuelta y la asesina ya estaba ahí, puñal en ristre. La atacó con fuerza, pero Cyndra bloqueó su maniobra entrechocando los antebrazos, agachada en la postura defensiva idónea. Sus ojos se encontraron con furia y rabia a distintos niveles, casi un reflejo perfecto de la otra.

Cyndra y Calari no titubearon antes de lanzarse en una pelea feroz que llevó a Cyndra al punto de extenuación en cuestión de unos minutos. Calari era teniente de la Orden de los Asesinos; Cyndra, una mera aprendiz autodidacta. Y, aun así, consiguió resistir, con la respiración descontrolada y el sudor metiéndosele en los ojos. Se movieron casi en una sincronía perfecta conformada por llaves frustradas, acometidas esquivadas por un pelo y entrechocar metálico que hacía saltar chispas.

Calari bailaba con la muerte y Cyndra solo podía rezar por seguir los pasos de aquella danza fúnebre. La asesina giró sobre sí misma y le propinó una patada que Cyndra recibió endureciendo el cuerpo. Ahogó el gemido de dolor al sentir el impacto de aquella pierna de acero, pero resistió el tiempo suficiente como para abrazar la extremidad de Calari e intentar clavarle la daga. Calari, previendo sus intenciones, se tiró al suelo y ambas rodaron sobre él, procurando poner distancia con la otra. Cyndra apenas se había levantado cuando la asesina ya estaba de nuevo sobre ella. El rostro de Calari estaba desprovisto de vida alguna, reflejo claro de la concentración. Su respiración, pausada, le concedía una gran ventaja sobre Cyndra, pero ella siguió resistiendo, estoica.

Ahí donde una atacaba con el arma, la otra ya había previsto la maniobra y estaba lista para fintar, desviar y volver a atacar. Exprimían al máximo los movimientos del metal y la carne, y cuando la pelea se recrudeció, al tercer asalto después de frustrar llaves de la otra, empezaron a llegar los primeros golpes. Calari encajó el puñetazo de Cyndra con tanta entereza que el golpe que le devolvió a Cyndra fue inesperado. Jamás había visto a nadie sobreponerse a un puñetazo en la mandíbula sin siquiera inmutarse, y el bofetón que consiguió encajarle la lanzó directa al suelo.

Resbaló por el polvo acumulado tras años de abandono, pero se puso en pie, arma en ristre, y se limpió la sangre del labio sin dejar de observar a su oponente. Se lanzaron de nuevo contra la otra, bloqueando ataques que empezaban a ser desesperados, antebrazos y espinillas encontrándose una y otra vez, sin que el metal consiguiera atravesar carne más que para rasguños superficiales.

Cyndra se movía por puro instinto, guiada por una fuerza invisible que le decía qué tenía que hacer, porque aunque hubiera dedicado su vida al entrenamiento cuerpo a cuerpo, nunca había combatido con alguien con tanta pericia como Calari. Nunca había luchado por su vida y su supervivencia con tanta desesperación como en aquel momento.

Y entonces falló.

Calari amagó un movimiento que Cyndra ya tenía ubicado, algo a lo que había recurrido varias veces, y la engañó con ese patrón que ella creía haber distinguido.

El puñal de Calari se coló bajo la caja torácica de Cyndra, el mordisco frío del metal atravesándole la piel y la carne, hasta el fondo. Cyndra ahogó una exhalación, un sonido hueco, aún sosteniendo el otro brazo de Calari, que había buscado darle un puñetazo. La asesina esbozó una media sonrisa satisfecha, el primer indicio de sentimiento en todo el combate, y se sostuvieron la mirada unos segundos, mientras Cyndra luchaba por que las rodillas no se le doblaran.

Calari se acercó a ella, hasta que sus rostros estuvieron a un palmo. El metal dentro de su cuerpo ardía con fuerza y sentía su propia sangre manando de la herida taponada por el puñal. Con cada bombeo de su corazón, el dolor palpitaba a cada fibra de su cuerpo y tuvo que apretar los dientes para no emitir ningún quejido.

—Podría matarte. Aquí y ahora —masculló Calari sobre su rostro.

Cyndra empezó a hiperventilar por la rabia, ignorando el dolor. Se revolvió contra ella, sin importarle estar ensartada por el filo puntiagudo de Calari, pero la asesina le retorció el brazo hacia abajo y la postró de rodillas frente a ella, acompañándola en el movimiento para no sacar el arma de dentro de su cuerpo. Cyndra abrió los labios por el dolor, aunque de ellos no escapó sonido alguno.

—Tu vida está en mis manos, Daebrin —siseó con deleite.

Cyndra lo sabía. Un movimiento de muñeca de Calari con el que retorciera el puñal en su interior y estaría muerta, con unos daños que, aunque tuviera suerte y fueran reparables, no habría tiempo de sanar. Sentía las lágrimas acumulándose en los ojos, tan ardientes como el tajo bajo sus costillas. Pero no se rendiría.

«No te quiebras».

«No te quiebras».

«No te quiebras».

—Pero hoy no morirás.

Calari sacó el puñal del interior de Cyndra con fuerza y se apartó de ella. Cyndra se quedó sin sostén y su cuerpo venció hacia atrás, apretándose la herida que lloraba sangre con el desconsuelo de un niño que ha perdido a su madre. Se centró en controlar la respiración, tan asustada como estaba en realidad.

«No te quiebras».

«No te quiebras».

Pero sentía que se iba quebrando poco a poco, con cada nueva gota de sangre que huía de su cuerpo.

—Atendedla —le ordenó a uno de los guardias.

¿Sería sanador?

Un varón y dos féminas se acercaron a ella. Cyndra no estaba dispuesta a resignarse a aquello, había luchado toda su vida por sobrevivir ante la adversidad. Y lo seguiría haciendo hasta su último aliento.

Se dio la vuelta como pudo, agarrándose la herida con una mano, y se arrastró por el suelo polvoriento en dirección a la ventana. Escuchó una risa, y no pudo importarle menos. El suelo se iba tiñendo con la mácula de la vida que escapa de Cyndra, cada vez con menos fuerzas. Entonces la agarraron por los hombros y la detuvieron, la tiradora con la vista clavada en la ventana, en ese retazo ínfimo de firmamento que la vigilaba.

La pusieron boca arriba, agarrándola de los hombros contra el suelo para que no se moviera. El tercero que se estaba encargando de ella le apartó las manos con brusquedad y le levantó la camisa, dejando su abdomen al descubierto. Cyndra encontró los ojos de Calari a pesar de la neblina negra que empezaba a empañarle la visión. La observaba con deleite, con la satisfacción de haber cumplido con la misión al final, estudiando su cuerpo de arriba abajo. Y cuando los ojos de Calari llegaron a su abdomen, de seguro empapado en sangre, su rostro mutó al del desconcierto.

Cyndra siguió la dirección de su mirada y además de la tremenda cicatriz que su viaje a Milindur le había granjeado, se encontró con el emblema de la casa de la moneda que llevaba quemado sobre la piel, junto al ombligo. Regalo que le había hecho su progenitor cuando se enteró de que se había alistado en el ejército con apenas once años. Para marcarla de su propiedad.

—¿Te lo hizo padre? —preguntó con voz tensa, los ojos fijos en la piel arrugada por la quemadura.

Cyndra volvió a mirarla a la cara mientras los sanadores hurgaban en su interior. Los ramalazos de dolor eran tan intensos que le costaba mantenerse consciente y no rendirse al dolor. Pero no les prestó atención. Cyndra no podía haber oído bien, debía de ser eso. Pero estaba más que segura de que Calari no había dicho «*tu* padre». Y un nuevo miedo, extraño y visceral, se coló entre sus costillas.

—¿Qué has dicho? —mascculló con los dientes apretados.

Calari inspiró hondo y de su rostro desapareció la consternación que había visto instantes antes. Se midieron durante unos segundos que se le antojaron eternos y luego la asesina se dio la vuelta, ignorándola. Como si fuera un simple despojo que no merecía su atención.

—Llevadla al presidio.

54

Hacía dos tardes había conseguido dar esquinazo al comandante Gandriel con la excusa de ir a llevarle flores a Celina. Y aunque sí había visitado el panteón de la emperatriz consorte, porque quería hablar con ella y explicarle que estaba haciendo todo lo que podía por su hija, ese no había sido el motivo principal por el que había salido a la calle.

Llevaba años intentando enmendar errores del pasado, reconducir la historia por el lado correcto y que todo llegase a su fin. Pero entonces la situación había dado un giro drástico con la desaparición de Ashbree. Aun así, no se rendiría.

Se habían reunido con Thabor y Seredil, dos conjuradores que apuntaban maneras, y habían ultimado los detalles aquella tarde en la que encontró a Cyndra. Iban a tener que dividirse. Con el toque de queda, seguir inundando Kridia con los chismorreos resultaría imposible, y les faltaba el último paso, el que relacionaba a Ashbree con la Hija de la Luz. Thabor se había ofrecido para viajar a Breros, su ciudad natal, y empezar a extender el rumor ahí. No había pedido días libres en mucho tiempo, por eso, después de haber sobrevivido a la emboscada, no dudaba de que fueran a concederle permiso para visitar a su familia.

Breros era una ciudad grande, una fortificación cercana a la frontera vecina que podría hacer que el rumor se extendiera más allá del territorio yithiano. No obstante, Lorinhan creía que él, con su infinita paciencia, sería más útil para otra parte del plan, así que, a regañadientes, fue Seredil la que aceptó aquel papel. Había partido una vez obtenido el permiso oficial, o al menos eso esperaba, porque después de su reunión con Thabor, no había vuelto a saber nada de ellos.

Tras acordar cómo proceder, le explicó el plan a Kara. La joven siempre había estado infravalorada y tenía en su mano uno de los mayores poderes del imperio: acceso directo a la confianza del emperador. Kara Aldair convencería a aquel varón de lo que fuera, podía ponerlo a comer de la palma de su mano si era lo suficientemente astuta. E hizo bien en confiar en ella, porque fue quien consiguió persuadir al emperador de que alguien del entorno más cercano de Ashbree asistiera al cuerpo de élite.

Kara había hecho hincapié en que tener un rostro amigable entre aquel equipo podría facilitar las cosas para que la heredera se volcara en la misión y que la estupefacción por los desconocidos no supusiera un problema. Había insistido en que Thabor era un buen soldado, que había garantizado la supervivencia de los conjuradores en la emboscada gracias a su gran poder con la luz —mentira que habían urdido gracias a la información que Seredil y Thabor le habían dado a Lorinhan— y que podría ser de gran ayuda, y esto se había visto constatado por su reciente nombramiento como alférez provisional. Fue entonces cuando Kara soltó, por casualidad, que el tutor le había hablado de un manejo de la luz excepcional que el varón seleccionado sabía emplear: podía usar el influjo de las ondas de la luz para ocultar al cuerpo de élite durante el día. Y Arcaron había terminado accediendo.

Por eso el emperador había mandado llamar a Lorinhan, para que le explicara los pormenores de ese estudio de la luz que había encontrado en un libro que tenía más años que todos los allí reunidos. Un libro que, en realidad, pertenecía a la colección privada de Lorinhan, no a la biblioteca imperial.

Además, mientras buscaba a Cyndra, Lorinhan había estado interceptando los halcones dirigidos al reino vecino para dejar que todo siguiera su curso. Recordaba a Rylen Valandur, y tenía la sensación de que, si el emperador entablaba conversación con él, el rey terminaría accediendo a devolver a Ashbree. Porque estaba convencido de que no había sido un secuestro real, no con todo lo que había sucedido hacía tantos siglos.

Aquel plan era un arma de doble filo. Se la estaban jugando a todo o nada, porque si no conseguían llegar hasta Ash, Thabor podría negociar con algo que el Rey de los Elfos quería. Pero si lo descubrían o lo perdía...

Y ahora todo se había vuelto a complicar.

La misma mañana en la que el cuerpo de élite había partido, horas después, Kara lo encontró y le contó lo que había pasado. Arathor había orquestado una partida de búsqueda clandestina y había encontrado a la instigadora. Parte del plan se desmoronaba, ya no quedaba equipo en Kridia que pudiera seguir luchando. Y, lo peor de todo era que, de haberlo sabido unas horas antes, él mismo podría haber llevado la carga que había entregado a Thabor.

Él había propuesto quedarse en la capital con el pretexto de ayudar a los demás con el plan de inteligencia. Pero ya no existía nada de eso. Y empezaba a arrepentirse.

Lo único que podía hacer en aquel momento, arriesgándolo todo, era empacar unas cuantas cosas y desaparecer de Yithia. Seguiría al equipo encargado de infiltrarse en Glósvalar, aunque fuera unas horas por detrás de ellos, y le explicaría, de una vez por todas, la verdad sobre su origen.

La rueda había girado demasiado rápido, pero Ashbree apuntaba a ser tan poderosa como Ayrin. Y ahora que su poder estaba despertando, ahora que habían descubierto que podía recargar cristales y que había conseguido fracturar las sombras que envolvían el corazón del rey, era el momento de que cambiaran las tornas.

Había pasado demasiados años ocultándose de quienes habían derrocado a su propia dinastía.

Los Wenlion volverían al poder.

55

Ashbree creía que se iba a morir. Le dolía cada milímetro del cuerpo, incluso partes que no sabía ni que pudieran doler. Los entrenamientos con Ilian habían sido intensos. Ejercicios de cardio por las mañanas, fuerza y combate por las tardes y meditación por las noches.

Se pasaban casi todo el tiempo juntos y, para su sorpresa, no disponer ni de un segundo de respiro hizo que su sed de sangre disminuyera. Estaba tan agotada que no tenía fuerzas ni para pensar en la forma de conseguir un poco más de esa droga. Fueron cuatro días de no parar y de empezar a recuperar la forma física después de dejarse arrastrar por la abstinencia. Porque si bien no había transcurrido demasiado tiempo, el metabolismo acelerado de los elfos estaba en constante cambio. Y diez días de no moverse de la cama y apenas comer le habían pasado factura.

Aunque había intentado sonsacarle información a Ilian, era bastante esquivo. Con cada nuevo interrogante, la remitía al soberano. Pero Ashbree no quería hablar con él. Se había desentendido de ella por completo, no lo había vuelto a ver desde el primer día de entrenamiento, asomado al balcón, y estaba más ofendida de lo que debería. Además de un poco dolida porque para el rey no hubiera significado nada el momento compartido al amparo de la música.

Para su alivio, el quinto día amaneció tormentoso e Ilian decidió darle una tregua, o al menos eso parecía, ya que no se presentó en sus aposentos con el alba. Ashbree abrió los ojos, cuando, bien entrada la mañana, escuchó el crujido de las puertas del recibidor. Había decidido quedarse en la cama para descansar, pero aquel sonido la alertó. Su corazón se desbocó al ser consciente de que Ilian nunca hacía ruido al entrar, y aquellas pisadas sí.

Alterada, sacó una peineta de debajo de la almohada —puesto que el Efímero no le dejaba disponer de ningún arma— y la apretó con fuerza, aguardando junto a la puerta del dormitorio. Le extrañó cuando la madera se movió solo un resquicio. La hoja se quedó entreabierta unos segundos y luego apareció una cabeza de cabellera cobriza, mirando a su alrededor. Ashbree permaneció escondida al cobijo de la puerta abierta, a la espera de ver qué hacía Elwen al constatar que no estaba dormida. Con pasos rápidos, miró debajo de la cama y, después, corrió hacia el balcón, donde se asomó para comprobar que no hubiera repetido el numerito de las sábanas.

La fémina se dio la vuelta con el rostro desencajado y la boca abierta, a punto de dar la voz de alarma, cuando vio a Ashbree en el hueco de la puerta. Gritó y se llevó la mano al pecho.

—¡Me has dado un susto de muerte!

—Ya, y tú a mí.

Ashbree salió de su escondite y dejó la peineta sobre la mesita de noche.

—¿Por qué? Aquí estás a salvo.

—Permíteme dudarlo...

Elwen puso los brazos en jarras y arqueó una ceja, tal y como lo hacía Ilian. El cabello, recogido en una trenza a modo de diadema, enmarcaba su rostro redondeado, y aunque pretendía ser amenazadora, no lo consiguió. Sobre todo por la elegancia con la que vestía para ser tan temprano. Aquel día llevaba un precioso vestido burdeos de mangas caídas adornado con hilo de plata que le recordó a las venas de un cuerpo.

—¿Y pretendías defenderte con una peineta?

—Es lo único que tengo a mi disposición.

—¿Mi hermano no te ha dado un arma?

—Le da miedo que se la clave por la espalda. —Intentó que el tono le saliera burlón, pero aquel comentario encerraba una gran verdad.

—Oh...

Elwen dejó caer los brazos cuando comprendió a qué se refería y ladeó la cabeza, con un gesto amable que Ashbree interpretó como pena. Y no quería dar pena.

—¿Qué haces aquí, Elwen?

La heredera se sentó en la cama y la observó mientras la espadachina abría su armario y examinaba los distintos vestidos.

—Venía a buscarte.

—¿Para qué?

—Para desayunar. ¿Qué tal este? —Le mostró un vestido rosa palo ceñido hasta la cintura y suelto por abajo.

—No. —Elwen lo guardó y rebuscó un poco más—. Seguro que la hora del desayuno pasó hace rato.

—Me gusta desayunar tarde.

—Qué suerte tienes, porque a mí Orsha me sirve el desayuno al alba.

Le había costado un par de días acostumbrarse a la presencia silenciosa y afable de la troll. Según le había contado, llevaba en Glósvalar tantos años que había perdido la cuenta, antes incluso de que Rylen ascendiera al trono. Hacía dos noches, mientras le preparaba el baño, le había confesado que ella había sido la encargada de criar a Ilian. Su padre, dado a escabullirse entre las primeras faldas que encontraba, no tenía tiempo para su hijo. Y su madre, al parecer, era la esposa de otro lord importante de la corte de Lykos, por lo que Ilian era un bastardo.

Ese pedazo de historia compartida hizo que Ashbree viera a Ilian con otros ojos, con unos más amables fruto de reconocer el sufrimiento en los ajenos. Él no había tenido una vida sencilla, aunque eso tampoco evaporaba el resquemor de que la retuvieran allí.

Quería regresar a Yithia y encontrar a Cyndra antes de que fuera demasiado tarde. Pero después de cada entrenamiento, incluso tras cinco días sin tregua, debía reconocer que Ilian había estado en lo cierto. Si tenía que enfrentarse a los entresijos políticos en el precario estado físico actual, no duraría ni un día. Y no podían permitirse cometer errores, no cuando se trataba de Cyndra.

—Ya, Ilian le pidió que te trajera el desayuno a esa hora —le respondió Elwen.

Ashbree apretó los labios. El Efímero controlaba hasta cuándo debía comer, y se aseguraba de que cumpliera, porque todas las mañanas había ido a buscarla y habían compartido espacio en el pequeño salón de sus dependencias, donde Orsha les servía la comida. Pero nunca conseguía ingerir demasiado, porque todo le seguía sabiendo a cenizas.

—¿Qué tal este? —Le mostró un vestido de gasa azul con demasiadas capas.

—No. —Ashbree se cruzó de brazos y Elwen guardó la prenda—. ¿Hoy sí se me concede el honor de dejarme salir?

—Puedes salir siempre que quieras. Rylen me dijo que ya lo sabías. —La heredera se tensó al escuchar su nombre y se levantó, inquieta—. ¿Te gusta este?

Le mostró un vestido rojo entallado y adornado con pedrería en los hombros.

—Es un vestido de gala.

—Es que se me acaban las opciones.

—No me voy a poner un vestido.

—¿Por qué no? Son muy cómodos.

—Para alguien con muslos delgados, tal vez.

—Haber empezado por ahí, querida.

En cuanto hubieron desechado los vestidos, Elwen sacó un pantalón negro elegante con cuatro remaches de plata y una blusa rosa con puños y cuello de puntilla. Tras tenderle los ropajes, Ashbree se ocultó tras el biombo para vestirse.

—¿Vamos a desayunar o a un cóctel?

—Es lo más informal que hay en tu armario, aparte de la ropa de entrenamiento.

Salió con la nueva vestimenta puesta y Elwen esbozó una sonrisa tan embelesada que Ashbree sintió las mejillas enrojecer.

—Estás estupenda. No, no —añadió cuando vio que iba a recogerse el pelo en una trenza—, déjatelo así, te favorece al rostro.

Le respondió con un bufido y poniendo los ojos en blanco. Igual que hacía siempre que la veía a solas —que habían sido un par de veces en los últimos días— Elwen entrelazó sus brazos y la condujo por los pasillos de obsidiana. Apenas había tenido tiempo de respirar, menos para dedicar minutos a las charlas desinteresadas de Elwen. No sabía por qué, pero su presencia le hacía pensar en Cyndra, y le dolía el recordatorio constante de no poder estar con su hermana de batallas; de no poder decirle que, quizá, su conexión con Dalel tuviera una explicación.

—¿Y dónde se toma el desayuno aquí? —preguntó con curiosidad, paseando la vista por el paisaje a través de las ventanas. Había empezado a llover con el alba y no había cesado desde entonces.

—Donde quieras. Hay varios salones de té. A veces usamos los de la cara sur, otras los del este. Depende.

Se encogió de hombros, con la vista fija en el frente. Ese plural no le gustó demasiado: había dado por sentado que iban a desayunar ellas dos solas. Cuando quiso rebatir ya era tarde, porque Elwen se detuvo frente a unas coquetas puertecitas y las abrió con energía.

La sala era pequeña, de suelos negros pulidos que casi reflejaban el mobiliario. La luz, por otro lado, era radiante a pesar del cielo encapotado. Prácticamente todas las paredes estaban conformadas de cristal, salvo la que colindaba con el pasillo, y la claridad lo inundaba todo. Al igual que con los bancos del jardín, las mesas y las sillas de ónice se volvían traslúcidas bajo el efecto de la luz del exterior. Era un espectáculo en sí mismo ver cómo flotaban distintas partículas etéreas.

No obstante, lo que la ancló en el sitio no fue la belleza de aquella estancia tan íntima, sino descubrir quiénes estaban desayunando en su interior. Ilian se giró hacia ellas, con gesto curioso. Era evidente que no esperaban a nadie. El Rey de los Elfos, por su parte, alzó la vista despacio, el rostro crispado cuando Elwen entró con alegría, y miró a Ashbree de arriba abajo. Le dio la impresión de que su gesto se suavizó al verla, pero cambió de opinión cuando masculló:

—Mierda...

Ashbree se tensó y apretó los puños. Habría aguantado desayunar con Ilian, pero ¿con el soberano? Su luz, por su parte, parecía gratamente complacida con verse rodeada de dos fuerzas plagadas de sombras que pudieran satisfacer ese anhelo visceral que había ido creciendo cada día que pasaba en compañía del Efímero.

Aunque ella intentaba mantenerse impertérrita e ignorar ese tirón que la empujaba a encontrarse con Ilian, a tocar su piel sudorosa tras los entrenamientos y a provocarle medias sonrisas, el deseo de su luz era totalmente opuesto. Cuanto más se resistía ella, más se encontraba sucumbiendo a miradas intensas de respiraciones contenidas, en las que ambos parecían estar luchando con todas sus fuerzas para evitar que sus manos y sus labios se encontraran. La sed de la sangre plateada había ido disminuyendo, sí, pero ese hambre voraz no hacía sino crecer. Y con la presencia del Rey de los Elfos, más cerca de lo que lo había estado en los últimos cinco días, todo ese revoltijo de necesidad, anhelo y desesperación, entremezclado con rechazo, se magnificó.

Elwen se acercó a su hermano y le dio un beso en la mejilla antes de sentarse frente al rey, junto al Efímero. Después, se giró sobre el respaldo de su silla y le lanzó una sonrisa.

—Vamos, no te quedes ahí. Ven a desayunar.

Ashbree respiró hondo y se fijó en el único asiento libre de aquella mesa circular: al lado del rey. Resignada, soltó el aire, recorrió el espacio y ocupó su sitio sin mucho entusiasmo. El monarca clavó la vista en su tostada con mermelada, como si fuera lo más interesante del mundo. Hasta que Ilian dejó escapar una risa contenida y se ganó una mirada fulminante.

Un sirviente se acercó, le colocó una servilleta en el regazo a Ashbree, otra a Elwen y añadió dos servicios más a la mesa. Pero apenas le prestó atención, la vista fija en la comida frente a ella que hizo que se le revolviera el estómago.

—Come... —le dijo Ilian con voz autoritaria antes de darle un sorbo a su té.

Llevaba una camisa holgada blanca, con las mangas dobladas de tal forma que se veían las marcas oscuras de sus antebrazos. A pesar de que había cambiado la armadura por ropajes de diario, seguía pareciendo igual de amenazador que siempre, incluso con los cabellos sueltos y húmedos por el baño.

Ashbree entrecerró los ojos e hizo un mohín. Él arqueó ambas cejas y señaló la comida con el mentón. El Rey de los Elfos los miró de hito en hito, en esa conversación silenciosa que, con el paso de los días, habían aprendido a mantener, fruto de la confianza, y dejó los cubiertos sobre la mesa, más tenso de repente. Elwen lo observaba todo con curiosidad, pero sin perder bocado.

—¿No estáis comiendo? —Cuando el soberano clavó los ojos en ella, se enderezó, molesta por aquel reproche.

Ashbree miró a Ilian con furia y él se encogió de hombros.

—Me cuesta... —admitió. Entrelazó las manos bajo la mesa y jugueteó con los dedos.

El Rey de los Elfos la observó durante varios segundos, en los que tan solo se escuchó el crujir del pan cuando Elwen lo mordía.

—Les pediré a los cocineros que os preparen recetas yithianas —comentó con cierta amabilidad.

El corazón le dio un vuelco y, aunque antes lo había rehuido, lo miró a los ojos. Casi se atragantó con lo mucho que brillaban esos iris plateados aquel día, y la sed le constriñó la garganta, porque era como ver su sangre en su mirada.

—No es eso.

Ashbree se arrancó un pellejito de los dedos y tuvo que reprimir un siseo.

—¿Entonces?

El monarca parecía genuinamente interesado en la respuesta que pudiera darle, a pesar de haber pasado los últimos días ignorándola. No comprendía la veleta que guiaba sus decisiones.

—¿Ahora os importa mi bienestar?

Él frunció el ceño y Ashbree le sostuvo la mirada, aunque le costó.

—Siempre me ha preocupado vuestro bienestar. De no ser así, ¿creéis que habría pasado una sola noche con vos? ¿Que habría dormido en el suelo de un balcón? Más aún: ¿que me habría metido en una ventisca de nieve por vos?

—Perdona, ¿qué? —intervino Ilian, con mirada seria de repente.

Pero el rey no apartó la vista de ella ni un solo segundo y le dedicó un gesto de la mano —que venía a significar un «luego»— a su general.

Ashbree recibió sus palabras como un golpe directo al estómago: lo del balcón no había sido un sueño. Para su sorpresa, no encontró vergüenza en su timbre. Y debería haberla, porque que un rey durmiera en el suelo eran palabras mayores.

—Casi que mejor me voy —dijo Elwen dándole un último trago a su té.

—No, Wen, tú te quedas —añadió Ilian—. No me vas a dejar solo al frente de esta batalla.

—Menudo general estás hecho —rio con burla—. Tengo que irme de verdad. He quedado con Tharin. Quiere llevarme a no sé qué tienda de confituras, a su mansión y al teatro.

—Un día completito —apuntó su hermano con una sonrisilla.

—Es lo que queríais, ¿no? Que lo mantuviera entretenido para calmar los ánimos.

—Ojalá pudieras entretener a todo el consejo… —masculló el rey, sin apartar la vista de Ashbree.

—Podría acostarme con todos, pero una tiene sus preferencias.

—No hace falta que te acuestes con él. —Ilian se limpió la boca con la servilleta—. Es *lord Tharin*.

Pronunció aquel apellido con cierto repudio y la sonrisa de Elwen se ensanchó con malicia.

—Sería mucho peor que fuera lord Saeros, ¿no? —Gracias a Orsha, Ashbree sabía que lord Saeros era su hermanastro. Ilian se metió los dedos en la boca y fingió una arcada. Ashbree se estremeció ante aquel gesto—. Además, es guapo y, las cosas como son, es un portento en la cama.

Le dio un beso en la coronilla a su hermano y se despidió de Ashbree con un gesto vago de la mano antes de desaparecer. Le había hecho la encerrona para llevarla hasta aquel salón de té y luego la abandonaba a su suerte. No sabía cuándo, pero se la devolvería.

—¿Por qué no coméis?

Cuando Ashbree deslizó la vista de nuevo al rey, se percató de que no había dejado de mirarla.

—Todo me sabe a cenizas desde… Bueno, desde que me atacaron.

Una chispa de reconocimiento brilló en los ojos del soberano y giró el rostro hacia Ilian, malhumorado.

—¿Tú lo sabías?

Él alzó las manos para denotar calma y negó con la cabeza.

—No tenía ni idea. Creía que era una protesta o alguna muestra de rebeldía.

—¿Cómo narices iba a obtener algún beneficio forzándome a morir de hambre?

—Las huelgas de hambre son poderosas.

—Soy vuestra enemiga. No debería importaros si vivo o muero.

El Efímero y el soberano intercambiaron un vistazo antes de que Ilian se inclinara hacia delante.

—¿Me estás diciendo que te daría igual que muriéramos?

Ashbree tragó saliva y los contempló de hito en hito.

—Me daría pena que tú murieras —señaló a Ilian antes de clavar la mirada en el rey, con un valor y una sinceridad que no supo de dónde salían—, pero llevo quince años intentando acabar con él. ¿Qué te hace pensar que he cambiado de parecer?

En aquel momento, Ashbree se dio cuenta de que ya no tenía ningún sentido ganarse su confianza. La situación había cambiado demasiado, *ella* había cambiado demasiado, y suficiente tenía con recuperarse a sí misma. Seguiría intentando obtener información, día a día, pero cuanto más lejos estuviera del soberano, mejor, porque todo lo que giraba alrededor de él resultaba demasiado confuso.

El Rey de los Elfos endureció las facciones y cogió aire con fuerza, sin apartar la vista de ella. Ashbree se sintió estremecer ante la intensidad con la que la contemplaba y su luz se revolvió, amenazada.

—Pues debería, porque de no ser por él, no...

—Déjalo, Ilian. —El Efímero calló y respiró hondo—. Traeré a la sanadora para que te examine.

—No es neces...

—No era una sugerencia —la interrumpió el Rey de los Elfos. Colocó las palmas sobre la mesa y se apoyó en ella para levantarse—. Ni tampoco estaba pidiendo vuestra opinión. A fin de cuentas, según vos, sois mi cautiva, ¿no, dragona?

Hubo algo en la forma de pronunciarlo que le erizó la piel, o quizá fuera la media sonrisa socarrona que le dedicó antes de abandonar la salita de té. Sea como fuere, aquella insinuación no le revolvió las tripas ni le calentó la sangre, como habría esperado, porque lo reconoció como una tapadera para ocultar la verdad.

Le había demostrado su preocupación y ella le había respondido con desplantes y malas palabras. ¿Por qué se sentía tan mal si era lo que un ser como el Rey de los Elfos se merecía?

56

—No necesito a ninguna sanadora —protestó Ashbree mientras Ilian la acompañaba a sus aposentos—. ¡*Soy* sanadora!

El Efímero soltó una risotada y la miró de reojo.

—¿Desde cuándo los sanadores no necesitan cuidados médicos solo por ser sanadores?

—Pero...

—¿Te amputarías una pierna a ti misma? —la interrumpió.

—No, per...

—¿Te cauterizarías una herida?

—Tal v...

—¿Qué me dices de si el dolor te superase y te quedaras inconsciente? ¿Eh?

—¡Vale! ¡Lo pillo! Pero estoy bien.

—No, no estás bien. —Aquello lo pronunció con más seriedad y Ashbree hizo un mohín—. Y me duele que no me lo contaras. Ash, he estado cuidando de ti los últimos días.

Ambos se detuvieron frente a las puertas de sus aposentos y la heredera suspiró.

—Tampoco te pedí que lo hicieras —murmuró, malhumorada.

Él acusó el golpe con entereza y suspiró.

—Tenemos un trato.

—El trato implica *entrenamiento*, nadie habló de mi bienestar completo.

—Si te mueres de hambre, jamás le diré a Rylen que estás lista para marcharnos.

Los labios de Ashbree conformaron una «o» perfecta y la sorpresa le trepó el rostro.

—¿Así que depende de ti? ¿Que me quede aquí es cosa tuya?

La furia empezó a erizarle la piel y su luz vibró con fuerza, tan molesta como ella.

—No es cosa mía, él tiene la última palabra. Pero confía en mí. Si le digo que estás lista, me creerá.

—¡Pues díselo y vámonos ya!

—No mientras sigas luchando contra los síntomas de la abstinencia.

Ilian abrió la puerta y cerró tras ella antes de accionar el interruptor de la luz. Ashbree seguía maravillándose cada vez que presenciaba lo que hacía la electricidad. Y aunque había querido preguntarle en más de una ocasión cómo funcionaba aquella magia, había considerado que tenía temas más preocupantes entre manos sobre los que indagar.

—Aparte del sabor de la comida, no tengo ningún otro síntoma —refunfuñó.

—¿Ah, no?

Con su velocidad inmortal, se plantó frente a ella, acorralándola contra la puerta que acababa de cerrar. Ashbree ahogó un jadeo por la impresión y el corazón le aporreó las costillas. Con una mano, él le atrapó ambas muñecas y las alzó por encima de su cabeza. El agarre era firme, pero ni siquiera intentó soltarse, petrificada como estaba. Ilian apoyó el otro brazo contra la pared, convirtiendo su cuerpo en una jaula de la que, de repente, no sabía si quería escapar. Tentada, deslizó la vista por las facciones serias del Efímero, por el pendiente del labio, sus brazos fuertes reteniéndola contra la pared... y su cuello expuesto por la abertura de la camisa.

La garganta se le secó, pero lo sorprendente era que no supo si fue por sed o por lujuria. ¿Tanto necesitaba esa sangre, en realidad? Llevaba quince días sin consumirla, y con cada nuevo amanecer, la tentación iba menguando. Reconocía que aquella cercanía, mucho más íntima que durante los entrenamientos, despertaba ciertos instintos, pero no sabía si podía achacarlos todos a la adicción. Aun así, esa extraña necesidad seguía latente en el fondo de su mente. Sus músculos se tensaron cuando inspiró hondo para intentar serenarse y se empapó de aquel dulce aroma a tierra mojada. Había podido probar la sangre del soberano, que le había dejado un regusto a luz del sol, y sus pensamientos intrusivos la llevaron a pensar en cómo sabría la del Efímero. La boca le salivó en respuesta y sintió un tirón en su bajo vientre. Por inercia, su vista se desvió un instante fugaz a la daga que llevaba en la cadera, porque aquel varón nunca iba desarmado, y volvió al cuello.

—Dime que ahora mismo solo estás pensando en besarme —susurró sobre su boca. La respiración se le atascó en los pulmones. El calor de Ilian la envolvía por completo, su pecho pegado contra el de ella compartiendo latidos. Pero lo único que podía hacer era contemplar las venas de aquel cuello tonificado—. Dime que mi cercanía te altera porque deseas fundirte conmigo. Fundirte *de verdad*. —Temblorosa, sus ojos se encontraron con los violetas del Efímero—. Y no porque sientas la necesidad de rajarme la yugular para probar mi sangre. Dímelo y te llevaré a Kridia ahora mismo.

Empezó a respirar de forma agitada. Su mente era un torbellino. Sí que sentía atracción por él, su luz le pedía fundirse con sus sombras, como había sugerido. Y aunque él tenía razón, aunque parte de ella siguiese pensando compulsivamente en aquella droga, su subconsciente le decía que podía sobreponerse, que no era para tanto. Se engañaba a sí misma, pero era más de lo que había conseguido días atrás.

No obstante, el temor a la recaída seguía ahí; sabía que no lo había superado, que no lo tenía controlado para nada, y aquello la frustraba. Iba por buen camino, pero aún no estaba recuperada. Las lágrimas se le acumularon en los ojos e Ilian se separó de ella, abatido, y se dejó caer en uno de los butacones del recibidor.

—No estás bien, Ash. Y nada me gustaría más.

—No es justo... —balbuceó con voz rasposa—. En Yithia, no estaré rodeada de tentación constantemente, no tendré a nadie de quien obtener la sangre. Allí me encontraré a salvo.

—Allí podrás ir a cualquier casa de variedades y pillar una dosis con demasiada facilidad. Tienes todo el dinero del imperio a tu disposición, nada ni nadie te lo impedirá. Aunque, claro, solo hasta que te manden a Korkof a casarte con un berserker, ¿prefieres eso antes que quedarte aquí?

Esas palabras se asentaron en su estómago, pesadas. Temió que las piernas le fallaran por lo mucho que le temblaban dada la cercanía que habían compartido, así que optó por sentarse frente a él. Tenía razón. Mal que le pesara, no estaba en plenas facultades para enfrentarse a su padre y luchar contra el matrimonio concertado. Pero al mismo tiempo necesitaba encontrar a Cyndra. Con cada día que pasaba, tenía la sensación de que su amiga se hallaba más lejos, y que se estaba volviendo un inalcanzable.

Se miraron de reojo y él enarcó la ceja del pendiente. Una sonrisa tímida y maliciosa se hizo con el rostro de Ashbree. Él la había pillado por sorpresa al acorralarla, y quería devolverle la jugada.

—¿Por qué me miras así? —preguntó él con un deje de diversión.

—No... Por nada... —Ashbree paseó la vista por la estancia.

—¿Ash?

—¿Mmm?

—Dímelo.

Alargó el silencio unos segundos, para jugar un poco con su expectación.

—Nada. Es solo que si tantas ganas tienes de enrollarte conmigo, solo tenías que decirlo.

Había pretendido jugar con él y pincharlo, como antes de que todo se torciera, para recuperar algo de la normalidad, por muy cautiva que estuviera. Quería sentir que su vida no había dado un giro de ciento ochenta grados. Pero no había esperado que él se lo tomara con tanta seriedad.

A Ilian le palpitó el músculo de la mandíbula y a Ashbree se le tensó el bajo vientre. Sabía que el sexo con él podía ser tremendamente bueno, o al menos era lo que le había sugerido la maestría de su lengua perforada por el metal. Y puestos a tener que alargar su estancia manteniéndose al margen de la droga, quizá pudiera emular ese placer por otros medios. La respiración de Ilian se agitó en los segundos de silencio que transcurrieron y la suya propia lo imitó en respuesta.

Se estaban devorando con los ojos, la mirada de Ilian se había cargado de lascivia y apretaba los reposabrazos del asiento, como si estuviera luchando contra sí mismo para no saltar por encima de la mesa y abalanzarse sobre ella. Para su desgracia, Ashbree estaba igual. Ante la insinuación, su luz había empezado a vibrar con exaltación y anticipación. Se le erizó la piel cuando él la estudió de arriba abajo, con la respiración contenida.

Ilian se levantó y el corazón le dio un vuelco. El jadeo que escapó de sus labios por la necesidad con la que él se había movido quedó eclipsado por el ruido de unos nudillos al llamar a la puerta.

Se miraron unos segundos más, en un desafío mudo, y luego Ilian suspiró y se acercó a abrir.

Ashbree apoyó los codos sobre la mesa y enterró la cara en las manos, abochornada. ¿En qué estaba pensando? Las palabras le habían salido solas. Había una doble intencionalidad perniciosa detrás, pero no había esperado que él fuese a aceptar el reto. Y una parte de ella lamentaba que los hubieran interrumpido.

—Qué rápido has venido —comentó Ilian.

—Su majestad fue a buscarme —respondió una fémina de voz dulce.

Con la vista clavada en la mesa, Ashbree negó con la cabeza al escuchar la mención al soberano. Era imposible librarse de él.

—Ash, te presento a Silvari.

Cogiendo aire para encarar un nuevo problema, Ashbree alzó la vista con una sonrisa en el rostro. Una que murió en cuanto se enfrentó a la fémina que la miraba con simpatía. Se quedó de piedra y tuvo la necesidad de frotarse los ojos por si se trataba de una ilusión.

Frente a ella había una elegante elfa, de tez clara, profundos ojos verdes y largos cabellos rubios que caían lacios sobre su espalda. Sus orejas picudas asomaban entre los mechones y sus mejillas se tornaron rosadas al ser consciente del escrutinio con el que la observaba.

—¿No se lo habíais dicho?

—No... —suspiró Ilian—. Dudo que me hubiera creído.

—¿E-eres...? —balbuceó, en *shock*.

—Soy una elfa de luz, sí.

¿Qué hacía una elfa en Glósvalar? ¿Acaso también la habían secuestrado? ¿Hasta dónde llegaba la maldad de aquella raza? Ashbree se levantó con ímpetu y la sanadora se sobresaltó. El sentido de la responsabilidad le mordía la piel, tenía que ponerla a salvo como fuera. Pero el modo en el que la estaban contemplando...

Un fragmento de lo sucedido en los primeros días de su recuperación se abrió paso entre la neblina de su mente. Había tenido la sensación de estar con otra elfa, que una sanadora yithiana la había tratado, pero lo había visto tan imposible que lo había achacado a una alucinación.

—Es un placer volver a veros, alteza.

Con elegancia y delicadeza, la fémina se inclinó e hizo una sentida reverencia.

—Puedes cerrar la boca, Ash. No es un fantasma —comentó Ilian, divertido.

Ashbree obedeció, pero la incredulidad seguía escapándose de su piel.

—Ilian —soltó con la autoridad propia de una emperatriz—, ¿qué hace ella aquí?

Él dio un respingo y le agradó que no la hiciera de menos. Seguía siendo Ashbree Aldair, por muy vapuleada que pudiera estar, y más le valía no olvidarlo.

—No la hemos secuestrado, si es lo que estás pensando.

—Oh, no, alteza —se apresuró a intervenir Silvari. Con movimientos gráciles, se acercó a ella—. ¿Puedo? —La fémina señaló el butacón frente al de Ashbree y ella le concedió permiso para sentarse—. No estoy aquí en contra de mi voluntad, si es lo que os preocupa.

—¿Entonces? —Silvari miró a Ilian y aguardó. Él jugueteó con el aro del labio. Empezaba a conocerlo lo suficiente como para identificar aquel gesto de duda—. Ni se te ocurra decirme que hable con el rey.

Ashbree levantó un dedo en un gesto amenazante. Le complació que no se burlara de ella, porque realmente allí no tenía ninguna autoridad y él la superaba en fuerza, velocidad y poder con creces. No tenía nada con lo que amenazar, pero merecía respuestas.

—Tienes que dejar a un lado tu cabezonería e ir a hablar con él.

Apretó los labios, contrariada por su respuesta aunque la esperara. Estaba harta de que, con cada pregunta, la remitiera al monarca. Él no había mostrado el más mínimo interés en ella desde la noche del violín, salvo para mandarle a una sanadora, a una elfa, sin darle ninguna explicación. Pero empezaba a comprender que Ilian estaba en lo cierto. Ella era la que necesitaba respuestas. Ella era la que debía mover ficha.

—Hablaré con él.

—¿Qué?

—He dicho que hablaré con él. —Ilian sonrió, complacido, y se cruzó de brazos—. Acabemos con esto cuanto antes —dijo Ilian.

57

Silvari le estuvo planteando una serie de preguntas a las que Ash contestó sin prestarle mucha atención. No hacía más que lanzarle miradas de soslayo a Ilian, y aunque él le pedía que se concentrara, la heredera tenía demasiado carácter y lo ignoraba. Comprendía que estuviera conmocionada, no debía de haberle resultado sencillo enfrentarse a una sanadora de luz, sobre todo con la percepción que tenían en Yithia de sus enemigos.

Y mientras la fémina examinaba a Ash, le pedía que sacara la lengua y que inspirara hondo, Ilian no dejó de pensar en lo que había pasado. O en lo que había estado a punto de pasar, más bien. Desde que se habían enrollado en Milindur, no había podido quitársela de la cabeza. Era un germen muy placentero contra el que luchaba a cada momento. Y que Rylen le hubiera encargado su entrenamiento no ayudaba.

Cuando las luces de Ash se habían enroscado sobre las marcas de su piel, había sentido un placer infinito e indescriptible, algo que necesitaba repetir. Sus sombras le pedían que se enlazara con ella, y le costaba horrores sobreponerse. La había acorralado contra la puerta para demostrarle que no se había sobrepuesto a la abstinencia, y para que sus sombras se callasen durante un rato. Sujetarle las manos por encima de la cabeza había sido por simple precaución, porque tan cerca, no confiaba en que pudiera mantener su daga a salvo de ella. Le había tentado besarla, pero no era inteligente. No obstante, cuando ella le había lanzado aquella indirecta..., todo su autocontrol se había venido abajo, porque ansiaba fundirse con ella, liberar sus sombras y que Ash soltase su luz sobre él.

Sabía perfectamente las consecuencias de que Efímeros de Sombras y Efímeros de Luz se involucraran, pero vivirlo..., dioses, vivirlo era diferente. Después de aquella noche en la taberna, se había prometido que se mantendría alejado de ella, porque no le convenía. Llevaba años intentando conducir a Rylen por un sendero, y si él se involucraba...

Para su desgracia, se había involucrado hasta el fondo.

Y ahora no conseguía reprimir la necesidad de estar cerca de ella.

Comprendía por qué Rylen se mantenía alejado, porque aquella fémina era un peligro. Se lo había advertido. El magnetismo que poseía era tan grande que hasta le costaba respirar cuando le dedicaba un vistazo de soslayo; cuando lo miraba creyendo que él no se daría cuenta. Sentía la misma necesidad en Ash, aunque estuviera abotargada por todo lo que había vivido. Pero cada vez que sus pieles entraban en contacto entrenando, un chispazo estático le recorría el cuerpo. Y era imposible que ella no lo notara, porque le erizaba la piel a ambos.

Era una necesidad física que, mal que le pesara, empezaba a transformarse en algo más. Y aunque sabía que debía mantenerse alejado de ella —aún confiaba en el plan que llevaba años sugiriéndole a Rylen—, no podía. Porque el rey prefería que Ash se quedase con él para no verse tentado por aquella luz. Y estaba en todo su derecho.

Había empezado llamándola «reina» para empujarla en una dirección, y ahora él mismo parecía haberse convertido en un obstáculo.

58

Silvari habló mucho sobre Ashbree, y Ashbree no llegaba a comprender todo lo que salía por su boca, consternada por tener a una de los suyos frente a ella. Y por voluntad propia. La sanadora había empezado tratándola con preocupación, repitiendo que aquello no era normal, que Ashbree estaba en un grado de recuperación muy avanzado para la cantidad de sangre que creían que había ingerido. Cuantas más respuestas de Ashbree obtenía, más crecía la arruga entre sus cejas rubias y más negaba con la cabeza, farfullando para sí misma.

Ilian la observaba con recelo y los brazos cruzados ante el pecho, recostado contra la pared, atento a sus movimientos. Y no dejaba de juguetear con el pendiente del labio. Ashbree tenía la sensación de que a su alrededor todos disponían de información que ella ignoraba, ya no solo respecto al Reino de Lykos, sino en relación a *sí misma*. ¿Por qué hacía Silvari tanto hincapié en que no debería estar tan bien y le lanzaba miraditas a Ilian? Su estado favorable debería ser signo de alegría, no de mayor preocupación.

Silvari propuso emplear con ella luminoterapia para acelerar el proceso de curación con los nutrientes que le faltarían y Ashbree terminó confesando su poder, porque no tenía sentido usar cristales de luz para contrarrestar la falta de sol del norte cuando tenía ese poder dentro de su cuerpo. El rostro de Silvari se iluminó con la sorpresa, pero duró solo un parpadeo tras la mirada dura de Ilian, que parecía un maldito perro guardián.

Con respecto a que todo le supiera a cenizas, Silvari le garantizó que terminaría pasando. Era un síntoma común de la abstinencia por miel de plata, y aunque le tentó indagar y descubrir cómo lo sabía, Ilian le lanzó una mirada de «pregúntaselo al rey» que la disuadió. Le recomendó tomar una mezcla de hierbas infusionadas para abrirle el apetito e intentar luchar contra aquel síntoma, aunque le daría somnolencia —en algunos casos aguda—. El Efímero, diligentemente, le aseguró que se lo comunicaría a Orsha. Silvari también les informó de que si sentía la necesidad de probar la droga otra vez y no conseguía controlarla, o si por desgracia volvía a estar en contacto con ella, esas hierbas la ayudarían a pasar el primer bache. La sanadora la agarró de las manos y le hizo hincapié en que venciera la tentación, porque una sola gota supondría una recaída vertiginosa que la mandaría de vuelta al punto de partida. Y ninguno quería eso.

Después, desapareció de sus aposentos y ambos se quedaron a solas.

El silencio que se instauró entre Ilian y ella fue tenso, quizá enturbiado por lo que había estado a punto de pasar segundos antes de que la sanadora llegara. Ilian era un guerrero de aspecto fiero, su cuerpo estaba moldeado para la guerra y sus músculos potentes imponían incluso con los ropajes informales que llevaba. Pero la forma que tenía de rehuirle la mirada le enterneció. Aquel varón era capaz de comandar al ejército enemigo, pero se azoraba en su presencia.

—Me gustaría ver al rey —dijo Ashbree con voz queda.

Ilian desvió la vista hacia el balcón, que se entreveía desde el recibidor, y contempló la fina lluvia unos segundos, respirando pausadamente. Después, volvió a mirarla y algo dentro de ella se retorció, como una necesidad de calmar lo que enturbiaba aquellos ojos violetas.

—Te acompaño.

Ashbree asintió y salió de la estancia seguida de Ilian, quien se molestó en apagar la luz. No se acostumbraba a que la claridad se pudiese manejar con un simple interruptor.

—¿Qué es la electricidad exactamente? —le preguntó mientras caminaban por los altos pasillos del palacio de obsidiana.

Ilian puso los ojos como platos. Ashbree se rio ante el espanto que denotaba su rostro y él la acompañó, frotándose la nuca.

—Es una pregunta complicada. Y no soy ingeniero, así que no sé si sabré responderte. Pero digamos que es un fenómeno físico que se consigue explotar gracias a un sistema de cableado.

Ashbree abrió la boca y la volvió a cerrar. No estaba segura de haber entendido nada de lo que había dicho, pero recordaba a Elwen explicándole que los enanos les garantizaban cobre para llevar el cableado a todas las partes del Reino de Lykos.

—¿Alguna vez te preguntas qué es el agua corriente? —prosiguió él.

—Eh... no.

—Porque ya sabes lo que es.

—Sí.

No estaba entendiendo a dónde quería llegar.

—Pues a nosotros nos pasa un poco lo mismo. Es complicado explicar un concepto que lleva acompañándonos siglos. Yo no he vivido sin electricidad.

En aquella ocasión, fue Ashbree la que puso los ojos como platos y él se rio.

—No me mires así. El sistema de cañerías del que disfrutáis en Yithia es obra de los ingenieros oscuros antes del Siglo Cero. Es una de las tantas consecuencias de separar una misma nación: unas prosperan y otras se estancan. Nuestros ingenieros son la élite.

—Estás dejando por los suelos a mi gente, Ilian. Y no es algo con lo que me sienta cómoda —lo reprendió, más molesta de lo que le gustaría.

—No es eso. —Él negó con la cabeza y su media melena

acompañó los movimientos—. Los elfos de luz comprendéis mejor la tierra. Sacáis mayor provecho a los cultivos y al ganado. Cada parte tiene algo que aportar al conjunto. Por eso siempre hemos querido...

Se mordió la lengua.

—¿Siempre habéis querido *qué*?

Empezaron a descender las siete plantas que los separaban de la principal y él inspiró hondo.

—Nada.

—No puedes ocultarme información eternamente —respondió con cierto pesar—. No si de verdad pretendes que seamos aliados.

Ashbree estaba jugando con él, y su estómago se retorció en consecuencia. Por lo que conocía a Ilian, sabía que él quería luchar por la paz, por muy general de guerra que fuera. Ya le había insinuado que podrían ser aliados en lugar de enemigos, y ahora se aprovechaba de ese anhelo para sonsacarle información.

—No me corresponde a mí hablar de los planes de mi gente, Ash.

Ella chasqueó la lengua, disconforme con la respuesta que ya sospechaba que iba a recibir. A pesar de haber pasado tres días en compañía exclusiva del soberano y saber que había cuidado de ella de camino a Glósvalar, la idea de enfrentarse a él la ponía tensa. Cuando estaba con el rey, no solo tenía que enfrentarse al duelo verbal, sino que se veía obligada a luchar contra su propia luz, que le pedía escapar constantemente.

Llegaron a la sala del trono en silencio. Por el camino, se cruzaron con algunos sirvientes que les dedicaron reverencias y sonrisas. Había esperado sentirse una paria en aquel lugar, puesto que no solo era la enemiga, sino la próxima emperatriz, pero el personal al servicio del monarca la trataba con amabilidad. Mucho más de lo que su propio servicio le concedía. En Kridia todo eran miradas sombrías y esquivas, fantasmas que intentaban pasar desapercibidos y mimetizarse con el mobiliario. En el palacio de obsidiana, no eran simples muebles, e Ilian incluso saludó a algunos por su nombre. Ella ni siquiera conocía a las doncellas que la habían vestido durante veinticinco años. Aunque nunca hubiera pensado en ello, ahora se sentía mal.

En realidad, a la única que conocía de allí era a Cyndra, sin contar a Lorinhan y a sus hermanos. Nunca se había permitido interesarse por nadie más por temor a que se convirtieran en nuevos seres que juzgaran sus fracasos. Y pese a que estaba segura de que lo harían igualmente, era más sencillo si aquellos rostros no tenían nombre.

—¿Cuánto sabes de mí, Ilian?

Aunque creía empezar a conocerlo, no podía olvidar que ellos ya sabían muchas cosas sobre ella. Al principio había pensado que el rey había hurgado en su mente, pero le había confesado que solo tenía conocimiento sobre lo que ella le había gritado. Pero ¿cuánto de aquello se guardaba el soberano para sí mismo?

—¿Qué?

—Sí. Es evidente que su majestad sabe mucho de mí. Pero ¿y tú?

Pasaron frente al trono a ras del suelo y continuaron hacia la derecha. Ilian jugueteó con el pendiente del labio y la miró de reojo.

—Sé cosas.

—Ilumíname, por favor.

—Sé que te gusta tocar el violín.

Ella puso los ojos en blanco y él sonrió con malicia.

—Me viste la otra noche con él en la mano, no hay que ser muy listo para deducirlo. Sabes a qué me refiero. ¿Qué te ha contado de mí?

—No mucho. Es bastante receloso en ese sentido. —El corazón le dio un vuelco, y no supo por qué—. Sí que me hablaba de tu situación en casa —reconoció con pesar. No le importaba que supiera que su padre le pegaba—. Y a veces se le escapaba alguna cosa que otra, pero normalmente nunca me decía de qué hablaba contigo ni qué le mostrabas. Se lo reservaba para sí mismo.

El silencio que los acompañó se tornó denso. No comprendía por qué le molestaba aquella clase de privacidad que había demostrado el monarca, cuando era algo bueno. Se había sentido expuesta ante la idea de que ambos lo supieran todo de ella. Y no solo no era ese el caso, sino que el soberano no divulgaba sus inquietudes por ahí. ¿Por qué no hacerlo, si podría ser información táctica importante?

—Siempre salía de vuestras reuniones divertido —comentó con una sonrisa en los labios. Ashbree lo miró, perpleja—. Decía que tienes mucho carácter, y es verdad. ¿Qué? ¿Por qué me miras así?

—¿Nuestras reuniones? —preguntó con incomprensión.

—Te enfrentabas a su corazón todos los meses, el día de la luna llena, a las doce de la mañana. Siempre estaba preparado, por lo que pudiera pasar. —Se detuvieron frente a unas puertas cerradas—. Él siempre te estaba esperando, Ash. Y sigue haciéndolo.

Sus palabras le pesaron en el pecho y clavó la vista en el suelo. Ahora comprendía un poco mejor por qué habían decidido atacar el palacio. Además de haberle hecho una grieta, había cambiado la rutina, lo había abordado a altas horas de la madrugada y dolida por lo que había sucedido con Arathor. Podía comprender por qué habían saltado todas sus alarmas y había luchado por recuperar el corazón después de quinientos años de estabilidad.

Y, aun así, no hubo muertos. No se produjo un enfrentamiento abierto. No se desenvainaron armas ni redujeron el palacio a cenizas. Fue una escaramuza relativamente limpia con la intención de robar aquel órgano sin provocar altercados. No obstante, sí hubo heridos. Kara había perdido un ojo y a ella la habían mandado al frente en consecuencia.

Ilian llamó un par de veces a la puerta y el pulso de Ashbree se desbocó. Había tantas cosas que quería saber, tanto que quería preguntar, que no sabía por dónde empezar. Había malgastado el tiempo hasta llegar allí con una conversación que realmente no le aportaba nada, en lugar de prepararse para el nuevo enfrentamiento.

No obtuvieron respuesta y la heredera sintió un alivio que no debería estar ahí. Necesitaba recabar información, sobre todo si pretendía emplearla en su contra cuando saliera de allí, pero una parte de ella se ponía nerviosa solo de pensar en estar con él.

—Bueno, supongo que tendré que intentarlo en otro momento —comentó el miedo por ella.

—No, pasa.

Ilian colocó la palma en su espalda baja, abrió la puerta para ella y la instó a entrar. El despacho era sobrio, decorado en blancos y negros, con un amplio sofá mullido y una mesa traslúcida negra frente a él, más librerías de las que podía contar y un ancho escritorio de nogal. Sobre la superficie había varios papeles bien ordenados y una figura con forma de gato. ¿De qué le sonaba aquel pisapapeles si era la primera vez que lo veía? Sacudió la cabeza y se fijó en el amplio ventanal que daba directamente a la falda de la montaña. Al estar a ras del suelo, no eran las mejores vistas, pero tampoco pretendían serlo, porque aquello no era una ventana, sino una puerta por la que escapar al frescor de Lykos cuando lo necesitara.

Ashbree lo observó todo, empapándose de cualquier dato que aquel mobiliario pudiera ofrecerle. Pero no era mucho más de lo que ya sabía: el soberano era pulcro, no había ni una mota de polvo en el ambiente, y ordenado. Tenía un gusto refinado y selectivo, y prefería lo simple. En aquel palacio no había tapices ricos adornando las paredes, ni cuadros descomunales que relataran sus triunfos. Todo estaba rematado con parquedad y elegancia.

—No creo que esté bien que entremos en el despacho del rey sin su permiso...

Cuando alzó la vista hacia el rostro de Ilian, se percató de que estaban muy cerca, la mano del general aún descansando sobre sus lumbares. Su luz vibró con insistencia al sostenerse la mirada y ella sintió que se ahogaba. Después de lo que había estado a punto de suceder, no cabía duda de que entre ambos había algo pendiente ahora.

—Ah, qué sorpresa tan bonita.

La heredera se tensó al reconocer la voz y puso un paso de distancia entre ambos. Cuando se giró a mirarlo, el monarca los contemplaba con una sonrisa curiosa en los labios.

59

Las sombras se enroscaron alrededor del Rey de los Elfos, rodeado de aquella oscuridad moteada de plata, a juego con sus ojos. No era la primera vez que veía a un Efímero teletransportarse frente a ella, pero seguía maravillándole la forma en la que caminaban entre las sombras; cómo su cuerpo se materializaba donde instantes antes no había habido nada. Su luz le pidió abandonar el cuerpo para enredarse con aquellos zarcillos de negrura absoluta, que se movían mientras envolvían el cuerpo del rey hasta fundirse de nuevo con él. Justo lo que ella quería hacer.

Le faltó el aliento ante aquel pensamiento y luchó por no mirarlo embobada. Con movimientos gráciles, él apartó su silla y tomó asiento, sin perder el aire divertido del rostro.

—Por mí no os cortéis. —Entrelazó las manos en un gesto distendido—. Aunque preferiría participar, tampoco me disgusta observar.

El rubor trepó raudo a las mejillas de Ashbree e Ilian se crispó y puso mayor distancia entre ambos. La sonrisa del soberano se ensanchó, hasta que sus perfectos dientes blancos relucieron en la estancia.

—Os dejo a solas —murmuró Ilian en tono monocorde.

—¡¿Qué?!

La voz de Ashbree salió estrangulada por los nervios. No

había pasado nada entre ellos, ni siquiera habían estado cerca de besarse, pero el monarca debía de haber visto algo en la forma de mirarse, y optó por no desaprovechar la oportunidad de meterse con su amigo, y con ella, ya puestos.

—Vamos, Ily, no te pongas así —se burló. El general enarcó la ceja del pendiente y apretó los labios. Parecía estar luchando con todas sus fuerzas para no propinarle una soberana bofetada al Rey de los Elfos—. Anda, quédate. Será divertido.

Lo último lo pronunció con un ronroneo que erizó la piel de Ashbree. Aunque había burla en lo que decía, sus palabras iban cargadas de una intencionalidad pecaminosa.

—Aquí no tengo nada que aportar —soltó Ilian con dureza.

Se esforzó en no mirar a Ashbree, en no dedicarle ni un vistazo fugaz. Y aquello le dolió. Porque descubrió que él le aportaba seguridad, estabilidad y confianza.

—Creo que hay partes de tu cuerpo que tendrían algo que objetar. Partes *muy* interesantes.

El rey le miró la entrepierna y sonrió con malicia. Ilian endureció la mandíbula y Ashbree enrojeció hasta las orejas. No comprendía a dónde quería llegar el soberano con aquel juego, pero estaba claro que quería sacarlo de sus casillas.

—Rylen... —le advirtió, más alterado de lo que lo había visto nunca.

El monarca suspiró con sonoridad y, cual felino, se estiró sobre su asiento, sin perder esa sonrisa.

—Me lo pones demasiado fácil. —Parte de la tensión de Ilian abandonó su cuerpo—. Anda, vete.

Ilian asintió con un movimiento quedo y miró a Ashbree de soslayo. En cuanto sus ojos conectaron, los músculos del general se relajaron y le dedicó una media sonrisa afable. Para su desgracia, aquello a ella no la calmó. Se quedó mirando la puerta cerrada por la que se había ido más tiempo del que era necesario, hasta que el monarca carraspeó y, como si llevase una percha dentro de los ropajes, se giró hacia él. Le estaba regalando una sonrisa sincera, que no parecía esconder dobles intenciones.

—Podéis sentaros, dragona. —Ella obedeció, sin dedicarle ni un solo pensamiento a reprocharle el apelativo ni a negarse a cumplir con sus demandas—. Imagino que habéis venido por Silvari.

Ashbree asintió, muda sobre su asiento. Tenía los puños cerrados sobre las rodillas y su luz se revolvía inquieta dentro de su estómago, como revoloteando por su interior. Complacida por estar con él a solas, sin duda.

—Majestad, necesito saber qué está pasando —se atrevió a decir.

Tenía la impresión de que todo giraba a su alrededor. Desde que había partido al frente por orden de su padre, había descubierto demasiadas cosas de su gente que no le agradaban. Y en Glósvalar la sensación no había mejorado. Los elfos oscuros se habían mostrado amables, y no solo eso, sino que parecían estar velando por ella. A eso tenía que sumarle que las conversaciones con el rey habían sido demasiado significativas, aunque no hubiera descubierto gran cosa. Tenía la sensación de que cada palabra que él o Ilian pronunciaban albergaba algo más.

Y haber visto a Silvari se lo había confirmado.

Un nuevo miedo le arañó la nuca y tuvo que luchar por no echarse a temblar frente a la perspectiva de que todo su mundo se desmoronara por completo.

—¿Qué hace una elfa...

—... de luz? —completó el rey por ella.

Ashbree apretó los labios. Nunca se había parado a pensar en que los yithianos se refirieran a sí mismos como «elfos», como si fueran los únicos, mientras que los lykenses hacían siempre la distinción entre los suyos y los «elfos de luz», poniéndolos a ambos en el mismo nivel. Hasta eso estaba cambiando.

—¿Qué hace una elfa *de luz* viviendo en Glósvalar, majestad?

—No hay ningún elfo de luz viviendo en Glósvalar, dragona.

Sus labios se estiraron en una media sonrisa. Quería que hiciera las preguntas adecuadas. Y tenía la impresión de que se las respondería todas. Pero ni siquiera sabía por dónde empezar.

La rabia se entremezcló con la necesidad de conocimiento y

unas lágrimas amargas se acumularon en sus ojos. Respiró hondo y clavó la vista en el techo, en la preciosa lámpara forjada que proveía de electricidad a la estancia. Cuando volvió a mirarlo, no había ni rastro de diversión en su rostro serio.

—Necesito respuestas —masculló, controlando que no le temblara la voz.

—¿Qué queréis saber?

Había cierta intimidad en el tono que había empleado, como un arrullo que la invitaba a seguir hablando. Y así, como si nada, parte de su nerviosismo se evaporó.

—¿Por qué me ha tratado una sanadora... de luz?

Le costaba añadir el complemento a una terminología que había empleado por sí sola durante veinticinco años, pero el soberano agradeció el gesto y le regaló una sonrisa auténtica.

—Silvari es la directora del centro de desintoxicación de Rimbalan.

Ashbree hizo memoria, tratando de ubicar dónde podría estar esa ciudad en la geografía de la isla. A pesar de no saber el nombre de cada pueblo o aldea, ni siquiera le sonaba de haberlo oído o leído en alguna parte. Pero...

Rauda, alzó la vista y clavó los ojos en aquellos dos pozos plateados. La sonrisa no se había desvanecido de sus gráciles rasgos.

—¿Habéis dicho «centro de desintoxicación»? —Él asintió, con calma—. ¿Aquí la drogadicción es un problema tan potente como en Yithia?

Preguntó aquello porque no se atrevía a formular la cuestión de otro modo. Su instinto le decía que estaba haciendo referencia a un centro de desintoxicación de miel de plata, pero era imposible. En Yithia había decenas de ellos, siendo el de Tiroon, la ciudad sacra, el más grande y famoso de todos. Al que muchos miembros influyentes de la sociedad y nobles recurrían por su absoluta discreción. Pero los elfos oscuros no podían engancharse a la sangre que corría por sus propias venas, era imposible que se refiriera a eso.

—Es un problema, pero no por los mismos motivos que allí. Aquí el consumo y venta de drogas está prohibido y penado. En Glósvalar, no tenemos centros de desintoxicación.

—¿Entonces?

El Rey de los Elfos cogió aire, como mentalizándose para lo que iba a decir, y luego lo soltó despacio.

—Rimbalan es nuestra colonia principal.

—¿C-colonia?

Hizo memoria y, de nuevo, nunca había oído hablar de colonias de elfos oscuros. Las manos empezaron a sudarle y tuvo que secárselas contra los pantalones. Él asintió con amabilidad y se levantó. Ashbree esperó tensarse ante el cambio de posición, pero no lo hizo. Tenía más miedo de lo que pudiera salir por sus labios que de lo que pudiera hacerle con el cuerpo. No obstante, cuando extendió la palma hacia ella, su corazón se comprimió. Miró la mano y luego al monarca, que esperaba con paciencia.

—Creo que sería mejor que os lo mostrara.

Ashbree inspiró hondo y observó aquella mano de dedos largos y delgados una vez más. La recordaba moviéndose sobre los blancos y negros del piano, volcando su propia alma sobre el instrumento. Y aquel pensamiento la apaciguó.

Se había propuesto buscar respuestas que emplear en su contra, y el rey le estaba ofreciendo esa oportunidad. Tenía que aferrarse a ella para no venirse abajo. Así que se levantó, los hombros rectos y porte regio. Algo cambió en la mirada del monarca, sus ojos chispearon con un ligero orgullo que hizo que sus mejillas volvieran a teñirse de un leve rubor.

Ashbree entrelazó los dedos con los del rey y su luz se agitó, regocijada con el contacto cálido de aquella palma. Rodeó el escritorio sin soltarlo y se plantó frente a él, con la vista bien alzada, sin amedrentarse. El Rey de los Elfos se la sostuvo con esa sonrisa amable en los labios y la miró de arriba abajo. No solía gustarle aquel tipo de escrutinio, pero con él era diferente. No se sentía juzgada, más bien tenida en consideración.

—¿Qué debo hacer?

—Nada.

La palabra, apenas susurrada, le acarició las mejillas y se estremeció. Y así, sin más, las sombras escaparon del cuerpo del soberano y los envolvieron en un denso manto plagado de destellos plateados. Mientras la oscuridad los teletransportaba hacia los dioses sabían dónde, Ashbree recordó la galaxia que le había regalado cuando se despertó tras la pesadilla. Cómo la oscuridad se enroscaba y brillaba, rutilante, solo para ella. Y para cuando volvió a sentir el suelo bajo los pies, Ashbree se dio cuenta de que no había dejado de mirarlo a los ojos ni un solo segundo.

La claridad de un día despejado se entremezcló con las sombras antinaturales, que regresaron dentro de su portador, despacio, como un humo que se negaba a extinguirse. Parpadeó una única vez para habituar su visión antes de observar a su alrededor y quedarse de piedra.

Rimbalan no solo era uno de esos pueblos pintorescos que arrancaban sonrisas, sino que estaba poblado por elfos oscuros y elfos de luz. Conviviendo en plena armonía.

60

Los ojos se le anegaron de lágrimas y tuvo que contenerlas tomando aire profundamente. Miró a su alrededor, incapaz de creer lo que veía. Debía de ser una ilusión conformada por las sombras, uno de esos poderes desconocidos que poseían los Efímeros. Era imposible que el escenario que tenía frente a ella fuese real.

Pero lo parecía.

El ambiente olía a bollos recién horneados entremezclado con leña quemada y pino. La calle se encontraba rebosante de vida en un día de mercado cualquiera. Solo que para ellos no era cualquiera, porque los habitantes de Rimbalan que estaban haciendo sus recados se detuvieron a observar la misteriosa aparición del centro de la plaza. No los miraban con el horror de descubrir algo, sino con curiosidad y reconocimiento. Sabían que su rey estaba allí y todos querían saber por qué.

«Su rey».

Le faltó el aliento al ser consciente de lo que aquello implicaba. Elfos de luz que consideraban a Rylen Valandur su soberano. Traidores al imperio.

En su mente se gestaba una tormenta de ansiedad, ira y despecho que le costaba manejar. La gente se inquietó; lo percibió en su lenguaje corporal, en las miradas recelosas a las que tan habituada estaba, en los cuchicheos que empezaron a alzarse.

—Eh, dragona... —La voz del monarca sonaba demasiado lejos a causa del zumbido que se había instalado en sus oídos. Aquello era imposible. Su propia gente los estaba abandonando en favor del enemigo. Un enemigo que había arrasado aldeas enteras y había iniciado la Tercera Guerra. El cuerpo le temblaba, la garganta le picaba y un nudo emponzoñado se anudó en su estómago con tanta fuerza que creyó que vomitaría—. Dragona, mírame.

Las manos de Rylen le encerraron las mejillas y, con movimientos delicados, le giraron la cabeza hasta hacer que lo mirara a los ojos. Su rostro rezumaba preocupación y tristeza a partes iguales, con aquellas delicadas cejas caídas por la pena y los labios apretados. La intensidad con la que la contemplaba la sobrepasó y las contenciones de sus párpados se rompieron. Dos lágrimas rodaron por sus mejillas, pero no llegaron a caer por la barbilla, porque él las interceptó con los pulgares y se las limpió con diligencia.

—No es lo que crees. —El susurro le acarició el rostro y una bocanada de aire fresco insufló sus pulmones—. Y no puedo permitir que le hagas daño a esta gente.

Ashbree se tensó y la conmoción se despejó, como una niebla replegándose sobre el mar. Las miradas recelosas no habían sido fruto de quién era ella, sino porque su luz había escapado de su cuerpo y la envolvía, vibrando y bailando en torno a ella como una llama blanca gigantesca, dispuesta a calcinar. Miró a su alrededor y la respiración se le aceleró por el temor de dañar a aquella gente sin pretenderlo. Eran traidores, pero no merecían morir por ello. No era lo justo. Y, aun así, no consiguió que volviera dentro de ella, sino que se agrandó y casi los envolvió a ambos.

El Rey de los Elfos siseó cuando la luz le acarició la piel con aquella fiereza, pero no se apartó, sino que aguantó con estoicidad.

—Yo... N-no... —balbuceó, tan alterada que no conseguía hilar un pensamiento tras otro.

Las manos de Rylen volvieron a encontrar el camino hasta su rostro e hizo que lo mirara. Aquellos ojos atraparon los suyos y no pudo dirigirlos hacia otra cosa que no fueran esos pozos argénteos.

—Cierra los párpados —murmuró con cierto cariño.

Ashbree desvió la cabeza hacia un lado, para comprobar que no estaba dañando a nadie, pero él la retuvo y no se lo permitió.

—Eh. —Sus ojos conectaron de nuevo y el pulso se le desbocó. Él tragó saliva. Sus rostros estaban más cerca que antes, como si Rylen estuviese intentando eclipsar cualquier otra visión—. Cierra los párpados, dragona.

Temblorosa, ella obedeció. La negrura la rodeó y la respiración se le agitó más en respuesta. Recordó la sensación de agobio de ir vendada a lomos de Omen, recordó los momentos de pesadez por culpa del somnífero cuando los traficantes la abordaron.

—Ahora quiero que respires hondo —susurró. Su voz era un arrullo magnificado que le caló hasta los huesos y la hizo estremecer. Rylen le acarició la mejilla con el pulgar y se relajó—. Aguanta —le pidió cuando tomó aire. El oxígeno inundaba sus pulmones y el calor por retenerlo empezó a recorrerle el cuerpo—. Suelta.

En cuanto liberó el aire, percibió una especie de opresión alrededor de la piel y una oleada de placer la invadió de arriba abajo. Era como la calidez del éxtasis, pero sin que nada la hubiera rozado siquiera. Sus terminaciones nerviosas vibraban, ansiosas, y sintió que las rodillas le fallaban, pero Rylen no la dejaba caer. Era una de las sensaciones más maravillosas que había experimentado y ni siquiera comprendía qué estaba sucediendo. Su luz empezó a entrar dentro de ella, alentada por otra fuerza que la dejaba satisfecha, amodorrada por el contacto de... las sombras del soberano.

Abrió los ojos, consternada, y se dio cuenta de que estaban

ocultos en una burbuja de sombras, sus rostros tan cerca que compartían el oxígeno que ambos necesitaban. Rylen tenía los ojos cerrados, el semblante relajado, como complacido; respiraba de forma un tanto forzada, meditada, y entonces levantó los párpados y sus miradas se encontraron. Él tenía la piel erizada, los labios entreabiertos; contuvo la respiración y sus ojos se desviaron a los labios de la heredera. Ashbree se mareó por la intensidad de lo que estaban compartiendo y sintió que el mundo daba vueltas a su alrededor, aunque lo único que pudiera ver fuera aquella galaxia con la que empezaba a familiarizarse.

Las sombras se despejaron de repente, con violencia, y él la soltó al instante, con la respiración agitada y temor en la mirada. Había dado un paso atrás, como si el contacto de sus pieles le hubiera quemado, y la observaba con horror. Ashbree no sabía qué había hecho, qué había cambiado en ese segundo en el que se habían contemplado cuando apenas si había respirado. Se quedó gélida por el lenguaje corporal del soberano, tenso, rígido, casi como... amenazado.

—N-no puedo... —balbuceó el Rey de los Elfos.

Acto seguido, la oscuridad los engulló, un viento antes inexistente le agitó los cabellos y la teletransportó hasta sus aposentos del palacio de obsidiana.

61

Rylen irrumpió en su propio despacho, sin siquiera pensar dónde aparecer. Simplemente había tenido en mente ponerla a salvo en sus aposentos y que él pudiera refugiarse en la seguridad de su despacho. Y no meditar bien dónde trasladarse era peligroso. Caminar entre las sombras necesitaba de una precisión quirúrgica: había que imaginar el lugar preciso al que moverse, visualizarlo con todo lujo de detalles para no aparecer en medio de una pared o del suelo, atravesando a una persona o cualquier otro horror. Y él no tenía la cabeza para eso.

Se materializó en su despacho arramblando con el escritorio, lo volcó, trastabillando contra él, la respiración tan acelerada que resollaba. Se convirtió en un borrón de extremidades y madera estallando cuando las sombras lo colocaron en un lugar indeterminado y cayó al suelo de espaldas, con trozos del escritorio por todas partes y papeles volando a su alrededor.

—Joder —mascculló Ilian.

Raudo, el general se acercó a comprobar su estado. Por suerte, sus sombras no lo habían fusionado con el mobiliario, pero notaba una gruesa astilla clavada en la palma, la sangre manando despacio. Se ahogaba. El aire no entraba en sus pulmones aunque percibía el movimiento al hincharse. El propio oxígeno lo asfixiaba y sentía que iba a perder la consciencia de un momento a otro. La ansiedad mordió cada fibra de su ser, tratando de arrastrarlo a aquel pozo negro que poco tenía que ver con la oscuridad entre la que se sentía tan cómodo. Con los ojos cerrados, se quedó tumbado sobre la moqueta, intentando calmar la respiración y el burbujeo de sus sombras latiendo en su pecho. No era como el palpitar de un corazón, sino peor. Su poder bullía como agua hirviendo y lo agitaba con la misma violencia.

Ilian se aseguró de que estuviera de una sola pieza, aunque a él no podía importarle menos. Tan solo podía pensar en el pavor que le atenazaba los músculos. Había llevado a Ashbree a Rimbalan para mostrarle lo que hacían con las colonias, pero ella se había sentido tan traicionada por los suyos que su luz había escapado de su cuerpo por sí sola. Era lógico, la heredera no sabía cómo funcionaban los dones de un Efímero, pero Rylen no había esperado que el hambre por fundirse con ella fuera a crecer tanto. Aun así, había conformado una burbuja de sombras para envolver a su luz y que no se desatara, porque ella había matado con su don. Había visto las consecuencias tatuadas en su piel durante el baño en el lago. Y no podía permitir que ocurriera lo mismo con aquella gente inocente.

Había acercado las sombras a su luz a sabiendas de lo que podría pasar, pero creía tener los temores superados y bien enterrados. Cuán equivocado estaba. En cuanto su luz se enroscó con su oscuridad, experimentó un estallido de placer en el pecho, viajó a tiempos remotos, que deberían estar olvidados, y se sintió pleno de nuevo. Solo para abrir los ojos y ver a una fémina demasiado parecida a la de sus pesadillas, con la piel clara, aquellos cabellos rubios y unos profundos ojos dorados que irradiaban luz propia. Para su horror, se estaba dejando arrastrar por la misma historia.

Y no había podido soportarlo.

Sentía las lágrimas acumuladas en los ojos, la garganta apretada en un nudo y el estómago revuelto.

—Rylen, dime qué pasa —repetía el general. Pero él no podía

calmar la tormenta de pensamientos, no conseguía articular palabra. La ansiedad lo dominaba—. ¿Ash está bien?

Percibió el matiz de terror en su voz y se le clavó en el pecho, más profundo. Entendía lo que sentía Ilian, esa atracción irrefrenable hacia ella, porque los Efímeros de Sombras y los de Luz estaban hechos para encajar: los opuestos se atraían, lo afín acababa encontrándose. Pero eso le traía recuerdos demasiado complicados de manejar.

No obstante, no podía juzgar a su amigo por sucumbir a ese anhelo y comprendía su preocupación, así que se limitó a asentir, con el rostro arrugado por el dolor mental de los recuerdos, que empezaba a transformarse en físico. Oyó a Ilian respirar hondo, como si se hubiese estado conteniendo hasta entonces, y luego el silencio se instaló entre ambos. Tragó saliva para intentar paliar el nudo de la garganta, pero tenía la boca seca por el pánico.

—Ash no es Ayrin —dijo Ilian, con voz monocorde.

Todo el rey se transformó en un estallido. Le importó bien poco estar enterrado en astillas. Le importó bien poco que Ilian fuera su amigo. Su hermano de batallas. Y le importaría bien poco si terminaba reduciendo las montañas a escombros. Con una violencia felina, se incorporó, lo agarró de los hombros y lo estampó contra la pared. Ilian endureció las facciones para encajar el golpe, pero no emitió quejido alguno.

—No pronuncies su nombre —siseó, el rostro contraído por la ira, muy cerca de él. Sus alientos se entremezclaron cuando la respiración de ambos se aceleró por la amenaza.

Despacio, Ilian abrió los ojos y clavó aquellas galaxias violetas en él.

La sangre seguía hirviéndole, las sombras le pedían reclamar vidas para apaciguar la sed que lo abordaba cada vez que pensaba en ella. Pero él no empleaba su don para matar. Él no sucumbía a esa espiral. Y aunque en casi quinientos años nunca lo hubiera hecho, se sentía tan al borde del precipicio que le tentaba la idea.

—Ash no es Ayrin —repitió con la misma tranquilidad.

Rylen le apretó los hombros, la rabia supurando por la piel y convirtiéndose en volutas oscuras plagadas de plata.

—No lo...

—No es Ayrin —insistió.

El Rey de los Elfos inspiró hondo. Le temblaba el cuerpo de pura contención. Solo veía el negro de la muerte en su mente, una extensión de la guadaña de Celes. No era la primera vez que Ilian y él se enfrentaban por ese tema. Sí era la primera vez que Rylen se sentía amenazado por esas palabras. Había estado demasiado cerca de sucumbir, porque el mero roce de la luz sobre sus sombras era demasiado placentero para ignorarlo.

No había errado cuando le había dicho que Ashbree Aldair era un peligro. Incluso cuando ni siquiera le había puesto rostro aún, Rylen ya sabía que un día se convertiría en su perdición. Siempre había querido tenerla como aliada, pero no quería..., no, no *podía* estar cerca de ella. Aunque cada fibra de su ser se lo suplicara.

—No es ella.

Esa última reafirmación le caló hondo y sus músculos empezaron a relajarse.

Ashbree Aldair no era Ayrin Wenlion.

Rylen se permitió parpadear, que parte de la tensión se aliviara, pero las sombras no volvieron a su ser. No podía, aún no.

—Pégame si es lo que necesitas —comentó Ilian con indiferencia—. Pero deja de ver a Ayrin cada vez que mires a Ash, porque no es ella.

—Es como ella —respondió con voz ronca y grave.

—Pero no *es* ella. Es más. Y es mejor. Y si te permitieras conocerla, verías...

—No.

—Es la reina que Lykos necesita, y tú lo sabes.

Sintió aquellas palabras como si le hubieran propinado un puñetazo, violento y brutal. Y actuó en consecuencia devolviéndole el golpe con sus propios puños. Los nudillos de Rylen encajaron en la mandíbula de Ilian con asombrosa facilidad.

Tal y como el general solía decir, el Rey de los Elfos se movía siempre entre la delgada línea de la calma férrea y la tormenta más virulenta.

La cabeza de Ilian giró hacia un lado con un latigazo y se quedó quieto unos segundos, tomando aire profundamente para serenarse. Sintió la piel del general vibrar, sus propias sombras pidiéndole la liberación. Y lo quería. Por los dioses que quería que se enzarzaran en una pelea apoteósica que eclipsara el dolor de su mente con sufrimiento físico.

Ilian devolvió la vista al frente, la mandíbula crispada, los puños apretados. Se iban a pelear. Lo percibía en el ambiente, y una sonrisa satisfecha tiró de una de sus comisuras. Entonces, la puerta se abrió y Elwen apareció en el umbral, resollando. Llevaba el mismo vestido que en el desayuno, cuando se había marchado para su cita con Tharin, pero su pulcro recogido estaba revuelto, y la piel tostada de su frente relucía con una sutil capa de sudor.

La sala se enfrió con su mera presencia, cuyos ojos morados centelleaban con el brillo de haber experimentado una predicción, incluso aunque estuviera a plena luz del día. Inclemente, la fémina alzó un dedo hacia ellos y les apuntó con él.

—No te atrevas a cambiar tu designio —amenazó, pero era imposible saber a quién se refería.

Los varones volvieron a mirarse, midiéndose como otras veces habían hecho. Si Elwen había aparecido, significaba que pelearse en aquel preciso momento cambiaría lo que Dalel reservaba para ellos.

Desde que tuvo consciencia de su poder, la *norna* los había empujado por el camino más favorable para el reino. Y aunque Elwen nunca intercedía de forma tan evidente como aquella vez, a Rylen le tentó la idea de olvidar Lykos y sucumbir al caos. Yithia temía al monstruo que se escondía entre las montañas, y podía darles motivos reales para temer. ¿Por qué seguir preocupándose por el bienestar común? ¿Por qué no arrebatarles lo que era suyo a sus enemigos y prender el mundo en llamas?

Se quedaron en silencio tanto tiempo que una cuarta figura apareció en el umbral. Con ese aire aburrido tan suyo, Tharin se deleitó con las vistas, con el caos que habían generado a su alrededor, y sus delgados labios se estiraron en una sonrisa satisfecha.

Rylen Valandur tenía del poder de desatar el infierno en la tierra con un simple chasquido de dedos, era lo que Tharin estaba esperando, a juzgar por esa mirada, pero pocas cosas le daban más satisfacción al rey que contrariar a aquel terrateniente que luchaba por tener a todo el mundo a sus pies.

El monarca se separó de Ilian de un empellón y se sostuvieron la mirada unos segundos más antes de que se diera la vuelta para enfrentarse a las vistas del jardín. Cruzó las manos a la espalda, con su elegancia pétrea, y cuadró los hombros antes de murmurar:

—Jamás habrá otra reina de Lykos.

62

Durante un par de minutos, Ashbree se quedó plantada justo donde el rey la había dejado. Su mente viajaba de un descubrimiento a otro. La sensación de traición estaba echando raíces en su pecho, pero no quería creerlo. No podía creer que existieran elfos... *de luz* que hubieran cambiado de bando por voluntad propia. La única opción viable era que fueran rehenes. A fin de cuentas, era la especialidad del soberano, ¿no?

Pasado el estupor inicial, caminó de un lado a otro en su dormitorio, como un animal enjaulado. Sabía que podía ir a donde quisiera; el problema era que no tenía un lugar al que dirigirse, no tenía dónde refugiarse. En Yithia, habría salido a los jardines de su madre, se habría escondido en la biblioteca, pero allí...

Sus ojos se desviaron por sí solos al violín que le había regalado el monarca y apartó la cabeza al instante, contrariada por el impulso. Podría acercarse a la sala de música, sí, pero le recordaba demasiado a *él*. Y él la había tratado como a un despojo. La había mirado con horror, casi repudiada. Para su desgracia, se sintió demasiado como en casa.

Se abrazó a sí misma, asolada por lo mucho que le dolía. En los pocos días que llevaba en Glósvalar, había empezado a olvidar cómo era que la contemplaran con decepción. Pero lo que había sido le recordaba que nunca debía bajar la guardia.

Repasó lo sucedido en busca de una explicación. Se había asustado, sí, y podría haber supuesto una amenaza para aquella gente, pero cuando sus luces y sombras se habían entrelazado... Por todos los dioses, jamás había experimentado nada tan parecido al éxtasis, tan parecido a un orgasmo, tan parecido a... Tan parecido a la sangre plateada.

Se quedó clavada en el sitio, atónita. En todo el rato que había estado con el soberano, la sed de sangre había desaparecido, y no tenía nada que ver con el remedio paliativo que había sugerido Silvari, porque ni siquiera lo había probado aún. Quizá fuera la consternación por las preguntas que quería hacerle, que luego se entremezcló con ver la colonia mixta. O quizá fuera que con él era diferente. Pero sus recuerdos le decían que con haber probado una sola gota del rey había experimentado mayor deleite y poder que cuando había ingerido a demanda de la mano de aquel traficante.

No entendía qué le pasaba a su cuerpo. No entendía la situación política, ni de los suyos ni de sus enemigos. No entendía su poder. No entendía por qué el soberano había reaccionado así de repente. No entendía nada. Y le habían prometido unas respuestas que el rey no le había dado. Ilian le había asegurado que hablar con el monarca lo aclararía todo, pero no había hecho sino enturbiar la situación.

Airada, se propuso salir de sus aposentos en busca de información, pero al abrir la puerta del dormitorio de camino a la antecámara se topó de bruces con un pecho escultural que, para su desgracia, reconocía. Alzó la mirada para encontrarse con los ojos de Ilian. Tenía el recogido un tanto suelto, como si hubiera estado corriendo, y las facciones, tan serias que parecían letales. Su luz vibró, una mezcla de anhelo y temor por el lenguaje corporal de aquel asesino.

—Tengo que hablar con el rey —dijo con la intención de pasar junto a él.

Pero el general la retuvo del brazo y negó con la cabeza.

—Él no quiere hablar contigo.

Aquellas palabras se asentaron en el fondo de su estómago, densas y amargas, en un silencio amenizado por la débil lluvia del exterior. Ashbree se sintió mal. El Rey de los Elfos se merecía todas las calamidades del mundo y más, pero, por alguna extraña razón, no quería dañar a nadie sin, al menos, saber que lo estaba haciendo. Cuando hiciera sufrir al rey, deseaba que fuera por voluntad propia.

—¿Es que le he hecho algo?

—No... Es... —Ilian bufó y se pasó la mano por la cara, frustrado. Después, se acarició el mentón, donde había una pequeña marca amoratada—. Es complicado. Pero tú no has hecho nada, Ash.

La forma en la que pronunciaba su nombre tenía un efecto calmante en ella. Cogió aire de nuevo, para renovar las fuerzas que sabía que iba a necesitar, y lo fulminó con la mirada.

—Me garantizaste que hablar con él me daría respuestas.

—Yo tengo las respuestas que necesitas.

Ilian apretó las mandíbulas, como si decir aquello le doliera, y Ashbree se quedó atónita. Llevaba varios días haciéndole preguntas que había eludido achacándole la responsabilidad al soberano, ¿y ahora estaba dispuesto a dárselas?

—¿Todas?

Él ladeó la cabeza, pensativo, y negó.

—Todo lo relativo a Lykos y a Yithia. No me corresponde a mí contar la historia de otros.

No sabía qué escondían esas palabras, pero supuso que tendría que conformarse. Ashbree asintió y miró hacia la cama. Él la soltó y un extraño frío le perló la piel al perder su contacto. La heredera se sentó en el borde y entrelazó las manos en su regazo, con la esperanza de que sus dedos nerviosos no se pusieran a juguetear.

—¿Qué es Rimbalan? —preguntó sin medias tintas.

—Es la colonia principal.

—¿Y qué son las colonias exactamente?

—Asentamientos de refugiados.

—¿R-refugiados?

La incomprensión se adueñó del cuerpo de Ashbree. Creía que no estaba entendiéndolo, a pesar de que hablaran el mismo idioma.

Ilian caminó frente a ella, pasos cortos, los brazos cruzados ante el pecho. La tela de la camisa se estiró con el movimiento de sus músculos y realzó la profundidad de su piel morena. Pero no podía distraerse con aquel cuerpo ancho y esculpido para la guerra. Era evidente, por su forma de fruncir el ceño, que estaba luchando contra las últimas contenciones de su mente, debatiéndose entre si le correspondía a él hablar o no. Pero debió de concluir que sí, porque se plantó frente a ella y dejó caer los brazos a ambos lados.

—Cuando conquistamos una aldea, pueblo o ciudad, siempre intentamos que haya el menor número de bajas posible —explicó de forma atropellada. Ashbree arrugó la frente, confundida—. Las ocupamos durante un tiempo y luego, si no nos resulta beneficioso a nivel estratégico, nos marchamos.

Aunque lo primero que había dicho no tenía sentido, lo segundo sí que era cierto. Así era como sabían que dejaban las ciudades vacías, sin que ni siquiera hubiera cadáveres. Allá por donde pasaran los elfos oscuros, las urbes se convertían en fantasmas arquitectónicos.

—No lo comprendo —balbuceó.

—Nosotros no atacamos para sitiar y matar, Ash. Atacamos para salvar. —Sus palabras se le clavaron en el pecho como una daga afilada. ¿De qué tenían que salvarlos? Los elfos oscuros eran los malos, a fin de cuentas. Aunque en las últimas semanas su percepción de en qué lado de la balanza estaba cada bando cambiaba con demasiada facilidad—. Evidentemente, siempre hay gente que perece en todos los enfrentamientos, pero... intentamos evitarlo.

Él se llevó la mano a la nuca y se la frotó, como si no supiera muy bien cómo explicarlo.

—¿Por qué?

—Porque Rylen no quiere que haya más muertos de los estrictamente necesarios. Invadimos ciudades, las reclamamos y ofrecemos a sus habitantes la posibilidad de trasladarse a las colonias, donde ningún ejército podrá llegar jamás, para vivir a salvo. Les ofrecemos terrenos y vivienda, un subsidio y seguridad a cambio de que se refugien en las montañas y se unan al Reino de Lykos. Les garantizamos que no serán reclutados para el ejército y protección. Y la mayoría... La mayoría accede.

Ashbree ahogó un jadeo cuando el dolor de sus palabras la atravesó. Aquella gente..., *su* gente, prefería irse con el enemigo antes que vivir en el Imperio de Yithia y luchar junto a ellos. Era... Era complicado de comprender.

No obstante, había sido testigo del bullicio de Rimbalan, había oído las risas de los niños jugando, entremezclados sin importar el color de piel. Había olido lo viva que estaba la colonia, lo había visto con sus propios ojos y, aun así, era difícil de aceptar. No era traición, era... esperanza. La necesidad de que alguien les confiriera la protección que su propio emperador no les estaba granjeando, porque las ciudades que quedaban en la frontera entre ambas naciones siempre habían estado a merced de los elementos.

Los ojos se le anegaron de lágrimas y negó con la cabeza.

Era imposible que su gente huyese de Yithia. Que se refugiase en los brazos del enemigo. Porque ellos eran los... No. Los elfos de luz eran los malos.

Lo había visto en el ejército. Había crecido odiando a los elfos oscuros por todos los horrores que le contaban, pero ni la mitad de ellos eran ciertos.

—¿Y nuestros soldados?

—Muchos se niegan. Les damos la opción de tener una ejecución rápida y limpia, ir a nuestros calabozos, reinsertarse en nuestra sociedad o el exilio en el continente.

—Pero eso... Eso tampoco es justo —casi sollozó—. Los arrancáis de sus vidas. Los sacáis de sus casas. Los apartáis de sus familias en otros puntos de Yithia. Los secuestráis.

—No es un secuestro si eligen venir con nosotros por voluntad propia, Ash. Y los que vienen lo hacen sabiendo que en Yithia no les queda nada, ni siquiera la protección de su emperador. Vuestro ejército es débil. —Aquello le dolió en el orgullo—. Y no lo digo con regodeo, sino con el pragmatismo del frente. No hemos arrasado con la isla y la hemos reclamado entera porque supondría demasiadas bajas. Sería un golpe duro para todos. Por eso esta guerra está durando tanto. Por eso llevamos quinientos años en un tira y afloja. Porque aunque haya batallas que se tornen violentas, sobre todo las que engloban a los cuerpos de élite, Rylen no quiere convertirse en el germen que acabe con la raza contraria.

—¿Por qué? ¿Qué lo detiene? ¿No es ese el fin de cualquier guerra? ¿Anexionar territorios y doblegar poblaciones?

—¿De qué sirve reinar sobre cenizas y escombros, Ash? Rylen quiere reinar sobre un pueblo que no le tema. Siempre lo ha querido. Y ni siquiera lo que hizo Ayrin Wenlion cambió su deseo de traer paz a la isla. Paz real, y no una paz basada en la esclavitud del contrario.

—Pero... ¿Y la emboscada? Atacasteis cruelmente a un destacamento conformado en su mayoría por sanadores. ¿Quién os informó de nuestro paradero?

El rey ya le había dicho que lo de la emboscada había sido una casualidad estratégica, ideada por Ilian, pero necesitaba escucharlo de sus labios. Necesitaba terminar de comprender qué forma tenían las piezas del puzle para poder encajarlas.

—Nadie, Ash. Fui yo. —Sus palabras destilaban un dolor que le agrió el rostro—. Yo propuse vigilar los distintos caminos hacia Milindur. Después del ataque al palacio, lo más lógico era que el emperador quisiera recuperar la ciudad minera de una vez por todas, y para ello iba a necesitar más sanadores con los que proteger a su ejército. Y los sanadores son demasiado valiosos, en cualquier bando. Solo tuvimos que vigilar y esperar, y no tardasteis en aparecer.

Ashbree sentía la garganta constreñida y una fea opresión en el pecho contra la que tenía que luchar para no echarse a llorar. Aquello no podía ser real.

—Dices que vuestras intenciones siempre son evitar bajas, pero nos... nos masacrasteis.

Él negó con la cabeza, abatido.

—Perdimos el enfrentamiento, ¿recuerdas?

—Arrasasteis con nosotros.

—No, Ash... —repitió con paciencia—. Hubo muertos, sí, porque es inevitable que una batalla se vuelva atroz, pero no fuimos a aniquilaros. Calculamos que erais doscientos. Novatos, sanadores y emboscados. Con cien de los nuestros debería haberse controlado la situación. No fuimos más. Y sobrevivimos cinco. Tres después de los combates ilegales... ¿Cuántos heridos tuvisteis?

—C-casi el regimiento entero acabó herido...

—¿Y muertos?

Ashbree abrió la boca, pero no tenía la respuesta. No obstante, el miedo se revolvió en su estómago. Recordaba a la teniente Aldadriel hablando con ella cuando despertó en el hospital de campaña. La heredera le había preguntado por el número de bajas; «bastante menos de las que habría cabido esperar», le había dicho. La realidad era que las zanjas estuvieron más llenas de enemigos que de compañeros. El número de heridos, no obstante, fue ingente. Hubo que trabajar días y noches enteras en el hospital de campaña. Todos, por una cosa u otra, habían pasado por allí.

La comprensión se abrió camino por su mente y le dolió tanto que las lágrimas se desbordaron.

—Fuimos allí con la misión de reducir activos, no de matarlos —prosiguió él—. Nuestro ejército está entrenado para aplacar sin quitar vidas, y es lo que hace en el ochenta por ciento de los casos. Por desgracia, siempre hay bajas, pero en aquella emboscada pretendíamos doblegaros para reconduciros después a nuestra causa. No mataros. Y ganasteis porque...

—Porque te distraje.

Las lágrimas seguían cayendo de sus párpados, silenciosas e incontenibles. No había forma de parar el torrente que surcaba sus mejillas. Ashbree se abrazó a sí misma, a la espera de una respuesta.

—Sí. Yo era el encargado de mitigar vuestros cristales, de reducirlos a chispazos para poder conteneros sin que hubiese más muertes. Pero te vi y todo… Todo cambió. Tú pasaste a ser mi prioridad y mi ejército pagó por mi debilidad.

Ambos se quedaron callados, mirándose a los ojos.

—¿Por qué? ¿Por qué yo…?

—Porque eres Ashbree Aldair, la emperatriz que el Imperio de Yithia se merece. Eres la esperanza de que un día haya paz entre nuestros pueblos. Y por eso no podemos permitir que vuelvas a tu hogar, donde no te encuentras segura ni en tu propia casa. No, al menos, hasta que sienta que estás preparada.

Ashbree contuvo la respiración, asolada por lo que acababa de descubrir. Los elfos de luz arrasaban en las contiendas. Mataban sin ton ni son. Ella misma lo había hecho, por su espada y por su poder. Y no solo eso, sino que los pobres desgraciados que sobrevivían entre sus enemigos se enfrentaban a torturas, vejaciones, esclavitud y los dioses sabían qué más. Había pasado veinticinco años odiando a unas gentes que eran la verdadera promesa de paz.

El dolor la arrastró y el llanto silencioso se convirtió en un sollozo que no pudo contener. Sentada en el borde de la cama, abrazada a sí misma, Ashbree se dobló hacia delante. Quería desaparecer y no tener nada que ver con lo que habían hecho los suyos. Con lo que había hecho su padre. Ella era la herencia de las decisiones tomadas por sus antecesores. Ella era el arma que habían tratado de moldear para acabar con el bien de la isla. Ella había sido entrenada para romper el corazón de piedra. Ella era la amenaza de la paz. Y, aun así, Ilian la había llamado «la esperanza».

Lloró hasta desgañitarse, gritó y renegó de todo lo que conocía. Unos segundos después, unos brazos la envolvían con firmeza. Se aferró a su camisa por instinto y se escondió en su pecho, refugiándose en aquel agradable aroma a tierra mojada. Pero entonces cayó en la cuenta de que ella era su enemiga. Porque había una diferencia abismal entre que los elfos oscuros fueran sus enemigos y entre que ella fuera la enemiga. Ella era la amenaza. Y no viceversa.

Quiso apartarse de él, porque no se merecía su compasión. No se merecía la compasión de una gente que trataba de rescatar al bando contrario de la mala gestión del emperador. Que los ponían a salvo de la crudeza del frente, cuando su padre ni siquiera evacuaba a los elfos de luz que vivían en las zonas colindantes con la frontera. No ponía a salvo a su gente porque sabía que incluso la mano de un agricultor podía servir para levantar un arma y arrebatar una vida. Y allí... Allí protegían a los civiles.

Ashbree se dejó la garganta llorando. Negó con la cabeza, contra el pecho de Ilian, y sintió su barbilla apoyada sobre su coronilla, refugiándola entre sus brazos.

—Lo siento... —farfulló la heredera. Que no quería seguir siendo la heredera—. Lo siento, lo siento, lo siento...

Ella formaba parte de aquella rueda que ya no podría parar jamás. Ella era el peligro y la amenaza. Y ahora comprendía, mejor todavía, que jamás podría regresar a Yithia, porque su padre sabía que era un arma mucho más poderosa de lo que lo había sido al partir de la capital. El emperador la explotaría para diezmar a una población que la estaba acogiendo a pesar de lo que les había hecho.

—Shhh... No pasa nada.

—Sí pasa, Ilian.

—No, Ash...

—¡Soy un monstruo!

Recordaba haber insultado al rey con aquella palabra. Recordaba cuánto le había molestado que lo llamara así y lo mucho que ella se había regodeado para sus adentros por haberle dado en la fibra sensible. Y ahora comprendía verdaderamente qué significaba ser un monstruo. Comprendía el repudio en el rostro del Rey de los Elfos, el dolor trasladado a Ilian cuando la oyó. Ella era el verdadero mal.

Las manos del Efímero le alzaron el rostro y la miró con seriedad.

—Jamás vuelvas a decir que eres un monstruo. —El llanto se le atascó en la garganta ante la intensidad con la que lo pronunció, con la que la observaba—. Entre vuestras tropas, nunca había visto bondad. Hasta que llegaste tú. No permitiré que creas que eres un monstruo, porque eres el rayo de luz que nos hacía falta.

Ashbree se quedó sin aliento y una lágrima silenciosa se precipitó por su mejilla. Ilian la acarició con el pulgar, su mirada descendió hasta sus labios entreabiertos por la falta de aire, y algo se removió dentro de ella. Su luz vibraba por la consternación, como sufriendo lo mismo que ella, pero había algo más que nada tenía que ver con la lujuria o con la necesidad placentera de entrelazarse.

Antes de que supiera qué estaba pasando, Ilian la besó.

63

La besó con necesidad. Como si hubiese estado toda una vida esperando ese momento. Aquel era un beso de verdad, de los que calmaban las heridas de la piel, del corazón y del alma. Ashbree cerró los ojos y se dejó arrastrar por el calor de su boca. Entreabrió los labios para respirar, aún agitada por los últimos coletazos del llanto, e Ilian aprovechó para profundizar el beso, pero sin dejarse arrastrar por la lujuria que los había dominado en la taberna de Milindur. Sus pulgares, un poco ásperos, se movían sobre sus mejillas en una caricia que le reconfortaba tanto que nuevas lágrimas se precipitaron de sus ojos. Aunque muy diferentes.

Su lengua se deslizó sobre la de Ashbree y ella se estremeció al notar el metal dentro de su boca. Respiró hondo, intentando serenarse, y su delicioso aroma la atravesó. Esperó sentir la punzada de la sed, dolorosa y penetrante, y no hubo nada de eso. Jadeó en respuesta a sus movimientos, porque Ilian estaba en todas partes, colmaba todos sus pensamientos y se sentía extasiada por él. El Efímero agradeció aquel sonido que había escapado del fondo de su garganta y se acercó más a ella, como si el escaso espacio que los separaba le molestase.

Era un beso lento y ansiado, exploratorio, amable hasta decir basta y cargado de un anhelo que no lograba comprender. Pensó que quizá se debía a que aquel varón había sido genuinamente bueno con ella desde el primer momento. O quizá fuese por aquella extraña sensación que la instaba a acercarse a él, que lo afín acababa encontrándose. Pero intuía que había algo más, que empezaba a crecer un sentimiento dentro de ella. Cyndra le había asegurado, la noche antes de la emboscada, que las malas hierbas de su mente desaparecerían un día; que su jardín florecería de nuevo. E Ilian se estaba convirtiendo en aquella primera flor cargada de indulgencia.

Las manos le temblaban cuando colocó las palmas sobre las de él y las acarició. Ilian cogió aire y se separó. Tal y como había hecho aquella otra noche, apoyó la frente contra la de ella, los ojos cerrados para calmar la respiración. Ashbree se ruborizó por lo que aquel gesto significaba entre los suyos. Era pura intimidad, algo reservado para las parejas, e igual que en la taberna, no le importó lo más mínimo aquella cercanía con la que podrían observarse sin tapujos.

—Ash, yo no... —Ella tragó saliva por lo ronca que le salió la voz, cargada de una necesidad que iba más allá de la mera lujuria—. No puedo... Esto no es...

—Lo comprendo —susurró con pesar.

Comprendía por qué no querría besarla, por qué no querría saber nada de ella. En la taberna, él había estado apaleado, demasiado consternado por las torturas, las peleas y las ventas; era lógico que se hubiera rendido a la carne, a la más simple de las caricias después de tantos días de golpes. Pero ahora era diferente; ahora el muro entre ambos debía alzarse de nuevo, porque ella era el germen de todo mal.

—Dioses, no por eso —gruñó con voracidad, como si hubiese leído sus pensamientos.

No hubo dulzura en aquel nuevo beso. No hubo nada de exploratorio en la forma en la que sus labios se movieron contra los de Ash. Necesitaba demostrarle lo mucho que quería aquel contacto; lo mucho que su piel le pedía rozar la de ella; lo mucho que sus dedos deseaban acariciarle el cuerpo. Y se lo demostró con el beso.

Le acababa de decir a Rylen que ella era la reina que Lykos necesitaba y, como un necio, la estaba besando. Ash jadeó cuando Ilian le inclinó la cabeza para profundizar el beso, y volvió a jadear al contacto de sus lenguas. Repitió aquel sonido que tanto lo encendía cuando él le mordió el labio inferior y tiró. Y él gimió cuando las uñas de Ash le acariciaron la nuca. Sus brazos la envolvieron y, con agilidad, la sentó sobre su regazo. Ash se acomodó sobre él y se frotó contra su erección incipiente. Le sorprendía la facilidad con la que sus besos lo empalmaban, pero creía que el anhelo de sus sombras tenía algo que ver.

Ash suspiró contra su boca cuando Ilian la agarró de la cintura, cuando sus manos descendieron por sus caderas y llegaron hasta su trasero antes de volver a ascender. Quería tocar cada centímetro de su cuerpo; explorar cada pliegue y recoveco. Quería comprobar si escondía lunares que memorizar; grabarse sobre la piel el tatuaje que ella tenía en el antebrazo. Lo quería todo de ella, sus luces incluidas.

La camisa de Ash y el sostén desaparecieron por obra de la fémina, tan necesitada como él. Y aunque a Ilian le decepcionó no poder desnudarla él mismo, su cuerpo respondió endureciéndose aún más ante aquella iniciativa. Su propia camisa era un impedimento entre los dos, así que también se deshizo de ella con una maestría que le arrebató el aliento. Ella le miró el *piercing* del pezón unos segundos de más y él sonrió en respuesta. Pero en cuanto sus torsos estuvieron completamente desnudos, Ilian la apretó contra sí, necesitando sentir el frescor de su piel contra su pecho. Ash jadeó cuando sus manos le exploraron la espalda en una caricia lánguida y lenta hasta enroscarse de nuevo en su cintura.

Sin dejar de besarse en ningún momento, se puso en pie. Las piernas de Ash se enroscaron alrededor de su cuerpo y él emitió un gruñido sutil al sentirla apretada contra sí mismo. Quería hundirse dentro de ella cuanto antes, pero al mismo tiempo disfrutar de los juegos previos. Quería arrastrarla hasta la pared y tomarla tal y como estaban, pero también agasajarla entre las sábanas. Lo quería todo y, durante unos segundos, se quedó de pie, sin poder dejar de besarla, extasiado por lo bien que sabían sus labios.

—Ilian... —masculló contra su boca.

La forma de pronunciar su nombre lo estremeció y se decidió por la cama. La tumbó bajo su cuerpo, con cuidado de no aplastarla, y ella clavó las uñas en su espalda con una fiereza maravillosa que le hizo gemir. Ash se frotó contra él. Los pantalones le apretaban demasiado, pero no quería correr. Prefería que ella marcara el ritmo, que le dijera lo que necesitaba.

—Tus sombras... —jadeó.

Ilian abrió los ojos, sobresaltado y con temor de lo que pudieran estar haciendo, porque ni se había dado cuenta de que habían escapado. Se sentía como cuando era un niño, incapaz de controlar su poder sobrepasado por las emociones, pero entonces se dio cuenta de que Ash irradiaba luz propia también. Sus dones se mantenían alrededor de cada uno, como si no se atreviesen a cruzar alguna especie de barrera invisible, fruto de la contención.

Ambos observaron sus poderes, maravillados, él sin poder despegar la vista de las estrellas doradas que era la luz de Ash, una claridad majestuosa que le inflaba el pecho con cada bocanada. Y ella estaba perdida en las motas violetas que adornaban su oscuridad. Una sonrisa nació en los labios de Ilian cuando se la quedó observando, absorta en el espectáculo nocturno que se gestaba por encima de su espalda. Ash era hermosa hasta decir basta. No había ni un solo aspecto que quisiera cambiarle, y no comprendía cómo ella podía verse de otro modo.

Despacio, apretó los labios contra los de ella con deleite, exprimiendo cada fibra de su ser en aquel beso sentido. Le acarició las costillas y ella se estremeció, pero lo hizo más aún cuando le encerró un pecho con delicadeza y jugó con su pezón. El pantalón empezaba a ser una molestia preocupante, y no sabía cómo decírselo. Cómo gritarle que necesitaba explorar entre sus piernas, empezando con la boca y terminando con su pene.

Ash se contoneó contra él e Ilian descendió la mano hasta la cinturilla del pantalón de la fémina mientras ella exploraba el relieve de su abdomen entrenado; mientras sus dedos viajaban por la orografía de sus músculos. Se apretó a él, sin darle ocasión de pronunciar palabra por la necesidad con la que estaba reclamando su boca. Los dedos de Ilian se colaron bajo el pantalón y la ropa interior de Ash y ella abrió más las piernas para él, arqueando incluso la espalda para que llegara donde ella quería pronto.

Sus dedos rozaron los pliegues entre sus piernas y bufó al comprobar lo empapada que estaba, lo mucho que anhelaba su contacto. La respiración temblorosa de Ash se entremezcló con la suya, agitada, cuando movió los dedos en círculos. Ella se apretó contra su mano, contoneando las caderas como quería que las moviera en cuanto se hundiera en aquella humedad.

No supo bien cómo desapareció el pantalón de Ash, ni tampoco cómo le siguió el suyo propio, porque Ilian solo tenía en mente la forma en la que ella contuvo la respiración al ver su pene y el *piercing* que lo adornaba, cómo se mordió el labio inferior y, despacio, deslizó la vista hasta que sus ojos se encontraron con lujuria.

—Dioses... —suspiró—. ¿Cuántos pendientes más tienes?

Ilian sonrió de medio lado, un gesto pecaminoso que le arrancó una exhalación a Ash.

—Ya los has visto todos, cariño.

Sin darle opción a responder, él reclamó su boca al tiempo que hundía dos dedos dentro de ella. Ash jadeó por la sorpresa y él la masturbó, dentro y fuera sin darle tregua y preparándola para lo que le iba a hacer. Introdujo un tercer dedo, para cerciorarse de que fuera a estar cómoda antes de penetrarla y que no le hiciera daño. Ash se contoneó en respuesta y se deshizo en gemidos cuando su pulgar se sumó al jugueteo y trazó movimientos circulares en el punto más sensible entre sus piernas.

Sacó la mano al sentirla preparada y acercó sus caderas a las de ella, anhelante por hundirse en su calor. Le costaba respirar, le costaba pensar en nada que no fuera penetrarla. Pero entonces ella murmuró un «no» trémulo y él alzó la vista, raudo.

El corazón le latía frenético y un miedo se instaló en su pecho, no porque le dijera que no quería ir más allá, sino porque pudiera haberle hecho daño con las manos, tan perdido como estaba.

—¿Quieres que pare?

—Sí, bueno, no..., pero...

—¿Te he hecho daño?

Ella negó con la cabeza, con una sonrisa dulce en los labios. Una sonrisa que no tenía nada de pecaminosa y que lo encendió más todavía.

—Quiero... Quiero saborearte —murmuró a un par de centímetros de su boca, vergonzosa. Las mejillas de Ash enrojecieron y a Ilian no le cupo ninguna duda de que la picardía que denotaba en sus enfrentamientos verbales con el soberano era más que fingida. Aquella era la verdadera Ash—. Te... Te lo debo.

Él negó, contrariado, aún con la respiración tan agitada que todo empezaba a darle vueltas.

—No me debes nada.

—Pero quiero... —jadeó.

Todas sus contenciones se resquebrajaron y, como si volara, hizo que intercambiaran posiciones y que ella se sentara a horcajadas sobre él. Ilian le acarició los muslos, las caderas, la cintura, la base de los pechos y cerró las manos a su alrededor, con los pulgares moviéndose inclementes cuando Ash se inclinó hacia delante para reclamar su boca, suspirando y gimiendo.

Sus labios se separaron y ella plantó un camino de besos sobre su cuerpo, empezando por el cuello, donde le regaló una caricia pícara en el arco de la oreja que le hizo bufar y apretar los puños para no correrse sobre sus cuerpos. Le lamió el pezón del *piercing* con malicia, el pecho, trazando los contornos de sus espirales negras, luego el abdomen y le besó el ombligo, y cuando siguió descendiendo, sintió que el mundo se estremecía a su alrededor. Para tratar de serenarse, observó el espectáculo que se gestaba sobre sus cabezas. Sus luces y sombras, tan anhelantes en presencia del otro, no se atrevían a entrelazarse, temerosas de cómo podrían reaccionar sus cuerpos. Y aunque lo deseaba, aunque quería sentir aquella caricia lumínica de nuevo, también le aterraba acabar antes de tiempo, así que mantuvo a sus sombras quietas.

Estaba tan concentrado en ellas que se sobresaltó cuando Ash le pasó el pulgar por la punta del pene, que palpitó en respuesta, con cierto temor de hacerle daño por el *piercing*. Él sonrió, conmovido por su delicadeza, y el corazón le dio un vuelco mientras él se incorporaba sobre un codo. Ella repitió el movimiento e Ilian respiró entre dientes, complacido con aquella caricia. Ash lo miró entre las pestañas y pensó que se derretiría al ver aquella sonrisa maliciosa en sus labios enrojecidos por la violencia de los besos.

Ash se inclinó sobre él, apartándose unos mechones tras las orejas picudas, y observó su miembro con cierto recelo, como valorando si le cabría y qué pasaría con el pendiente.

—No tienes por qué hac...

Las palabras murieron en sus labios cuando Ash le lamió el glande y, sin darle tregua, se lo introdujo en la boca. Ilian puso los ojos en blanco de puro placer.

—Joder —mascculló, arrasado.

Ash rio sobre su erección y aquella reverberación..., benditos fueran los dioses por darle autocontrol, porque podría haberse corrido directamente. Ash se lo hundió hasta el fondo de la garganta y él se estremeció. Sus caderas le pedían moverse contra su boca, pero no quería abrumarla. Comprendía que necesitara su tiempo, que necesitara marcar el ritmo, así que se limitó a enredar los dedos entre su cabello ondulado para acompañar el subir y bajar de su cabeza. Cerró la otra mano en un puño, envolviendo la sábana, para concentrarse mientras lo lamía con intensidad, cuando sus dientes lo rozaban en la más sutil de las caricias y el *piercing* se movía, dándole un placer inimaginable.

Un gemido gutural se escapó de su garganta y supo que no aguantaría mucho más.

Con toda la dulzura de la que hizo acopio, la cogió del rostro y la separó de su pene. Ella hizo un mohín triste que desapareció de sus labios en cuanto la besó con desenfreno. Sentir su propio sabor en la boca lo excitó, y tiró de ella para sentarla. Él mismo se incorporó del todo para quedar los dos erguidos sobre la cama, las piernas de Ash flexionadas alrededor de sus caderas, frente a frente, ambos a la misma altura. Ella se movió por encima de su erección y él percibió el calor que irradiaba entre sus piernas.

Ilian le acarició el cuerpo, cada relieve de su piel tersa y mimada. Le introdujo dos dedos de nuevo y ella dio un respingo. Seguía igual de mojada y caliente que antes, pero le aterraba hacerle daño.

—¿Tomas precauciones? —le preguntó ella sobre su boca.

Ilian sonrió ante la expectativa y asintió entre beso y beso.

—Todos los meses —le aseguró—. Y estoy limpio. —Ash jadeó contra sus labios, complacida con su respuesta, y se apretó más a él—. ¿Estás segura de que quier...?

No le dio ocasión a terminar de formular la pregunta. Tampoco hubo respuesta ni asentimiento por su parte, sino que se movió y colocó la punta en su entrada. Ilian ahogó un jadeo cuando Ash se sentó despacio sobre él, deshaciéndose en un gemido grave. Bufó cuando llegó hasta el fondo y estuvo completamente penetrada por su grosor. Ash temblaba entre sus brazos y él la abrazó con fuerza.

—Podemos parar si te duele —susurró acariciándole el pelo, frente contra frente.

Ella negó con la cabeza y se levantó un poco para volver a hundirse de nuevo, lentamente, a un ritmo que a Ilian le calentaba la sangre hasta el extremo. Sentía cada fibra de su ser a punto de estallar, pero se mantuvo estático, a la espera de que ella terminara de acostumbrarse a aquella presión, porque la notaba rígida. Él coló una mano entre sus piernas y le regaló unos movimientos circulares que acompañó con el jugueteo de su lengua dentro de su boca. Ash terminó de relajarse, sintió sus muslos laxos a cada lado de su cuerpo, hundida hasta el fondo. Ilian probó a mover las caderas. Ella se contoneó en respuesta y se acoplaron a un mismo ritmo que lo arrastraba hacia el éxtasis, que le arrancó jadeos ahogados y concentró toda su sangre en un mismo punto.

Y entonces las contenciones entre sus dones desaparecieron. Las sombras se entremezclaron con la luz con un reclamo animal. Volutas de oscuridad moteadas por destellos dorados que le inundaron el pecho de un placer que poco tenía que ver con lo carnal. Ash gimió su nombre cuando sus sombras le acariciaron la espalda mientras él jugaba con una mano en su pezón y con la otra entre sus piernas. Se apretó contra él, se movió más rápido, con los ojos cerrados con demasiada fuerza. Ilian se sentía al borde, creía que no aguantaría más. La luz de Ash se instaló sobre sus tatuajes, igual que la vez anterior, y las espirales negras se tornaron blancas. Era como sentir el calor del fuego sobre las manos gélidas, como el tacto de la seda sobre la piel sensible; una pluma que rozaba su cuerpo y le erizaba el vello con cada contacto.

El corazón le latió con fuerza, el pecho se le hinchó y gruñó contra su boca.

Pero quería mirarla, y para eso no podía besarla. Se separó de sus labios y Ash arqueó la espalda, la cabeza inclinada hacia atrás, los ojos cerrados por el placer que los movimientos de su cadera le proporcionaban.

—Ash... —la reclamó, pero ella no lo miró—. Cariño, mírame.

Rauda, giró la cabeza hacia él, los ojos bien abiertos brillando con pasión y lujuria. Sus iris dorados parecían ámbar líquido, miel fundiéndose por el fuego de sus cuerpos. E Ilian no lo soportó. Embistió cuatro veces más, con una dureza que esperaba que ella soportara, y se corrió mirándola a los ojos. Algo se apoderó de ella cuando se sintió cerca del orgasmo, mientras Ilian seguía jugando con sus manos y aprovechaba la erección palpitante para darle el placer que necesitaba, para hundirse hasta el fondo dentro de ella.

Lo besó con crudeza, tanta que al morderle el labio inferior, tiró demasiado del pendiente y le hizo sangre. Cuando Ash reclamó el líquido plateado con la lengua, Ilian se echó hacia atrás, poniendo toda la distancia que pudo entre ambos, pero no podía ir a ninguna parte, hundido dentro de ella. La respiración se le aceleró y creyó que se correría de nuevo cuando aquella única gota fue reclamada por ella.

Era tal y como Rylen había dicho. Un incendio que le provocó un placer inexplicable y que le recorrió cada fibra del cuerpo. Ella se arqueó, montada sobre él, con sus manos delicadas apoyadas a cada lado del ombligo de Ilian, moviéndose mientras los efectos de la sangre le recorrían el organismo y estallaba con deleite.

Ilian la observó horrorizado, con la respiración atascada en el pecho y los ojos inundados de lágrimas. Porque a pesar de aquel temor, estaba condenadamente hermosa y, sobre todo, porque le había gustado. Joder que si le había gustado. Pero estaba muy mal. Quería quitársela de encima y al mismo tiempo quería que terminara. No sabía cómo iba a reaccionar, pero cuando Ash se deshizo en un orgasmo profundo, la luz vibró, la cama tembló y su poder reclamó las sombras.

Ash controló la oscuridad a su alrededor y esta la envolvió como una segunda piel. Ilian se quedó lívido cuando su poder reaccionó a los designios de Ash y se asentó sobre su cuerpo adoptando las marcas que él mismo llevaba en los brazos, el pecho y la espalda, sobreponiéndose sobre la suya propia del antebrazo.

Con lentitud, Ash enderezó la cabeza y lo miró con una fiereza depredadora. Si Rylen la había comparado con Merin cuando había probado su sangre, él solo pudo pensar en su esposa Artha, diosa de la oscuridad.

Le sentaban condenadamente bien las marcas negras sobre la piel, los tatuajes voluptuosos y enroscados sobre sí mismos. Cuando Ash colocó una palma sobre su pecho, percibió la fuerza inmortal que había tras sus movimientos y el temor evaporó cualquier otro pensamiento. Quiso separarse de ella, pero seguía teniendo la posición dominada.

—Ash, no lo...

—Cállate, Ilian.

Aquella voz estaba teñida de todo mal, de un pecado inexplorado y de una necesidad abrumadora, como si no acabaran de follar y necesitara que saciara su sed de sexo. Y aquello lo aterró.

En un acto de valentía, o de estupidez, volvió a sentarse. Ash gimió al percibir el movimiento de sus caderas, aún dentro de ella, y la envolvió entre sus brazos con fuerza. Sentía las lágrimas ardiéndole en la garganta cuando ella forcejeó contra él. Le costó horrores retenerla en el sitio, maldiciéndose por haberse dejado arrastrar y haber bajado la guardia sabiendo que seguía combatiendo contra la abstinencia. Solo esperaba que no hubiese sido una treta manejada por la necesidad de probar más sangre.

—Puedo darte lo que necesitas, Ash. Siempre que quieras —murmuró, en un ruego suplicante por apelar a su razón—. No necesitas la sangre para tener ese estallido —prosiguió con la respiración acelerada—. Solo tus luces y mis sombras, y nada más. Por favor, lucha contra ello.

Sintió las uñas clavadas en su pecho y no le importó el dolor, solo podía pedirles a los dioses que lo ayudaran y que no lo hubiera estropeado todo.

Y como si hubieran oído su plegaria, unos nudillos golpearon la puerta con delicadeza y el corazón le dio un vuelco.

—Ashbree, ¿puedo hablar con vos?

—Mierda... —mascculló por lo bajo, porque era Rylen quien estaba al otro lado.

64

—¿Ilian? —Reconoció su voz al instante, aunque lo que lo puso en alerta fue el matiz de terror que percibió—. ¿Va todo bien?

Tenía ya la mano en el picaporte, dispuesto a abrir, pero no quería irrumpir en los aposentos de la heredera como si todo le perteneciera. Aquel era su espacio seguro y tenía que controlarse.

—Sí... Mierda, no —admitió con derrota y esfuerzo.

Cambió de opinión.

Ni siquiera avisó de que fuera a abrir la puerta. Su instinto de protección actuó por él. Lo primero que percibió fue el olor característico de los fluidos corporales. Su cuerpo se tensó en anticipación y cuando se asomó dentro, los vio a los dos, completamente desnudos sentados en la cama, con Ashbree sobre él. Por la rigidez del cuerpo de Ilian, Rylen sabía exactamente dónde estaba su pene.

Algo se retorció en su interior, algo parecido a los celos pero con un cariz diferente. Envidia. Sentía envidia. Y la sangre se le calentó en respuesta. No le habría importado sumarse a aquello, sabía que lo disfrutaría, de no ser por el gesto de horror del general. Y entonces se dio cuenta de las marcas oscuras que recubrían los brazos y el pecho de Ashbree.

Sus ojos se encontraron con los de Ilian con preocupación y se puso en marcha. Rylen desapareció envuelto en sombras y se materializó en la cocina. A gritos, pidió a los cocineros que prepararan la infusión de la heredera con una dosis más alta de la indicada. Silvari le había explicado qué hacer en caso de necesidad cuando la había trasladado a Rimbalan, pero no imaginó que tuvieran que recurrir a ello tan pronto.

Volvió a convocar a las sombras y desapareció saltando entre ellas. No podía esperar a que prepararan el brebaje, porque Ilian estaba solo. Y siempre iba armado. Por mucho que su ropa hubiese acabado en el suelo, junto con las vainas, Ashbree podría dominar la situación, máxime si lo que había visto sobre su piel significaba que estaba manejando las sombras del general. Aquello era totalmente nuevo, y aunque jamás podría borrar de su mente el poder que rezumaba Ashbree con las marcas negras sobre su cuerpo, al mismo tiempo le aterraba.

Se materializó en el centro del dormitorio, con temor a lo que pudiera encontrar. Las sábanas estaban mucho más revueltas que antes, como si hubieran forcejeado, y habían intercambiado posiciones. Ilian se cernía sobre ella, completamente desnudos, y la retenía con una pierna y agarrándola de los brazos a la altura de la cabeza en una llave certera. Su gesto estaba contraído por el esfuerzo, su frente brillaba por el sudor, y Ashbree no parecía ni que se estuviera esforzando.

Para su alivio, los pechos de la heredera quedaban ocultos por los brazos de Ilian, y la pierna con la que le retenía el tronco inferior también ejercía de escudo. No quería estar allí, viéndola de ese modo, porque el hambre de sus sombras había despertado y le pedía unirse a ellos. Pero era consciente de que debía controlar la situación.

Ilian y Ashbree se miraban fijamente, casi sin parpadear. Sin saber qué hacer, Rylen cogió la manta revuelta en el suelo y la extendió sobre ambos. Después, se acuclilló junto a la cama, a la altura de la cara de la heredera, porque no quería sentir la tentación de mirar a cualquier otro lado.

—Es solo placer, Ash —le susurraba Ilian con dulzura, intentando razonar con ella.

El fuego no había desaparecido de su mirada, y no era un fuego achacable únicamente a la lujuria, sino también al poder que se gestaba en su cuerpo. Lo mataba verla así, y de haber tenido corazón, se le habría estrujado en el pecho.

—Es solo placer... —Cada vez que lo repetía, los músculos de Ilian se iban relajando, como si no tuviera que ejercer tanto control sobre ella—. Las sombras pueden darte ese placer. No necesitas la sangre.

Rylen tragó saliva al escucharlo. Él sabía que el juego de luces y sombras no tenía rival en cuanto a placer se refería, pero era peligroso que le prometiera que las sombras podrían darle lo mismo. De nada servía reemplazar una adicción con otra. No obstante, no se atrevió a pronunciar palabra, tan perdido como estaba en su rostro fiero rezumando belleza controladora.

—Piensa en las sombras... —insistió Ilian.

Como si aquellas palabras la hubieran activado, Ashbree giró la cabeza hacia el rey, sumamente despacio, y la garganta se le cerró cuando sus ojos se encontraron.

—¿Y vuestras sombras, majestad?

Su oscuridad vibró cuando la mencionó, pero su cuerpo reaccionó de forma diferente. El temor se transformó y fue como si la mano de Ayrin le estuviera atravesando el pecho en aquel preciso momento.

«Ash no es Ayrin», se repitió.

No sabía qué responder, sobre todo con Ilian observándolo. No había reproche en su mirada, ni ningún otro sentimiento corrompido. Tan solo había miedo y pena, culpabilidad. Y no podía permitir que cargase con aquello él solo. Así que hizo lo único que se le ocurrió: un pedazo de sus sombras, temblorosas, conformó una mano fantasmagórica, de un negro traslúcido moteado de plata, y le acarició la mejilla con sus dedos de terciopelo.

Ashbree cerró los ojos de placer y se mordió el labio inferior.

Antes de que llamaran a la puerta siquiera, Rylen ya se había levantado, abierto y reclamado el brebaje.

—¿Necesitáis ayuda? —le preguntó Orsha con cariño.

Rylen se perdió un poco en aquellos ojos negros cargados de infinita paciencia y lanzó un vistazo por encima del hombro, al interior del dormitorio.

—N-no lo sé —tartamudeó. Orsha parpadeó varias veces, impresionada. Rylen ni siquiera recordaba la última vez que había estado tan alterado como para tartamudear, pero tragó saliva y respiró hondo—. Te llamaremos si te necesitamos.

Orsha apretó los labios de aquel modo peculiar que tenían los trolls, para no clavarse los dientes sobresalientes, y le dedicó un asentimiento quedo antes de marcharse.

—No la sueltes —le pidió a Ilian.

La sombra de Rylen seguía jugando con ella, a acariciarle el rostro, el cuello y el arco de las orejas, a sabiendas de que a los elfos de luz no les afectaba como a ellos. Parecía complacida por aquel tacto. El rey se sentó en la cama, por encima de la cabeza de Ashbree, y tiró de la manta para cubrirla a ella mejor. Le daba igual que Ilian estuviera desnudo, se habían visto demasiadas veces, pero ella merecía privacidad, sobre todo en un momento tan complicado como aquel.

Colocó la cabeza de Ashbree sobre su regazo, aún con la taza en la otra mano. Le alzó el mentón mientras su sombra le acariciaba el cuello arqueado y acercó el rostro al de ella para susurrarle con dulzura:

—Abre la boca, dragona.

Ella obedeció y un escalofrío le recorrió la columna al fijarse en aquellos labios enrojecidos y entreabiertos. Le entraron ganas de besarlos; en su lugar, apoyó la taza sobre ellos y vertió parte del contenido, muy despacio. Ashbree gimió ante la calidez del brebaje y tragó.

Se mantuvieron en un silencio tenso hasta que se hubo terminado la infusión y se relajó. Como el agua al entrar en contacto con el fuego, las sombras se evaporaron del cuerpo de Ashbree y flotaron por encima de ella, reticentes a abandonarla. Ilian las reclamó y la oscuridad quedó absorbida por su cuerpo. La heredera cerró los ojos y su respiración se ralentizó: estaba dormida.

Ilian suspiró hasta desinflarse y la soltó antes de sentarse en el borde de la cama y enterrar el rostro entre las manos. Estaba despeinado, con marcas de arañazos en el pecho y la espalda, y todo su cuerpo gritaba derrota. Rylen reclamó la mano de sombras y se quedaron envueltos por la claridad del día lluvioso, sin saber qué decir.

Él había empujado al general en aquella dirección, y ahora que sabía que se habían acostado juntos, una punzada de dolor le palpitaba en el pecho, junto a las sombras que lo mantenían con vida. Y seguía sin tener nada que ver con los celos.

Distraído, Rylen acarició la frente de Ashbree, sus pómulos suaves, la curva de su mandíbula, mientras tenía la vista fija en la espalda encorvada de Ilian, en el patrón negro que le surcaba la piel. Nunca había oído hablar de un Efímero de Luz que dominara las sombras, y aunque estaba convencido de que era gracias a la sangre, tampoco se había visto en una situación como aquella. Si era un hito que se hubiera repetido a lo largo de la historia, resultaba demasiado peligroso dejar esa información por escrito.

Ningún libro de Historia recogía con claridad qué había motivado la ruptura durante el Siglo Cero, pero con esa decisión, ambos bandos perdieron fuentes de conocimiento. Se rompieron familias enteras por aquel mandato sustentado en lo que habían achacado a un pensamiento racista que él luchaba por erradicar. Y, desde entonces, el contacto entre ambas facciones se había mantenido bajo mínimos. O así había sido hasta que él llegó al poder.

No había nadie a quien pudieran preguntar, ningún libro que consultar. Y ni siquiera Silvari sabría nada de los efectos que su sangre provocaba sobre los Efímeros de Luz.

—Lo siento... —masculló Ilian, con los codos clavados en las rodillas.

Rylen deslizó la vista hacia él y percibió la rigidez de sus músculos. Chasqueó la lengua y volvió a mirar a Ashbree, que dormía plácidamente.

—Tú no has hecho nada.

—No tendría que haberme acostado con ella sabiendo que no se ha recuperado. Pero estaba tan cabreado contigo...

Molesto, lo fulminó con la mirada.

—No te habrás acostado con ella para hacerme daño, ¿verdad?

Ilian se giró hacia atrás despacio, el rostro marcado por la incredulidad.

—Jamás —siseó con dolor.

Se quedaron en silencio, mirándose aunque ambos perdidos en sus pensamientos. ¿Por qué había sugerido siquiera que aquello podría hacerle daño? No era verdad..., ¿no? Observó a Ashbree, tan tranquila, y algo se contrajo en su interior. No le dolía que se acostara con Ilian, ni mucho menos; era libre de hacer lo que quisiera. Sin embargo, se descubrió anhelando eso que ellos habían compartido. Hacía quinientos años que no se fundía con ninguna luz, y el simple roce mutuo en Rimbalan había liberado demasiadas cosas en él.

Ashbree Aldair no era Ayrin Wenlion, sino alguien mucho mejor. Él lo supo desde el primer momento, desde aquella primera vez en la que escuchó una vocecilla en su cabeza. La conocía desde hacía quince años, había visto lo dura que podía ser, lo sensata que era siempre, el pilar en el que se estaba convirtiendo. Aquella fémina le daba mil vueltas a cualquier Wenlion, y aun así, no conseguía despejar el temor a que la historia se repitiera.

—Le he contado lo que hacemos —susurró Ilian—. Bueno, lo que haces.

Rylen apretó los dientes y se fijó en las largas pestañas de Ashbree, que descansaban en la curva de sus pómulos.

—Merecía respuestas —añadió—. Y tú no parecías dispuesto a dárselas.

—Lo sé.

Un nudo se le retorció en el estómago.

Después de que Ilian se hubiera marchado de su despacho, tuvo que soportar un par de comentarios mordaces de Tharin. Odiaba a aquel varón casi tanto como a Saeros. Era de los elfos oscuros más influyentes del reino, por herencia de sus padres, y de sus padres antes que ellos. Controlaba gran parte de las tierras bajas de Lykos, desde Analor hasta Cailar, en las que los cultivos resultaban más provechosos, y, como tal, ostentaba una posición de poder. Era dueño de campos que arrendaba a trabajadores a los que reclamaba diezmos que nutrían las arcas del reino. En cuanto a manejo del dinero se refería, se le consideraba un portento, casi tan eficiente como el Consejero de la Moneda. Pero también era un molesto grano en el culo que siempre intentaba apretar un poco más.

—¿Problemas en el paraíso? —había comentado con cierta soberbia.

—Tharin, si no nos marchamos, perderemos la reserva en el restaurante —intervino Elwen.

—Tranquila, encanto, mis reservas no caducan.

Rylen no se había dado la vuelta, aún alterado por lo sucedido en la colonia. Lo escuchó moverse por el suelo enmoquetado, recoger un trozo de madera del escritorio que había destrozado y después dejarlo caer.

—Sabía que un día el general y vos terminaríais estallando —se burló—. Sois demasiado parecidos, y no hay equilibrio entre ambos. Vuestras sombras se comerán mutuamente.

—Cuidado con lo que decís, lord Tharin. No olvidéis con quién estáis hablando.

Conocía demasiado bien a aquel varón, y no le hizo falta mirarlo para saber que estaría sonriendo.

—Solo digo, majestad, que los Efímeros deben estar equilibrados. Siempre ha sido así. Y sin que haya Efímeros de Luz, el equilibrio está roto. Sois demasiados con vuestra condición, Señor de Sombras.

—Solo somos dos.

—¿Y cuántos Wenlion quedan? Ninguno.

Rylen apretó los dientes para no morderse la lengua de la rabia. Tharin llevaba cuatrocientos años empujándolo a que se deshiciera de Ilian, sobre todo al principio, cuando su amigo aún no era general y sucumbía a la sangre de las sombras con demasiada facilidad. Por eso tenía el torso plagado de marcas, porque por aquel entonces no le gustaba atar en corto su poder y lo había empleado para matar demasiadas veces. Habían sido décadas de entrenar juntos, de hablar con él y convencerlo de que la muerte nunca traía nada bueno. Cuando terminó convirtiéndolo a su causa, lo nombró general y Tharin sintió que perdía la posibilidad de deshacerse de un peligro. Porque todos los Efímeros eran peligrosos, sin importar su don. Se mostraban volubles, estallaban con demasiada facilidad y podían desatar el caos a su alrededor en cualquier momento. Y nadie quería gobernar sobre una nación muerta.

La Primera y Segunda Guerra habían durado mucho menos por aquel mismo motivo, porque el número de elfos con capacidad de crear luces y sombras era mayor, los exterminios eran abismales y se diezmaba a la población a diestro y siniestro. Rylen había procurado cambiar las cosas.

Los Wenlion siempre habían sido recelosos con su don, solo se relacionaron entre ellos para mantener la pureza de la sangre y esas paparruchas. Por ello se convirtieron en la dinastía más poderosa. Hasta que a Ayrin se le fue todo de las manos y los Aldair consiguieron dar el golpe de Estado. Pero cuando marcharon al exilio los pocos que pudieran sobrevivir, si es que sobrevivió alguno, se llevaron su poder con ellos. O eso había creído.

El linaje de los Valandur era igual de poderoso, pero no creían en la pureza de la sangre. Ruash Valandur, su abuelo, había tenido múltiples esposas y consortes y había engendrado tantos vástagos como Wenlion había con poder. El don se había ido diluyendo con el paso de los años, las últimas simientes habían sido menos efectivas y no todos los hijos nacidos de aquellas relaciones presentaron afinidad con las sombras. Cuanto más se entremezclaban las sangres, menor control denotaban. Ilian Aedil era el resquicio de aquello, una rareza entre los suyos, y por eso tenía menor control sobre su don. Rylen Valandur, no obstante, era hijo único de Ires Valandur, la primogénita de su abuelo. Ella creía que no había que explotar el don, que así no se lograba el equilibrio, y se limitó a engendrar un único hijo que continuara con su legado.

Y allí estaba él, más de quinientos años después, intentando lidiar con los problemas que otros habían originado durante el Siglo Cero al separar a la población por afinidad con una diosa u otra y por su color de piel. Y soportando a pedantes como Tharin, que querían una rápida anexión del Imperio de Yithia, pero eliminando amenazas como Ilian para que si a Rylen le pasaba algo, él ostentara el poder. Porque si Rylen fallecía sin descendencia, el elfo oscuro con mayor afinidad con la oscuridad adquiriría el cargo, y Tharin, uno de los conjuradores más poderosos que tuvo su ejército, iba por detrás de Ilian. Los motivos que Saeros tenía para que Ilian desapareciera eran igual de egoístas, porque si Ilian así lo quisiera, podría reclamar parte de las riquezas de su familia. Y si algo caracterizaba a Saeros era su ambición. Haciendo honor a su puesto en el consejo, su único objetivo era llenarse los bolsillos hasta que reventaran.

Después de intercambiar un par de pullas más, Tharin le solicitó una audiencia oficial para seguir tratando el tema de los diezmos. A Rylen no le iba a quedar más remedio que apretar un poco más a su gente para sufragar el mantenimiento de las colonias, pero quería retrasar el momento todo lo que pudiera. Elwen se había despedido de él con afabilidad, y después de unos minutos de contemplar la nada, había salido de su despacho.

Tenía que disculparse con Ashbree por cómo la había tratado y explicarle qué había pasado exactamente. Se lo debía. Y entonces todo había dado otro vuelco. Le dolía que hubiese sido Ilian quien le contara la verdad, pero no podía reprochárselo.

—Oye, Ilian...

—¿Sí?

—Siento haberte pegado.

El general rio por la nariz y negó con la cabeza.

—Yo te lo pedí, ¿recuerdas?

Rylen esbozó una sonrisa de medio lado y se recostó contra el cabecero de la cama.

—Tienes razón. Pero lo siento igualmente, te he dado demasiado fuerte.

Ilian se acarició el mentón y se sentó erguido.

—Nada que no pueda soportar.

—Y gracias.

—¿Por?

—Por cuidar de ella.

—Tú también estás cuidando de ella. Y solo tú deberías cuidar de ella —añadió con pesar.

—No digas tonterías.

—No es una tontería, Rylen. Y lo sabes.

—Deberías vestirte si quieres que sigamos manteniendo esta conversación —comentó con un deje burlón, para restarle seriedad al asunto.

Ilian soltó una risotada y recuperó su ropa interior y los pantalones. Rylen lo miró de reojo mientras tanto y volvió a concentrarse en el rostro amable de Ashbree. Cuando se hubo vestido de cintura para abajo, dejándose los pantalones extremadamente bajos en las caderas, se giró para mirarlo. Rylen le sostuvo la mirada y suspiró.

—Dale una oportunidad a Ash. Permítete conocerla.

—La conozco, Ilian.

—Pues permítete sentirla.

—¿Y qué pasa contigo?

—Me apartaré.

Aunque su voz salió tensa, sabía que decía la verdad. Rylen resopló y clavó la vista en las molduras del techo.

—No quiero que te apartes. Quiero que estés con ella porque

creo que es lo que ella también quiere. He visto cómo os miráis. —Inclinó la cabeza hacia el general, plantado frente a la cama con los brazos a cada lado—. Entre los dos está empezando a surgir algo, y no tengo intención de entrometerme. No *puedo*.

—Sí que puedes, pero le tienes demasiado miedo al recuerdo de Ayrin.

Rylen se crispó al escuchar su nombre, pero Ashbree se movió sobre su regazo y se acurrucó para seguir durmiendo y se le olvidó.

—No voy a meterme, Ilian —atajó con firmeza.

—Dices que has visto cómo nos miramos —Rylen respiró hondo—, pero yo he visto cómo te mira a ti. Se siente atraída por los dos por igual, solo que tú te has cerrado en banda.

—Es la atracción de los Efímeros. Por eso nos separamos en dos razas, porque la mezcla era explosiva.

—Y no lo niego. Pero siempre has hecho las cosas mejor que nuestros antepasados. Y se aprende mucho de los errores. Pasa tiempo con ella, permítete recordar qué se siente teniendo corazón. —Rylen se estremeció ante la perspectiva—. A fin de cuentas, solo ella puede elegir.

—¿Y si no puede elegir? ¿Y si no quiere?

Ilian apenas acababa de alcanzar la mayoría de edad cuando Rylen ascendió al trono y se vio envuelto en el lío de Ayrin; él no había estado nunca en contacto estrecho con un Efímero de Luz, a diferencia del rey. La miel de plata generaba adicción sobre los elfos de luz, pero las luces y las sombras podían ser un estupefaciente mucho más potente para ambos.

El general se inclinó para recoger la camisa y Rylen observó cómo sus músculos se movían.

—Si no puede o no quiere..., lo veremos sobre la marcha. ¿No decías que eres del tipo que prefiere participar? —bromeó.

La tensión que sobrevolaba por encima de sus cabezas se evaporó con aquel comentario divertido y Rylen rio por fin.

No sabía si se vería capaz de abrirse con la heredera, porque sus miedos habían revivido después de quinientos años y no se había sentido preparado para ello; lo que sí sabía era que Ashbree se merecía prosperar. Y eso podía hacerlo.

—¿Seguirás entrenándola a diario? —le preguntó cuando Ilian volvió a sentarse en el borde de la cama.

El general asintió en silencio y observó a Ashbree. Por mucho que lo negara, en Ilian empezaban a nacer unos sentimientos ante los que siempre se había bloqueado. Y quizá incluso fuera culpa de Rylen, tan enemigo del amor como era.

—Yo le enseñaré a manejar su poder —resolvió el rey.

Ilian alzó la vista hacia él y Rylen tragó saliva cuando sus ojos se encontraron. Entre ambos siempre había habido una atracción extraña, a la que solo habían sucumbido una vez, causada por ser los únicos que quedaban con la misma afinidad. Porque lo afín acababa encontrándose en todos los sentidos, él lo sabía bien. Pero después de lo que había pasado, de cómo los había visto...

El Rey de los Elfos sentía que los cimientos que llevaba casi quinientos años construyendo empezaban a desmoronarse.

65

Cuando despertó, Ashbree no abrió los ojos. Se quedó en la misma posición unos instantes, tomando consciencia de lo que había sucedido. Se había acostado con Ilian. Y había sido maravilloso. Solo con pensar en la caricia de terciopelo de las sombras sobre su piel se estremecía. No habría necesitado nada más en el mundo, y entonces todo se había torcido.

Mientras disfrutaba de su atención y de su cuerpo, no había notado la sed que la abordaba cada vez que lo miraba; se había mantenido al margen ante la expectación de cumplir con los deseos de su luz. Y cuando había estado al borde del orgasmo, la lujuria se había apoderado de ella y le había mordido el labio demasiado fuerte. No había pretendido reclamar su sangre, pero lo estaba besando y simplemente había pasado.

Recordaba el estallido de placer, el frenesí que la había invadido y el poder... Se había sentido todopoderosa, como si pudiera doblegar la existencia entera con su mano.

Respiró hondo, un poco asustada por lo que había hecho, y soltó el aire despacio al reconocer el aroma que la envolvía. No era el de Ilian, como habría cabido esperar, sino el del Rey de los Elfos. Deslizó la mano sobre la superficie en la que estaba apoyada y distinguió la suavidad de una camisa de algodón. Perezosa, al fin abrió los ojos.

Estaban en su dormitorio, envueltos en la oscuridad de una noche desprovista de tormentas. Inclinó la cabeza y se encontró con las atractivas facciones de Rylen, con los ojos cerrados, descansando recostado sobre el cabecero de la cama. Sentía un peso en la cadera y era imposible que el brazo del monarca fuese tan largo. Miró por encima del hombro y descubrió a Ilian durmiendo a su lado, abrazado a ella. El corazón se le comprimió al ser consciente de que había estado durmiendo con ambos, en la misma cama. ¿Y desnuda? Con el pulso desbocado, se miró a sí misma. Por debajo de las gruesas sábanas distinguió el camisón de seda rosa al que había empezado a acostumbrarse. Con el frescor de Lykos, las piernas no le sudaban tanto y no le rozaban los muslos, y en las noches de pesadillas —que eran todas—, agradecía no estar envuelta en telas asfixiantes.

No recordaba que la hubieran vestido y tuvo una extraña sensación de *déjà vu*. No obstante, en aquella ocasión no sintió el miedo frenético, sino que se mantuvo calmada. Como si pudiera confiar en ellos ciegamente, o al menos en Ilian. Si él la estaba abrazando, suponía que no la había dejado sola mucho tiempo. Saber que habían cuidado de ella, aunque la turbaba, le infundía una calidez en el pecho que no conseguía comprender. Se tensó solo de pensarlo, porque ellos eran sus enemigos y no tenía ningún sentido que se sintiera cómoda y protegida entre sus brazos. Pero entonces recordó todo lo que le había dicho Ilian y las lágrimas se le agolparon en los ojos.

Ashbree era una tormenta de pensamientos contradictorios. ¿Seguían siendo sus enemigos cuando ellos eran los que verdaderamente luchaban por la paz, y no por la conquista?

Aún no entendía la magnitud de lo que había descubierto, las consecuencias de los actos del soberano, pero quería comprenderlos. Quería hallar la verdad oculta detrás de todo antes de seguir odiando a una facción que parecía no ser tan mala como le habían inculcado.

—¿Cómo os encontráis, dragona?

La voz de Rylen, aunque era un susurro, retumbó dentro de

su pecho y se trasladó a su cuerpo. Estaba despierto, por lo que era consciente de la forma en la que se abrazaba a él, e Ilian a ella. El rubor trepó hasta sus mejillas y, haciendo acopio de valor, lo miró a los ojos. Él la observaba por entre las pestañas, con rostro relajado.

Una tenue sed la abordó en cuanto su atención se desvió hacia el cuello del rey, fuerte y expuesto. De ahí había probado una gota de sangre. Se quedó con la vista perdida en su piel, intentando luchar contra los recuerdos que la emboscaron. Pero, para su consternación, su necesidad de consumir más no aumentó. Unos dedos cálidos le alzaron el mentón con delicadeza; el rey quería que lo mirara a los ojos, malinterpretando su fijeza.

—B-bien... —respondió ella con la voz pastosa por el sueño. Se sorprendió al descubrir que no era del todo mentira.

—Me alegro.

Rylen le acarició el labio inferior distraídamente y Ashbree entreabrió los labios en respuesta, con el corazón en un puño. Cuando él se dio cuenta de lo que estaba haciendo, se quedó rígido y la soltó despacio. Ashbree se separó de él y metió el brazo por debajo de las almohadas, tumbada de lado con el glorioso peso del brazo de Ilian a su alrededor. No sabía por qué, pero no quería despertarlo. Aunque sospechaba que Rylen también había estado allí durante más tiempo del decoroso, no quería tener que enfrentarse a lo que había pasado con Ilian. No se arrepentía de haberse acostado con él, pero sí de haber tomado su sangre en contra de su voluntad. Por mucho que esa sangre la hubiera hecho sentir en la morada de los dioses. Y eso le recordaba que nunca se había disculpado con Rylen.

—Siento haberos atacado cuando me rescatasteis de los traficantes. —Él la miró con incomprensión—. Cuando... Cuando probé vuestra sangre.

Se ruborizó solo de imaginarse haciéndolo de nuevo, y aunque deseaba repetirlo, no fue fruto de la sed, sino por deseo..., lujuria, tal vez. Cerró los ojos y apretó el puño bajo la almohada, conteniendo cada inhalación, porque entre ambos varones olía deliciosamente bien.

—Ah... —musitó él. Se atrevió a mirarlo y lo descubrió sorprendido, sopesando qué decir a continuación—. No pasa nada. No erais vos misma. Y que reconozcáis que no estuvo bien, aunque era lo que necesitabais, constituye un gran paso. Estoy orgulloso de vos.

Sus ojos se encontraron en la oscuridad de la noche y, a pesar de la falta de claridad, aquellos dos pozos mercuriales brillaron con un chispazo que se le trasladó al pecho. Desde que su madre había fallecido hacía diez años, muy pocas veces oía que alguien estuviera orgulloso de ella, y aquella sensación le devolvió unas fuerzas que no sabía que necesitaba.

—G-gracias.

Rylen le regaló una sonrisa cargada de cariño y el corazón le dio un vuelco. ¿Cómo había podido llegar a pensar que aquel varón era un monstruo?

—Esta tarde he hablado con Silvari —prosiguió en un susurro. Ashbree asintió para darle pie a que continuara—. Le expliqué lo que... lo que pasó —la miró de reojo— y cree que quizá os iría bien probar otro método de recuperación. No es lo ideal, pero a veces es la mejor forma. —Guardó silencio unos segundos, para que sus palabras calaran—. Y nos permitiría averiguar cómo influye nuestra sangre en los Efímeros de Luz.

—¿No lo sabéis?

Ashbree se incorporó sobre el codo. Ilian emitió un murmullo somnoliento, pero siguió durmiendo. Con un suspiro, él negó.

—No hay información al respecto. Esto... Esto es nuevo.

—¿Qué proponéis? —se atrevió a preguntar, con un nudo en la garganta.

—Que toméis miel de plata, en microdosis.

Fue como recibir un mazazo en el estómago. Sus ansias de aceptar se entremezclaron con la lógica de rechazar la propuesta. Las manos empezaron a temblarle y trató de ocultarlas, pero él lo percibió.

—No tenéis que acceder si no queréis. —Su adicción latente intentaba moverle la lengua para que dijera que sí, pero aquello eran palabras mayores—. Probar con la abstinencia de golpe no ha resultado, porque en cuanto habéis perdido el control, la habéis vuelto a probar. Si accedéis, sería siempre en un entorno controlado, para que no os sintáis expuesta por los efectos que la droga causa sobre el cuerpo. Y, poco a poco, las dosis irían estando más espaciadas, hasta que superéis esa necesidad.

Cortar una adicción de forma abrupta podía ser peligroso, porque el cuerpo podría reaccionar de la peor manera posible. Y, además, era fácil que una situación se descontrolara, tal y como había sucedido. No obstante, prolongar el consumo, aunque fuera en dosis pequeñas, podría causar el efecto contrario y que la adicción se volviera más fuerte. Como sanadora, había estudiado al respecto, y sabía que había elfos que pasaban años, siglos enteros, enganchados a la miel de plata. Si en algún punto ese control milimétrico de la adicción se traspasaba, ya no había vuelta atrás y terminaban convirtiéndose en elfos de sangre, tarde o temprano. Y ella no quería eso.

—¿Y...? ¿Y seguir con las infusiones? —propuso.

El té que le habían dado había embotado su sed de sangre, aunque tenía la sensación de que no era el responsable al cien por cien de que no hubiera respondido que sí a la propuesta de las microdosis a la primera, sino que había una parte de fuerza de voluntad. No obstante, a pesar de que pudiera servir, el brebaje también había hecho que se pasara el día durmiendo.

—Si es lo que queréis, podemos seguir así. Pero Silvari dice que las adicciones se vencen con fuerza de voluntad. —Algo aleteó en su interior cuando escuchó sus propios pensamientos en boca del rey—. La infusión calmará vuestra sed y os hará dormir, aunque cuando despertéis, habréis vuelto al punto de partida. Es como reiniciar el ciclo. Sí, llegará un día en el que lo superaréis —añadió, adelantándose a su siguiente pregunta—, pero pensé que no querríais estar meses aletargada por el té.

«Meses...».

La imagen de Cyndra se materializó en su mente y el estómago se le retorció. No podía esperar meses. Por mucho que su percepción del enem... de los elfos oscuros pudiera cambiar, no podía abandonar a su amiga a su suerte. No sabía si seguiría libre, con su plan de convertirla en la Hija de la Luz, o si todo se habría truncado. En los últimos días, Ilian le había asegurado que su informador, fuera el que fuese, no había oído nada nuevo sobre ella. Pero hacía dos días del último informe, ¿y si todo había cambiado y ni siquiera lo sabían?

Por lo que habían hablado, los rumores se habían extendido como una plaga e infectaban incluso algunas poblaciones del Reino de Lykos. Los primeros murmullos de que Ashbree tal vez fuera la Hija de la Luz empezaban a diseminarse, con el foco en Breros, al este, pero eso no significaba nada. Ashbree tenía que regresar cuanto antes para encontrarla.

Necesitaba enfrentarse a aquel problema de frente y sobreponerse como fuera. Y bien podría negarse y no volver a probar gota de aquel manjar de dioses, pero se había sentido demasiado poderosa —además de extasiada— como para rechazar seguir consumiéndola.

—No quiero. —Al rey se le relajó el músculo de la mandíbula y asintió—. Pero quiero... —Ashbree cerró los ojos e inspiró hondo—. Pero sí quiero saber qué está pasando. Me... Me sentí poderosa.

—Lo vi —reconoció Rylen con cierta crispación—. Yo también necesito respuestas.

—¿Y cómo...?

Él se frotó el rostro; parecía cansado, y no era el único.

—No lo sé, dragona. Supongo que, aunque no quieras volver a probarla, el único modo de descubrir qué le sucede a tu cuerpo es exponerlo a la toxina.

Ashbree fijó la vista en la nada. Lo sabía, sabía que era el único modo de descubrir qué había tras aquella incógnita.

—Lo haré. La volveré a probar. —Las cejas del rey cayeron con cierta tristeza—. Pero necesito tiempo. Tiempo para... sanar.

Para ganar fuerzas. No quiero... —La voz se le quebró por la emoción y tuvo que tragar saliva—. No quiero sucumbir de nuevo. Necesito tener la certeza de que poseo el control. Así que prefiero esperar un poco.

—Me parece correcto.

El silencio entre ambos estuvo amenizado por la respiración pausada de Ilian, quien dormía ajeno a la tormenta que empezaba a gestarse en el pecho de Ashbree.

—Y cuando llegue el momento, ¿quién...?

Las mejillas se le calentaron. La sangre de Ilian había sabido tan bien como la del rey, como probar el sol líquido, pero tenía la sensación de que aquello era demasiado íntimo y que no le correspondía a ella elegir.

Sintió un pinchazo entre las piernas al pensar que, en algún momento, volvería a probar la sangre de uno de aquellos varones, o de ambos, y apretó los muslos para calmarlo. Aquella idea pecaminosa no podía tomar forma, era imposible. Y, sin embargo, ambos habían dormido con ella...

—No sé quién lo hará. Ni cómo lo haremos. Le expondré la situación a Silvari y lo planearemos.

—No... —El rey la miró y aguardó—. No quiero que haya público.

Recordaba lo expuesta que se había sentido con aquellos traficantes, con el varón que parecía liderarlos y de cuyo rostro no se acordaba, por estar embotada por el somnífero. No quería volver a convertirse en espectáculo.

—Será con quien vos queráis y como vos queráis, dragona.

—¿Y si a quien elija no quiere hacerlo? No puedo obligaros a ninguno a...

No pudo terminar la frase y el silencio se instauró entre ambos. Rylen apretó los labios y miró por encima de su hombro fugazmente, en dirección a Ilian; después, inspiró hondo y soltó el aire despacio.

—Accederá.

—¿Y si no?

Empezaba a sentirse incómoda con la conversación, porque estaba adquiriendo un cariz demasiado íntimo. Pero necesitaba saber a qué atenerse; necesitaba saber cuáles serían las opciones para mentalizarse de cara a cuando llegara el momento.

—Si no… —Suspiró y, despacio, deslizó la vista hacia ella—. Si no, yo mismo os entregaré mi sangre.

66

Amanecía el sexto día de su cautiverio. La habían mandado a los calabozos de Kridia y la habían encerrado en una celda independiente, sin compañía con la que compartir su estadía, a expensas de que la puñalada de Calari sanara. Una mera espera antes de un final que bien podría ser la muerte. Por qué no la juzgaban y condenaban directamente a esa sentencia, Cyndra no lo sabía.

Con el silencio como único compañero, llevaba los últimos seis días sumida en una incomprensión que la asfixiaba. Desde las últimas palabras que Calari le había dedicado, no había dejado de darle vueltas a lo mismo: «¿Te lo hizo padre?».

Era imposible que aquello sugiriera que compartían progenitor; era más probable que la adrenalina y el desangramiento hubieran abotargado sus sentidos. En sus veintiséis años, jamás había oído nada relacionado con la posibilidad de que tuviera una hermana. Nunca había surgido la sospecha siquiera. Estaba convencida de que era alguna treta retorcida para seguir jugando con ella y volverla loca. Y, aun así, no podía quitarse de encima la sensación de que no le había mentido.

Pensaba en Calari y lo primero que le venía a la mente eran esos ojos azules, tan parecidos a los suyos propios y a los de Elegor. Y ambas compartían el mismo tono pálido de pelo de su progenitor. Pero había miles de elfos de ojos azules y pelo casi blanco en Yithia, aquello no podía sustentar sus sospechas. Y aun así... También había algo afilado en la forma de mirarla, algo en lo que se reconocía a ella misma, y que sabía que había sacado de Elegor. Por no hablar de que, desde el principio, Calari había demostrado tenerle manía, cuando Cyndra ni siquiera la conocía, lo que podría significar que la teniente siempre hubiese sabido de su existencia.

Tres impactos metálicos la sobresaltaron.

—Tienes visita, Daebrin.

La carcelera había golpeado los barrotes con su porra y aguardaba a que se levantara. Desde que había entrado en el presidio, había visto desfilar por aquel pasillo a innumerables presos que recibían visitas o que marchaban a los juzgados, porque en aquellas dependencias solo se estaba unos días, el tiempo de espera previo a los juicios rápidos, en su mayoría. Pero su situación era diferente. Aunque imaginaba que tarde o temprano eso cambiaría.

Cyndra se levantó agarrándose la herida bajo las costillas y siguió a la carcelera por el pasillo entre celdas. Con cada nuevo paso que daba, la cicatriz le tiraba y le chillaba, un resquemor molesto que le recordaba que seguía viva. Se preguntó qué habría pasado con los demás miembros de su grupo de alzamiento improvisado. Hacía seis días que Thabor había partido hacia Glósvalar, ya deberían haber alcanzado Milindur. Y Seredil, que había marchado un día antes, tendría que estar a punto de llegar a Breros.

Aunque había mostrado reticencias a que la fémina partiera sola hacia la ciudad montañosa, era la idónea para aquel papel, Cyndra lo sabía. Cada vez que hablaban de Ashbree, aunque fuera con mentiras urdidas para mover al pueblo, la mirada devota de Seredil se iluminaba. Ella creía en su amiga a un nivel espiritual que Cyndra jamás llegaría a experimentar. Y esperaba que, como ella, muchos más se unieran para difundir su palabra.

Se preguntó si Seredil se enteraría de que el plan se había truncado, de que la habían encontrado y de que lo más probable era que nunca se volvieran a ver. El corazón le dio un vuelco ante esa realidad, en la que no se había atrevido a pensar en esos seis días de soledad, porque la extrañaba de un modo único que, en cierto sentido, le aterraba.

—Esa mesa.

Cyndra siguió la dirección del dedo de la carcelera y se quedó lívida. Su progenitor la miró con estupefacción, sus ojos fijos en el cabello rubio que ahora le enmarcaba el rostro, y le dedicó una sonrisa afable. Las tripas de Cyndra se retorcieron con tanta violencia que casi vomitó.

«No te quiebras, no te quiebras, no te quiebras», se repitió para acallar la voz insidiosa que le surgía, fruto del pánico, cada vez que lo veía.

La carcelera le dio un empellón y la obligó a caminar, aferrada al costado. Con piernas temblorosas, se acercó a él, quien se levantó para recibirla. Por primera vez en mucho tiempo, Cyndra examinó a su progenitor desde una nueva visión, intentando buscar las similitudes con Calari. Con ella misma. Y aunque Elegor no había cambiado, Cyndra sentía que sí, que había algo diferente en él. Tal vez fuera el tono cetrino de su piel, o las mejillas más hundidas. Quizá fuera el ligero enrojecimiento de sus ojos. O lo cuarteado de los labios.

Sea como fuere, no podía importarle. No cuando él la miró de arriba abajo y su sonrisa murió en cuanto la carcelera se alejó.

—Te pareces tanto a tu madre así…

Fue un comentario carente de vida, para bien y para mal. Cyndra no consiguió distinguir si era un halago o un desprecio, pero ella había pensado lo mismo la primera vez que se había visto con el cabello más corto y el tinte rubio sobre su melena otrora blanco azulada.

—Siéntate.

Cyndra obedeció sin pronunciar palabra, estudiándolo con

los ojos entrecerrados. El miedo que sentía hacia él seguía ahí, porque era muy consciente de que su vida podría estar en sus manos. Como otras tantas veces lo había estado. Y, aun así, su visión de tiradora, a la que no se le escapaban los detalles, siguió con el escrutinio. El Consejero de la Moneda siempre había cuidado su imagen al milímetro, jamás tenía un cabello fuera de sitio, o las uñas más largas de lo debido. Y cuando Cyndra se fijó en ellas y las descubrió desiguales, su progenitor escondió las manos bajo la mesa.

Tan solo hacía mes y una semana desde que se vieran por última vez, y tuvo la sensación de que había pasado toda una vida. Tal vez fuera así, en realidad. Sin pretenderlo, el escrutinio de Cyndra se demoró más de la cuenta en esos ojos enrojecidos —que por un instante le recordaron a otros—, en las ojeras profundas, y entonces vio la rigidez de sus labios cuarteados. Su progenitor pugnaba por no estallar en público y un nuevo miedo le mordió las entrañas. Porque por mucho que hubiera luchado, por mucho que el destino se lo hubiera puesto difícil, Cyndra no creía tener el arrojo para enfrentarse al mayor de sus traumas: Elegor Daebrin.

—¿Eres consciente de lo que has hecho? —masculló él.

—No he hecho nada...

Se sintió asqueada por lo débil que le salió la voz, pero llevaba demasiado tiempo sin verlo y no había estado preparada para encontrarse con él.

«No te quiebras».

«No te sometes».

—¡¿Que no has...?! —Elegor se mordió la lengua cuando atrajo demasiadas miradas y compuso su mejor sonrisa displicente antes de susurrar—: Me desobedeciste. Te marchaste al frente falsificando mi consentimiento. Y confabulaste con los grajos.

—Yo no he...

—Cállate, no quiero escuchar tus excusas. —Sonó un poco desquiciado y tomó aire para serenarse. ¿Cuándo lo había visto perder el control? Cyndra tuvo la sensación de que no era la primera vez, pero no pudo seguir tirando del hilo de los pensamientos—. Dime, ¿has sido tú la que ha difundido la palabra de la Hija de la Luz? —Ella apretó los puños sobre las piernas y clavó la vista en la mesa, con los dientes casi rechinando. Su silencio fue respuesta suficiente—. Me lo imaginaba. —Exasperado, Elegor se frotó el rostro y volvió a clavar esos dos pozos gélidos y enrojecidos en ella—. He hablado con el emperador —Cyndra dio un respingo— y ha accedido a sacarte de aquí a la espera de juicio a cambio de quedarte en nuestras dependencias. Encierro domiciliario.

El corazón le palpitó ante la perspectiva de pudrirse allí dentro, la sangre le vibró en las venas y tuvo que luchar para que su respiración no se acelerara. Despacio, alzó la vista hacia él, y la emoción murió en su pecho al ver cómo la contemplaba.

—Bajo mi atenta supervisión, por supuesto.

Sus labios se estiraron de medio lado y a Cyndra le trepó la bilis por la garganta. Nada le complacería más que vomitarle encima, pero se contuvo.

«No te quiebras».

Sus pulsaciones estaban desbocadas, sopesando la propuesta. Podía pudrirse en el presidio, no volver a ver la luz del sol hasta que llegara el juicio, sintiendo los días escapar entre sus dedos, o bien regresar al palacio a vivir en otra cárcel. Una mucho peor para ella.

«No te sometes».

La respuesta estaba clara.

—No, gracias.

—¿Qué?

—He dicho que no, gracias.

Elegor apretó las manos en puños y lo sintió vibrar, y Cyndra supo que estaba luchando por no cruzarle la cara por encima de la mesa.

El Consejero de la Moneda respiró hondo, con los ojos cerrados, y toda la rabia desapareció.

—Vuelve a casa, corazón. —Las ganas de vomitar aumentaron y notó el sudor perlándole la frente. «No te quiebras»—. Si no he venido antes es porque estaba enfadado y demasiado ocupado. —Gracias a Kara, Cyndra sabía con qué: con los festejos que se celebrarían en unas semanas en honor a los berserkers—. Te quiero. Vuelve conmigo. Soy tu padre.

La sala empezó a dar vueltas a su alrededor, fruto de la ansiedad que se concentraba en su pecho. Si seguía tratándola como un padre amoroso o bien terminaría vomitando, o sería ella la que cruzaría el espacio para propinarle un bofetón. Y ninguna de las opciones le parecía inteligente, así que optó por cambiar de tema de la forma más abrupta que imaginó.

—¿Por qué nunca me dijisteis que tengo una hermana? —Los labios de Elegor se entreabrieron y el mundo se le cayó a los pies—. ¿Es...? ¿Es cierto?

Las manos le sudaban y se las secó sobre los pantalones. Era imposible que su madre hubiera tenido otra hija antes que ella y la hubiera dejado tirada en la calle. A sus padres les costó casi un siglo que Cyndra llegara, por eso era su «tesoro preciado». No podía ser verdad. Pero la reacción de Elegor...

—¿Quién te lo ha dicho?

—Calari Laurencil.

Él se crispó y maldijo por lo bajo.

—Esa maldita bastarda...

Era cierto.

La garganta se le secó. No pudo evitar imaginarse cómo habría sido su vida de tener una hermana a su lado. Si se habría sentido igual de sola, por mucho que tuviera a Ash, o si su progenitor se habría deleitado tanto golpeándola. Se preguntó si la vida de Calari habría sido diferente también. No la conocía, pero tenía aspecto de haber sufrido mucho, porque alguien que ha vivido mil infiernos es capaz de reconocer los demonios que ocultan otros ojos.

—¿Cómo...? ¿Mamá...?

—No es hija de tu madre.

Una extraña sensación de alivio la reconfortó, y se sintió mal al instante, porque no debería haber consuelo en pensar que ella era la única hija legítima. Preferiría ser una bastarda si eso la hubiera librado de toda una vida de maltrato.

—Tú eres mi único tesoro —añadió.

Elegor acercó la palma hacia ella, con la esperanza de que sacara las manos de debajo de la mesa y le permitiera acariciarla. Pero Cyndra estaba demasiado centrada en tragarse el vómito que le había trepado por la garganta. El Consejero de la Moneda encajó el desplante endureciendo las facciones, que quedaron más demacradas por esa nueva delgadez, y asintió levemente.

«No te quiebras, no te sometes».

—Como Consejero de la Moneda, necesitaba herederos, y la furcia de tu madre no me valía ni para eso. Así que tuve que buscar hijos entre otras piernas.

Cyndra se mareó solo de escucharlo hablar con semejante desprecio. ¿Cómo un varón de aquella calaña podía ser la mano derecha del emperador de Yithia? ¿Cuán retorcido estaba el mundo?

—Pero un día llegaste tú y...

—Y te deshiciste de ella.

A Elegor no le sentó bien que lo tuteara, pero ella no estaba para andar midiendo sus palabras.

—No me deshice de ella. Su madre sigue dedicándose a lo mismo, ganándose su sueldo con su cuerpo en la casa de variedades. —Sabía que su progenitor era propenso a buscar compañía de pago, lo había visto con sus propios ojos, pero tener la confirmación de que era un vicio al que recurría incluso estando su madre le revolvió aún más el estómago. Cyndra no sentía demasiado aprecio por su figura materna, pero comprendía un poco mejor lo que había tenido que soportar—. Pero yo ayudé a Calari a convertirse en teniente. No me desentendí.

—Solo por si yo resultaba ser una decepción, ¿me equivoco?

Al principio, el Consejero de la Moneda se mostró sorprendido por su bravuconería, pero luego sonrió complacido, con los dientes más amarillentos de lo normal.

—Te pareces tanto a mí, hija… —Dioses, en cualquier momento echaría hasta la primera papilla encima de la mesa—. Pero sí, en parte. Siempre has tenido mucho carácter, y no sabía si conseguiría meterte en vereda.

Tuvo que agarrarse a la mesa para no vencer de lado por el mareo que le sobrevino. ¿Cómo podía hablar de los horrores a los que la había sometido tan abiertamente? ¿Es que no se daba cuenta del monstruo que era?

—Terminé consiguiéndolo, pero no me venía mal tener a una asesina tan buena como ella cerca, por si te torcías.

—¿Por eso al final me asignaron a la Orden de los Tiradores? —Prefirió obviar la aberración que había dicho para no derrumbarse del todo—. ¿Para que no me cruzara con ella?

Las aptitudes de Cyndra como tiradora eran excepcionales, pero su astucia mental, su instinto arrasador y su agilidad constituían habilidades que habrían encajado demasiado bien en la Orden de los Asesinos.

—No había necesidad de que os conocierais. A fin de cuentas, ella solo es una bastarda. Y tú eres mi verdadera hija.

—Yo no soy tu hija —mascculló con una rabia irrefrenable. No podía más, y si no iba a vaciar el contenido de su estómago, vaciaría el de su alma—. Soy tu puta muñeca de trapo, a la que mueles a palos cada vez que tienes ganas de saciar tus ansias de control por ser el pelele del emperador.

Había hablado lo suficientemente alto como para que cualquiera de los que estaban cerca la escuchasen, y Elegor fue tan consciente de ello que se le hinchó una vena del cuello.

—Vendrás a casa conmigo.

—Antes me rajo las venas —siseó, con gotas de saliva escapando de su boca por la ira que le bombeaba en el pecho.

«No te quiebran. No te someten».

El Consejero de la Moneda estampó las manos sobre la mesa

y estuvo a punto de partirla por la mitad con su fuerza inmortal. Amenazada, Cyndra se levantó de golpe, ignorado el dolor del costado, dispuesta a saltar por encima de la superficie y matarlo a puñetazos. O intentarlo. Dos guardias le colocaron una mano en cada hombro, advirtiéndole de que si movía un solo pelo, la paliza que le darían la dejaría para el arrastre.

Y sin embargo no le importaba. Se había hartado. Había aguantado veinte años. Y escucharlo hablar de ella, y de su otra hija, como si él hubiese creado el puto mundo había sido la gota que colmaba el vaso. Había saboreado lo que era la libertad y jamás volvería a entregarle la llave de su vida a nadie. Elegiría morir antes que saber que él tenía el control sobre ella.

Nunca más.

Los nervios de acero que Cyndra siempre mostraba habían pasado a ser de diamante, imposibles de romper. Solo ella misma tenía la capacidad de quebrarse, y nadie más. Jamás dejaría que la sometieran de nuevo. Jamás permitiría que doblegaran su voluntad. Jamás volvería atrás. Porque estaba harta de sobrevivir a cualquier coste. Prefería la muerte a esa vida a medias.

—Te tragarás tus palabras y volverás a mí arrastrándote, ¿me oyes?

Cyndra lo contempló mientras pasaba junto a ella para marcharse, temblando de enfado, odio, rabia y deseos de matarlo.

«No te quiebran. No te someten».

En cuanto Elegor le hubo dado la espalda, se zafó de los guardias y corrió a la esquina que tenía enfrente para vomitar años y años de maltrato; años y años de mirar al techo suplicando a los dioses que la ayudaran; años y años de llevar una doble vida; años y años de sonrisas ante los demás y lágrimas hacia dentro. Años y años de no existir. Y sí, la juzgarían tarde o temprano y su existencia encontraría su fin, no le cabía duda, pero lo haría sabiendo que aquel varón no volvería a tomar ni una sola decisión con respecto a su vida.

Por fin era libre.

O quizá no, porque Elegor se detuvo a la salida, la miró por encima del hombro y dijo:

—Espero que disfrutes de tu estancia en aislamiento hasta que se celebre el juicio.

67

Los días transcurrían perezosos. Mientras Glósvalar se preparaba para la celebración de Veturnaetur, que llegaría en un par de semanas, el interior del palacio se mantenía tranquilo. La cuenta atrás que le habían dado los consejeros a Rylen se iba haciendo más pequeña, y no estaban más cerca de convertirla a su causa, sino todo lo contrario. Ilian lo sabía bien.

Que Ash hubiera probado su sangre lo había puesto todo del revés de nuevo, y un momento que podría haber sido crucial para esa decisión, como lo era descubrir la existencia de las colonias, había quedado relegado a un segundo plano por un problema mucho mayor.

Ash aún dudaba cuando miraba a Ilian. En sus ojos veía un ápice de desconfianza por esos veinticinco años aprendidos, por esos veinticinco años de juicios en contra de los elfos oscuros. Pero con cada nuevo día que transcurría, parecía que, a pesar de todo, la idea de que Rimbalan existía y era funcional iba calando más hondo en la heredera.

Aquel primer día postcatástrofe lo habían pasado en calma, centrándose en entrenar e ignorando que se habían acostado juntos. Que ambos lo habían disfrutado al máximo. Y que, aunque se resistieran, estaban deseando repetirlo. Lo veía en las miradas furtivas, cada vez más frecuentes; en las sonrisas reprimidas a duras penas, en los momentos de confidencias en los que ambos olvidaban quién era cada uno y, entre comidas en las que ella seguía probando poco, se contaban anécdotas de su infancia.

Ilian no se sorprendió de que Ash ya supiera parte de su historia: que Orsha le hubiera confesado que era su nana, la hembra a la que le debía ser el varón en el que se había convertido. Hasta cierto punto, al menos, porque Rylen también había contribuido bastante en ese aspecto.

Fue al segundo día cuando Ilian recondujo esa conversación sobre su pasado a otro tema que sabía que Ash necesitaba descubrir, porque ya en la tienda militar del rey, hacía lo que parecía una eternidad, lo había preguntado.

—Nunca volviste a interesarte por el origen de las marcas en nuestra piel —comentó Ilian como si tal cosa, mientras se secaba el sudor de la nuca con un paño.

Aunque quería que Ash empezara con los entrenamientos cuerpo a cuerpo, no se había atrevido a llevarla a un terreno en el que pudiera haber contacto físico. Aún no. A pesar de que sus sombras lo empujaran a rozarla incluso con la más leve de las caricias, él se mantenía estoico. Por ella, porque sabía que luchar contra la adicción y contra el anhelo de los Efímeros podía ser demasiado.

—Creo que ha sido la última de mis preocupaciones últimamente —comentó ella en un tono jocoso fingido, mientras se aireaba el canalillo con la camisa.

—¿Quieres saberlo?

Ensanchó la sonrisa e Ilian sintió una punzada dolorosa en el pecho. No le iba a gustar lo que iba a oír.

—¿Vas a darme respuestas de buena voluntad, Ilian Aedil? ¿Sin tener que sonsacártelas?

La sonrisa de Ash, aunque breve, le iluminó el día.

—Solo por ser tú —ronroneó con cierto deleite, y el gesto de Ash se vio empañado por el deseo. Así que Ilian se apresuró a añadir, en tono serio—: Los Efímeros no somos todopoderosos. Nuestro poder crece con los años, sobre todo cuanto más aprendemos a dominarlo, pero emplearlo para matar conlleva un precio.

Ash lo miró con incomprensión, desaparecido el ambiente distendido.

—Matar con el don es un acto impuro. Nuestro don no tiene freno más allá del poder de la contraparte. Tú podrías detenerme a mí, yo podría detenerte a ti, pero nadie más, en realidad, si usamos lo que somos para matar. Por eso, cuando matamos con nuestro poder, debemos llevar en la carne la impronta de nuestras decisiones, para marcarnos y que nunca olvidemos lo que hemos hecho. Es la mácula eterna. Las diosas lo hicieron así para disuadir a quienes lo emplearan con fines sangrientos, para que todos pudieran saber quién no era digno de respeto. Porque esto... Esto está mal.

Ash se tambaleó y, en cuestión de un parpadeo, Ilian estuvo junto a ella, sosteniéndola.

—Ayrin... —masculló con un hilillo de voz—. El rey...

Ilian apretó los labios y asintió. Ashbree no sabía toda la historia, pero sí aquello: Ayrin Wenlion tenía el cuerpo completo lleno de marcas; Rylen no tenía ninguna. Las dos caras de la moneda.

—Oh, dioses... —balbuceó, al borde del llanto.

Aquel fue otro de esos momentos en el que la venda de Ash cayó un poco más, en el que el prisma desde el que siempre lo había contemplado todo giraba, dándole un sentido totalmente diferente a su visión. Después de aquello, Ash empezó a llevar una manga de algodón que le cubría el antebrazo, al margen de las ropas que vistiera. A Ilian le dolía haber sido el causante de esa decisión, pero entendía que la heredera debía reconciliarse con esa nueva información. Él había tardado casi un siglo en comprender que un don como el que poseía no podía emplearse para matar sin ton ni son, y llevaba casi cuatro siglos más arrepintiéndose de esas decisiones tomadas por la inexperiencia.

Ash no hizo más preguntas al respecto, quizá porque aún no

estaba preparada para afrontar una nueva realidad, e Ilian no la presionó para explicarle todos los pormenores ni hablarle en profundidad de ese trozo de su propia historia.

Rylen pasó algunos ratos con ella, para comprobar en qué estado se encontraba. Cada día, le dedicaba unos minutos más, pero a pesar de que le había asegurado que se encargaría de ayudarla a aprender más sobre la luz, aún no había empezado con esas lecciones.

—Tengo miedo de enseñarle a usar su poder, Ilian —le confesó una noche, a altas horas de la madrugada.

Ash había caído rendida nada más terminar su entrenamiento, pero Ilian solo había podido dar vueltas en la cama. Habían pasado cuatro días desde que se habían acostado juntos y, en la soledad de su dormitorio, la piel le picaba con el deseo de volver a encamarse con ella. Y aunque se aliviaba a sí mismo con el recuerdo de su cuerpo sobre el de él, cabalgándolo, no era suficiente. Por eso había abandonado su dormitorio y había deambulado por los pasillos. Había encontrado a Rylen en su despacho, con la vista clavada en la chimenea y una copa de licor colgando de sus dedos.

—¿Y si llega el momento de que quiera probar los límites de nuestra sangre y ella ya sepa usar la luz? ¿Y si con eso domina la oscuridad de uno de los dos y tenemos una catástrofe?

Entendía las preocupaciones de Rylen, las compartía, y también prefería que ella aún no supiera todo lo que había detrás de ser Efímero. Ilian había visto cómo Ash dominaba sus sombras sin siquiera saber qué hacía. Y si se detenía a valorar la magnitud de cuánto se podía desarrollar un poder como aquel..., casi que se echaba a temblar.

Estaban en terreno desconocido, ambos lo sabían. Y era mejor ir apagando otros fuegos antes de ese. Así que Rylen se mantuvo esquivo, aunque cada vez que se pasaba a ver cómo iban los entrenamientos, Ilian lo notaba más relajado, más afable, más él. Se permitía dejar la máscara del rey en su dormitorio, pero aún no se había atrevido a quedarse a solas con ella. Lo entendía, no podía reprochárselo. Rylen todavía tenía mucho trabajo propio que hacer.

Pero haber hablado con él, haber llegado a la conclusión de que no era ningún estorbo, hizo que lo que fuera que empezaba a surgir en el pecho de Ilian creciera a pasos agigantados.

La sexta tarde se presentó tormentosa e Ilian le concedió un descanso a Ash, sobre todo porque llevaba más de una semana sin conseguir información sobre Cyndra e incluso él empezaba a preocuparse.

Los rumores seguían diseminándose por todas partes. Por lo que Umbra le mostraba después de estar algunos días fuera recorriendo la isla, cualquier templo en honor a Merin estaba adornado con efigies a la Hija de la Luz, y todas se parecían demasiado a Ash. Si Cyndra se hallaba detrás de aquello, lo estaba logrando. El pueblo cuchicheaba sobre la existencia de la fémina que combatiría contra los Efímeros y reclamaba respuestas a su emperador.

Se habían dado altercados en la capital en honor a la verdad y la seguridad había aumentado. Kridia no era la única ciudad con toques de queda, pero a aquellas alturas no había nada que el emperador pudiera hacer para contener la exaltación y la esperanza que se propagaba por la mitad sur de la isla, a menos que intercediera con puño de hierro. Incluso en las colonias hablaban de la existencia de la Hija de la Luz y miraban hacia el sur con expectación, esperando que alguien se alzara en nombre de Merin y le pusiera fin a la guerra.

Tanta agitación era lo único que lo llevaba a pensar que Cyndra seguía en pie de guerra, aunque no tuviera ninguna confirmación visual. Se escondía muy bien, y más le valía. Así que, aquella sexta tarde, después de haber estado recopilando información, fue en busca de Ash. Y no solo porque le debiera el contárselo, sino porque le apetecía pasar tiempo con ella, tiempo de calidad, no entrenando.

No estaba en sus aposentos, y aunque desde el primer día había tenido vía libre para moverse por donde quisiera dentro de palacio, aquello le generó preocupación. Durante toda la estancia de Ash en Glósvalar, apenas se habían separado, solo el tiempo necesario para dormir desde que ella empezó a recuperarse de la sobredosis. No saber dónde localizarla lo ponía nervioso, un recordatorio de que cualquier despiste podía suponer otra desgracia.

Pero entonces lo oyó: el sonido del violín que recorría el pasillo. Se quedó plantado en el sitio, pensando en si debería ir en su busca o si concederle ese momento para ella sola.

—Toca bien, ¿verdad?

La voz de Orsha tras él lo sobresaltó y se llevó la mano al pecho. Casi quinientos años de asesino entrenado y aquella hembra se movía con más sigilo que él y que nadie. Jamás se acostumbraría. Cuando se giró a mirarla, con la ceja del pendiente arqueada, ella le dedicó una sonrisa maternal. Estaba atusándole el pelo de lana a una muñequita de vudú que se parecía demasiado a Ash.

—Me encanta sobresaltarte —se jactó estirando aún más los labios. Sus ojos se perdieron entre los pliegues del rostro y a Ilian no le quedó más remedio que corresponderle con un gesto afable.

—¿Estás orando por Ash? —le preguntó señalando la muñeca.

—¿Esto? Sí... —reconoció ella con una sonrisa que asustaba a los que no la conocían—. Pensé en guardarla en un lugar cálido para que se librara del frío que la acecha por las noches.

Orsha, en sus paseos fruto del insomnio, a veces se pasaba a ver cómo se encontraba la heredera, una costumbre que había adquirido tras los numerosos días de vigilia compartida después del ataque de los traficantes. Era maternal hasta con quienes no la conocían.

La troll recolocó un ojo de botón y se dio por satisfecha antes de mirar a Ilian. Después de tantos años juntos, el general seguía sorprendiéndose de esa magia cruda que estaba a disposición de una facción que, gracias a los dioses, había decidido mantenerse en sus dominios. Porque los chamanes más fuertes de sus tribus tenían acceso a fuego, aire, agua, tierra, luz y, también, carne, con muñecos como aquel. Ilian sabía que Orsha era buena, que jamás emplearía para el mal aquellos muñecos que tantas energías le consumían, y su corazón se calentó con el instinto protector de aquella hembra hacia Ash.

—¿Lleva mucho rato en la sala de música? —quiso saber él antes de juguetear con el aro del labio.

—No. Salió hace unos quince minutos, con el violín en la mano, pero no ha empezado a tocar hasta ahora.

—Será mejor que no la moleste, entonces.

—¿Tú crees? Me ha preguntado por ti. Tres veces en una hora.

Ilian inspiró hondo, complacido por lo que eso pudiera significar, y un calor extraño le inundó el pecho hasta el punto de tener que masajeárselo.

—¿Debería ir?

Orsha clavó los puños en las caderas huesudas, con esos brazos más largos que los de los elfos y el muñeco en una mano, y lo miró con reprobación.

—En tus casi quinientos años, no te he visto acobardarte frente a ningún combate. ¿Y le temes a una fémina?

Ilian esbozó una sonrisa abochornada y se frotó la nuca.

—Tienes razón.

Armándose de valor, caminó en dirección a la sala de música, contando los pasos, cuando Orsha gritó un «¡suerte!» al que él respondió con un gesto vago de la mano. Con cada metro que recortaba, su corazón se aceleraba y sus sombras burbujeaban, inquietas. No entendía qué le pasaba, jamás se había sentido así con nadie, y ni siquiera había motivo para su nerviosismo. Era Ash, la conocía. Pero siempre había tenido un pretexto para pasar tiempo con ella, y ahora...

Se detuvo frente a las puertas de la sala de música. Estaban cerradas, y aun así el sonido del violín se filtraba por las rendijas de la madera. Ilian había asistido a muchas recepciones en palacio, festejos escuetos en los que había instrumentos de todo tipo, pero nunca había oído a nadie tocar con semejante pasión.

Se volcaba en cada nota, que ejecutaba sin titubear ni temblar, y cuando Ilian abrió la puerta, despacio, la encontró plantada junto al piano de Rylen. Se mecía al son de la melodía que interpretaba con una perfección que ni los más virtuosos. El modo de tocar de Ash era excepcional, pero entonces se dio cuenta de que era una melodía triste la que escapaba de sus dedos. Su rostro estaba contraído por el pesar, los labios apretados y los ojos cerrados con fuerza, mientras el vaivén de su cuerpo generaba una armonía melancólica. Ash bailaba con la música, hacía que Ilian visualizara las notas envolviéndola incluso sin tener idea de tocar instrumentos. Y, pronto, Ilian se vio contagiado por la pieza.

En silencio, se deslizó hasta uno de los sofás que decoraban la estancia y se sentó, con la garganta constreñida y los ojos picándole de la emoción. Ash siguió con su batalla de notas armoniosas y se deshizo en la canción, que fue adquiriendo intensidad para luego descender a un ritmo más cadencioso que culminó con un *pizzicato* a modo de colofón. Ilian se quedó unos segundos en silencio, conmocionado, y luego aplaudió despacio.

Ash abrió los ojos, que brillaban como oro fundido, y esbozó una sonrisa avergonzada al tiempo que sus mejillas se tornaban incandescentes. Le encantaba el modo que tenía su piel de enrojecer, aunque eso hiciera que la cicatriz del pómulo resaltara aún más.

—¿Te ha gustado? —preguntó con timidez, acercándose a él con el violín colgando de la mano. Ilian asintió, incapaz de pronunciar palabra por el nudo que se le había formado en la garganta—. No ha sido mi mejor pieza, hace mucho que no toco tan de seguido.

Ella se encogió de hombros y se dejó caer en la butaca frente al sofá, frotándose el punto en el que el instrumento había estado en contacto con su cuello.

Si esa no había sido su mejor pieza... Ilian se descubrió deseando escucharla. Cada día. Jamás se cansaría.

—Virtuosa —masculló con la voz arrastrada.

Ash lo miró con los ojos muy abiertos y, en esa ocasión, hasta el arco picudo de sus orejas enrojeció.

—¿Qué...?

—Eres virtuosa, ¿lo sabías?

—N-no... —Azorada, apartó la vista de él, y aquel gesto lo conmovió aún más—. Mi hermana Kara toca el arpa mejor de lo que yo toco el violín. Ella sí que es virtuosa.

—Me pregunto si llegará el día en el que aceptes un cumplido sin hacerte de menos —comentó él en un susurro. Ash devolvió la atención a Ilian, y él la observó con cariño—. Un día, conseguiré que te veas como te veo yo.

—¿Y cómo me ves tú, Ilian? —preguntó con la voz contenida, nerviosa.

El corazón del Efímero palpitó con fuerza y la distancia que los separaba, de apenas dos metros, se le antojó imposible.

—Perfecta. Para mí, eres perfecta.

El silencio entre ambos se volvió tenso, pero no de la tensión horrible que lleva a uno a romper la quietud de cualquier modo, sino de la anhelante, de la que dice más que cualquier palabra. Se bebieron con la mirada y a Ash empezó a acelerársele la respiración, sus ojos vibrando con un sentimiento compartido y peligroso. La garganta se le secó y ni el Mar Yermo habría valido para apagar el fuego que empezó a quemarlo por dentro. Sentía las sombras a punto de estallar, al límite de su contención.

Ilian inspiró hondo y se percató del cambio en el olor de Ash. Estaban en terreno pantanoso. Al borde del abismo. Por eso, cerró los ojos unos instantes y se reclinó hacia atrás para sentarse contra el respaldo del sofá. Luego, extendió el brazo y miró a Ash con una nueva perspectiva.

—Anda, ven aquí.

Ash se mordió el labio inferior durante unos segundos que se le antojaron eternos. Después, dejó el violín sobre la mesita baja entre ambos muebles y corrió hasta él para refugiarse bajo su brazo. Era el primer contacto cuerpo a cuerpo que tenían en seis días, e Ilian se dio cuenta de que con tener eso le bastaba por el momento. A ambos les bastaba.

Ash se recolocó contra él, apoyada en su pecho y con los pies sobre el sofá, e Ilian le envolvió los hombros antes de empezar a hablar de lo que fuera, como hacían siempre. Cualquier tema de conversación valía entre los dos. Siempre valdría.

Y aquello, se dio cuenta Ilian, sí que era verdadero tiempo de calidad juntos.

68

Estar en aislamiento era una suerte de tortura. En una sala reducida, de paredes frías y sin iluminación. Era como estar encerrada en el escobero, suplicándole a Elegor para que la sacara. O como revivir lo del carromato, con la salvedad de que no podía entretenerse con el traqueteo, de que no se oía absolutamente nada, gracias a las paredes insonorizadas, y de que podía dar un par de pasos. De vez en cuando, al abrirse la estrecha rejilla por la que introducían algo de comida tres veces al día, escuchaba gritos desgarradores. Y se preguntó si reservarían aquella zona para los interrogatorios de los asesinos. A juzgar por los lamentos, creía que sí.

Con el transcurso de los días, sus miedos crecían más y más. Allí dentro perdió la noción del tiempo, dejó de saber si las comidas que le daban eran de la misma o distinta jornada. Tenía que usar el cubo a oscuras para aliviar sus necesidades, aunque a veces no atinaba bien y acababa empapada. Buscaba la paca de paja mohosa a tientas, manchándose las manos con fluidos y residuos que ignoraba si eran suyos o si llevaban ahí más tiempo.

Se pasaba las horas acurrucada sobre la paja, tiritando a causa del frío y del miedo. No era capaz de dormir y, al mismo tiempo, solo podía soñar. Soñar con el exterior. Soñar con que Seredil la visitaba. Soñar con volver a ver a Ash. Con el abrazo que le daría cuando se reencontraran. Porque por mucho miedo que tuviera, por mucho que la ansiedad la asfixiara cada vez más, ella no perdía la esperanza. Algo en su interior, un instinto primario, le sugería que Ash volvería a cruzarse en su camino. Y no fue lo único con lo que mantuvo la mente ocupada.

A veces, veía a Dalel, aquel dios élfico con largos cabellos rubio platino, piel morena y ojos vacíos de color, con las manos adornadas con hilos de distintas tonalidades que se entretejían por sí solos. Parecía que ni siquiera en la oscuridad de aquella celda estaba dispuesto a abandonarla, y Cyndra encontró cierto consuelo en eso. Lo veía en un espacio tan etéreo como infinito, uno majestuoso lleno de bolas luminiscentes que encerraban vidas enteras.

En una ocasión, en el interior de esas esferas vio una máscara plateada teñida de rojo. En otra, un mar tormentoso en el que una sierpe nadaba profundo. También vio un grillete en torno a un cuello pálido. A una criatura blanca y extinta surcando el cielo. Un parche cobrizo hundido en lo que los libros leídos en palacio sugerían que era nieve.

Su mente se deformaba al antojo de una imaginación demasiado torturada, y ya había dejado de buscarle explicación a aquellos delirios. Estaba tan al borde de perder la cordura que hasta empezó a hablar sola, y en su cabeza siempre obtenía respuesta, sentada sobre la paca de paja mohosa con las manos extendidas hacia arriba y las piernas en mariposa. Y aunque los guardias la tacharan de loca, tras cada conversación se quedaba un poco más tranquila.

Se sentía menos sola, porque Dalel estaba con ella. Jamás la abandonaría.

69

Con cada nuevo día que transcurría, Ashbree se iba sintiendo más cómoda rodeada por aquellas montañas. Aún no había salido del palacio, y tampoco le hacía falta. No cuando el cuerpo circular del edificio principal le ofrecía una vista de trescientos sesenta grados de Glósvalar. A veces, se quedaba varias horas en uno de los miradores que daban al palacio gemelo, a ese que no se había atrevido a explorar porque nunca había visto a nadie por allí. Era una construcción idéntica a la que habitaban el personal de servicio y los seres queridos del rey. Porque, a diferencia del palacio de cuarzo, allí no residían sus consejeros y familias. Lo habían convertido en un hogar. Uno sumamente grande, sí, pero un hogar, al fin y al cabo.

Poco a poco, en los escasos instantes de tiempo libre que el general le dejaba entre entrenamientos, iba reconectando con el violín. Le había encantado tocar para Ilian, aunque no hubiera sido consciente de su presencia hasta que hubo terminado. Y estaba deseando repetirlo.

No sabía qué había entre ellos, si es que había algo, porque ninguno había dado el paso de hablar al respecto de su último encuentro entre sábanas. Pero con cada día que pasaban juntos, Ashbree se sentía más confiada. Conversaban más, compartían silencios cada uno con sus pensamientos y, sobre todo, reían más. Era un tipo de relación muy diferente a la que mantenía con Cyndra, o incluso con Arathor. Nunca había tenido un amigo varón al margen de él, y se dio cuenta —para su pesar, también— de que en Ilian podría llegar a encontrar a otro hermano de batallas, algo que nunca habría pensado de Arathor.

Y que Elwen fuera igual de cercana que su hermano fue un descubrimiento muy agradable. Aquella fémina de sonrisa sempiterna aprovechaba cada hueco que tenía para ir a buscarla. A veces lo hacía con comida que ofrecerle, porque Elwen siempre estaba pensando en comida. En otras ocasiones, le proponía dar un paseo por el palacio para contemplar las vistas de los cuatro puntos cardinales.

Esa noche, después de regalarse un baño largo para desentumecer los músculos tras el entrenamiento, llamaron a la puerta de acceso a las dependencias. Se quedó quieta un instante, porque Ilian ya había pasado por allí para desearle buenas noches y, antes de él, Orsha ya se había asegurado de que no le faltara nada. Pocos segundos después, los golpes resonaron y se vio obligada a salir a ver qué sucedía.

—Menos mal, creía que ya estarías dormida —dijo Elwen a modo de saludo al pasar junto a ella y entrar con decisión.

—H-hola... —Cerró y se la quedó mirando mientras seguía avanzando hacia el interior—. ¿Pasa algo, Elwen?

—Oh, no, nada. —Ashbree se vio resignada a seguirla y cuando entró en el dormitorio, descubrió que había dejado el cofrecito que portaba sobre el colchón, ya con las sábanas revueltas—. Solo me apetecía pasar un rato contigo.

La fémina la miró por encima del hombro y le regaló una sonrisa radiante antes de centrarse de nuevo en lo que había traído. Aquellas últimas palabras le pesaron en el pecho. En sus veinticinco años de vida, habían sido muy pocos los interesados en pasar tiempo con ella por voluntad propia, y no por conveniencia. Solo Cyndra y su hermana Kara, por la que lanzaba plegarias para que se encontrara bien. La echaba de menos de un modo diferente, más inquieto y maternal. Sabía que ella estaba a salvo en el palacio, con la protección de su padre, pero se preguntaba cuánto habría cambiado su vida con la pérdida del ojo y si la culparía de ello. Pero Ashbree empezaba a aprender que no era la responsable de todos los giros del destino.

—¿Qué traes ahí? —quiso saber con genuina curiosidad.

Elwen se había arrodillado frente a la cama, con la punta de la lengua asomando entre los labios en un gesto de concentración. Llevaba un camisón hasta los tobillos, de un azul cobalto que le quedaba de infarto, con los largos cabellos cobrizos recogidos en un moño desenfadado. Con Elwen era muy fácil olvidarse de que tenía trescientos años, pues su aspecto aniñado, su sonrisa radiante y su carácter jovial no casaban con la percepción de alguien que había sobrepasado el siglo de vida.

—Ah, unas cositas de nada. —Abrió la tapa del cofre de madera y le mostró una amplia gama de botecitos de cristal esmerilado en distintos colores: cosméticos—. Últimamente has pasado por mucho, y había pensado que te iría bien tener un momento de desconexión. Y mimarse a una misma es muy relajante. Algunas incluso dirían que es terapéutico. —La sonrisa de Elwen se ensanchó y Ashbree se vio contagiada por su alegría hasta el punto de arrodillarse sobre la moqueta junto a ella, con la chimenea a la espalda—. Pero eso tendrás que confirmármelo tú, que eres la sanadora.

La fémina se encogió de hombros con indiferencia y se dedicó a sacar los botecitos con delicadeza.

—¿Qué prefieres? Traigo cosméticos faciales, esmaltes de uñas, aceites de masaje...

—¿Perdona?

El rubor trepó hasta las mejillas de Ashbree y clavó los ojos en el recipiente que había señalado. La sonrisa de Elwen se tornó taimada.

—Doy unos masajes de muerte. Arranco gemidos de gustirrinín hasta al varón más terco e indómito.

—¿Te refieres a...?

Calló al instante, porque iba a preguntar por Ilian. No podía seguir pensando en él a cada segundo, lo sabía, y aun así le resultaba inevitable. Era tan fácil dejarse arrastrar por la alegría que le nacía en el cuerpo al visualizarlo...

Elwen le dio un codazo malicioso y le hizo un gesto sugerente con las cejas.

—Conozco a dos varones que encajarían en esa descripción. Y mi respuesta es sí. A ambos. —La fémina asintió con la cabeza, satisfecha por su logro, y luego soltó una risilla entre dientes—. No pongas esa cara, Ash, que no ha habido nada sexual. Es... —Reprimió un escalofrío—. Ugh. Son mis hermanos.

Ashbree devolvió su atención a Elwen, entretenida en averiguar el uso del resto de los botes.

—¿El rey es tu hermano? Bueno, o hermanastro.

—No, boba. Mi único hermano es Ilian. Pero cuando llegué a sus vidas, Rylen e Ilian ya eran uña y carne, así que me crie más aquí que en mi propia casa.

—¿También con Orsha? —Ella asintió con la cabeza y cerró el cofre antes de apartarlo a un lado—. ¿Y tu madre no...?

—Sí, mi madre sí se encargaba de mí. Vivíamos aquí, de hecho. Pero me gustaba estar con mi hermano, y donde fuera él dentro de este palacio, mientras no estuviera trabajando, ahí estaba Orsha. Así que pasé mucho tiempo con ella. Por eso Rylen es como un hermano para mí, jamás podría pensar en él en esos términos. Así que es todo tuyo.

Le volvió a propinar un codazo cómplice, pero Ashbree no pudo hacer nada sino clavar los ojos en las sábanas, muerta de vergüenza. Al ser la hermana de Ilian, pensaba que estaría al tanto de la relación que tenía con él y que no la animaría a acercarse al rey. La había pillado con la guardia baja.

Elwen se incorporó sobre las rodillas, abrió un frasquito que olía a rosas y aplicó el producto en el rostro de Ashbree. Era fresco y reconfortante, y casi al instante empezó a sentir la piel más ligera y menos tirante.

—¿Qué le pasó a tu madre? —le preguntó a Elwen—. Tengo la sensación de que hablas de ella con nostalgia.

—Falleció hace cincuenta años.

—Lo siento mucho.

La fémina esbozó una sonrisa triste y se encogió de un hombro.

—Ya lo llevo mejor, pero gracias. —Compartieron un vistazo fugaz. Ashbree comprendía ese pesar, tan solo hacía diez años que ella había perdido a la suya y a veces la herida dolía tanto como el primer día—. Fueron unas fiebres. Tuvimos un invierno muy malo y enfermó. Ni siquiera su curación inmortal pudo hacer nada por ella.

—¿Y tu padre? Sé que Ilian no estaba muy unido a él.

—Yo tampoco. Se desentendió de sus hijos, y tal vez ni nos conozcamos todos entre nosotros.

—¿Crees que hay más?

—Podría ser. Aquel varón no duraba con la misma fémina muchos años. Ilian siempre ha intentado localizar a todos sus hermanos. Creo que en Bainor, el oeste, tiene otro más, pero nunca llegaron a congeniar. Y en Delfil, una aldea por debajo de las Brinthor, encontró a otra hermana, aunque dudo que siga viva. Fue la primogénita.

—Caray...

—Ya, la inmortalidad da para mucho.

Elwen terminó de aplicarse el producto a sí misma y se limpió los dedos en un paño que había sacado del cofre.

—¿Qué color prefieres? Tengo rojo, negro, marrón..., otros tres rojos diferentes.

La fémina le fue enseñando los esmaltes de uñas de su colección con expectación. Ashbree tomó uno entre los dedos y lo observó. Era un rojo muy bonito, de un tono burdeos que se asemejaba al de su propia sangre.

—No sé yo...

—¿Qué? ¿Por qué? Quedan muy bien. —Agitó las diez uñas pintadas frente a su rostro y Ashbree sonrió de medio lado.

—Es que... Nunca he llevado las uñas pintadas.

El gesto de Elwen mutó al del horror y empezó a negar con

la cabeza con compulsión. Su padre nunca había visto con buenos ojos las alteraciones estéticas. Aceptaba el maquillaje empleado con sutileza, y aunque siempre había querido cambiar el color de su cabello —tan poco común entre los rubios dorados o platinos de los elfos de luz— como hacía Cyndra, o pintarse las uñas, nunca había tenido permiso.

—Me temo que vamos a tener que ponerle remedio a eso.

Sin aceptar una negativa por su parte, Elwen eligió un discreto tono rosado que no destacaba demasiado en contraste con su piel pálida. Mientras charlaban de todo y nada al mismo tiempo, la fémina se dedicó a pintarle las uñas, con cariño y entre risas que no hacían que su pulso temblara. Era una manicura elegante que, para su sorpresa, le complació.

—¿Puedo hacerte otra pregunta? —la tanteó Ashbree, mientras Elwen, muy concentrada, se pintaba las uñas de los pies.

Volvía a asomar la lengua entre los dientes, en un gesto de concentración que la enterneció.

—Claro, las que quieras. Yo no tengo filtro, así que no me oirás decir eso de «pregúntale al rey». —Lo último lo pronunció imitando a Ilian, aunque le salió muy mal y ambas acabaron riendo.

—¿Cómo sabes hasta ese detalle? ¿Es por tu condición de *norna*?

Elwen rio por la nariz y negó con la cabeza.

—Dalel no nos lo cuenta todo. Se guarda cosas para él. Eso lo sé porque conozco a mi hermano, y hablamos mucho. Somos muy cercanos. Es mi mejor amigo. Él y Rylen lo son.

Alzó la vista para mirar a Ashbree, los ojos centelleando con un brillo especial. La heredera se fijó en sus propios dedos de los pies, lacados en rosita, y los meneó, incómoda. Sintió envidia de la relación que tenía con Ilian y se preguntó si su propia relación fraternal habría sido distinta de haber vivido otras circunstancias. ¿Sería algo que Elwen pudiera saber?

—¿Conoces los distintos pasados que hemos dejado atrás?

La fémina cabeceó a un lado y a otro, meditando la respuesta.

—No, si no se me han mostrado en su momento presente. Es

decir, conozco distintos pasados en cuyos presentes he estado involucrada, porque vi los posibles futuros. —Ashbree frunció el ceño—. Es difícil de entender —añadió con una risilla—, pero si le das una vuelta, lo comprenderás.

La incomprensión de Ashbree no se alteró por muchas vueltas que le dio, pero imaginó que no debía de ser fácil hablar de algo tan etéreo como los destinos.

—Entonces ¿los dioses son reales?

—Oh, ya te digo. Muy muy reales. ¿Tú no crees en ellos?

Ashbree chasqueó la lengua.

—Antes no del todo, pero ahora... —Le dedicó un vistazo de soslayo a la *norna*—. Bueno, no me queda más remedio que creer en ellos, ¿no?

—¿Por qué? —Elwen dejó el esmalte que había estado usando en el cofre.

—Porque tú existes. Y a ti sí te puedo ver. Eres real.

—¿Y crees en mi palabra sin más? La mayoría piensan que estoy chiflada.

Ashbree se mordió el labio inferior, abrazada a las rodillas.

—Tengo una amiga... —Se replanteó si contárselo, pero no tenía mucho sentido callar. Tal vez Elwen pudiera darle información que ayudara a su hermana de batallas—. Se llama Cyndra. Creo que ella... que también es una *norna*.

—¿Por qué lo crees?

Elwen se recostó hacia atrás en una postura relajada. Como si fueran amigas de toda la vida.

—Por lo que me decía, siempre veía a Dalel en el cielo. —Elwen asintió—. Y tiene un instinto apabullante. Es como si a veces supiera que algo malo va a pasar, aunque no haya habido ningún indicio. Lo achacábamos a..., bueno, su instinto de supervivencia. —No quería compartir más información de la cuenta porque no le correspondía a ella—. Pero ahora no hago más que pensar en que tal vez podría ser como tú.

Elwen se quedó unos segundos callada y luego se sentó con las piernas en mariposa.

—Me dijiste que en Kridia no tenéis *nornas*. —Ashbree negó con la cabeza—. ¿Tampoco tenéis videntes en las ferias? ¿Nadie echa las cartas? ¿Nadie afirma poder leerte el futuro por un módico precio?

Ashbree chasqueó la lengua.

—Sí, eso sí.

—Muchas serán farsantes, pero habrá otras tantas que no. Probablemente las que usen los medios menos rocambolescos, o que no usen medios, a secas. Hay *nornas* en toda Narendra: huldras, berserkers, trolls y enanas. Es algo común a todos los vaettir porque venimos de los mismos dioses, así que, por lo que me cuentas, no es de extrañar que tu amiga lo sea.

—¿Venimos de los mismos dioses?

Elwen asintió con la cabeza y una sonrisilla le nació en los labios, como si le gustara hablar del tema.

—Sol y Luna son los astros reyes. —Ashbree le dio la razón, ya que esa parte sí la conocía—. Pues en cada nación, sus hijos, es decir, nuestros dioses, han tomado una forma u otra. Los trolls veneran a la Madre, por ejemplo. Que es la mezcla de todos nuestros dioses, porque honran a la naturaleza.

Ashbree entreabrió los labios, sorprendida, ya que aunque había estudiado a las otras razas, nadie le había dado lecciones sobre sus culturas o religiones.

—El panteón de los berserkers es más parecido al nuestro. Son politeístas, pero tienen un dios padre, por así decirlo. Y también creen en la vida más allá, como nosotros.

—¿En la morada de los dioses?

Aquel era el lugar al que las almas acudían una vez que hallaban la muerte, antes de ser derivadas a otros resquicios del firmamento según sus bondades.

—Con otro nombre, pero es un concepto parecido.

Ashbree resopló y se dejó caer contra el cabecero.

—Mucha información, ¿eh? —sonrió Elwen.

—Demasiada. Y pensar que hasta hace unas semanas no me creía ni una palabra de astrología...

—Es bastante real. Aunque no todo el mundo está preparado para leer las estrellas. Es como el tarot. Hay muchas fuerzas que influyen en el cosmos, pero los dioses son tan reales como tú y como yo.

—¿Y no...? —Ashbree se mordió la lengua.

—¿Sí...? —la alentó.

—¿No te da miedo tener conexión directa con uno?

Elwen suspiró y se encogió de hombros.

—Es complicado. Los dioses nos manejan a su antojo. Somos burdas marionetas con las que entretenerse en su tiempo infinito.

—Entonces ¿Merin no nos abandonó?

—Oh, sí lo hizo. Todos, en realidad, han estado más pendientes de otras cosas en el último milenio. Se aburren con mucha facilidad.

—En ese caso, ¿cómo puedes seguir viendo a Dalel?

—Porque es el único que de verdad se ha quedado con nosotros. El único interesado en que prosperemos.

—¿A qué te refieres? ¿No es cada dios quien manda sobre su constelación?

—Sí y no. A veces echan un vistacillo a nuestro mundo y nos ofrecen su guía. Pero otras veces es Dalel el que elige qué constelación le vendrá bien a cada cual. Nos guía a todos de un modo u otro. Y luego nos tiene a nosotras, las *nornas*, para ayudarle a hacer el trabajo. Piensa que somos muchos. No tiene ojos para todos.

Ashbree se quedó sin palabras, parpadeando más rápido de lo habitual.

—Es...

—Una pasada, ¿verdad?

—Apabullante, en realidad.

Compartieron una risa y Elwen le dio la razón.

—El juego de los dioses es uno muy complicado y que se lleva disputando desde los albores del tiempo. A veces han intercedido más, otras menos, pero lo mejor que nos puede pasar es que sigan ignorándonos.

—¿Por qué?

—Porque el aburrimiento de los seres verdaderamente inmortales es muy peligroso. Y si cada uno intercediera para manejarnos en pos de lo que cree mejor para Narendra... Bueno, ni siquiera Dalel sabe qué podría pasar.

Lo último lo pronunció con un tono solemne que le erizó el vello. Ashbree aún no había decidido si le gustaba saber que los dioses eran reales o no. Porque incluso aunque todo fuera cosa de Dalel, ¿cómo podía estar en paz con esa existencia con todo el mal que había visto a su alrededor?

Elwen cambió de tema a uno más insustancial —sobre la última colección de moda de Sereca Gandriel— y lo agradeció en parte. Aunque eso suponía pensar en Arathor y en cómo estaría viviendo toda esa situación. ¿La echaría de menos? ¿Estaría haciendo algo por encontrarla?

Cuando dieron las tres de la madrugada, Elwen bostezó por primera vez.

Hacía rato que habían terminado con los cosméticos y se habían entretenido hablando de cómo habían sido sus respectivas infancias. Ashbree intentó, en todo momento, mantenerse en sus primeros quince años de vida, que aunque resultaron mucho más estrictos en comparación con los de Elwen, no eran tan tristes como los últimos diez. Cuando Celina Aldair seguía viva, la infancia de Ashbree fue feliz, y le daba miedo pensar que ahora, en Glósvalar, empezaba a disfrutar de una felicidad similar, si bien aún la degustaba a pequeños sorbos.

—Muchas gracias por dejarme quedarme contigo —se sinceró Elwen cuando la acompañó a la puerta para despedirse.

—No tienes por qué darlas, lo he pasado muy bien.

La sonrisa de Elwen se ensanchó y los ojos morados le brillaron por la emoción.

—¿Sabes? Nunca he tenido una amiga. —La sorpresa se hizo con el rostro de Ashbree, porque era imposible no querer a alguien con una personalidad como la de Elwen—. Tengo a Ily y a Rylen, claro, pero nadie más fuera de ese círculo. En cuanto las demás se enteraban de que era una *norna*, no querían estar cerca de mí por si eso pudiera suponer alterar su destino. —La sonrisa se volvió un poquito más triste y Elwen desvió la vista hacia el fondo del pasillo, como si esperara ver algo—. Pero creo que tú y yo podríamos ser buenas amigas. Algún día.

Elwen devolvió la atención a Ashbree, que luchaba por contener las lágrimas, incapaz de pronunciar palabra.

—Elwen, yo... —mascullό, con la voz temblorosa.

Ashbree quería, con todas sus fuerzas, que las capas de resquemor y de años de creer que algo era cierto desaparecieran de una vez. Necesitaba empezar a vivir de verdad, no solo a medias o siguiendo unas directrices.

—Sé que aún no puedes, lo entiendo. —La tristeza desapareció del rostro de Elwen y le dedicó una mirada de cariño. Sin titubear, alzó la mano y entrelazó los dedos con los de la heredera—. Solo necesitas un poco más de tiempo.

Ashbree tenía las palabras en la punta de la lengua. Quería decirle que se moría por tener otra amiga, aunque ninguna fuera a eclipsar a Cyndra. Ella sabía muy poco de amistades, pero ansiaba una vida que se pareciera más a la normalidad que experimentaban los demás.

Elwen le dio un abrazo inesperado y se fue con su cofrecito de potingues bajo el brazo.

Mientras la veía marchar, con ese caminar jovial tan suyo, Ashbree sintió que su concepto de «hogar» podría llegar a cambiar. Y lucharía por ello. Por conformar uno como el que Elwen tenía a su disposición, cargado únicamente de seres que velaban por su bienestar.

70

Después de nueve días de intensos entrenamientos tras la recaída, Ilian al fin había accedido a practicar cuerpo a cuerpo. Habían sido jornadas sin apenas descanso, salvo la tarde del recital de violín privado a Ilian. Entre ellos estaba surgiendo una complicidad que eclipsaba los malos pensamientos que Ashbree pudiera guardar de los elfos oscuros. Y, aun así, a pesar de esa confianza, seguían sin hablar de lo que había sucedido entre ellos.

Ashbree no tenía ningún problema con el sexo sin ataduras, había pasado dos años compartiendo cama con Arathor. Pero con Ilian... Con él era diferente. Se descubría pensando en que le apetecía hablarlo, que le gustaría poner en palabras eso que surgía entre ambos. Y al mismo tiempo no quería, porque eso suponía cerrarse a otras situaciones. Situaciones que se materializaban en su mente con el rostro de cierto rey apuesto.

Recordaba todo lo que había ocurrido cuando el sexo con Ilian se torció, la preocupación del rey y cómo había actuado con el mayor de los recatos, aunque ella hubiera estado desesperada por que la tocara. Y no podía obviarlo. No podía desechar ese anhelo hacia él, que se parecía mucho a las primeras veces que estuvo cerca de Ilian, cuando ni siquiera sabía qué sucedía entre ambos.

En la última semana y media, habían mantenido varias conversaciones de lo más naturales. Se había sumado a Ilian y a ella en dos cenas y tres almuerzos, y siempre habían permanecido en el cómodo espacio de las charlas insustanciales. Ninguno de los tres quería enfrentarse a la realidad.

Realidad que Ashbree iba a poner en palabras esa misma mañana. Después de una semana, se sentía casi como nueva, más cómoda con la situación, a pesar de ser la que era. No había vuelto a tener el impulso de ingerir más de aquella sangre. Y, de hecho, después de haber probado la de Ilian, todo había ido a mejor a pasos agigantados. Ese fue el motivo por el que le había dicho al rey que todavía no quería las microdosis.

Ella había visto los efectos de la miel de plata en su propia gente. Los que consumían de forma esporádica no se enfrentaban a grandes problemas. Pasaba lo mismo con el alcohol. Pero quienes sobrepasaban la ingesta ocasional... El cuerpo experimentaba cambios. Empezaba con alteraciones sutiles del carácter, pérdida de peso, enrojecimiento de los ojos, dientes amarillos... Y luego, si se aumentaba el consumo y se llegaba a la adicción, se convertían casi en muertos en vida. Había elfos de sangre exiliados en aldeas abandonadas, dejados a su suerte para que murieran sin molestar. Era una de esas realidades que solo el círculo cercano al emperador, al que ella pertenecía, conocía. Círculo al que también pertenecía Cyndra.

Pensar en ella le resultaba doloroso. Cada vez que lo hacía, se le formaba un nudo de congoja en el pecho. ¿Estaría bien? ¿Estaría a salvo? Sentía que estaba haciendo lo que podía por reencontrarse con ella, pero, al mismo tiempo, no era suficiente. Se consolaba y fustigaba a partes iguales, y ya no sabía ni qué pensar de sí misma, de la clase de amiga que estaba siendo para Cyndra.

Su hermana de batallas estaba arriesgando su seguridad por ella, a pesar de que en los últimos días Ilian no hubiera sabido nada nuevo, y Ashbree, mientras tanto, estaba disfrutando de las comodidades de la vida del palacio. Porque tenía que admitir que nunca le faltaba de nada, no solo porque Ilian y el rey se encargaran de proveerla de todo, sino porque Orsha estaba siendo una presencia constante y agradable que la hacía añorar a su madre, pero en el buen sentido.

La última noche, sin ir más lejos, que Elwen y ella habían trasnochado por quedarse hablando hasta las tantas de la madrugada, Ilian la había castigado con un entrenamiento más duro. Pero no le importó, porque entre ellas iba surgiendo una especie de amistad que le costaba menos aceptar que lo que fuera que hubiese entre ella e Ilian. O entre ella y el rey.

A pesar de las pocas horas de descanso que tuvo, durmió mejor que otros días, con una sensación cálida e inesperada en el cuerpo y el dormitorio impregnado de fragancias florales que le dejaron con ganas de repetir y de conocer más y mejor a quienes la rodeaban en su nueva... vivienda temporal.

Al margen de eso, durante los últimos días, Ashbree también había estado dándole vueltas a la existencia de Rimbalan, pero sin atreverse a sacar el tema porque aún no sabía cómo gestionarlo. Ver a elfos de luz y elfos oscuros viviendo en armonía no había sido un sueño, ni una alucinación fruto de la abstinencia. Era una realidad que jamás habría imaginado. Se pasó esa mañana, mientras entrenaba, pensando en el mercado lleno de vida, en el mar de tonos de piel entremezclados, en las risas y el bullicio, en el ambiente rico en olores de una ciudad que latía. Pero era imposible..., eran enemigos.

«¿Lo somos?».

Ashbree se limpió el sudor de la frente con el antebrazo, dedicándole una sonrisa divertida a Ilian, que la observaba desde el otro lado del círculo con la respiración agitada. Si bien los días anteriores habían entrenado al aire libre, en los jardines entre ambos palacios, aquel día Ilian la había conducido a una amplia sala de entrenamiento, en uno de los pisos superiores que aún no había explorado. Según el general, llevaba mucho tiempo sin usarse, desde que el rey y él entrenaban para el ejército. Hasta entonces la había sacado fuera para que no se sintiera encerrada —consideración que la conmovió—, pero para entrenar cuerpo a cuerpo era mejor depender de un suelo firme, no del césped húmedo característico del otoño.

Incluso habiendo pasado nueve días desde la recaída, Ashbree seguía notándose más fuerte de lo normal. No sabía si era gracias a la influencia de la sangre o a que estaba recuperando su forma física a pasos agigantados, pero había conseguido darle un buen puñetazo en el abdomen a Ilian. Uno que lo había pillado desprevenido y que le había hecho reír. A ambos, en realidad. Y se había maravillado con lo bonita que era su risa. Por eso ahora se miraban casi sin parpadear, retándose y midiéndose. Ilian la había subestimado, y le había gustado cómo su hermoso rostro se había moldeado con la sorpresa.

Estaban sudorosos, notaba la camisa pegada a la piel y la trenza despeinada, pero la adrenalina de un buen combate bullía en su sangre. Luchar contra Ilian no era, ni de lejos, como contra Cyndra, pero en sus movimientos precisos reconocía la agilidad de su amiga. Y, en cierto modo, así la sentía más cerca.

El general tomó la iniciativa y se lanzó a por Ashbree. Amagó con darle un puñetazo, pero cambió de opinión y giró sobre un talón para propinarle una patada. Ella no lo vio venir y encajó el golpe abrazándole la pierna, como una vez hacía tanto tiempo había practicado con Cyndra. La acometida le arrebató el aire de los pulmones, a pesar de que supiera que no había usado ni una ínfima parte de su fuerza, pero no lo soltó, sino que enroscó su talón tras el tobillo de Ilian y tiró para desestabilizarlo y que cayera al suelo. Él se rio de su entusiasmo, saltó y, con la otra pierna, le hizo una llave. En consecuencia, ambos cayeron al suelo, pero la perjudicada total fue Ashbree.

Él se recompuso rápido y saltó sobre ella para inmovilizarla con brazos y piernas. Ashbree gruñó de frustración, la euforia por haber conseguido darle un puñetazo desaparecida. Le estaba mostrando la consecuencia de haberle pegado. Y había aprendido la lección.

Palmeó el suelo varias veces, en señal de rendición, e Ilian la soltó, pero siguió sentado a horcajadas sobre ella. Ashbree se quedó tirada en el suelo, las mejillas arreboladas por la tensión, el esfuerzo y la frustración, la respiración agitada y los músculos resentidos.

—¿Estás bien? —le preguntó, sin quitarse de encima.

Se revolvió bajo Ilian para apartarlo, aunque él ni se inmutó. Abrió los ojos y se lo encontró inclinado hacia delante, con una mano a cada lado de su cabeza y algunos mechones sueltos. Ashbree se quedó sin aliento, como si ya no necesitara de ese sustento para seguir viviendo.

—Estoy bien. Quítate —le soltó de mala gana, porque no permitiría que su cuerpo siguiera con la corriente de reacciones que aquella cercanía iba a desencadenar.

Después del recital privado, se había acurrucado junto a Ilian en el sofá de la sala de música y, en algún punto entre conversación y conversación, se había quedado dormida. Cuando se despertó, un par de horas después, ambos estaban completamente a oscuras, con su cuerpo tapado por una manta gustosa al tacto y abrazada a él, protegida por su brazo. Un miedo extraño se le coló entre las costillas y se lo quedó un rato mirando, embelesada por la calma que transmitía su rostro salvaje mientras dormía, pero no se había alejado de él hasta que Ilian se había despertado una hora después. Ashbree se mantuvo despierta todo ese tiempo, empapándose del ritmo de su corazón, de la fuerza y la calidez de sus músculos bajo la ropa y del aroma que la envolvía. Sabía que no debería haberlo hecho, pero se rindió y, por unas horas, dejó de luchar contra su mente.

—No.

—¿Qué? —preguntó Ashbree, desconcertada.

—Que no me voy a quitar.

Ella hizo impulso con las caderas, todo lo fuerte que pudo, y él se movió en respuesta, pero no consiguió quitárselo de encima. El condenado era demasiado ágil y fuerte y experimentado y duro y... No le convenía seguir por ahí.

—¿Me explicas por qué no te vas a quitar? Me cuesta respirar contigo encima.

Era mentira, él estaba sentado sobre su cadera, no sobre su vientre. Pero no se le había ocurrido una excusa mejor. Una sonrisa pícara se hizo con los labios del Efímero y jugueteó con el *piercing*. Aquello supuraba malicia se mirase por donde se mirase. Despacio, como una serpiente acechando a su presa, acercó su rostro unos centímetros más.

—Hace unas semanas no te quejabas de tenerme encima.

Ashbree puso los ojos como platos e Ilian se rio de nuevo. Su cuerpo se estremeció al oírlo y apretó los labios para no decir lo que se le estaba pasando por la cabeza. Le gustaban los duelos de palabras y los piques, había un placer perverso en ellos, pero habían dejado de ser meros juegos. Lo que empezaba a burbujear en su pecho cada vez que pensaba en Ilian era desconocido, y le daba miedo destaparlo por si lo que veía al otro lado era peor.

Y, aun así, no podía apartar la vista de esos labios que tan bien sabían. Deseaba rendirse al juego y ver dónde la llevaba, habían pasado los últimos nueve días así, tanteándose, pero era peligroso. Su luz se había revuelto ante la insinuación del Efímero, y la notaba acariciándola por dentro, como pidiéndole permiso para salir. No sabía por qué no había escapado sola, como casi siempre, pero era mejor atarla en corto.

—Aquel día tenía la cabeza en otras cosas, Ilian —se resignó a decir. Su sonrisa se ensanchó y fijó su atención en los labios de la heredera. A Ashbree se le secó la garganta y esta vez tuvo más que claro que la sed de sangre no tenía nada que ver—. *Cosas* como la colonia de Rimbalan.

Ilian chasqueó la lengua, puso los ojos en blanco y echó la cabeza hacia atrás. Se irguió sobre ella, aún sentado encima de sus caderas, y le dedicó un vistazo reprobatorio, como amonestándola por el cambio de tema. Ashbree se apoyó sobre los codos y lo miró fijamente, a la espera de que dijera algo más o que se moviera.

—¿Te quitas ya?

—Dime una cosa. —Ashbree resopló y fue su turno de poner los ojos en blanco—. ¿Por qué me dices que estás bien cuando no lo estás?

Raudo como un pájaro, la cogió por la muñeca y extendió sus dedos entre ambos. La mano le temblaba muchísimo. Ashbree contuvo la respiración y se zafó del agarre de un movimiento vigoroso. Reptando, salió de debajo de él y se puso en pie. Ilian suspiró y se levantó, con los iris violetas teñidos de preocupación.

—Es por el ejercicio.

La realidad era que temblaba por el esfuerzo de luchar contra sus propios pensamientos, no por la sed. La realidad era que temblaba por no dejar de darle vueltas a los motivos por los que no había vuelto al punto de partida. Las recaídas funcionaban así: dar un paso atrás implicaba volver a empezar desde el principio. Pero no estaba desatada, su cuerpo no luchaba contra la desintoxicación. No había habido nada de lo que había sentido aquel primer día. Si bien podría ser por la diferencia de la dosis ingerida, algo en su cuerpo le decía que había otro motivo. Y no sabía cómo decirle..., cómo decirles, a ambos, que estaba lista para descubrirlo, si ellos también lo estaban.

—¡Ja! —La carcajada de Ilian la sobresaltó—. He entrenado a infinidad de soldados hasta la extenuación, muchos en peor estado que tú, y ninguno temblaba tanto. ¿Tan nerviosa te pongo?

Sus labios se estiraron de nuevo, cruzó los brazos ante el pecho y sus ropajes de cuero realzaron sus músculos poderosos. Ashbree hizo un mohín y pateó el suelo con indiferencia. ¿Por qué las indirectas habían dejado de ser indirectas? Era como si el rey y él hubieran intercambiado papeles.

—¿Por qué me miras así? —refunfuñó.

—Porque quiero que me digas cómo estás. La verdad.

—No sé cómo estoy, Ilian. ¿Satisfecho?

—Muchísimo. —Ilian dejó caer los brazos a ambos lados—.

Ash, si vamos a estar juntos en esto, necesito que seas sincera conmigo. Necesito intentar adelantarme a tus necesidades. Necesito no tentarte cuando estés en un momento de flaqueza.

Ashbree parpadeó, perpleja.

—¿Cómo que «si estamos juntos en esto»? ¿Vas a ser tú quien me dé la sangre cuando esté preparada?

La emoción se hizo con su cuerpo y su mente empezó a dar saltos de alegría ante la expectación. Pero no debería, creía que ya había superado eso.

Ahí estaba, de nuevo, el jugueteo con el aro del labio. Le complació reconocer sus manías. Y tampoco debería.

—Claro que voy a ser yo —suspiró.

La culpa le arañó la nuca y Ashbree desvió la mirada. Su cuerpo le pedía que tomara todo lo que aquel varón le ofreciera, pero su mente le decía que no estaba bien; que Ilian no deseaba hacerlo, pero no le quedaba más remedio.

—No quiero que te sientas obligado a...

Como si volara, acortó el espacio entre ambos y encerró su rostro entre las manos, acercándola a su cuerpo. Ashbree lo miró a la cara, sorprendida por su velocidad inmortal.

—No es ninguna obligación. Lo hago porque... Porque tú y yo ya hemos compartido cama. —Sintió una presión entre los muslos cuando lo dijo y tragó saliva—. Porque necesitas que alguien te vigile mientras tanto y pensé que preferirías que fuera yo. Pero si no es así, seguro que a Rylen no le impor...

—¡No! —Se mordió el labio inferior al percatarse de la efusividad con la que lo había dicho—. No... En ese sentido, prefiero que seas tú. Pero no tiene por qué ser tu sangre.

—Si me comprometo, me comprometo con todo. —Aquellas palabras hicieron que un sinfín de mariposas revolotearan por su estómago, descontroladas—. Estoy contigo en esto. —Ilian le recolocó un mechón rebelde tras la oreja, con cuidado de no rozarle el arco—. Todos estamos contigo.

Se miraron durante unos segundos que se le antojaron agónicos por tener que enfrentarse a la necesidad de acortar la distancia entre sus rostros. Tragó saliva e inspiró hondo para mentalizarse a decir lo que quería:

—Creo que ya estoy lista. Para saber más.

71

Ilian apretó los labios y el *piercing* se movió un poco. Fue su turno de inspirar hondo, mientras sus ojos viajaban frenéticos por su rostro.

—Está bien. Lo haremos esta tarde, ¿te parece?

Ashbree asintió con la cabeza —un movimiento trémulo, porque tenía la garganta cerrada por los nervios— y volvieron a mirarse. En aquella ocasión, no sintió la tensión característica, sino compenetración, comprensión y un apoyo inconmensurable que hicieron que los ojos se le anegaran de lágrimas.

La puerta de la sala de entrenamientos se abrió con un saludo efusivo. Ashbree dio un respingo y se separó del general, rompiendo el hechizo que los envolvía. Ambos se giraron hacia la puerta y descubrieron a una radiante Elwen sonriéndoles. Sus labios se estiraban casi de oreja a oreja.

—Hora de comer —anunció, balanceándose sobre los talones.

Llevaba la cabellera rojiza recogida en un moño bajo desenfadado y su cuerpo curvilíneo ataviado con un hermoso vestido de punto gris. Una extraña tela traslúcida con lunares negros le cubría las piernas, haciendo que su piel se viera de un tono más oscuro. Ashbree lo miró fijamente. Jamás había visto una prenda como aquella.

La fémina se acercó a ellos y le dio un beso en la mejilla a su hermano, poniéndose de puntillas y tirando de él hacia abajo para salvar la distancia. Elwen era unos centímetros más bajita que Ashbree, aunque no tanto como Cyndra.

—¿Rylen ha terminado ya? —preguntó Ilian.

—Qué va. —Ella hizo un gesto desdeñoso con la mano—. Saeros se ha empeñado en reunirse con él en relación con…

Elwen le dedicó un vistazo fugaz a Ashbree e Ilian apretó los labios. ¿Acaso el rey y lord Saeros estaban hablando de ella? Se sintió incómoda, como cuando su padre informaba a su consejo sobre sus enfrentamientos con el corazón, mes tras mes, analizando sus aptitudes y, sobre todo, sus ineptitudes.

—¿Comes con nosotras, hermanito?

—No, voy a ir a echarle una mano.

—A Saeros no le hará mucha gracia verte por allí.

—Por eso mismo.

Ilian le sonrió a su hermana y pasó junto a ella. En el umbral de la puerta, se dio la vuelta y miró a Ashbree.

—Te veo luego, ¿vale?

Ella asintió en respuesta y el Efímero se despidió con un gesto de la mano.

—¿Vamos?

Sin esperar una respuesta, Elwen entrelazó el brazo con el de ella y la condujo al exterior. El día se presentaba soleado, sin rastro de la llovizna otoñal. Caminaron por los pasillos del palacio en silencio, Ashbree observando el paisaje que le regalaban los amplios ventanales. Estaban varios niveles por encima del puente de obsidiana que unía los cuerpos de ambos palacios, y pensó que nunca había visto a nadie cruzarlo, ni las ventanas se iluminaban por la noche. Era como si aquella construcción estuviera deshabitada, pero era un edificio demasiado grande y hermoso como para que fuera cierto.

—¿Te gustan mis medias? —le preguntó Elwen, llamando su atención—. He visto que las mirabas mucho.

Ashbree desvió la vista hacia su rostro.

—¿Medias?

—Sí, esto.

Elwen se subió el bajo del vestido hasta la cadera y le mostró unas bandas de encaje que le rodeaban los muslos. Ashbree enrojeció y miró a su alrededor, con temor a que alguien pudiera verlas. Pero la realidad era que, aunque el palacio de obsidiana estuviese más que habitado, sus moradores se movían entre las sombras. La *norna* se recolocó el vestido y se rio del gesto de horror de la heredera.

—Es la solución perfecta para llevar vestidos en invierno y que las piernas no se te congelen. Puedo encargarte algunas si quieres.

—No me gustan los...

—Los vestidos, lo sé. Pero ¿no te gustan? ¿O es porque te rozan los muslos?

Ambas miraron las piernas de Ashbree y se quedaron calladas. La realidad era que sí que le gustaban los vestidos. Los de Kara eran una absoluta delicia, y los de Elwen eran de una elegancia sin igual, a la par que sensuales. Pero los que el emperador le obligaba a ponerse eran simples trozos de tela colocados estratégicamente para tapar las partes pudorosas. Resignada, se encogió de hombros y la sonrisa de Elwen se ensanchó.

—Pediré que te consigan varias para Veturnaetur.

—¿Para Vetur... qué?

Se detuvieron frente a una sala amplia, un comedor que estaba vacío y cuyas vistas daban al magnífico palacio gemelo. Un sirviente le retiró la silla para que tomara asiento y Elwen suspiró, encantada.

—Veturnaetur, la bendición de la última cosecha. ¿No lo celebráis en Yithia?

Ashbree negó con la cabeza mientras le extendían una servilleta sobre el regazo. Se sintió incómoda por su aspecto desaliñado y sudoroso, pero el elfo oscuro que la atendía le dedicó una sonrisa amable, como leyendo sus pensamientos. Era delgado, atractivo, de ojos marrones oscuros y piel tostada. Con la consternación de tener a Orsha, una troll, a su alrededor, no se había fijado demasiado en el resto de los trabajadores, una mala costumbre de vivir en el palacio de cuarzo, pero le dio la sensación de que el personal de servicio allí era más feliz que el de su hogar. No había miradas serias ni esquivas, ni ojeras ni miedo.

—Ni siquiera lo había oído nunca. En Yithia celebramos Ostara para conmemorar el inicio de las cosechas, pero fue hace varios meses, en primavera. Y también tenemos un festejo por el solsticio de verano, Yule, en poco más de dos meses.

Ashbree no sabía si los elfos oscuros celebrarían Yule para festejar el inicio de su invierno. Aunque era algo que se había intentado durante mucho tiempo, los astrólogos, en todos los años que habían pasado desde el Siglo Cero, no habían conseguido dilucidar qué tipo de poder cósmico había dividido la isla en dos con la separación de ambas razas. Mientras que en Yithia disfrutaban de seis meses de verano —que terminaban con Yule— y seis meses de primavera, en Lykos dividían ese período de tiempo entre otoño e invierno. Y si ya hacía aquel frío en otoño, no podía imaginarse cómo sería vivir en invierno.

—¡Ay! ¡Te va a encantar! —La mesa tembló cuando Elwen se apoyó sobre ella, ilusionada. Después, dio un par de palmaditas y bebió de su copa de vino—. Aunque Yule es más bonito, ojalá sigas aquí para entonces.

Ashbree sonrió para sí misma al descubrir que sí que seguían teniendo puntos en común, pese a que ambas razas llevaban casi mil quinientos años separadas. Se preguntó qué harían ellos en aquella festividad y pensó que le gustaría descubrirlo. Hasta que la realidad la abordó e hizo que la sonrisa muriera en sus labios. Sabía que no podía quedarse para Yule, pues aún faltaba mucho tiempo.

—Veturnaetur se celebra en dos semanas —prosiguió—, y antes siempre se organizaba una mascarada en el palacio, aunque no sé si Rylen recuperará la tradición —añadió con la boca pequeña. Quiso preguntar sobre ese «recuperar», pero no le dio tiempo—. Por lo que me dijo ayer Tharin, en la ciudad se montará una feria. Podemos ir juntas si quieres, aunque a lo mejor prefieres la compañía de mi hermano...

Ashbree se atragantó con el vino y Elwen prorrumpió en carcajadas. Entre toses, se limpió la boca con la servilleta y la fulminó con la mirada, las mejillas al rojo vivo.

—No me mires así, Ily no me ha dicho nada. Pero a mí no se me escapa una.

Se dio un par de toquecitos en la nariz con el índice y le guiñó un ojo.

—¿Tiene algo que ver con tus cualidades de *norna*?

El estómago se le contrajo cuando el sirviente destapó la campana de plata que había colocado frente a ella. El olor era exuberante, recargado de deliciosas especias que aderezaban un muslo de faisán jugoso acompañado de una salsa de frutos del bosque y patata asada. Aunque poco a poco la comida iba perdiendo ese regusto a cenizas, aún seguía latente.

—No, tiene más que ver con conocerlo desde hace más de trescientos años.

—He de admitir que, cuando te vi por primera vez, no te imaginaba tan... mayor.

Se llevó un bocado a los labios y agrió el rostro por la decepción de que el faisán no le supiera a nada.

—¡Eh! Que me queda toda la inmortalidad por delante. —La señaló con el tenedor, a modo de amenaza, y Ashbree se excusó con una sonrisa y mostrando las palmas en gesto conciliador.

El tiempo de vida de los elfos era indeterminado. La mayoría llegaban a los trescientos años, hasta que un día simplemente dejaban de existir y se desvanecían —si su muerte era por causas naturales—. Otros, sin embargo, alcanzaban la edad del rey o de Ilian, pero eran los que menos. Pensar en que tal vez no les quedaran demasiados años de vida le dejó un regusto amargo que nada tuvo que ver con el faisán.

—Perdona, es que eres tan alegre... —dijo, intentando apartar esa idea de su mente.

—Ya, es normal. En cuanto pasan del siglo, todos se vuelven unos amargados. —Se llenó la boca de patatas y siguió hablando—: Pero es porque no saben disfrutar de la vida. Solo hay que ver a mi hermano, todo el día con un palo metido por el culo.

La heredera se rio y solo pudo darle la razón. A pesar de que los últimos días se hubiera mostrado más relajado con ella, sin duda era mucho más serio que el rey y que Elwen.

—El único que no ha perdido el humor con los años, y mira que tiene motivos más que suficientes, es Rylen.

Ashbree se crispó ante la mención del soberano. Por mucho que hubiera sido amable con ella, no podía olvidar que antes del incidente con Ilian la hubiese ignorado, ni mucho menos los quince años de odiarlo de forma activa y de buscar destrozarle el corazón.

—¿Qué te pasa con él? —le recriminó Elwen, dándole otro sorbo a su copa.

—¿A mí? Nada. —Rehuyó su mirada y se fijó en los delicados remates de las agujas que coronaban la construcción gemela a la que se encontraban, al otro lado de la ventana. Era de una belleza sin igual—. Oye —la interrumpió antes de que pudiera seguir por ahí—, ¿por qué nunca hay nadie en ese palacio? ¿Acaso tenéis uno de otoño y otro de invierno?

Ashbree sonrió para acompañar a sus palabras. Le cuadraba que la excentricidad del rey llegara a esos límites. Elwen, sin embargo, enmudeció y su rostro se ensombreció.

—Se usó durante un tiempo, pero... Rylen vetó el paso hace siglos.

Había pretendido evitar hablar del monarca y el cambio de tema la había conducido a lo mismo. No obstante, aquello le picaba la curiosidad.

—¿Por qué?

Jugueteó con las patatas antes de atreverse a probar otro bocado, que le supo un poco mejor.

—No me corresponde a mí contar esa historia.

—¿Por qué todos decís lo mismo? Tu hermano igual.

—Hay demasiadas cosas que no sabes, Ash. Cosas que crees ciertas y que no lo son. —Ashbree fijó la vista en su plato y tragó saliva. Para su desgracia, estaba empezando a descubrirlo—. Y no sería justo que quien no formó parte de ella contara la historia. Demasiado se han desvirtuado los hechos con el paso de los años.

Elwen se limpió la boca con la servilleta. Ya había terminado cuando ella apenas había probado bocado.

Como si lo hubieran convocado, el Rey de los Elfos se materializó en la silla libre junto a ellas. Ashbree ahogó un jadeo y se llevó la mano al pecho. Vestía con la habitual pulcritud, sin una sola arruga ni mancha en sus ropajes elegantes, que se ceñían a su cuerpo como un guante. Las sombras se enroscaban a su alrededor mientras se diluían en sus hombros, como al arrojar agua sobre brasas candentes. Sus miradas se encontraron y él esbozó una sonrisa felina, reclinado sobre la silla con un tobillo apoyado en la rodilla contraria.

—Dioses, creo que nunca me acostumbraré a eso —resopló Ashbree.

—Cuando empecéis a hacerlo vos se os pasará.

—¿Cómo diantres sabías qué silla estaba libre? —intervino Elwen.

—Me la he jugado.

El rey sonrió, encogiéndose de hombros, y la estancia entera pareció iluminarse. Elwen, contrariada, le dio un manotazo en el brazo y él se quejó con demasiada efusividad. Ashbree se quedó perpleja por esa familiaridad, a la que no se acostumbraba. Era como si el soberano fuese un varón más, como si sobre su cabeza no reposara una corona ni sobre sus hombros se sostuviera una nación entera.

—¿Cómo os encontráis hoy, dragona?

El rey le hizo un gesto con la mano al sirviente que iba a colocarle una servilleta en el regazo, rechazándola, y la miró fijamente. Su luz vibró, emocionada por su atención, y ella desvió la vista al palacio vacío.

—Bien —murmuró, escueta. Oyó una risilla y fulminó a Elwen con la mirada.

—Bueno, yo os dejo.

—¿Por qué sueles desaparecer en el momento menos oportuno? —le recriminó la heredera.

—Tengo ese don. —Elwen se inclinó para darle un beso en la coronilla al rey y luego le dio otro a Ashbree, que se quedó atónita ante las confianzas. No le había desagradado, solo que... no se lo había esperado—. ¡Pasadlo bien!

Desapareció del modesto comedor cerrando tras de sí y el silencio, tan característico entre ellos dos, se instaló como un comensal más a la mesa.

72

—Déjanos solos —le pidió al sirviente en tono amable. Cuando desapareció tras la puerta, el rey volvió a centrar su atención en ella—. Ilian me ha dicho que habéis aguantado bien el entrenamiento.

Ashbree asintió con un murmullo, sin despegar los ojos de su plato y jugueteando con la comida. Probó a dar otro bocado y contuvo la reacción de su rostro.

—¿Queréis acompañar la comida con un poco de infusión? Quizá os abra el apetito —le ofreció el soberano—. Decidme lo que necesitáis y así se hará.

Cuando sus ojos se encontraron, algo dentro de ella se estremeció, y no estaba segura de poder achacarle la culpa a la emoción de su luz. Aquellos iris le recordaban demasiado a la sangre plateada que corría por sus venas, era la tentación conformada en su cuerpo, aunque sintiera que la estaba superando.

—¿Por qué? —inquirió ella con voz trémula.

—¿Por qué, qué? —El Rey de los Elfos alargó el brazo y se sirvió una copa de vino.

—¿Por qué me tratáis tan bien?

Él se quedó callado, como si la pregunta lo hubiera pillado desprevenido.

—¿Aún seguís pensando que soy un monstruo?

Ashbree se mordió el labio inferior, dudosa. Resultaba evidente que no era el monstruo con el que había crecido. Aquel varón no se asemejaba en nada a la imagen que habían ido cincelando en su mente año tras año. En sus facciones apuestas no veía ni un resquicio de maldad, aunque sí astucia y picardía. Era serio y bromista al mismo tiempo, era responsable y arriesgado. Era un compendio de dualidades que distaba mucho de las características propias de un monstruo.

El Rey de los Elfos chasqueó la lengua tras su silencio y jugueteó con el líquido burdeos de su copa.

—Comprendo las dudas que deben de abordaros —había malinterpretado su silencio, y a Ashbree le dolió—, pero creía que Rimbalan habría despejado algunas de esas cuestiones.

—Ni siquiera termino de entender lo que vi...

Dejó los cubiertos sobre la mesa y entrelazó las manos sobre el regazo, bajo la mesa. Sus dedos juguetearon entre sí por inercia, nerviosos.

—Creía que Ilian había hablado con vos.

—Y lo hizo, pero no... No lo comprendo.

—Quiero la paz, Ashbree. Y no hay paz si la mitad de un pueblo vive aterrorizada de la otra. Si me impongo con puño de hierro, vuestra gente me vería como un hostigador, no como un líder.

—Pero mi padre...

—Vuestro padre arrasa por donde va. He estado en el campo de batalla, he visto a mis soldados morir con una brutalidad escalofriante, y mi gente se ha dejado matar por mis ideales. —La voz se le endureció según hablaba. Dejó la copa sobre la mesa con sumo cuidado y mirada afilada—. Prefieren pasar por la espada a subyugar a sus congéneres, ¿comprendes lo que eso significa?

El pulso se le desbocó, en parte a causa de la ansiedad que burbujeaba en sus venas.

—Es mejor morir que vivir de rodillas —continuó él, implacable. Aunque siempre que estaban a solas dudaba de que él fuera el soberano de Lykos, en aquellas palabras sí distinguía al Rey de los Elfos, el conquistador. Al varón que haría lo que fuera por su ideología—. Pero si, además, vivir inclinado significa hacerlo hincando las rodillas sobre los huesos de otros soldados, ¿qué sentido tiene?, ¿qué honor hay en eso? ¿Por qué aprovecharse del más débil cuando puedes ofrecerle tu ayuda y, juntos, convertiros en una potencia mucho más fuerte?

La respiración del rey se había agitado y había descruzado las piernas, sus músculos en tensión absoluta. A Ashbree le picaban los ojos de contener las lágrimas que la habían abordado. Entendía lo que el monarca le decía, veía verdad tras esas palabras cargadas de esperanza, y aun así había cosas que no le cuadraban. Su mente daba vueltas y más vueltas, la rueda no paraba de girar. Era imposible que lo que le decía fuera cierto. Era imposible que lo que había visto en Rimbalan fuera la realidad.

De repente, la desconfianza se hizo un hueco en su pecho. Había vuelto a olvidar que estaba en casa del enemigo. Que llevaban siglos encadenando una guerra tras otra. Se mostraban afables, le doraban la píldora y bien podría ser todo un plan para que se pusiera de su parte y la conquista fuera más sencilla.

—Mentís.

El Rey de los Elfos entrecerró los ojos, contrariado.

—Yo no miento, dragona —atajó con voz monocorde.

—Solo buscáis una forma de embaucarme, *majestad*. Es imposible.

—Cualquier cosa que escape a nuestro entendimiento puede denominarse como imposible.

La tensión creció entre ambos como la espuma de mar arrasando la costa. Ashbree se agarró al borde de la mesa para contener la rabia por sentirse engañada, la sed reemplazada por el enfado.

—Se os llena la boca con ínfulas de grandeza —prosiguió ella, inclemente— cuando sois el responsable de todas las muertes de las que habláis con tanto pesar. —Al rey se le crispó el rostro y la mesa tembló, pero Ashbree no se amedrentó. Sentía su luz pulsando en su interior, rogándole que la liberara para degollar al varón frente a ella y acabar con el problema de una vez por todas—. La realidad es que nada de esto habría sucedido si no hubierais empezado la Tercera Guerra. ¡Si no hubierais secuestrado a Ayrin!

—¡Yo no la secuestré! —rugió con tanta fuerza que las ventanas vibraron.

El rey estalló, arrasado por la furia, el rostro endurecido y rezumando un odio desmedido. La estancia se ensombreció, a pesar de que en el exterior el sol brillaba fuerte, y un helor se asentó entre aquellas paredes. Las sombras habían escapado del cuerpo del monarca y lo envolvían como serpientes siseantes preparadas para atacar ante la menor amenaza. Y Ashbree, por su parte, se quedó yerma, con los labios entreabiertos y la mirada atónita. No podía haberlo oído bien. Sus ansias de comprender y de buscar una explicación plausible debían de haberle jugado una mala pasada.

De nuevo, era imposible. ¿O no?

Despacio, la rabia fue desapareciendo del cuerpo del monarca. Sus facciones se suavizaron, la rigidez de sus hombros se alivió y, con calma estudiada, recolocó la silla que había volcado al levantarse y se derrumbó sobre ella, todo bajo la atenta mirada de Ashbree.

—Lo lamento —murmuró, y sonó sincero.

Ella se veía incapaz de articular palabra, ni siquiera para confirmar si lo que sus oídos habían captado era cierto. Bien podría tratarse de otro embuste. La red de mentiras perfecta urdida para someter al enemigo.

Y sin embargo todo en el lenguaje corporal del rey le sugería una rendición absoluta, como si se hubiera quitado un peso de encima.

—¿Q-qué...? —balbuceó ella.

El monarca apoyó un codo sobre la mesa y se masajeó la frente, rumiando algo ininteligible. Sus sombras volvieron a él como un tsunami recogiendo el mar, solo esperaba que no regresara con más violencia.

—Yo no la secuestré, Ashbree —repitió con paciencia.

—Pero los libros...

—Sí, esa es la historia que os han querido contar. Pero la historia la cuentan los vencedores. O quienes se creen vencedores. Y yo lo perdí todo en lo que respecta a Ayrin.

Se le atragantó el nombre en los labios, como si le doliera pronunciarlo.

—N-no lo... No lo entiendo... —Negó con la cabeza. Le temblaba la voz, al borde del llanto de nuevo. En su mente se gestaban distintas opciones que explicaran aquello, pero era... Sí, imposible.

Rylen suspiró, y cuando alzó la vista y sus ojos se encontraron, lo descubrió tan al borde del llanto como ella misma, con una pátina vidriosa cubriendo aquellos iris argénteos. Una tempestad se gestaba en su interior y relucía a través de su mirada.

—Ascendí al trono siendo apenas unos años mayor que vos —comenzó con voz derrotada—. Era joven y tenía unos ideales tan imposibles como los de ahora, pero sin experiencia alguna para llevarlos a cabo. Y al otro lado del tablero se encontraba Ayrin Wenlion, tercera emperatriz del Imperio de Yithia, con casi trescientos años de experiencia al mando sobre sus hombros. Los primeros años de mi mandato los empleé en hacerme a la idea de qué suponía el cargo, porque mi madre apenas había tenido tiempo de enseñarme nada. Tharin... —Tragó saliva para aclarar las ideas—. Lord Tharin me ayudó en el proceso.

»Asumir el cargo de rey en plena Segunda Guerra, una guerra que yo *no* había iniciado, era demasiado para mí. Apenas superaba los treinta e invertí esos seis primeros años de reinado en buscar una forma de lograr la Segunda Tregua. Fue así como se me ocurrió negociar por un matrimonio concertado.

Ashbree se quedó de piedra. ¿Matrimonio? ¿Matrimonio entre quiénes? En los anales de la historia de la Era Solar no había mención alguna sobre un matrimonio entre elfos oscuros y elfos de luz más allá del primero, el que supuso la separación de las razas durante el Siglo Cero.

—Me propuse como consorte con tal de que la guerra acabase y, después de mucho negociar, Ayrin accedió a casarse conmigo. Ese fue el origen de la Segunda Tregua, Ashbree. Sé lo que os cuentan en Yithia, aunque desconozco la justificación que os darán para esa pausa en el camino, pero la realidad es que logré la paz ofreciéndome a mí mismo.

Según sus libros de historia, la Segunda Tregua había sido pactada por ambas partes en busca de una negociación favorable. No había habido motivos, simplemente habían llegado al acuerdo de cesar los actos bélicos para reunirse y buscar una solución. Fue lo mismo que pasó en la Primera Tregua, cuando Ires Valandur, madre del soberano sentado frente a ella, le rogó a Daldani Wenlion, padre de Ayrin, que buscasen la resolución a sus problemas. Y Daldani acabó resolviendo la tregua después de un siglo de negociaciones infructuosas. El Siglo de Gracia, lo llamaban algunos, porque la siguiente tregua apenas duró un año.

—En el año 879 de la Era Lunar —prosiguió—, contraje nupcias con Ayrin Wenlion, allí, en Kridia, durante la celebración de Ostara. Acordamos vivir seis meses en cada nación, rotando para que ambas facciones, que habían dejado las armas, se sintieran arropadas por sus líderes. Y para cuando llegó el momento de regresar a Lykos, yo... Yo...

La voz se le quebró y cerró los ojos y los puños con fuerza. Aquello explicaba el ataque al palacio de Kridia, el modo en el que los soldados oscuros se habían movido por su hogar como si lo conocieran al dedillo. Si él había pasado seis meses viviendo allí, sabría de sobra en qué ala se encontraban las dependencias imperiales, sabría exactamente dónde buscar sin desbaratar todo el edificio.

Algo dentro de ella le decía que ya sabía qué iba a salir de sus labios a continuación, pero en su mente se repetía un «no» tras otro.

—Cuando marchamos a Lykos seis meses después, ya me había conquistado y estaba perdidamente enamorado de Ayrin.

Ashbree negó con la cabeza, intuyendo por dónde iba a ir todo. Y no podía... no *quería* que el último cimiento que soportaba el peso de la historia de los elfos de luz se derrumbara.

—El supuesto secuestro del que tus libros hacen gala no existió. Ella vino conmigo por voluntad propia, no solo porque era lo pactado, sino porque aseguraba amarme. Ayrin era la razón de mi existencia, la luz que llenaba mi vida. Y una noche... —Respiró hondo para despejar la mente y deslizó la vista hacia el palacio al otro lado de la ventana, pero fue mala idea, porque agrió el rostro y volvió a mirar a Ashbree—. Después de los festejos de Veturnaetur, me arrancó el corazón del pecho con sus propias manos, creyendo que así me mataría y que se haría con el control de ambas naciones.

Fue como recibir una puñalada en el estómago. Él se había enamorado de ella, y ella... Dioses, era demasiado turbio para creérselo, pero el modo en el que lo pronunciaba, con cada palabra cargada del dolor más absoluto, sugería que era cierto. Nadie en el palacio de obsidiana había querido contarle los motivos reales detrás de todo, nadie había querido contarle *su* historia alegando que solo le pertenecía *a él*. Y ahora comprendía por qué.

—Desperté con ella sobre mí, empapado en mi propia sangre. Mis sábanas, mi ropa, mi... todo. Con un agujero en el cuerpo. —Se frotó las manos, como intentando deshacerse de una suciedad inexistente, y luego el pecho. ¿Sería ese el motivo de su pulcritud casi enfermiza?—. ¿Te haces una idea del miedo que pasé? ¿Puedes imaginar cómo es estar durmiendo con absoluta placidez abrazado a tu esposa, a la persona a la que amas, y despertar viéndola arrancándote el corazón del pecho, literalmente? —Ashbree negó con la cabeza, aunque no hiciera falta respuesta—. El dolor era tan arrasador que me quedé sin habla y Ayrin se teletransportó con su luz, llevándose el corazón consigo y dándome por muerto. Lo que no imaginó es que mi dominio sobre las sombras fuera tan superior a mi corta edad. Mi don envolvió mi órgano y lo protegió con una guarda impenetrable. Y mi cuerpo... —Suspiró, derrotado—. De no ser por mi *Fjel*, yo no estaría aquí. Tinta veló por mi supervivencia y recondujo mi poder para crear un corazón de sombras en mi pecho. Ilian permaneció a mi lado, y lo que él hizo por mí...

El soberano calló, perdido en los recuerdos, antes de volver a alzar la vista.

—Estuve al borde de la muerte. Por mucho que hubiera un falso órgano dentro de mí, las heridas eran... —Resopló de nuevo y negó con los labios apretados—. Fue un milagro que sobreviviera a eso, y en parte fue gracias a Ilian. Los sanadores dicen que estoy tocado por la mano de Artha; que la diosa de la oscuridad veló por mí para hacer justicia sobre el pueblo de su esposa Merin. Y hasta llegué a creérmelo, porque poco después, la diosa de la luz desapareció, así como los Wenlion. Sea como fuere, cuando me recuperé, en lugar de arrojarle a Ayrin el odio que sentía y arrasar con su pueblo, me esforcé en ser mejor líder que ella. Implacable en mis ideales, pero ofreciendo la clemencia que me denegaron al arrancarme el corazón mientras dormía.

Ashbree no se dio cuenta de que estaba llorando hasta que sintió las lágrimas impactar sobre los dedos entrelazados en su regazo. Rylen parecía derrotado. Las manos le temblaban cuando se las pasó por el pelo en un gesto nervioso.

No sabía qué decir. Le costaba creer que aquella historia fuera cierta, pero el rey tendría que ser un mentiroso espectacular para orquestar semejante patraña. Y no solo eso, sino que todos a su alrededor deberían estar compinchados con él y actuar igual de bien para sostener sus embustes.

Entonces no le cupo la menor duda: Rylen Valandur decía la verdad.

Un sollozo le trepó por las costillas y se lo tragó a duras penas, porque no le correspondía a ella llorar por aquella historia. Era un pedazo de la vida del rey, un pedazo más de los horrores a los que los elfos de luz habían sometido a los elfos oscuros. Y él lo había sostenido sobre los hombros con estoicismo. Había asumido el papel de secuestrador a ojos de sus enemigos durante quinientos años, había soportado el odio emponzoñado de toda una nación. Y se lo había tragado con entereza pensando en el bien común. En el futuro que ansiaba labrar.

Hubo un tiempo en el que Ashbree Aldair había ansiado hacer trizas el órgano del Rey de los Elfos, y la realidad era que aquel corazón de piedra y plata había sido destrozado siglos antes de su mera existencia. Los ideales que Rylen Valandur llevaba por bandera podrían haberle costado la vida, y, aun así, se había sobrepuesto y había vuelto a arriesgarse a meter a una enemiga en su casa. A una que poseía el mismo poder que su exesposa. A una que lo odiaba abiertamente y que se había enfrentado a él a capa y espada. A una que llevaba quince años intentando deshacerse de su existencia.

«A una que intentó ganarse su confianza».

El sollozo se le atascó en la garganta cuando todo encajó en su mente. Cuando sus decisiones y sus actos pasados cobraron un nuevo significado. Ashbree se había propuesto ganarse la confianza del rey para acercarse y acabar con él.

Justo lo que Ayrin le había hecho.

—Lo siento... —balbuceó, asolada.

Ahora comprendía el terror que había visto en su rostro en Rimbalan, cuando su luz había rozado sus sombras y los escudos de Rylen habían caído.

Había visto a Ayrin en ella.

Y Ashbree Aldair había resultado ser la viva imagen de la tercera emperatriz.

No pudo contener el mar de lágrimas más tiempo y lloró con fuerzas, la cara enterrada en las manos, negando compulsivamente con la cabeza. La vergüenza se entremezclaba con el dolor, con la consternación de haber vivido una vida de mentiras, con los horrores de su pueblo. Con el verdadero monstruo que había servido como su guía en los últimos quince años, desde que había descubierto que tenía idéntico poder. Y con lo que ella misma se había propuesto.

—Lo siento, lo siento... —repetía una y otra y otra vez.

Se sentía sucia en su propia piel. Quería arrancársela y despojarse del disfraz de bufón en el que la habían embutido. Necesitaba gritarle al mundo cuál era la verdad y acabar con la Tercera Guerra de una vez por todas. Para siempre. Porque no era justo. Lo que había vivido Rylen Valandur no era justo.

Una silla se arrastró por el suelo y menos de un segundo después, unos brazos la envolvían con fuerza. Rylen le chistaba en el oído y le acariciaba la cabeza, como ahora recordaba que había hecho durante la recuperación de la sobredosis. En sus brazos se sintió segura, pero al mismo tiempo tuvo la sensación de que no merecía consuelo. Era él quien debía recibir el abrazo, era él quien había sufrido tormentos. Era él el perjudicado. Era él quien merecía saber la verdad. Y, sin embargo, allí estaban, con Ashbree inclinada hacia delante sobre la silla y Rylen abrazándola, con la rodilla hincada en el suelo frente a ella.

—Tú no tienes la culpa de nada —le susurró al oído.

Ella negó con la cabeza y se dobló más sobre sí misma, queriendo desaparecer y acariciando la luna en su mejilla con las yemas de los dedos. Rylen actuó en consecuencia y se amoldó a sus movimientos, como si no quisiera dejarla escapar. O como si *temiera* dejarla escapar.

Su mundo entero se había desmoronado frente a sus ojos, y por mucho que se esforzase en detener el alud de arena que pretendía enterrarla, los granos escapaban entre sus dedos.

—Formo parte de la historia... —sollozó sobre su hombro.

Rylen se separó de ella, le sostuvo el rostro con aquellas manos gráciles, como otras veces había hecho, y la obligó a mirarlo. Ashbree contuvo el aliento al descubrir sus mejillas mojadas por unas lágrimas que se habían precipitado de aquellos dos pozos grises, que brillaban con intensidad.

—Tú aún tienes que escribir la tuya propia.

Ashbree desvió la vista hacia los labios entreabiertos del rey apenas un segundo, pero el corazón le dio un vuelco de igual modo. Estaban tan cerca que sus alientos se entremezclaban, con Rylen acariciándole las mejillas con los pulgares para limpiarle las lágrimas, bebiéndosela con la mirada. Y entonces los ojos del soberano trazaron el mismo camino hacia su boca y se inclinó hacia ella para besarla.

73

Rylen se había movido por impulso. No gestionaba bien el pesar en sus seres queridos y, sin siquiera darse cuenta, había terminado cerrando su boca sobre la de Ashbree. Era su forma de consolarla, se decía; de hacerle saber que no estaba sola en aquello. Pero en cuanto sus labios se rozaron, en cuanto percibió el sabor de su boca, todo dejó de tener sentido.

Los labios de Ashbree eran suaves y cálidos, y aunque al principio mostraron rigidez por la estupefacción, pronto se amoldaron a los movimientos tentativos del rey, volcándose de lleno en aquella caricia. En la necesidad que, de pronto, sentían sus sombras, inquietas dentro de su pecho. Rylen sabía que, de haber tenido corazón, este le estaría tronando contra las costillas. Fingía aparentar calma, pero por dentro era una tormenta a punto de desatarse.

Porque se había lanzado sin pensar y ahora se sorprendía anhelando más de aquel contacto. Deseaba descubrir los matices que la lengua de la heredera encerraba, agarrarla por la nuca y profundizar el contacto hasta arrancarle jadeos desesperados. De repente, ansiaba todo de ella, como si la caricia desesperada de sus labios hubiera despertado algo latente en él.

Ashbree respiró contra su boca, se aferró a su camisa, las manos temblando, cuando Rylen se inclinó hacia ella, cuando le acarició las mejillas mientras sus labios se repasaban una y otra vez. Sin permitir que sus lenguas salieran a encontrarse por temor a que aquello terminara de sellar sus destinos.

Era lo más maravilloso que hubiera probado nunca, como beberse el mismísimo verano, y al mismo tiempo resultaba doloroso. Porque despertaba demasiados recuerdos que permanecían enterrados en su interior, incapaz de hacerles frente. Porque era más fácil ahogarlos en el fondo de su ser que combatirlos y superarlos. Frunció el ceño, sobrepasado por los traumas que llevaba dentro, y se inclinó más sobre ella, queriendo reclamarlo todo para olvidar.

Y entonces ella se separó con un «no» trémulo escapando de sus labios.

Rylen se quedó plantado con la rodilla hincada frente a ella, casi resollando, con la mirada desencajada mientras se enfrentaba al reflejo de su propia consternación en el cuerpo de Ashbree. Ambos se observaron durante unos segundos eternos en los que se dedicaron a recobrar la compostura.

Solo entonces Rylen se dio cuenta de que había traspasado una frontera infranqueable. Se había abierto con Ashbree porque no lo aguantaba más. Porque la heredera merecía saber la verdad para que pudiera tomar parte en el conflicto con todas las piezas sobre el tablero. Aunque se negara a reconocerlo, puesto que la idea le aterraba, Ashbree era la reina que Lykos merecía. Que toda la isla merecía. Y si bien había cerrado las puertas al amor hacía casi quinientos años, no tenía por qué haberlo en un matrimonio concertado. Solo de pensar en que la historia se repitiera se echaba a temblar, pero Rylen Valandur haría lo que fuera por su nación. No en vano había obviado la ubicación de su corazón durante todo ese tiempo con tal de no recrudecer la guerra.

Pero entonces ella le había creído.

Había sentido un alivio indescriptible, no porque necesitara su aprobación, sino porque, después de años luchando por la paz, por fin la esperanza de lograrla le quedaba un poco más cerca. Hasta que ella se había achacado la responsabilidad y un miedo extraño se había instalado junto a las sombras en su pecho. Y había sucumbido a la necesidad de consolarla.

Con los sentimientos a flor de piel, la había besado, sin pensar siquiera en los motivos reales ni en las posibles consecuencias. Y había sabido tan tan bien…

Pero el horror en el rostro de Ashbree solo ratificaba que había cometido un error tremendo.

—Lo siento mucho, Ashbree… No debí haberos besado, yo…

La negación trémula de su cabeza le hizo callar. Ella volvía a tener los ojos anegados de lágrimas, y la posibilidad de haberla destrozado tanto por besarla sin su permiso rompió algo en Rylen. Las barreras entre ambos se habían vuelto a alzar sin necesidad de palabras. Era mejor así, se dijo, sin olvidar quiénes eran. Él, Rylen Valandur, Rey de los Elfos; ella, Ashbree Aldair, futura emperatriz de Yithia.

—No tengo excusa para lo que he hecho —reconoció sin titubear, aunque él hubiera disfrutado de aquel contacto más de lo que estuviera dispuesto a admitir.

Porque aquel beso traía un montón de problemas como consecuencia. Problemas que esperaba poder resolver con Ilian en cuanto lo viera. No sabía qué existía entre ella y su general, pero era indudable que su relación iba más allá de una simple amistad, aunque ninguno de los dos se diera cuenta. Él sí, porque había estado en esa situación: la de enamorarse y no querer reconocerlo hasta meses después. Lo hablaría con él y le pondría fin a ese anhelo que sentía por Ashbree y al que había sucumbido si así se lo indicaba Ilian. Porque era más que evidente que ella se arrepentía.

—Soy un monstruo… —balbuceó Ashbree, el llanto retomado.

Rylen dio un respingo, sobresaltado por sus palabras, y frunció el ceño. ¿Ella, un monstruo? En todo caso —y aunque siempre hubiera renegado de esa palabra—, aquel papel le correspondía a él. Él había iniciado el beso, por mucho que ella se hubiera volcado en él perdida en el batiburrillo que sería su mente.

—No lo sois.

Ashbree clavó sus ojos dorados en los del rey; brillaban con tanta intensidad que parecían oro líquido contenido por carne. Y a pesar del llanto, a pesar del rubor de sus mejillas, la luz incidía sobre ella de forma majestuosa y la hacía peligrosamente bella. No comprendía cómo en Kridia podían insultarla por su físico cuando él no era capaz de apartar la vista.

—Hay... Hay algo que no sabéis, majestad —masculló, tensa.

—Podéis contármelo. Podéis confiar en mí —susurró con dulzura, porque temía quebrarla más de lo que ya había hecho.

Ella agrió el rostro y apartó la vista en dirección al palacio gemelo.

Rylen cerró los ojos y apretó los labios, controlando la respiración y negándose a mirar el otro edificio por lo mucho que significaba. No seguía enamorado de Ayrin, hacía siglos que ese sentimiento había muerto. Pero el recuerdo de los sueños que se habían roto, de los sueños que la fémina a la que había amado le había arrebatado, seguía siendo tan doloroso como el primer día. Él se había volcado en ella. Le había dado todo lo que pedía y más, le habría abierto el mismísimo cielo si ella así lo hubiera querido. Ella le había prometido amor eterno, vidas longevas en compañía e hijos, muchos hijos. Él había estado dispuesto a formar un hogar con ella, y ella lo había pisoteado.

Cuando abrió los ojos, vio a Ashbree observándolo con dolor. Rylen inspiró hondo y se repitió que ella no era Ayrin, aunque compartieran el mismo tono de rubio oscuro y la misma nariz. Ashbree era mil veces mejor, y lo había sabido antes incluso de besarla.

—Majestad, no merezco vuestro trato. Mucho menos vuestro afecto. —Rylen ladeó la cabeza al escucharla, sin comprenderla—. Cuando os conocí... Cuando os conocí, me propuse ganarme vuestra confianza para acabar con vos.

«No», fue lo primero que pensó. Aquello no podía ser cierto, no la había oído bien. Pero su rostro rezumaba pesar, un pesar profundo. ¿Estaba diciendo la verdad? Rylen la soltó con brusquedad y ella acusó el golpe mental mordiéndose el labio inferior. Su vista, su estúpida vista, se desvió hacia esos labios que instantes antes había saboreado. Que había estado deseando memorizar.

Ella…

Ashbree Aldair había tenido las mismas intenciones que Ayrin Wenlion, la fémina que había destrozado su vida. Hasta entonces, se había cerrado a ella, se había blindado a aquellos ojos únicos y a aquella sonrisa dulce; había querido mantenerse todo lo alejado posible de ella por temor a que le hicieran daño de nuevo, a que la historia se repitiera. Y lo habían empujado a abrirse, a tratar con ella para comprobar que ambas féminas eran muy diferentes, hasta que su subconsciente lo había traicionado y había terminado besándola.

Y, después de todo, él había estado en lo cierto.

Rylen se levantó de golpe, como si la silla le quemara, y esta volcó tras de sí. Se estaba asfixiando de nuevo. Llevaba tres siglos controlando los ataques de pánico y de ansiedad y había sufrido dos en muy poco tiempo. No podía. No podía con aquella situación. No podía mirarla a la cara porque ahora solo veía a Ayrin. De repente, se le parecía mucho más a ella. La altura de sus pómulos, a pesar de la marca de la luna en la mejilla, la profundidad de su boca… ¿Por qué no conseguía librarse de aquella imagen?

Rylen se llevó la mano al pecho, intentando calmar a sus sombras, que le pedían matarla en venganza. Le costó un esfuerzo atroz mantenerlas dentro, y el dolor en el hueco de su corazón solo se acrecentó cuando ella hizo amago de acercarse a él, preocupada. Él consiguió alzar la mano contraria con la que se agarraba el pecho, con la palma expuesta.

—No —casi rugió.

Dio tres pasos más hacia atrás, hasta que su espalda chocó contra la pared de cristal. Ni siquiera el frío del vidrio consiguió templar lo incandescente de su piel. Todo su cuerpo le pedía que se desatase, que liberase la tensión de dentro, pero si lo hacía, la mataría. Y en aquel momento, le costaba saber si era lo que realmente quería.

Con un gruñido, Rylen clavó una rodilla en el suelo. Venció hacia delante y plantó una palma sobre el suelo enmoquetado. Ashbree ahogó un jadeo, pero no podía pensar en ella. El mundo daba vueltas a su alrededor, sentía que lo engullía, que lo masticaba y lo escupía. Le costaba respirar, el oxígeno se negaba a entrar en sus pulmones; no, sus pulmones se negaban a trabajar, tan concentrado como estaba en que su poder no se desatara.

Con la traición de Ayrin se había sentido devastado, pero en el momento de sus actos había estado al borde de la muerte; no hubo lugar para la rabia, la ira y la frustración, solo para la preocupación, el miedo y el dolor. Y en aquel momento no había ningún dolor físico que eclipsara el sufrimiento mental, porque tenía la sensación de haber retrocedido quinientos años en el tiempo.

Rylen jadeó. La visión se le empezó a nublar y cada vez le costaba más luchar contra las sombras, tan en ebullición que creía que le iban a hervir los ojos. Escuchó pasos amortiguados sobre la moqueta, le pareció percibir el chasquido de la puerta al abrirse. Y luego Ashbree gritó.

74

Ilian acababa de salir del baño y se estaba pasando una toalla por el pelo mientras retiraba la condensación del espejo. Había terminado de comer hacía escasos minutos, a solas en sus aposentos porque no sabía bien cómo afrontar la situación.

Ash había estado muy activa aquella mañana, había seguido el entrenamiento a rajatabla y hasta parecía haber disfrutado con él. Le aterraba que, después, le hubiera dicho que quería saber más sobre el influjo de la sangre en ella, porque eso podría traer de vuelta horrores anteriores, pero estaba en su derecho y era su cuerpo. Ella decidía.

Había ido a hablar con Rylen para ayudarlo a tratar con Saeros, cuya aversión hacia los elfos de luz seguro que le estaría provocando dolor de cabeza. Pero también pretendía contarle que Ash estaba lista, porque necesitaba su apoyo para tranquilizarse.

Cuando llegó a su despacho, los había encontrado enfrascados en una acalorada discusión sobre si era inteligente que Rylen hubiera propuesto dar tanto plazo para convencer a Ash.

—El consejo lo votó —atajó Rylen con autoridad pétrea.

Ilian cerró tras de sí y se quedó escoltando la puerta, armado hasta los dientes. Le encantó percibir la tensión de Saeros. Aquel varón lo odiaba por compartir madre, aunque jamás se hubieran considerado hermanos, pero al mismo tiempo temía que en algún momento quisiera reclamar unas tierras que a él no le interesaban en lo más mínimo. No obstante, el odio era mutuo, porque Saeros era de la peor calaña, y disfrutaba poniéndolo de los nervios.

—El consejo está demasiado cegado por vuestros ideales —masculló el varón—. Pero con el revuelo que está habiendo en Yithia por la existencia de la Hija de la Luz, no es inteligente mantenerla aquí. ¿Qué creéis que harán los devotos cuando se enteren de que su enemigo la tiene capturada?

La tensión se alzó entre los tres, pero Rylen controló la situación con firmeza.

—Sé que preferiríais diezmar a la población entera antes que destinar más recursos a la guerra y que todo acabara de un plumazo. —El Consejero de la Moneda apretó los labios—. Pero las arcas lo han soportado, lo soportan y lo seguirán haciendo.

—Solo porque yo estoy al mando.

—¿Acaso tienes pensado darnos una alegría y dejar tu puesto, Saeros? —inquirió Ilian con diversión.

Rylen lo fulminó con la mirada, pero él simplemente se encogió de hombros. Cuando su *hermanastro* se giró para mirarlo, sus ojos chispeaban de furia.

—Ya habéis expuesto vuestro parecer, consejero —intervino el rey antes de que se enfrascaran en otra discusión—. Sé que consideráis a la heredera de Yithia una amenaza, pero pretendo que sea una aliada. Si para cuando llegue Veturnaetur no es así, la devolveremos a su hogar y todo seguirá como hasta ahora.

—Estáis cometiendo un error, majestad. Esa fémina supondrá nuestra ruina, sería mejor deshacernos de ella cuanto antes.

—El consejo votó —le repitió Ilian con voz firme y una nota de amenaza en su timbre. Como volviera a hablar de Ash, no estaba seguro de poder controlarse.

—Necios… —masculló Saeros al pasar junto a Ilian, golpeándolo hombro con hombro. Sus cabellos cobrizos brillaban con el mismo fuego de sus ojos cuando abandonó la estancia dando un portazo.

—No deberías dejar que te hablara así —apuntó el general, sentándose frente al rey.

Rylen suspiró y tomó asiento al otro lado, con los tobillos entrecruzados y más relajado que segundos antes.

—Mal que me pese, es el mejor Consejero de la Moneda que haya tenido Lykos. Su capacidad para las finanzas es asombrosa, y las arcas siempre están llenas, aunque haya momentos de flaqueza. Es un empresario nato, Ilian. Nunca se le escapa nada. Y aunque sea un dolor de muelas, el reino lo necesita. —El general hizo un mohín y sacó su daga predilecta para juguetear con ella entre los dedos—. Voy a ir a hablar con Ashbree, quiero ver qué tal está.

—Ha aguantado bien el entrenamiento —comentó, con la mente en lo que le reconcomía por dentro. Quiso compartirlo con su rey, pero este se levantó, dispuesto a marcharse. Aún percibía crispación en sus facciones, una rigidez casi imperceptible en sus hombros, y optó por dejarlo para más tarde, para cuando ya estuviera todo hecho—. Ha ido a comer con Wen, así que supongo que estarán en el comedor del mirador.

Rylen se tensó al pensar en la sala con mejores vistas al palacio gemelo y asintió antes de desaparecer envuelto en sus sombras.

Ilian había pasado cada minuto desde entonces dándole vueltas a lo que podría ocurrir esa tarde, pensando en Ash sin cesar. Se había aseado con ella en su cabeza y a punto había estado de tener un baño mucho más divertido de lo que pretendía, pero se había mantenido sereno. Se había aferrado a su mente táctica para intentar convencerse de que Ash había mejorado mucho, de que lo superaría porque ella era más fuerte por ser una Efímera y que su organismo no tenía por qué reaccionar como el de los demás. Que no recaería.

Fue entonces cuando Umbra apareció frente a él, aleteando nervioso. Había estado suelto, como siempre, para que se moviera a su antojo. Y al meterse dentro de su cuerpo de nuevo, se enteró de lo que pasaba.

Ilian se envolvió en sombras con mayor rapidez de lo que lo había hecho nunca, descalzo y descamisado, con el corazón aporreándole las costillas y un miedo atroz en la garganta. ¿De dónde salía ese temor? En cuestión de un parpadeo, se había teletransportado al lugar en el que Umbra le había dicho que se encontraba.

Había un par de sirvientes a las puertas, asomados al interior, pero Ilian solo tuvo ojos para Ash, que no dejaba de llorar. La agarró por los hombros y la examinó con rapidez, buscando heridas, sangre, lo que fuera. Le sujetó las mejillas, la miró a los ojos y se perdió un poco en ellos.

—¿Qué pasa? ¿Estás bien?

Ella se limitó a señalar hacia dentro y cuando Ilian siguió la dirección de su dedo, la sangre se le heló.

Rylen estaba de rodillas en el suelo, con una mano aferrándose el pecho y la otra sobre la moqueta e hiperventilando. Tenía la piel perlada de sudor y vibrante, porque sus sombras escapaban de su cuerpo unos milímetros y volvían a recluirse. Era como una pulsación negra que entraba y salía de su cuerpo, amenazante. Sus propias sombras se revolvieron en su interior ante el peligro y tuvo que hacer un gran esfuerzo para controlarlas.

Orsha, tan atenta como siempre al cuidado de Ash, apareció junto a ellos. El rostro se le demacró al ver lo que sucedía e hizo amago de entrar, pero Ilian la detuvo.

—Despeja esto —le pidió a su nana con voz dura—. Y llévate a Ash de aquí.

Fue vagamente consciente de la obediencia de Orsha, pero Ilian solo tenía ojos para su rey. La preocupación le trepaba por la columna con cada paso que daba. Lo sentía todo magnificado por la tensión: el cosquilleo de la moqueta contra las plantas desnudas, las gotas del pelo húmedo impactándole en los hombros, el retumbar de un corazón frenético. Que no era el suyo. Ash cerró la puerta tras de sí. Estaba dentro. Estaba dentro de la habitación. Y el miedo creció por encima de la preocupación. Quiso decirle que se marchara, que era peligroso estar allí porque no sabía cómo iba a reaccionar Rylen. Pero temía que cualquier ruido más alto de la cuenta rompiera las leves contenciones del soberano.

Ilian terminó de acercarse a él y se arrodilló a su lado. Rylen apenas respiraba, el rostro contraído por el dolor y los dientes apretados. Se aferraba a su camisa con rabia, como si quisiera despedazarla, y no sabía cómo no lo había hecho a aquellas alturas. Por primera vez en casi quinientos años, Rylen Valandur era una bomba a punto de estallar. Jamás lo había visto tan sobrepasado por su poder, inconmensurable. Y si él mismo a veces tenía problemas para controlar su don, no quería ni imaginarse lo que estaba sufriendo Rylen.

—Eh... —susurró Ilian en el tono más bajo.

Rylen se crispó, pero se mantuvo en la misma posición, inamovible. El general se atrevió a alzar la mano y a acariciarle la espalda, despacio. No sabía si era una crisis de ansiedad, un ataque de pánico o que verdaderamente estaba luchando contra la rabia por lo que fuera que hubiera pasado con la heredera. Pero tenía que hacer algo.

Las sombras de Rylen escaparon un poco más ante el contacto e Ilian se concentró al máximo para volver a mandarlas dentro del cuerpo de su rey. Le costó, puesto que no eran sus sombras, pero era el material del que ambos se nutrían, al fin y al cabo. Un conjurador experimentado también podría controlar aquella oscuridad si se lo propusiera, solo que con mayor esfuerzo. Le tentó llamar a Tharin para pedirle su ayuda, pero Rylen lo mataría por inmiscuirlo.

—Es ella... —mascculló el rey.

Lo oyó a duras penas, su voz tan arrastrada que sonó más bien a gruñido animal. Ilian se atrevió a mirar por encima del hombro y vio a Ash contra la puerta, con las manos sobre el pecho, sin dejar de llorar y gesto de horror. ¿Qué narices había pasado?

—Ash no es Ayrin —le recordó Ilian con paciencia.

Las sombras escaparon hasta rodearlo por completo e Ilian

se sobresaltó, alzó las manos y las contuvo en una burbuja con un bufido de esfuerzo. Rylen lo superaba tanto en poder que era imposible contabilizarlo, y si no conseguía que se calmara... Dioses, si no lo conseguía, ambos se martirizarían durante toda su vida.

—Ash, vete... —le ordenó con voz tensa.

—Yo no...

—¡Vete!

No quería gritarle, pero necesitaba ponerla a salvo a cualquier coste, y en aquel momento él no podía ni moverse, porque como su concentración se rompiera, las sombras escaparían. Sentía a Rylen luchando contra sí mismo, arañando cada resquicio de autocontrol para doblegar su ira y apagar el fuego que corría por sus venas junto a sus sombras, pero también que estaba al borde de la combustión.

Ash no se movió.

Ilian masculló un improperio y se afianzó sobre el suelo para tratar de ponerse de pie, porque erguido tendría mayor amplitud de movimientos. Resoplando, y con el sudor bajándole por las sienes, consiguió alzarse, manteniendo las manos por encima del cuerpo de Rylen.

—Es ella —volvió a gruñir su rey.

Aquello empezaba a cabrearlo. Ashbree no era Ayrin. Jamás lo sería. Y que hablara de ella con semejante desprecio hacía que la sangre y sus sombras hirvieran. No podía permitir que su propio poder se desatase porque entonces uno de los dos no saldría vivo de aquel encontronazo.

—Deja de decir eso —lo amenazó. Las sombras del rey crecieron y a punto estuvo de caer de rodillas por la intensidad de su poder, cuyo control se le estaba escapando—. Estás teniendo un ataque de pánico, Rylen. Necesito que respires y que pienses en otra cosa, por favor. Yo no... —Gruñó cuando más sombras escaparon y apenas pudo mantenerlas dentro de la burbuja que había conformado a su alrededor—. Agh. Dioses, Rylen, no puedo controlarte. Contrólate tú. Eres el Rey de los Elfos. Eres el puto Señor de Sombras. No puedes sucumbir a la rabia. Pasaste siglos enseñándome que matar con las sombras no es digno. Tú eres mejor que esto. Ella es mejor que Ayrin.

Y entonces no hubo contención que bastara para retener el poder del rey.

Explotó y todo se sumió en la oscuridad. Las ventanas estallaron y llovieron cristales por doquier, de los que Ilian se protegió con un escudo rápido de sombras. Pero las ventanas del mirador no fueron las únicas en fracturarse, sino que todo el vidrio del palacio gemelo acabó hecho pedazos. El ruido fue ensordecedor, como el de una cascada rompiendo contra la roca. Ilian cayó de espaldas, la cabeza le rebotó contra el suelo y dio gracias por que estuviera enmoquetado. Por encima de él, vio sombras corriendo hacia Ash y sintió pánico, un miedo como jamás había percibido. Iba a matarla.

—¡No! —gritó, pero tuvo la sensación de que su voz no había escapado de su garganta.

Apenas veía nada de lo densa que era la negrura que los rodeaba, y cuando el látigo de sombras principal, que se movía como un tentáculo y a la velocidad del rayo, fue a tocar a Ash, su luz también estalló.

De repente, todo se calmó. Ilian miró a su alrededor y se maravilló con el espectáculo que los rodeaba. En el aire había un sinfín de motitas brillantes suspendidas, como purpurina flotando en agua, plateadas y doradas, revolviéndose en un espacio como arenoso que confluía entremezclado. Era un espectáculo en sí mismo, uno que no había visto antes.

Se atrevió a mirar hacia el rey y lo encontró sentado de rodillas, con la cabeza gacha y los brazos laxos a ambos lados. Derrotado. Y jamás había visto a su rey así.

Ilian se incorporó y se quedó sentado, admirando la exhibición de luces y sombras que los rodeaban, como humo que flotaba en el ambiente. Se sentía más poderoso que antes, pese a haber estado usando su fuerza para contener al rey. Era como si esa unión recargara sus propias energías a pesar de que no fueran sus sombras las que nadaban con la luz de Ash. La sala estaba impregnada de un poder imposible de comprender.

Ash se separó de la puerta, ya sin llorar, y caminó hacia el rey. Sus pisadas crujían al avanzar sobre los cristales rotos, pero mantenía el paso firme. Cuando estuvo junto a él, se arrodilló. Ilian se levantó al instante y se colocó tras ella, en una posición amenazadora. No le gustaba que se hallara tan cerca de él porque no sabía cómo iba a reaccionar, y no quería que se hicieran daño. ¿Había acabado todo con ese estallido?

La heredera, con cierto temblor, levantó las manos y encerró el rostro de su rey para alzarle la vista y que la mirara a los ojos, como otras veces había hecho él con ella. Algo se constriñó en el pecho de Ilian. No sabía por qué había reaccionado así Rylen, pero solo con verlos uno se daba cuenta de que formaban la pareja perfecta. Ella no le había tenido miedo, se había quedado y había aguantado todo, arriesgándose a una posible muerte. Y no solo eso, sino que su propio estallido lumínico había mantenido a raya al rey, algo que ni él mismo había logrado. Y, aun así, no podía ignorar lo que estaba despertando en su interior.

—Lo siento —susurró Ash sobre su rostro con una intimidad que le hizo inspirar hondo. Rylen tragó saliva, sin parpadear y con lágrimas silenciosas cayendo de sus ojos—. Lo siento muchísimo —prosiguió. Con cada nueva disculpa, la respiración de su rey se alteraba. Ilian estuvo a punto de decirle que se callara porque temía que su poder se desatara de nuevo, pero ella continuó—: Me arrepiento de mis intenciones, majestad. Aquí y ahora, frente a los dioses, juro que buscaré el modo de compensar el daño que os he causado. De cualquier forma.

En sus palabras había un trasfondo que Ilian no comprendía. Su discurso iba cargado de solemnidad, con la voz propia de una emperatriz en pleno poder. Ashbree Aldair había nacido para ese puesto, aunque se hubiesen pasado años maltratándola por lo que no había conseguido hacer.

Si bien había esperado que esas palabras aliviaran a Rylen, porque era lo que siempre habían querido, que la heredera se pusiera de su lado, tuvo el efecto contrario. Rylen se apartó de ella, con los ojos muy abiertos y una expresión de derrota que dolía solo de mirarla, y negó con la cabeza.

—No puedo. A-ahora... —Jamás había oído que le temblara la voz, ni siquiera cuando lo encontró moribundo sobre la cama que compartía con Ayrin—. Ahora mismo no puedo.

Y, sin más, el Rey de los Elfos desapareció.

75

Los juegos en honor a los berserkers estaban a un día de celebrarse y Kara se encontraba más nerviosa de lo que había asumido en un primer momento. No en vano, su vida estaba a punto de dar un giro vertiginoso.

Aún no entendía bien cómo habían acabado en aquella situación; cómo el embajador había aceptado una propuesta tan demencial. Ni siquiera sabía de dónde había nacido aquel impulso que necesitaba esconder de su padre hasta que llegara el momento idóneo.

Y pasar la tarde con él y con sus hermanos le hacía un flaco favor.

Kara no era una mentirosa nata; de hecho, era la peor embustera que, según su hermana, había en toda Kridia. Lo consideraba una de sus flaquezas, pues sus mejillas enrojecían en cuanto hacía la más mínima intención de decir algo falso. De pequeña, le había fastidiado ese rasgo que le daba ventajas a Ashbree en ciertas situaciones —como cuando no quería admitir que había hecho algo mal y buscaba echarle la culpa a su hermana mayor—. Pero ahora era más que un fastidio.

La tarde se presentaba soleada, y tras varias semanas de estrés por la presencia amenazadora de los berserkers y el recrudecimiento de la guerra, su padre había convocado a todos sus hijos para pasar un rato agradable en los jardines imperiales. Hacía demasiado tiempo que no disfrutaban de un rato a solas, en familia. Y aunque Kara echaba de menos esos momentos —y necesitaba atesorar aquel por si resultaba ser el último—, estaba demasiado nerviosa como para prestarle verdadera atención.

Elros y Cadia, ajenos a la realidad de los adultos, jugaban en la fuente de cuarzo, salpicándose y gritándose el uno al otro. Aquellas eran de las pocas ocasiones en las que los pequeños podían seguir siendo niños, lejos de los tutores y las institutrices, de las lecciones tediosas que Kara había odiado y que solían hacerla llorar de frustración. A diferencia de los mellizos, que eran muy avispados y buenos estudiantes, Kara había necesitado demasiada ayuda para aprender historia, protocolo, leyes y todo lo relativo a su puesto como segundogénita. Y por mucho que Ashbree hubiera estado ahí para ella, instruyéndola como buenamente podía cuando solo tenía trece o catorce años, Kara recordaba esa parte de su infancia como un infierno.

Era uno de los motivos por los que la consideraban tan poquita cosa, porque nunca había destacado en nada más allá del arpa. La inteligencia no era lo suyo, a ojos de la corte. Y Kara se aferraba a eso para que su padre no sospechara de ella.

—No entiendo cómo no hay más registros sobre lo sucedido tras el golpe de Estado —se quejaba Mebrin, sentado a su izquierda.

Junto a su padre, los dos hermanos compartían una escueta merienda mientras observaban a los mellizos jugar.

El mediano de los Aldair no era muy dado a hablar, mucho menos con desconocidos. Solo los miembros de la familia conocían una parte de su personalidad —siendo Kara la única privilegiada en entender todas sus complejidades—. No obstante, a Mebrin le encantaba leer, y uno de sus temas predilectos era la Historia. Le apasionaba sumergirse entre los tomos polvorientos de la biblioteca imperial en busca de información, de detalles minuciosos que la mayoría consideraban estúpidos o insustanciales y que a Kara le fascinaban. Al contrario que ella, Mebrin devoraba conocimiento y se obsesionaba —por rachas— con las materias más curiosas.

Y que fuera un obseso de la Historia era uno de los pocos aspectos que enorgullecía a Arcaron Aldair, pues le resultaba un tema de conversación bastante sencillo de mantener.

—Fueron años convulsos en los que se perdió mucha información —comentó su padre, la vista fija en el jugueteo de sus hijos menores.

Sostenía la taza con delicadeza, los tres amparados por la sombra que unos sirvientes les proporcionaban moviendo un parasol según transcurrían los minutos.

—Y precisamente por eso debería saberse todo al detalle —continuó su hermano, moviendo la pierna en un ritmo frenético. Era uno de sus tics, que aparecía cuando se sentía frustrado con alguna situación—. Hay una laguna que no estoy consiguiendo resolver.

Se mordisqueó el labio inferior, sus ojos clavados en la nada, incapaz de sostenerle la vista a nadie. Su padre lo miró de soslayo, luego al traqueteo de su pierna, y suspiró.

—Ni tú ni nadie en quinientos años, deberías dejarlo estar.

—No puedo dejarlo estar —atajó con firmeza.

De haber sido otro, a su padre le habría molestado el tono tajante. Pero con los años, Kara le había ayudado a entender que no era que Mebrin estuviera siendo insensible o condescendiente, sino que simplemente no entendía que el modo en el que se decían las cosas aportaba matices a las palabras. Para él, los discursos se conformaban con un amplio vocabulario que no debería cambiar de significado solo por la cadencia empleada.

—¿Qué estás investigando ahora, Mebrin? —intervino Kara, antes de darle un sorbo a su té de limón.

Llevaba la última media hora sin hablar, porque su padre había estado despotricando de los berserkers —a quienes no soportaba pero debía complacer— y había preferido mantener la boca cerrada. No obstante, si no intervenía en la conversación, su padre le preguntaría que por qué estaba tan callada.

—La caída de los Wenlion —dijo de modo escueto.

Arcaron suspiró y dejó la taza sobre su platillo.

—Ya ha llegado al temario sobre las reformas que entraron en vigor con el ascenso de tu bisabuela. —Le explicó. Kara agrió el rostro al recordar lo mucho que odió aprenderse el cambio en la legislación que llegó con el derrocamiento de los Wenlion en su época de estudiante—. Y se ve que tu hermano no podía quedarse solo con la información crucial para su educación, sino que tenía que ir más allá —añadió en una reprimenda velada que Mebrin no captó.

—Siempre hay que ir más allá —replicó él.

Arcaron endureció las facciones y observó a su hijo. Kara olía la discusión a varios kilómetros de distancia, así que intervino nuevamente:

—¿Por qué no le preguntas a tu tutor?

—Lo he despedido.

—¡¿Que has hecho qué?! —se sorprendió Arcaron.

Kara hizo una mueca y se fijó en los mellizos, que habían detenido sus juegos al oír a su padre gritarle a su hermano. En una conversación muda propia de haber compartido vientre materno, ambos salieron de la fuente y se acercaron a la mesa bajo la sombra.

La mención del tutor de Mebrin —cuyas lecciones deberían haber terminado al cumplir quince años, de no ser porque a su hermano le costó tanto aprender a hablar y empezó las clases más tarde de la cuenta— le hizo pensar en Lorinhan y en su desaparición. Había intentado ponerse en contacto con él varias veces en los últimos días, para avisarle de lo que tenía planeado hacer a la noche siguiente y despotricar sobre el comandante Gandriel con alguien. Pero estaba en paradero desconocido.

Se había atrevido a preguntarle a su padre por su ubicación, pero tan solo le había dicho que había presentado su carta de dimisión unos días antes. Justo cuando habían apresado a Cyndra. «No me extraña, ahora que no tiene a nadie a quien instruir», se había jactado su padre. Kara sospechaba que Lorinhan había dimitido por un motivo muy diferente, uno que tal vez guardara relación con la misión de la Hija de la Luz. Pero sin Ashbree a la vista, sus reuniones habían sido muy escasas, y tal vez no hubiera encontrado el momento de informarle del siguiente paso del plan. Kara prefería pensar eso antes que en la posibilidad de que habían vuelto a hacerla de menos.

—Es el séptimo tutor que despides en tres meses —lo reprendió Arcaron—, y ni siquiera tienes potestad para despedir a nadie, Mebrin.

—¿Qué le hace pensar que lo va a entender a estas alturas? —cuchicheó Elros al oído de Cadia, quien respondió con una sonrisa pilla.

—¡Niños! —los regañó Kara.

—Era un inepto —respondió Mebrin, ignorando el comentario de su hermano menor—. Yo sabía más que él. ¿Y de qué me sirve un tutor que no es capaz de responder a mis preguntas?

—Es que haces demasiadas preguntas *siempre* —lo chinchó Cadia, mientras se dejaba secar por una sirvienta.

—O tú demasiado pocas —le increpó el mediano con dureza.

Kara ahogó un jadeo, sorprendida por la brusquedad exagerada de su respuesta.

—No le hables así a tu hermana —lo reprendió Arcaron al ver las esmeraldas que Cadia tenía por ojos inundadas en lágrimas reprimidas.

Kara apartó la vista, molesta por que su padre defendiera a la pequeña Aldair a la primera de cambio y no hubiera hecho eso por Ashbree en tantos años. Había tardado en darse cuenta, pero ahora lo veía. Kara siempre había ansiado formar una familia, cuanto más numerosa mejor. Recordaba su infancia con cariño, incluso tras la pérdida de su madre, aunque el dolor siempre hubiera estado ahí. Y ahora que había descubierto una nueva versión de la familia, estaba aprendiendo lo que *no* quería ser si se convertía en madre.

El mero pensamiento la ruborizó, porque esa idea… Tal vez

esa idea ahora estuviese más lejos que nunca si seguía adelante con su plan.

—Tienes prohibido despedir a tu próximo tutor, Mebrin.

—Pues buscadme uno competente. Uno que no tartamudee cuando le pregunto algo que no sabe. Uno que sea capaz de responder *todas mis preguntas.*

Mebrin miró a Cadia de soslayo, sin establecer contacto visual pero dejándole bien claro que, por mucho que no soliera hablar, tenía el mismo carácter que todos los Aldair. Todos menos Kara, según opinaban los demás. La pequeña, ignorando la pulla, tomó asiento y se metió una de las pastitas de arándanos en la boca.

—¿Tan importante es para ti saberlo todo? —apuntó Elros, que también daba buena cuenta de la merienda.

Él se había secado menos que su hermana, y tenía los hombros plagados de gotitas que caían de las puntas lacias de sus cabellos platinos. Mebrin, frustrado y sin dejar de menear la pierna, se pasó la mano por los rizos del mismo tono que compartía —salvo con Ashbree— con el resto de la familia.

—Todos deberíamos poner el grito en el cielo por no saber qué sucedió con la dinastía más poderosa de toda Yithia —atajó sin miramientos.

—Ay, dioses… —masculló Kara, atónita.

Los hermanos guardaron silencio, tensos y a la espera de la respuesta de su padre. Porque aunque Arcaron nunca les hubiera puesto la mano encima a ninguno de ellos, siempre había sido estricto cuando debía serlo.

—¿Qué has dicho? —siseó su padre, fulminando a Mebrin con la mirada.

El mediano de los Aldair volvió a morderse el labio, consciente, por una vez, de que había hablado más de la cuenta. No obstante, él nunca había sido de los que se retractaban.

—Es absurdo que la bisabuela tuviera éxito en el golpe de Estado. Era una dotada media comandando una rebelión contra varios dotados superiores. ¡No tiene sentido!

Mebrin parecía muy frustrado, y aunque eso sirviera para que nadie se fijara en Kara, no le gustaba verlo así.

—Muchos antes que tú se han hecho esa pregunta, Mebrin —intervino con dulzura. Él la miró, porque a ella sí la miraba a los ojos—. Pero con el ejército en su contra después de que a Ayrin se le fuera todo de las manos, fue sencillo.

—Tu hermana tiene razón —apuntó Arcaron. Un deje de orgullo le hinchó el pecho y Kara tuvo que reprimir una sonrisa—. No hay pueblo sobre el que gobernar si este se subleva.

La sonrisa le murió de un plumazo. Si su padre era tan consciente de esas palabras, ¿cómo podía no habérselas aplicado? Kara no era ajena al descontento que se estaba cociendo en el pueblo, y si ella no lo era, Arcaron tampoco. Si las cosas se torcían un poco más, si se daba un nuevo golpe de gracia, la gente se echaría a las calles. Lo sabía hasta ella, que era la «tonta» de la familia.

—Ya, pero incluso aunque se rindieran al golpe de Estado, ¿a dónde fueron? ¿Qué les pasó?

—Se exiliaron, bobo. Eso lo sé hasta yo. —Cadia le sacó la lengua a su hermano y Elros se rio, con la boca llena de galletitas.

—No lo sabemos a ciencia cierta —la corrigió su padre—. Pero todo apunta a eso y a que sus vidas se extinguieron.

—¿Y si no? —insistió.

—Mebrin... —le advirtió Kara por lo bajo.

—¿Y si están esperando su momento de gloria?

—Es imposible que Ayrin siga viva ochocientos años después de su nacimiento —respondió Arcaron con hastío—. Ningún elfo vive tanto tiempo.

—Ahora, que somos dotados medios —apostilló Mebrin.

Arcaron apretó las manos en puños y Kara se tensó.

—Déjalo estar, Mebrin.

—¿Y qué ocurrió con su hermano? —prosiguió—. Se dice que se exilió, eso es lo único que se sabe con relativa certeza. ¿Cómo pudieron dejarlo vivo nuestros antepasados? ¿Y si ha formado un nuevo linaje Wenlion y está esperando el momento adecuado para atacar? ¿Por qué nadie piensa en qué podría pasar?

Eran muy buenas preguntas, unas que la elfendad había decidido ignorar por su propio bien. Era más fácil así, Kara era consciente de ello. Había sucedido lo mismo con el secuestro de Ayrin y esos seis meses de vacío de información que había a su alrededor. Nadie sabía qué había pasado exactamente para que, primero, consiguieran secuestrarla y, segundo, regresara por sí sola con el corazón de su enemigo en la mano. Y, más allá de eso, nadie podía imaginar qué tormentos había tenido que sufrir para que su carácter cambiara por completo después de aquello. Kara sospechaba que estaba relacionado con la desaparición de los Wenlion y el éxito del golpe de Estado, pero ¿quién la iba a escuchar?

Enfadado, Arcaron palmeó la mesa, haciendo traquetear la porcelana, y se incorporó.

—Los Aldair somos el linaje más fuerte conocido, y más te vale no olvidarlo, Mebrin. —Un músculo se crispó en la mandíbula de su hermano—. Si nos sobrepusimos a los Wenlion siendo dotados medios, nadie podrá con nosotros. Y no oses volver a ponerlo en duda, ¿me he expresado con claridad?

El bailoteo de la pierna de Mebrin se vio extinto, todo en su lenguaje corporal manifestando rigidez. Sin responder siquiera, su hermano se levantó y se marchó en dirección al palacio.

—Menudos modales... —rio Elros por lo bajo.

Todos ignoraron el comentario, por unos motivos u otros. Kara clavó la vista en la espalda de su hermano mediano, hasta que desapareció por una curva. Era peligroso hacer cuestiones como aquellas en palacio, sobre todo ahora que estaban rodeados de berserkers ante los que debían mostrar su valía y que Mebrin había entrado en el cruel mundo de los adultos, donde cualquiera aprovechaba la más mínima debilidad. Y era evidente que su padre veía una debilidad en Mebrin. Kara sabía que tenía que hablar con él, reprocharle su comportamiento y hacerle ver que poner en duda el poder de los Aldair no era inteligente. Y él era, ante todo, muy inteligente.

No obstante, lo que la mantuvo en silencio mientras su padre reprochaba el desplante de Mebrin frente a ella y los mellizos no fue eso, sino pensar en lo mucho que Arcaron se había enfadado por ese desafío lanzado en privado.

¿Cómo reaccionaría entonces a lo que ella tenía planteado hacer?

76

La luz regresó a Ashbree despacio, aún arrodillada en el suelo con una sensación de fracaso que no sabía cómo manejar. No entendía muy bien qué había pasado, solo que el soberano había explotado y las ventanas se habían roto en mil pedazos.

Lo que sí tenía claro era que le había hecho daño a Rylen, y aunque eso era lo que siempre había buscado, ahora se arrepentía. No podía ni imaginarse lo mucho que debió de dolerle que su esposa, la fémina a la que amaba, urdiera un plan para acercarse a él, enamorarlo y, luego, arrancarle el corazón del pecho. Ella debía de haberle revivido todo eso al confesarle que había pretendido ganarse su confianza y haber dejado que la besara. Había heridas que ni siquiera el paso del tiempo conseguía cerrar. Ashbree era bien consciente de ello, porque incluso diez años después, seguía lamentando la muerte de su madre.

Sabía que tendría que haberse apartado del rey en cuanto sus labios la habían rozado, pero se había dejado arrastrar por la necesidad de su luz, que le pedía fundirse con él. Había sucedido todo tan rápido, había estado tan confundida, que se había rendido al contacto de su boca. Y entonces había descubierto lo bien que sabía y su juicio se había nublado del todo. Porque ni siquiera podía atribuirle la culpa a la sed de sangre. Había correspondido al beso por otros motivos, lo sabía bien, y el arrepentimiento empezaba a aparecer porque aquello sellaba —en cierto modo— sus intenciones previas para con el rey. Y por Ilian, por mucho que no supiera si entre ellos había algo siquiera.

No obstante, lo que la dejó clavada en el suelo fue el desconcierto por no encontrar un motivo propio por el que sentirse arrepentida. ¿Por qué no odiaba ese beso por sí misma, sino por lo que suponía para los demás? Debía detestarlo, por mucho que su luz llevara semanas cegándola en presencia del soberano. Y por más que buscaba y buscaba no hallaba ese motivo que la protegería del significado de la ausencia de arrepentimiento propio.

Unas manos la levantaron por las axilas y ella se dejó hacer, perdida en sus pensamientos. Sentía la presencia de Ilian a su alrededor, un brazo rodeándole los hombros con firmeza. Al respirar, su aroma tan característico le inundaba los pulmones y la reconfortaba, solo que no lo suficiente.

Se detuvieron ante unas puertas austeras y Ashbree volvió en sí cuando Ilian las abrió y la condujo dentro. Las dependencias estaban dotadas de antecámara, biblioteca, dormitorio y baño. Todo estaba decorado en tonos oscuros, pero con una elegancia sutil. En la antecámara, al igual que en la suya, había una mesita redonda con dos butacones, aunque también había plantas bien cuidadas. Ilian la guio hasta el asiento y desapareció hacia el dormitorio.

—¿Dónde...? —empezó a preguntar.

—En mis aposentos —respondió él desde la otra estancia.

Ashbree se sorprendió de estar en su espacio privado, pero al mismo tiempo sintió mucha más curiosidad y se fijó en todo con detalle. Desde la antecámara veía a la perfección la pequeña biblioteca, con altas estanterías de suelo a techo cubriendo las paredes salvo el hueco de la ventana y de una rica chimenea. El suelo estaba enmoquetado de verde y en el centro, frente a la chimenea, reposaba un majestuoso butacón que parecía de lo más confortable. A su lado, una mesita con un libro cerrado y un vaso vacío, y una licorera movible con diferentes bebidas y copas.

—¿Y qué hacemos aquí?

—De momento, vestirme.

Sus mejillas se tiñeron con un rubor sutil al percatarse de que Ilian había aparecido descalzo, descamisado y con los cabellos mojados. Con sus poderosos tatuajes bien visibles. Estuvo a punto de levantarse para curiosear los tomos de la biblioteca cuando él apareció en la antecámara, vestido con una camisa negra y pantalones ajustados del mismo color. Se había anudado el pelo de aquella forma tan suya, con las sienes cortas visibles, y le dedicó una sonrisa que derretiría hasta la montaña más gélida incluso sin ir cargada de picardía.

—¿Quieres que vayamos a hablar a otro lado? —le propuso, y ella negó con la cabeza. Ilian suspiró y se sentó a su lado. Traía un paño húmedo entre las manos—. ¿Cómo te encuentras?

—¿Yo? —Ashbree parpadeó, perpleja.

Ilian asintió y apoyó los codos sobre las rodillas.

—Sí, tú. Ha sido algo... —se frotó la nuca— complicado.

—Estoy bien.

Por primera vez en no sabía cuánto tiempo, aquel «estoy bien» iba más cargado de verdad que de mentira. Ilian esbozó una sonrisa amable que le contagió y luego ella apartó la mirada.

—Entonces ¿me dejas curarte?

Él le mostró el paño húmedo y Ashbree ladeó la cabeza. Con cierta preocupación, se miró el cuerpo y comprobó que tenía cortecitos aquí y allá, que no había percibido por el influjo de la adrenalina. Aunque podría curarse a sí misma, asintió e Ilian se arrodilló frente a ella. Con cariño, la remangó y le limpió los cortes de un brazo. Había cierta intimidad en sus movimientos, intimidad que sabía que desaparecería para siempre en cuanto le dijera lo que había pretendido hacerle al rey desde un primer momento. Porque no le cabía ninguna duda de que aquel varón se pondría de parte de su soberano. Y cuando le dijera que, además, se habían besado...

Por eso estaba retrasándolo, porque no quería tener que decirle adiós a la extraña complicidad que había surgido entre ambos.

Cuando terminó, Ilian le dedicó el mismo cariño al brazo izquierdo, el que estaba surcado por las volutas blancas que adornaban su piel pálida. Él contuvo la respiración un segundo, como si le dolieran las implicaciones que tenían aquellas marcas, porque quienes habían muerto a manos de Ashbree era gente de Ilian, de su ejército; gente que él había comandado y que había llevado a una emboscada que había terminado siendo suicida. Aquello le pesó e intentó apartar el brazo, pero él se lo impidió, agarrándola de la muñeca con firmeza.

—No —le pidió. Sus ojos se encontraron y Ashbree se quedó sin aliento—. No son marcas de las que sentirse orgullosa, pero las tuyas son de superviviente, no de asesina.

—Las tuyas también —susurró mientras él le pasaba el paño por la piel. Ilian rio por la nariz y jugó con el pendiente del labio.

—Yo era muy consciente de lo que hacía, Ash.

—Eras muy joven.

—Como tú. —Sus ojos volvieron a conectar y luego él desvió la atención a su tarea de nuevo.

—Ya, pero yo no sabía nada sobre lo que soy. Sigo sin saberlo, en realidad.

Ilian llevó la mano a su rostro y le limpió las mejillas sin pronunciar palabra.

—Rylen me dijo que se encargaría de enseñarte a usar tu don. Él tiene más conocimientos que yo.

—No creo que quiera saber nada más de mí...

Ilian se dejó caer sobre los talones y la miró fijamente.

—¿Te apetece contarme lo que ha pasado? No tienes por qué hacerlo si no quieres.

Ella apartó la vista y se fijó en la biblioteca otra vez. ¿Habría leído todos esos libros? ¿O comprarlos sería una afición diferente? Sin poder evitarlo, pensó en Mebrin, en que él sí que había leído todos los libros de su biblioteca privada y gran parte de la imperial. Varias veces, incluso. Y aunque quería preguntarle a Ilian, sabía que tenía que afrontar aquella conversación.

—Le he hecho daño, Ilian —reconoció.

—Eso me lo he imaginado, pero ¿cómo? ¿Qué ha pasado?

Siguió en cuclillas frente a ella, con las manos sobre sus muslos, sin dobles intenciones y con total naturalidad. Aquello hizo que el corazón se le estrujara. En cuanto hablara, perdería eso. Y, malditas fueran las estrellas, no quería que desapareciera. Pero Ashbree siempre había clamado por lo que era justo, y lo justo era decírselo.

—Me ha contado lo que pasó con Ayrin. La verdad. —Ilian alzó la ceja del pendiente y sus labios se abrieron en una «o» perfecta que dejaba relucir el pendiente de la lengua. Después, cerró la boca y asintió, dándole pie a proseguir—. Cuando me secues... —Agrió el rostro. No tenía derecho a decir aquello sabiendo lo que ahora sabía—. Cuando me sacasteis de Milindur, me propuse ganarme su confianza para acercarme a él y luego destruirlo desde dentro —confesó con voz atropellada.

Ilian parpadeó varias veces, procesando la información; sus manos se crisparon sobre sus muslos y Ashbree temió que se apartara de ella, asqueado. Era la reacción que se merecía, al fin y al cabo.

—¿Siguen siendo esas tus intenciones?

—¡¿Qué?! ¡No! ¿Cómo iba a seguir teniendo esas intenciones si lo he confesado?

—¿Y cuándo cambiaste de parecer?

Ashbree hizo memoria. Habían pasado demasiadas cosas en muy poco tiempo, demasiados descubrimientos.

—Hace unas semanas —reconoció con la boca pequeña.

—¿Después de ver Rimbalan? —Cerró las manos en puños, aún sobre sus muslos.

—No, antes. El rey... —Ashbree bufó y se reclinó sobre su asiento, Ilian permaneció inmutable—. Aunque esas fueran mis intenciones, no se me estaba dando especialmente bien. Me era imposible mantenerme dócil con él, y cuando me decía algo inapropiado, siempre saltaba. Al principio era inevitable, y luego me di cuenta de que a él le gustaba, así que seguí así. —Deslizó la vista hasta las plantas del rincón, incapaz de mirar a Ilian más tiempo—. Pero después vino el ataque y vi lo mucho que se preocupó por mí y... No pude seguir con eso.

—¿No pudiste o no quisiste?

Percibió cierto temblor en su voz y volvió a mirarlo. Su rostro supuraba tristeza, y hasta los pendientes parecían brillar menos.

—La verdad es que no lo sé —confesó en un hilo de voz—. Sé que me habéis tratado bien desde el principio, pero me sacasteis de Milindur en contra de mi voluntad. Y toda mi vida he pensado que vosotros erais los culpables. Que *él* era el responsable. Y yo no...

La voz se le quebró y enterró el rostro entre las manos. No podía con todo lo que estaba sucediendo. Era demasiado. Llevaba arrastrando semanas de culpabilidad por la muerte de su madre, por el ojo perdido de Kara; semanas de incertidumbre por haber buscado hacer justicia con los elfos oscuros; semanas luchando contra la abstinencia... Su mente estaba desbordada por todo lo que había sucedido desde aquel día de luna llena en el que había vuelto a fracasar al enfrentarse al corazón de piedra. Y aunque parecía que había transcurrido una eternidad, apenas había pasado un mes y medio.

—Eh...

Ilian se incorporó y la estrechó entre sus brazos, y aquello la pilló tan desprevenida que nuevas lágrimas se desbordaron de sus ojos. Se abrazó a él, en lugar de simplemente dejar que él la envolviera, y escondió el rostro en su pecho. Se sintió segura ahí, cobijada por aquel cuerpo, y siguió llorando hasta que se quedó seca, arrullada por el consuelo de Ilian, que le acariciaba la cabeza con cariño.

—Lo siento, Ilian —mascculló con la voz arrastrada—. Siento lo que le he hecho.

—Lo sé.

—Soy como ella…

Ilian se separó, acuclillándose de nuevo, y buscó su mirada mientras le secaba las últimas lágrimas con los pulgares.

—¿Sabes qué te diferencia de Ayrin? —Ashbree negó con la cabeza, sorbiendo por la nariz—. Tú te arrepientes de lo que quisiste hacer y no hiciste, y has pedido perdón por ello. Ayrin jamás mostró arrepentimiento y desvirtuó lo que había sucedido para quedar como la buena emperatriz. Tú has dicho la verdad en cuanto lo has descubierto todo. De hecho, desechaste esa opción antes incluso de saber lo de Rimbalan. ¿No te das cuenta? No eres como Ayrin.

—Pero es que eso no es todo —replicó, con las mejillas teñidas de rojo de repente. Porque era mejor soltarlo a bocajarro antes que seguir dándole vueltas—: Porque el rey y yo nos hemos besado.

Era absurdo atribuirle toda la culpa. Por mucho que lo hubiera iniciado él, ella le había correspondido como si le fuera la vida en ello, sin importar los motivos. Y aunque tuviera el pretexto fácil a mano, Ashbree nunca se había caracterizado por huir de los problemas. Le había confesado lo que había hecho e Ilian la había entendido y perdonado; decirle que había besado al soberano cuando entre ellos no había nada no debería ser peor que eso. Entonces ¿por qué lo sentía así?

—No lo has besado motivada por esa primera intención que tuviste, ¿no?

Aunque le molestó un poco que pudiera pensar así de ella, también podía entender que él necesitara todas las confirmaciones a su disposición, así que no se lo tuvo en cuenta y respondió con calma:

—No.

Ilian se quedó callado varios segundos, jugueteando con el aro del labio con la vista clavada en ella.

—¿Le ves algún problema? —preguntó él pasados unos instantes, aunque con menos seguridad de la que solía mostrar.

—¿Yo? Pensé que tú... Bueno, nosotros... A ver, no es que... —bufó, sobrepasada por la vergüenza.

¿Por qué había esperado que Ilian se ofendería? Se sentía una estúpida, cuando era evidente que él no le había dado ninguna importancia a lo que había pasado entre ellos. Habían sido imaginaciones suyas: la química, las miraditas, los roces, todo.

—Ash, para el carro. —Las manos de Ilian detuvieron el jugueteo nervioso de sus dedos, su tic manifestado desde la inconsciencia—. No estoy diciendo que me dé igual. Solo que... no lo veo un problema. No hemos puesto términos a lo que sea que haya entre nosotros. Y no estoy diciendo que lo haya —añadió de forma apresurada. Era la primera vez que veía a Ilian tan nervioso, y algo se contrajo en su interior—. Solo que, bueno, no somos nada, ¿no?

—Creía que eras mi amigo —admitió en un murmullo.

El rostro de Ilian mutó de la felicidad al pesar en cuestión de un parpadeo y alzó la mano hasta acunarle el rostro.

—Eso lo seré siempre, Ash. Pase lo que pase.

Ashbree esbozó una sonrisa diminuta de la que Ilian se hizo eco. Ambos se observaron durante una eternidad, sin atreverse a verbalizar todo lo que llevaban por dentro. Pero habían empezado a expresarlo, y ya era más de lo que habían hecho después de sus encuentros sexuales.

—Todo esto... —susurró Ilian, y estaban tan cerca que su aliento le acarició las mejillas—. Todo esto es nuevo para mí, y no sé... No sé muy bien qué rumbo llevará nuestra... llamémoslo «amistad con derechos». —En aquella ocasión, Ashbree rio entre dientes y esa media sonrisa tan típica de Ilian se hizo más visible—. Pero lo que sí sé es que me gustaría explorarlo, sin presiones ni ataduras. Porque has pasado toda una vida viviendo en una jaula y yo jamás me convertiría en el captor de tus sentimientos.

77

Las sombras palpitaron dentro de su pecho con tal fuerza que creyó que le partirían las costillas. Ilian no sabía de dónde había nacido el impulso de decirle algo como aquello. Tal vez del hecho de que lo considerara su amigo. O del modo temeroso en el que había puesto en duda su amistad, como si perderlo supusiera una de las mayores torturas del mundo. Quizá fuera culpa de todo. La realidad era que no importaba, porque lo había dicho. Y Ash se había quedado perpleja.

Vio cómo ella se aproximaba al borde del llanto una vez más, e Ilian se odió un poquito por pintar ese rostro que adoraba con lágrimas. Ignoraba qué deseaba Ash, pero lo que sí sabía era que él haría todo lo posible por evitar que llorara. Siempre.

—Tranquila, si no es eso lo que quieres, olvídalo —se apresuró a añadir, con más miedo del que había sentido en mucho tiempo.

Ella negó con la cabeza repetidas veces, sorbiendo por la nariz para reprimir el llanto.

—N-no es eso. Es que... —Se limpió la mejilla con el dorso de la mano y esbozó una sonrisa a medio camino entre alegre y triste—. En Yithia, tuve... tuve un amante. —Hubo cierto titubeo en la última palabra, pero Ilian no pudo prestarle atención porque algo se retorció en su interior. Algo tan desconocido como aterrador—. Entre nosotros no había exclusividad, y siempre le dejé claro que yo nunca querría nada más con él. Pero él... Él terminó enamorándose de mí. O eso me dijo, aunque no creo que aquello fuera amor.

—¿Por qué lo dices?

—Porque cuando amas a una persona eres capaz de entender sus límites, sean cuales sean. Y él no los entendía. Me quería solo para él, sin importar que no fuera recíproco, sin importar lo que yo deseara. Como todos en mi vida, siempre decidiendo por mí por encima de mi propia voluntad. Y tú... —La voz se le quebró con una sonrisa conmovida que le estrujó el corazón—. A pesar de todo lo que ha pasado, tú me das alas para volar. Una y otra vez.

Ilian inspiró hondo, emocionado por la selección de palabras teniendo en cuenta que su *Fjel* era un cuervo.

—Nunca dejaré de ser tu viento. —No sabía cuándo habían entrelazado los dedos, tan natural como se estaba volviendo estar en contacto físico, pero se llevó las manos de Ash a los labios y le besó el dorso—. Y si es tiempo lo que necesitas, si es espacio, no poner límites ni en palabras sea lo que sea esto, así se hará. Ahora y siempre, Ash.

—Necesito dejar de consideraros el bando enemigo —reconoció con firmeza. No era aquello lo que había esperado como respuesta, y eso lo dejó de piedra.

Ilian no quería saltar de alegría antes de asegurarse de que aquello significara lo que él creía, pero la sonrisa que Ash esbozó ante su estupefacción... Dioses, era la más hermosa que hubiera visto nunca.

—¿Qué...? ¿Qué quieres decir? —se atrevió a preguntar.

Él era un Efímero, el general de las tropas oscuras, y había vivido casi quinientos años. Aun así, la voz le tembló como si fuera un adolescente. Había demasiado en juego, demasiadas vidas dependían de las decisiones de unos pocos y quizá todo fuera a cambiar por fin. Pero no quería que la esperanza y la ilusión le jugaran una mala pasada, así que se quedó callado, agarrado a las manos de Ash para tener estabilidad, porque creía que se caería en redondo.

—Que aunque aún me queden muchas cosas por comprender, creo que no sois lo que dicen. No, no lo creo —negó con la cabeza y algunos mechones más se soltaron de su trenza—, lo sé. Sé que no sois los malos. Ni nosotros tampoco. Por fin he comprendido que en las guerras no hay buenos ni malos, sino puntos de vista diferentes e historias mal contadas. Y, en esta Tercera Guerra, la historia merece ser bien contada. Porque lo que el rey pretende… —Ash suspiró y, despacio, clavó los ojos en él. Ilian se perdió en la profundidad de aquellos iris dorados, que relucían como miel caliente, y sus sombras volvieron a revolverse—. Creo que es posible. No sé cómo podríamos lograrlo, porque a mi padre le quedan dos siglos de mandato, pero quiero… Quiero hacer algo, lo que sea.

Ilian esbozó una sonrisa nacida desde lo más hondo de su corazón. Era lo que él, a base de esfuerzo, había aprendido a desear; lo que tanto Rylen como él deseaban, en realidad: que la heredera, que parecía mucho más inteligente que sus predecesores, comprendiera qué estaba pasando. Que contemplara el prisma desde todas sus caras antes de conformar su propia opinión. Y Ash no solo no había defraudado, sino que se había sobrepuesto con exagerada rapidez y entereza.

Sus ojos, traicioneros, viajaron hasta la boca de Ash, que se había curvado en una sonrisa sutil, y se le erizó la piel al percatarse de lo cerca que estaban; de la calidez que desprendían sus muslos bajo sus manos entrelazadas en el regazo de ella; de la respiración atascada de Ash. Cuando sus ojos volvieron a conectar, Ilian sintió unas ganas irrefrenables de besarla. De dejar a un lado el sexo para fundirse en un beso lento y profundo. Ella entreabrió los labios, anticipándose a lo que también quería que sucediera y el corazón le tronó en el pecho en respuesta.

Ilian lo habría hecho de no haberse dado cuenta de que Ash no le había dicho qué quería para ellos dos. Que un beso ahora tal vez le hiciera un flaco favor. Porque la adrenalina generada por la historia de Rylen probablemente habría eclipsado su sed de sangre, pero no podía arriesgarse a ponerla en la misma situación. No podía distraerla con eso, porque que estuviera preparada para probar su sangre en un entorno controlado no implicaba que pudiera pensar con claridad con la mente enturbiada por la lujuria. La deseaba como no había deseado nada en su vida, pero, por encima de todo, deseaba que se recuperara. Solo entonces la besaría.

Así que carraspeó y se puso en pie. Fue consciente de la desilusión en el rostro de Ash, pero no se permitió pensar en ello para no volver atrás y cometer lo que, de seguro, sería una estupidez.

—Quiero llevarte a Rimbalan —le dijo Ilian con la voz dura por la necesidad que le corría por las venas—. Pero primero tengo que ver dónde narices ha ido Rylen.

Ash asintió y entrelazó los dedos sobre el regazo, un tanto alicaída. Y esa expresión..., dioses, lo encendió más todavía, porque quizá significaba que ella deseaba aquello tanto como él. Que quizá no hiciera falta poner en palabras nada de lo que había entre los dos, como él mismo le había sugerido.

—Si quieres, te acompaño a tus aposentos y te recojo en un rato. Así tendrás tiempo de asearte y cambiarte, porque por la noche refresca un poco.

—Vale... —musitó ella, con mirada esquiva.

—¿Te encuentras bien?

—Sí, es solo que aún estoy digiriéndolo todo. Lo de Ayrin... —Suspiró y se pasó las manos por la cara, como frustrada.

—Es normal. Nadie te va a meter prisa con nada, Ash. —Ambos caminaron hacia la puerta y dejaron atrás sus aposentos—. Tómate el tiempo que necesites para comprenderlo. Y si tienes cualquier pregunta, no sientas miedo de formularla. Nunca pretendimos ser tus enemigos.

—Lo sé. Ahora lo sé.

Un tanto temerosa, Ash entrelazó sus dedos con los de Ilian y le dio un apretón cómplice.

Al salir de sus dependencias, caminaron en silencio, sin soltarse las manos, e Ilian sintió que los dioses le estaban haciendo un regalo, a pesar de no merecerlo por la cantidad de vidas que había arrebatado. Pero si los dioses proveían, él no iba a desaprovechar la oportunidad de estar más cerca de ella. Dieron un corto paseo hasta sus aposentos y al llegar Ash se recostó contra la puerta. Lo miró desde abajo, por entre las pestañas, y sonrió de medio lado. Un ligero rubor cubría sus mejillas e Ilian se deshizo del mechón rebelde que le privaba de la visión completa del rostro de la heredera.

—¿Sabes? —Ella lo sacó de sus cavilaciones y la miró a los ojos—. Llevas siendo mi amigo mucho tiempo. No sé cuándo pasó, pero creo que desde el primer momento vi que no tenía por qué temerte. Y eso... —Ella apartó la vista y la clavó en sus pies—. Cuando vives con miedo dentro de tu propia casa, encontrar algo de seguridad en ti me resultó inesperado. Y aunque haya sufrido un infierno desde que nos encontramos en el frente, no cambiaría nada. Porque me permitió conocerte un poco mejor. Y estoy deseando hacerlo aún más.

Ash alzó la vista justo en el momento en el que pronunciaba lo último y el corazón se le detuvo. Ahí tenía la respuesta que había estado esperando los últimos minutos. Se moría por besarla, y ella se lo estaba pidiendo con la mirada; sus sombras lo incitaban a ello. Quería mandarlo todo a la mierda y preocuparse por los problemas al día siguiente, enfrentarlos con una nueva mañana. Era lo que ambos querían, ¿no? ¿Qué importaban los riesgos?

Ilian presionó su cuerpo contra el de ella, acorralándola contra la puerta. Había descubierto que a ella le gustaba aquel juego dominante, porque su pulso se desbocaba. Y a él le encantaba sentir los contornos blandos de su cuerpo contra sus músculos duros. Ash se tensó, pero no como si estuviera ante una amenaza, como le había pasado la última vez que la había acorralado contra una puerta, sino por la lujuria que brillaba en los ojos de ambos: una promesa de pieles encontradas. Apoyó un brazo sobre la madera y ella alzó la cabeza, con la respiración agitada. Ilian se deleitó con las vistas: las pestañas tupidas al cerrar los ojos en anticipación, la nariz respingona, los labios entreabiertos... Bajó el rostro hacia ella y entonces se fijó en la luna en su mejilla. Ilian cerró los ojos y acercó la boca a sus labios para depositar un beso casto en su comisura derecha.

Ash contuvo la respiración y la vio tragar saliva cuando se separó de ella, pero era lo correcto.

—Vuelvo en un rato, ¿vale? Espérame aquí.

Ella se limitó a dedicarle un asentimiento quedo y él se alejó sin mirar atrás, porque como lo hiciera, sabía que volvería para besarla y no terminaría nunca.

78

El baño fue rápido. Ashbree se frotó la piel con insistencia para deshacerse del sudor de un día extenuante y luego se relajó unos segundos en el agua cálida. Cuando salió, la chimenea estaba encendida, y se preguntó si Ilian se habría tomado la molestia de avisar a Orsha por ella. Acto seguido, una sonrisa de medio lado se hizo con su rostro.

No entendía qué le pasaba con él. En su presencia, todas sus barreras bajaban y se sentía cómoda como solo le pasaba con Cyndra. Ni siquiera con Arathor se mostraba tal y como era en realidad; con el comandante siempre mantenía un trozo de su máscara de próxima emperatriz, en parte porque a él le complacía. Y ahora...

Con el albornoz puesto, salió al balcón. El frío de la obsidiana contra las plantas desnudas la estremeció, pero no hizo que cambiara de opinión. Abrazada a sí misma, se acercó a la balaustrada y cerró los ojos cuando la brisa otoñal le acarició los mechones húmedos. El viento traía consigo promesas de comida calentándose, de leña prendiéndose y de tormentas aún no desatadas. Era todo lo contrario a vivir en Yithia, con su olor rico a vino, a naranjos, a verano y a sal.

Habían cambiado tantas cosas en tan poco tiempo... Le costaba incluso recordarlas todas, pero de lo que sí se acordaba era de lo último que había pasado con Arathor. Lo había considerado un amigo durante diez años, se había convertido en su confidente y habían compartido cama durante dos años, y sin embargo no conseguía arrancarse la sensación de que había errado con él. No le cabía duda de que el comandante la quería, pero su forma de querer no era la correcta, ahora lo sabía. Aun así, junto con Cyndra y Lorinhan, él había sido su único amigo. No podía olvidar esos años de risas compartidas, de anécdotas que perdurarían en el tiempo, de experiencias vividas. Pero lo que Ilian le había dicho sobre ser el captor de sus sentimientos había terminado de retirarle esa venda de los ojos.

Se preguntó si el corazón de un elfo, fuera de luz u oscuro, estaba preparado para amar a más de una persona. Si sería posible dar tanto de uno mismo. No porque quisiera a Arathor de ese modo, sino porque empezaba a tener sentimientos por Ilian y, al mismo tiempo, estaba el caos que el rey le generaba cuando se aproximaba a ella y que había aumentado tras el beso. No se trataba de amor, eso lo tenía claro, pero era algo tan intenso que la sobrepasaba.

Temerosa por lo que fuera a encontrar, porque hacía demasiados días que no observaba las estrellas, alzó la vista al firmamento nocturno. Merin brilló para ella, con su constelación en forma de rayo, y el corazón le dio un vuelco. Era difícil saber qué querían decir los dioses cuando velaban por alguien, sobre todo si lo que Elwen le había contado era cierto, pero aquellas estrellas desaparecidas hacía tanto tiempo le sugerían una calidez extraña. Tenía la sensación de que la diosa de la luz, si es que la estaba observando en aquel momento, velaba por ella; que estaba orgullosa de sus decisiones. Y aunque no sabía si era eso lo que le quería decir, la esperanza era lo único que jamás perdería, así que se aferró a ella con fuerza y deseó estar haciendo lo correcto.

79

Unos nudillos golpearon la puerta de la antecámara cuando Ashbree terminaba de ceñirse una túnica de vellón beige con un cinturón. Estaba sudando, pero Ilian le había dicho que haría frío, así que había elegido el conjunto que más abrigaba de su armario.

Abrió la puerta y se lo encontró al otro lado, con los cabellos sueltos y gruesos ropajes oscuros. Ropajes elegantes, se percató. No del tipo de los bailes de Kridia, pero sí de manufactura fina. Ashbree se miró a sí misma y resopló. No iba, ni de lejos, a la altura. Había optado por la practicidad más que por la distinción y empezaba a arrepentirse.

—Estás radiante, Ash —le confesó en un susurro cuando depositó un beso cálido sobre su mejilla marcada.

Ella se ruborizó y farfulló algo sin sentido mientras lo dejaba pasar.

—¿Has sabido algo del rey?

Ilian hizo una mueca y negó con la cabeza, sus cabellos rozándole los hombros. Después, jugueteó un poco con el pendiente del labio antes de volver a hablar:

—Lo he buscado por todas partes, pero no hay ni rastro de él. Se ha esfumado. Y Wen tampoco me ha querido decir nada, solo que está a salvo en su refugio secreto, esté donde esté eso, porque he mirado en todos los sitios que conozco y nada.

Ella tuvo una extraña sensación de reconocimiento que se evaporó cuando Ilian se giró para mirarla con una sonrisa en el rostro.

—¿Lista para irnos?

—Ni siquiera sé a qué vamos a Rimbalan.

—A hacer la prueba...

Ashbree parpadeó varias veces. Se había olvidado por completo de cuáles habían sido sus intenciones aquella mañana, y por primera vez desde hacía días, la sed despertó. ¿Cómo era posible siquiera? Se abrazó a sí misma y se frotó los brazos, nerviosa de repente. Y algo le decía que no eran los nervios por la expectación de volver a consumir la droga. De hecho, el estómago se le contrajo. ¿Y si en realidad toda aquella seguridad que había sentido los últimos días era solo la falsa mejoría antes de una recaída vertiginosa? No quería volver a empeorar. No quería experimentar otro primer día que casi acababa con ella. ¿En qué estaba pensando?

«En que necesito respuestas».

Ilian extendió la mano y cuando entrelazaron los dedos, un chispazo le recorrió la piel. Como la electricidad al encender una bombilla, su luz se iluminó con más fuerza ante la caricia de aquellos dedos ásperos. La sonrisa de Ilian se ensanchó con cierta malicia y una nube densa y negra, plagada de destellos violetas, los engulló.

Era la primera vez que viajaba así con él, y en lugar de maravillarse con el espectáculo de sombras, Ashbree solo tuvo ojos para la mirada de Ilian, fiera por aquel pendiente en la ceja. El estómago se le elevó por el vértigo y, luego, una suave sacudida que le dobló un poco las rodillas cuando sus pies tocaron tierra de nuevo.

Ashbree miró a su alrededor mientras la nube de oscuridad terminaba de deshacerse. Habían aparecido en la misma plaza que la vez anterior, pero estaba diferente. Sin el bullicio del mercado ni la vida rebosante, Rimbalan parecía dormida. Las calles bien adoquinadas estaban en silencio y casi desérticas, las farolas iluminaban el espacio y las vías principales, pero su luz desaparecía según se alejaban del núcleo. Recordó entonces lo que le había dicho el rey: que en Glósvalar —y ahora suponía que en todo el Reino de Lykos— había una especie de toque de queda para garantizar la seguridad de sus habitantes. Para que no corrieran peligro con los traficantes.

Ilian la condujo por las calles mientras ella no perdía detalle de la pintoresca ciudad. Era parecida a lo que había visto de Glósvalar desde su ventana, con las casitas apiñadas aprovechando el hueco libre de las montañas y los tejados a dos aguas, los cristales empañados por el calor de los hogares y columnas de humo saliendo de las chimeneas. Y aunque se hallaban más al norte, no había ni rastro de la nieve que había peinado la capital durante los primeros días de su estancia. Las avenidas estaban limpias, sin restos de charcos de dudoso origen ni desperdicios, como sí sucedía en la zona portuaria de Kridia o en los suburbios. Era como deambular por una versión mejorada de lo que ella conocía.

Se detuvieron frente a un edificio bajo con un rótulo de madera que rezaba: CENTRO DE DESINTOXICACIÓN, e Ilian se giró hacia ella.

—No he... No he tenido tiempo de avisar a Silvari de que veníamos.

—Pero imagino que habrá estado investigando, ¿no?

—Sin ti y sin mí, o sin Rylen, no tenía mucho que investigar, ¿no crees? —Ashbree apretó los labios y asintió. Él le acarició el brazo, atrayendo su atención—. No sabíamos cuánto ibas a tardar en dar el paso, y no queríamos que la expectación de Silvari por investigar pudiera hacer que te sintieras presionada.

Sus palabras la conmovieron y se limitó a dedicarle una sonrisa de agradecimiento. No obstante, cuando Ilian abrió la puerta, Ashbree se encogió un poco sobre sí misma. Ya había caído la noche y parecía que todos durmieran, aunque las ventanas —que daban a salas con electricidad— estuvieran iluminadas. No obstante, algo dentro de ella le dijo que no era el único motivo de su inquietud.

Dieron a una recepción coqueta, amueblada con ricas alfombras rosadas, plantas en las esquinas y varios asientos que parecían cómodos. En el centro, un amplio mostrador, robusto, tras el que trabajaba una elfa... de luz.

Ashbree se quedó de piedra mientras Ilian cerraba detrás de ella. Aún no había terminado de hacerse a la idea de que en Lykos hubiera elfos de luz viviendo libremente.

—¿En qué puedo ayudaros? —les preguntó la recepcionista, una hermosa fémina de rasgos gráciles y ojos azules.

Ilian tomó la iniciativa y Ashbree dio gracias por ello, porque apenas sabía dónde se había escondido su voz. Le sorprendía que la elfa no se sorprendiera de verla. Ellos lo tenían tan integrado en su día a día que seguro que ni se acordaban de cómo era vivir separados. Ashbree se rascó el brazo, un paso por detrás de Ilian, como escondiéndose tras él.

—Venimos a ver a Silvari.

—¿Tenéis cita? —La recepcionista revolvió entre los papeles de su mesa, buscando la reunión en sus anotaciones.

—No, no tenemos cita. Pero venimos de parte del rey.

La fémina se tensó y se levantó, como movida por un resorte. Les dedicó una sonrisa cortés y les pidió que esperaran en los asientos mientras iba a buscar a la sanadora. Ilian se sentó, cruzando una pierna sobre la otra, como si estuviera en el salón de sus aposentos. Ashbree, no obstante, se quedó de pie, incómoda.

—Tranquila, no creo que tardemos mucho.

Ilian sonrió con una calidez que templó un poco sus nervios, aunque no lo suficiente. Justo entonces, Silvari apareció por el pasillo, agitada y con gesto preocupado. Gesto que mutó al de sorpresa cuando clavó sus ojos verdes en Ashbree. La incomodidad creció y quiso salir corriendo.

—Oh... —Ilian se puso en pie, dispuesto a hablar, pero ella se adelantó—: Seguidme, por favor.

Ambos intercambiaron un vistazo rápido y luego él tomó la iniciativa. A Ashbree no le quedó más remedio que seguirlo, fijándose en las distintas puertas que había en el corredor. Se detuvieron al fondo y Silvari les dio paso a lo que parecía su despacho. Estaba amueblado con altas estanterías oscuras plagadas de libros, un boticario con etiquetas con nombres que reconocía de su formación y una amplia mesa para trabajar, atestada de viales, papeles llenos de fórmulas y libros abiertos. En una de las esquinas, un par de banquetas altas y redondas hacían las veces de estante para macetas.

—Siento el desorden, pero no he parado en todo el día. —Silvari se acercó a las dos sillas y quitó las plantas para ofrecerles asiento. Ilian negó con la cabeza y ambos terminaron quedándose de pie al lado. Después de un silencio que a Ashbree se le antojó tenso, la sanadora suspiró y la miró fijamente—. Os veo bien, alteza. —Ella asintió con la cabeza—. *Demasiado* bien.

Ashbree buscó a Ilian con la mirada, que observaba a Silvari con gesto serio.

—¿Qué significa eso? —inquirió él.

—Hace poco más de una semana, me llegó un cuervo de parte de nuestro rey informando de lo que le sucedió a la heredera. Y no... No esperaba veros en pie siquiera, alteza.

—¿Qué quieres decir? —inquirió Ashbree con cierto temor.

—Según me informó su majestad, consumisteis sangre de... —Miró a Ilian de soslayo—. Bueno, de él, ¿me equivoco?

—No te equivocas —le informó el general con su voz autoritaria.

—Con una recaída en un margen de tiempo tan corto, deberíais estar desesperada. Incluso habiendo pasado nueve días, no debería seros fácil estar en compañía de Ilian.

—No lo comprendo...

—¿Seguís sintiendo ganas de consumir la droga? —Rebuscó entre algunos cajones mientras la heredera le decía que sí—. Pero ¿incontrolables?

Sintió la mirada escrutadora de Ilian clavada en ella y se rascó el antebrazo del tatuaje, nerviosa.

—N-no. De hecho... —Miró al Efímero de reojo—. De hecho, llevaba un par de días sin acordarme hasta hoy.

Silvari se incorporó de golpe, con el ceño fruncido.

—No tiene sentido... —murmuró para sí misma—. La miel de plata se elabora con otros estupefacientes que contrarrestan el alto grado de adicción de la sangre plateada, que por sí sola puede causar sobredosis y muerte. Ingeristeis muchísima sangre pura cuando os atacaron. —Ashbree asintió, incómoda—. Pero os sobrepusisteis con demasiada facilidad.

—Bueno, pasé una semana en la que...

—A eso me refiero, alteza —la interrumpió—. Cualquier otro en vuestra situación habría muerto o se habría convertido en un elfo de sangre, incapaz de sobrevivir sin ingerir la sustancia pura, sin edulcorar, día tras día. ¿Lo comprendéis? Y vos no. Confiaba en que os recuperarais, pero no las tenía todas conmigo.

—Nos aseguraste que se pondría bien —intervino Ilian.

—¿Has probado a enfrentarte al rey? —Él sonrió de medio lado—. No admitía un «no» por respuesta, y lo único que pude ofrecerle fue esperanza.

—¿A dónde quieres llegar? —le preguntó Ashbree.

—Si os soy sincera, no lo sé. Basándonos en nuestros estudios, no hay explicación científica para que vos estéis plantada frente a mí sin secuelas aparentes y tan radiante. Ni siquiera hay señales de deshidratación en la piel, ni desnutrición. Estáis mejor que la primera vez que os examiné, alteza.

—¿Crees que podría tener algo que ver con su condición de Efímera? —apuntó Ilian, que se recostó contra la banqueta, con los brazos cruzados ante el pecho.

Silvari chasqueó la lengua y se frotó el mentón mientras daba otra vuelta por su despacho, repasando algunos ingredientes que encontraba a su paso.

—Podría ser. Es la primera vez que tenemos constancia de un caso de drogadicción en Efímeros. Alteza, ¿os importaría que os sacara una muestra de sangre?

—No, claro, pero ¿para qué?

—Me gustaría examinarla en el microscopio para ver cómo

reacciona a la exposición de la toxina. Con un par de gotas bastará.

Ashbree asintió, aunque no le gustaba demasiado la idea. Ilian observaba a la sanadora con ojo clínico, pero no dijo nada cuando Silvari se acercó a ella con una aguja extraída de un cajón y una placa de cristal. Le pidió que alzara la mano y le pinchó la yema del índice hasta que una gota prominente de sangre roja cayó sobre el vidrio. Luego, y sin pronunciar palabra, se acercó a la mesa y colocó la muestra en el microscopio. Sin separar la vista del aparato, descorchó uno de los viales que había sobre su mesa, que contenía un líquido transparente, y vertió una única gota sobre su sangre. Después de unos segundos, Silvari chasqueó la lengua y los miró con seriedad.

—Su sangre reacciona a la toxina igual que la de cualquier elfo de luz.

—¿Entonces? —preguntó Ashbree.

Silvari se recostó contra el borde de la mesa y se frotó el rostro.

—No lo sé.

—¿Y si...? —intervino Ilian, su voz apenas un susurro. Ashbree y él intercambiaron un vistazo cómplice—. ¿Y si es por mi sangre? Bueno, *nuestra* sangre. —Silvari frunció el ceño y se enderezó—. ¿La sangre de un Efímero de Sombras presenta esa toxina de la que hablas?

—Supongo...

—¿Supones?

—No hemos tenido muchos Efímeros voluntarios durante los últimos quinientos años —rezongó la sanadora, un poco molesta—. Es más, los únicos de vuestra condición que conozcamos sois tú y el rey. ¿Cómo voy a saberlo?

Ilian jugueteó con el pendiente del labio mientras observaba a la sanadora.

—La única forma de averiguarlo es comprobándolo —musitó Silvari, con la vista perdida. Después, clavó sus ojos verdes en los de Ilian.

—¿Qué efecto me va a generar darte mi sangre? —preguntó con cierta preocupación, aunque ya debía de estar mentalizado para aquello.

—¿Sientes placer cuando te hieren en combate? —Ashbree los observaba sin entender nada. Ilian negó con la cabeza, sin atreverse a mirar a la heredera—. Pues esto es igual. La sustancia que provoca placer en el sistema nervioso se genera en condiciones muy... concretas. —Ashbree y él intercambiaron un vistazo fugaz—. O con métodos de extracción propiamente dichos. Yo solo voy a pincharte un dedo, no te preocupes.

—El rey dijo que secuestran a elfos oscuros para obtener su sangre —expuso Ashbree en voz alta, intentando seguir el hilo de la conversación—, pero también comentó que, antes, algunos se presentaban voluntariamente porque les provoca placer.

—Cuando los elfos oscuros donan sangre, les resulta placentero, sí. Por eso fue tan sencillo encontrar la sustancia base, su sangre, para crear la miel de plata. Aunque muchos donan por el bien sanitario, para tener reservas, otros lo hacían por cuestiones menos altruistas.

—¿Y a qué te refieres con lo de «condiciones concretas»?

De nuevo se dio aquel intercambio de miradas entre los otros dos. Y entonces Ashbree lo comprendió.

—No —atajó. Fulminó a Ilian con la mirada y él la esquivó—. ¡¿Te gustó?! —La voz le salió estrangulada, y ni siquiera sabía por qué le importaba tanto.

—¿De verdad te quedan dudas de si lo que pasó entre tú y yo me gustó? —Ilian la miró con la ceja del pendiente enarcada y una media sonrisa burlona en los labios.

—¡No me refiero a eso! —Ashbree enrojeció, pero se negó a achantarse.

Ilian suspiró y puso los ojos en blanco.

—Sí, fue... un estallido. Como un subidón de placer difícil de explicar.

Aquella descripción breve cuadraba con las sensaciones que ella había tenido la vez que había probado la sangre del rey y la de Ilian. Porque con los traficantes, había sido una oleada que sentía poco a poco invadiendo su cuerpo, pero con ellos dos había sido como besar el sol mismo.

—Tuve... Tuve sensaciones diferentes al probar su sangre y la del rey —reconoció en voz alta. Le costó, porque no le gustaba hablar del horror que había sufrido en la cueva—. Cuando me... atacaron, fue intenso, sí, pero no tanto como con la suya.

—Y fueron unas gotas... —musitó Silvari para sí misma. Ashbree se limitó a asentir—. Ilian, dame tu dedo.

Él se enderezó y le tendió la palma. Cuando la sanadora lo pinchó y salió una rica gota plateada, la sed de Ashbree aumentó, pero se descubrió aguantando con bastante estoicidad.

—¿Tú no sientes la tentación? —se atrevió a preguntarle a la sanadora.

Esta la miró de soslayo, mientras se acercaba al microscopio.

—Son demasiados años enfrentándome a esto. Me sobrepongo a estas cantidades.

Sin darle más explicaciones, Silvari observó a través del aparato. Después de un momento, cogió el vial con el líquido transparente y vertió una gota, en un silencio sepulcral. Según pasaban los segundos, la piel de Silvari iba perdiendo color e Ilian se impacientó.

—¿Qué ocurre? —preguntó el general, porque era evidente que sucedía algo.

—Tu... Tu sangre. Es lo opuesto a la de los elfos oscuros normales.

—¿Y eso... qué quiere decir? —intervino Ashbree.

—Que no solo no contiene la toxina, sino que la neutraliza.

80

La cabeza le dio vueltas y temió no haberla oído bien. ¿Había dicho que *neutralizaba* la toxina? Hasta ese momento, Ilian creía haber sabido qué significaba la palabra «neutralizar», puesto que la usaban mucho en el ejército, pero empezó a tener serias dudas. Al mirar a Ash, se encontró con el reflejo de su propia estupefacción. No le quedó duda de que había escuchado bien a Silvari.

La sanadora deambulaba de un lado a otro, balbuceando términos y explicaciones que Ilian no terminaba de comprender. Ash no perdía detalle del caminar errático de Silvari, pero se había quedado lívida. Incluso empezaba a perder color en el rostro y la cicatriz de la mejilla resaltaba aún más. Entonces, muy despacio, giró la cabeza hacia Ilian y sus ojos conectaron. Se dijeron demasiado sin siquiera articular palabra, porque el brillo de sus iris expresaba lo mismo que a él le rondaba por la mente: ¿habrían encontrado una cura?

Por lo nerviosa que se había puesto Silvari, existían bastantes posibilidades de que así fuera.

—Tengo que hacer más pruebas... Necesito hacer más pruebas. Esto no... Es imposible. Pero ¡lo he visto!

Ilian se separó del taburete contra el que había estado recostado y fue en busca de la sanadora, que estaba a punto de tirarse de los pelos. En los años que hacía que conocía a Silvari, jamás la había visto tan desquiciada, y eso que habían tenido que superar muchas crisis de drogadicción mano a mano con el rey.

—Silvari, cálmate.

—¡¿Cómo quieres que me calme?! ¿Eres consciente de lo que significa esto?

—Me hago una idea...

—¡Podríamos dar con una cura!

—¿Estás segura? —intervino Ash—. Quiero decir... Solo has probado con una gota.

Silvari abrió la boca un par de veces y luego se recostó contra la mesa, las manos enterradas en el rostro.

—No, no puedo estar segura aún, alteza. Pero esto... Que vos estéis tan recuperada después de probar la del rey y la de Ilian... La forma en la que ha reaccionado su sangre... —La sanadora desvió la atención hasta él y se le cerró un nudo en la garganta por lo mucho que le brillaban los ojos de la emoción—. Hay una esperanza, Ilian. Creo que podría dar con la cura. A partir de tu sangre y de la del rey, podríamos erradicar la plaga de esta droga.

Un sudor frío le bajó por la espalda y le erizó la piel. Aquello eran palabras mayores. Llevaban todo el reinado de Rylen luchando contra esa lacra, dirigida por un ser demasiado inteligente para ellos. Quinientos años buscando al cabecilla del único cartel de la isla sin tener éxito; quinientos años desmantelando laboratorios y encarcelando traficantes; quinientos años viendo morir a elfos de luz por culpa de algo que estaba en los cuerpos de los elfos oscuros. Y eso sin contar los años previos que otros reyes habían tenido que soportar, aunque nunca se hubiesen interesado tanto por las devastadoras consecuencias en el bando enemigo.

La realidad era que desde pocos años antes de que Rylen accediera al poder, la situación se había recrudecido. Y muchos lo achacaban a que su rey no estaba preparado para desempeñar su rol, que lo consideraban débil, y el germen había ido creciendo aprovechándose de los primeros años de mandato de Rylen.

De esos años en los que él había estado recuperándose de los destrozos que Ayrin había dejado a su paso. Y Rylen llevaba todo ese tiempo soportando una carga cada vez más pesada sin saber... sin saber que su propia sangre podía ser la respuesta.

Tenía que dar con él para contarle el descubrimiento.

—¿Qué necesitas, Silvari? —preguntó con la voz teñida de autoridad.

Ilian no sabía dónde podía estar el rey, pero alguien debía hacerse cargo de la situación mientras lo encontraba. Y él era el segundo en la línea de sucesión, aunque nunca hubiera querido ese puesto.

—Más de tu sangre, o de la del rey...

—La del rey no.

Silvari apretó los labios y asintió una única vez. Esperaba que lo achacara a la necesidad de proteger al soberano, y todo apuntaba a ello.

—Pues la tuya entonces. Tengo que probar con otras cantidades, inocular la sustancia que neutraliza la toxina y después...

—¿Y después...? —la alentó Ash con gesto amable.

—Después, probar con sujetos.

—Pues no perdamos más tiempo —sentenció Ilian.

81

En cuanto Ilian hubo terminado de donar sangre, en la más estricta intimidad, salió del despacho y avisó a Silvari de que el tarro que había dejado en el dispositivo de extracción estaba lleno. Él mismo se había quitado la aguja y se estaba presionando la sangradura con un algodón. Ashbree atisbó el líquido plateado en el recipiente y la garganta se le cerró. Se pasó la lengua por los labios de forma involuntaria e Ilian le envolvió los hombros con un brazo mientras la conducía a la calle.

No pudo evitar mirar hacia el despacho mientras recorrían el pasillo, hasta que Silvari, ahora ataviada con una máscara con filtros, entró, cerró la puerta y el magnetismo se rompió. Se notaba mucho más fuerte, pero la tentación seguía ahí, latente. Aquella sustancia la había hecho sentir demasiado poderosa, y su sabor era el del mismísimo maná de los dioses. En aquel momento, cuando el frío otoñal le acarició las mejillas, fue dolorosamente consciente de que jamás desaparecería esa sensación; que tendría que aprender a convivir con ello.

—¿Cómo te encuentras? —le preguntó Ilian.

Ella alzó la cabeza para mirarlo a la cara. Todavía no la había soltado, seguía con su brazo rodeándole los hombros mientras caminaban por las solitarias calles de Rimbalan. Se descubrió agradeciendo el gesto protector de aquel varón fiero y se apretó un poco más contra él, porque hacía frío.

—Tendría que preguntártelo yo a ti. —El calor escapaba de su boca en volutas que se perdían en la oscuridad de la noche.

Él se mordió el labio inferior ligeramente y el aro brilló bajo las farolas.

—Yo estoy bien. Te recuerdo que a nosotros eso nos da placer.

Ashbree enrojeció y apartó la vista de las apuestas facciones de Ilian cuando él giró el rostro hacia ella.

—¿A dónde vamos? —se atrevió a preguntar pasados unos segundos en los que tan solo se escuchó el repicar de sus botas contra los adoquines.

—A dar un paseo.

—¿Y qué pasa con el toque de queda?

—Soy el general de las tropas oscuras. A mí no se me aplican los toques de queda.

Aunque no lo había mirado a la cara, supo perfectamente que Ilian había pronunciado lo último sonriendo, y aquel gesto se contagió a sus propios labios. No obstante, la sensación no duró. No cuando fue consciente de lo que estaba sucediendo en realidad.

Ashbree Aldair llevaba veinticuatro días sin pisar la calle. Veinticuatro días desde aquella fatídica noche en la que la habían atacado. Veinticuatro días cobijada entre las oscuras paredes del palacio de obsidiana. Las calles de Rimbalan eran demasiado parecidas a las de la capital, con sus casitas a cada lado, las ventanas encendidas y las farolas negras. Era como recorrer la ciudad principal de Lykos, y la ansiedad empezó a treparle por la espalda.

No había esperado sentirse así, que el miedo arraigara tan profundamente. Ni siquiera había pensado en ello hasta entonces. Había peleado por salir del palacio y había discutido más veces de las que se acordaba. Ahora que se encontraba fuera, sin embargo, sentía pánico, y a cada paso miraba por encima del hombro, con la sensación pegajosa de que estaban siendo observados.

—Conmigo estás a salvo —murmuró Ilian con la vista al frente.

Ashbree sintió un revoloteo extraño en el estómago. Con los labios entreabiertos, alzó el rostro hacia él. No sabía cómo, pero había conseguido leer su inquietud en su lenguaje corporal y hasta había afianzado el peso de su brazo sobre sus hombros.

Aquellas palabras fueron como un bálsamo: sus músculos se relajaron y se atrevió a enroscar el brazo alrededor de la cintura de Ilian. Reprodujo las palabras del general en su mente, y con cada nueva repetición, la sensación de corrección crecía más y más. Saber que con él estaba a salvo despertó un nuevo miedo en su interior.

En silencio, disfrutando de la fresca noche otoñal, Ilian la condujo por un camino empinado. Cuando la pendiente creció y Ashbree empezó a respirar de forma agitada la tomó de la mano para tirar de ella.

—¿Me explicas a dónde me llevas?

—A un sitio.

—¡Vaya! No me lo podría haber imaginado.

Ilian la miró por encima del hombro y le regaló una sonrisa que le secó la garganta, con esa forma tan suya de curvar un lado de la boca más que el otro.

—¿Y por qué no nos llevas con tus sombras? —preguntó entre jadeos. Ilian tiró de su brazo con más fuerza y agradeció su ayuda.

—Porque sigues en una forma física pésima —la pinchó—. Y porque me gusta disfrutar de la normalidad de dar un paseo con una elfa preciosa.

Ashbree enrojeció y agradeció que en aquel camino apenas hubiera claridad. Y que su luz diera volteretas en su estómago no ayudaba a controlar el rubor.

Pasados unos minutos de tortura, llegaron a la cúspide de la pendiente y Ashbree se encontró en un pequeño mirador cuyas vistas daban a la ciudad dormida de Rimbalan. Se quedó sin aliento, y no por el esfuerzo físico, sino porque frente a sus ojos había un espectáculo de luces y sombras del que sus dones no eran los responsables.

Lo primero que se preguntó fue cómo podía haberse sentido insegura recorriendo las calles del lugar que estaba presenciando. Era una estampa majestuosa que nada tenía que envidiarle a la capital del Reino de Lykos.

Ashbree apoyó las palmas en la superficie fría del murete de piedra del mirador y se permitió respirar el frescor nocturno, con un brillo de admiración en los ojos.

—Sabía que te gustaría —comentó Ilian en un tono íntimo.

Reticente, Ashbree apartó la mirada del paisaje y se encontró con los iris violetas de Ilian, que la observaban con la misma emoción con la que ella había estado contemplando la panorámica. Sintió hasta el arco picudo de las orejas en combustión y desvió la vista. Ilian carraspeó y se recostó contra el murete a su lado, lo suficientemente cerca como para percibir el calor que emanaba de su cuerpo.

—¿Qué vamos a hacer ahora? —preguntó Ashbree pasado un rato. La nariz empezaba a quedársele fría y se frotó las manos, pero no quería irse de allí. Todavía no.

Ilian apoyó ambos brazos sobre el murete en una pose relajada que pocas veces le había visto. No es que se conocieran desde hacía demasiado tiempo, pero alrededor de él siempre había cierta tensión que moldeaba sus músculos, incluso cuando se habían acostado juntos. Y en aquel momento parecía más un varón cualquiera que un asesino mortífero con un ejército bajo su control.

—No lo sé. Buscar a Rylen.

Ashbree hizo un mohín con los labios al recordar el motivo por el que el soberano había desaparecido. Porque no podía evitar sentirse responsable de la situación.

—Creo... —Tragó saliva para reordenar sus pensamientos—. Creo que sé dónde podría estar.

Él la observó con interés, con la ceja del pendiente arqueada, y aguardó. No había olvidado que Ilian le había dicho que, según Elwen, el rey estaba en su refugio secreto favorito. Y había tardado en caer en la cuenta de cuándo había escuchado algo parecido.

—Cuando nos pilló la ventisca de camino a Glósvalar, nos desviamos del camino. —Él asintió, paciente—. Y me llevó a una cueva poco transitada con un lago subterráneo.

Ilian perdió la vista en la ciudad, como si estuviera repasando cada emplazamiento que conocía en busca de esas características.

—Me dijo —prosiguió con voz trémula— que era su lugar secreto, pero...

—No sabes dónde está, ¿no? —Ella negó con la cabeza—. No pasa nada, mañana intentaremos ubicarla en un mapa.

—¿Por qué mañana? ¿No deberíamos buscarlo ya? Es el rey.

Ilian suspiró, despacio, y luego se giró a mirarla.

—Creo que necesita algo de tiempo. Y no hay nada que podamos hacer esta noche, esté él o no. Aún tenemos que esperar a las conclusiones de Silvari, así que es mejor que le demos espacio.

—Que se lo dé yo, quieres decir.

Le respondió con una sonrisa de medio lado que acalló un poquito su culpabilidad.

—Quiero que sepas que tú no has tenido la culpa de nada, Ash.

—Ya... —murmuró ella, reticente.

—Lo digo en serio. La herida de Rylen... es muy profunda, y no es culpa tuya. Ayrin fue su primer y único amor. Se casó por conveniencia, sí, pero se enamoró de ella perdidamente en cuestión de un par de meses, y parecía recíproco. Rylen tenía planes. Planes *con ella*. —Ashbree chasqueó la lengua y se sintió un poco incómoda—. Construyó el segundo palacio para Ayrin, ¿sabes?

Ashbree se quedó de piedra, con el frío de la noche atascado en el pecho, y no se atrevió a mirarlo. Ahora entendía el recelo que había mostrado antes de explotar, cuando ella se había deleitado con las vistas de aquel edificio. ¿Sería ese el motivo por el que habían estallado todos los cristales del palacio vecino y solo los del comedor del edificio en el que se encontraban?, ¿porque su rabia había estado dirigida a otra fémina?

—Rylen siempre quiso formar una familia. Una grande, además. Le pesaba ser hijo único. Y cuando Elwen y yo entramos en su vida, pasamos a ser los hermanos que nunca tuvo. Después de enamorarse de Ayrin, empezó a hablar de los sobrinos que nos daría. De que ese palacio estaría lleno de risas y juegos; de que sus hijos no tendrían que vivir en una isla en guerra. —Lo último lo pronunció con un deje triste y Ashbree tuvo que tragar saliva. Era un sueño muy bonito, uno que le gustaría que el rey pudiera cumplir—. Y la muy malnacida se aprovechó de su amor para intentar matarlo.

Ilian se dio la vuelta y cruzó los brazos ante el pecho, el humor agriado por el recuerdo.

—Tardó años en recuperarse. Bueno, todo lo que uno se puede recuperar sabiendo que el amor de tu vida te ha arrancado el corazón del pecho, literalmente, para usarlo a saber en qué.

—¿Y por qué no fue a buscarlo cuando se lo arrancó? —se atrevió a preguntar.

—Porque la quería. A pesar de lo que le había hecho, seguía queriéndola. Y para cuando volvió a estar en plenas facultades y aprendió a no gastar todo su don para no morirse, los Aldair disteis el golpe de Estado.

—¿Y él... sabe qué le sucedió a Ayrin? ¿A su familia? Según nuestra historia, no se sabe a ciencia cierta qué fue de ellos, si murieron, se exiliaron o qué.

—Es la misma información que nos llegó a nosotros. En eso no te mintió tu historia. Creemos que su hermano se exilió, que pudo partir dada su corta edad. Pero ni idea de qué ocurrió con ella ni con sus padres.

Ashbree sintió una calma extraña al oírlo. Con cada día que

pasaba, había descubierto una nueva mentira de su propia gente. Y le aliviaba que hubiese una parte de verdad entre lo que creía conocer.

—¿No se puso en contacto con ella después de lo que le hizo?

Ilian negó con la cabeza mientras jugueteaba con el pendiente del labio. Después, dejó caer los brazos a ambos lados y apoyó los talones de las manos sobre el murete.

—No se vio con fuerzas, y doy gracias a los dioses por ello.

—¿Por qué?

—Porque estoy convencido de que le habría entregado Lykos con tal de que ella volviera a su lado.

Ashbree se quedó sin habla. Aquello eran palabras mayores. Rylen Valandur habría estado dispuesto a entregar su reino por ella. Jamás imaginó que un ser sin corazón pudiera amar con semejante intensidad. Y sin saber por qué, una parte de ella se revolvió, incómoda. Igual que cuando había correspondido al beso, le echó la culpa a su luz, pero una vocecita le sugería que en realidad era envidia. Envidia por lo que el rey tuvo, a pesar de que acabara tan mal; envidia por no haber sido capaz de amar a Arathor de aquella forma. ¿Sería culpa suya? ¿Tendría algo mal dentro de su cabeza?

Sin embargo, su subconsciente la llevó a mirar a Ilian de reojo y sintió la necesidad de tragar saliva de nuevo. Cuando se dio cuenta de hacia dónde iba su mente, era irremediablemente tarde, porque esa vocecilla le susurró una de las preguntas más peligrosas que recordara: ¿algún día llegaría a amar a Ilian con tanta fuerza? Pero lo que le provocó un vuelco en el estómago fue la inesperada sensación de confirmación que le siguió a esa cuestión.

Ashbree dio gracias por que Ilian continuara hablando y la sacara de la espiral en la que se había sumergido su mente.

—Pero la cosa cambió cuando manifestaste tu habilidad para comunicarte con su corazón.

—¿Por qué?

—Porque vi una oportunidad de que nuestros sueños se cumplieran. Y yo… —Suspiró y se frotó la cara, como frustrado—. Desde que supimos de tu habilidad, intenté convencerlo para que se acercara a ti y forjara alguna clase de vínculo contigo. Le decía que se dejara de estupideces y de tratarte con desdén y que hiciera contigo justo lo que tú pretendías hacerle. Pero se negó, y lo entiendo. Me aseguró que jamás le haría algo así a nadie. Así que se convirtió en tu enemigo para que el odio te llevara a buscar una forma de acabar con la guerra.

—No puedo culparlo. En parte, funcionó —comentó con una sonrisilla, para restarle importancia a la conversación.

—Sí, pero creo… Creo que hay algo más.

Ilian la miró con gesto serio y las aletas de la nariz hinchadas, como si le estuviera costando esfuerzo controlar la respiración.

—¿A qué te refieres?

—He estado toda la tarde dándole vueltas. Y conozco a Rylen. Si os habéis besado y luego ha reaccionado así… No creo que su estallido de hoy fuera únicamente por el recuerdo de lo que le hizo Ayrin, sino porque empezaba a sentirse atraído por ti.

82

Ashbree apenas pegó ojo esa noche. Ilian la transportó a la puerta de sus aposentos poco después, se despidió de ella con un casto beso en la mano y desapareció. Aún conmocionada por lo que él le había dicho, se deshizo de las prendas gruesas y se refugió en el frescor del camisón de seda. Se quedó sentada en el centro de la cama, repasando el espacio a su alrededor con el ceño fruncido.

Tenía la sensación de que algo no estaba en orden, pero no conseguía distinguir el qué. Se acercó al violín y acarició las cuerdas, distraída. La puerta del aseo estaba entreabierta, por su último baño, aunque el balcón estaba cerrado, y recordaba haberlo dejado abierto. La chimenea también estaba encendida cuando entró, como cada noche, tarea de la que se encargaba Orsha para calentarle la habitación. Y que le agradecía profundamente, porque ella no había encendido una chimenea en su vida.

No obstante, al margen de eso, algo no le cuadraba, pero no conseguía dar con la clave. Además del olor a leña quemándose y la fragancia frutal de Orsha, había un subtono más, uno especiado que le dejaba un regusto ligeramente reconocible, pero no lo ubicaba. No era el olor de Ilian, y tampoco el del rey, que de seguro habrían impregnado aquellas paredes después de tantos días velando por ella. Tenía la sensación pegajosa de que allí había entrado alguien más, alguien que despertaba cierta familiaridad poco placentera.

Tras diez minutos dándole vueltas a lo mismo y observando la estancia, se sentó en la cama de nuevo y se abrazó las rodillas. Estaba volviéndose loca, no le cabía duda. Todo lo que había descubierto en las últimas semanas la estaba llevando al borde de la demencia.

Empezando por la última confesión de Ilian.

Era imposible que el rey la hubiera besado porque se sintiera atraído por ella. Se habían odiado hasta hacía muy poco, eran enemigos jurados desde hacía quince años. No tenía ningún sentido. Y, aun así, había algo de cierto en aquellos pensamientos: ella también se había sentido atraída por él, no en vano se había volcado de lleno en el beso hasta que había caído en lo que supondría el contacto para él cuando le dijera la verdad de sus intenciones. Lo achacaba a su luz, porque los opuestos se atraían y lo afín acababa encontrándose, pero algo le sugería que no era solo eso. El soberano era un varón atractivo, de rasgos gráciles y de una belleza sin parangón. No tenía nada que ver con lo salvaje del rostro de Ilian, pero al mismo tiempo sus mejillas se encendían cuando recordaba el sueño húmedo que había tenido con el rey en la tienda de campaña.

La atracción estaba ahí, era más que evidente. De hecho, se habían rendido a ella. Pero también se sentía atraída por Ilian y había sucumbido a ello, y no solo eso, sino que cada vez disfrutaba más de su compañía, de sus medias sonrisas y de su autoritarismo. Pero con el monarca...

La realidad era que él había sido amable con ella, se había preocupado por su bienestar y le había garantizado los mejores cuidados. Y al pensar en retrospectiva, se dio cuenta de que aquello era mucho más de lo que había recibido en su propia casa durante los últimos diez años, donde la única bondad venía de manos de Lorinhan y de Cyndra.

El alba la encontró en una duermevela y se despertó sobresaltada al escuchar un par de toques en la puerta. Abrió los ojos al instante, porque Ilian no se molestaba en llamar. Era una especie de hábito que le agradaba, ya que significaba que había confianza entre ellos. Ashbree se puso en pie y cogió el batín antes de abrir, pero no había nadie en la antecámara. Los golpes se repitieron y se percató de que procedían de la puerta que daba al pasillo del palacio.

Con el ceño fruncido, abrió y se encontró con una Elwen que, a diferencia de lo habitual, no sonreía. Y tampoco iba vestida con uno de sus muchos vestidos, sino con el uniforme del ejército y varias armas sobre el cuerpo. La vio tan diferente a su último encuentro nocturno que la preocupación se retorció en su pecho.

—Ilian ha convocado una reunión urgente y quiere que asistas —le explicó, sin saludar.

Ashbree dejó la puerta abierta y regresó al dormitorio para cambiarse de ropa. Detrás del biombo, se vistió con unos pantalones cómodos oscuros, una camisa suelta y sus botas de entrenamiento. Su instinto le dijo que recurriera a su armadura de bronce, característica del Imperio de Yithia, pero se había quedado en Milindur con el resto de sus pertenencias.

—¿Ha pasado algo? —preguntó con los músculos en tensión, trenzándose el pelo por lo que pudiera suceder.

—No lo sé, me ha pedido que viniera a buscarte.

—¿Él está bien? —La seriedad se desvaneció del rostro de la fémina al percibir su preocupación. Con una sonrisa afable, asintió—. ¿Y el rey?

—Sigue en paradero desconocido.

Elwen rehuyó su mirada y ambas caminaron por los pasillos del palacio en silencio. Por lo que le había dicho Ilian, ella debía de saber dónde se encontraba el soberano, aunque la heredera tuviera sus sospechas. Se preguntó qué sucedería si la *norna* intervenía y comunicaba abiertamente su paradero, si eso influiría en lo que Dalel tenía preparado para todos.

Se cruzaron con varios sirvientes que trabajaban con calma,

y con algunos soldados que hacían la ronda. Nada apuntaba a que hubiera una crisis en el palacio, y lejos de tranquilizarla, aquello la inquietó aún más.

Cuando llegaron al despacho del monarca, se encontraron con Ilian de pie, mirando por la cristalera tras el escritorio, cruzado de brazos. Llevaba su armadura negra reglamentaria y todos sus cuchillos preparados en distintas partes del cuerpo. Junto a él, un elfo oscuro con un uniforme negro más ligero, con cintos ataviados con varias ánforas oscuras. Un conjurador. Sus cabellos cobrizos destellaron con las primeras luces del día, y cuando se giraron a mirarlas, Ashbree lo reconoció como el soldado huraño que también habían apresado en Milindur. Era la segunda vez que lo veía a plena luz del día y aquellos ojos de un rosa pálido volvieron a causar en ella el mismo efecto que la primera vez: embelesamiento.

—¿Te importa cerrar la puerta, Elwen? —Era una orden velada por cortesía, pero todo en el tono y en el cuerpo de Ilian irradiaba autoridad. Su hermana obedeció sin abrir la boca. El miedo creció en el cuerpo de Ashbree y tuvo que reprimir el jugueteo involuntario de sus dedos—. Siéntate, Ashbree. Por favor —añadió cuando se dio cuenta de que la había tratado con cierta brusquedad.

Ella dio un respingo, no solo por la rudeza de sus palabras, sino porque era la primera vez, que recordaba, que la llamaba por su nombre completo, y no solo Ash. ¿Sería por estar en presencia del conjurador?

—Supongo que te acordarás de Haizel. —Ilian lo señaló con la mano.

—Sí. Me alegra ver que os habéis recuperado bien.

El aludido, cruzado de brazos, tan solo le dedicó un cabeceo quedo. Ilian suspiró y apoyó las palmas sobre la mesa. Ashbree percibía la tensión en sus hombros, la rigidez de sus brazos incluso en aquella postura que pretendía ser indiferente.

—¿Pasa algo? —se atrevió a preguntar cuando el silencio la asfixió.

Elwen dio un paso hacia ella y se quedó de pie tras su asiento. Agradeció la presencia de la fémina, como protegiéndola, y le recordó a Cyndra, tan fiera cuando de Ashbree se trataba. Se acordó de su última conversación, de cómo Elwen le había expresado su deseo de ser amigas algún día, y Ashbree se dio cuenta de que ese día había llegado más temprano que tarde.

No sabía qué estaba sucediendo, pero, por primera vez, se sintió amenazada en aquel palacio.

—Esta noche han atacado el centro de desintoxicación de Rimbalan.

—¡¿Qué?! —La voz le salió estrangulada y parte de la rigidez de Ilian se evaporó—. ¿Silvari está bien?

—Sí, no hubo víctimas. Vandalizaron las instalaciones.

Un silencio tenso siguió a esas palabras. Ashbree miró a Ilian y luego a Haizel, que la observaban con seriedad.

—Vale, ¿a dónde quieres llegar?

—¿Hablaste con alguien del descubrimiento de anoche?

—¿Con quién iba a hablar? Me dejaste en la puerta de mi dormitorio y me viste entrar.

—Por favor, responde —añadió con calma, aunque sin perder su papel de general.

—Ilian, ¿qué está pasando? —intervino Elwen con voz dura, una que no le había oído nunca—. ¿Acaso estás interrogando a Ash? ¿Es eso? ¿Por qué? ¿Por un poco de vandalismo?

Ilian deslizó la vista de su hermana a la heredera y algo se relajó en su gesto. Ashbree inspiró hondo y apretó las manos en puños.

—No, no he hablado con nadie ni salí de mis aposentos, aunque no hayas preguntado.

—Gracias.

Ilian se desinfló, dejando caer ambos brazos a cada lado. A juzgar por su lenguaje corporal, era evidente que no le gustaba haberla tratado con tanta formalidad.

—¿Estás satisfecho ya? —preguntó Elwen, poniéndose en jarras y fulminando a Ilian con la mirada. Le agradó que la defendiera incluso frente a su propio hermano.

—No te haces ni una idea de cuánto.

—¿Entonces quién ha sido? —intervino Haizel.

Ashbree tuvo que reprimir un respingo por lo grave que era su voz, cargada de promesas de muerte.

—No tengo ni idea. Allí dentro solo estaba la recepcionista, que no sabía nada. Y Silvari dice que tampoco ha compartido el hallazgo con otros sanadores.

—¿Qué está ocurriendo? —inquirió Ashbree con dureza.

Ahora que había pasado la estupefacción inicial, le molestaba el trato recibido. Y tampoco podía olvidar quién era ella. Si sucedía algo que pusiera en riesgo la integridad de Lykos, y los responsables no eran los elfos de luz, también podría afectar a su gente.

—Entraron en el centro de desintoxicación un par de horas después de que nos fuéramos, cuando ya habían cerrado, y destrozaron el despacho de Silvari. Se llevaron mi sangre.

—¿Cómo que se llevaron tu sangre? —intervino Elwen—. ¿Por qué narices tenía tu sangre Silvari?

—Ayer hicimos un descubrimiento. Uno relacionado con una posible cura para la adicción a la miel de plata.

Los labios de Elwen describieron un círculo perfecto y todo su rostro mutó al de la sorpresa.

—Silvari me pidió unas muestras para investigar al respecto —prosiguió—, y cuando hace un rato descubrieron que habían entrado a robar, mi sangre no apareció por ninguna parte.

—¿Y creías que yo os había vendido? —soltó Ashbree, mordaz—. ¿Que habría desvelado esa información? ¿Con qué motivo? ¿Eh? Porque mi gente es la que más se beneficiaría de un hallazgo como ese.

—No lo paguéis con él, alteza. Fui yo el que le insistió en que os preguntara, él me aseguró que no estabais relacionada con ello.

—¿Y quién diantres eres tú para cuestionarme, soldado?

Haizel se tensó y un músculo de la mandíbula se le crispó. La luz de Ashbree se revolvió, deseosa de salir a darle un repaso a aquel conjurador, pero Ilian rodeó la mesa y se plantó frente a ella. Elwen murmuró un «bien dicho» por lo bajo que casi acabó con todo su mal humor y dureza de un plumazo.

—Haizel es el encargado de la investigación sobre la droga, cuando no lo necesitamos para misiones especiales —le explicó Ilian.

Ambos soldados compartieron un vistazo y Ashbree entendió que se refería a la emboscada a los sanadores.

—Eso no justifica la desconfianza.

—Sois la próxima emperatriz de Yithia, alteza. Creo que mis sospechas estaban más que fundadas.

—¡¿Por qué narices iba a estar implicada en algo que retrasa la investigación de la cura de una plaga que asola a mi gente?! ¡Una cura para mí!

Ashbree se levantó de golpe, a punto de estallar. Ella había sufrido un infierno por ese mismo motivo. Y la posibilidad de que hubiera un tratamiento para sacar a la gente de aquel pozo la había rodeado de una esperanza que no sabía que necesitaba.

Elwen cambió el peso de una pierna a otra, los brazos cruzados.

—A veces, eres muy imbécil, Haizel.

El aludido soltó un bufido que hizo que Elwen sonriera con inquina. Ilian alzó las manos en un gesto conciliador, pero la heredera no apartaba la vista del conjurador, que la fulminaba con la mirada.

—Creo que ya ha quedado claro que ella no ha tenido nada que ver, Haizel —apuntó el general en tono mordaz. El aludido gruñó, disconforme, e Ilian le dedicó una sonrisa de disculpa a Ashbree—. Perdona, a veces le cuesta comprender que no tiene razón.

Haizel bufó de nuevo, y Elwen a duras penas contuvo una risilla baja.

—Con todos esos bufidos y gruñidos, Haizel, estás más cerca de parecerte a un animal que a un varón racional.

El aludido puso los ojos como platos y ella le lanzó un guiño;

Ilian tuvo que apretar los labios para no esbozar una sonrisa. Elwen estaba destrozándolo, y la heredera descubrió que sentía cierto placer con ello.

—¿Y ahora qué? —preguntó Ashbree, pasados unos segundos en los que su ceño se relajó gracias a las intervenciones de la fémina.

—Ahora hay que averiguar qué sucedió.

—¿Alguien sabía que ibais a Rimbalan? —Elwen se sentó en la silla libre a su lado y miró a su hermano, a la espera de que le respondiera.

—No, ni siquiera Rylen ni Silvari.

—No tiene sentido. Alguien debe de haber filtrado la información.

Elwen frunció el ceño en un gesto amenazante ante el que el conjurador puso los ojos en blanco.

—Haizel —le advirtió Ilian, bastante más irritado que unos segundos antes.

—¿Y si nos siguieron?

—¿Qué? —Ilian ladeó la cabeza, con la ceja del pendiente arqueada.

—Cuando salimos, tuve la sensación de que nos observaban. Creía que eran imaginaciones mías, pero después de esto...

—Mierda —masculló Haizel.

—¿Lo veis factible? —quiso saber la heredera.

—Sí, en Rimbalan es donde más afecta la drogadicción. Es la colonia más grande y hay muchos elfos de luz.

—Lo que significa muchos clientes —completó Haizel por él.

—Pero ¿no deberían estar sobre aviso? Quiero decir, saben por qué están ahí y qué puede pasarles si prueban la miel de plata. ¿Por qué caer?

—Por mucho que en Lykos estén a salvo de las batallas, no es un camino de rosas. Es duro sobrevivir en cualquier parte en medio de la guerra. Y hay gente que se evade de formas desesperadas.

—¿Y por qué atacar el centro de desintoxicación?

—Nos verían entrar y querrían averiguar qué tramamos. Últimamente, he frecuentado el centro más de lo habitual.

—Pero es la primera vez que asaltan la sede, ¿no? —intervino Elwen, ante lo que Haizel asintió—. ¿Por qué? ¿Por qué ahora?

—Mi apuesta es porque vieron a la heredera.

—¿Y qué? —Ashbree los miró de hito en hito.

—Alguien debió de reconoceros, alteza.

—¿Nadie sabe que estoy aquí?

—Solo el consejo del rey —declaró Ilian con voz tensa.

Sus palabras tardaron unos segundos en calar.

—No. Podría haber alguien más que lo sepa. —Ilian miró a Ashbree y aguardó a que prosiguiera—. Cuando me atacaron, había otro varón. Uno mucho más elegante que los otros dos. Les dijo... —Ashbree tragó saliva y apretó los puños de nuevo. Le costaba verbalizar lo que había experimentado en esas horas, y si no había hablado de ello todavía era porque prefería olvidarlo. Porque aunque ella fuera la víctima, se sentía responsable de su propio sufrimiento—. Les dijo que me quemaran cuando acabaran conmigo. ¿Y si anoche me vio, me reconoció y percibió la amenaza?

—Pero eso no explicaría por qué robaron la sangre, ¿no?

Haizel e Ilian se miraron y luego devolvieron la atención a Elwen.

—En los centros de desintoxicación nunca hay sangre, por precaución, y menos en esas cantidades —explicó el conjurador—. Sería un reclamo para toxicómanos, así que las dosis que hay allí son mínimas por precaución, para estudiar la toxina, y solo en momentos puntuales.

—Si entraron para recabar información y vieron el tarro con sangre —prosiguió Ilian—, es probable que se lo llevaran para averiguar qué estamos tramando.

—Estáis sugiriendo que ha sido uno de los nuestros —masculló Elwen, disconforme.

—El negocio de la droga lo llevan los nuestros, Wen —respondió Haizel—. Duele, pero es la realidad. Por mucho que en Yithia haya camellos que pasen la droga, en quinientos años no ha habido indicios de que los elfos de luz de las colonias ayuden a mover la mercancía. Los responsables directos somos nosotros.

La espadachina hizo un mohín con los labios y clavó la vista en el suelo.

—¿Significa eso que podrían descubrir que vamos tras la cura? —preguntó Ashbree.

Ilian jugó un par de veces con el pendiente del labio y asintió con la cabeza.

—Y si no damos con el cabecilla del negocio y acabamos con él, podrían encontrar una fórmula para neutralizar la posible cura.

—En resumen —masculló el conjurador—: estamos jodidos.

83

Entre todos, llegaron a la conclusión de que lo primero que debían hacer era encontrar a Rylen. No podían manejar la situación sin él. Y por mucho que Ilian supiera que su amigo necesitaba espacio, no podían esperar. Porque si daban con una cura y ellos ideaban una contracura al mismo tiempo..., como había dicho Haizel, estaban jodidos. Aunque Ilian tenía la esperanza de que no llegaran a la conclusión de que esa sangre era específica de un Efímero, porque de ser así, Rylen y él tendrían más dianas sobre la espalda.

Elwen propuso informar al consejo y solicitar su ayuda, pero el rey había decretado que la heredera se mantuviera al margen de ellos hasta Veturnaetur, y él no iba a derogar esa decisión. Y dejar a Ash fuera de aquello no parecía la mejor opción, porque ella era la única que podría arrojar algo de luz al paradero de Rylen.

—¿Y qué hacemos con los preparativos de Veturnaetur? —le preguntó Elwen después. Ilian movió el pendiente del labio con la lengua—. ¿Cancelamos la festividad? Es en menos de dos semanas.

—Creo que, de hacerlo, levantaríamos sospechas de que ocurre algo grave —concluyó el general—. Llevamos quinientos años sin celebrarlo, y el pueblo está emocionado con la vuelta de la tradición.

—La decisión debería ser de Rylen —apuntó Haizel.

—Y lo será. Por eso, mientras no esté aquí, todo seguirá como si nada.

Ash los miraba de hito en hito, sin comprender bien la importancia de aquello. Aunque por la forma en la que tenía de esquivar su mirada, Ilian sospechaba que había algo más detrás de ese recelo y ese nerviosismo. Porque aunque ella no se diera cuenta, no había dejado de juguetear con las manos.

Veturnaetur era una de las fiestas sagradas del reino, que se prohibió por coincidir con la traición de Ayrin tiempo atrás. Su gente estuvo de acuerdo en deferencia a su rey, pero sabían que, en tiempos de guerra, las distracciones de este tipo mantenían al pueblo tranquilo. Que disfrutaran de la mascarada, de las puertas abiertas del palacio y de la celebración del fin de la cosecha y el día de los muertos era algo que se merecían. Con Ash en territorio de Lykos, la guerra había entrado en pausa a la espera del próximo movimiento, y Rylen estaría de acuerdo en aprovechar esa extraña paz no pactada.

Se pasaron la siguiente hora hablando por encima de varios mapas desenrollados. Lo primero que hicieron fue indicarle el punto de partida a Ash, aunque Haizel no estuvo muy de acuerdo en compartir esa información militar. Ilian estaba a una sola cuestión más por parte de su amigo antes de mandarlo a paseo. Comprendía que entre ellos había confianza, llevaban camino de trescientos años trabajando juntos en el ejército y en la investigación del negocio de la droga. Pero eso no le daba derecho a minar su autoridad en una situación como aquella. Solo esperaba que sus dudas no estuvieran motivadas por el estrepitoso fracaso de la emboscada a los sanadores. Y si era así... Si era así, trabajaría para recuperar su confianza.

Una vez establecido el punto de partida —el campamento principal al que Rylen la había transportado al sacarla de Milindur—, le indicaron la ruta planeada y calcularon distancias con la velocidad que solía alcanzar Omen, la montura preferida del rey. Después de devanarse los sesos, cercaron un perímetro de cinco kilómetros de radio aproximadamente. Seguía siendo un espacio demasiado amplio como para peinarlo entre cuatro personas. Sobre todo teniendo en cuenta que tres de ellas no contaban con el don de la teletransportación y que, según los meteorólogos, se acercaba una ventisca. No sería seguro transportarlos a todos al bosque y arriesgarse a que alguno se perdiera en una tormenta.

—¿No hay nada más de lo que te acuerdes? —le preguntó Ilian con cariño.

Se sentía mal por haberla tratado con dureza, pero Haizel se había pasado quince minutos atosigándolo con que le preguntaran y había terminado cediendo solo para que se callara. Sabía que ella no tenía nada que ver, pero también quería que Ash se convirtiera en reina de Lykos algún día, y eso significaba que Haizel tenía que dejar de ser tan receloso. Porque si su propia gente desconfiaba de ella, tendrían problemas antes incluso de empezar.

Entendía que Haizel se mostrara esquivo con los elfos de luz, lo había sido los últimos doscientos años, desde que su marido fue hecho rehén en una de las contiendas y acabó vendido a la red de narcotráfico del Imperio de Yithia. Cuando encontraron el cuerpo meses después... Dioses, Ilian aún recordaba el alarido que profirió y los años que se mantuvo aislado de todo.

—No, solo eso... —musitó Ash, frotándose la frente—. Ya os he hablado de los árboles, que vi distintos tipos, de la inclinación del terreno, de que no escuché el rumor de ningún río... Y la cueva... Pues era una cueva, con un lago subterráneo. No vi ramificaciones en túneles, pero la realidad es que no *vi*, en general, casi nada.

Haizel resopló y Elwen cogió un mapa para observarlo más de cerca. Su hermana no había dicho ni una palabra desde que habían empezado a trazar la ubicación. Desconocía si sabría el paradero exacto o si tan solo lo habría visto en una cueva; de hecho, ni siquiera sabía qué le había mostrado Dalel más allá de «su refugio secreto favorito». Las predicciones eran muy ambiguas, a veces difíciles de interpretar.

Para que entendiera por qué no participaba, la *norna* le había explicado a Ash que sus visiones a veces venían en forma de palabras susurradas, en otras eran imágenes vívidas y en otras ocasiones ambas se entremezclaban. Pero nada de lo que veía u oía era una certeza por dos motivos. El primero: porque ella era la que debía interpretarlo, y una simple imagen podría malentenderse solo por el ángulo desde el que se observaba. El segundo: porque el destino podía cambiar de forma impredecible. Aunque había *nornas* que vendían las predicciones sin importarles las consecuencias, Elwen prefería mantenerse al margen y no sucumbir al impulso de intervenir para no provocar un futuro aún peor.

—No puede haber tantas cuevas... —rezongó Ash, al borde de la desesperación.

Haizel rio de medio lado y la miró de arriba abajo. Como hiciera algún comentario en relación a su falta de conocimiento del terreno, le daría un puñetazo por soberbio. Pero al conjurador le bastó con mirar a los ojos a su general para mantener la boca cerrada.

—Toda esta parte de aquí —le explicó Ilian, trazando una línea con el dedo sobre un mapa— es una cadena montañosa plagada de grutas y cuevas sin explorar. Lykos es un reino muy accidentado. Ni siquiera conocemos todos los túneles y cavernas de las montañas que protegen Glósvalar.

—Qué bien nos vendría la ayuda de los dichosos enanos ahora —farfulló la heredera.

Ilian la observó con la ceja del pendiente arqueada, sin comprender a qué se refería, pero Haizel intervino antes de poder preguntarle.

—¿La cueva olía a algo?

—A azufre, ya os lo he dicho.

—A algo *más*.

Ella negó con la cabeza y el conjurador apoyó los puños sobre la mesa, repasando los mapas extendidos con la mirada.

De repente, Ash dio un respingo y se puso en pie. Sus ojos brillaban con la chispa de una idea o de haber recordado algo.

—Los cristales de luz.

—¿Qué queréis decir?

—Había altas columnas de cristales de luz. Me sorprendió verlos en su momento, pero el rey me explicó que había cristales por todas partes y lo había pasado por alto. ¿Sirve de algo?

Ilian y Haizel compartieron un vistazo y un asomo de sonrisa nació en los labios del conjurador, que sonreía incluso menos que el Efímero.

—Sirve de mucho, Ash.

84

Ashbree se sentía estúpida por no haber caído en ese detalle antes. Tenía tan interiorizado ver cristales de luz por todas partes, que no se había planteado siquiera que pudiera ser importante. Y aquel día y medio en la cueva habían pasado demasiadas cosas —que no le había contado a Ilian— como para tenerlo en consideración.

El general le había explicado que aunque los cristales de luz no fueran algo único del terreno del Imperio de Yithia, sí que había más yacimientos en unas zonas que en otras. Y eso delimitó el perímetro a una extensión de un kilómetro de radio. Después, Ilian llevó a Haizel y a Elwen a Rimbalan para que investigaran en el centro de desintoxicación y regresó con Ashbree.

Mientras estuvo sola, se dedicó a curiosear la estancia, con la cabeza dándole vueltas a lo que le reconcomía por dentro sin cesar. La mesa parecía nueva, o al menos no la recordaba tan pulida la vez anterior que estuvo allí. Y el gato negro que funcionaba como pisapapeles tenía la cola con una fisura, como si un maestro alfarero la hubiera arreglado. No obstante, no le dio tiempo a investigar mucho más, puesto que Ilian estuvo fuera menos de un minuto.

—Necesito que te encargues tú de Rylen —le dijo él en cuanto las sombras se hubieron desvanecido.

A Ashbree le costó unos segundos de más comprender el significado de esas palabras, puesto que su luz, embelesada por la oscuridad, la había distraído.

—No hablarás en serio.

—Muy en serio.

—¿De verdad crees que es inteligente?

—Mucho. Lo mejor será que resolváis ese asunto entre vosotros. Luego, si quieres, me lo cuentas y te desahogas.

—Sabes que enfrentarme a él sola y luego contártelo no sería lo mismo que hacerlo contigo.

—Lo sé —reconoció riendo entre dientes—. Eres más valiente de lo que te concedes, Ash. Te he visto luchar por nosotros a brazo partido y pelearte a puñetazos con un varón que te sacaba media cabeza. —Ashbree tragó saliva al escuchar la mención del sanador que él mismo mató después de que le mutilara la mejilla, el mismo que apedreó a Ilian y por el que ella inició una pelea—. Hablar con Rylen resultará mucho más sencillo que todo eso.

—Yo seré el último ser del mundo con el que desee estar.

—Me juego lo que quieras a que lo primero que hará Rylen en cuanto te vea será pedirte perdón.

Ashbree arqueó una ceja y se cruzó de brazos, divertida.

—Esa es una sugerencia muy peligrosa, general.

—Digamos que me gusta el riesgo.

Cuando Ilian curvó los labios de medio lado, un estremecimiento le recorrió el cuerpo y su luz dio saltos sobre su estómago.

—Hagamos una cosa —añadió él—. Si Rylen te pide perdón nada más verte, vendrás conmigo a la celebración de Veturnaetur.

Se quedó atónita. ¿Le estaba pidiendo una cita? Sintió las mejillas enrojecer y la piel erizársele con la estática de su propia luz emocionada.

—¿Y si no me pide perdón? —dijo en su lugar.

—Yo pongo mis condiciones, tú pones las tuyas.

Ashbree sonrió con malicia, porque aquel juego podía ir cargado de picardía. Y entonces la sonrisa le murió en los labios. Había algo que quería pedirle, pero no sabía cómo formularlo. Y tampoco podía arriesgarse a perder en aquella apuesta y que tuviera que resignarse a aceptar. No, no podía pedirle lo que quería en compensación por ganar.

—¿Quieres contarme qué tienes en esa cabecita? —le preguntó pasados unos segundos, la diversión entre los dos desvanecida.

Ashbree se tensó, sin saber si se sentía cómoda o no con que Ilian fuera capaz de leer su lenguaje corporal con tanta maestría.

Con un suspiro atragantado, se enfrentó a él.

—No puedo seguir esperando —reconoció en un murmullo. Sintió los ojos anegados de lágrimas por los nervios.

—Ash...

—No, Ilian. —Él se mordió el labio inferior y la atención de Ashbree flaqueó—. Solo quiero saber dónde está Cyndra.

Él inspiró hondo y le hizo un gesto para que se sentara en el sofá. Cuando Ilian hizo lo mismo a su lado, el relleno se hundió con su peso y venció un poco hacia él. Y esa cercanía la reconfortó. Entrelazó los dedos sobre el regazo y miró a un punto fijo de la pared, ambos sumidos en un silencio tenso y, sobre todo, triste.

—¿De verdad quieres regresar a Yithia?

La voz de Ilian salió cargada de pesar y Ashbree no pudo resistirse a mirarlo. Su fiereza característica, esa que le conferían sus rasgos duros y los numerosos pendientes, había desaparecido y casi parecía que se hubiera convertido en alguien inexperto. No se estaba enfrentando al general de las tropas oscuras, sino a Ilian Aedil sin más.

Ashbree cogió aire y se atrevió a entrelazar los dedos con los de él, porque parecía tan perdido como ella, pero por motivos diferentes.

—No quiero regresar a Yithia. Allí no creo que siga teniendo un hogar. Pero Cyndra...

—¿Y si doy con su paradero por ti? —le preguntó con cierto deje de dolor.

—Tú no conoces Kridia, si es que está en la capital siquiera. Pero yo sí. —La voz se le atragantó por la congoja y se obligó a tragar saliva, las lágrimas picándole en los ojos. Él le acarició el dorso de la mano con el pulgar, trazando círculos perezosos—. No puedo seguir abandonándola a su suerte.

—No la has abandonado, solo...

—Sí, la he abandonado, Ilian. Me fugué de aquí por ella, porque no podía soportar que se enfrentara a los cargos por traición al imperio sola, que acarreara con eso en mi nombre. Y luego pasó lo que pasó y ni siquiera conseguía saber en qué día vivía, pero ahora... —Él le dio un apretón en los dedos y sus ojos volvieron a encontrarse—. Ahora estoy bien. Bueno, mejor. No sé si vuestra sangre será una cura, pero llevo todo el día pensando en que me sentía más fuerte, más entera y no tan hecha pedazos. Seguro que aún me queda mucho trabajo por delante, pero tengo las fuerzas suficientes como para no seguir ignorando qué ha sido de mi hermana de batallas.

—¿Cyndra es tu hermana de batallas? —preguntó con sorpresa.

Ashbree esbozó una sonrisa triste y asintió con la cabeza.

—¿Sabes lo que es?

—Sí, Rylen es el mío. Después de... Después de lo de Ayrin, de lo que pasamos y de su dura recuperación, juramos estar siempre juntos.

—Entonces entiendes por qué no puedo seguir aquí.

—Lo entiendo, pero no sabemos a dónde ir.

—Puedes trasladarte a cualquier parte, ¿qué más da?

—Puedo trasladarme a cualquier parte *que conozca*. Hacerlo sin tener en mente el punto exacto podría acarrear consecuencias nefastas. De hecho, llevarnos al bosque a buscar a Rylen no sería mi decisión más inteligente.

Ashbree se mordió el labio para contener las lágrimas, porque no quería llorar y ganárselo por pena, aunque pudiera funcionar.

Necesitaba que confiara en ella, que lo hiciera *por ella*. Y si le decía que no... Si le decía que no, buscaría el modo de llegar hasta Cyndra. Fuera como fuera.

Ilian respiró hondo y la soltó. Ashbree sintió un hueco en el pecho al pensar que no quería seguir tocándola, pero lo que él necesitaba era pensar, porque clavó los codos en las rodillas y encerró el rostro en las manos.

—No quiero que te marches, Ash... Rylen... Yo... Dioses, es demasiado.

Ilian no soportaba estar quieto. No soportaba permanecer estático mientras Ash le decía que quería marcharse. Por eso se levantó con más ímpetu del que pretendía, con sus sombras burbujeando nerviosas dentro de su pecho. Comprendía por qué quería regresar, y ahora que sabía que eran hermanas de batallas, más todavía. Pero el simple pensamiento de alejarse de ella sin saber si sus caminos volverían a encontrarse lo destrozaba más de lo que estaba dispuesto a admitir.

No sabía cuándo había pasado, ni cómo, pero esa atracción física propia de los Efímeros se había transformado en un afán de protección que solo sentía con Orsha, Elwen y Rylen. Y no creía que estuviera relacionado con proteger los planes idílicos que tenían para el Reino de Lykos.

Se trataba de Ash, la fémina que había empezado una pelea para evitar que los lapidaran. La fémina que lo había ayudado en un combate desigual a riesgo de su propia integridad. La fémina que había pujado por él para que nadie pudiera ponerle una mano encima. La fémina que había ido a liberarlos de los calabozos. Dioses, llevaba la cara marcada y con orgullo por haber intercedido por él, por ellos. Por lo que era justo.

Detestaba la situación, y la oscuridad que había dentro de él se negaba a acceder a su petición. Escuchó a Ash levantarse, pero él no se atrevió a apartar la vista del paisaje nublado al otro lado del ventanal.

—Ilian, yo... —La voz se le quebró y respiró hondo—. A pesar de todo lo que ha pasado, aquí me siento... segura, cómoda. Algo que no he sentido en los últimos diez años en mi propio hogar. —Tuvo que apretar los puños ante la rabia que lo invadió al pensar en lo que ella había tenido que soportar—. Y no quiero... No quiero dejarte. —Algo se estrujó en su pecho y él mismo también tuvo que respirar profundamente—. Pero Cyndra es Cyndra. Lo siento.

Entonces, lo abrazó por la espalda e Ilian sintió que todo su mundo se desmoronaba. Que no había nada que ella quisiera y que él no fuera a entregarle de rodillas, aunque eso supusiera hacerse daño a sí mismo. Los ojos se le anegaron de lágrimas cuando estrechó los brazos de Ash, entrelazados alrededor de su cintura. Sentía su cara en su espalda, sus pechos apretados contra su cuerpo y, más allá de eso, el repiqueteo errático de su corazón. Estaba asustada, aterrada más bien, y, aun así, estaba dispuesta a hacer lo que creía correcto.

Él sabía que lo correcto no era retenerla allí en contra de su voluntad. Él sabía que, aunque sus intenciones no hubieran sido secuestrarla, había sido una suerte de secuestro, al fin y al cabo.

—Está bien —murmuró.

El agarre de Ash titubeó, pero Ilian no le permitió que lo soltara. No se atrevía a mirarla a la cara antes de que hubiera terminado, porque, si lo hacía, temía que el joven impulsivo que tantos años le había costado dejar atrás volviera a salir.

—Iremos a por Cyndra.

Decirlo le costó más de lo que había esperado, porque esa fémina había sido la causante de que todo se resquebrajara. La tiradora lo había abatido sin contemplaciones en el frente y ahora él estaba dispuesto a arriesgarlo todo por ella. No, por ella no, se dio cuenta. Por Ash.

La heredera lo abrazó con más fuerza y se recolocó tras él, la frente apoyada en su espalda. Y luego, un sollozo a duras penas contenido.

No pudo soportarlo más y se dio la vuelta para envolverla entre sus brazos.

—Ven aquí… —masculló contra su cabeza.

El modo en el que le tembló la voz le aterró por lo mucho que podría significar, pero no se permitió pensar en ello y se blindó al miedo.

Ash se apretó contra él, refugiándose en su pecho, y él le acarició el cabello con cariño y necesidad a partes iguales, la vista perdida y el mentón apoyado sobre su coronilla. Temblaba, Ash temblaba, o prefería pensar que era ella. Y no quería que siguiera así de rota.

Ilian no sabía si él era merecedor de aquello, pero deseaba ayudarla a recomponer todos los pedazos que ellos mismos habían roto. Porque aunque creyeran que era necesario, él y Rylen habían sido los que habían puesto su mundo patas arriba. Y ansiaba, con todas sus fuerzas, que Ash dejase de sufrir de una vez y empezase a disfrutar de la vida de verdad. Que a su lado tuviese gente que velase por ella, y no que le diera golpe tras golpe. Que su vida estuviera conformada por diferentes Cyndras.

—Esta noche… —Carraspeó para aclararse la voz—. Tú y yo iremos a Kridia.

Ash se despegó un poco de él y lo miró, con esos iris de oro brillando por las lágrimas que le surcaban las mejillas. Ilian no pudo contener el impulso de limpiárselas, porque no le gustaba verle el rostro manchado por la pena. Y las últimas semanas la había visto más llorando que riendo.

—¿Lo dices en serio?

Le dolió el temblor y la duda que percibió en su timbre, pero no podía culparla.

—Sí.

—¿Y qué pasa con Rylen?

—Mañana.

—¿Por qué?

Ilian inspiró hondo y volvió a abrazarse a ella, con la vista clavada en la puerta.

—Primero, porque desconocemos su ubicación exacta y se avecina una tormenta. Podríamos tardar horas en encontrarlo, y a saber en qué estado. Y, segundo, porque me dirá que estoy loco y me tirará a un agujero inmundo antes de que pueda ayudarte.

Ash soltó una risa escueta al oír lo que el mismo rey le había dicho a ella hacía lo que parecía una eternidad.

—Entonces ¿qué...? ¿Cómo...? —Se limpió la nariz con la manga, en un gesto muy poco imperial que a Ilian le resultó entrañable—. ¿Qué vamos a hacer?

—Iremos a la capital a buscarla. A averiguar qué ha sido de ella. Y luego... Luego, actuaremos en consecuencia. No quiero que sea nada arriesgado, Ash. —Le encerró el rostro entre las manos para que lo mirara a los ojos, porque lo decía muy en serio—. Entiendo que es tu hermana de batallas, pero nada de lo que ha pasado tendría sentido si te apresan y te explotan como arma. O si me apresan a mí. ¿Puedes prometerme eso al menos? ¿Que no nos arriesgaremos?

Ash se mordió el labio inferior antes de asentir, sorbiendo por la nariz. Se miraron unos segundos durante los cuales Ilian se replanteó qué estaba haciendo, su existencia entera. Pero aquellos ojos, la felicidad y el alivio que veía tras el arco que dibujaban sus cejas, lo valían todo. Sin poder reprimirse más, Ilian acortó la distancia que separaba sus rostros y la besó como no lo había hecho hasta entonces: con amor. Ash contuvo el aliento y se aferró a su camisa de ese modo que a él le gustaba, como si así fuera a evitar que se separara de ella. Pero Ilian no iría a ninguna parte, no cuando lo embriagaba el sabor rico de sus labios. No cuando Ash se acopló a los movimientos lentos de su boca, que no tenían nada de lujuriosos.

Aquel beso estaba cargado de dulzura y cariño, y su corazón aleteó como un pajarillo, agitando las alas alrededor de ese calor agradable y reconfortante. Porque hasta entonces, siempre que había habido besos entre ambos, sus cuerpos habían reclamado otra necesidad. Y aunque sintiera la sangre reconduciéndose hacia otra parte, por una vez, Ilian se sentía extasiado con besarla y nada más. Y ella parecía querer lo mismo, porque se separó del contacto, despacio, se miraron unos segundos en los que a ambos les brillaron los ojos y recostó la cabeza contra su pecho antes de murmurar con voz trémula:

—Gracias.

85

La frustración era un sentimiento al que Arathor estaba acostumbrado, sobre todo por culpa de su padre, que siempre les exigía a él y a sus hermanos más y más. Si bien desde que había ascendido a su puesto de comandante se había ido desligando de esa sensación, las últimas semanas se había enfrentado a él constantemente, y empezaba a tener la impresión de que solo se daba cabezazos contra la pared.

La ausencia de Ashbree había ido caldeando el ambiente con cada día que pasaba, porque el emperador comenzaba a estar de los nervios y ni siquiera sus consejeros eran capaces de controlar su temperamento. Y la ausencia de noticias, a aquellas alturas, solo podía significar que era más que probable que estuviera muerta.

El único consuelo que le quedaba era que habían apresado a Cyndra gracias a su intuición. Su padre, como general de las Órdenes, lo había felicitado a medias, con cierta tirantez, pero lo había felicitado, al fin y al cabo. Y el emperador le había asegurado que lo tendrían en consideración cuando su padre se retirara del cargo, que aquello sumaría puntos a su favor. No tenía nada en contra de Cyndra, pero había confabulado con el enemigo y había instigado revueltas que cada vez les costaba más mitigar. El pueblo estaba inquieto, en las zonas de los suburbios empezaban a verse pintadas con el rayo de Merin por doquier y con eslóganes indignados que caldeaban más los ánimos.

Ese era el único motivo por el que habían seguido adelante con los festejos, para intentar mantener al rebaño entretenido mientras lo distraían de la realidad. Y aunque se sentía satisfecho de haber encontrado a la instigadora, no había experimentado la gratificación que había esperado. Sobre todo, porque no era el puesto de general el que soñaba alcanzar.

Había intentado, por todos los medios, acercarse a Kara Aldair y pasar con ella todo el tiempo que tenía libre, entre guardia y guardia, pero le había costado sudor y lágrimas.

A pesar de la cita fatídica en la ópera, volvió a intentarlo. La llevó a dar paseos en los que visitaron las instalaciones que estaban construyendo para los festejos en honor a los invitados; la agasajó con los dulces que había descubierto que le encantaban —de la misma pastelería de la que conseguía los bollitos que le regalaba a Ashbree siempre que volvía del frente—, y la llevó a la playa a ver el atardecer. Pero ella apenas le dedicaba una hora al día, y con eso no lograba acercarse lo suficiente.

Y, para colmo, habían terminado llegando los festejos, en los que Arathor se había visto obligado a competir por mucho que no le hiciera ni la menor gracia.

Primero, había tenido que participar en un estúpido juego de pelota, cuyas normas seguía sin entender aunque el partido hubiera terminado. Las valquirias y los berserkers emisarios habían sido unos rivales dignos. Incluso Halldan, con esa pierna protésica, había jugado mejor de lo que él lo había hecho. Les habían dado una paliza de las históricas, y eso ayudó a incrementar aún más su frustración.

Que Kara fuera a felicitar al embajador con una jarra de agua en las manos y una sonrisa radiante en los labios no había ayudado. Después, se había servido un banquete descomunal en uno de los amplios salones del palacio, en el que los cocineros habían intentado preparar recetas korkofitas para honrar a los invitados, entremezcladas con platos típicos de Yithia. La comida de esos bárbaros era grasienta y pesada para lo que Arathor estaba acostumbrado, con mucha carne y mucha mucha cerveza, de la que él se había abstenido.

Y ahora iban a celebrar enjuiciamientos públicos con la idea de que los berserkers comprendieran mejor cómo funcionaba la política yithiana. Una burda excusa para que el emperador se desquitara con unos pobres desgraciados y que los berserkers se deleitaran con unas cuantas sentencias a muerte que se presenciarían más tarde, como apertura de los últimos juegos del día.

A las afueras de la capital, habían creado una especie de teatro al aire libre, circular y con una arena en el centro. La construcción, monumental y realizada por los mejores arquitectos, era todo un desafío, y no solo por el tiempo que les había tomado construirla. Para seguir honrando sus costumbres, iban a organizar peleas de fieras y combates singulares allí dentro. Y como comandante de la Orden de los Espadachines, no había podido esquivar esa flecha. Ninguno de los comandantes, de hecho, porque todos los que seguían en la capital participarían de un modo u otro.

Arathor rechinó los dientes mientras se dirigía al salón del trono, donde se celebrarían los juicios. No le apetecía demostrar su valía contra esas alabadas valquirias, ni contra ninguna bestia, ya puestos. Y tampoco le apetecía aguantar toda la tarde viendo a Kara hablando con Halldan, como ya estaba haciendo, a la sombra del trono de su padre. Sentía que su sueño de convertirse en emperador se le había escapado de las manos, y no terminaba de comprender los motivos.

Apretó los puños cuando Kara se rio de algo que le había dicho el embajador y, cogiendo aire, se resignó a plantarse a los pies del trono para dedicarle una reverencia al emperador, que lo observaba todo con aire distraído. Y no le hizo el menor caso.

De un vistazo, volvió a localizar a Kara, ajena a él por completo. Y Arathor no soportó más esa ignorancia.

Se suponía que tenía que estar presente en los juicios, en parte porque sabía quién iba a ser juzgada, pero estaba harto de tener que mirar a la cara a esos sueños desvanecidos. Así que se coló entre la muchedumbre que aguardaba expectante y desapareció. Cualquier sitio era mejor que aquel en esos momentos. Y la desesperanza lo condujo al único lugar en que podría sentir a Ashbree más cerca.

86

Ashbree estaba de los nervios. Ilian la había dejado a solas para preparar la excusa de su ausencia, porque no sabían cuánto tiempo iban a estar fuera. Acordaron que solo sería esa noche, para recabar información, pero ambos sabían que corrían muchos riesgos.

Irían a Kridia ellos dos solos, porque el general no quería reunir a un equipo del que estar pendiente y que se pudiera descontrolar. Por no hablar de que sus sombras podrían no aguantar teletransportando a un grupo numeroso en un trecho tan largo.

Cuando habían atacado el palacio de cuarzo, había sido Rylen quien los había dejado donde necesitaban para registrar el interior y él mismo había detonado la muralla, según le había explicado. Por lo que Ilian solo tuvo que emplear su poder para ponerlos a salvo cuando se marcharon, y aun así se quedó bastante debilitado. Si solo debía trasladarlos a ellos dos, confiaba en poder usar sus sombras en caso de ser necesario.

Cuando Ilian regresó un par de horas después, lo hizo con el rostro descompuesto.

—Creo... Creo que hace días que apresaron a Cyndra.

—¡¿Qué?! ¡¿Cómo?! ¿Por qué no lo sabías? —le gritó, fuera de sí.

Ilian inspiró hondo, acusando la acritud de sus palabras, y le respondió con voz tranquila:

—Porque nadie lo sabía. La información no me llega en cuestión de un minuto, Ash, toma su tiempo. Y acabo de enterarme de que hay rumores de que hace unos días apresaron a la instigadora.

Ashbree no perdió ni un solo segundo y se apresuró a cambiarse de ropa, manteniendo la ansiedad a raya como buenamente podía.

—Sigue sin gustarme que vayas sin armadura —le reprochó Ilian cuando la vio salir, aunque agradeció el cambio de tema.

Había rescatado sus ropajes sencillos del ejército de Yithia. Se miró en el espejo y no le agradó la imagen. Sentía que era una fémina completamente diferente a la que había llevado aquellas prendas, aunque si iban a infiltrarse en Kridia, era lo mejor. Ilian le había ofrecido una armadura de Lykos, pero vestir entera de negro con placas y el escudo del reino enemigo era colocarse una diana en la espalda.

—Tú tampoco llevas la de placas, que sería lo inteligente —replicó, señalándole la armadura de cuero, cuyos refuerzos metálicos en antebrazos y pantorrillas no servirían de mucho.

—Ya, pero porque yo tengo mis sombras. Si necesito huir, puedo hacerlo con un parpadeo, y con la de placas haría demasiado ruido. Tú estarás indefensa.

—Sé manejar mi don. Más o menos.

—Pero no teletransportarte. —Se miraron durante unos segundos, en silencio. Aunque Ashbree lo hubiera conseguido hacer una vez, la realidad era que desconocía cómo—. Ojalá Rylen te hubiera enseñado a manejarlo —suspiró, y se frotó el rostro—. Con cada minuto que pasa, estoy menos convencido de esto.

—Sabiendo que Cyndra está en la cárcel, ahora no me voy a echar atrás —afirmó con seriedad, y luego relajó el gesto al ver el temor en el rostro de Ilian. Por eso añadió, en un tono más distendido—: Tú has ideado el plan.

—Por eso mismo.

—Creía que eras el general de las tropas oscuras.

—Y lo soy, pero... Tengo mucho miedo, Ash.

—Una vez me dijiste que quien no tiene miedo en una batalla es un necio.

Ilian sonrió de medio lado y negó con la cabeza.

—Aquí no va a haber batalla, y tengo miedo igual.

—Irá bien. Te prometí que sería algo rápido y limpio.

—No va a ser limpio si tengo que tirar abajo la cárcel.

—Bueno, yo me refería a limpio en cuanto a muertes. Intentaremos que no necesites derrumbar ningún edificio.

Sobre todo, porque sabían los daños que eso podría causar en muchos inocentes. Él resopló por la nariz y la miró con la seriedad reinstaurada en el rostro.

—Sé que esto no va a servir de mucho, pero... Si pasa lo que sea, necesito que me prometas que me dejarás atrás.

Ashbree contuvo el aliento, aún mirándolo desde el espejo, y se giró para enfrentarlo cara a cara. Con decisión, acortó la distancia hasta él.

—No te dejaré atrás.

—Por favor...

—No —lo interrumpió—. He visto lo que mi gente le hace a la tuya. No pienses, ni por un solo segundo, que te abandonaré a tu suerte. No lo hice cuando no te conocía, no lo voy a hacer ahora.

Ashbree le dedicó una sonrisa escueta que esperaba que arrastrara sus preocupaciones, pero él se limitó a suspirar y a cogerla de una mano para regalarle un apretón. Estaban perdiendo tiempo, pero en su fuero interno sabía que si no se decían todo lo que tuvieran que hablar ahora, podrían no tener ocasión de hacerlo en una misión de espionaje, donde el silencio era clave.

—Al menos, déjame explicarte cómo teletransportarte, por si acaso.

Ashbree puso los ojos en blanco y terminó asintiendo, aunque ambos supieran que una clase rápida no fuera a servir de nada. Llevaba quince años intentando aprender a dominar su poder, y si no lo había explotado hasta entonces, no iba a conseguir hacer algo que solo había hecho en una ocasión y por puro instinto.

—Recuerda que no puedes doblegar tu luz, tienes que entrar en sintonía con ella y que tus necesidades se conviertan en las suyas. —Ashbree asintió—. Y luego, piensa en el punto exacto en el que quieras aparecer. Cuanto más cerca, menor esfuerzo te costará lograrlo. Un par de metros a veces pueden suponer una gran diferencia, recuérdalo. —Ilian se quedó callado, a la espera de otra confirmación, y Ashbree asintió nuevamente—. No te centres solo en imaginar el espacio físico en sí, también las sensaciones, las distancias, los olores, los sonidos. Cuantos más detalles puedas evocar, más preciso será el salto. —Un nuevo asentimiento—. Dioses, ojalá Rylen estuviera aquí.

Ashbree le apretó los dedos con sutileza y se quedaron unos segundos más contemplándose. Lo que iban a hacer, aunque esperaban que saliera bien, podía ser un suicidio en toda regla. Habían acordado dirigirse al ala imperial, que era lo que Ilian conocía mejor, para no acabar emparedados en cualquier parte. Desde ahí, correrían hacia el presidio a buscar a Cyndra, cobijados por las sombras de Ilian, que los harían invisibles. Ashbree recordó entonces el túnel bajo las Montañas Brinthor, cuando Rylen los envolvió en una burbuja de sombras para que ni los vieran ni los oyeran. De nuevo, se maravilló con que algo así fuera posible e Ilian le aseguró que los Efímeros de Luz también podían hacerlo.

Una vez que descubrieran qué había sido de Cyndra, cabían distintas posibilidades: que siguiera allí y tuvieran que hacer estallar todo por los aires; o que no estuviera. Para Ashbree, la segunda opción no era válida, porque supondría que ya la habían juzgado.

—¿Lista?

—Todo lo lista que puedo.

—Recuerda: cuando estemos envueltos en mis sombras, no

me sueltes. Rylen puede hacer desaparecer a cualquiera, pero yo… A mí me cuesta un poco más. Y prefiero no arriesgarme.

Ashbree tragó saliva y asintió. Los últimos rayos del sol empezaban a despedirse de la tarde y ambos supieron que había llegado el momento.

Ilian entrelazó la mano libre de Ashbree y la acercó más a sí mismo antes de envolverlos con sus sombras y desaparecer en dirección al palacio de cuarzo.

87

Cuando la puerta de aislamiento se abrió, Cyndra creyó que estaba soñando nuevamente, algo que no había dejado de hacer desde que había entrado allí. Los ojos le ardieron por la intensidad de la luz y no se recuperaron con rapidez, como solía ser habitual entre los suyos. Un varón y una fémina la agarraron de los brazos y tiraron de ella para sacarla de allí. Tenía los pies entumecidos por el frío, las piernas doloridas por la falta de movimiento.

Durante su anterior encierro, se había molestado en hacer el mínimo ejercicio que le permitía su reclusión y su lesión en el costado, pero en aquella ocasión había sido diferente. Se esforzaba en decirse que no habían quebrado su voluntad, aunque la realidad era que estaban a punto de lograrlo.

La llevaron hasta una de las salas de lavado, la desnudaron y la rociaron con cubos de agua gélida. Después, le pusieron un nuevo mono de presidiario, que no oliese a sus propios fluidos, y le cepillaron el pelo casi con rabia. Cuando colocaron los grilletes alrededor de sus muñecas, ni siquiera le molestó el contacto, aunque tenía la piel hipersensibilizada por la malnutrición y la deshidratación.

La sacaron del presidio y la lanzaron a un carromato de transporte múltiple, donde ya había otros presos en un estado de deterioro similar al de Cyndra. No supo por qué, pero esperaba ver allí al forajido que la había atacado creyendo que era una elfa oscura. No obstante, no reconoció ninguno de los rostros que la rodeaban.

El traqueteo del carromato le sacudía los huesos, pero tan solo tenía pensamientos para el olor que se colaba por la estrecha ventana enrejada del carro: salitre, pescado, comida recién hecha, azahar. Sol. Vida. Libertad.

Estaba convencida de que había llegado el día del juicio, y fuera cual fuese la sentencia, la acogería con los brazos abiertos, porque después de los horrores que había soportado, ya no podía más. Lo único de lo que se arrepentía era de no saber qué le había pasado a Ash.

Cuando se detuvieron en la parte trasera del palacio, el miedo empezó a treparle por la columna. Los sacaron a empellones, entre gritos y patadas. Eran animales apaleados que no merecían ningún respeto, porque quienes acudían al juicio del emperador siempre eran culpables. Y ella, internamente, lo había sabido desde el primer día: daba igual cómo se desarrollaran los acontecimientos, la condenarían por unos crímenes u otros.

Los presos se maravillaron ante la magnificencia del palacio de cuarzo, con sus torreones que desafiaban a la gravedad, de un blanco impoluto y remates bulbosos, y su sinfín de ventanas amplias. Era una delicia arquitectónica que embelesaba a quien la contemplaba, y a ella solo le provocaba pavor. Había luchado tantísimo por escapar de aquel lugar... e iban a terminar de condenarla allí dentro.

Los condujeron en dirección a la sala del trono por los pasillos laterales, reservados para la guardia imperial y el personal de servicio. Eran corredores lúgubres, que poco tenían que ver con el resto de la construcción, pero Cyndra los conocía. No había ni un solo recoveco del palacio que no tuviera memorizado. Les hicieron pararse en el pasillo previo al salón del trono y fueron pasando uno a uno, para ser juzgados en un espectáculo que reunía a los nobles de la corte y a los más privilegiados.

Hacían de aquellos juicios una distracción para las mentes hostigadas por el desgaste de la guerra.

El silencio era sepulcral, únicamente roto por los aplausos al dictaminarse cada sentencia. Una fémina de la guardia imperial se colocó a su lado cuando hicieron pasar al último preso. Con una mirada de reojo a los que vigilaban a ambos lados de las puertas, se inclinó sobre ella para hablarle al oído. En otras circunstancias, en otro tiempo, aquella cercanía no solicitada la habría sobresaltado y enfurecido, pero en aquel momento todo le daba igual.

—Estaré contigo hasta el final —le susurró.

Cyndra se quedó con la vista clavada en el suelo, los ojos opacados por la desesperanza, pero entonces su cerebro comprendió qué quería decir aquello, reconoció la voz y parpadeó una única vez, volviendo en sí poco a poco. Se enderezó, con el corazón bombeándole con tanta fuerza que podría quebrarle unos huesos maltratados. Temerosa, alzó la vista hacia la fémina, más alta. La distancia exacta que había entre ella y Seredil.

No reconocía a la conjuradora en las facciones de aquella fémina, aunque sí compartían el dorado de los ojos y el tono de rubio. La guardia, que tenía una mano en un bolsillo, sonrió de medio lado y, con un parpadeo, el rostro se le transformó y dejó ver las atractivas facciones de Seredil. Duró apenas un par de segundos, suficientes para que el reconocimiento se abriera paso por su mente. Las luces y sombras se moldearon a su antojo sobre su rostro para deformarlo lo mínimo como para parecer otra persona. No estaba alterando sus facciones directamente, sino el influjo que la luz tenía sobre los contornos de su carne. Aquello era... Aquello era algo extraordinario, justo lo que Lorinhan le había explicado.

—Cierto elfo me enseñó algunos truquillos antes de irme —le dijo guiñándole un ojo.

—¿Qué...? ¿Tú...? ¿Sere...?

—Shhh...

Miró a los guardias de reojo y se cuadró, con la vista al frente. Cyndra se fijó en esas facciones diferentes, y aunque le recordaran vagamente a la conjuradora, no era ella. Y al mismo tiempo lo era. Había obtenido tal manejo de su poder que era capaz de desvirtuar la luz real que la rodeaba gracias a la reflexión.

—¿Qué haces aquí? —masculló. Su voz sonó extraña después de tantos días sin usarla.

—No iba a dejar que pasaras por esto sola. Intenté... —Contuvo la respiración y suspiró—. Busqué un modo de sacarte de aquí, pero con Thabor yendo a por Ashbree y Lorinhan desaparecido... Yo sola no puedo.

La miró de soslayo, con los ojos brillando con un sinfín de disculpas no pronunciadas. Cyndra negó con la cabeza. La garganta le picaba con intensidad y estaba al borde del llanto solo por lo mucho que significaba aquel gesto. Porque aunque no pudiera sacarla de allí, se estaba jugando el pellejo solo por haber suplantado otra identidad.

—¿Por qué lo haces? —se atrevió a preguntar.

Cuando Cyndra la miró, lo hizo con desesperación y anhelo a partes iguales. Jamás se había sentido de aquel modo, tan arropada y apoyada por quienes apenas la conocían. No lo había experimentado por parte de su progenitor, tampoco de su madre, que la había abandonado. Y la única que le había dado amor en todos esos años había sido Ash, pero su amiga era una constante. Habían crecido juntas y se habían ayudado más veces de las que podía recordar. Seredil, no obstante...

En ese preciso momento, Cyndra se dio cuenta de que Seredil se había convertido en la segunda persona a la que no quería perder.

—¿De verdad lo preguntas? —De nuevo, miró a los guardias de reojo. No debía de faltar mucho para que la escoltaran al interior de la sala del trono—. Nada de esto está bien, no es lo correcto. Y hemos pasado demasiados años alimentando la rueda del odio. No sabíamos que había opción a cambiar, pero ahora... Ahora hay esperanza para Yithia. Y tú fuiste la que me devolvió la esperanza a mí.

El corazón le dio un vuelco tan vigoroso que creyó que se le partiría en dos. Una lágrima rebelde descendió por su mejilla y Seredil se la enjugó con disimulo. No comprendía qué le sucedía, por qué de repente el corazón le pesaba tanto. Pero lo primero en lo que pensó fue en las enormes ganas que tenía de besarla.

Los aplausos resonaron al otro lado de las puertas y los dos guardias custodios se dieron la vuelta para abrirlas. Sin dudarlo siquiera, ambas se buscaron con las manos y los labios y se fundieron en una caricia desesperada, cargada de temor y de despedidas agrias, pero también de una gratitud que Cyndra jamás sería capaz de verbalizar.

Duró apenas dos segundos, un instante fugaz que podría pasar desapercibido entre el cúmulo de momentos que se almacenaban en vida, pero que Cyndra atesoraría para siempre. Incluso aunque ese «siempre» fuera a durar unos minutos más.

—Hasta el final —le susurró la conjuradora al oído, y su aliento cálido le acarició el cuello.

Seredil sorbió por la nariz y la agarró del brazo con delicadeza para escoltarla al interior del salón del trono. Cyndra agradeció su contacto, agradeció sentir la calidez de otro cuerpo cuando se había pasado toda la vida repudiándolo. Pero después de lo que había soportado... Deseaba que Seredil la estrechara entre sus brazos, que apretara con fuerza y le dijera que todo iba a salir bien. Pero nada iba a salir bien.

El interior del salón del trono estaba atestado de rostros reconocibles y desconocidos. Había pasado años compartiendo espacio con esa corte de nobles estirados que la miraban por encima del hombro. Aquello fue como darles la razón, la confirmación de que Cyndra Daebrin nunca encajó en esa esfera y ya nunca lo haría. Y a pesar de que jamás le había importado, sintiéndose a las puertas de la muerte todo adquiría un matiz diferente.

Cyndra caminó hasta el centro de la estancia con toda la entereza que pudo, con la cabeza bien alta y el pelo, cuyas puntas antaño fueron azules y ahora eran rubias, acariciándole el cuello. Clavó los ojos en la tarima elevada frente a ella, en los doce escalones que conducían a las alturas, donde descansaba el trono de cuarzo. Estaba ocupado por el emperador, sentado con aire aburrido y con la corona en la cabeza. Sus ropajes eran tan exuberantes como siempre, adornados con el hilo broncíneo del imperio. Todo en su rostro destilaba hastío, pero ahí, en la forma en la que arqueó la comisura izquierda de modo casi imperceptible, distinguió satisfacción.

Detrás del emperador se encontraba Kara Aldair, con un vestido que le sentaba de maravilla y resaltaba el tono pálido de su piel, los largos cabellos platinos recogidos en un peinado informal y... un parche de color bronce en el ojo. Pero lo que la incomodó más aún fue ver a un imponente berserker tras ella, con una mano sobre su hombro. Como si la estuviera reclamando de su propiedad. Y ella parecía muy cómoda con ese gesto.

Jamás había visto a un hombre como aquel, tan musculado y adornado con tatuajes rúnicos. Sin duda, era el más alto de toda la sala. A excepción del resto de berserkers que, ahora se dio cuenta, asistían al evento entremezclados con la corte. A pesar de tener conocimiento de los planes del emperador y de la presencia de los berserkers, descubrirlos allí, pendientes de su enjuiciamiento, le generó un nuevo miedo, atroz y visceral, que le recorrió el cuerpo.

Con cansancio, Arcaron se sentó erguido en su trono y clavó los ojos en ella, como si pretendiera matarla solo con una mirada. Y la suya bien podría haberlo conseguido. No obstante, ella era Cyndra Daebrin. No se sometía ante nada. No se quebraba con ningún golpe. Y ni siquiera la más absoluta soledad, el aislamiento más traumático, había roto su espíritu. Mantendría nervios de acero hasta el final. Y si la sentenciaban a muerte, expondría su cuello con orgullo. Porque ella era una superviviente. Ella era la resistencia hecha carne. Y ningún varón iba a cambiarla ni a moldearla.

—Cyndra Daebrin —proclamó el emperador con voz regia—, se te acusa de traición al imperio por confabulación con el enemigo y por instigación a una sublevación. ¿Qué tienes que decir al respecto?

¿No iba a hacer alusión a la desaparición de Ash? ¿A su secuestro y la fuga de los presos? Sin comprender, miró a su alrededor. Era evidente que los berserkers ahora eran sus aliados, pero ¿acaso no estaban informados al respecto? Aunque la confusión se abriera paso por su mente torturada, devolvió la atención al emperador y tragó saliva para que la voz no le temblara antes de hablar.

—Soy inocente.

Tuvo la sensación de que los asistentes contenían el aliento a la espera de un veredicto. Era una patraña; nada de lo que ella pudiera decir cambiaría la decisión ya firme de Arcaron. Y sin embargo, percibió esa sensación de incertidumbre entre los allí presentes.

El emperador miró de forma fugaz hacia su izquierda y, por inercia, Cyndra siguió esa dirección. Hasta encontrarse con los ojos de su progenitor. La observaba con derrota, con profundas ojeras, demacrado como nunca lo había visto. Solo que sí lo había visto así antes, ¿no? Cuando su madre los abandonó. Y también había apreciado esa delgadez mortífera en otra situación.

—Cyndra Daebrin —volvió a mirar al emperador—, por los cargos de los que se te acusa, sean confabulación con el enemigo y traición al Imperio de Yithia, yo, Arcaron Aldair, sexto emperador de la Era Solar, te declaro culpable y te sentencio a muerte.

88

El tiempo se detuvo a su alrededor. Cyndra había estado más que dispuesta a aceptar la muerte con la cabeza bien alta, pero las piernas se le doblaron y solo se mantuvo en pie gracias al agarre férreo de Seredil, que no la había abandonado. La escuchó ahogar un jadeo, temblando más que la condenada, y su turbación tomó voz en la multitud que la rodeaba. Se alzaron cuchicheos mientras el emperador se deleitaba con el revuelo. No le cabía duda de que ninguno de los allí presentes la tenía en estima, pero muchos la habían visto crecer. Sin saber por qué, su vista se deslizó hacia Kara, que se cubría la boca por el horror. El berserker tras ella se inclinó hacia delante y le susurró lo que creía que serían palabras de consuelo mientras la fémina negaba con la cabeza. Después, abandonó el espacio del trono por el pasillo adyacente, seguida por el berserker.

Y entonces el tiempo volvió a su cauce y un «¡no!» atronador se alzó por encima de los murmullos. Un escalofrío le recorrió el cuerpo al reconocer la voz de su progenitor quien, raudo, se había colocado en el centro del salón del trono. La diversión del emperador murió y observó a su consejero con una seriedad pétrea.

Contra todo pronóstico, y para su consternación, Elegor Daebrin se arrodilló a los pies de las escaleras, con las manos entrelazadas en una súplica.

—Su Majestad Imperial, por favor, os ruego, os suplico que lo reconsideréis. —La voz le temblaba más de lo que lo había hecho nunca. Sin poder remediarlo, recordó todas las veces que ella había temblado cuando aquel varón que ahora rogaba por su vida le pegaba—. Es mi hija, mi pequeña.

El estómago se le revolvió al oírlo, pero se mantuvo callada. Arcaron alzó una ceja con desdén y apoyó el mentón en el puño. Destilaba el aire de quien se encontraba en presencia de una mosca molesta, pero no abrió la boca, a la espera de que se arrastrase un poco más y se abochornase delante de toda la gente que debería haberlo respetado.

—Mi hija ha errado. Ha perdido el norte y su rumbo se ha descarriado, pero es una chiquilla, solo tiene veintiséis años. Vos la conocéis, la habéis visto crecer y es una tiradora de lo más prometedora. Sus superiores solo tienen palabras de alabanza para ella y es evidente que su juicio se ha nublado por asistir al ejército y sobrevivir a la masacre de la emboscada. Por favor, Su Majestad Imperial, os lo imploro, no la sentenciéis a muerte. Cualquier cosa menos eso, por favor.

Elegor se derrumbó hacia delante y apoyó las palmas sobre el frío suelo de cuarzo. Su espalda se agitaba arriba y abajo, como si estuviese intentando calmar la respiración. El emperador resopló por la nariz y se puso en pie. Con aire altivo, descendió los escalones, deleitándose con la expectación de los asistentes, que parecían haber contenido el aliento al mismo tiempo.

Jamás un paseo tan corto se le hizo tan agónico, pero cuando Arcaron llegó a los pies y se plantó delante de su progenitor, extendió la mano para que su consejero le besara los anillos. Sin dudarlo, Elegor posó los labios sobre la joyería de su emperador.

Arcaron suspiró con teatralidad y su rostro se transformó en el de la pena y la benevolencia fingidas. Le dedicó un vistazo a Cyndra y se inclinó hacia delante para ayudar a su amigo a incorporarse, quien daba la impresión de estar al borde del llanto. Arcaron lo sostuvo por las mejillas y se miraron a los ojos. Su progenitor siempre había sido la mano derecha de aquel varón, habían compartido siglos de su vida. Y no supo si todo era una patraña o si realmente lo había conmovido, pero el emperador tan solo dijo:

—Está bien.

No sabía qué significaba aquello, pero el ambiente se relajó y eso no hizo sino alterarla aún más.

—Como el emperador benévolo que soy —Cyndra tuvo que tragarse la bilis—, estoy dispuesto a cambiar la sentencia. Pero no por debilidad, sino porque Elegor Daebrin ha sido un súbdito fiel del imperio durante todo mi mandato y se merece ser recompensado por su esfuerzo. Es un varón con una devoción por Yithia sin parangón, y si bien considero que se han de penar los actos de deslealtad, estoy dispuesto a hacer una excepción por uno de los eslabones más fuertes de nuestra comunidad.

Las ganas de vomitar crecieron con cada palabra que salió de los labios del emperador. Miró a su alrededor y se dio cuenta de que el discurso de Arcaron había conmovido a la mayoría de los presentes. ¿De verdad iba a colocarse otra medalla por perdonarle la vida, cuando había deseado quitársela de en medio desde el primer momento?

—Siendo así, por la misericordia del emperador, te condeno a ti, Cyndra Daebrin, al exilio de por vida. Con partida inmediata.

Cyndra se quedó en completo estado de *shock* mientras Seredil, temblando más que las hojas mecidas al viento, la sacaba apretada del brazo, acompañadas de los cuchicheos de los asistentes.

—Eres libre, Cyndra —le murmuró al oído, al borde de las lágrimas y con la voz ronca.

«Soy… Soy libre».

El alivio la invadió con la fuerza de un vendaval y casi la dobló hacia delante. Se le escapó un sollozo silencioso que le renovó el aire que le inundaba los pulmones. El resto de los presos condenados al exilio la contemplaban con extrañeza. Ninguno de los que esperaba en aquel pasillo se alegraría de ser condenado al exilio, puesto que eso suponía empezar de cero en tierras enemigas y desconocidas y con otros vaettir, con una mano delante y otra detrás. En la mayoría de las ocasiones, era una sentencia a muerte velada. Pero ante ella se presentaba un nuevo mundo de posibilidades.

Seredil la condujo al final de la fila, a la espera de que los trasladaran al puerto y se quedó a su lado. No le importó si aquel comportamiento resultaba sospechoso, no parecía dispuesta a apartarse de ella, y eso le dio más fuerzas. Aún la sostenía del brazo, aunque, poco a poco, su mano fue descendiendo hasta acariciarle el interior de la muñeca y, después, sus yemas. Cyndra no dudó cuando entrelazó los dedos con los de la conjuradora y apretó, su unión escondida en el escaso hueco entre sus cuerpos. No se atrevieron a mirarse, no se atrevieron a dejar escapar ni una sola de las emociones que las embargaban en aquel momento.

Salvo la sorpresa cuando cuatro guardias imperiales aparecieron por el pasillo reclamándola por su nombre.

—¡Cyndra Daebrin!

La aludida dio un respingo y observó a los recién llegados, con la mirada cargada de sospecha, porque el resto de los guardias habían reaccionado de la misma forma que ella. Aquello no era lo habitual. De forma automática, Seredil la soltó, pero no por miedo a que las descubrieran, sino porque bajo la capa color bronce se distinguían las aristas de varios cristales de luz. Estaba lista para luchar por ella de ser necesario.

—¡Cyndra Daebrin, un paso al frente!

El guardia que hablaba tenía la vista clavada en ella, así que era más que evidente que sabía quién era. Entonces ¿por qué fingir? Aquello no le gustaba.

—¿Sucede algo? —preguntó Seredil con voz firme.

—No es de tu incumbencia —le respondió el que llevaba la voz cantante.

Los dos guardias que custodiaban las puertas hacia el salón del trono intercambiaron un vistazo desconfiado. Y eso hizo que no moviera ni un solo músculo. La sentencia había sido clara. En cuestión de un par de minutos, marcharían hacia el puerto. No iba a moverse de allí si no era para encaminarse a su nueva libertad. Sin embargo, el guardia no parecía dispuesto a dejarlo correr, porque se acercó a ella y la agarró del brazo.

—Eres tú, ¿verdad? —La repasó con la vista y le entraron ganas de escupirle a la cara, pero se contuvo—. Andando.

No esperó confirmación siquiera. Aquello pintaba extremadamente mal.

Casi la arrastraron por los pasillos laberínticos que nada tenían en común con los imperiales, destinados para la clase pudiente. Estos estaban labrados en piedra tosca y poco trabajada, mal pulida y sin limpiar. Allí se prescindía de los cristales de luz para iluminar y se recurría a las arcaicas antorchas.

Resistiéndose lo poco que pudo, la guiaron escaleras abajo, hacia las catacumbas, donde antaño se recluía a ciertos presos, antes de que se construyera el presidio de la ciudad, y donde habían instalado una sala de entrenamiento para Ash.

Aquello daba a la parte subterránea de Kridia, al sistema de alcantarillado y los túneles de escape que los Wenlion que sobrevivieron supuestamente emplearon para huir con el golpe de Estado. Lo único que le confería cierta calma mientras se la llevaban, vayan a saber los dioses dónde, era que, tras las pisadas bruscas de los guardias que la custodiaban, escuchaba el sonido amortiguado de otras botas.

Seredil.

Pensar en que no la había dejado sola en ningún momento le confirió unas fuerzas que intuía que necesitaría. Su cuerpo estaba maltratado hasta el extremo, se sentía famélica y notaba las costillas asomarle por la piel. Se encontraba en pésimo estado, pero lucharía hasta su último aliento si ahora amenazaban con arrebatarle la libertad que el emperador, sin saberlo, le había conferido.

Se detuvieron en los túneles de las cloacas y un hedor nauseabundo le golpeó las fosas nasales. Casi vomitó con el olor a putrefacción y a aguas fecales que imperaba en aquellos túneles mal iluminados y por los que discurría un río de aguas turbias. Y aunque aquella visión era de lo más desagradable, lo que le evaporó la sangre de las venas fue ver a su progenitor, esperando con dos guardias más, que reconoció de su séquito personal.

89

Las sombras clarearon cuando Ashbree sintió una pequeña sacudida. A su alrededor, el pasillo del ala imperial se desdibujaba entre una neblina densa moteada por destellos violetas. Se soltaron solo de una mano y se dedicaron un asentimiento con el que se dijeron que debían ponerse en marcha.

Ashbree echó un parco vistazo atrás, con el corazón en un puño, cuando pasaron junto a la puerta entreabierta de sus antiguas dependencias, sin atreverse a dedicar ni un solo minuto en reabrir esa etapa de su vida.

Con determinación, condujo a Ilian por los pasillos del ala imperial. En cuanto llegaron al ala común, Ashbree giró en uno de los tantos pasillos que ya se conocía y se introdujo de lleno en las zonas del servicio, bastante menos iluminadas y cuidadas. Aunque sabía que aquellos corredores no estaban tan transitados, no había esperado que estuvieran prácticamente desérticos. Solo se cruzaron con un par de doncellas que se movían de un lado a otro apresuradas, con los recogidos reglamentarios casi deshechos.

Ilian y ella compartieron un vistazo tenso cuando se detuvieron en una esquina, apoyados contra las paredes de piedra bruta, y vieron a un sirviente trastabillar con sus propios pies y maldecir su suerte. Estaban todos nerviosos, más de lo que ella había visto jamás. Y no le gustaba esa sensación.

Siguieron avanzando sin soltarse de la mano, Ashbree con la respiración cada vez más acelerada y tratando por todos los medios de no resollar. Ilian, a su lado, mantenía la mano libre sobre la empuñadura de la única espada que llevaba —además de sus numerosas dagas—, estudiándolo todo. Parecía a punto de saltar, y no lo culpaba. Estaba en el centro neurálgico de su enemigo, donde se refugiaba la cabeza emponzoñada que martirizaba a los suyos y le había hecho sufrir un infierno.

Desde los pasillos del servicio llegaron a las zonas de ronda interna, por las que se movían los guardias imperiales para ir de un lugar a otro de palacio y no perturbar la paz de los nobles y los lores. Pasillos que, de nuevo, estaban inquietantemente poco transitados. Cuando pasaron frente al corredor cuyas puertas conducían a la sala del trono, Ashbree vio el penacho de los cascos de la guardia imperial desaparecer por un recodo más adelante, en dirección a los túneles de alcantarillado, pero ella se detuvo de golpe por otro motivo. Ilian frenó en seco y a punto estuvo de soltarle la mano por la tensión de haber dejado de avanzar de golpe.

Lo único que podía mirar Ashbree era la fila de presos con aspecto demacrado que aguardaban pegados a la pared. Dos soldados custodiaban las puertas, con la vista clavada en ellos pero sin llegar a verlos y con expresiones de incomodidad.

Con el corazón en un puño, Ashbree se fijó en cada uno de los reos, pero ninguno era Cyndra. La tensión de sus músculos no se alivió, porque la sensación de que llegaban demasiado tarde creció. ¿Y si se presentaban en el presidio y le informaban de que ya la habían juzgado y condenado a muerte? ¿O que la habían mandado al exilio sin posibilidad de averiguar a dónde?

Tragó saliva y se aferró a la mano de Ilian con tanta fuerza que debía de estar haciéndole daño. Se centró en los sonidos para alejarse del estruendo de su corazón y examinó el pasillo un poco más, como esperando a que Cyndra apareciera de repente con su sonrisa picarona en los labios. Pero no sucedió. A juzgar por el ajetreo al otro lado de las puertas, no creía que hubiera nadie más siendo procesado en aquel momento. Ashbree había asistido a demasiados enjuiciamientos públicos como para saber que, mientras el emperador hablaba, allí reinaba el silencio. Y los cuchicheos morbosos solo podían indicar que los invitados estaban debatiendo acerca de lo que habían presenciado.

Resignada, Ashbree tiró de Ilian para conducirlo al exterior. Si los presos permanecían ahí esperando era porque se estarían llevando a cabo las últimas comprobaciones para asegurarse de que no faltaba ninguno por juzgar y que se habían recopilado todas las condenas formales, los documentos que ratificaban las sentencias para sus allegados y la documentación de exilio. Después, se los llevarían al puerto, porque los condenados a muerte eran ejecutados tras el juicio en una sala de las catacumbas. Y eso supondría que los pasillos se llenarían de más guardias a los que les convenía eludir.

Cuando salieron del palacio usando la vía de los guardias, la noche los saludó. El camino que conducía al muro estaba desértico, pero al final ya esperaba el carromato para el traslado al puerto. Varios guardias charlaban tranquilamente, como si en sus manos no estuvieran las vidas de esos pobres presos que quizá se hubieran enfrentado a una acusación injusta. Se preguntó qué le pasaría a ella si en algún momento regresaba, si su padre seguiría queriendo casarla con un berserker o si sus planes se verían truncados de algún modo.

No obstante, no tuvo tiempo de seguir pensando, puesto que Ilian tiró de ella hacia su propio cuerpo para apartarla de un guardia contra el que habría chocado de bruces por estar con la vista fija en el carromato.

El corazón se le aceleró y se le subió a la garganta, abrazada aún por Ilian. El tronar del corazón del Efímero le llegaba desde la espalda, tan alterado como ella misma. Ahora que habían salido a la calle, el temor a que algo saliera mal creció. Aún entre sus brazos, se giró para mirarlo y entreabrió los labios para decir lo que fuera, una disculpa por meterlo en aquello, pero él negó con la cabeza y volvió a entrelazar sus dedos. Era mejor no hablar. Era mejor no forzar a las sombras de Ilian, que aún tendrían que explotar durante un buen trecho hasta llegar al presidio, a las afueras de Kridia.

El problema era que las calles estaban atestadas. Aunque fuera de noche, los puestos del mercado seguían abiertos, las vías principales estaban adornadas con banderines estivales y la gente festejaba algo, aunque Ashbree no supiera el qué. No había ninguna festividad próxima, ni tampoco era el cumpleaños de ningún miembro de la familia imperial. No era el aniversario del golpe de Estado ni ningún otro evento que ella supiera que pudiera dotar de vida el núcleo del Imperio de Yithia. Por no hablar de que Ilian le había dicho que habían decretado toque de queda en casi toda su nación.

Nada encajaba, pero lo que importaba era que con las calles tan llenas de gente, no iban a poder caminar sin chocar con los viandantes. Las facciones de Ilian se endurecieron, y Ashbree creyó que le iba a decir que se marchaban de allí cuando alzó el dedo hacia arriba.

Irían por los tejados.

90

Elegor caminaba de un lado a otro, errático, mascullando sinsentidos e ignorando a los dos escoltas tras él. Cyndra no supo si fue la escasa luz, pero tuvo la sensación de que sus cabellos estaban más grasientos; su carne, más hundida. Los huesos resaltados hacían que los ropajes que antaño le sentaban como un guante se vieran macabros.

Y Cyndra supo qué le había sucedido a su padre. Porque había tenido a alguien como él enganchada al cuello.

Elegor no se había dado cuenta de su aparición y, ajeno a su presencia, sacó un botecito plateado del bolsillo y se lo llevó a los labios. El nerviosismo se palió y una calma extraña tomó el control del cuerpo de su progenitor.

Sin saber bien por qué, qué mecanismo había activado sus recuerdos más dormidos, Cyndra lo comprendió. Lo errático de su padre cuando la golpeaba, la calma posterior acompañada del falso arrepentimiento. Lo mucho que cambió con el abandono de su madre, siempre moviéndose entre los extremos. La asiduidad a las casas de variedades. La fémina a la que le volcó la copa cuando se escapó con Ash, su vestido manchado de plateado y cómo le había exigido compensaciones a Elegor.

En cuanto su progenitor se percató de que habían llegado, su gesto mutó al del alivio y en sus ojos inyectados en sangre reconoció la dulzura que lo caracterizaba cuando le curaba las heridas y le aseguraba que ella se había ganado aquello. Que ella era la responsable. Porque su madre lo había abandonado por ella.

Y entonces lo comprendió.

—Eres un adicto —susurró.

Eso explicaba por qué cambiaba tan asiduamente de personal de servicio, por qué se mantenía tan críptico. Por qué apoyaba la falta de interés en erradicar la adicción a aquella droga por parte del emperador.

Elegor recibió la acusación como una bofetada y observó a los guardias, que se habían inquietado.

—¿De qué estás hablando?

—¿Por eso se fue mamá? ¿Porque no aguantaba tus vicios?

Su madre le había asegurado que se marchaba porque no iba a poder soportarlo. Ella lo había entendido como que no soportaría lo que le pasaría a Cyndra, porque poco después habían comenzado los golpes. ¿Y si se refería a la adicción de Elegor? ¿Y si lo que realmente la atemorizaba era la idea de ver a su marido convertido en un elfo de sangre?

—Tu madre era una zorra desagradecida que nos abandonó cuando yo se lo di todo. Y más te vale aprender de sus errores.

Los guardias que la sostenían por los brazos avanzaron hasta Elegor y se la entregaron. Cuando la mano del consejero se enroscó alrededor de su brazo, Cyndra dio un respingo e hizo amago de zafarse, pero él se lo impidió, con una mueca de contrariedad. Ante aquel varón, Cyndra siempre se había mostrado sumisa, pero ya no.

—¿Qué está pasando? —farfulló Cyndra. Dio un nuevo tirón y consiguió escapar de la presión de aquellas garras—. ¡Quiero explicaciones!

—Ya no se os requiere aquí —les dijo Elegor a los cuatro guardias imperiales que la habían custodiado—. Marchaos.

Su progenitor esperó a que hubieran desaparecido antes de clavar sus gélidos ojos azules, idénticos a los de Calari y a los suyos, en ella.

—Te voy a sacar de aquí.

—¿De qué hablas?

¿Se había vuelto loco del todo? ¿La drogadicción se había llevado la poca cordura que le quedase?

Elegor se acercó a ella y Cyndra retrocedió los mismos pasos. Sus pies estaban peligrosamente cerca del canal de aguas fecales, pero prefería rebozarse en la mierda antes que aquel varón volviera a ponerle una mano encima.

—Tenemos que irnos. Hay un carromato esperando para llevarnos a Tiroon.

—¿A Tiroon?

Allí era donde se encontraba la residencia vacacional del consejero. Las épocas en las que había habido tantos golpes que Cyndra había creído que la mataría habían estado seguidas de semanas de ausencia. Una necesitada tregua en la que el personal de servicio le aseguraba que su padre estaba de vacaciones en su segunda residencia, en la ciudad sacra. Ciudad que, ahora que caía Cyndra, era famosa no solo por el templo a Wenir, sino también por su centro de desintoxicación. Siendo hogar del mayor santuario a la diosa de la vida, los devotos de Tiroon encomiaban su existencia al prójimo y, además de la guerra, aquella era la mayor lacra del Imperio de Yithia.

Elegor chasqueó los dedos para que sus dos escoltas la cogieran por los brazos y la sacaran de allí. Cyndra no pudo ejercer resistencia cuando sus pies, desnudos, tropezaron entre sí con brusquedad. Elegor abría la marcha por aquellos túneles parcamente iluminados y Cyndra echó la vista atrás, deseando ver una sombra siguiéndola, pero no había nada. ¿La habría abandonado?

—Te pondré a salvo y te quedarás allí. Será tu nueva residencia.

—¿Qué? ¿Y qué pasa con la condena?

—Estaba todo preparado. Le pagué una suma más que generosa al emperador a cambio de la sentencia —gruñó con rabia—. Tanto dinero desaprovechado... —Siguió mascullando por lo bajo algo que escapó a la comprensión de Cyndra.

Que Elegor añadiera el «más que generosa» bien podía implicar que había vaciado sus propias arcas personales, que podrían abastecer al ejército entero durante varios años. El emperador había orquestado aquella pantomima con su progenitor en su propio beneficio. Era la excusa perfecta para que nadie volviera a ver a Cyndra Daebrin sin cuestionarse los motivos, mientras Elegor la recluía en una nueva jaula de cristal.

«Jamás».

De un tirón vigoroso, se zafó de las garras de unos guardias que, dada su malísima condición física, la habían subestimado. Pero Cyndra Daebrin lucharía con uñas y dientes, incluso aunque se los arrancaran, hasta el final. Nunca dejaría de pelear.

Con el hombro, empujó al varón de la izquierda al conducto de aguas turbias. El chapoteo la salpicó, y no pudo importarle menos.

—¡Detente! —gritó Elegor.

El segundo guardia sacó la espada y Cyndra se dio cuenta de que la orden era para él, no para ella. Un cristal de luz estalló y los cegó apenas unos segundos, lo suficiente para que alguien moldeara los hilos lumínicos a su antojo. Y eso hizo la conjuradora.

Seredil apareció de la nada y usó la claridad para asfixiar al soldado que quedaba fuera del agua, mientras que el otro trataba de subir. El canal era profundo y resultaba evidente que no hacía pie.

Elegor se abalanzó sobre Cyndra. Intentó detener la acometida, pero él disponía de velocidad y fuerza inmortales y no tenía grilletes en las muñecas. Su espalda gritó cuando se encontró con la dura piedra del suelo. Soltó un alarido mientras forcejeaba con su progenitor, aunque la longitud de las cadenas no le daba espacio para moverse demasiado. Tuvo una angustiosa sensación de *déjà vu* cuando los cabellos grasientos de Elegor le rozaron el rostro; cuando esos ojos azules enrojecidos se posaron en ella. Cuando reconoció a un casi elfo de sangre en su progenitor.

Cyndra consiguió propinarle un puñetazo en el mentón que

le supo a gloria. Elegor gruñó y le devolvió el golpe multiplicado por diez. La cabeza le rebotó contra el suelo y todo empezó a dar vueltas a su alrededor. La boca le sabía a sangre y la tragó con esfuerzo. Era el primer líquido que pasaba por su garganta en más de veinticuatro horas. El segundo golpe hizo que le sangrara la nariz, pero no escuchó chasquido alguno.

Con una maestría apabullante, Elegor consiguió darle la vuelta para inmovilizarla de espaldas. Algo que había hecho en demasiadas ocasiones para azotarla con el cinturón. Le aplastó la cara contra el suelo y le murmuró al oído. Su estómago se contrajo con el veneno que salió por la boca de aquel varón y la rabia bulló en su sangre.

—Tal vez ya no me quede dinero, pero no me arruinarás la vida. Conseguiré más miel de plata y todo volverá a su *status quo*. Tu cuerpo me dará el oro que necesito. Y sabes qué le pasa a papá cuando no obedeces.

Casi se mordió la lengua para contener el llanto mientras se revolvía bajo su cuerpo. Elegor la oprimía contra el suelo con tanta fuerza que hasta le costaba respirar y su visión se enturbiaba, la sangre sin parar de manar de su nariz y labio. Hasta que dejó de hacerlo y el peso sobre la espalda desapareció.

Seredil lo había agarrado de los hombros y lo había lanzado contra la pared del túnel a su espalda. No había sido por su fuerza inmortal, porque no tenía aunque fuera mayor que Cyndra, sino fruto de la rabia y del odio desatado.

—No volverás a ponerle una mano encima. ¡Jamás! —gruñó con una voz que casi ni reconoció.

Cyndra se recompuso como pudo mientras Elegor luchaba contra Seredil. Su padre se había especializado en la Orden de los Espadachines, y no dudó ni un segundo antes de desenvainar el acero que traía al cinto y abalanzarse sobre la conjuradora. Seredil hizo estallar un cristal de luz para atacarlo mientras sacaba su espada, por si acaso. Pero Elegor cortó a través de la luz y Seredil detuvo la acometida con su acero a duras penas. En cuestión de un parpadeo estaba acorralada contra la pared. Era como ver al gato jugando con el ratón sabiendo quién tenía las de ganar, porque Seredil poseía la pericia justa con la espada. Pero lo que la conjuradora quería era ganar tiempo para conseguir sacar otro cristal.

No iba a darle tiempo. Seredil no iba a disponer de suficiente tiempo e iba a morir frente a sus ojos. Porque por mucho que su padre estuviera afectado por la adicción, acababa de ingerir miel de plata, y eso daba un subidón que estaba aprovechando en su favor.

Su progenitor le arrebataría lo único bueno que quedaba en su mundo y la encerraría en una casa aislada para usarla a su antojo y ver cómo se pudría. Y si se daba el caso, ella misma acabaría con su vida. Pero antes tenía que luchar. Tenía que luchar por Seredil como aquella fémina había hecho por ella.

Con un quejido, se puso en pie y se inclinó sobre el guardia del suelo. De un vistazo fugaz, Cyndra comprobó que el segundo se había ahogado. O Seredil lo había ahogado con la luz. Desenganchó el arma de la pierna del varón en tierra y apuntó a su progenitor con ella. No le tembló el pulso a pesar de que la ballesta corta le pesaba entre las manos; había pasado demasiado tiempo sin coger una y, aun así, se sintió en casa. Apretó el gatillo sin titubear y el virote atravesó el hombro de Elegor con tanta fuerza que venció hacia delante.

Seredil aprovechó la desestabilización para quitárselo de encima y poner distancia con el consejero. Se acercó a Cyndra y su mera presencia a su lado la reconfortó. Elegor se dio la vuelta, con el rostro desencajado por el dolor y la traición.

—Hija...

«No te sometes».

Cyndra sintió el escozor de las lágrimas y una rodó sobre su mejilla. El odio le ardía en los ojos como el fuego que corría por sus venas y no tenía fuerzas ni ganas para extinguirlo. Aquel varón merecía que se consumiera en su rabia.

—Yo no soy tu hija —masculló mientras recargaba un nuevo virote.

«No te quiebras».

Cyndra Daebrin siempre había sido un portento como tiradora, había desafiado más límites de los que muchos llegaban a comprender dada su corta edad. Y en aquel momento no fue menos, pese al desgaste de su cuerpo. Se convirtió en la extensión de la guadaña de Celes, y aunque su progenitor tuviera velocidad inmortal, no fue rival para la forma en la que sus manos volaron sobre la ballesta para recargarla.

Antes de que Elegor pudiera darse cuenta siquiera de cuáles eran sus intenciones, Cyndra disparó por segunda vez. A la garganta. En el centro.

Elegor abrió los ojos como platos y se llevó las manos al virote que le atravesaba la tráquea. Intentó sacárselo, pero la sangre hacía que sus dedos resbalaran del proyectil. Trastabilló hacia atrás, boqueando y atragantándose con su propia sangre, hasta que chocó contra la piedra y se dejó resbalar al suelo. Rojo, en lugar del ansiado plateado que había dominado su existencia sin siquiera ser consciente de ello.

Cyndra no apartó la mirada ni una sola vez, mientras contemplaba cómo se extinguía la vida de aquel varón que debería haber sido un padre para ella y que solo había sido el hostigador de todas sus pesadillas.

Veinte años de desgracias. Y les había puesto fin con sus propias manos.

91

Llegaron al tejado del presidio unos quince minutos después. Quince minutos agónicos en los que Ilian los fue teletransportando de tejado en tejado, exprimiendo sus sombras. Lo bueno de que la noche hubiera terminado cerrándose era que el Efímero ya no tenía que luchar contra el influjo de la luz ni volverlos invisibles, porque confiaban en que, con los festejos, nadie alzara la vista.

La que no dejaba de mirar el firmamento era Ashbree. La guadaña de Celes brillaba para ella, y con cada nuevo salto, la congoja crecía. Le rezaba al panteón completo para que aquel vaticinio no significase que Cyndra estaba muerta, pero con cada metro que superaban, la razón le decía que qué más iba a significar.

Ya en su destino, Ilian sudaba a mares, con la respiración tan agitada que casi estaba hiperventilando. Las piernas le fallaron e hincó una rodilla en el suelo.

—Ilian... —jadeó Ashbree, y se agachó junto a él.

—Estoy bien, solo cansado. En unos minutos me encontraré mejor.

Él sonrió de medio lado, aunque no llegó a transmitirlo con los ojos. No habían contado con tener que saltar, algo que parecía consumir muchas más sombras que volverlos invisibles, pero era el último recurso. Por no hablar de que la tarde anterior había estado teletransportándose de aquí para allá en busca del rey. Ashbree solo podía esperar que le quedara el poder suficiente como para llevarlos de nuevo a Lykos cuando hubieran terminado.

—¿Seguro?

—Sí.

—Podemos esperar un rato a que...

—No, cuanto antes acabemos con esto, antes estaremos a salvo.

—¿Crees que podrás...?

—¿Llevarnos a casa? —Estaba tan acelerado que no le dejaba terminar las frases, y no podía reprochárselo—. Sí. Y también abrir un agujero en alguna parte si es necesario. Después de eso, tendremos que usar el ingenio y las armas, porque no daré para mucho más.

Con seriedad, Ashbree asintió y lo ayudó a levantarse.

—¿Puedes...? —Tragó saliva para aclararse la garganta y cogió aire para armarse de fuerza—. ¿Puedes decirme qué ves tú en el cielo?

Ilian parpadeó un par de veces y después comprendió a qué se refería. Ashbree desconocía si él creía en la astrología, pero ella ahora sí y necesitaba saber qué había escrito en su destino para alejarse del mal agüero que la estaba atosigando. El Efímero enfocó sus iris violetas en el cielo y frunció el ceño antes de relajarlo y desviar su atención a ella.

—¿Qué? ¿Qué pasa? —preguntó con ansiedad.

—Por un momento, creía haber visto la guadaña de Celes, pero no. Veo el arco de medio punto de Artha.

La puerta de la oscuridad. Ashbree no supo si el que esa diosa velara por él la relajaba o no. Quería pensar que era un presagio del esfuerzo que estaba haciendo. Entonces, el cielo se iluminó con un estallido de colores y con un estruendo de pólvora tronando. Por puro instinto, ambos se tiraron al tejado, porque aquello solo podía significar que miles de cabezas alzarían la vista para disfrutar del espectáculo nocturno.

—¿Fuegos artificiales? —preguntó Ashbree, consternada.

Se arrastraron hasta el pico del tejado a dos aguas, con el rechinar de la cerámica de terracota como delatora, y se ocultaron justo cuando estallaba otro sinfín de colores. Era majestuoso y, por un segundo, Ashbree olvidó qué habían ido a hacer.

—Parece que es por eso.

Ilian señaló un punto a lo lejos, justo a las afueras de la capital. Ella entornó los ojos, porque apenas si veía nada siendo noche cerrada, al contrario que Ilian. Y cuando un nuevo fuego estalló en el cielo y lo iluminó todo con sus colores, Ashbree lo distinguió: una construcción monstruosa que tiempo atrás no había estado ahí. Parecía un edificio circular y adornado con estandartes que no reconocía.

—¿Qué es? —le preguntó Ilian.

—No tengo ni idea —masculló.

Ambos compartieron una mirada de preocupación y se dejaron caer hasta el final inclinado del tejado. A sus pies, la gente caminaba en la misma dirección: hacia el edificio de reciente construcción. Los puestecillos se cerraban y, mientras en el cielo estallaban los últimos fuegos, las calles se iban quedando desiertas.

—Tenemos que hacerlo ahora, Ash. Si esperamos a que no haya nadie, podríamos llamar más la atención.

Mordiéndose el labio inferior, Ashbree accedió.

—Te bajo y te sigo —prosiguió—. Recuerda mantener la puerta abierta un rato para que entre yo. No me verás, pero estaré ahí. ¿Preparada?

Lo miró una última vez y se perdió un poco en aquellos iris violetas antes de asentir con convicción. Sintió los dedos de Ilian —callosos y poco a poco más familiares—, enroscándose en los suyos antes de dar un último salto a un callejón en penumbra que quedaba a su vista.

Cuando apareció, Ashbree se echó la capucha sobre la cabeza y miró tras de sí, albergando la esperanza de encontrar un rostro concreto. Pero no fue así.

—Estoy contigo —susurró él junto a su oído.

Ashbree cerró los ojos un instante, paladeando esa sensación cálida, y los abrió con una nueva determinación. Pasara lo que pasase, no estaría sola.

Abriendo la puerta despacio, como entretenida curioseando hacia la calle, entró en el presidio para enfrentarse a la recepción. Era estrecha, austera y con una única puerta enrejada que conduciría a la zona privada, además del mostrador tras el que había una fémina que la estudió con gesto escrutador. El estómago se le comprimió y empezó a sentir palpitaciones, hasta que una mano invisible se enroscó en la suya para darle fuerzas.

—¿Qué quieres? —le espetó de mala gana. Sus facciones toscas y poco agraciadas no casaban con el timbre agudo que salió de sus labios finos—. El horario de visitas terminó hace rato.

Sintió una presencia crisparse a su lado y Ashbree cogió aire para serenarse. Después, esbozó su sonrisa más zalamera.

—Disculpad, señora, pero no vengo de visita. Solo quería algo de información sobre una presa.

—No podemos facilitar datos personales de los presos, es confidencial.

—No, no, vos no tendríais que darme ningún dato personal. Yo los sé todos. Solo necesito saber si está bien.

La fémina la estudió de arriba abajo y una chispa de reconocimiento brilló en sus ojos al identificar sus ropajes como los de descanso del ejército, con esos pantalones marrones y la camisa blanca con el escudo de Yithia bordado sobre el corazón.

—Nombre —rezongó, bajando la vista a sus papeles.

—C-Cyndra Daebrin.

La fémina se crispó y alzó la mirada hasta ella, para contemplarla con seriedad.

—Información clasificada.

Ashbree dio un paso adelante y sintió cómo se liberaba del agarre de Ilian. Plantó las manos en el mostrador, con calma y gesto de pena, intentando acercarse a la carcelera de algún modo y que empatizara con ella.

—Por favor —masculló, con la voz temblándole sin tener que fingir—. Solo quiero saber si está bien. No necesito nada más.

La fémina pareció conmoverse cuando los ojos de Ashbree empezaron a brillar por las lágrimas y suspiró antes de regresar a sus papeles.

—Ya no está aquí —murmuró.

El estómago se le revolvió tanto que creyó que iba a vomitar.

Ashbree no supo si fue su cara de estar a punto de echar la primera papilla, si fue misericordia porque entre su gente seguía habiendo bondad o intervención divina, pero la fémina volvió a suspirar y algo en su mirada se reblandeció.

—Ya. No está. Aquí. —Dotó cada palabra de fuerza mientras miraba hacia un lado, enarcando las cejas varias veces. Ashbree siguió la dirección de sus ojos y solo encontró pared—. No. Está. Aquí.

El apretón invisible en los dedos fue lo que hizo que la consternación se desvaneciera y Ashbree lo comprendiera: estaba mirando hacia el este, hacia el palacio de cuarzo.

—La están juzgando… —susurró, más para sí misma que para nadie más.

—Información clasificada.

—Gracias —balbuceó a duras penas antes de salir de allí como una exhalación.

92

A Cyndra le temblaban tanto las manos que Seredil tuvo que retirarle la ballesta con delicadeza. Había matado a su progenitor. Había pasado toda una vida soñando con quitárselo de en medio, pero siempre lo consideró un inalcanzable. Algo que podía desear pero que, en el fondo, sabía que nunca llegaría. Y había llegado.

Lejos de sentirse realizada o liberada, se sintió sucia. No era la primera vez que mataba, pero sí era la primera que lo hacía tan a sangre fría. Y nada más y nada menos que a *su padre.*

Cyndra se echó a llorar como no lo había hecho nunca. Las piernas le fallaron y ahí estuvo Seredil para evitar que se rompiera las rodillas contra el suelo frío. Aunque más frío estuviera su corazón. Se desgañitó contra el hombro de la conjuradora, que la abrazaba y le murmuraba que todo saldría bien, arrullándola con un cariño que, lejos de calmarla, hacía que llorara con más fuerza.

Aquel era el fin de una era, el fin de dos décadas de dolor, pesadillas y desconsuelo. Y si ya no tenía eso, ¿qué le quedaba? ¿Cómo iba a continuar sin ese odio que la impulsaba? Cyndra no conocía nada que no fuera sufrimiento e inmundicia, y se descubrió temiendo no saber vivir sin los dos pilares que la habían mantenido en pie durante veinte años.

Seredil le envolvió el rostro entre sus manos firmes y le limpió la sangre que le goteaba de la nariz con la manga del uniforme. Entre la niebla de las lágrimas, Cyndra distinguió que la conjuradora había recuperado sus hermosos rasgos. La miraba con pena y cariño a partes iguales, con los ojos vidriosos y los labios apretados, reprimiendo su propio llanto. Se sostuvieron la mirada tanto tiempo que las lágrimas de Cyndra se secaron sobre su piel y dejaron surcos salados sobre sus mejillas.

—Gracias —musitó con la voz rota.

Seredil negó con la cabeza, una sonrisa amarga tirando de sus gruesos labios.

—Hasta el final, ¿recuerdas?

Sin pensárselo dos veces, Cyndra se inclinó hacia delante y envolvió a Seredil en un abrazo de esos que recomponen el alma. Porque aunque Ash la hubiera acompañado en los momentos difíciles, Seredil había estado ahí en el peor.

Cuando se separaron y vio cómo la fémina se mordía el labio por dentro, no pudo contenerse y la besó con fuerza. La boca se le quejó por el primer impacto que le había dado Elegor, pero el sabor de su lengua copaba cualquier otra sensación. El contacto duró unos instantes, fue cálido y reconfortante, cargado de amabilidad y desesperación, y cuando terminó, se miraron con esperanza en los ojos.

Seredil la ayudó a levantarse y asumió el peso de Cyndra. La conjuradora echó un vistazo al cuerpo que flotaba, luego al que estaba tirado sobre la piedra y después al frente. Ninguna de las dos dedicó un solo pensamiento al cadáver de Elegor, pues tenían problemas más importantes.

—¿Y ahora qué hacemos? —se atrevió a preguntar Seredil en un susurro. Echó la vista atrás, hacia las escaleras que las habían conducido a aquel pasadizo.

—Huir.

—¿Huir?

—Sí, no tenemos otra opción.

Seredil recolocó a Cyndra para quedar cara a cara, su rostro serio por la preocupación.

—Podemos salir del imperio —añadió Cyndra para convencerla—, fugarnos y vivir en cualquier parte que no sea la capital.

Seredil negó con la cabeza mientras un suspiro se escapaba de sus labios.

—He desertado del ejército para poder estar aquí —sentenció la conjuradora. La comprensión se abrió paso por la mente maltratada de Cyndra. Había estado tan preocupada por lo que le pasaba a ella, por lo que le había pasado a Ash, que no se había parado a pensar en cuáles podrían ser las consecuencias para los demás—. Si en algún momento alguien de Yithia me reconoce, me matarán sin juicio de por medio. Y Thabor está de camino a Lykos y... —La voz se le atragantó por la congoja y clavó los ojos en el suelo entre ambas—. No sé si volveré a verlo. Y tú eres la hija prófuga de un consejero asesinado.

Ahora sí, ambas miraron hacia el cuerpo exangüe de Elegor.

—Deberíamos empezar por tirarlo al canal —propuso Seredil, con tacto.

Cyndra se tensó y tragó saliva.

—N-no puedo...

No sabía bien por qué, pero algo en su interior le decía que con lo que había hecho, bastaba. Que no había necesidad de volver a poner las manos encima de aquel varón y que se olvidara de él para siempre.

—No importa. Te entiendo. —Seredil le acarició el brazo, y Cyndra no supo qué entendía, porque ni siquiera ella lo tenía claro. Quizá fueran remordimientos por haber matado a su padre, aunque no se arrepintiera. No lo sabía, y prefería no pensarlo—. Ayúdame con este.

Con esfuerzo, arrastraron al otro escolta y lo tiraron al agua. Cyndra contuvo las lágrimas cuando le registró los bolsillos a Elegor y le quitó la bolsa de dinero y el anillo con el sello de la moneda que ella misma llevaba grabado en la carne. Ignoraba por qué lo había cogido, quizá como recordatorio de que se podía salir de todo. Después, se quedaron en silencio mientras veían cómo la corriente se llevaba los otros cadáveres.

—¿Por qué no quedarnos? —sugirió Cyndra a la desesperada—. Ahora sabes moldear tu rostro. Podrías hacer lo mismo con el mío.

Seredil volvió a negar con resignación.

—Soy una dotada media, no puedo mantenerlo durante mucho tiempo. Estoy agotada solo de haberlo hecho este rato y de haberme enfrentado a los dos escoltas. No es viable. Si estuviera Lorinhan... —Se calló, con la vista perdida en la nada—. Tal vez pudiera enseñarnos más cosas, pero no he vuelto a saber nada de él desde que Thabor se marchó.

Cyndra apretó los labios, disconforme. No le quedaban demasiadas alternativas, pero no iba a tirar la toalla.

—¿Y si vamos a Lykos? Ash está allí.

—Cyndra... —Seredil la cogió de la mano y le dio un apretón—. Ni siquiera sabemos si sigue viva. Y el Reino de Lykos es peligroso para dos elfas, por muy entrenadas que estemos. Somos el enemigo.

—No tenemos más opciones...

—Nos queda una. —Con cierto pesar, miró hacia las escaleras y de nuevo a Cyndra—. Disponemos de un pasaje a la libertad, al continente.

Cyndra contuvo el aliento y le apretó la mano por inercia.

—Pero allí no tendríamos nada...

—¿Y qué tenemos aquí? ¿Qué nos queda? Una vida de forajidas. Allí, al menos, nadie nos perseguiría.

—¿Y si Ash está viva?

—Si Ash está viva, buscaremos el modo de regresar con ella. Te lo prometo.

Cyndra se mordió el labio inferior en un gesto pensativo. No quería marcharse de la isla, no quería huir y dejarlo todo atrás. Pero ¿acaso estaría huyendo? Podía considerarlo como una oportunidad de luchar desde otro frente. No sabía a dónde las mandarían, pero la costa de Dundran, atravesando el Mar de Hierro, se hallaba a una semana de viaje en barco con viento favorable; no estaba tan lejos, en realidad. Aunque parecía un mundo completamente diferente.

Debía considerar la posibilidad de que Ash no siguiera con vida, porque no habían sabido nada de ella desde que la habían capturado. Pero en cuanto sopesaba la idea de montarse en el barco con Seredil y embarcarse hacia el continente, una sensación de desasosiego y desesperanza la embargaba. No quería, por nada del mundo, que la conjuradora subiera a aquel barco, y ni siquiera sabía por qué. Era un regusto amargo que estaba ahí y que no conseguía ubicar. Sin embargo, tal y como le había dicho Seredil, no les quedaban muchas alternativas. A ambas les darían caza y nunca podrían vivir tranquilas.

Su instinto le decía que no tomara ese camino, pero llevaba veintiséis años valiéndose de él para sobrevivir, y ya iba siendo hora de *vivir*.

A pesar de que el corazón se le rompiera solo con pensar en dejar a Ash atrás —si seguía respirando—, por una vez debía ponerse a sí misma por encima de los demás. Sin dudarlo, le entregó la bolsa con el dinero a Seredil y escondió el anillo entre su ropa.

—¿Hasta el final? —preguntó Cyndra con temor.

—Hasta el final.

93

Cuando Cyndra y Seredil regresaron al pasillo en el que habían estado esperando para el traslado al puerto, ya no quedaba nadie. Intentando no levantar sospechas, llegaron a la salida trasera, donde el último preso estaba siendo empujado al carromato.

Seredil la detuvo un momento, le volvió a limpiar los restos de sangre del rostro, y la agarró del brazo para adoptar su papel de guardia imperial. En el último segundo, Cyndra le señaló la cara y la conjuradora gruñó cuando, con la mano en un bolsillo, moldeó la luz sobre su propio rostro para deformarlo con sutileza. Si ella era capaz de hacer eso, ¿qué no podría hacer Ash?

—¿Qué ocurre aquí? —preguntó el que parecía al mando cuando las vio llegar.

—Su padre quería despedirse de ella en privado —explicó Seredil con voz monocorde.

El guardia escudriñó el rostro de Cyndra y el corazón le palpitó, deseando que la nariz no le sangrara más. Tras unos segundos, la empujó al carromato con los demás presos, hacinados, y compartió una última mirada larga con Seredil. Después, la conjuradora le dedicó el saludo militar al supuesto superior y partió por donde habían llegado.

Sin excusa para acompañarlos ni montura, a Cyndra solo le

quedaba desear que pudiera correr lo suficientemente rápido como para llegar al puerto a tiempo de embarcar.

Seredil voló por las calles de Kridia. Jamás había corrido tan rápido como entonces, con el entrechocar de la armadura de bronce resonando a su paso y la capa ondeando tras ella. El verano era asfixiante y la piel le chorreaba de sudor, incluso al amparo de la noche. Pero nada de eso podía importar.

Esquivó a los viandantes, casi a empujones y abriéndose paso entre la carne, antes de adentrarse en las callejuelas de la periferia para poder correr con libertad, sin bajar el ritmo. En aquella zona nadie hacía preguntas, nadie se preocupaba por el prójimo, mucho menos por una guardia imperial que corría hacia los dioses sabían dónde.

Había pasado sus setenta y tres años de vida pensando que le faltaba algo, que su existencia no estaba completa. Y aunque ese sentimiento se había atenuado con la presencia de Thabor, siempre fiel a su lado, no había terminado de comprenderlo hasta que había conocido a Cyndra. No había sido un flechazo, nada de amor a primera vista. Era algo que iba más allá, que trascendía a nivel espiritual. La sensación de que aquella fémina era digna de toda lucha. Y esa convicción había aparecido cuando, día tras día compartido en Milindur —o, más bien, noche tras noche—, Cyndra se había abierto un poco más a ella.

Sabía de los horrores que había tenido que soportar, y en su interior, por algún motivo desconocido, había ido surgiendo la necesidad de protegerla a cualquier coste, un sentimiento inexplicable y al que jamás se había enfrentado. Luego había descubierto que era la mejor amiga de la próxima emperatriz, una fémina que le había devuelto la esperanza en un imperio en el que empezaba a no creer.

Cyndra había arriesgado su propia seguridad por su amiga, había instigado los inicios de una revolución que podría acabar en golpe de Estado, solo que ahora ya no dependía de ellas. Aquello fue lo que le terminó de confirmar que haría lo que fuera por esa fémina. Porque seguía habiendo bondad y lealtad fuera de la burbuja en la que había vivido con su mejor amigo.

Estaba dispuesta a luchar por unas desconocidas que podían transformar el destino de toda la isla, porque el verdadero cambio surgía de actos diminutos de seres muy diferentes. Y ella llevaba demasiados años esperando a ver los primeros movimientos del cambio que, sin saberlo, Cyndra Daebrin y Ashbree Aldair habían iniciado.

94

Ashbree corrió como si su mismísima vida dependiera de ello, esquivando viandantes, maldiciendo y sintiendo las lágrimas frías luchando contra el calor de los últimos meses del verano. Los pulmones le pitaban, las costillas aullaban por el flato, y ella, aun así, no se detuvo.

Había olvidado que no estaba allí sola hasta que algo aterciopelado la engulló y un cuerpo duro la envolvió con los brazos para sacarla de las calles. Ashbree trastabilló por la inercia de la carrera, venció sobre Ilian, que no pudo retenerla, y ambos rodaron por el tejado en el que habían aparecido. La heredera tuvo el tiento de ahogar el grito al caer por la inclinación cuando una mano se enroscó en su muñeca y evitó que se precipitara desde el tejado a dos aguas.

Ilian gruñó y tiró de ella para ponerla a salvo. Que a él le costase levantarla, cuando jamás había mostrado el más mínimo indicio de ello gracias a su fuerza inmortal, no podía significar nada bueno. Cobijados en la inclinación del tejado, se abrazaron, los dos resollando y los ojos vibrando por la adrenalina.

—¡¿En qué narices estabas pensando?! —le increpó él entre susurros.

El general supuraba enfado por cada poro, con el rostro desencajado y la mirada desquiciada, el rostro perlado de sudor y el pecho subiendo y bajando a toda velocidad. Ashbree jamás lo había visto así de alterado, ni siquiera cuando él mismo había sufrido horrores en su propia carne. Estaba en las últimas, ella lo sabía. Tendría suerte si le quedaba algo de poder para llevarlos a Lykos de nuevo. Y aun así, no pudo refrenar su lengua cuando dijo:

—Llévame a la salida, donde el carromato.

Ilian apretó los labios y resopló antes de, sin pronunciar más palabras, rodearlos de sombras moteadas de violeta. Cuando Ashbree volvió a sentir tierra bajo los pies, se dio cuenta de que estaban frente a la salida trasera del palacio, resguardados en las sombras de Ilian, que los hacían invisibles.

Y el carromato ya no estaba.

95

En cuanto subieron al barco, les quitaron los grilletes. No había forma posible de bajar de allí sin que alguno de los guardias que vigilaban el muelle los interceptara, y el exilio era la garantía de su libertad. No tenía sentido seguir manteniéndolos recluidos.

Apoyada contra la baranda de El Lamento de la Sierpe, Cyndra se frotaba las muñecas, con el corazón en un puño y observando el trajín del puerto. Se fijaba en cada rostro, intentando distinguir unos rasgos que ya conocía bien. Pero nada ni nadie se asemejaba a Seredil.

Conteniendo un suspiro ansioso, Cyndra le echó un vistazo al barco. La mayoría de los presos observaban los contornos de Kridia por última vez, entremezclados con la tripulación, que terminaba de subir el cargamento por la pasarela. Los traslados de exiliados se aprovechaban para comerciar con distintos puntos del continente, puesto que nadie de fuera de la isla tenía permitido el paso. Al menos, a través de los puertos del Imperio de Yithia. O así había sido hasta que había visto a enanos y berserkers disfrutando de su tierra.

El viento traía consigo la canción del cambio, y solo podía rezarle a Dalel para que fuera una melodía agradable, y no tortuosa.

—¿Echarás de menos algo de esto?

La voz a su lado la sobresaltó. Junto a ella se encontraba una fémina de rasgos agradables, aunque tampoco presentaban demasiado atractivo, vestida con los ropajes propios de la tripulación del barco. El pelo quedaba oculto bajo un sombrero de ala ancha y la ropa le iba un poco estrecha.

Seredil.

—¿Cómo has...?

—Le he pagado una interesante suma de dinero a una de las tripulantes. Aunque, para ser precisa, no era mi dinero. —Algo se comprimió dentro de Cyndra al saber que su padre había abonado el pasaje de su compañía—. No se lo ha pensado dos veces antes de darme su ropa.

Se pasó la manga por la frente para secarse el sudor. Su respiración estaba agitada y se recostó contra la baranda para recuperar el aliento.

—¿Qué harás cuando te canses de moldear la luz o te quedes sin cristales?

—Ya atajaré ese problema cuando llegue.

—¿Y si se dan cuenta de que no tienes ni idea de trabajar en un barco?

—¿Quién dice que no? —Seredil esbozó una sonrisa de medio lado—. Te recuerdo que me crie entre barcos. Mi padre es el dueño de la flota mercante de Kridia.

—Espera, ¿este...?

—Sí, este barco también es de mi padre. Y todos los que ves.

Cyndra paseó la vista por el muelle y silbó por lo bajo. Ya sabía de quién era hija, no en vano se habían estado ocultando en uno de los almacenes de lord Gonner. Pero no había esperado que *todos* fueran suyos, ni mucho menos que ella hubiera sido marinera. Cyndra se sorprendió pensando en que, a partir de entonces, solo querría descubrir qué más secretos ocultaba esa sonrisa que la embelesaba.

—No me importa que se den cuenta de que hay una polizona. Siendo quien soy, no me tirarán por la borda, por si sus actos pudieran llegar a oídos de mi padre.

—Supongo que por fin la suerte está de mi parte.

—De suerte nada. No te habría sugerido usar esta opción de no haber tenido cierta garantía. Los lobos de mar son bastante crueles una vez que abandonan el puerto. En el mar rige la ley del más fuerte, y a los polizones les meten clavos por debajo de las uñas, los encierran en un arcón y los lanzan al mar. —Negó con la cabeza—. Estoy desesperada, pero no tanto. Sé que en el continente tendremos una nueva oportunidad, que podremos empezar de cero y nos sobrepondremos a esto. Y si Ash sigue viva, regresaremos a por ella y lucharemos a su lado.

—Hasta el final.

Seredil asintió con una sonrisa en los labios y se alejó de ella cuando el capitán empezó a dar órdenes de levar el ancla.

Cyndra contuvo el aliento mientras observaba la ciudad que había sido su hogar y su pesadilla por última vez.

Sopesó la pregunta que le había hecho Seredil sobre si echaría algo de menos, y tristemente se dio cuenta de que no. Extrañaría a las personas que habían conformado su hogar, pero ninguno de los edificios que constituían Kridia recibía ese honor.

Lo peor de todo era dejar atrás a Ash. Solo de pensarlo le resultaba tan doloroso que le costaba respirar. Desde que se habían conocido siendo niñas, jamás habían estado separadas tanto tiempo, y ahora Cyndra iba a poner varios mares de por medio entre ambas. Seredil, sabiamente, le recordaba que no sabían si la heredera seguiría viva, pero Cyndra tenía el pálpito de que sí. Siempre había pensado que Rylen Valandur tenía mucho que ocultar, puesto que no ponía fin a la guerra. Y esperaba que eso le diese a Ash la oportunidad de trabajar desde la capital enemiga para lograr el cambio que ella respiraba en el ambiente y que había luchado por instigar, pero, sobre todo, que sentía en los huesos desde que había estado en aislamiento.

Con un suspiro resignado, se fijó en la figura imponente que se alzaba sobre la capital del imperio. El palacio de cuarzo brillaba como un astro en sí mismo incluso en la oscuridad de la noche, con sus torres prístinas de cúpulas bulbosas luchando por llegar hasta las estrellas. Se empapó del olor a pescado y a sal, entremezclado con los naranjos que adornaban las plazas de la ciudad. Memorizó las risas y los gritos que atestaban el puerto, los rostros pálidos, las orejas picudas y las cabelleras en distintos tonos de rubio que tan iguales los hacían a todos.

Iba a dejar aquello atrás. Se marchaba al continente, los dioses sabían a qué nación en concreto.

Cuanto más se alejaba el barco de la línea de la costa, más cerca estaba ella de la libertad. Los ojos se le anegaron de lágrimas y echó la vista al cielo, manchado de algunas nubes oscuras que se movían lentas por el firmamento. Sonrió de medio lado al descubrir la constelación de Dalel, la rueca conformada por puntos lumínicos, devolviéndole la mirada. No sabía qué tenía preparado para ella aquel dios, pero nada podía ser peor que lo que había vivido. Y aunque intentaba convencerse de ello, no conseguía desprenderse de ese desasosiego que se acrecentaba con cada metro que se distanciaban de la costa.

Tenía un mal presentimiento.

Un cuervo voló sobre el barco y atrajo su atención. Siguió su camino con la mirada mientras trazaba un círculo por encima de las velas que estaban empezando a henchirse y luego regresó hacia la costa. El ave descendió y descendió hasta introducirse en una calle en completa penumbra.

Una calle en la que había un elfo oscuro oculto por una capa.

El corazón se le subió a la garganta y se aferró a la baranda de madera con tanta fuerza que sintió astillas clavadas bajo las uñas. Pero en cuanto parpadeó, a pesar de esa vista privilegiada que le había conferido un puesto en su orden, no quedaba ni rastro de esa imagen turbulenta.

La aparición se había evaporado y Cyndra se quedó pensando si habrían sido imaginaciones suyas, porque desde que había ido a aislamiento, había empezado a ver demasiadas cosas en las que prefería no creer. Por el bien de sus seres queridos.

96

El gesto de derrota de Ash se le clavó bien hondo. Se quedó quieta, escondida junto a él en una callejuela, mientras observaba el espacio que hacía menos de media hora había estado ocupado por el carromato. Y que ahora se hallaba vacío.

Sus músculos permanecían en tensión absoluta, tan rígidos que Ilian creyó que se quebraría en cualquier momento. Pero, en realidad, sabía que lo que se estaba quebrando era su corazón. Habían estado tan cerca y a la vez tan lejos... Y lo peor era no saber si Cyndra viajaría en el carromato o si la estarían ejecutando ya.

Podrían entrar en el palacio y buscar el lugar donde lo llevaran a cabo, pero no tenía poder suficiente como para mantenerlos ocultos de la vista y del oído tanto tiempo. Y aunque cometieran la estupidez de quedarse allí y esperar unos días para regresar a Lykos, también dudaba de que pudiera sostener las burbujas de sombras alrededor de tres personas el tiempo suficiente como para salir del palacio y ponerse a salvo donde fuera.

Y si se equivocaban y Cyndra no se encontraba en el palacio... Si se equivocaban y ya había embarcado rumbo al continente, también llegarían demasiado tarde.

—Ash... —musitó con cariño.

Cuando la agarró del hombro para darle apoyo, Ash se hundió un poco más y se replegó sobre sí misma. Ilian la envolvió entre los brazos, por detrás, y apoyó el mentón en su coronilla para protegerla de todo. Aunque no pudiera protegerla de su propia mente. A aquellas alturas, le sudaba todo el cuerpo y le costaba respirar, y, aun así, le daría su última bocanada de aire a ella si pudiera. No le gustaba verla tan afligida, por eso dijo:

—Puedo llevarnos al puerto y probar suerte.

No quería tener que cruzar el palacio entero con ella para que la viera muerta, porque sabía que la destrozaría. Le había propuesto ese salto aferrándose a la esperanza, y como mucho tendría para un par más, además del de vuelta a casa. Estaba rozando un punto de extenuación que pocas veces alcanzaba, y desde que la conocía había estado en ese borde en más ocasiones de las que recordaba. Pero por ella, se exprimiría un poco más.

—¿Y si no está allí…?

—Si no está… —Ilian tragó saliva—. ¿De verdad crees que podríamos llegar a tiempo? No sé dónde tienen lugar las ejecuciones, no puedo teletransportarnos allí directamente.

—Las ejecuciones se llevan a cabo justo después de la sentencia —masculló con voz muerta, y a Ilian se le heló la sangre.

—Vamos al puerto, Ash.

Temblorosa entre sus manos, Ash se giró hacia él, sus ojos dorados del todo acuosos, y asintió una única vez.

—Lo que te voy a decir es una soberana estupidez, pero descríbeme un punto exacto en el que aparecer.

Ash abrió los labios, sorprendida por su propuesta, y los volvió a cerrar antes de negar con la cabeza.

—Es pelig…

—Ash, con cada segundo que pasa, estoy más débil. No perdamos el tiempo.

Después de un minuto de descripciones apresuradas, sumado a lo que Umbra le había transmitido tras varios días de otear el paisaje de Kridia en busca de Cyndra, les pidió a sus sombras que dieran otro salto más encomendándose a los dioses. Rylen se había teletransportado a unos calabozos que no había visto en persona y no había salido mal, así que se aferraba a esa esperanza como quien lo hace a un clavo ardiendo. Y, después, saltaron a la callejuela que Ash aseguraba que casi siempre estaba desierta.

Ambos vencieron contra algo robusto, de madera, y cayeron al suelo en un revoltijo de astillas estallando por los aires, de gruñidos y manos que se buscaban, porque si la soltaba, perdería el control para ocultarlos. Habían caído contra un tonel, y aunque Ash se había llevado la peor parte, ambos estaban prácticamente ilesos. Raspaduras y cortes en las piernas y los brazos, pero nada preocupante. Corrieron para alejarse del estruendo, que había atraído la atención de algunos marineros y se detuvieron contra una pared para recobrar el aliento.

Ash se soltó de su mano y el corazón de Ilian se estrujó al romper el contacto, pero no pasaría nada por que ella se hiciera visible unos segundos, y así él tenía que realizar menos esfuerzo para ocultarlos a ambos.

—A lo lejos hay un barco, parece que zarpó hace unos minutos.

Ilian se acercó a ella y oteó la distancia. Apretando los dientes, asintió y le quitó la capa a Ash.

—¿Qué haces?

—Déjamela.

Ilian se cubrió con ella e hizo otra estupidez, una de tantas en aquella noche. Se asomó a la vía portuaria y miró a ambos lados. Había pescadores y marineros charlando, pero no demasiados, y los que quedaban estaban terminando de faenar aprisa, seguramente para sumarse a los festejos. Cogió aire y rompió la burbuja que lo protegía de la visión para llamar a su *Fjel*. Si le pedía a Umbra que saliera, en su interior quedaría un hueco vacío, siendo su compañero lo último de oscuridad que le quedaba.

Ash ahogó un jadeo y se colocó a su lado, pero Ilian la refugió tras su cuerpo. Era noche cerrada, estaban en un callejón, y la camisa blanca y la piel clara de Ash podrían destacar demasiado, no como sus ropajes de un negro profundo y su piel morena resguardada todo lo posible por la capa. Umbra voló lo más lejos que pudo, raudo como un rayo, y dio una vuelta por encima del barco antes de regresar hasta su compañero y hundirse de lleno en su pecho. Ilian trastabilló por la violencia del empuje y aspiró con profundidad, porque había sido como recibir un mazazo. Ambos se escondieron en las sombras entre los edificios y Ash lo observó, esperanzada.

Ilian se tomó unos segundos para comprender lo que había divisado Umbra y tragó saliva. Despacio, deslizó los ojos hasta los de Ash, sin saber qué decirle. Porque no estaba seguro de lo que había visto. A esa distancia, cuanto más lejos volara su compañero, con el bajo nivel de sombras que le quedaban dentro, los sentidos de Umbra no eran fiables. Las imágenes que acudieron a su mente estaban borrosas, y la joven que quizá fuera Cyndra bien podría no serlo, porque no cuadraba con los recuerdos que tenía de ella. Era más enjuta y delgada, y sus cabellos no eran blancos con las puntas azules, sino rubios. Cualquier elfo de luz podría encajar con esa descripción, porque no había podido verle la cara. Pero, al mismo tiempo, tenía el pálpito de que era ella, aunque algo cambiada.

No obstante, no quería darle falsas esperanzas, ni tampoco podía mentirle.

—Umbra no ha visto nada concluyente.

Ilian fue consciente del momento en el que el mundo de Ash se derrumbó por segunda vez en esas semanas, y se odió por ello.

—Eso no significa que no esté allí —se apresuró a decir—. Podría estar bajo cubierta. Lo único que podemos hacer ahora es buscar la documentación de la sentencia.

Lo último lo dijo a la desesperada, en parte con la esperanza de que accediera a postergarlo para el día siguiente. Buscarían a Rylen y lo involucrarían en los planes, que era lo que tendrían que haber hecho desde un primer momento, aunque él hubiera propuesto lo contrario por temor a la negativa del rey.

—Vale, sí, no tiene por qué significar nada malo —dijo Ash con una entereza que no se creyó. Le dio la sensación de que pronunciarlo en voz alta hacía que le sonara más real, así que él se sumó a esa convicción dándole la razón—. ¿Crees que podrías hacer un salto más?

Ilian frunció el ceño y apretó los labios. No estaba convencido de poder realizar ese y luego otro que los llevase a la otra punta de la isla.

—Puedo dar un salto más, pero si lo hago, no llegaríamos a Lykos. —Ash se llevó las manos al pecho, consternada y con la mirada alicaída—. Podría llevarnos todo lo lejos que consiga y, desde ahí, improvisar. Pero me quedaría a cero, Ash. Y ese «todo lo lejos» bien podría ser el lugar de la emboscada, porque no conozco ningún otro sitio más cercano. Y, aun así, tengo mis dudas de poder llegar hasta allí.

—¿Qué pasa si quieres ir más lejos de lo que puedes?

—Que apareces donde sea en esa ruta.

—¿Estás dispuesto a correr el riesgo?

—Con tal de conseguir que no llores más, sí —murmuró con cariño.

Ash entreabrió los labios un instante y, después, se puso de puntillas para capturar los de Ilian. Apenas fue un beso fugaz, un instante que se desvanecería en todos los momentos que habían compartido, y que, aun así, él sabía que atesoraría durante mucho tiempo, porque era fruto de la necesidad y el agradecimiento.

En cuanto se separaron, Ash lo miró a los ojos con esos dos pozos dorados brillando un poco menos, sin querer llorar.

—Prometo no llorar más —le aseguró con una sonrisa triste—. Puede que mi tutor o mi hermana estuvieran en el juicio. Tal vez... Tal vez ellos... Podrían saber algo.

Ilian respiró hondo, porque de ser así, eso supondría deambular por el palacio. Y tenía la sensación de que iban a necesitar de sus dotes de espionaje para que no los vieran. La situación se iba a complicar, lo mirara por donde lo mirase.

—El pasillo del ala familiar es el punto más seguro, porque lo conozco mejor.

Ash asintió tragando saliva y le dio la mano justo antes de realizar el que podría ser el último salto.

97

Aparecieron sobre el suelo enmoquetado, sin caer estrepitosamente desde un tejado y sin embestir ningún tonel. Un traslado limpio, aunque había dejado a Ilian para el arrastre. Venció un poco hacia ella y Ashbree asumió parte de su peso cuando una pierna le falló, pero se recompuso con rapidez, haciendo acopio de toda la estoicidad que pudo. Ambos miraron a su alrededor, sin saber bien a dónde ir. Y era ella la que debía tomar la iniciativa.

Al igual que antes, el ala estaba desierta. No había ni un solo guardia imperial velando por la seguridad de la familia, lo que solo podía significar que no iba a obtener respuestas ahí.

Inspirando hondo, e ignorando la puerta de sus aposentos entreabierta, fue a caminar en dirección a las zonas principales del palacio cuando oyeron el chasquido de una puerta al abrirse. Ambos se pegaron a la pared, como si así fuesen a evitar ser vistos. Como si los dos hubieran olvidado que estaban envueltos en sombras, en realidad. Se mimetizaron con los claroscuros a la espera de comprobar quién deambulaba por el ala privada. Y entonces vieron ante sí a un imponente berserker de más de dos metros de alto y cabellos y barba cobrizos que se detuvo en el umbral para mirar una última vez al interior de la habitación de su hermana Kara.

—Os traeré algo. No tardaré —le dijo con un acento profundo.

El corazón se le estrujó en el pecho cuando, justo antes de que cerrara tras de sí, escuchó un trémulo «gracias» que reconoció. Por un instante, se preguntó si habrían estado allí todo ese tiempo, si su hermana mantendría una relación tan íntima con un berserker como para haberlo invitado a su dormitorio sin carabina y un millón de preguntas más que deberían esperar.

El berserker recorrió el pasillo con un paso extraño, como si tras sus pisadas hubiera algún chasquido metálico que no consiguió ubicar, porque no era el característico de las armas al entrechocar. Ambos contuvieron el aliento cuando pasó frente a ellos y, después, se perdió de su vista pasillo abajo.

Ashbree se acercó a Ilian para susurrarle al oído.

—Mi hermana está ahí, seguro que sabe algo. No puedo desaprovechar esta oportunidad.

—Pero si te ve...

—Lo único que me importa ahora es saber qué le ha pasado a Cyndra.

Lo vio juguetear con el aro del labio un par de segundos en los que su vista se clavó en la puerta que acababa de cerrarse y luego asintió.

—Deja la puerta abierta, entraré contigo y estaré a tu lado.

—Gracias.

La sensación aterciopelada abandonó su cuerpo cuando las sombras se alejaron de ella y únicamente envolvieron a Ilian. Consternada, parpadeó hasta que su cerebro se habituó a esa ausencia de compañía gracias a la caricia en la mejilla marcada que Ilian le regaló.

Sin perder más tiempo, corrió hasta la puerta de Kara. Dudó un segundo antes de poner la mano sobre el pomo, pero no podía seguir haciendo que Ilian exprimiera su poder. Entró en la antesala con decisión y Kara se giró hacia la puerta, extrañada.

Verla con el parche en el ojo fue un doloroso recordatorio de todo lo que había pasado, de lo mucho que su vida había cambiado en poco más de mes y medio, y sintió las lágrimas al borde. Pero no podía llorar más. Porque la que lloraba desconsoladamente era su hermana, cuyo rostro rosado estaba surcado por las lágrimas y el maquillaje corrido.

—Ashbree... —musitó, como si estuviera ante una aparición—. ¡Ashbree!

La heredera puso los ojos como platos ante el grito y la acalló como pudo, tapándole la boca con la mano cuando su hermana se abalanzó sobre ella y casi cayeron al suelo. Consiguió contener el entusiasmo de Kara a duras penas, que balbucía contra su mano mientras la apretaba con tanta fuerza que parecía imposible.

—Kara, escúchame. No tengo tiempo.

—¿Qué? ¿Por qué? ¿Sabes lo de...?

Su rostro pasó de la alegría espontánea a la tristeza y Ashbree lo sintió como una daga hurgando en su pecho.

—¿Qué, Kara? —la alentó a continuar—. Si sé, ¿qué?

—Cyndra... —balbuceó, y el mundo empezó a engullirla sin siquiera haber oído nada más.

—Dímelo, Kara —suplicó—. Por favor.

La voz se le quebró tanto que Kara sollozó. Agachó la vista, incapaz de mirar a su hermana a la cara.

—Padre la ha condenado a muerte.

Y todo se tambaleó.

Las piernas le vencieron y cayó de rodillas al suelo. Kara gritó por la impresión y amortiguó parte de la caída, pero ningún dolor se podría asemejar al que sentía en el pecho. Era supurante, un fuego incandescente que se hizo con su control y que creó destellos negros en su visión periférica.

En la mente de Ashbree tan solo se repetía una y otra vez el eco de las palabras de Kara, que la engullían, inclementes: «Padre la ha condenado a muerte».

Muerta.

Muerta.

Cyndra estaba muerta.

Su hermana de batallas, muerta.

Su mundo, muerto.

Jamás pensó que un pecho pudiera contener todo el vacío del universo, y ella lo experimentó en sus propias carnes.

—Respira —le susurraba Kara, porque no sabía que había contenido el aliento.

La bocanada profunda que dio, el gemido lastimero que escapó de sus labios, quedó eclipsado por la voz de un varón.

—Ashbree —jadeó él.

Todo convulsionó de nuevo al reconocer el timbre de Arathor.

Despacio, miró por encima del hombro hacia la figura plantada en medio del umbral, con la armadura reglamentaria del ejército y los cabellos rubios agitados. Sus iris verdes brillaban con esperanza e ilusión, y Ashbree solo pudo desear que esa emoción no estuviera exaltada por la sentencia a Cyndra.

—Lárgate, Arathor —masculló su hermana con una rabia que no le había oído nunca.

Él parpadeó con consternación y luego la ignoró. Raudo, Arathor miró hacia el pasillo y su rostro se transformó en la dureza autoritaria propia de su rango. De grandes zancadas, entró en los aposentos y agarró a Ashbree por el brazo para levantarla.

—Vámonos.

—¿Qué dices? —preguntó Kara por ella—. ¡Déjala!

Ashbree estaba demasiado consternada como para comprender lo que sucedía. Lo único en lo que podía pensar era en el rostro de Cyndra, en sus facciones redondeadas a la par que fieras, en la ristra de pequitas que le plagaba la nariz. En su sonrisa ancha que no le pegaba nada con ese ceño fruncido tan a menudo. En la alegría que desprendía cuando se encontraba a su lado. En las risas que compartían juntas y que jamás volverían a compartir.

Se había dicho que no lloraría más, y si no se deshizo en lágrimas en aquel instante fue porque Ashbree Aldair se quedó yerma por dentro. Una cáscara vacía que creía que nunca más albergaría vida. Por lo tarde que había llegado. Por lo estúpida que había sido al retrasar el momento de ir a buscarla.

Aquello era su culpa. Sus manos estaban manchadas con la sangre de Cyndra, y no había hecho falta que ella fuera la ejecutora. Jamás podría terminar de limpiárselas.

No fue consciente de que Arathor tiraba de ella con violencia, arrastrándola hacia los dioses sabían dónde, ni de cómo Kara forcejeaba con él entre gritos de que no la tocara. Y debió de conseguirlo, porque sus piernas vencieron de nuevo.

Lo único que Ashbree podía mirar era la alfombra espesa de las dependencias de su hermana. La acarició, como buscando sentir algo agradable entre la tormenta que se gestaba en su interior.

No supo bien por qué Kara chillaba de horror de repente, pero sí vio una mano fuerte y morena apareciendo en su campo de visión. Su instinto le gritó que se aferrara a ella como a un tablón a la deriva, pero no tuvo tiempo, y antes de poder alzar la vista siquiera, había desaparecido.

Como todo lo bueno de su vida.

98

Ilian esperó mientras el mundo de Ash se derrumbaba; esperó porque comprendía que necesitaría unos minutos con su hermana, para llorar a Cyndra. Daba gracias por no haberle dicho que tenía la sospecha de haberla visto en el barco, porque la habría destrozado. Y aun así, a pesar de haber escuchado la condena de labios de Kara, continuaba con la sensación de que la joven que había visto *sí* podría ser Cyndra, de que tal vez no estuviera todo perdido.

No obstante, no tuvo tiempo para pensar nada más cuando un varón apareció en el umbral. Permaneció expectante, preparado para lo que fuera, porque Ash había demostrado conocerlo, y no quería arrancarla de las manos de sus amigos cuando acababa de perder a su hermana de batallas. Así que cogió aire y jugueteó con el aro del labio mientras el varón se acercaba, aunque nada en su porte le gustara.

Al principio, se mantuvo al margen porque quería comprobar si allí tendrían a otro aliado en caso de necesitarlo. Lo reconoció como el varón que había ido en busca de Ash a los calabozos de Milindur, y se preguntó si él sería el amante del que ella le había hablado. Por mucho que aquel pensamiento revolviera algo en su interior, si era él, podría llegar a ayudarlos. Entonces, el varón empezó a arrastrarla por la habitación, sin importarle que ella apenas se hubiera puesto en pie ni que Kara forcejeara con él, y no pudo seguir manteniéndose al margen.

Soltó el cierre de la capa, para darse amplitud de movimientos, y se abalanzó sobre él con toda la rabia que llevaba más de un mes acumulando, con todo el odio por las palizas y las torturas recibidas, por la denigración y la burla, las lapidaciones y los desplantes a Ash. Todo lo que le habían hecho en su cautiverio se asentó sobre sus hombros y tuvo que luchar contra el resquicio de sombras que le quedaba y que le pedía que lo matara directamente. Porque necesitarían esas sombras para huir. Así que se limitó a empujarlo para que la soltara.

El grito de Kara fue de horror absoluto, pero no le importó. El varón, Arathor, dio un paso atrás e Ilian se giró para buscar la mano de Ash y llevársela de allí, a donde fuera, no le importaba. Rylen podría haberlos sacado de Kridia sin tocarla, pero él necesitaba el contacto. Se inclinó hacia delante, porque las piernas de Ash habían vuelto a fallar y había acabado en el suelo, y entonces le devolvieron el empujón.

Ilian trastabilló, y cuando miró a su atacante, este ya tenía una espada desenvainada y lo encaraba con porte amenazador. Se había colocado frente a Ash, escudándola con su cuerpo. Sin perderlo de vista, Arathor se giró lo suficiente como para agarrar a Ash del brazo y tirar de ella. Vio los dedos incrustados en la piel de la heredera, como garras, y la respiración de Ilian se volvió superficial. Se midieron mutuamente, con la tensión crispándoles los nervios, mientras Arathor intentaba alzarla de malas formas. E Ilian empezó a sentir que estallaría en cualquier momento.

—Levántate ya —masculló Arathor.

No le gustó la acritud en su voz, ni la condescendencia con la que la trató. No quería iniciar un combate, porque sabía que a Ash no le gustaría, así que se mantuvo quieto, por mucho que no fuera lo inteligente, con las manos apretadas en puños. Arathor la sacudió con violencia y Kara lo agarró del hombro.

—Arathor, le vas a hacer daño —murmuró su hermana, sin dejar de llorar.

—Espabila, joder. —La zarandeó de nuevo, intentando alzarla del suelo, pero sin perder detalle de él. Se le resbaló el agarre sobre su brazo cuando casi estaba en pie y Ash cayó de rodillas—. Kara, sal de aquí.

Pero Kara estaba rígida, mirándolos de hito en hito. Aquellos segundos se dilataron como si fueran minutos. Entonces Arathor hizo amago de volver a agarrarla e Ilian no pudo mantenerse callado.

—Si vuelves a tocarla, estás muerto —gruñó, con los labios crispados por la rabia y voz carente de vida.

No quería matar a quien había pensado que sería un amigo de Ash, pero ningún amigo trataba así a nadie que estuviera en *shock*. Arathor abrió los labios, estupefacto; entonces comprendió que lo que Ilian pretendía era protegerla de él y enfureció.

Ilian apenas si pudo reaccionar cuando el varón se lanzó hacia él. Desvió la acometida de la espada con las placas de acero negro de sus guardabrazos, y tuvo que recurrir al mismo movimiento para la segunda. Aquel varón era rápido, un espadachín, a juzgar por cómo se movía. No poseía los primeros indicios de fuerza inmortal, pero estaba cerca. Lo notaba en la fiereza de sus embates, en cómo no le daba ni un solo segundo de tregua ni aliento.

El Efímero reculó mientras buscaba un hueco que le confiriera el tiempo suficiente como para desenvainar un arma, la que fuera. Los antebrazos le chillaban ante el cuarto bloqueo y sentía la piel abierta incluso a pesar de la protección de los guardabrazos. No llevar la armadura de placas había sido lo más inteligente para una misión de espionaje, pero no para un enfrentamiento a espada y tan directo, y se maldijo por ello al echar de menos la seguridad que confería el metal sobre su cuerpo.

Sin ceder, gruñó por el esfuerzo, porque estaba demasiado agotado, cuando por fin previó un cambio en su cadena de ataques. Esquivó el barrido alto del acero de Arathor rodando por el suelo, lo que le otorgó una necesitada distancia. Se puso en pie casi al mismo tiempo que desenvainaba la espada y su daga predilecta.

Ilian y Arathor se enzarzaron en un baile experimentado de metales entrechocando, chispas saltando y tajos que no encontraban carne. Aquel varón sabía lo que se hacía, era experto en su orden e Ilian no creía que fuera a conseguir contenerse para no matarlo en deferencia a Ash, no con el instinto de supervivencia gritándole al oído a causa de lo mucho que había tenido que exprimirse, algo que lo drenaba también a nivel físico.

—¡Ash! —la llamó entre golpe y golpe, porque una retirada a tiempo era lo más inteligente.

Arathor enfureció al escucharlo llamarla por aquel apelativo y soltó un rugido propio de los animales. A pesar de la rabia por lo que los suyos le habían hecho y por cómo Arathor había tratado a Ash, Ilian luchaba por no matarlo, porque había pasado demasiados años combatiendo contra la sed de sangre como para sucumbir a ella. Pero supo que había llegado el momento de usar todos sus esfuerzos para reducirlo.

Se convirtió en una fuerza imparable, desató todos sus siglos de supervivencia en el frente y en cuestión de segundos tuvo a Arathor perdiendo el combate. No pensó en nada que no fuera quitárselo de en medio y salir de allí con Ash. Distraía a Arathor con acometidas con la espada mientras que iba acortando el espacio entre sus cuerpos, y en cuanto encontró un hueco en su guardia expuesta, el brazo de Ilian voló aferrándose a la daga para clavarla en el espacio sin armadura bajo su axila. Solo que su oponente se movió justo a tiempo y no la hundió hasta el fondo.

Arathor profirió un alarido. Ilian siseó por ese error, fruto del cansancio, pero no pensaba detenerse. Aprovechó su estupefacción para empujarlo contra la pared. Arathor rebotó con un chasquido metálico. Ilian fue a dar el golpe de gracia, a cortarle la garganta, cuando un cristal de luz estalló bajo sus pies y lo cegó. No tenía sombras con las que protegerse de esas luces, así que fintó hacia atrás, por puro instinto, a tiempo de que la punta de la espada de Arathor impactara contra las placas de cuero de su abdomen.

Rajó la tela y sintió la carne abriéndose por debajo, trastabillando hasta caer al suelo de espaldas. Siseó más por la frustración que por el dolor en sí, porque no había llegado profundo. Rodó sobre la alfombra un par de veces más, poniendo distancia entre ambos, sin ver aún. Y cuando pudo abrir los ojos de nuevo, Arathor volvía a estar sobre él.

Ashbree consiguió alzar la vista cuando Arathor gritó de dolor. El corazón se le estrujó en el pecho al ver a Ilian, implacable, luchando contra el comandante. No comprendía cómo Arathor seguía vivo enfrentándose al general de las tropas oscuras, y la única explicación que le veía era que Ilian estaría demasiado cansado después de haber exprimido sus sombras hasta la última gota.

Quiso ponerse en pie e interceder, detener aquello. No odiaba a Arathor, a pesar de lo que había pasado entre ellos; no podía odiarlo. Había sido una parte muy importante de ella, uno de los pocos pilares que conformaban su vida. Y habiendo perdido a Cyndra...

Ilian detuvo los golpes de Arathor casi a la desesperada, porque sus músculos no daban demasiado de sí. Esperó y esperó, midiendo los ataques de su contrincante mientras se movían al mismo son; dejó que creyera que lo tenía controlado, porque necesitaba encontrar el momento exacto para actuar. Ilian sabía que no le quedaban demasiadas oportunidades, y aquel varón empezaba a combatir con desesperación emponzoñada. Como si con cada nueva acometida se diera cuenta un poco más de que él había aparecido allí acompañado de Ash y no pudiera soportarlo.

Y entonces Arathor ejecutó el movimiento maestro: barrió con la espada de tal forma que su guardia quedó expuesta, e Ilian no dudó ni un segundo antes de colarse en ella y usar su segunda arma. Alzó el brazo para abrirle el gaznate rápido, con la daga que era una extensión de su propio brazo.

—¡No! —gritó Ash con desesperación.

Consiguió cambiar la trayectoria justo a tiempo para, en lugar de rajarle el cuello, abrirle la mejilla. Arathor dio dos pasos hacia atrás, pero Ilian no podía parar. Porque si paraba, su rival no cesaría. Ash no quería que lo matara, pero no podía marcharse sin más. Así que se abalanzó sobre Arathor, aprovechando la distracción que lo había llevado contra la pared, y le hizo una llave para desarmarlo. La espada cayó a sus pies con un sonido hueco por la alfombra. Después, un rodillazo en el centro del pecho. Aprovechó su estupefacción para encajarle un puñetazo en el pómulo. Y otro. Y otro. Hasta que lo tumbó al suelo y, desde ahí, siguió dando golpe tras golpe. Su rostro se desfiguraba bajo sus puños prietos, cuyos nudillos se habían abierto en carne viva y sangraban plateado, entremezclándose con el rojo de la boca de Arathor. Las gráciles facciones del espadachín se tornaron irreconocibles; aunque bloqueó los primeros golpes, se fue quedando laxo con cada nuevo impacto en el rostro con semejante furia.

Y entonces recordó a Rylen, recordó los años aprendiendo que la muerte no era la solución, y se detuvo.

Miró el rostro demacrado de Arathor unos segundos más, a horcajadas sobre él, calmando su respiración errática, con la visión teñida del rojo de la sangre enemiga, casi sin llegar a comprender por qué había tomado esa decisión.

Kara le había estado hablando mientras ambos varones se peleaban, desesperada por hacerla reaccionar, para que le pusiera fin a aquello de algún modo. Pero no tenía fuerzas. Hasta que entendió lo que su hermana le decía.

—Él. Él es el culpable —sollozaba sin cesar.

Con movimientos meditados, Ashbree miró hacia su hermana. El corazón le latía desbocado y creía que le partiría el esternón en cualquier momento.

—¿Q-qué...? —consiguió balbucear.

—Arathor es el culpable de que Cyndra esté muerta. Él hizo que la encontraran.

Con una rigidez inusitada, Ashbree miró hacia el frente, donde Ilian se había detenido, perdonándole la vida a Arathor por propia voluntad.

Ashbree se había quedado lívida, las lágrimas muertas en sus ojos, el pulso perdido y la respiración inexistente. El rostro de Arathor estaba irreconocible, no quedaba atisbo alguno de sus rasgos gráciles, supuraba sangre por cada una de sus numerosas heridas y sus labios estaban teñidos del plateado de los nudillos de Ilian. Había acabado contra la pared, recostado de cualquier modo, con su espada, aquello que lo convertía en comandante de la Orden de los Espadachines, a un palmo de distancia. Su insignia, perdida.

Resollando, Ilian contempló a Arathor unos segundos más, como luchando contra la niebla de la ira para no terminar lo que su cuerpo le pedía que hiciera. Hasta que se puso en pie, con movimientos rígidos, firmes.

Ella no conseguía reaccionar.

Asqueado por lo lejos que había ido, Ilian se puso en pie apretándose el vientre, que no dejaba de sangrar a pesar de que el corte no fuera profundo.

—Vives por ella —masculló con voz muerta y mirando a Arathor una última vez, que se movía intentando incorporarse patéticamente.

Le había perdonado la vida porque él ya no era así, y porque había intuido que aquel varón había sido importante para Ash.

Ilian se dio la vuelta para regresar con ella y sacarla de allí, y se quedó consternado apenas un segundo por el terror que vio en su hermoso rostro. Terror por él, por lo que había estado a punto de hacer, creyó.

—Ilian —jadeó Ash, un sonido apenas perceptible, atragantado y cargado de pavor.

Y ese segundo fue lo que bastó para que una presión lacerante le atravesara el vientre, despacio e inexorable. Tosió una vez a causa de la presión y el sabor de la sangre, su sangre, le invadió la boca. Las piernas le vencieron, carentes de cualquier fuerza de repente, y cayó de rodillas sobre la alfombra. El dolor estalló sin contención y le corrompió cada terminación nerviosa, cada fibra de su ser. El último resquicio de sus sombras, lo que le quedaba de su *Fjel*, bulló dentro de sí mismo, aterrado. Pero no había nada que Umbra pudiera hacer, tan maltratados como estaban ambos.

Cuando Ilian bajó la cabeza con la vista empañada por la negrura, para comprender qué había sucedido, una espada le sobresalía del cuerpo y Ash se desgañitaba gritando.

Había tenido la sensación de ver a Celes en el firmamento, un instante fugaz, antes de ser reemplazada por Artha. Y aunque fuera tarde, ahora lo comprendía, porque sería la diosa de la oscuridad la que le abriría la puerta de la morada de los dioses.

99

Un escalofrío le recorrió el cuerpo cuando Ilian se giró hacia ella y se enfrentó a su mirada. El horror le agrió el rostro al descubrir el tajo que le cruzaba el vientre entremezclado con la realidad de la condena de Cyndra. Pero no fue todo, porque Arathor, sin saber de dónde estaba sacando las fuerzas, se movió y empuñó la espada.

—Ilian —jadeó. Una advertencia desesperada, tan helada como permanecía, porque no podía creerse nada de lo que estaba pasando.

Él se quedó estático y no se percató de que Arathor se incorporaba y lo ensartaba en su espada sin titubear.

La carne se abrió ante la presencia de la hoja e Ilian se tensó. No profirió sonido alguno, estupefacto, y lo único que hizo fue mirar a Ashbree.

Su mundo por completo se tambaleó cuando Ilian lo hizo.

No era posible. Aquello no era posible. Arathor no lo había hecho.

Ashbree ni siquiera era capaz de parpadear, su corazón había dejado de latir, muerto en su pecho. Un rugido atronador le colmó los oídos en ese segundo eterno que se dilató como si fuera toda una vida; como si fuera la larga vida de Ilian despidiéndose de ella.

Él cayó de rodillas, y cuando miró hacia abajo y descubrió, con horror, que una espada le atravesaba el cuerpo, se desplomó del todo.

Algo primario explotó dentro de ella, su luz vibró con voracidad, con necesidad segadora, y profirió un alarido que hizo temblar los cimientos del edificio. Su corazón se resquebrajó por completo al ver el cuerpo de Ilian ahí tirado y su luz estalló por sí sola. Una flama blanca, prístina, la envolvió y supuró desde su piel hasta rodearle los músculos, la ropa, el pelo. El mundo revoloteaba a su alrededor como una llama que apuntaba a calcinarlo todo.

Había perdido a Cyndra.

Había perdido a Ilian.

E iba a perder a Arathor.

Porque cuando Ashbree se puso en pie, movida por ese fuego propio que le hervía las entrañas, lo hizo con una promesa de sangre.

—Te perdonó la vida —masculló.

Su voz sonaba animal, como añeja, un monstruo antiguo y primigenio, extinto. Kara sollozó y se alejó de ella, arrastrándose por el suelo, aterrada de la presencia incendiaria que sobrevolaba por encima de ella. No sabía de dónde salía aquella voz, aquella fiereza incombustible que evaporaba sus lágrimas antes siquiera de que se precipitaran, pero la dejaría arrasar con todo, porque solo podía pensar en el varón frente a ella.

Arathor se había incorporado sobre las rodillas como había podido, lo suficiente como para utilizar la espada. Terminó de ponerse en pie, tambaleante, con una mano bajo la axila, donde Ilian había clavado el filo, y con sangre roja y plateada chorreando de aquellos labios que tantas veces había besado. Que tantas heridas de su propia alma habían tratado.

—Es... Es el enemigo —balbuceó entre toses y burbujas sanguinolentas.

Tenía las pupilas dilatadas y sus ojos viajaban frenéticos por todas partes. Apretó los labios y reprimió un gemido extraño, aunque a Ashbree no le importó. ¿Cómo seguía en pie? Tampoco.

—¿Y Cyndra?

Arathor clavó los ojos en ella, que supo leer aquella mirada. Diez años daban para identificar hasta el más mínimo rasgo de los demás. Reconocimiento. Asunción de culpa.

Todo dejó de tener sentido en su mente, porque el odio emponzoñado de Arathor hacia Cyndra y hacia el «enemigo» lo había cegado. Porque sus ansias de hacerla de su propiedad, de convertirla en suya, se habían impuesto sobre cualquier raciocinio. Se suponía que él era un comandante, un varón versado en el arte del combate y de la conquista, y no había dedicado ni un solo segundo a plantearse por qué había aparecido ella acompañada del supuesto enemigo, de un único varón. No había dudado siquiera al atacarlo por la espalda cuando aquel ser bondadoso le había perdonado la vida. Ni se lo había pensado dos veces antes de delatar a Cyndra, sabiendo que era su hermana de batallas, por quien entregaría la misma vida gustosa.

Solo había pensado en él.

Y era hora de que ella también lo hiciera.

Así, sin más, una guadaña de luz salió de Ashbree y remató lo que Ilian no había podido hacer. La piel rosada del cuello de Arathor se abrió de un lado a otro, una sonrisa macabra, y empezó a llorar sangre con la misma violencia con la que lloraba su propio corazón muerto. Lo contempló mientras él boqueaba en busca de aliento, mientras se llevaba la mano al gaznate para contener la vida que escapaba de su cuerpo. En vano. Y la más sutil de las sonrisas se perfiló en una de las comisuras de Ashbree, dominada por completo por el odio y el resentimiento mientras Arathor se desplomaba contra la pared para deslizarse hasta el suelo. El dolor la embargó de repente por usar su don para dañar, pero se mantuvo estoica, a pesar de que era tan lacerante que le impedía respirar.

No importaba. No importaba nada. Arathor, quien había sido su amigo durante diez años; Arathor, quien había delatado a Cyndra y la había entregado a la justicia; Arathor, quien había matado a Ilian.

Esa realidad la golpeó con la devastación de un rayo y le permitió respirar de nuevo. El fuego blanco regresó a ella y recuperó la consciencia de su propio ser. Se dejó caer junto a Ilian. Sus manos se cerraron alrededor del filo que sobresalía de su abdomen para intentar contener la hemorragia. Lo hizo con violencia y necesidad, sin tacto, e Ilian profirió un gruñido que a ella le supo a gloria.

No estaba muerto, aún no.

Ashbree sollozó y buscó sus iris violetas.

—Te pondrás bien, lo prometo, te pondrás bien —repetía desolada.

Ilian tosió cuando esbozó una media sonrisa alentadora y sus labios se tiñeron del plateado de la sangre.

—¡Kara! —rugió ella, porque sola no podía hacerlo todo—. ¡Kara!

Su hermana apareció al otro lado del cuerpo de Ilian, con el rostro descompuesto y la piel carente de color. Su ojo se fijó en la sangre plateada que manchaba la alfombra, la pupila se le contrajo y Ashbree supo hacia dónde había ido su mente.

—¡Aprieta la herida! —No le hacía caso, embelesada por aquella fragancia dulce entremezclada con la ferrosa de la muerte de Arathor—. ¡Que la aprietes!

Kara obedeció, sin poder apartar la vista del líquido plateado.

La mano de Ilian le dio un apretón a Ashbree y, rauda, lo miró. Su respiración era trabajosa y sus ojos brillaban con las lágrimas contenidas.

—No, no, no —masculló Ashbree.

Su luz, tenía que usar su luz.

—Cyn... —balbuceó Ilian, pero se atragantó con una nueva tos y escupió sangre a un lado.

—Shhh... —lo consoló como pudo.

Se estaba muriendo demasiado rápido, ante sus ojos. Y aunque no era la primera vez que vivían una situación como esa, ahora Ashbree sentía que si Ilian moría entre sus manos, ella lo acompañaría detrás. No podría soportarlo.

—Ashbree, no para... —gimió Kara.

Ilian no dejaba de sangrar. Ashbree inspiró hondo y cerró los ojos. Las manos le temblaban demasiado incluso apretando la herida alrededor de la espada. Su propia sangre se entremezclaba con la de Ilian sobre su abdomen; se había cortado con el metal afilado.

Se concentró y su luz salió de sus manos en una cadencia lenta, exploratoria y sinuosa. Ilian gruñó de dolor y se movió lo suficiente como para sentir que sangraba aún más.

—¡No! —gritó, desesperada—. Sujétalo.

Su hermana asintió y se colocó junto a su cabeza para sujetarlo de los hombros, dejando de taponar la herida; Ashbree tenía la esperanza de valerse con su propia luz. Aunque el hecho de que Kara Aldair pudiera retener a un Efímero de casi quinientos años que poseía fuerza inmortal, permitía entrever la debilidad y la ausencia de aquellos atributos en Ilian.

—Quédate conmigo, ¿me oyes? No te atrevas a dejarme —lo amenazó Ashbree con una angustia que la dobló.

Tenía que concentrarse. Volvió a respirar hondo y su luz acudió en su ayuda sin titubear. Las dos necesitaban lo mismo: salvarlo con desesperación. Encontró las venas abiertas; eran demasiadas. Las cauterizó como pudo, y antes de darse cuenta, estaba resollando. Jamás había atendido una herida como aquella, que se reabría con cada respiración de Ilian. Y si sacaba la espada de doble filo, se desangraría en cuestión de segundos.

Ashbree le echaba un pulso a Celes y sentía que iba perdiendo centímetro a centímetro. Las lágrimas se precipitaban sobre el cuerpo cada vez más inerte de Ilian. Se le escapaba su vida entre los dedos y la impotencia fue creciendo hasta hacerle un nudo en la garganta, lo único que impedía que el contenido de sus tripas se vaciara por los nervios.

Se decía que solo necesitaba ganar algo más de tiempo para pensar y ponerlo a salvo. Pero cuando Ashbree fue consciente de que no tenían a dónde ir, un nuevo sollozo le sobrevino y le enturbió la visión tanto que tuvo que limpiarse las lágrimas en el hombro. Fue entonces cuando se dio cuenta de que tenía las manos empapadas de sangre, las rodillas, las piernas, la ropa. Todo estaba teñido de plateado.

El pecho de Ilian apenas subía y bajaba, parpadeaba con pesadez y casi ni conseguía mantener los ojos abiertos.

Ashbree supo que había llegado el momento, a pesar de estar exprimiendo su luz sobre su cuerpo.

El corazón se le estrujó tanto que creyó que le desaparecería cuando se arrastró hacia su rostro.

—No... —gimió, un sonido lastimero propio de una criatura apaleada.

Porque así se sentía ella.

Destrozada, arrasada.

Quebrada.

—No, por favor...

Los ojos de Ilian consiguieron encontrarla entre la neblina de la muerte y sonrió débilmente cuando Ashbree le apartó unos mechones revueltos del rostro, sudorosos y pegados a su frente, dejando un rastro plateado sobre su piel cenicienta a medida que lo tocaba. Se empapó de sus facciones fieras, de la forma que tenía de arquear una comisura, del pendiente del labio, del de la nariz, del de la ceja; de todos y cada uno de ellos. Lo contempló como si dispusiera de todo el tiempo del mundo con la esperanza de grabar su imagen en su memoria para siempre, que pudiera acompañarla durante sus siguientes minutos de vida. Porque en cuanto Ilian espirara su último aliento, ella buscaría su daga curva y terminaría aquello.

No merecía la pena vivir en un mundo en el que le habían arrebatado lo único verdaderamente bueno que tenía y que había atesorado por lo que eran para ella, por la impronta que le habían dejado.

Su hermana de batallas.

La promesa de su primer amor.

Ilian alzó la mano y Ashbree lo ayudó a llegar a su rostro. Su piel, por lo general cálida para combatir el frío de Lykos, estaba terriblemente gélida, y Ashbree se atragantó con un llanto desconsolado. Negó con la cabeza, murmurando un «no» tras otro.

—Shhh... —susurró Ilian.

—Quédate conmigo —masculló, con la voz arrastrada—. No me dejes, quédate conmigo. Por favor, por favor, *por favor.*

Una lágrima resbaló por la sien de Ilian y Ashbree se rompió un poco más. Sintió sus dedos acariciándole la piel de la mejilla marcada, incapaz de dejar de mirarse a los ojos. Como si así fueran a olvidar que uno de los dos se estaba muriendo.

Sabiendo que contener la hemorragia no estaba sirviendo, Ashbree se inclinó sobre él, para sentirlo pegado a ella, ya que incluso los centímetros que los separaban la estaban matando. Sus frentes se encontraron porque necesitaba embeberse de aquel gesto tan íntimo entre los elfos de luz. Hasta entonces, siempre había sido él quien juntaba sus pieles, sin saber lo que significaba para ella. Pero en aquel momento, se rindió a lo que sentía su corazón y lo miró fijamente, compartiendo la respiración, fundiéndose en un único ser con toda la confianza que reunía su cuerpo. Porque entonces supo que entregaría su propia vida con tal de salvarlo.

—Estás aquí... —le susurró, unas palabras que cerraban el vínculo que iniciaba el contacto de sus frentes y que jamás se había atrevido a pronunciar.

—Estoy aquí —masculló él.

Y el corazón de Ashbree se rompió en mil pedazos por lo moribundas que sonaban sus palabras. Porque aquella era la respuesta que debía darse cuando un elfo de luz se abría de aquel modo, cuando se lanzaban la promesa de que estarían hasta el final con la otra parte, a esa distancia ínfima en la que no había nada que esconder. No sabía cuándo, pero él debía de haber investigado sobre las tradiciones yithianas, y aquello la destrozó por dentro.

Ilian apretó los ojos y tragó saliva antes de toser de nuevo y que sus labios se empaparan de sangre. Cuando volvió a abrirlos, Ashbree supo que esos iris violetas estaban perdiendo su chispa; que se aferraba a ella con fuerzas y no había nada que pudieran hacer.

Quince años de impotencia se recargaron sobre sus hombros y se odió en lo más profundo por no poder hacer nada más. La gente a la que quería moría, y ella solo podía limitarse a asumir esas consecuencias. No era justo.

Pero la muerte nunca es justa. Tan solo reclama y equilibra la balanza.

—Durante casi quinientos años —tomó aire con esfuerzo—, he luchado por unos ideales en los que me han enseñado a creer. Sin entenderlos, sin compartirlos del todo. Solo siguiendo la idea del «bien». —Tosió y Ashbree se atragantó con las lágrimas al verlo luchar contra la sangre en la garganta para seguir hablando—. Tú eres el bien, y has sido la esperanza que tanto buscaba. *Mi* esperanza —susurró Ilian, apenas un hilo de voz que le atravesó el pecho con la misma violencia que el arma que le estaba arrebatando la vida. Ashbree sollozó nuevamente, rompiéndose con cada lágrima que escapaba de su cuerpo—. Y aun sabiendo lo que me deparaba el futuro, me habría dejado capturar mil veces más con tal de conocerte.

Ese nuevo susurro sonó más débil que el anterior y Ashbree negó con la cabeza. No quería despedirse de él, no *podía* despedirse de él. Se negaba a que su historia terminara antes incluso de empezar; se negaba a que no hubieran tenido tiempo para conocerse de verdad; se negaba a que solo hubieran compartido un instante de calma; se negaba a perderlo.

No podía.

Se inclinó hacia él rápido y lo besó con fuerza, un gesto desesperado que desgarró todos sus sentimientos. Los labios de Ilian respondieron a los de ella en un suspiro, pero lo único que Ashbree pudo pensar entonces fue en la exuberancia del sabor rico de su sangre. El estallido fue instantáneo, pero lo desvió lo suficiente como para que no fuera lujurioso, como la última vez, sino necesitado, renovado. Su luz vibró con intensidad y volvió a estallar, tomando el control de sus decisiones.

Se sintió poderosa como no lo había hecho nunca. Capaz de controlar no solo su propia luz, sino la noche natural que los envolvía.

Kara jadeó por la impresión cuando vio el espectáculo a su alrededor. Los últimos resquicios de las sombras de Ilian se desprendían de su cuerpo ante un solo pensamiento de Ashbree. Y ni siquiera había sido consciente de haber tomado esa decisión.

Su luz, que llameaba en torno a su cuerpo, se entremezcló con esa oscuridad y Ashbree siguió bebiendo de los labios de Ilian, literalmente, extasiándose de aquel sabor potente que corría por sus venas. Pero Ilian ya no respondía al beso, sus labios inertes por completo.

Se había acabado.

Todo había acabado.

Se separó de él como si le quemara, y sus manos volaron hasta donde segundos antes habían estado conteniendo la hemorragia. Ilian no podía estar muerto. No podía morir ayudándola en una misión suicida. No podía haber perdido la vida, después de quinientos años luchando por la paz, por un acto estúpido fruto del...

Ashbree se negó a terminar ese pensamiento por lo mucho que dolía y se centró en lo que necesitaba.

Extendió las manos frente a sí y la oscuridad latente revoloteó a su alrededor, se conformó en una bola que adquirió los contornos de un cuervo diminuto, apenas un polluelo desplumado y malherido cuya respiración trabajosa sugería que la oscuridad también estaba muriendo. Se acercó el animalillo a los labios, el cuervo que minutos antes había visto saliendo de Ilian, y depositó un beso sobre su cabeza emplumada antes de apretarlo de nuevo contra el pecho de Ilian.

No sabía qué estaba haciendo en realidad; no sabía cómo

había reclamado las sombras ni cómo había convocado a aquel ser, pero impidió que se desvaneciera en la nada para siempre envolviéndolo en una salvaguarda de luces y se lo devolvió a Ilian. Después, regresó a la herida. El poder desatado de sus venas detuvo la hemorragia. Deseó haber llegado a tiempo, lo deseó con todas sus fuerzas, pero no podía saber si se había cumplido, porque él había dejado de besarla.

Había dejado de besarla, y tuvo que contener un nuevo sollozo ante aquella certeza.

Cerró los ojos con fuerza y exhaló una bocanada de aire mientras sentía su poder emanando de sí. A través de su don, percibía el último coletazo de las sombras de Ilian alteradas dentro de él, desperdigadas, nerviosas y sin saber qué hacer. Algo en su subconsciente le decía que si no se habían desvanecido ya, atraídas por la muerte, era porque ella las retenía en contra de su voluntad. Y, así, les pidió que bombearan el corazón muerto como sabía que las sombras del rey hacían por él. Fue como parpadear, que ni siquiera requiere de un pensamiento para que suceda, y la oscuridad respondió ante ella. Mientras Ashbree contenía la hemorragia, las luces y las sombras masajearon el corazón del Efímero desde dentro, con la esperanza de que cuando se detuvieran, el órgano bombeara por sí solo.

Buscó el rostro de Ilian, deseando que esos fieros ojos violetas la observaran con altanería, pero permanecían cerrados. Y sabía que no se iban a abrir nunca más. Lo sabía porque percibía el tirón de su don con cada nuevo apretón que ejercía sobre el corazón, que no respondía por sí mismo.

Ya no sentía la atracción de lo opuesto. No encontraba a su afín.

Desesperada, como si su hermana fuera a ofrecerle solución alguna, desvió la vista hacia ella. Kara tenía la mirada desencajada, parpadeaba con horror ante el espectáculo que se gestaba sobre Ashbree, un fuego blanco que le agitaba y quemaba parte de los ropajes y que había deshecho su trenza.

Con cada segundo que pasaba, el efecto de la sangre plateada se desvanecía, y apenas tenía consciencia sobre sus propias decisiones como para razonar contra la estupefacción. No sabía qué hacer. Se sentía perdida y no se atrevía a escuchar a su parte de sanadora, que le gritaba, cada vez más desesperada, que en cuanto el masaje cardiaco cesara, aquel órgano no volvería a palpitar. Que estaba muerto.

Ilian estaba muerto.

Pero se negaba.

No podía hacer aquello sola, no podría sobreponerse sola, y su hermana no era la solución desesperada que necesitaba.

La estancia vibró por la oleada de dolor arrasador que la atacó de repente y le hizo gritar de impotencia, sin cejar en su empeño de reanimar el corazón. A Ashbree la sangre le latía rápido en las venas, poderosa e incontenible. Tenía que usar cada fibra de concentración para que nada se desatara y acabara derrumbando el palacio sobre ella, tan poderosa se sabía.

Se encontraba en la quebradiza fragilidad de la destrucción. Porque se sentía destrozada y el don respondía a sus emociones.

Cuando miró a Kara de nuevo, lo hizo con una determinación asfixiante.

Solo le quedaba una solución. Una desesperada y que podría culminar con su propia muerte. Y no le importó, porque ya había perdido a Cyndra. E Ilian...

No tenía nada que perder, ya no.

Le lanzó un último vistazo a Arathor, que había muerto sin que nadie lo llorara, y luego a Kara. Le dedicó lo que creyó que era una sonrisa amable y cariñosa, sin parar de brillar y oscurecerse, sin que su don dejara de pulsar a su alrededor, un latido rítmico y amenazador.

—Te quiero, Kara. No lo olvides.

Después, miró a Ilian, sus ojos cerrados y su pecho estático. Pero Ashbree seguía bombeando su corazón, y mientras siguiera haciéndolo, para ella no estaría muerto.

Cerró los párpados, inspiró hondo y evocó en su mente el lugar al que quería teletransportarse. Ni siquiera sabía si él estaría allí, y no pudo preocuparle menos. Porque con la desesperanza recorriendo sus venas en lugar de la sangre, no había lugar para el raciocinio. Los recuerdos acudieron a ella en tromba, con aflicción absoluta, y cuando volvió a abrir los ojos, un mar de luces aderezadas con sombras los envolvía a ambos.

Ashbree rezó a todos los dioses para que la ayudaran y consiguiera llegar a donde quería. Para que consiguiera llegar junto al único ser en toda la isla que podía salvarla de la desesperación; que podía desafiar a la muerte y vencerla.

Porque ya lo había hecho antes.

Y necesitaba que lo hiciera otra vez.

Por Ilian.

No le importó sumergirse en una nada etérea colmada de luces y sombras que la engulló al interior de los confines de la existencia. Y si después de aquello desaparecía para siempre, erradicada por un poder que desconocía, lo haría en paz. Porque aunque Ilian le había confesado que ella había sido su esperanza, Ashbree no había conocido el significado de esa palabra hasta que aquellos Efímeros irrumpieron en su vida.

Ellos merecían cualquier riesgo.

Cualquier lucha.

Y cualquier sacrificio.

Epílogo

Había un miembro de la familia Aldair que había eludido lo que otros consideraban sus obligaciones. Siempre lo había hecho así y nunca le había importado. Pero aquella noche lo había necesitado con más fuerzas de lo habitual.

Odiaba verse rodeado de masas. Verse rodeado, en general. Y tener que asistir a los actos oficiales drenaba parte de su existencia. Si a eso había que sumarle que el palacio estaba atestado de desconocidos y de la presencia berserker, Mebrin había hecho todo lo posible por volverse invisible las últimas semanas. Ya le resultaba complicado sobrellevar el día a día en un entorno lleno de nobles y cortesanos que lo juzgaban y despreciaban, que no hacían nada por comprenderlo, como para encima sumarle el desdén de una potencia como los hombres y mujeres de Korkof.

Se dirigió al único lugar en el que conseguía respirar últimamente, ese espacio que, en silencio, había compartido durante un tiempo con su hermana mayor. La relación que tenía con Ashbree había cambiado con los años, motivado por el rechazo de la adolescencia. Con una diferencia de edad de diez años entre ellos dos, había terminado encontrando en Kara una figura mucho más afín. Porque aunque Ashbree nunca le hubiera recriminado su mutismo habitual y respetara sus limitaciones, no lo había hecho con la misma comprensión que Kara. La segunda de los Aldair no tenía grandes pretensiones en la vida más allá de encontrar amor, y Mebrin hallaba paz en esa falta de ambición, todo lo opuesto a lo que era Ashbree.

Podía comprender por qué la heredera era así; por qué la habían convertido en eso, en realidad. Hasta él mismo era consciente de ello. Y aunque la extrañara, no lo hacía con la intensidad apropiada teniendo en cuenta que su hermana estaba en paradero desconocido. A Mebrin no le preocupaba esa falta de empatía, como decía su padre, porque él veía el mundo desde un ángulo diferente que solo Kara se molestaba en comprender. Por eso había necesitado escapar del salón del trono, porque su hermana, el único flotador al que podía aferrarse en cuestiones sociales, había estado demasiado ocupada con el embajador berserker.

Mebrin tenía muchos defectos, pero una de sus virtudes era el ojo observador. Desde su papel de varón invisible, que no despertaba el interés de ningún cortesano en búsqueda de un compromiso beneficioso, veía cómo su hermana miraba al embajador. Y, sobre todo, cómo la miraba él. Aunque él no entendiera nada del amor, sí lo hacía del enfado. Comprobar que Kara ya no le dedicaba tanto tiempo, que se había alejado de él, rompiendo sus rutinas y su estabilidad, desbarajustaba todos sus esquemas. Y ni siquiera quería pensar en qué podría significar ese acercamiento entre la joven y el embajador.

Lo único en lo que podía pensar era en recobrar estabilidad. En huir de los estímulos auditivos, de la hipersensibilidad que le generaba estar en un salón del trono atestado de cristales de luz para que no se colara ni una sombra. Había conseguido escapar del bullicio sin que nadie le tocara, sin un roce furtivo, y aun así sentía la piel erizada y sensible a su propio tacto. Y el único refugio a su disposición era la biblioteca imperial.

Llevaba los últimos días, desde que se había deshecho de su último tutor, encerrándose allí a sol y sombra. La conversación con su padre la tarde anterior había revuelto algo más en su interior. Esa despreocupación por el conocimiento lo enervaba demasiado. No llegaba a comprender cómo podía haber gente que viviera tan ricamente en la ignorancia. Porque cuando él se obsesionaba con algo, no podía dejarlo estar hasta que diera con la pieza clave.

Por eso había recopilado todos los libros posibles que existían acerca de los Wenlion. Lorinhan Mebel había hecho un buen trabajo de documentación en los años que llevaba trabajando como tutor de su hermana. Aquel varón sí parecía ser una fuente inagotable de conocimiento, pero, no sabía por qué, siempre había mantenido un perfil bajo.

Había compartido horas de biblioteca con él y su hermana Ashbree en múltiples ocasiones. Mientras su propio tutor le soltaba una diatriba que él ya se sabía de memoria, observaba a su hermana mayor recitar legislaturas que él todavía no había tenido el gusto de aprender. Lorinhan le hablaba de historia con una comodidad propia de quienes la tenían interiorizada, no de quienes la tienen aprendida. Él parecía vivir por el conocimiento tanto como Mebrin, y eso era lo que siempre había buscado en sus propios mentores.

Y desde que el antiguo tutor de su hermana había dimitido, Mebrin sentía que aquella biblioteca había perdido parte de su razón de ser. El joven Aldair tenía la impresión de que él le habría proporcionado la información que tanto ansiaba. Que él habría albergado respuestas para esas incógnitas que no le dejaban dormir. Pero no tenía sentido lamentarse por las pérdidas mientras no fueran las del conocimiento.

Desde el refugio que conformaba la biblioteca, no llegaba rumor alguno de los juicios que se estaban celebrando. Y en cuestión de media hora, una hora a lo sumo, todos los parásitos que moraban en el palacio se marcharían al anfiteatro a festejar la alianza con los berserkers. Nadie se acordaría de él, ni siquiera su padre, tampoco su hermana Kara, así que disponía de todo el tiempo del mundo para sumergirse en su investigación.

En la mesa que su hermana y Lorinhan solían ocupar seguían estando abiertos los últimos libros que habían consultado, sobre las utilidades de la luz de los dotados medios en el día a día. Desconocía por qué su hermana, siendo dotada superior, consultaría esos volúmenes. Pero encontraba cierta paz manteniéndolo todo como estaba, como si su presencia siguiera allí compartiendo interés en el conocimiento.

Dejó atrás la mesa y se detuvo frente a la descomunal estantería que había ido conformando con el paso de las semanas. Aunque había un varón que ejercía como bibliotecario, había terminado comprendiendo que no tenía sentido reordenar los libros que Mebrin había ido colocando allí para devolverlos a su ubicación original. Y aunque a Mebrin le pusiera un poquito nervioso romper con ese orden metódico propio de las bibliotecas, necesitaba tener los volúmenes de su investigación a su disposición. Aún no los había leído todos en profundidad, tan solo los había ojeado superficialmente para descubrir si estaban relacionados con la dinastía Wenlion.

La tarde anterior, después de dejar a su familia en los jardines, había terminado con la sección que había catalogado como ensayos. Y ahora solo le quedaba por leer los documentos más personales. No eran muchos, solo había conseguido rescatar un par de cuadernos con caligrafía manuscrita.

Pero cuando se fijó... Cuando se fijó de nuevo en la balda para los diarios, se dio cuenta de que había tres tomos en lugar de los dos que él mismo había encontrado en la infinidad de la biblioteca imperial.

—¿Qué estás haciendo? —preguntó una voz tras él. No le hizo falta darse la vuelta para reconocer a su hermano, señor del destino.

—Observar —dijo con la atención fija en el descubrimiento de Mebrin, a un universo de distancia desde su lugar privilegiado entre las estrellas.

—Eso es más que observar.

Los labios de Cronn, dios del tiempo, se curvaron con soberbia mientras el joven Aldair sacaba el cuaderno del estante, con el ceño fruncido, y tomaba asiento en una mesa cercana. Un cuaderno que había estado recluido en las profundidades del archipiélago, caído en el olvido.

—Has pasado demasiado tiempo jugando tú solo, hermanito —respondió.

Dalel apretó los puños sin apartar la atención de la escena a mil vidas bajo sus pies.

—¿Ya te has aburrido de tus propios jueguecitos? —le recriminó su hermano al señor del tiempo. Cronn se limitó a encogerse de hombros—. Nadie te ha echado de menos en esta existencia, así que déjalo estar.

—Un poco tarde para eso, ¿no crees?

Muy por debajo de ellos, Mebrin se había quedado de piedra al leer las primeras páginas de ese cuaderno que Cronn había dejado ahí para él. Tal y como decía Dalel, sí, se había cansado de jugar con la existencia de otras criaturas mundanas y había devuelto su atención a esta parte del mundo. Aunque solo fuera durante unos minutos, para fastidiar a su hermano, que siempre había buscado controlar todos los designios. Y que ya había fallado en el pasado.

—Nadie le prestaba atención al muchacho —se excusó—. Y me siento identificado con ese sentimiento.

Dalel bufó, porque si algo sabía era que el tiempo no retrocedía. No había nada que pudieran hacer para enmendar el descubrimiento de Mebrin. Y aunque Cronn no supiera si aquello alteraría los planes que su hermano había dispuesto para la Tercera Guerra, le gustaba ver la arruga entre sus cejas.

—Le concedes demasiado a ese chiquillo si crees que por enseñarle el diario va a encontrarla —rezongó Cronn, mirándose las uñas con indiferencia.

El dios del destino estaba enfadado, lo conocía todo lo bien que una eternidad emparentados le podía conceder. Pero a Cronn no le importaba.

—Más te vale no alterar mis planes.

—¿O qué? Si algo tenemos a nuestra disposición los dioses es tiempo, ¿no crees, hermanito? —Cronn le dedicó una sonrisa y Dalel lo fulminó con la mirada—. Solo tendrías que empezar de nuevo. Otra vez.

Cronn desapareció y reapareció en otro punto del cosmos, para alejarse del golpe celestial que su hermano había tenido intención de propinarle. El dios del tiempo no pudo reprimir la carcajada antes de desvanecerse en el firmamento y convertirse en la nada, dejando al dios del destino solo ante el vasto universo a sus pies.

No había nada que Dalel pudiera hacer para detener ese descubrimiento. Solo le quedaba aguardar y estudiar los nuevos futuros que se desplegarían en las estrellas, buscando cuál podría fastidiarle los planes y haciendo todo lo posible para que los peones que manejaba se alejaran de él.

Mebrin fue pasando página tras página, sus ojos viajando cada vez más rápido por una caligrafía que ya había descifrado. Era ligeramente curva y espigada, rasgada sobre el papel con la misma premura y desesperación con la que él iba leyendo. Porque a simple vista había creído estar ante un diario, pero pronto se había dado cuenta de que era más bien un documento epistolar. Fragmentos de cartas que se habían plasmado entre aquellas páginas, como ensayando qué decir antes de enviarlas. Si es que alguna vez se llegó a enviar una sola.

Lo que tenía en sus manos, de ser un documento verídico y no un invento o una falsificación, podía alterar la historia que conocían. Le daba un nuevo valor a los propios pasajes que él había estudiado recientemente. Porque con cada nueva página que avanzaba, más desgarrada parecía la autora. Más perdida en sus sentimientos. Más comida por la pena y lo que se intuía que eran remordimientos.

Mebrin se ahogaba en la desesperación que contenían aquellas páginas, y cuando terminó, tantas horas después que tuvo que emplear un cristal de luz para ver en la más absoluta oscuridad, se quedó sentado mirando al infinito. Repasando las líneas desesperadas que una mente privilegiada como la suya había memorizado de una sola lectura.

No sabía si le convenía hablar del hallazgo con alguien. Si, en frío, aquel descubrimiento serviría de algo. Pero lo que sí le había quedado claro era que Ayrin Wenlion no había sido secuestrada tantos siglos atrás, sino que había partido por voluntad propia para cerrar un matrimonio de conveniencia con Rylen Valandur, Rey de los Elfos. Que se había enamorado profundamente de él, y aquellas cartas jamás enviadas eran testigo de ello.

No obstante, lo peor de todo no era ese hallazgo, sino descubrir que la difunta emperatriz no le había arrancado el corazón del pecho para ponerle fin a la Tercera Guerra. Al menos, no del modo en el que todos lo habían concebido. Sino que lo había hecho para alterar el plan de los dioses y, así, salvar a toda Narendra.

Guía de personajes

Arathor Gandriel */á-ra-zor gán-driel/*: comandante de la Orden de los Espadachines.

Arcaron Aldair */ár-ca-ron al-déir/*: sexto emperador del Imperio de Yithia.

Ashbree Aldair */ásh-bri al-déir/*: heredera del Imperio de Yithia. Soldado de la Orden de los Sanadores. Hija de Arcaron y Celina Aldair. Efímera de Luz.

Ayrin Wenlion */éi-rin wén-lion/*: tercera y difunta emperatriz del Imperio de Yithia.

Brelian Aldadriel */bré-lian al-dá-driel/*: teniente del regimiento de la Orden de Sanadores al que pertenece Ashbree.

Cadia Aldair */cá-dia al-déir/*: cuarta en la línea de sucesión al trono del Imperio de Yithia. Hermana menor de Ashbree, Kara y Mebrin. Melliza de Elros.

Calari Laurencil */ca-lá-ri láu-ren-cil/*: teniente del segundo regimiento de la Orden de los Asesinos.

Celina Aldair */se-lí-na al-déir/*: difunta esposa de Arcaron.

Cordal Borovalar */cór-dal bo-ró-va-lar/*: Consejero de Políticas Exteriores del Reino de Lykos.

Cyndra Daebrin */cín-dra dá-e-brin/*: mejor amiga y hermana de batallas de Ashbree. Soldado de la Orden de los Tiradores. Hija de Elegor Daebrin.

Daeni Gandriel */da-é-ni gán-driel/*: hermana de Arathor. Sacerdotisa mayor del templo a Wenir en Tiroon.

Elegor Daebrin */é-le-gor dá-e-brin/*: Consejero de la Moneda del Imperio de Yithia. Progenitor de Cyndra.

Elros Aldair */él-ros al-déir/*: quinto en la línea de sucesión al trono del Imperio de Yithia. Hermano menor de Ashbree, Kara y Mebrin. Mellizo de Cadia.

Esil Daebrin */é-sil dá-e-brin/*: madre de Cyndra y esposa de Elegor.

Esvalar Laurencil */és-va-lar láu-ren-cil/*: madre de Calari.

Elwen Aedil */él-wen á-e-dil/*: soldado de la Orden de los Espadachines de las tropas oscuras. Hermana de Ilian Aedil.

Galame Gandriel */ga-lá-me gán-driel/*: hermana mayor de Arathor. Flautista de renombre.

Galania Dildil */ga-lá-nia díl-dil/*: Consejera de Comercio del Reino de Lykos.

Haizel */jéi-sel/*: soldado de la Orden de los Conjuradores de las tropas oscuras.

Halldan Ruud */jál-dan rúd/*: embajador de Korkof.

Hesil Gonner */jé-sil gó-ner/*: lord. Dueño de la única flota mercante del Imperio de Yithia.

Ilian Aedil */í-lian á-e-dil/*: Efímero de Sombras. General de las tropas oscuras y miembro de la Orden de los Asesinos. Hermano de Elwen.

Kara Aldair /ká-ra al-déir/: segunda en la línea de sucesión al trono del Imperio de Yithia, hermana de Ashbree.

Lindari Nenrond */lin-dá-ri nén-rond/*: Consejera de Justicia del Reino de Lykos.

Lorinhan Mebel */ló-rin-jam mé-bel/*: tutor y maestro de luz de Ashbree. Antiguo miembro de la Orden de los Conjuradores.

Mebrin Aldair: */mé-brin al-déir/*: tercero en la línea de sucesión al trono del Imperio de Yithia. Hermano menor de Ashbree y Kara.

Orsha */ór-sha/*: troll al servicio de Rylen. Nana de Ilian.

Roslion Durwen */rós-lion dúr-wen/*: Consejero de Políticas Exteriores del Imperio de Yithia.

Rylen Valandur */rái-len vá-lan-dur/*: tercer monarca del Reino de Lykos. Rey de los Elfos y Señor de Sombras.

Silvari */sil-vá-ri/*: sanadora de Ashbree en Glósvalar.

Sereca Gandriel */sé-re-ca gán-driel/*: hermana mayor de Arathor. Modista de renombre.

Saeros Thordani */sa-é-ros zor-dá-ni/*: Consejero de la Moneda del Reino de Lykos.

Seredil Gonner */sé-re-dil gó-ner/*: soldado de la Orden de los Conjuradores. Hija de Hesil Gonner.

Thabor Ronnir */tá-bor ró-nir/*: soldado de la Orden de los Conjuradores.

Tharin Bellion */tá-rin bé-lion/*: Consejero de Agricultura del Reino de Lykos.

Wendal Calyene */wén-dal cal-yén/*: teniente de la Orden de los Tiradores asignado a Cyndra en Milindur.

Guía de dioses

Artha */ár-za/*: diosa de la oscuridad. Constelación con forma de luna.

Celes */cé-les/*: diosa de la muerte. Constelación en forma de guadaña.

Cronn */krón/*: olvidado dios del tiempo. Constelación en forma de reloj de arena.

Dalel */da-lél/*: dios del destino. Constelación en forma de rueca.

Laros */lá-ros/*: dios de la justicia. Constelación en forma de balanza.

Merin */mé-rin/*: diosa de la luz. Constelación en forma de rayo.

Tisa */tí-sa/*: diosa menor de las tempestades. Constelación con forma de barco.

Wenir */wé-nir/*: diosa de la vida. Constelación con forma de cáliz.

Agradecimientos

Pocas cosas creí más complicadas que escribir los agradecimientos de *Corazón de piedra*, y entonces llegó el momento de escribir los de *Rey de sombras* y tuve que tragarme mis palabras, pero vamos allá.

Esta historia ha estado marcada por la ilusión y el miedo a partes iguales. La ilusión de que quienes la lean, la disfruten tantísimo como lo hice yo al escribirla. Porque no es ningún secreto que es mi favorita de todas las novelas que he escrito hasta la fecha. El nivel de conexión al que he llegado con los personajes y su trama es muy difícil de explicar —por mucho que sea escritora y que se suponga que debo saber expresarme con palabras—. Y de la mano de la ilusión ha ido el miedo.

El miedo a defraudar, a no ser suficiente, a que esta novela no superara a la anterior, a que no gustara y un largo etcétera muy oscuro motivado por el síndrome de la impostora. Pero ahí seguí yo, cabezota en extremo, con el lema de «Hazlo, con miedo, pero hazlo» por bandera.

No obstante, que esta historia llegue hoy hasta ti no es solo obra de mi cabezonería, sino también de toda esa gente maravillosa que me ha acompañado en el proceso y que ha vivido *Rey de sombras* con la misma ilusión que yo o más.

Como ya es habitual en todas mis novelas, el primer agradecimiento es para Nacho, mi marido. Porque dedicarte este libro no era suficiente. Por ser la luz entre toda mi oscuridad; el faro que me guía a través de mis tormentas. Te quiero, ahora y siempre.

Un pedacito de esta historia también se lo debo a mis padres y mi hermana, por debatir conmigo sobre los puntos fuertes y flacos y ayudarme a pulirlos. Por ser fuente de inspiración y estar a mi lado en todos los eventos posibles, a pesar de los seiscientos kilómetros que nos separan.

Otra parte de *Rey de sombras* se la debo a Nia, mi mejor amiga y la mejor lectora cero que se podía pedir, cuyos conocimientos han terminado superando los míos, llenándome de orgullo. Gracias por aguantar mis monotemas, mis lloros y desesperos y ser fuente de paciencia. En definitiva, gracias por no tirar la toalla conmigo y seguir a mi lado en cada nueva historia.

Gracias a mis amigas del grupo «Hablemos de libros» por los *fangirleos* y compartir el amor por la lectura. Y a mi Team Escritoras, por contagiarnos la pasión hacia la escritura mutuamente, por los cafés —sin café— a través de Discord y los retiros escritoriles que recargan pilas.

Gracias al enorme equipo de betas que hay detrás de esta trilogía: a Laura G. W. Messer, Natalia Belchi y Ria, por leer el primerísimo borrador y ayudarme a pulirlo; a Alisha Cavill y Paula L. Marichal por prestarme su visión de escritoras y vivir esta historia como si fuera vuestra; a Blair, Elena, Patri, Sara, Gemma, por la encomiable labor que hacéis en pos de fomentar la lectura en redes sociales y por haberme aportado vuestro punto de vista como primeras lectoras.

Esta trilogía ha llegado a tus manos gracias a mis agentes literarios en Editabundo. Sin que Pablo Álvarez y David de Alba no hubieran confiado en mis Elfitos —como los llamaba entonces— nunca habría podido vivir todo esto. Así que gracias por darme una nueva oportunidad y seguir alargando un sueño tan bonito.

Clara Rasero siempre se lleva un agradecimiento más especial. Como mi editora, con cada nueva novela que trabajamos juntas más paciencia demuestra tener, porque soportar una mente tan caótica como la mía no es fácil. Así que gracias por entenderme cuando me venía abajo, gracias por sostenerme y arroparme y por apostar por esta trilogía con uñas y dientes.

Un gracias enorme e infinito a la gente de Ediciones B, empezando por Carmen Romero, por adentrarse en Narendra con tanta emoción y confianza. A Elena Recasens y Rosa Hernández, por conformar el mejor equipo de corrección, y en especial a Rosa, por resolverme todas las dudas que yo misma iba dejando en mi propio manuscrito, sin saber si se habían resuelto ya o no de tantas veces que lo había leído. No podría haber recibido un trato más impecable. Gracias también a la gente de marketing y del departamento comercial: Jimena, Nuria, Laura y otras tantas que han volcado toda su ilusión en este proyecto.

Gracias a Andrés Aguirre por haberle dado vida a Narendra. Porque aunque ya tuviéramos el mapa en *Corazón de piedra*, siempre me dejaré las manos aplaudiendo tu talento. Gracias también a Patri (@patop.art) por darles rostro a mis personajes y ayudarme a que sean un poquito más reales volcando todo tu arte en el proceso.

Ya casi acabo, lo prometo, pero no podía dejar de agradecer la labor de todas esas *bookstagramers*, *booktokers* y *bookfluencers* que hacen que mis historias —y las de cientos de autoras— lleguen cada vez más lejos. Que acercan la lectura al público juvenil, reafirmando que los jóvenes sí leen y mucho, y que brindan un hogar a la literatura nacional.

Por último, gracias a ti, que tienes este libro entre las manos. En primer lugar, por continuar con la trilogía, y en segundo lugar por el amor y el cariño demostrado hacia *Corazón de piedra*. Ni en mis mejores sueños podría haber imaginado que esta historia cautivaría tantos corazones —nunca mejor dicho—.

Aun así, también me veo en la obligación de pedir perdón por el final de *Rey de sombras* y por todo lo que está por suceder en el cierre de la trilogía. Porque los dioses han entrado en juego y no hay nada que pueda detenerlos, ¿o sí?

Recuerda: no te quiebras, no te sometes, sobrevives.

Nos leemos en *Promesa de sangre*.

NA
Reino de
Lykos
Urial
Rimbalan
Montañas Bronthir
Minas de
Anararca
Bainor
Glosvalar
Montañas Brinthor
Mar Estrecho
Siäl
Archipiélago
Urdú
Cailar
Delfil
Felnor
Cordillera Milinthur
Analor
Breros
Dortrid
Milindur
Mar de
Hierro
Mar de
Esmeralda
Imperio de
Yithia
Valawen
Kridia
Trihold
Tiroon
Mar Yermo